L'ÉTÉ DE LA DEUXIÈME CHANCE

www.editions-jclattes.fr

Elin Hilderbrand

L'ÉTÉ DE LA DEUXIÈME CHANCE

Roman

Traduit de l'anglais (États-Unis)
par Carole Delporte

JC Lattès

Titre de l'édition originale :
SILVER GIRL
publiée par Reagan Arthur Books / Little Brown and Company,
une division de Hachette Book Group, Inc.

Maquette de couverture : Atelier Didier Thimonier.
Photo © Plainpicture/Bharman.

Paroles extraites de *Bridge Over Troubled Water* by Paul Simon.
© Paul Simon. Avec l'autorisation de Paul Simon Music.

ISBN : 978-2-7096-3829-6

À ma fille, Shelby Katharine Cunningham.
Les mots me manquent pour te décrire.
Gracieuse ? Vivante ? Captivante ?
Tout cela, oui, mon trésor, et bien plus encore.

I.

MEREDITH MARTIN DELINN

Elles étaient d'accord pour n'aborder aucun sujet important tant que Meredith ne serait pas en sécurité dans la maison de Nantucket. D'abord, affronter l'autoroute. Meredith ne la connaissait que trop bien, comme tous les Américains propriétaires d'une résidence secondaire (voire, dans son cas, de trois) entre le Maine et la Floride. Quatre-vingt-treize sorties insipides avant d'atteindre le Connecticut, puis la traversée de l'État du Rhode Island et enfin, une bonne heure plus tard, le Massachusetts. Quand elles franchirent Sagamore Bridge, le soleil pointa à l'horizon, irisant le canal de Cape Code d'un glacis rosé, presque douloureux pour les yeux. On était le 1er juillet, pourtant le pont était désert. Voilà pourquoi son amie Connie aimait tant les trajets de nuit.

Enfin, elles parvinrent à Hyannis, une ville où Meredith s'était rendue une fois avec ses parents au début des années 1970. Sa mère, Deidre Martin, avait insisté pour emprunter le Kennedy Compound, que des agents de sécurité surveillaient encore. C'était quelques années seulement après l'assassinat de Bobby Kennedy. Meredith se rappelait que son père, Chick Martin, l'avait encouragée à manger un *lobster roll*. Elle n'avait que huit ans, mais Chick Martin croyait fermement en la sophistication de sa fille. « Brillante et talentueuse, répétait-il sans cesse avec fierté. Cette gosse ne peut pas échouer. » Meredith avait pris une bouchée du petit pain au homard et l'avait recrachée, ce qui était terriblement embarrassant. Haussant les épaules, son père avait terminé sa part.

Après toutes ces années, le souvenir de Hyannis emplissait encore Meredith de ce même sentiment de honte, en tête de toutes disgrâces qu'elle avait subies depuis que son mari, Freddy Delinn, avait été mis en examen.

Dieu merci, son père ne pouvait plus la voir aujourd'hui.

Bien que déterminée à n'aborder aucun sujet sensible dans l'immédiat, Meredith se tourna vers Connie, qui avait accepté – en dépit du bon sens – de la recueillir, du moins pour un temps, et dit :

— Dieu merci, mon père ne peut pas me voir en ce moment.

En s'engageant sur le parking du Steamship Authority, Connie laissa échapper un soupir.

— Oh ! Meredith.

Cette repartie laissa Meredith perplexe. L'expression de Connie était indéchiffrable. Qu'entendait-elle par là ? Oh ! Meredith, tu as raison. Heureusement que Chick est parti depuis trente ans et qu'il n'a pas été témoin de ton ascension fulgurante, puis de ta déchéance, plus spectaculaire encore. Ou : Oh ! Meredith, cesse de t'apitoyer sur toi-même ! Ou : Oh ! Meredith, je croyais que nous étions d'accord pour ne pas en discuter avant d'être arrivées à la maison ? Nous avons fixé des règles et tu les enfreins déjà !

Ou encore : Oh ! Meredith, la ferme !

En effet, depuis que Connie avait sauvé Meredith à 2 heures du matin, son visage reflétait un sentiment de… quoi au juste ? De colère ? De peur ? De consternation ? Cela dit, pouvait-elle l'en blâmer ? Connie et elle s'étaient à peine adressé la parole en près de trois ans, et, durant leur dernière conversation, elles avaient échangé des propos méprisables, portant un coup fatal à leur amitié.

Ou encore : Oh ! Meredith, qu'est-ce que j'ai fait ? Pourquoi es-tu là ? Je voulais passer un été tranquille. Je voulais la paix. Et maintenant je t'ai, *toi*, scandale international indésirable, dans ma voiture.

Meredith décida d'accorder à son amie le bénéfice du doute. Oh, Meredith était une non-réponse presque sympathique. Connie s'était arrêtée au poste de contrôle et montrait à l'agent maritime son billet. Elle paraissait distraite. Meredith portait la casquette de base-ball de son fils Carver et sa dernière paire de lunettes de soleil à sa vue, dont les verres étaient par chance très larges et très sombres. Elle détourna le visage, priant pour ne pas être reconnue.

Connie s'engagea sur la rampe, puis se coula dans les entrailles du ferry, où les voitures s'alignaient telles des allumettes dans une boîte minuscule. En ce 1er juillet, malgré l'heure matinale, l'ambiance était à la fête. Les jeeps étaient remplies de serviettes de plage colorées et de barbecues. Devant la voiture de Connie, une Wagoneer d'époque arborait sur son pare-chocs une douzaine d'autocollants de plage, de toutes les couleurs de l'arc-en-ciel. Le cœur de Meredith était broyé, battu, brisé. Elle avait beau s'interdire de penser aux garçons, cela produisait l'effet inverse. Ses fils hantaient son esprit. Elle se revoyait en train de charger le Range Rover. Les sacs de plage bourrés de maillots de bain, de tenues de surf et de tongs. Les gants de base-ball. La boîte en aluminium contenant l'équipement de badminton. Des jeux de cartes tout neufs. Des paquets de piles pour les lampes de poche. Meredith enfermait le chien dans sa cage et fixait la planche de surf de Carver sur le toit. Après quoi ils s'enfonçaient courageusement dans les embouteillages de Freeport jusqu'à Southampton. Inévitablement, ils se retrouvaient coincés derrière un minibus. Mais c'était sympa. Les garçons choisissaient une station de radio – Leo était fan de folk rock, les Counting Crows étaient son groupe favori, alors que Carver préférait les types aux cheveux longs qui faisaient hurler le chien. Au final, plus la route était longue et douloureuse, plus ils étaient heureux d'arriver à Southampton. Soleil, sable, océan. Enlevez vos chaussures, ouvrez vos fenêtres ! Au début, Freddy les rejoignait le week-end en voiture, mais, au bout de quelques années, il venait en hélicoptère.

À l'évocation de ces étés joyeux, Meredith se disait à présent : Leo ! Carver ! Leo. Pauvre Leo. Pendant toute son enfance, Leo avait pris soin de Carver. L'avait protégé, choyé, cajolé. Aujourd'hui, c'était Carver qui devait soutenir son frère, lui remonter le moral. Pourvu que tout se passe bien pour eux...

Dans le haut-parleur, une voix énonça le règlement du bateau. La corne de brume résonna dans le ciel limpide et des applaudissements retentirent. Les âmes chanceuses qui se rendaient à Nantucket en cette belle matinée de juillet célébraient le début de leur été. Pourtant, Meredith avait le sentiment d'être encore à trois États de là. En ce moment même, des policiers fédéraux pénétraient dans son penthouse de Park Avenue, à New York, et confisquaient ses biens. Elle se demanda avec un curieux détachement ce qu'ils allaient bien pouvoir saisir. Pour partir avec Connie, Meredith avait fourré quelques vêtements d'été dans un sac de toile et emporté un unique carton d'effets personnels – des photographies, son certificat de mariage, les certificats de naissance de ses fils, ses livres de poche préférés, un calepin à spirales datant de sa première année à Princeton, et un album de musique –, l'enregistrement original de 1970 de *Bridge Over Troubled Water*, de Simon & Garfunkel, que Meredith n'avait aucun espoir de réécouter, mais qu'elle n'avait pu se résoudre à laisser derrière elle.

Elle avait été autorisée à emporter ses lunettes de vue, ses lunettes de soleil et sa bague de fiançailles en diamant de quatre carats. Comme l'anneau lui avait été donné en héritage par sa grand-mère, Annabeth Martin, il n'avait pas été acheté avec de l'argent sale. Un rang de perles, cadeau de sa mère pour l'obtention de son diplôme de Princeton, entrait dans la même catégorie, mais, à présent, ces perles ne seraient plus d'une grande utilité à Meredith. Impossible de porter des perles en prison. Si elle avait un peu réfléchi, elle aurait pu les vendre et ajouter la somme obtenue au maigre bas de laine qui lui restait à présent.

Quels étaient ses autres biens ? Elle imaginait des hommes sinistres, entièrement vêtus de noir, avec des pistolets dans leur ceinturon. L'un d'eux soulèverait le flacon délicat de Shalimar sur sa table de nuit et, incapable de résister, en humerait le parfum. Un autre arracherait les draps de lin Aurora achetés chez Schweitzer. Ces draps valaient plusieurs milliers de dollars, mais que pourraient bien en faire les fédéraux ? Les laver ? Les chiffonner ? Les vendre ? Ils prendraient la sculpture de David Hostetler et les croquis d'Andrew Wyeth. Ils ôteraient le mobile de Calder du plafond du salon. Sans doute trouveraient-ils dans son placard ses Louboutin et ses Sergio Rossi. Ils emporteraient ses tenues de tous les jours – Diane von Furstenberg, Phillip Lim – et ses robes – les Dior, les Chanel, les Caroline Herrera. Les fédéraux lui avaient dit que ses biens seraient vendus aux enchères et les bénéfices reversés à un fond de restitution destiné aux investisseurs floués. Meredith repensa à sa robe Dior baby-blue, qui avait coûté dix-neuf mille dollars – un achat qui aujourd'hui lui donnait envie de vomir – et se demandait à qui elle appartiendrait désormais. Meredith ne mesurait qu'un mètre cinquante-cinq pour quarante-cinq kilos. La robe avait été cousue main par John Galliano lui-même. Qui écoperait de ses poêles à frire All-Clad (jamais utilisées, excepté de temps à autre par la petite amie de Leo, Anaïs, qui pensait que c'était un péché de ne pas se servir de cette cuisine de gourmet rutilante) ? Qui hériterait de la cruche de décantation de whiskey en cristal où Freddy n'avait jamais versé le moindre liquide, si ce n'est quelques jours précédant sa déchéance aux yeux du monde ? (Voir Freddy gaspiller trois bouteilles successives de Macallan 1926 lui avait mis la puce à l'oreille. Une boîte de Pandore pleine d'accusations s'était ouverte dans son esprit… Personne ne sait comment il fait. Il dit que c'est de la magie noire, mais cela ne peut pas être légal. Il viole la loi. Il va se faire prendre.)

Meredith savait que les fédéraux s'intéresseraient davantage au repaire de son mari. Chez eux, Freddy gardait toujours la porte de son bureau fermée à clé (une pratique initiée quand les enfants étaient petits, sous prétexte de ne pas être interrompu pendant ses conversations téléphoniques, mais qu'il avait conservée par la suite). La porte était restée verrouillée – qu'il fût présent ou absent – même pour Meredith. Si elle voulait y pénétrer, elle devait frapper. Elle l'avait notifié dans sa déposition, mais les autorités ne l'avaient pas crue. Ses empreintes (au sens propre) étaient sur la poignée de la porte. Et son empreinte (au sens figuré) avait été retrouvée sur une transaction illégale. Trois jours avant l'effondrement de Delinn Entreprises, Meredith avait transféré quinze millions de dollars de la « réserve d'argent » de la société sur un compte personnel qu'elle partageait avec Freddy.

La police se concentrerait donc sur le repaire de Freddy. Leur décoratrice, Samantha Deuce, avait supervisé l'agencement de la « bibliothèque du gentleman », avec ses étagères remplies d'ouvrages sur la finance, ses tirelires anciennes en forme de cochon et des souvenirs des succès de Baby Ruth avec les Yankees. Freddy n'était même pas fan des Yankee, ni de base-ball, mais Samantha l'avait associé à Babe Ruth parce que, disait-elle, ils étaient tous les deux des « icônes de leur époque ». Des icônes de leur époque ! Assurément, Samantha était un maestro en matière de grandiloquence.

Freddy avait presque toujours joui de cet espace en solitaire. Meredith ne se rappelait pas avoir vu quiconque en dehors de son mari se détendre dans les profonds fauteuils en daim ou regarder le poste de télé géant. Les garçons n'aimaient pas traîner dans cette pièce. Les soirs de match de base-ball, ils préféraient s'installer dans la cuisine avec elle. Au fond de la pièce se trouvait une cible qui, elle en était certaine, n'avait jamais servi. Les fléchettes étaient encore enveloppées dans leur papier bulle.

La seule personne que Meredith eût jamais vue dans l'antre de son mari était Samantha. Un jour, elle était tombée sur Freddy et Samantha. C'était il y a plusieurs années. Son mari et leur décoratrice se tenaient côte à côte pour admirer un tableau de chasse que Samantha avait acheté chez Christie's. (Le choix de ce tableau était ironique, dans la mesure où Freddy ne chassait pas et détestait les armes à feu : son frère avait été tué par une balle perdue lors d'un exercice de tir à l'armée.) Freddy avait la main posée au bas du dos de Samantha. Quand Meredith était entrée, Freddy avait ôté sa main si vivement que ce geste avait attiré son attention sur une intimité qu'elle n'aurait sans doute pas remarquée. Meredith repensait souvent à cet instant. La main de Freddy au creux des reins de Samantha. Pas de quoi en faire toute une histoire, n'est-ce pas ? Samantha était leur décoratrice depuis des années. Freddy et Samantha étaient amis. Des amis proches et affectueux. Si Freddy avait laissé sa main où elle était, Meredith n'y aurait pas prêté attention. C'est la surprise de son mari qui avait suscité ses questionnements. Car Freddy ne se laissait jamais surprendre.

Le ferry voguait vers l'île. Connie avait glissé son Escalade vert bouteille entre une Jeep bordeaux et un Range Rover noir assez semblable à celui que Meredith conduisait pour aller dans les Hamptons. Connie descendit du véhicule et claqua la portière.

Meredith paniqua.

— Où vas-tu ?

Connie ne répondit pas. Elle ouvrit la portière arrière de l'Escalade et grimpa à l'intérieur. Elle dénicha un oreiller et s'allongea sur la banquette.

— Je suis fatiguée, répondit-elle.

— Bien sûr.

Connie était partie de chez elle la veille à 20 heures, à peine quatre heures après le coup de fil de Meredith. Après six heures de route pour rejoindre Manhattan, elle s'était glissée dans l'allée sombre derrière le 824 Park Avenue et avait attendu Meredith. Un journaliste planqué derrière un container les épiait, mais comme il fumait une cigarette, il n'avait pas réussi à récupérer son appareil photo à temps. Meredith avait plongé dans la voiture au moment où Connie enclenchait la marche arrière, tel un braqueur de banque dans un film noir. Aussitôt après, Meredith enfouit sa tête entre ses genoux.

— Bon sang, Meredith ! Et tu sais ce qu'il y a devant chez toi ?

Oui, elle le savait. Une marée de journalistes, de caméras de télévision et de camions à antennes satellite. Ils étaient venus le jour où Freddy avait été traîné hors de l'appartement, menottes aux poignets, puis le matin où Meredith était allée lui rendre visite en prison, et campaient devant son immeuble depuis deux jours, avides d'assister à son arrestation en direct par les fédéraux. Le grand public avait une question précise en tête : où la femme du plus grand criminel financier de tous les temps allait-elle se réfugier après avoir été expulsée de son penthouse de Park Avenue ?

Meredith avait deux avocats. Son avocat principal était Burton Penn, qui lui avait demandé de l'appeler Burt. Elle ne le connaissait pas. Freddy s'était attribué l'avocat de la famille, Richard Cassel. Sacré Freddy ! Il s'était octroyé le plus grand ténor du barreau, laissant Meredith avec Burton Penn, trente-six ans et une calvitie précoce. Cela dit, il avait tout de même un diplôme de Yale en poche.

L'autre avocat était encore plus jeune, et avec ses cheveux noirs désordonnés et ses incisives pointues, il lui faisait penser à un vampire dans un roman pour adolescents. Il portait des lunettes et avait signalé à Meredith qu'il était astigmate.

— Oui, moi aussi, avait-elle répondu.

Meredith arborait des lunettes à monture d'écaille depuis l'âge de treize ans. Son second avocat la mettait plus à l'aise. Son nom était Devon Kasper. Il lui avait demandé de l'appeler Dev. Dev lui disait la vérité, malgré son air chagriné. Il avait eu l'air désolé en lui annonçant que, comme elle avait transféré quinze millions de dollars sur son compte commun avec Freddy, elle faisait l'objet d'une enquête et pouvait être accusée de complicité et envoyée en prison. C'est avec le même désarroi qu'il lui avait expliqué que son fils Leo retenait lui aussi l'attention des fédéraux parce qu'il travaillait avec son père chez Delinn Entreprises.

Leo avait vingt-six ans. Il travaillait au service commercial de Delinn Entreprises.

Alors pourquoi les fédéraux enquêtaient-ils sur lui ? Meredith ne comprenait pas et s'exhortait à ne pas paniquer – la panique ne servait à rien –, mais il s'agissait de son enfant. De son fils responsable, celui qui était allé à Dartmouth et avait été capitaine de l'équipe de crosse et vice-président de la filiale Dartmouth d'Amnesty International. Celui qui avait une petite amie stable. Celui qui, à la connaissance de Meredith, n'avait jamais enfreint aucune loi – jamais chapardé un paquet de chewing-gum, jamais bu d'alcool avant l'âge autorisé, jamais triché pour un ticket de parking.

Pourquoi enquêtent-ils sur Leo ? avait demandé Meredith, son cœur blessé battant à tout rompre. Son enfant était en danger, aussi sûrement qu'un enfant de trois ans courant sur une autoroute.

Eh bien, avait répondu Dev, ils enquêtaient sur Leo parce qu'un autre trader – un type respecté du nom de Deacon Rapp, qui bossait dans la boîte depuis dix ans – avait dit à la SEC[1] et au FBI que Leo était impliqué dans le schéma de Ponzi de son père. Deacon avait témoigné que Leo était en « contact permanent » avec ses collègues du dix-septième étage, le QG du schéma de Ponzi. Freddy disposait d'un petit bureau à cet étage, tout comme sa secrétaire. Cette nouvelle avait choqué Meredith. Elle ignorait l'existence du dix-septième étage, comme de la secrétaire, une certaine Edith Misurelli. Les fédéraux n'avaient pas pu questionner Mlle Misurelli car elle avait subitement pris les mois de vacances qui lui restaient et était partie en Italie la veille de la révélation du scandale. Personne ne savait comment la joindre.

Dev avait semblé encore plus abattu en lui annonçant qu'elle ne pouvait en aucun cas être en contact avec l'un ou l'autre de ses fils jusqu'à la fin de l'enquête. Toute conversation entre Leo et sa mère pourrait apparaître comme une preuve de leur complicité. Et comme les deux frères vivaient ensemble dans un vieux bâtiment victorien que Carver rénovait à Greenwich, Meredith ne pouvait pas non plus appeler Carver. Burt et Dev avaient rencontré l'avocat de Leo, et les deux parties avaient conclu que les risques qu'ils se compromettent dans l'affaire étaient trop

---

1. La Security Exchange Commission est le régulateur des opérations boursières outre-Atlantique. (Toutes les notes sont du traducteur.)

importants. Meredith devait rester dans un camp, les garçons dans un autre. Pour le moment.

— Je suis désolé, Meredith.

Dev répétait souvent cela.

Meredith jeta un coup d'œil à Connie, qui avait replié sa longue silhouette pour se lover sur l'étroite banquette arrière. Sa tête était enfoncée dans l'oreiller, ses cheveux blond vénitien auréolaient son visage et ses yeux étaient clos. Soudain, elle paraissait plus âgée, et plus triste – son mari, Wolf, était décédé d'un cancer du cerveau deux ans et demi auparavant –, mais elle restait Connie, Constance Flute, née O'Brien, la plus vieille et autrefois la plus proche amie de Meredith. Son amie depuis toujours.

Meredith avait appelé Connie pour lui demander si elle pouvait rester chez elle, à Bethesda, « pour un temps ». Connie avait éludé la question en lui annonçant qu'elle partait pour Nantucket pour l'été. Bien sûr, Nantucket. Le mois de juillet approchait – un fait qui avait échappé à Meredith, piégée qu'elle était dans son appartement – et ses espoirs s'étaient envolés.

— Tu peux appeler quelqu'un d'autre ? demanda Connie.

— Il n'y a personne d'autre, avait répondu Meredith.

Elle n'avait pas dit cela pour invoquer la pitié de son amie, mais parce que c'était la vérité. Au moment du scandale, elle avait été frappée par sa soudaine solitude, par l'abandon de tous ses proches. Connie était son seul et unique espoir. Même si elles ne s'étaient pas parlé depuis trois ans, elle était la personne la plus proche de l'idée d'une famille à ses yeux.

— Tu pourrais te tourner vers l'Église, avait dit Connie. Aller dans un couvent.

Un couvent, oui. Il y avait des couvents, elle en était pratiquement certaine, sur Long Island. Les garçons et elle en avaient vu un sur la route des Hamptons, niché dans les collines vallonnées, en retrait de l'autoroute. Elle débuterait comme novice et frotterait les sols jusqu'à ce que ses genoux soient en sang, et peut-être qu'un jour elle serait capable d'enseigner.

— Meredith. Je plaisante.

— Oh.

Bien sûr, elle plaisantait. Connie et Meredith étaient allées à l'école catholique ensemble, mais Connie n'avait jamais été particulièrement dévote.

— J'imagine que je pourrais passer te prendre sur le chemin.

— Et faire quoi ? M'emmener à Nantucket ?

— Tu me dois une visite. Tu me dois cette visite depuis 1982.

Meredith avait ri. Un rire qui résonnait étrangement à ses oreilles. Cela faisait si longtemps.

— Tu pourrais rester deux semaines, peut-être plus. On verra bien comment ça se passe. Je ne peux rien te promettre.

— Merci, avait murmuré Meredith, accablée de gratitude.

— Tu te rends compte que tu ne m'as pas appelée depuis trois ans ?

Oui, Meredith s'en rendait compte. Ce que Connie voulait dire, en réalité, c'était : Tu n'as jamais appelé pour t'excuser de tes malencontreuses paroles sur Wolf ou pour me présenter tes condoléances en personne. Mais aujourd'hui, alors que tu es en grande détresse et que tu n'as nulle part où aller, tu me contactes, moi.

— Je suis désolée, avait dit Meredith.

Elle n'avait pas dit : Tu ne m'as pas appelée non plus. Tu ne t'es jamais excusée d'avoir traité Freddy d'escroc. Aujourd'hui, bien entendu, il n'était plus nécessaire de lui faire des excuses. Connie avait vu juste : Freddy était bel et bien un escroc.

— Tu viendras quand même me chercher ?

— Je viendrai.

À présent, Meredith avait envie de réveiller son amie et de lui demander : Peux-tu s'il te plaît me pardonner ce que j'ai dit ? Pouvons-nous arranger les choses entre nous ?

Meredith se demandait ce que les fédéraux allaient penser du miroir qu'elle avait brisé dans la salle de bains principale. Dans un accès de rage, elle avait jeté son mug de thé vert dessus. Elle avait savouré l'éclatement du verre. Son reflet avait volé en éclats et s'était éparpillé sur le plateau de marbre et dans le lavabo de Freddy. Sois maudit, Freddy ! se dit-elle pour la millionième fois. Bercée par le roulis des vagues, Meredith sentit ses paupières s'alourdir. Si un cœur battait sous leur uniforme noir, les fédéraux la comprendraient.

CONSTANCE O'BRIEN FLUTE

Elles étaient d'accord pour n'aborder aucun sujet important tant que Meredith ne serait pas en sécurité dans la maison de Nantucket. Connie avait besoin de digérer sa propre décision. Qu'avait-elle fait ? Cette question, elle se l'était posée mille fois au cours des six heures de trajet entre Bethesda et Manhattan. La circulation était fluide. À la radio, Connie avait écouté Delilah, la célèbre animatrice. Les récits poignants des auditeurs lui avaient remonté le moral. Son sentiment de perte ne la quittait pas. Wolf était décédé depuis deux ans et demi, pourtant sa souffrance était toujours aussi prégnante. Il s'était écoulé presque autant de temps depuis sa dernière conversation avec leur fille, Ashlyn, même si elle l'appelait tous les dimanches, dans l'espoir d'obtenir un jour une réponse. Elle lui avait envoyé des fleurs pour son anniversaire et un bon d'achat chez J. Crew pour Noël. Ashlyn avait-elle déchiré le bon d'achat et jeté les fleurs à la poubelle ? Connie n'avait aucun moyen de le savoir.

Et maintenant qu'avait-elle fait ? Elle avait accepté d'aller à Manhattan pour secourir son ex-meilleure amie, Meredith Delinn. Connie la qualifiait d'ex-meilleure amie, mais, au fond d'elle, elle savait que Meredith et elle seraient toujours intimement liées. Elles avaient grandi ensemble sur Main Line, à Philadelphie. Dans les années 1960, elles étaient dans la même école primaire à Tarleton, et ensuite à la Merion Mercy Academy. Elles étaient telles des sœurs. Au lycée, Meredith était sortie pendant deux ans avec son frère, Toby.

Connie prit son téléphone sur le tableau de bord, se demandant si elle devait appeler Toby pour lui expliquer la situation. C'était le seul qui connaissait Meredith depuis aussi longtemps qu'elle. Le seul susceptible de comprendre ce qui se passait. Mais Meredith et Toby avaient une histoire compliquée. Toby avait brisé le cœur de Meredith au lycée, et, au fil des années, Meredith lui avait régulièrement demandé des nouvelles de son frère, comme une femme qui pose des questions sur son premier grand amour. Connie avait raconté à son amie les voyages de Toby autour du monde, en tant que capitaine d'immenses yachts, sa vie de noceur invétéré, ses deux cures de désintoxication, les femmes qu'il avait rencontrées, épousées, et abandonnées en chemin. Sans oublier son fils de dix ans, bien parti pour devenir aussi charmeur et dangereux que Toby lui-même. Meredith et Toby ne s'étaient pas vus depuis les funérailles de la mère de Connie et Toby, Veronica, six ans auparavant. Il s'était passé quelque chose entre eux à l'enterrement, poussant Meredith à sauter dans sa voiture et à s'enfuir avant la réception.

— Je ne peux pas rester près de lui, lui avait avoué Meredith plus tard. C'est trop douloureux.

Connie n'avait pas eu le courage de demander à son amie ce qui s'était réellement passé. Elle avait cru sage de ne pas non plus interroger Toby, malgré sa curiosité.

En avril dernier, elle avait vu Meredith sur CNN, le jour où son amie avait rendu visite à Freddy en prison. Avec ses cheveux gris et son air hagard, Meredith était alors bien loin de la mondaine blonde, habillée en Dior, que le monde entier avait récemment vue dans les pages du *New York Times*. Meredith portait un simple jean, un chemisier blanc et un trench. Elle plongeait dans un taxi, mais un journaliste avait réussi à la haranguer avant qu'elle ne refermât la porte :

— Madame Delinn, pleurez-vous quand vous pensez à la tournure des événements ?

Meredith avait levé les yeux, et le cœur de Connie s'était accéléré en reconnaissant l'expression typique de son amie. Une expression de bagarreuse. C'était la Meredith du lycée, la joueuse de hockey hargneuse, la championne de plongeon, la finaliste du National Merit Scholarship.

— Non, avait répondu Meredith.

Elle avait eu envie d'appeler son amie les jours suivants. La presse avait été brutale. (Les gros titres du *New York Times* scandaient : « Jésus pleure. Pas Mme Delinn. ») Connie avait voulu la contacter et lui offrir son soutien, pourtant elle n'avait pas décroché le téléphone. Elle était encore amère à l'idée que Meredith eut laissé l'argent briser leur amitié. De plus, elle souffrait déjà suffisamment de sa propre mélancolie pour prendre en charge les problèmes de son amie.

Elle avait aussi vu une photo de Meredith, à la fenêtre de son penthouse, dans le magazine *People*. La légende disait : « À l'aube, Meredith Delinn scrute un monde qui ne veut plus d'elle. »

Le paparazzi l'avait surprise en chemise de nuit au lever du jour. Pauvre Meredith ! Là encore, Connie avait songé à l'appeler, mais ne l'avait pas fait.

Ensuite, elle avait lu l'article en première page du *New York Times*, dans la rubrique Style, intitulé : « La femme la plus seule de New York. » Il relatait l'épopée tragique de Meredith au salon de coiffure Pascal Blanc, où elle se faisait teindre les cheveux depuis quinze ans. Le journal racontait que Meredith appelait le salon depuis plusieurs semaines pour obtenir un rendez-vous, sans succès. La réceptionniste la rembarrait systématiquement. Finalement, le propriétaire du salon, Jean-Pierre, l'avait rappelée pour lui expliquer qu'il ne pouvait risquer de perdre ses autres clients, pour la plupart d'anciens investisseurs de Delinn, en lui accordant un rendez-vous. L'article précisait que Meredith avait demandé un rendez-vous en dehors des heures ouvrées et qu'elle s'était heurtée à un refus. Elle avait alors demandé si sa coiffeuse habituelle pouvait venir à son domicile – elle paierait en liquide –, mais c'était toujours non. L'article affirmait également que Meredith n'était plus la bienvenue chez Rinaldo's, le restaurant italien où Freddy et elle dînaient deux fois par semaine depuis huit ans. Dante Rinaldo était cité : « Mme Delinn commandait toujours un verre de Ruffino Chianti, alors que M. Delinn ne buvait pas d'alcool. Jamais. Maintenant, si j'autorise Mme Delinn à venir dîner, je perdrai tous mes autres clients. » À lire l'article, une chose était claire : tout le monde à New York haïssait Meredith et, si jamais elle osait se montrer en public, elle serait huée.

Quelle horreur, pensait Connie. Pauvre Meredith. Après avoir lu l'article, elle avait pris son téléphone et, de ses doigts fébriles, avait composé le numéro de l'appartement de Park Avenue. Un opérateur l'avait alors informée que le numéro n'était plus attribué.

Bien sûr.

Connie avait raccroché en se disant que, au moins, elle avait essayé.

Le même jour, à 13 heures, elle avait regardé la Fox tout en faisant ses bagages pour Nantucket. C'était le jour du verdict de Freddy. Les journalistes de la Fox prédisaient une peine de vingt-cinq à trente-cinq ans, même si, précisait Tucker Carlson, l'avocat de Freddy était un vieux renard, malin et expérimenté.

« Le procureur, Richard Cassel, ajouta Carlson, réclame dix-sept ans de prison, ce qui signifie une libération pour bonne conduite au bout de douze ans. »

Et Connie de penser : Ah ! Richard Cassel ! Elle avait bu quelques bières avec lui lors d'une visite à Meredith sur le campus de Princeton. Richard avait tenté d'attirer Connie dans sa chambre, mais elle l'avait repoussé. Ce type se prenait pour un aristocrate dandy, avec sa chemise ouverte et ses mocassins usés. Meredith ne lui avait-elle pas dit qu'il avait triché à un examen ? C'était le procureur idéal pour Freddy.

Les souvenirs de Connie avaient été interrompus par l'annonce que Frederick Xavier Delinn était condamné à une peine de cent cinquante ans dans une prison fédérale.

Cette nouvelle lui avait causé un choc, l'obligeant à s'asseoir. Cent cinquante ans ? Le juge veut faire un

exemple, avait-elle pensé. Eh bien, même si elle répugnait
à le dire, Freddy l'avait bien mérité. Tant de gens s'étaient
retrouvés sur la paille. Tant d'avenirs brisés, d'étudiants
contraints à abandonner leurs études, de maisons saisies,
de femmes de quatre-vingts ans forcées de subsister grâce
à la sécurité sociale, de se nourrir de boîtes de conserves.
Cent cinquante ans. Pauvre Meredith !

Connie en voulait à son amie pour des raisons person-
nelles, mais contrairement à la majorité des gens, elle ne la
blâmait pas pour les crimes de son mari. Meredith ne pouvait être au courant des agissements de Freddy. (N'est-ce
pas ? D'accord, le doute subsistait.) Mais, quand elle fer-
mait les yeux et cherchait la réponse au fond de son cœur,
elle était persuadée que son amie n'était au courant de rien.
Jamais Meredith n'aurait accepté de vivre dans l'illégalité.
C'était une femme de principes. Une femme droite. Connie
le savait mieux que personne : en grandissant, cela l'avait
rendue folle. Pourtant, comme le reste du monde, elle se
demandait comment son amie avait pu ignorer les faits.
C'était une femme intelligente : deuxième de sa classe au
Merion Mercy, elle avait été admise à Princeton. Comment
peut-on être aveugle aux crimes qui se déroulent sous son
propre toit ? Donc, elle était au courant ? Non, impossible.

Connie avait rouvert les yeux juste à temps pour voir un
Freddy émacié et nauséeux, dans un costume mal ajusté,
traîné hors du tribunal pour regagner son cachot.

Enfoiré, avait-elle pensé.

Quelques heures plus tard, le téléphone avait sonné.
« Numéro inconnu », affichait l'écran, ce qui suscitait toujours l'espoir de Connie, car tout numéro non identifié pouvait être celui d'Ashlyn.

— Allô ?

— Connie ? Con ?

La voix de femme lui était familière, même si elle ne parvenait pas à la reconnaître. Ce n'était pas sa fille, ce n'était
pas Ashlyn, aussi était-elle sous le coup de la déception
avant de se rendre compte... que la femme au bout du fil
était Meredith.

— Meredith ?
— Dieu merci, tu es chez toi !

Qu'avait-elle fait ? Pourquoi avait-elle dit oui ? La vérité, c'était que Meredith occupait ses pensées depuis des mois. La vérité, c'était que Meredith lui faisait de la peine. La vérité, c'était qu'aucune autre femme n'avait été aussi proche d'elle durant sa vie entière – pas même sa propre mère ni sa propre fille. La vérité, c'était que Connie se sentait seule. Elle avait désespérément besoin d'une personne à son côté, une personne qui la connaissait, qui la comprenait. Elle ne savait pas pourquoi elle avait dit oui, mais voilà.

Connie avait regimbé en voyant la foule des journalistes massés devant l'immeuble de Meredith. Elle avait failli faire demi-tour, mais elle se doutait que Meredith l'attendait dans l'allée derrière le bâtiment, et l'abandonner ainsi à son triste sort aurait été cruel.

Quand Connie s'était arrêtée, Meredith avait couru depuis la porte de derrière et bondi dans le véhicule. Elle portait le même chemisier blanc, un jean et des sandales plates, que Connie avait vues sur une photo il y a quelques mois, quand Meredith avait rendu visite à son mari en prison. Meredith n'avait pas fermé la portière que Connie faisait déjà marche arrière. Un journaliste avait réussi à voler un cliché de la voiture en fuite. Par chance, Meredith avait baissé la tête. Connie avait dévalé Park Avenue en trombe, mais elle ne se sentit vraiment en sécurité qu'une fois sur la I-95. À ce moment-là, Meredith avait voulu parler, mais Connie l'en avait empêchée en levant la main :

— Il vaut mieux ne rien se dire avant d'arriver à Nantucket.

Pourtant, il y avait un million de choses qu'elle brûlait de savoir.

Quand le haut-parleur annonça l'approche du port de Nantucket, Connie se réveilla en sursaut. Meredith était assise sur le siège avant et deux tasses de café fumant – léger et sucré – étaient posées sur le tableau de bord.

Connie et Meredith aimaient le même café, une habitude qu'elles avaient prise ensemble à l'âge de six ans, durant les goûters où la grand-mère de Meredith, Annabeth Martin, servait bizarrement aux petites filles du vrai café dans un service en argent.

Meredith portait une casquette de base-ball et des lunettes de soleil. Quand elle s'aperçut que Connie était réveillée, elle lui dit :

— Je nous ai trouvé du café. Le type à la caisse m'a dévisagée, mais c'était un étranger, je pense. Je l'ai entendu parler russe.

— Je ne voudrais pas briser tes illusions…

— Crois-moi, je ne me fais plus aucune illusion.

— Tu dois te montrer extrêmement prudente. Personne ne doit savoir que tu es ici avec moi. Ni Russe ni Suédois. Je dis bien personne !

— Sauf mes avocats, dit Meredith en buvant une gorgée de café. Ils doivent savoir où je suis. Parce que je suis toujours sous le coup d'une enquête. Moi, et aussi Leo.

— Oh, Meredith.

Connie était à la fois inquiète et agacée. Meredith aurait dû lui préciser ces détails avant de lui demander de venir la chercher, non ? Est-ce que cela aurait changé son état d'esprit ? Et le pauvre Leo, le propre filleul de Connie, l'un des gamins les plus géniaux de sa connaissance ? Toujours dans le collimateur des fédéraux ? Mais pourquoi ? Elle s'abstint de poser une question évidente : Ont-ils des motifs de t'inculper ? Vais-je devenir une sorte de complice de tes crimes ? Au lieu de quoi, elle dit :

— J'ai failli appeler Toby hier soir. Pour lui dire que je t'emmenais ici.

— Toby ?

— Toby, oui.

— Je peux te demander où il est ?

Connie contrôla sa respiration.

— Il est à Annapolis, où il gère une affaire florissante de location de voiliers. L'hiver, il s'envole pour les Caraïbes.

— Et s'envoie en l'air avec des mannequins de la moitié de son âge à Saint Barth'.

Meredith était-elle taquine ou amère ? Connie opta pour la plaisanterie.

— Certainement ! Il n'a jamais vraiment grandi. Mais c'est ce qu'on aime chez lui, n'est-ce pas ?

Meredith eut un rire sans joie. Connie reconnut cette fameuse ambivalence qui présidait aux relations de Toby et Meredith. De la jalousie – Meredith était tombée amoureuse de Toby et il était devenu bien plus important à ses yeux que Connie elle-même. De la culpabilité – Toby avait impitoyablement piétiné les sentiments de Meredith. De l'incrédulité – après toutes ces années, Meredith se souciait encore de lui. Même après son mariage avec Freddy, son indécente aisance matérielle, ses vingt maisons et sa flottille de Rolls Royce, sans oublier le jet privé à sa disposition tous les jours de la semaine, elle demandait régulièrement : « Comment va Toby ? Il est marié ? Il sort avec quelqu'un ? Est-ce qu'il prend de mes nouvelles parfois ? »

— Écoute…, commença Connie.

La présence de Meredith à son côté lui semblait incongrue. Elles avaient partagé tant de choses… toutes ces années côte à côte, toutes ces journées passées ensemble… et pourtant la situation avait changé.

— … je sais que tu n'avais nulle part ailleurs où aller. Mais il est possible que cela ne marche pas. Je serai malheureuse, tu seras malheureuse, nous ne parviendrons pas à renouer notre amitié. Tu fais l'objet d'une enquête, mais moi je ne veux pas avoir d'ennuis avec la justice. Tu comprends ça ? Si ça se passe mal, tu devras partir. Tu devras t'en sortir seule.

Meredith hocha solennellement la tête et Connie se détesta d'avoir été si dure.

— Mais je veux tenter le coup. Je veux t'offrir un espace paisible, un lieu où tu pourras réfléchir sereinement. Passer du temps avec toi-même. Je ne suis pas totalement désintéressée, Meredith. Moi aussi, je suis seule. Je me sens seule à chaque minute de chaque heure de chaque jour depuis la mort de Wolf. Ashlyn est devenue une étrangère pour moi. On ne se parle plus. Il y a eu un malentendu à l'enterrement.

Connie secoua la tête. Elle n'avait pas envie de penser à tout cela.

Sa fille ne se rendait pas compte de sa cruauté. Elle ne le comprendrait que le jour où elle-même aurait des enfants.

— Je suis désolée. Si ça peut t'aider à te sentir mieux, je ne suis pas autorisée à être en contact avec les garçons pendant toute la durée de l'investigation. Et si Freddy n'est pas mort, c'est tout comme.

Au fond, leurs situations présentaient des similitudes, mais Connie refusait de les comparer pour déterminer laquelle était la pire. Heureusement, à ce moment-là, les voitures qui la précédaient se mirent en branle, et Connie engagea à son tour l'Escalade sur la passerelle. Le panorama de Nantucket dans le soleil matinal se dessina sous leurs yeux : le ciel bleu, les maisons aux toitures en bardeaux gris, le dôme doré de la tour de l'horloge de l'Église unitarienne. Meredith avait possédé des maisons dans des lieux fabuleux – avant la déchéance du couple, Connie était allée les voir à Palm Beach et au cap d'Antibes –, mais, à ses yeux, le paysage de Nantucket était le plus époustouflant du monde.

— Waouh, murmura Meredith.

— Baisse-toi. On ne sait jamais.

Il n'y avait ni caméras, ni antennes satellite, ni journalistes – seule l'activité tranquille d'un vendredi matin de juillet sur l'île de Nantucket. Des touristes flânaient sur Steamship Wharf et la foule habituelle arpentait le « strip ». Les badauds commandaient des sandwichs pour aller pique-niquer sur la plage, louaient des bicyclettes, faisaient appliquer un antidérapant sur leurs planches de surf chez Indian Summer. Connie dépassa le Nantucket Whaling Museum. Wolf adorait ce musée consacré à l'univers marin. Lui-même était mordu de tout ce qui touchait à la mer, et avait dévoré tous les livres de Nathaniel Philbrick et de Patrick O'Brian. La famille de Wolf possédait cette terre sur l'île depuis des générations et, quand le couple avait pu réunir les fonds nécessaires, ils avaient fait démolir le simple cottage bâti sur l'hectare et demi de terrain en bord de mer et avait fait construire une maison digne de ce nom.

La maison était située sur les terres reculées de Tom Nevers. Quand Wolf et Connie mentionnaient qu'ils habitaient là-bas, les gens de l'île s'exclamaient : « Vraiment ? C'est le bout du monde ! »

En effet, Tom Nevers était « le bout du monde », selon les standards de l'île. Situé à dix kilomètres de Milestone Road, le lieu-dit n'avait pas le chic du village de Sconset, encore moins le prestige d'une maison face au port. Tom Nevers ne comptait ni restaurants ni boutiques. Pour trouver un café ou le journal, il fallait aller à Sconset en voiture. Comme le village était orienté au sud-est, il était souvent enveloppé de brume, même quand le reste de l'île était ensoleillé. Mais Connie adorait la paix et la sérénité de l'endroit, la plage rugueuse et déserte, le phoque sympathique qui nageait au large. Elle appréciait l'horizon bas et la sobriété des maisons alentour. Tom Nevers n'avait rien de glamour, mais c'était chez elle.

Quand Connie s'engagea sur la longue allée poussiéreuse (indiquée par une pancarte de bois rongée par le temps où était gravé « FLUTE »), elle dit à son amie qu'elle pouvait enfin se relever.

— Waouh ! répéta Meredith.

L'allée était bordée de zostères et de vieux oliviers espagnols battus par les vents. En chemin, Connie se demandait ce que Meredith pouvait bien penser. Le fait que Meredith et Freddy n'eussent jamais daigné leur rendre visite à Nantucket était un sujet délicat – antérieur à celui de Wolf et de l'argent. Meredith lui avait promis de venir après sa remise de diplôme universitaire. Elle avait déjà pris ses billets de bus et de bateau, puis avait annulé au dernier moment, à cause de Freddy. Et, après leur mariage, Meredith et Freddy s'étaient consacrés exclusivement à leur fabuleuse vie dans les Hamptons.

La maison se profila, et, derrière elle, l'immensité de l'océan.

— Mon Dieu, Connie. C'est immense ! C'est magnifique !

Connie en ressentit une grande fierté, un sentiment qu'elle aurait dû museler, elle le savait. Ils avaient appris, n'est-ce pas, que les possessions terrestres étaient

évanescentes. Autrefois, Meredith avait tout ce qu'elle désirait. Aujourd'hui, elle n'avait plus rien. Pourtant, Connie ne
pouvait s'empêcher d'éprouver une certaine satisfaction.
Connie avait toujours été considérée comme la plus jolie, et
Meredith comme la plus intelligente. Sa vie avait été remplie d'amour, celle de Meredith de richesses : de l'argent,
des maisons, des objets et des expériences au-delà des rêves
les plus fous. La propriété de Palm Beach de son amie avait
appartenu aux Pulitzer. Meredith avait reçu Donald Trump
et sa fille Ivanka à dîner. Jimmy Buffett, le célèbre chanteur de country, avait chanté à l'occasion de son quaran-
tième anniversaire. La rumeur courait même qu'on avait
donné son nom à une étoile.

Au vu de tout cela, Connie n'était-elle pas en droit de se
réjouir des compliments de son amie, visiblement impressionnée par la maison ? Immense ! Magnifique ! s'était
exclamée Meredith.

Mais vide aussi, hélas.

Telles étaient ses pensées au moment de franchir le seuil.
Ses pas résonnèrent dans le vestibule au plafond haut. Les
sols étaient en marbre vieilli et blanc et, sur la droite, un
escalier en colimaçon grimpait le long du mur tel l'intérieur
d'un nautile. La maison avait été conçue par Wolf.

Wolf était mort. Jamais plus il ne pénétrerait dans cet
endroit. Cette implacable réalité lui paraissait terriblement
injuste. Ses amis, ses proches lui avaient dit qu'avec le
temps la vie serait plus facile, que son chagrin s'estompe-
rait, mais c'était faux.

Connie lutta pour recouvrer son souffle. À côté d'elle,
Meredith semblait toute petite, déboussolée. Nous sommes
deux cas désespérés, pensa-t-elle. Moi, autrefois élue « la
plus jolie et la plus populaire » et elle « la plus susceptible
de réussir ».

— Viens, on va faire le tour du propriétaire.

Elle conduisit Meredith dans la pièce principale, qui
occupait toute la largeur de la maison et était inondée de
la lumière rosée du petit matin. À sa gauche, la cuisine, avec
ses armoires de bois d'érable vitrées et son plan de travail
de granite bleu. La cuisine était du dernier cri car Connie

était un cordon bleu. Elle était équipée d'une cuisinière Garland à huit feux, d'un évier de style « farmer » en porcelaine, d'une cave à vin, d'un double four, d'un lave-vaisselle extra-large, sans oublier la crédence de cobalt et de mosaïque italienne que Wolf et elle avaient trouvée lors d'un treck dans les Cinque Terre. La cuisine s'ouvrait sur la salle à manger, meublée d'une élégante table en cerisier et de douze chaises. Une double porte donnait accès au salon, lui aussi tout de bleu et de blanc. À l'extrémité de la pièce, un foyer de briques blanches surmonté d'un manteau de bois flotté, que le grand-père de Wolf avait récupéré sur la plage, après le passage de l'ouragan Donna en 1960.

— C'est merveilleux ! dit Meredith. Qui a fait la décoration ?

— Moi.

— Je n'ai jamais rien décoré de ma vie. Nous avons toujours eu Samantha, ajouta Meredith en déambulant dans la salle à manger. Je me sentais privilégiée, tu sais, d'avoir Samantha pour choisir nos bibelots, les harmoniser, nous créer un style. Mais c'était artificiel, comme tout le reste.

Elle promena ses doigts sur les livres de Wolf.

— J'aime tellement plus ce style. Cet endroit, c'est toi, Wolf et Ashlyn.

— Oui. C'est vrai. C'est dur, tu sais.

Connie adressa un faible sourire à son amie. Elle était heureuse de ne pas être seule, mais entendre Meredith dire ces mots qu'elle-même était incapable de prononcer la faisait souffrir.

— Si on allait voir l'océan ?

Aller à la plage lui était très douloureux, car c'était là qu'elle avait dispersé les cendres de Wolf, deux étés auparavant, en présence du frère de Wolf, Jake, de sa femme, Iris, et de Toby, qui avait profité de cette cérémonie pour s'enivrer et se tourner une nouvelle fois en ridicule. Tout en laissant des empreintes de pas dans le sable humide – la marée était basse –, Connie se demanda où étaient les restes de Wolfgang Richard Flute à présent. Wolf Flute, un homme chaleureux, aimant, immense – près de deux mètres – à la voix de baryton, à l'intelligence vive et au regard pétillant. Un homme affairé, important, même s'il n'était pas puissant, selon les standards de Washington, ni riche, selon les standards de Wall Street. Sa plus grande qualité était l'attention équilibrée qu'il accordait à toutes les facettes de sa vie. Il avait aidé Ashlyn à créer les projets scolaires les plus éblouissants ; il concoctait le martini le plus délicieusement frappé ; il était mordu de monocycle (une discipline découverte durant ses premières années à l'université de Brown), ainsi que de padel, de tennis et de voile. Il collectionnait les sextants et les baromètres anciens. Féru d'astronomie, qu'il avait étudiée, il pensait que la configuration des étoiles dans le ciel pouvait inspirer de grandes architectures terrestres. Wolf avait toujours été présent dans la vie émotionnelle de Connie, même quand il travaillait sur un projet aux délais serrés. Parfois, il rentrait tard le soir – cela se produisait deux ou trois fois par mois – et lui envoyait des fleurs ou des plats indiens en guise d'excuses. Quand elle sortait avec ses amies, son mari commandait du vin pour leur table et les autres femmes s'extasiaient de la chance de Connie.

Où était-il maintenant ? Il était mort d'un cancer du cerveau et Connie avait respecté son vœu d'être incinéré et de disperser ses cendres sur la plage de Tom Nevers. Les cendres s'étaient désintégrées. Il n'en restait que des molécules suspendues dans les flots. Ainsi, le corps que Wolf habitait avait disparu. Absorbé par la terre. Redevenu poussière. Mais Connie ressentait toujours sa présence ici, dans cette eau qui s'enroulait autour de ses chevilles.

Meredith avait de l'eau presque jusqu'aux genoux. L'océan était encore trop froid pour Connie, mais son amie semblait apprécier. L'expression de son visage hésitait entre l'extase et le désespoir. Elle s'exprima d'une voix remplie de larmes, alors que, comme l'avait affirmé le *New York Post*, ses yeux restaient secs.

— Je n'aurais jamais cru remettre un jour les pieds dans l'océan.

Connie fit un hochement de tête entendu.

— Comment te remercier ? Je n'ai rien.

Connie serra son amie dans ses bras. Meredith était frêle, comme une poupée. Une fois, au lycée, elles avaient trop bu lors d'une fête à Villanova, et Connie avait ramené Meredith chez elle en la portant sur son dos.

— Je ne veux rien.

Quel agréable sentiment d'avoir de la compagnie et de sentir que Meredith lui serait éternellement reconnaissante. Mais la gravité de sa décision la submergea. Son amie d'enfance était mariée au plus grand escroc de tous les temps. Meredith était *persona non grata* dans le monde entier. Elle avait des millions de détracteurs et des milliers d'ennemis. Et faisait encore l'objet d'une enquête. Ce « encore » donnait l'impression qu'il s'agissait d'une situation temporaire, qui serait bientôt réglée. Mais si ce n'était pas le cas ? Et si Meredith était coupable ?

Qu'est-ce que j'ai fait ? se répétait-elle alors. Qu'est-ce que j'ai fait ?

Meredith prit ses quartiers dans la chambre d'amis aux murs lambrissés, avec une petite salle de bains attenante. La pièce, comme la salle de bains, était dans les tons roses, et avait été décorée par Connie en personne, avec l'aide de Wolf et de la femme du Marine Home Center. La chambre était pourvue de baies vitrées qui ouvraient sur un balcon étroit, très *Roméo et Juliette*. Meredith déclara qu'elle l'adorait.

— Ma chambre est au bout du couloir.

La « chambre » dont elle parlait était une vaste pièce, qui englobait la moitié ouest du second étage. Elle était dotée d'un immense lit californien orienté vers l'océan, un jacuzzi profond, une douche à l'italienne entièrement vitrée, un double lavabo, des toilettes, des dalles chauffantes, un mur de miroirs et un pèse-personne qui indiquait généreusement un ou deux kilos de moins. Ainsi que deux énormes placards. (L'été précédent, Connie s'était enfin décidée à donner les vêtements d'été de Wolf aux bonnes œuvres de l'hôpital.) Enfin, le bureau de Wolf, avec sa table de dessin, ses cartes océanographiques encadrées, et un télescope positionné de façon à observer les constellations les plus intéressantes de l'été. Connie n'avait pas la force de montrer cette pièce à son amie. À dire vrai, elle n'avait pas passé une seule nuit dans son propre lit depuis la mort de Wolf. Chaque soir, à Nantucket, elle s'endormait dans le canapé du rez-de-chaussée avec l'aide de deux ou trois chardonnay ou, quand elle avait des invités, sur la banquette du troisième étage, qu'elle réservait à ses utopiques futurs petits-enfants.

Elle ne voulait pas dormir dans son lit sans Wolf. C'était la même chose chez elle. Un fait inexplicable. Elle avait lu quelque part que le décès d'un conjoint était numéro un sur la liste des sources de stress. Or qu'avait-elle fait ce matin si ce n'est introduire davantage de stress dans sa vie ?

— Je dois aller au supermarché faire des courses, dit Connie.

— Est-ce que je peux t'accompagner ?

Elle vit Meredith se hisser sur les pointes de pied, comme elle le faisait d'habitude à l'extrémité de son plongeoir.

— D'accord. Mais tu mettras ta casquette et tes lunettes.

Connie était terrifiée à l'idée d'être prise en faute. Que se passerait-il si quelqu'un découvrait que Meredith était ici, dans sa maison ?

— Casquette et lunettes, très bien.

Connie conduisit jusqu'au Stop&Shop pendant que Meredith faisait la liste des courses sur un morceau de papier pressé sur sa cuisse. La peur de Connie s'envola et une impression de bien-être l'envahit, un sentiment qu'elle n'éprouvait habituellement qu'après un bon massage et trois verres de chardonnay.

Elle actionna le toit ouvrant et l'air frais s'engouffra dans l'habitacle pendant qu'elle allumait la radio – *We are the Champions*, de Queen, la chanson de victoire de l'équipe de hockey du Merion Mercy, un sport que Meredith et elle avaient pratiqué pendant quatre ans. Connie sourit et Meredith tourna son visage vers le soleil. L'espace d'un instant, la voiture fut un espace heureux.

Dans le magasin, Connie envoya Meredith chercher des tortillas au blé complet et des yaourts grecs pendant qu'elle patientait au comptoir du traiteur. Elle lui demanda ensuite de trouver de la lessive, des gants en caoutchouc et des éponges, mais Meredith était partie depuis si longtemps qu'elle paniqua. Elle courut dans le magasin avec son Caddie, esquivant les autres clients et leurs jeunes enfants, qui se mouvaient tous à la vitesse d'escargots, assommés par les effets conjugués de l'air marin et du soleil. Où était Meredith ? Connie hésitait à crier son nom. Il était peu probable qu'elle eût quitté le magasin, donc de quoi avait-elle peur ? Elle craignait que son amie n'eût été arrêtée et menottée par des agents du FBI. Meredith devrait se trouver dans l'allée des produits ménagers et du papier toilette, mais non, elle n'y était pas, pas plus que dans l'allée suivante, ni celle d'après. Connie n'avait retrouvé son ancienne amie que depuis quelques heures, et déjà elle l'avait perdue. Elle n'était même pas sûre de vouloir la garder avec elle – alors pourquoi cette panique ?

Enfin, elle retrouva Meredith dans l'espace boulangerie, un paquet de pains viennois à la main.

Incroyablement soulagée, elle se dit aussitôt : C'est ridicule. Il faut que je relâche la pression.

— Oh, mon Dieu. Je croyais t'avoir perdue.

— Tu sais, un photographe du *USA Today* avait installé sa planque chez les Gristedes, près de chez moi, et un type du *National Enquirer* s'était positionné au D'Agostino, en bas de ma rue. Je ne pouvais même pas aller acheter des œufs. Ou du dentifrice.

Connie lui prit le paquet de pains viennois des mains et le laissa tomber dans le Caddie.

— Ici, personne ne te suit.

— Pour le moment, dit Meredith en ajustant ses lunettes.

— Exact. Ne forçons pas trop le destin.

Connie prit la direction de la sortie. Par chance, elle ne connaissait personne dans le magasin. Wolf et elle avaient pris la décision réfléchie de ne pas nouer de relations sociales sur l'île. Ils assistaient à des dîners et des réceptions à Washington toute l'année, aussi Nantucket constituait-il une pause, même si Wolf avait encore quelques amis remontant aux étés de son enfance sur l'île. Ses parents et ses grands-parents faisaient autrefois partie du Nantucket Yacht Club, et une fois ou deux l'été, Wolf était contacté par ses vieux amis pour aller faire de la voile, ou bien le couple était invité à un cocktail ou un barbecue dans le vieux cottage d'un ami d'enfance. Mais la plupart du temps, Connie et Wolf restaient seuls tous les deux. Bien que Connie vînt sur l'île depuis vingt ans, elle s'y sentait anonyme. Elle ne connaissait personne et personne ne la connaissait.

Dans la file d'attente à la caisse, Meredith lui tendit trois billets de vingt dollars.

— J'aimerais participer aux dépenses.

Connie faillit refuser son argent. Les journalistes à la télévision avaient été clairs : à moins d'une caisse noire quelque part, Meredith Delinn se retrouvait sans le sou.

— Comme tu veux. Mais ne te sens pas obligée de le faire.

— D'accord, murmura Meredith.

Sur le trajet du retour, Connie remarqua un attroupement au niveau d'un rond-point. Des vans de télévision étaient agglutinés sur le parking de l'*Inquirer and Mirror*, le journal de l'île. Elle se retourna pour vérifier. Étaient-ce de nouveaux vans ?

— Baisse-toi, dit-elle à son amie. Ce sont des journalistes.

Elle jeta un coup d'œil dans le rétroviseur.

— CNN, ABC.

Meredith se pencha autant que le lui permettait sa ceinture de sécurité.

— Tu plaisantes ?

— Pas du tout.

— Je n'en reviens pas. Je n'arrive pas à croire qu'ils s'intéressent à l'endroit où je me trouve. Suis-je bête ! Évidemment qu'ils veulent savoir où je suis ! Oui, le monde entier doit savoir que je passe mes vacances à Nantucket. Pour pouvoir me critiquer. Dire à qui veut l'entendre que je mène toujours une vie de luxe.

— Ce qui est la vérité, dit Connie en s'efforçant de sourire.

— Pourquoi n'habites-tu pas dans un lieu horrible ? Pourquoi pas à East Saint Louis ? Si seulement ils pouvaient raconter que Mme Delinn passe l'été dans la ville étouffante et dangereuse d'East Saint Louis !

— Ce n'est pas drôle.

Connie regarda de nouveau dans son rétroviseur. La route derrière elle était déserte. Elle vérifia une nouvelle fois.

— Eh bien, tu sais quoi ? Ils ne nous suivent pas.

— Non ?

Connie accéléra. Elle ressentait une pointe de déception.

— Fausse alerte, on dirait.

Elle essayait de comprendre pourquoi ces vans de télévision se trouvaient devant les bureaux du journal, quand elle se rappela une information de second plan, enfouie sous les gros titres concernant Freddy Delinn.

— Oh, c'est vrai ! Le président est ici ce week-end !

Meredith se redressa.

— Tu m'as fait une de ces peurs !

Meredith faisait des exercices de respiration de la méthode Lamaze pour tenter de se calmer, ce qui raviva dans l'esprit de Connie le souvenir de la naissance du petit Leo. Connie avait emmené Ashlyn, alors âgée de deux ans, à l'hôpital pour voir Meredith et le bébé. Freddy était fier comme un paon et exhibait ses cigares cubains hors de prix (sans mentionner illégaux). Il en avait passé un à Connie en lui disant : « Donne-le à Wolf, il va l'adorer. » Elle avait été jalouse de l'accouchement facile de Meredith (elle avait enduré vingt-trois heures de travail pour avoir Ashlyn et une rupture utérine lui interdisait d'avoir d'autres enfants). Meredith avait dit : « Dieu merci, Freddy a un garçon et le nom des Delinn ne s'éteindra pas. » Un commentaire qui l'avait blessée. Elle avait eu une fille et n'aurait pas d'autres enfants pour perpétuer le nom des Flute. Ce souvenir douloureux lui rappela le ressentiment qu'elle avait éprouvé à l'idée que, alors qu'elle avait fait le déplacement de Bethesda à New York pour voir Meredith à l'hôpital, sa meilleure amie ne s'était pas donné cette peine, deux ans plus tôt, au moment de la naissance d'Ashlyn. Comme cette avalanche de souvenirs était étrange ! Étonnamment, l'esprit de Connie retenait le bon comme le mauvais, qui se mêlaient dans sa tête à la manière de gouaches d'enfants. Meredith, elle, se souvenait peut-être seulement de la joie liée à la visite de son amie, ou du joli ensemble qu'elle lui avait offert pour l'occasion. Ou alors, en repensant à la naissance de Leo, peut-être que Meredith se disait seulement : Leo est dans le collimateur des fédéraux.

Connie s'engagea dans son allée et se gara devant la maison. Meredith se débattit pour sortir les sacs de provisions de la voiture.

— Rentre et détends-toi, lui dit son amie. Je m'occupe de tout.

Connie se mit à rire.

— Tu n'es pas une employée sous contrat. Mais merci de ton aide.

Le souvenir de l'hôpital s'imposa de nouveau à son esprit. Meredith lui avait permis de prendre dans ses bras le petit âgé de quelques heures seulement, malgré les récriminations de l'infirmière. « Tout ira bien ! avait tempêté Meredith. Connie et moi ne bougerons pas d'ici. » Meredith avait elle-même pris des photos. Elle en avait fait encadrer une et la lui avait envoyée. Après quoi, bien sûr, elle lui avait demandé d'être la marraine de Leo.

— C'est sympa d'avoir de la compagnie, dit Connie.

— Même la mienne ?

— Même la tienne.

MEREDITH

À 16 h 50, Meredith ne put plus attendre : elle devait appeler ses avocats et leur donner sa nouvelle adresse. Elle faisait toujours l'objet d'une enquête et n'avait pas le droit de quitter le pays. Les fédéraux avaient confisqué son passeport. Burt et Dev devaient savoir où elle était.

Elle s'assit sur son lit et alluma son téléphone portable. C'était devenu un moment incroyablement angoissant de sa routine quotidienne. L'avait-on appelée ? Lui avait-on envoyé un texto ? Carver et Leo enfreindraient-ils les règles pour lui écrire le *Je t'aime* dont elle avait si désespérément besoin ? L'un de ses anciens amis avait-il suffisamment de compassion dans son cœur pour avoir essayé de la joindre ? Aurait-elle des nouvelles de Samantha ? Burt et Dev avaient-ils cherché à la contacter ? Avaient-ils de bonnes ou de mauvaises nouvelles ? Le moment était-il venu pour elle de recevoir les mauvaises nouvelles ? Si Meredith éteignait son téléphone durant la journée, c'était pour limiter cette torture à un moment précis, au lieu de la subir en permanence.

Hélas, ni messages ni textos. Sa misère tout entière se reflétait dans ce constat.

Elle composa le numéro du cabinet d'avocats en récitant un *Je vous salue Marie*, ce qu'elle faisait toujours quand elle appelait la société. Au rez-de-chaussée, Connie s'affairait dans la cuisine pour préparer le dîner.

Meredith croyait se sentir plus en sécurité à Nantucket, mais une terreur sourde la tenaillait. Nantucket était une île ! À cinquante kilomètres du continent. Et si elle devait s'enfuir ? Inutile d'espérer trouver un taxi pour aller en ville ou traverser le pont ou le tunnel jusqu'au New Jersey. Pas moyen de filer dans le Connecticut si Leo ou Carver avaient besoin d'elle. Elle se sentait à la fois exilée et piégée.

Meredith disposait de quarante-six mille dollars en propre. Des économies qu'elle avait soigneusement placées sur un compte épargne rémunéré à 1,5 pour cent, et qu'elle avait amassées grâce à son métier de professeur, dans les années 1980. (Freddy s'était moqué d'elle à l'époque : « Laisse-moi les investir ! Je doublerai la somme en six mois ! ») Mais Meredith avait conservé cet argent sur son compte épargne par simple fierté personnelle – et imaginez son soulagement à présent ! Elle avait un peu d'argent pour voir venir, de l'argent légitimement gagné et épargné. Quarante-six mille dollars représentaient une fortune pour bien des gens, elle le savait, alors que pour elle ce n'était qu'une pitance. Avant, elle était capable de dépenser cette somme en une après-midi à courir les boutiques d'antiquaires. Écœurant ! se disait-elle pendant que la sonnerie résonnait. Comment était-elle devenue une telle femme ?

La standardiste prit son appel.

— Puis-je parler à Burton Penn, s'il vous plaît ?

— Qui dois-je annoncer ?

Meredith eut un mouvement de recul. Elle détestait donner son identité.

— Meredith Delinn.

La standardiste ne broncha pas. Elle ne lui répondait jamais, alors que Meredith avait parlé à cette même jeune femme des douzaines de fois.

Le téléphone sonna. Alors qu'elle avait demandé à parler à Burt, c'est Dev qui lui répondit.

— Bonjour Dev, Meredith à l'appareil.

— Dieu merci ! J'allais vous appeler sur votre portable. Où êtes-vous ?

— À Nantucket.

— *Nantucket* ? Qu'est-ce que vous faites là-bas ?

— Je suis chez une amie.

Dev laissa échapper un hoquet de surprise. À l'évidence, il avait l'impression qu'elle n'avait aucune amie. Et il avait raison. Mais elle avait Connie. Était-elle son amie ? Que représentait-elle exactement ? C'était difficile à dire.

— Quelle est votre adresse ?

— Je n'en ai aucune idée.

— Un numéro de téléphone ? S'il vous plaît, Meredith, donnez-moi quelque chose. Les fédéraux exigent que nous soyons informés de vos déplacements.

Meredith lut à Dev le numéro de la maison, qu'elle avait noté sur un morceau de papier.

— Bon, pour commencer, je suis content que vous soyez en sécurité.

Meredith sourit. Dev était l'une des personnes, avec ses fils, qui ne voulaient pas la voir se jeter du George Washington Bridge. Son autre avocat, Burt, n'aurait jamais exprimé de tels sentiments. Il ne détestait pas Meredith, mais affichait un certain détachement. Elle n'était pour lui qu'un dossier, un problème légal. La routine.

— J'ai entendu Warden Carmell dire sur MCC que M. Delinn serait transféré à midi en car. Dix heures de trajets jusqu'à Butner. Il devrait arriver à bon port ce soir.

Meredith ferma les yeux. Quand ses avocats l'avaient appelée pour lui dire que Freddy avait écopé de la peine maximale, elle n'avait pas très bien compris de quoi il retournait. En allumant la télévision, elle avait vu Freddy escorté hors du tribunal dans son costume gris clair, qui ne lui allait plus. En bas de l'écran défilait l'information : « Delinn condamné à cent cinquante ans de prison. » Meredith avait couru jusqu'à l'évier de la cuisine et avait vomi la demi-tasse de thé qu'elle avait réussi à ingérer ce matin-là. Elle entendait des bruits de voix. Ce n'était pas la télévision, mais le téléphone. Dans son trouble, elle l'avait fait tomber par terre, alors que Burt s'époumonait : « Meredith ? Vous êtes là ? Allô ? Allô ? » Elle avait raccroché et éteint la télévision. Sa vie était fichue.

Dans sa chambre, elle s'était affalée sur le lit démesuré-
ment grand. Il lui restait trente-six heures avant que le FBI
ne vînt la sommer de quitter les lieux. Elle devrait alors
abandonner les draps frais comme du papier, son délicieux
couvre-lit de soie et son somptueux duvet bourré de
plumes.

Cent cinquante ans.

Voilà, Freddy lui avait pris la main, l'avait entraînée au
bord d'un trou abyssal et lui avait demandé de sauter avec
lui – et elle avait accepté. Elle avait plongé sans connaître
la profondeur du gouffre, sans savoir ce qui se passerait
quand ils heurteraient le fond.

— Très bien, répondit-elle à Dev, même si l'idée de
Freddy en prison pour deux ou trois existences n'avait rien
de « très bien ».

Elle était tellement en colère contre lui qu'elle aurait
voulu lui arracher les cheveux, mais le savoir dans ce car
pour Butner l'anéantissait.

— Le point crucial au sujet de votre enquête...

— Je connais le point crucial.

— Apparemment, ils ne veulent pas lâcher le morceau.
Auriez-vous quelque chose à ajouter ?

— Non, rien à ajouter.

— Quelque chose à modifier ?

— Non, rien à modifier.

— Vous savez que c'est une sale affaire ? Quinze millions
de dollars, c'est beaucoup d'argent, Meredith.

— Je n'ai rien à ajouter ou à modifier. J'ai tout dit dans
ma déposition. Ils ne pensent quand même pas que j'ai
menti ?

— Si, c'est ce qu'ils pensent. Beaucoup de gens le font.

— Eh bien, pas moi.

— Très bien, répondit Dev, qui n'avait cependant pas l'air
convaincu. Si vous voulez ajouter ou modifier quoi que ce
soit... Appelez-moi. Sinon, on reste en contact.

— Quelles sont les nouvelles de Leo ? S'il vous plaît,
parlez-moi de Leo.

— Je n'ai pas eu Julie aujourd'hui.

Julie Schwartz était l'avocate de Leo. Son boulot était d'aider les enquêteurs à retrouver Mlle Misurelli et de prouver que Deacon Rapp mentait.

— Et les jours où je n'entends pas parler de Julie sont de bons jours, même si je l'adore. Cela signifie simplement qu'il n'y a pas de drame. Comme on dit, pas de nouvelles...

— C'est une bonne chose, l'interrompit Meredith.

Elle ne voulait pas prononcer les mots « bonne nouvelle ». Pas tant que Leo et Carver ne seraient pas lavés de tout soupçon. Et réunis.

Sois maudit, Freddy, se dit-elle (pour la millionième et une fois).

Une voix l'appela depuis le rez-de-chaussée. Le dîner était prêt, lui annonçait Connie.

Les deux amies s'installèrent à la table de teck sur la terrasse et regardèrent fixement les flots indifférents. L'océan se fichait des humains, de leur vie, leur mort, leurs tromperies, leurs mensonges. Il grondait et roulait inlassablement sur lui-même, avançant et reculant sans relâche.

Connie s'était servi un verre de vin.

— Meredith, tu veux du vin ?

— Tu as du rouge ?

— Bien sûr, répondit son amie en se levant.

— Non, attends. Je n'en veux pas.

Le poulet grillé exhalait une délicieuse odeur, bien plus appétissante que tout ce que Meredith avait pu manger ces derniers mois. Elle aurait adoré un verre de vin rouge pour accompagner le poulet et la succulente salade craquante dont elles se régalaient à présent – Connie avait concocté une vinaigrette sous le regard éberlué de Meredith –, mais ce verre de vin rouge lui aurait rappelé ses dîners chez Rinaldo's, en compagnie de Freddy.

— Tu es sûre ?

— Oui, certaine.

Meredith plissa les yeux pour observer l'océan. Elle aperçut une tête noire luisante à environ vingt mètres de là.

— Vous avez des phoques ici ?

— C'est Harold. Notre phoque. Il est toujours dans les parages.

Meredith regarda Harold nager dans les vagues brisées, puis remarqua le regard triste de son amie.

— Est-ce que ça va ? lui demanda-t-elle.

Connie but une gorgée de vin et hocha la tête, mais ses yeux étaient brillants. Notre phoque : elle pensait à Wolf. Meredith eut envie de lui prendre la main, mais elle ne savait pas très bien comment ce geste serait interprété.

Connie renifla.

— Raconte-moi quelque chose.

— Quoi ?

— Je ne sais pas. N'importe quoi. Il faut bien commencer quelque part.

Instinctivement, Meredith jeta un coup d'œil à son poignet. Pour son anniversaire, en octobre, Freddy lui avait offert une montre Cartier, mais on l'avait sommée de laisser derrière elle tous ses effets personnels achetés ces douze derniers mois d'une valeur supérieure à trois cents dollars.

— Eh bien, à l'heure qu'il est, Freddy est dans un car qui l'emmène à la prison de Butner. Il devrait arriver vers 22 heures.

— Mon Dieu !

— Ce qu'il a fait est terrible.

Meredith déglutit et regretta le vin rouge refusé, aussi prit-elle une gorgée d'eau glacée à la place. Son verre d'eau était agrémenté d'une rondelle de citron fine comme du papier. Chez Connie, toutes les attentions étaient charmantes. Qu'avait-elle fait pour mériter cela ? En ce moment même, Freddy était à bord d'un car, en direction de la Caroline du Nord, les mains et les pieds attachés par de lourdes menottes de fer. Le chauffeur s'arrêterait sans doute toutes les quatre heures pour permettre aux détenus d'aller aux toilettes. Si Freddy n'arrivait pas à se retenir, il souillerait son pantalon et serait la risée des autres prisonniers. Meredith se sentait inquiète, comme s'il s'agissait de l'un de ses enfants. Freddy avait une vessie faible. Récemment, Meredith s'était demandé si c'était une conséquence du stress, de la peur, de la culpabilité. Peut-être que, maintenant qu'il s'était confessé, sa vessie serait plus tonique.

— Je suis allée le voir en prison.

— Je sais, répondit son amie. Je l'ai vu à la télévision. Enfin, je t'ai vue y aller.

— Ça a été un désastre. Rétrospectivement, je n'aurais pas dû y aller. Mais il fallait que je le voie.

Après l'arrestation de son mari l'après-midi du 8 décembre, Meredith s'est habituée à penser à lui au passé, comme s'il était mort – mais il était vivant, et se trouvait à quelques kilomètres seulement, au Metropolitan Correctional Center, qui communiquait avec le tribunal fédéral par un tunnel souterrain. Elle pouvait lui rendre visite. Mais était-ce une bonne idée ? Les semaines passant, elle avait pesé le pour et le contre. Absolument pas. Mais si, elle devait y aller. Tant de questions restaient sans réponse. Elle se demandait ce que le reste du monde en penserait. Impossible de prendre une décision. Elle demanda donc conseil à ses avocats.

— Dois-je aller voir Freddy en prison ? Ou bien suivre l'exemple de mes fils et le rayer de mon existence ?

Tous deux s'embrouillèrent dans leurs réponses. Dev, elle le sentait, souhaitait qu'elle fît une croix sur cet homme. Que peut-il faire pour vous maintenant ? Il vous a ruinée, comme tous les autres. Burt, quant à lui, adopta une position plus orthodoxe.

— Je ne suis pas votre attaché de presse. Je suis votre avocat. Donc, il est de mon devoir de vous informer que vous avez le droit de rendre visite à votre mari.

Il lui avait tendu une feuille de papier.

— Les heures de visite sont le lundi, entre 9 heures et 13 heures. La durée des visites est d'une heure maximum.

— Est-ce que je peux lui apporter quelque chose ? De quoi a-t-il besoin ?

Burt s'était éclairci la gorge.

— Ils sont plutôt stricts concernant les objets qui peuvent passer la sécurité là-bas.

Son commentaire était plutôt vague. On aurait dit qu'il y avait des pages et des pages de règlements et que Burt ne les

connaissait pas bien. Avait-il déjà eu affaire à un client en
prison ? Meredith ne préféra pas l'embarrasser avec cette
question.

— Des pièces de vingt-cinq cents seraient les bienvenus.

— Des pièces de vingt-cinq cents ?

— Oui, un rouleau de pièces. Pour les distributeurs de
nourriture.

— Pour les distributeurs de nourriture, répéta-t-elle.

Elle imagina Freddy choisir un paquet de Doritos ou de
Twinkies à la machine et une partie d'elle mourut. Que
mangeait-il dans cet endroit d'après elle ? De la salade
caprese ?

Elle décida de renoncer à ce projet. La seule manière de
se préserver était d'adopter la même attitude que ses fils :
dénoncer Freddy et la vie qu'ils avaient menée ensemble.
Quand Leo et Carver avaient découvert les crimes de leur
père, ils avaient exprimé leur colère face à un Freddy
impassible, incapable d'énoncer le moindre argument pour
réfuter l'idée qu'ils étaient les enfants d'un voleur et d'un
menteur pathologique. Pourtant, elle était restée auprès de
lui, car telle était sa ligne de conduite depuis trente ans. Elle
ne pouvait le quitter tant qu'elle n'aurait pas le fin mot de
l'histoire. Leo lui avait rétorqué :

— Que cherches-tu à savoir, maman ? Papa est un
voleur. Un criminel ! Il a commis un génocide financier !

Carver avait ajouté :

— On va changer de nom de famille. Tu devrais faire la
même chose.

Meredith savait qu'elle aurait dû faire une déclaration, se
faire interviewer par Barbara Walters, si la journaliste voulait bien d'elle dans son émission. Expliquer la vérité telle
qu'elle la comprenait, même si personne dans le monde
entier ne la croirait.

Des semaines s'écoulèrent, puis des mois. Meredith s'en
tenait à ses résolutions. Ne pas penser à Freddy. Faire
comme s'il était mort. Mais quand des preuves s'étaient
accumulées contre elle, puis contre Leo, elle comprit que
son meilleur espoir était d'aller le voir. Elle avait besoin de
réponses. Il y avait le problème de l'argent. L'argent

découvert par les fédéraux et l'argent caché. Freddy devait le rendre – rendre tout l'argent. Il comprenait cela, n'est-ce pas ? Depuis combien de temps ce schéma de Ponzi fonctionnait-il ? Depuis le début ? La société Delinn avait-elle jamais été légitime ? N'y avait-il pas un moyen de prouver que Leo était innocent, que Deacon Rapp mentait à son sujet ? Freddy ne pouvait-il pas donner les noms des gens qui avaient conspiré avec lui pour sauver son propre fils ? Meredith commença à gribouiller une liste de questions. Elle en avait quatre-vingt-quatre au total. Quatre-vingt-quatre questions qui nécessitaient des réponses, y compris une question concernant Freddy et Samantha : pourquoi avait-il sa main dans son dos ce fameux jour, dans la bibliothèque ?

Pour sa visite à la prison, Meredith avait enfilé un jean, un chemiser blanc, ses chaussures plates en daim et son trench. Contre elle, elle serrait son sac à main contenant deux rouleaux de pièces de vingt-cinq cents. Elle n'avait pas fait de couleur depuis des mois et elle n'était pas allée non plus à Palm Springs, aussi avait-elle les cheveux grisonnants et la peau d'une couleur crayeuse. Elle ne s'était pas maquillée – pas question d'insulter le public américain en se badigeonnant de mascara –, même si elle savait que ne pas se faire jolie inciterait la presse à souligner son apparence misérable. Eh bien, oui, elle était misérable. La foule des photographes et journalistes qui l'attendaient la mitraillèrent et lui fourrèrent des micros sous le nez, mais Burt et Dev étaient là pour les écarter et héler un taxi.

Plus tard, elle avait regretté la sécurité toute relative de son appartement.

Elle avait dû supporter une attente terrifiante avant de voir Freddy, durant laquelle elle était passée par mille formes d'angoisses. Burt et Dev étaient à ses côtés – ensemble, ils lui coûtaient neuf cents dollars de l'heure, même si elle ne savait pas du tout comment elle allait les payer ! Burt consultait son BlackBerry avec une anxiété qui la mettait mal à l'aise. Dev, quant à lui, feuilletait un vieux *National Geographic* sur la table basse tristounette et branlante, gravée des initiales de noms divers. Puis il reposa le magazine et étudia les autres visiteurs dans la salle d'attente – des hommes et des femmes qui avaient l'air encore plus désespérés et perdus qu'elle – comme s'il allait s'en inspirer pour les personnages de son roman. Ses avocats ne dirent pas un mot jusqu'à ce que Meredith fût invitée à franchir le poste de sécurité. Là, tous deux lui souhaitèrent bonne chance. Ils ne l'accompagnaient pas. La sécurité s'avéra un autre processus pénible, où Meredith, son sac et son trench furent passés au crible. Meredith fut palpée avec rudesse par une femme qui faisait presque deux fois sa taille. La femme fit tout sauf la retourner, la pendre par les pieds et la secouer. Sans doute l'avait-elle reconnue et exprimait-elle ainsi son mépris. À la fin, la gardienne poussa Meredith, juste pour s'amuser.

Meredith ne protesta pas. Elle était trop nerveuse pour dire le moindre mot au moment de franchir les lourdes portes et de traverser le long couloir désolé qui menait à Freddy. Elle s'était promis de ne pas craquer. Pas question de se laisser aller au sentimentalisme et à la nostalgie. Elle poserait simplement à son mari les questions qui la taraudaient, peut-être pas les quatre-vingt-quatre – pas le temps – mais au moins les trois premières : Où était le reste de l'argent ? Que faire pour disculper Leo ? Comment prouver au monde sa propre innocence ? En l'état actuel des choses, Freddy était le seul à pouvoir l'aider. Quand enfin elle vit son mari, elle manqua défaillir. La gardienne qui la tenait fermement par le bras la maintenait debout.

Freddy ! Une voix dans sa tête résonnait au cœur d'un immense tunnel.

Il portait une combinaison orange, comme les prisonniers des innombrables rediffusions de *New York, police judiciaire* qu'ils avaient vues ensemble. Ses mains étaient menottées derrière son dos. Ses cheveux, autrefois poivre et sel et bouclés, avaient été coupés ras et étaient presque tout blancs. Il avait cinquante-deux ans, mais il en faisait soixante-quinze. Néanmoins, c'était toujours ce garçon qui l'avait accostée dans les allées de la librairie de Princeton. Ils étaient inscrits au même cours d'anthropologie et Meredith avait pris le dernier livre d'occasion en se disant que cela ferait faire des économies à ses parents. Freddy l'avait suppliée de le lui laisser.

— Je ne peux pas m'offrir un livre neuf, avait-il plaidé. Donc, si vous prenez celui-là, je devrai m'en passer, et, sans livre, je raterai mon examen. Vous ne voulez pas que je rate mon examen, n'est-ce pas ?

Elle avait dit alors :

— Qui êtes vous ?

— Je suis Freddy Delinn. Et vous ?

— Meredith Martin.

— Vous êtes très jolie, Meredith Martin, mais ce n'est pas pour ça que je vous demande de me laisser ce livre. Je vous le demande parce que je suis ici grâce à six bourses différentes, que ma mère travaille dans une usine de mise en bouteille la journée et comme caissière dans un Kmart le soir, et que j'ai besoin de ce livre d'occasion.

Elle avait hoché la tête, déstabilisée par sa candeur. Elle qui avait grandi sur Main Line n'avait jamais entendu personne admettre être pauvre. Les cheveux noirs, les yeux pâles et la peau lisse de ce jeune homme l'avaient troublée. On aurait pu le prendre pour un énième étudiant séduisant et arrogant, sans cette touchante humilité. Il l'avait immédiatement intriguée. Et la trouvait jolie ! Toby avait rompu avec elle quelques mois auparavant et son estime de soi en avait pris un tel coup qu'elle était persuadée que plus personne ne la trouverait jamais « jolie ».

Conquise, elle avait tendu à Freddy le livre d'occasion et en avait acheté un neuf, deux fois plus cher, pour elle.

Ce souvenir se rappela à elle en une fraction de seconde, au moment où elle posa les yeux sur son mari. Une idée incongrue lui vint alors en tête. Je n'aurais jamais dû lui laisser ce livre. J'aurais dû lui dire : « Pas de chance », et m'éloigner sans me retourner.

Le gardien libéra les poignets de Freddy pour qu'il pût saisir le combiné.

Meredith était incapable de prononcer le moindre mot. Elle ne prit pas le téléphone. Pas plus que lui. Il disait toujours qu'elle était plus intelligente que lui – vrai –, plus élégante, plus raffinée, mieux éduquée. Il l'avait toujours traitée comme un objet rare, une sorte de trésor. Son admiration pour elle semblait sans bornes. Au plus profond de son cœur, elle avait peur – terriblement peur – qu'il ne s'agît que de boniments.

Elle saisit le téléphone.

— Fred !

Le gardien debout derrière le détenu l'aida à prendre le combiné et le plaqua contre son oreille.

— Fred, c'est Meredith.

Ces paroles paraissaient un peu idiotes, mais elle n'était pas sûre qu'il l'avait reconnue. Elle s'était imaginé qu'il se mettrait à pleurer, la supplierait de lui pardonner. Ou au moins qu'il lui exprimerait son amour indéfectible.

Il l'observait avec froideur. Elle tenta d'attirer l'attention du gardien et lui demanda :

— Est-ce qu'il va bien ?

Mais le gardien regardait ailleurs, peut-être intentionnellement, et Meredith n'obtint aucune réponse.

— Fred, j'ai besoin que tu m'écoutes. J'ai des ennuis. Leo a des ennuis. Ils veulent m'inculper pour complicité.

Mal à l'aise, elle déglutit.

— Ils pensent que j'étais au courant !

Freddy semblait l'écouter, mais ne répondit pas.

— Et ils pensent que Leo travaillait avec toi au dix-septième étage. Un type du nom de Deacon Rapp le leur a dit.

Meredith scruta le visage de son mari, en quête du moindre indice de reconnaissance ou d'intérêt.

— Où est le reste de l'argent, Fred ?

Dans le sac à main qu'elle serrait contre elle se trouvait sa liste de quatre-vingt-quatre questions – personne à la sécurité n'avait pris la peine d'y jeter un coup d'œil –, mais s'il pouvait lui donner cette seule information, elle la transmettrait aux fédéraux et serait ainsi innocentée. Même s'il ne restait pas grand-chose – quelques milliards ou centaines de millions –, cette information les aideraient, Leo et elle. Alors que rien ne sauverait Freddy à ce stade.

— S'il te plaît, dis-moi où se trouve le reste de l'argent. Un compte offshore ? En Suisse ? Au Moyen-Orient ? Le cacher n'est bon pour personne, Fred.

Freddy ôta le combiné de son oreille et observa l'appareil comme s'il était comestible. Puis il le posa sur le comptoir devant lui.

— Freddy, attends ! s'écria-t-elle. Ils vont m'inculper. Ils vont inculper Leo. Notre fils !

Peut-être se fichait-il de Meredith. Elle devait admettre qu'il était possible que, en sus de tout le reste, il eût aussi menti concernant sa dévotion à son égard. Mais il ne laisserait jamais sciemment Leo aller en prison.

Il la fixait. La paroi de Plexiglas qui les séparait lui évoquait la cage d'un zoo. Son mari la contemplait comme si elle était quelque spécimen rare de la vie sauvage.

Elle tenta une autre approche.

— Je t'ai apporté des pièces de vingt-cinq cents. Pour les distributeurs.

Elle lui montra le rouleau de pièces, son unique monnaie d'échange.

Il pencha la tête sur le côté, mais ne dit mot.

— Il n'avait pas l'intention de me parler, confia Meredith à Connie. Il n'allait ni s'expliquer ni me donner la moindre réponse. Il ne me donnerait rien du tout. Il se fichait de me voir aller en prison. Il se fichait de voir Leo aller en prison.

— C'est un salaud, Meredith.

Elle hocha la tête. Bien des gens lui avaient dit la même chose. Encore et encore. Ses avocats, par exemple. Même l'avocat de Freddy, Richard Cassel, le lui avait dit dans le couloir, avant sa déposition.

— Vous saviez que c'était un salaud quand vous l'avez épousé.

Mais ce n'était pas aussi simple. Freddy avait été bien des choses durant les trente années de leur mariage, mais « salaud » n'en faisait pas partie. Freddy était intelligent, charmant et voué à la réussite, plus que quiconque dans son entourage. Et il lui avait bien fait comprendre qu'elle faisait partie intégrante de son succès. Combien de fois le lui avait-il répété ? Elle était son billet gagnant à la loterie. Sans elle, il n'était rien. Elle, en retour, avait agi comme toute épouse dévouée l'aurait fait : elle l'avait défendu.

Les bonnes années, il avait des retours sur investissements de 29 pour cent. Meredith rappelait aux gens qu'il était la star du département d'économie à Princeton. Les mauvaises années, les gains étaient de 8 pour cent, ce qui rendait les investisseurs encore plus heureux.

— Freddy est un magicien, disait-elle alors. Il comprend la Bourse mieux que personne.

Mais ceux qui n'avaient pas été invités à investir chez Delinn Entreprises devinrent jaloux, puis suspicieux. « Il ment. Il trompe son monde. Il viole la loi. C'est obligatoire ! Personne ne peut faire des gains pareils dans une telle situation économique. » Même si c'était difficile, Meredith avait appris à snober ces détracteurs. Elle les rayait des listes des galas de bienfaisance qu'elle présidait. Elle les évinçait des clubs. Ces actes, aujourd'hui, lui semblaient abominables, mais, à l'époque, elle ne faisait que défendre son mari.

Freddy était-il un salaud ? Oui – mon Dieu oui ! Meredith le savait maintenant, mais elle ne comprenait toujours pas. Comment avait-elle pu vivre trente ans avec un homme qu'elle ne connaissait pas ? Lui qui avait toujours été d'une grande générosité, qui faisait en sorte d'aider les gens. Il avait appelé le doyen des admissions de Princeton pour que le fils de sa secrétaire fût admis. Une fois, il avait cédé son siège de première classe à une femme enceinte dans l'avion – sur un vol transatlantique ! Chaque année, il envoyait un bouquet d'orchidées à sa mère pour son anniversaire – sans que Meredith eût à lui rappeler la date. Était-il un salaud ? Oui, mais il l'avait bien caché. Cela faisait partie du personnage de Freddy Delinn – un homme entouré d'une aura de mystère et d'impénétrabilité. Que dissimulait-il dans les limbes de son esprit derrière cette façade généreuse ?

Aujourd'hui, bien sûr, Meredith le savait. Tout le monde le savait.

À la prison, l'entrevue se termina très mal. Freddy garda le silence. Puis il se leva et tendit ses poignets au gardien tel un singe bien dressé – et le gardien, sans un regard pour Meredith, le menotta de nouveau.

— Attends !

Meredith se leva abruptement, renversa sa chaise et plaqua les mains contre la paroi de Plexiglas.

— Freddy, attends ! Ne pars pas ! Je te défends de t'en aller !

Soudain, elle sentit une pression sur ses bras. Deux gardiens l'avaient agrippée et elle se débattit pour se libérer de leur emprise en criant :

— Ils vont nous jeter en prison, Fred ! Ta famille ! Tu dois arranger ça ! Tu dois leur dire que nous sommes innocents !

Le gardien l'obligea à s'arc-bouter.

— Freddy ! cria-t-elle. Bon sang, Fred, dis-leur !

Le gardien emmena Freddy. C'était sans espoir. Il ne reviendrait pas. Il les laisserait couler. Le corps de Meredith s'amollit sous la pression. Elle se tut. Jamais, au grand jamais elle n'avait élevé la voix en public. Il est drogué, se dit-elle. Soit il avait été lobotomisé, soit il avait subi un traitement de choc. Il l'avait regardée fixement, assis là, mais il n'était pas lui-même. Jamais il ne laisserait sa femme et son fils être mis au trou.

N'est-ce pas ?

Mais alors que Meredith arpentait le couloir déprimant en sens inverse, elle dut bien admettre qu'elle n'en savait rien.

— Tu ne lui as toujours pas parlé ? s'enquit Connie. Tu n'as obtenu aucune réponse ?

— Aucune. Mes avocats m'ont dit que Freddy ne parle plus à personne. Ils ont diagnostiqué une forme de syndrome de stress post-traumatique (SSPT).

Ce qui semblait peu probable. Freddy était fort. Il était parti de rien. Son père avait quitté sa famille quand Fred avait encore des couches, puis Fred avait perdu son unique frère. Pourtant, il avait tenu bon. Il ne croyait pas aux trucs comme les SSPT. Son mantra était plutôt : lève-toi et prends ta vie en main. À ses yeux, rien n'arrivait jamais par hasard. Il avait été si dur avec les garçons, se souvenait Meredith. Ils avaient dû gagner le respect de leur père. Il n'y avait pas d'excuse pour les mauvaises notes, les comportements déviants ou les balles manquées. Pas d'excuse pour avoir oublié un « s'il te plaît » ou un « merci ». Ni pour avoir négligé de tenir la porte à leur mère. « Tes enfants ont une vie tellement plus facile que celle que j'ai eue. Tu ne peux même pas imaginer. Tu ne sais rien. »

Burt et Dev avaient obtenu confirmation auprès des officiels de la prison que Freddy Delinn était devenu muet. Il passait beaucoup de temps en thérapie, mais personne n'arrivait à lui arracher une syllabe.

— Certains prisonniers utilisent ce stratagème pour exercer un certain contrôle sur leurs gardiens, commenta Burt. Comme cet Indien dans *Vol au-dessus d'un nid de coucou*.

Donc, il était intentionnellement muet, se dit Meredith. À ne pas confondre avec un syndrome de stress post-traumatique. Il jouait les Chef Bromden indiens. Freddy avait-il seulement lu *Vol au-dessus d'un nid de coucou* ?

— Je ne sais pas quoi faire, dit Meredith à Connie. Freddy est le seul capable de me sauver, mais il ne le fera pas.

— Oublie Freddy. Tu vas devoir te sauver toute seule.

Cette nuit-là, Meredith ne parvint pas à dormir. Sois maudit, Freddy ! (pour la millionième et deuxième fois). Elle était malade d'inquiétude à son sujet. En ce moment, il s'adaptait aux atrocités de son nouveau foyer permanent. De quoi avait-il l'air ? Quelle odeur dégageait-il ? De quoi se nourrissait-il ? Où allait-il aux toilettes ? Où se douchait-il ?

Et comment allaient les garçons ? Meredith avait vu quelques-unes des maisons rénovées par Carver – il préférait les vieilles demeures victoriennes délabrées et désolées. Il arrachait la moquette et retapait le parquet caché dessous. Dans les magasins de pièces détachées, il dénichait des boutons de porte en verre ou des vitraux. Dans l'imagination de

Meredith, les garçons vivaient dans ce type de maison. Une maison aux odeurs de polyuréthane, pleine de sciure. Carver fixait des portes pendant que Léo, allongé sur le canapé au dossier haut, parlait à Julie Schwartz au téléphone. Les fédéraux avaient confisqué l'ordinateur de son fils et tentaient de confirmer la version de Deacon Rapp, qui prétendait que Leo était de mèche avec les bandits du dix-septième étage. Le FBI recherchait toujours Mlle Misurelli en Italie pour obtenir sa déposition. Apparemment, c'était la gardienne de l'étage. Dans cette affaire, « être l'objet d'une enquête » signifiait pour Leo prendre son mal en patience. Peut-être que pendant son temps libre – et il en avait beaucoup – Leo aidait Carver à peindre les chambres, poser les bardeaux sur le toit ou rejointoyer les briques des foyers de cheminée. Meredith était persuadée qu'Anaïs était dans les parages. Elle imaginait bien la scène : Anaïs cuisinait des enchiladas végétariens pour Carver et Leo, de plus en plus jalouse du temps que son petit ami passait au téléphone avec Julie Schwartz.

Imaginer tout cela ne dérangeait pas Meredith. Seulement elle savait que Leo était de nature inquiète et que ses nuits étaient sûrement agitées. Pendant des années, quand il était petit, il se coulait dans le lit parental, effrayé par le noir. Il faisait un rêve récurrent sur un pélican terrifiant. Aujourd'hui, le pélican terrifiant était réel : c'était Deacon Rapp, c'était le FBI, c'était Freddy. Meredith ne parvenait pas à évacuer les images de Leo en prison, la tête rasée, les autres détenus le harcelant jour et nuit de leurs désirs pervers. Leo n'avait que vingt-six ans.

La peur l'enserrait telles des mains autour de son cou, comme cela se produit parfois quand vous êtes dans une pièce inconnue, au plus fort de la nuit. Prenez-moi s'il le faut, pensait Meredith. Mais ne prenez pas mon fils.

Connie avait raison sur un point : elle allait devoir se sauver elle-même.

Mais comment ? Comment ?

Dans la matinée, Connie lui annonça :

— Je vais au marché de Sconset pour acheter des muffins et le journal. Et puis j'irai chez le caviste pour prendre une caisse de vin.

Meredith hocha la tête en s'efforçant de ne pas avoir l'air d'un chien haletant et impatient. Ne me laisse pas seule, pensait-elle. S'il te plaît.

— Je sais que tu veux venir avec moi, continua son amie. Mais Sconset est un village minuscule et tous les gens qui passent l'été ici viennent depuis toujours. Les étrangers sont passés à la loupe. Quelqu'un te demandera qui tu es, c'est certain. Le marché de Sconset est microscopique. Alors tu vas devoir rester ici. On ne voudrait pas que quelqu'un...

— Bien sûr, murmura Meredith. Je sais.

— Je ne serai pas longue.

Meredith prit un vieux livre de Connie et l'emmena sur la terrasse. Elle lirait au soleil. Voilà ce que faisaient les gens en été. Voilà ce qu'elle faisait des jours durant toutes ces années à Southampton. Lire au bord de la piscine, se balader au bord de l'océan, nager avec les garçons, les regarder faire du surf. Leur lancer la balle de Wiffle. Lancer le Frisbee au chien. Couper des fleurs dans le jardin et donner des instructions à leur femme de ménage, Louisa. Elle invitait des gens à dîner, réservait une table chez Nick et Toni, gérait les détails des différentes collectes de fonds. Sa vie était d'une facilité écœurante. Bien au-delà de son entendement. Brillante et talentueuse, disait souvent son père. Et pourtant, qu'était-elle devenue ?

Sois maudit, Freddy, pensa-t-elle (pour la millionième et troisième fois). Elle s'efforçait de se concentrer sur les mots à l'encre noire sur la page – l'histoire d'une femme assassinée dans une petite ville –, mais son esprit s'égarait. Une corne de brume résonnait dans sa tête, amplifiant ses peurs et ses angoisses. Peut-être existait-il des médicaments contre cela ? Connie en avait peut-être ? Elle ne voulait pas fouiner partout, mais peu après le départ de son amie, elle grimpa l'escalier et pénétra dans la chambre principale, juste pour vérifier.

La porte de la chambre était dûment fermée, pourtant Meredith ne se serait pas sentie insultée si elle avait été verrouillée. Après tout, Connie partageait sa demeure avec la femme du plus grand escroc de tous les temps. Mais la porte n'était pas fermée à clé, aussi entra-t-elle à pas feutrés. La chambre offrait une vue époustouflante sur l'océan et le lit était couvert de draps de lin Frette (Meredith n'avait pu s'empêcher de vérifier, même si elle savait pertinemment qu'elle n'était plus censée s'intéresser à ce genre de détails). Les placards étaient spacieux. Celui de Wolf était entièrement vide, excepté quelques cintres rembourrés et un épais sweat-shirt marin plié sur une étagère. Elle l'effleura et eut brusquement l'impression qu'elle avait franchi une frontière. Même si elle en mourait d'envie, elle s'interdit d'ouvrir le placard de Connie – à l'école, son amie avait déjà un goût sûr en matière de mode. Néanmoins, elle ne résista pas à l'envie de jeter un coup d'œil à la salle de bains attenante, où elle repéra les flacons de médicaments. Quatre ou cinq prescriptions, dont une aurait pu lui être utile. Elle regarda les flacons bruns un long moment, puis revint sur ses pas et quitta la chambre, refermant la porte derrière elle.

Était-ce une bonne chose que Connie l'ait emmenée dans cette magnifique maison où elle n'avait rien d'autre à faire que réfléchir ? Si elle devait se contenter de manger un Big Mac récupéré dans une poubelle, en étant malade d'inquiétude pour sa survie quotidienne, elle n'aurait pas tout le loisir de penser à sa situation.

Et cela n'aurait sans doute pas été plus mal.

De retour sur la terrasse, Meredith tenta de se replonger dans son livre. La femme de son roman se trouvait dans une situation bien pire que la sienne : elle avait été assassinée dans les bois. La mère de cette femme était bien plus éplorée qu'elle. Mais ensuite, Meredith comprit qu'elle incarnait cette femme. Si Leo allait en prison, il serait violé, battu, et finalement tué. Elle en avait la certitude. Mais il fallait cesser de raisonner ainsi. Des sirènes hurlaient dans sa tête. Freddy resterait à Butner pour l'éternité. Meredith en était là. Mais comment en était-elle arrivée là ?

Avant son diplôme de lycée, son entrée à Princeton et sa rencontre fatale avec Freddy Delinn dans les allées de la librairie du campus, un fait essentiel présidait à son existence, à savoir qu'elle adorait ses parents. Oui, elle chérissait sa mère, et était plus dévouée encore à son père.

Son père, Charles Robert Martin, que tout le monde surnommait Chick. Chick Martin était un avocat respecté du cabinet de Philadelphie Saul, Ewing, Remick & Saul. Il travaillait au trente-huitième étage du célèbre gratte-ciel surnommé le Clothespin, à cause de la sculpture en forme de pince à linge de Claes Oldenburg qui trônait devant. Chick était spécialisé dans les lois de l'arbitrage, mais bien que Meredith aimât son père à la folie, elle n'avait jamais réellement compris de quel arbitrage il s'agissait. (Fred prétendait en comprendre parfaitement les mécanismes, mais elle pouvait affirmer sans crainte qu'il bluffait.) D'après ce que son père lui avait expliqué, il avait une connaissance spécifique de certaines lois sur la fiscalité, si bien que ses collègues venaient le trouver avec des questions particulièrement épineuses auxquelles, après des heures de recherches, il donnait des réponses précises.

Chick Martin gagnait un salaire mirobolant. Les Martin possédaient une impressionnante propriété à Villanova avec des colonnades blanches, des volets noirs, et une vaste pelouse tout autour. À l'intérieur, de magnifiques moulures en forme de couronne, cinq cheminées et un monte-plats qui reliait le sous-sol à la cuisine.

Golfeur passionné – sa famille appartenait à l'Aronimink Country Club –, son père était un grand fan des clubs sportifs de Philadelphie. Il avait des billets pour toute la saison des Eagles, la grande équipe de football américain de Philadelphie, et allait régulièrement assister aux matchs de base-ball des Phillies au Veterans Stadium, ainsi que de hockey sur glace des Flyers ou de basket-ball des Sixers au Spectrum.

Un jour, il emmena Meredith chez un concessionnaire automobile pour serrer la main de Dr. J., le célèbre joueur de basket-ball. Les deux souvenirs qu'elle gardait de cet événement étaient que la main de Dr. J. avait la largeur de son avant-bras et que Chick Martin – pour qui Meredith était l'homme le plus important de Philadelphie – était devenu muet en présence de Julius Erving. Meredith avait eu envie d'intercéder en faveur de son père et d'expliquer à Dr. J. qu'il était avocat fiscaliste, spécialisé dans le monde mysté-rieux et difficile de l'arbitrage, et que c'était lui, Dr. J., qui aurait dû être en admiration devant son père et non le contraire. Chick avait apporté un ballon de basket pour le faire dédicacer par son idole, ce qu'il fit d'une écriture embrouillée, sans réellement lui prêter attention, pour le plus grand bonheur de son père. Il fit monter le ballon sur un piédestal dans son bureau.

Chick Martin était un homme sociable. Il y avait tou-jours du monde à la maison, le soir comme le week-end. Des avocats, directeurs ou hommes d'affaires jouaient au golf avec Chick, échangeaient des billets pour les matchs de football américain, et certains venaient jouer au poker le dernier jeudi de chaque mois. Dans la famille Martin, les parties de poker étaient sacrées. Elles avaient lieu dans la salle de jeux et impliquaient des cigares et des plats cui-sinés commandés chez Minella's Dinner. Les soirs de poker, la mère de Meredith lisait dans sa chambre, porte close, pendant que Meredith était censée faire ses devoirs à l'étage avant d'aller directement au lit. Mais l'adolescente ne res-pectait jamais cette règle. Elle se glissait jusqu'à la salle de jeux et son père la laissait grimper sur ses genoux pour mâchonner les cornichons de son sandwich aux aubergines et jambon de parme. En grandissant, son père avança une chaise pour elle et lui apprit à lire les cartes.

Les autres hommes acceptaient la présence de l'enfant dans la pièce, même s'ils n'aimaient guère cela, de sorte qu'elle ne restait jamais plus de trois mains et ne demandait jamais à jouer.

Un soir, alors qu'elle venait juste de quitter la pièce, elle entendit M. Lewis, avocat spécialisé dans les biens immobi-liers pour Rome & Blank, dire :

— C'est une bien jolie fille que vous avez là, Chick.

Le père de Meredith avait alors répondu :

— Surveille tes paroles.

George Wayne, gros bonnet au Philadelphia Savings Fund Society, et descendant de général Anthony Wayne, demanda :

— Tu ne regrettes jamais de ne pas avoir eu un garçon, Chickie ?

— Bon sang, non ! avait répondu son père. Je n'échangerais pas Meredith contre cent garçons. Cette fille est la perfection même. Elle a conquis mon cœur.

Ces mots avaient confirmé ce qu'elle savait déjà : elle était en sécurité. L'amour de son père était à la fois un cocon et un porte-bonheur. Elle aurait une vie heureuse.

Et en effet, cela se vérifia. Ses notes étaient excellentes et ses capacités sportives évidentes. Adepte de hockey et de crosse, c'était aussi une championne de plongeon. Elle participa même aux finales du concours de plongeon du State College en troisième et quatrième année. La quatrième année, elle termina à la troisième place. Ses performances avaient éveillé l'intérêt du Big Ten [1], mais elle ne voulait pas supporter la charge d'une division athlétique en plus de son année scolaire. Elle souhaitait suivre une scolarité équilibrée. Au lycée, elle étudiait l'annuaire des élèves et lisait des sermons le dimanche matin à l'église. Oui, au Merion Mercy, elle était la fille que tout le monde enviait, la fille dont tout le monde parlait avec une admiration presque embarrassée.

Si Meredith se sentait en sécurité, c'était aussi grâce à la présence de son amie de toujours, Constance O'Brien. Elles s'étaient rencontrées à l'école maternelle de Tarleton, même si Meredith n'en gardait guère de souvenirs. Au moment où leurs synapses ont interagi, elles étaient déjà amies depuis longtemps, comme si elles avaient toujours été ensemble. Elles grandirent à cinq cents mètres l'une de l'autre dans le même environnement, à savoir un milieu catholique, aisé, civilisé sans être snob. La seule différence entre les deux

---

1. Le Big Ten rassemble les onze universités qui gèrent les compétitions sportives de douze sports masculins et treize sports féminins dans le Middle West des États-Unis.

maisonnées était que la mère de Connie, Veronica, buvait. Meredith le savait parce que ses propres parents en parlaient : « Veronica est allée à la soirée donnée par les Masterson et s'est battue avec son mari sur la pelouse devant la maison. Veronica est tombée et s'est fait mal à la hanche. » Elle oubliait si souvent de payer la baby-sitter du quartier que la jeune fille refusait désormais de venir chez eux. En grandissant, Meredith apprit les problèmes d'alcool de Veronica de la bouche même de Connie. Sa mère conservait une bouteille de vodka dans le deuxième réfrigérateur du garage et buvait trois verres d'un trait avant le retour de son mari. Veronica avait commis des bévues, comme jeter à la poubelle le devoir de Connie sur Mark Twain, et causé des incidents plus graves, lorsqu'elle avait mis le feu aux rideaux de la cuisine. Connie et Toby avaient appris à tenir leurs amis éloignés de leur maison. Mais ils profitaient de l'argent et de la liberté laissés par leur mère quand elle s'adonnait à la boisson, et à un certain âge, ils se mirent à chaparder le vin, la vodka et le gin pour les boire à leur tour.

L'alcoolisme de Veronica O'Brien – qui se manifestait de manières multiples et insidieuses – n'entama pas le bonheur de l'enfance des deux filles. Connie et Meredith étaient telles des jumelles, des âmes sœurs. Avec l'âge, leur existence paisible fut plus difficile à maintenir. Elles grandissaient, elles évoluaient. Un jour, elles se firent la tête pendant vingt-quatre heures. C'était juste après que Meredith eut avoué à son amie qu'elle avait embrassé son frère Toby, en revenant de la soirée au bord de la piscine de Wendy Thurber.

Meredith rapporta consciencieusement tous les détails de cet événement à 8 heures le lendemain matin, comme s'il avait été question de n'importe quel autre garçon. Mais cette fois, Connie fut écœurée. *Meredith et Toby ?* Épouvantable. Meredith se sentait honteuse et confuse. Pourquoi Connie n'était-elle pas heureuse pour elle ? Mais elle lui avait raccroché au nez et, quand Meredith la rappela, la sonnerie résonna dans le vide. Meredith appela sans relâche jusqu'à ce que Veronica répondît et lui expliquât platement que Connie ne voulait pas lui parler pour le moment.

Quel choc ! Meredith se posta à la fenêtre de sa chambre pour observer la rue qui menait chez son amie. Elle renoncerait à Toby, alors. Le laisserait tomber. Il ne valait pas la peine de ruiner son amitié avec Connie.

Mais là, sa volonté faiblit. Meredith était l'otage de ses sentiments, pire, de ses hormones. Elle connaissait Toby O'Brien depuis aussi longtemps que Connie, soit presque depuis sa naissance. Ils s'étaient jeté des ballons d'eau dans le jardin des O'Brien durant les chaudes après-midi d'été, avaient regardé des films d'horreur côte à côte sur le tapis du repaire des O'Brien en se régalant de pop-corn. Chaque fois qu'ils se rendaient quelque part dans la Ford Country Squire des O'Brien – pour aller chercher une pizza chez Shakey, se rendre au centre commercial King of Prussia ou voir les illuminations de Noël du centre-ville –, Connie, Meredith et Toby s'installaient tous les trois sur la banquette arrière, et parfois les genoux de Meredith touchaient ceux de Toby. Mais cela n'avait jamais rien signifié.

Comment expliquer ce qui s'était produit ? On aurait dit qu'on avait appuyé sur un interrupteur et que, brusquement, le monde s'était éclairé, là au fond de la piscine de Wendy Thurber. Toute une bande d'adolescents étaient présents à la fête – Wendy, le frère de Wendy, Hank, Matt Klein, qui sortait avec Connie (mais en secret, car comme Matt était juif, Connie craignait la désapprobation de ses parents), Connie, Toby, Meredith, une fille de l'équipe de Hockey, Nadine Dexter, plutôt trapue et masculine, et le frétillant voisin de Wendy, Caleb Burns. Tous étaient dans la piscine, à s'éclabousser joyeusement, tous sauf Connie, qui trouvait l'eau trop froide. Allongée sur une chaise longue, dans sa robe Lilly Pulitzer, elle faisait et défaisait ses tresses blond vénitien. Meredith impressionnait les invités par ses plongeons. Elle avait mis la barre très haut en exécutant un demi-saut périlleux suivi d'une vrille et demie, sous les yeux ébahis de ses admirateurs.

Alors que la fête touchait à sa fin, Meredith tomba nez à nez avec Toby dans la piscine. Par plaisanterie, il tira sur la bretelle de son haut de bikini, dénouant sans le vouloir le maillot et libérant les jeunes seins tendres, qui dansèrent quelques secondes dans l'eau chlorée. Poussant un cri, Meredith se démena pour remettre son maillot de bain en place tout en progressant dans l'eau. Toby éclata d'un rire diabolique, se lança à sa poursuite à la nage et l'enlaça par derrière, de sorte que Meredith sentit la puissance du désir de son compagnon dans son dos, même s'il lui fallut plusieurs secondes pour comprendre ce qu'il se passait. Son corps s'embrasa quand elle fit le lien dans son esprit entre ses cours d'éducation sexuelle, les émois amoureux des romans de Judy Blume et l'excitation de ce garçon de dix-sept ans provoquée par ses jeunes seins. Immédiatement, elle ressentit une poussée de désir. À cet instant, Meredith devint un être sexué. Elle se sentit momentanément désolée pour son père et sa mère, car désormais elle était perdue à jamais pour eux. Il n'y avait pas de retour possible, elle le savait.

Connie quitta la soirée avec Matt Klein. Ils se sauvaient pour s'isoler et repousser les limites de la virginité de Connie, même si celle-ci se disait déterminée à rester chaste jusqu'à son seizième anniversaire. Connie parlait de sa vie sexuelle tout le temps, et, jusqu'à présent, Meredith se contentait de hocher la tête aux moments qu'elle croyait opportuns, n'ayant pas la moindre idée de ce dont parlait son amie, sans cependant oser le reconnaître. Quand soudain, là, elle eut une révélation. Le désir.

Elle se sécha, puis enfila son short et son T-shirt. Ensuite, elle passa un sweat-shirt, car la nuit tombait et l'atmosphère s'était rafraîchie. Elle piqua quelques chips sur la table, mais s'abstint de les tremper dans la sauce aux oignons. La mère de Caleb Burn l'appela depuis la maison voisine pour lui dire qu'il était temps de rentrer. Le frère de Wendy, Hank, proposa à Toby d'aller dans sa chambre pour écouter Led Zeppelin.

Toby était torse nu, une serviette enroulée autour des hanches. Meredith avait peur de le regarder de trop près. Comment avait-il pu devenir si soudainement une autre personne ?

— Désolé, mec, dit Toby à son ami. Je dois y aller.

Les deux garçons se donnèrent une poignée de main compliquée, sans doute empruntée à la série *Good Times* ou à leurs virées dans South Street le week-end. Meredith savait que Toby allait rentrer chez lui à pied – sa maison se situait tout près, la sienne cinq cents mètres plus loin. Ce n'était pas une marche impossible, mais pas non plus commode, dans le noir. Ses parents lui avaient dit qu'ils pouvaient venir la chercher en voiture si nécessaire. Mais si Meredith faisait appel à eux, elle manquerait cette occasion unique.

Elle déclara à Wendy et Nadine, qui avaient attaqué le bol de chips :

— Je rentre moi aussi.

— Déjà ?

Wendy paraissait déçue, ce qui n'était guère étonnant. Cette fille était un vrai parasite, constamment occupée à surveiller l'amitié de Connie et Meredith.

— Où est passée Connie ?

— D'après toi ? répondit Nadine. Elle s'est éclipsée avec Matt.

Les yeux de Wendy s'arrondirent et Meredith haussa les épaules. Wendy ne s'était manifestement pas encore ouverte à sa propre sexualité, contrairement à Nadine, peu importait sous quelle forme (Une autre fille ? Un garçon lors de son camp de vacances dans le Michigan ?).

Meredith embrassa Wendy sur la joue, à la manière d'un adulte quittant une soirée de cocktail et déclara :

— Merci de m'avoir invitée.

— Tu rentres à pied ? demanda Wendy d'un air inquiet. Mon père peut sûrement te ramener.

— Non, je vais marcher.

— Je peux lui demander.

— Non, ça va, vraiment, répondit-elle en s'élançant résolument vers le portail.

Au même moment, Toby traversait la pelouse de la maison des Thurber. Il ne l'avait pas attendue et elle n'avait osé le héler. Avait-elle imaginé son érection ? Ou bien se flattait-elle d'avoir suscité son désir ? Si ce n'était pas elle, qui d'autre ? Sûrement pas la pathétique Wendy, encore moins Nadine, avec ses épaules carrées et sa moustache naissante. Meredith fit un signe de main aux autres filles et se dirigea vers Robinhood Road avec une nonchalance affectée. Quelles simagrées ! Malheureusement, Toby la précédait. Maintenant, on aurait dit qu'elle lui courait après !

À mi-chemin entre la maison des Thurber et celle des O'Brien, Toby se retourna et fit semblant de ne remarquer sa présence qu'à l'instant.

— Hé ! dit-il dans une sorte de murmure.

Les mots lui manquaient. Elle lui fit un signe de la main. Ses cheveux mouillés lui semblaient tels des bâtons sur sa tête. Comme les réverbères étaient allumés, la route était trouée de puits lumineux, suivis d'abymes obscurs. De l'autre côté de la rue, un homme promenait son golden retriever. Frank diStefano, le couvreur, un ami du père de Meredith. Oh, bon sang ! Par chance, il ne l'avait pas vue.

Toby s'arrêta dans une zone sombre pour l'attendre. Son cœur faisait des bonds dans sa poitrine. Elle était excitée, effrayée, presque à bout de souffle. Quelque chose allait se passer entre Toby O'Brien et elle. Non, impossible. Toby était un garçon incroyablement cool, bon élève et excellent athlète. Aussi beau que Connie. Il était sorti avec la plus belle fille de Radnor – Divinity Michaels – et leur rupture à la fin de l'année avait été aussi spectaculaire qu'une comédie de Broadway. Divinity avait menacé de se suicider et les conseillers scolaires et la police avaient dû intervenir. (Au même moment, des rumeurs circulaient à propos de Toby et de la jeune professeur de français, Mlle Esme, rumeur que Connie considérait comme « totalement absurde, même si tout était possible avec Toby ».) L'été précédent, Toby avait commencé à « fréquenter » une Indienne du nom de Ravi, en troisième année à Bryn Mawr. Comparée à ces filles, que pouvait bien lui offrir Meredith ? Elle, l'amie de sa petite sœur, était quantité négligeable, un trou béant.

Et pourtant... ?

Meredith marcha sur la bande de pelouse entre la rue et le trottoir, et ses pieds furent maculés de brins d'herbe. Elle avait ses tongs à la main et s'arrêta pour les enfiler – une tactique pour le faire patienter. Puis elle reprit son chemin. Toby était adossé à un arbre devant la cour d'une maison manifestement déserte.

— Salut, dit Toby quand elle s'approcha. Meredith, viens là.

Elle s'avança vers lui. Il était le même garçon – cheveux couleur sable, yeux verts, taches de rousseur – pourtant il paraissait totalement différent.

Lui aussi semblait nerveux, mais, étant donné son expérience des femmes, c'était impossible.

— Tu rentres chez toi à pied ?

Elle hocha la tête.

— Tu as vu Connie ?

— Non, répondit-elle en scrutant la rue. Elle est allée quelque part avec Matt.

— Je ne comprends pas pourquoi elle n'en parle pas à mes parents.

— C'est parce qu'il est...

— Juif. Je sais. Mais mes parents s'en moquent.

— Je le lui ai dit. Elle ne m'écoute pas.

Tony posa ses mains sur les épaules de Meredith.

— Elle ne t'écoute pas ? Toi, sa meilleure amie ?

Meredith leva les yeux sur lui. Assurément, c'était la première fois qu'elle le voyait. Tout avait changé. Elle secoua la tête, feignant d'être concentrée sur le petit drame de Connie et Matt, alors qu'elle s'en moquait éperdument. Alors qu'elle s'interrogeait – devait-elle se rapprocher encore d'un pas ? –, Toby l'attira vers lui comme pour l'étreindre amicalement.

— Meredith, souffla-t-il dans ses cheveux.

Puis il ajouta :

— Désolé pour la piscine. D'avoir tiré sur ton maillot de bain, je veux dire.

De nouveau, elle sentit son érection. Et de nouveau, elle pensa aux cours d'éducation sexuelle, à Judy Blume, à ce que disaient les autres filles. Elle était malade de désir.

— Oh. Ce n'est rien.

Il prit maladroitement sa tête entre ses mains, comme un ballon qu'il essayait de tenir correctement, puis l'embrassa, profondément, désespérément. Dans sa tête, elle se disait : Oh oui ! Oui !

Ils restèrent ainsi à s'embrasser contre l'arbre... vingt minutes ? Trente minutes ? Ils s'embrassèrent encore et encore, puis les mains de Toby glissèrent sur ses hanches, la pressèrent contre lui et un grognement lui échappa. Il joua avec le bas de son sweat-shirt comme s'il se demandait s'il devait le soulever ou non. Meredith, elle, pensait : Oui ! Soulève-le ! Soulève-le ! Pourtant elle recula.

— Je dois vraiment y aller. À pied, c'est encore loin.

— Tu veux venir voir *Animal House* demain soir avec moi ?

— Oui.

— Seulement toi et moi ? Un rendez-vous.

— D'accord.

Il lui sourit, faisant apparaître ses dents droites et blanches. Elle l'avait vu avec son appareil dentaire et ses caoutchoucs pendant trois ans. Elle se rappelait l'époque où il perdait ses dents de lait et les mettait sous l'oreiller pour la petite souris. Elle lui fit un signe de main et il s'éloigna en ajoutant :

— Super ! Je passe te prendre à 19 heures.

Mais en apprenant cela, Connie se fâcha et ne voulut plus lui parler. Meredith hésita à rappeler les O'Brien pour dire à Toby qu'il valait mieux annuler leur rendez-vous. Mais elle en était incapable. Elle était en proie à une urgence romantique et sexuelle impossible à réfréner. Toby lui plaisait, Connie devrait se faire à cette idée. Après tout, Connie avait Matt Klein. Tous deux avaient atteint la troisième base, ou presque. Pourquoi Connie aurait-elle Matt et Meredith personne ? Cela n'était pas juste. Elle était navrée qu'il s'agît de Toby, mais c'était une affaire de cœur, qui échappait à son contrôle.

Les paupières de Meredith se faisaient lourdes. C'était agréable de penser à autre chose, même si cela concernait

Toby O'Brien. Toby en train de voguer vers Annapolis, d'exercer ses charmes à Anguilla. Au mariage de Connie, elle avait failli retomber dans le panneau. Aux funérailles de Veronica, il s'en était fallu de peu. Mais Meredith avait réussi à s'échapper chaque fois. Elle avait eu de la chance.

Quand elle se réveilla, Connie était étendue sur la chaise longue près d'elle, un livre à la main.

Elles allèrent se promener sur la plage.

— Je repensais à Nadine Dexter et Wendy Thurber, dit-elle à son amie. Tu te souviens de la soirée près de la piscine ?

— Wendy comment ?

Meredith ne répondit pas, n'osant lui avouer : Je me remémorais le soir où j'ai embrassé ton frère pour la première fois.

— Je vais me baigner, dit-elle.

— Si ça te fait plaisir ! L'eau est trop froide pour moi, répondit Connie.

Plus tard, elles prirent une douche à l'extérieur. Meredith enfila un short blanc et une tunique marine Trina Turk, reliques de sa garde-robe des Hamptons autour de 2007. Elle regagna le rez-de-chaussée les cheveux encore humides. Connie se servait un verre de vin. Il était 17 heures. Cela faisait bien longtemps qu'une journée n'était pas passée aussi vite depuis l'arrestation de Freddy – hélas, cette simple pensée l'accabla de nouveau. Elle imagina Leo et Carver, les vêtements et les cheveux maculés de poussière de plâtre, assis sous le porche d'une maison imaginaire, une bière à la main. Ils vont bien, se dit Meredith. Ils vont bien.

— Un verre de vin ? demanda Connie.

Cette fois, Meredith accepta. Peut-être cela l'aiderait-elle à dormir.

— Rouge ou blanc ?

— Blanc, s'il te plaît.

Elle ne voulait pas penser au Ruffino Chianti, leur table habituelle chez Rinaldo's, ni aux paroles habituelles de

Freddy : « Voilà ton poison, Meredith. » Freddy désapprouvait la petite habitude de sa femme. Lui-même buvait rarement. Il détestait perdre le contrôle, affirmait-il. Évidemment, il n'avait pas toujours raisonné de cette manière. À l'université, et même au début de sa carrière professionnelle, il buvait régulièrement. Ensuite, quand ses affaires prirent leur essor, il devint totalement sobre. À présent, Meredith savait qu'il ne pouvait pas mentir, tromper son monde et boire en même temps. Et si un détail lui échappait ? Si sa façade se craquelait ? Voilà pourquoi elle avait été choquée en le voyant boire trois verres de Macallan coup sur coup d'un trait. Elle avait compris que quelque chose n'allait pas, soixante-douze heures seulement avant le reste du monde. Freddy s'était tourné vers elle avec des yeux fous. Son désespoir était manifeste. Nous avons perdu tout notre argent, s'est-elle dit. Et alors ? L'argent va et vient. Freddy avait ensuite traîné Meredith dans leur chambre et l'avait prise brutalement par derrière, comme s'il s'agissait du dernier acte. Elle s'était sentie paniquée et électrisée – cela n'avait rien des relations sexuelles artificielles qu'ils pratiquaient depuis dix ans (elle avait mis le manque de désir de son mari sur le compte de ses préoccupations professionnelles) – et s'était dit Waouh ! Peut-être étaient-ils ruinés, mais ils pouvaient compter l'un sur l'autre.

Du moins, c'était ce qu'elle avait pensé sur le moment.

Connie lui tendit un verre de chardonnay.

— Tu peux aller t'installer sur la terrasse.

— Tu veux de l'aide pour préparer le dîner ?

— Ne me dis pas que tu t'es mise à cuisiner ?

— Non.

Elles rirent de bon cœur.

— Je mange des plats cuisinés depuis le départ de Freddy.

Les mots « le départ de Freddy » résonnèrent dans la cuisine. Connie versa un filet d'huile d'olive dans une poêle en acier inoxydable et prit le fouet.

— Je vais dehors, lui dit Meredith.

Sur la terrasse, elle s'assit à la table de teck. Aucune nouvelle de Burt et Dev. Était-ce une bonne ou une mauvaise chose ? Le soleil faisait miroiter la surface de l'eau. Disons une bonne chose. Si elle était jetée en prison, ce ne serait pas aujourd'hui.

Au large, Meredith décela une petite tête noire et lisse, puis un corps et des nageoires qui ondulaient dans les vagues. Elle aperçut ensuite une seconde forme noire, aux mouvements moins gracieux. Elle plissa les yeux. Ses lunettes teintées ne corrigeaient pas aussi bien sa vue que ses lunettes habituelles, à monture d'écaille.

Elle appela Connie.

— Hé ! Il y a deux phoques aujourd'hui !

— Quoi ?

Meredith se leva avec son verre de vin et passa la tête par les portes coulissantes.

— Il y a deux phoques aujourd'hui.

— Vraiment ? Je n'en ai jamais vu deux. Seulement un. Seulement Harold.

— J'en ai vu deux. Harold s'est trouvé un ami.

Cette pensée la fit sourire.

CONNIE

Quand Connie consulta son téléphone portable ce matin-là, elle se rendit compte qu'elle avait manqué un appel durant la nuit. Pas de message, juste un bip. Elle vérifia le numéro d'appel et manqua de s'étrangler. Le numéro en soi lui était inconnu, mais l'indicatif était le 850 – la région de Tallahassee. Où Ashlyn pratiquait la médecine. Ashlyn avait-elle enfin appelé, après vingt-neuf mois de silence ? L'espoir était faible, chétif. L'appel avait été passé à 2 h 11 du matin, mais cela ne voulait rien dire. Ashlyn était médecin, donc ses horaires étaient aléatoires. Connie vérifia de nouveau le numéro. L'indicatif était bien celui de la région de Tallahassee, la ville où sa fille habitait désormais. Donc, c'était bien elle. N'est-ce pas ? Connie était tentée de rappeler le numéro immédiatement, mais il était encore tôt, à peine 7 heures. Devait-elle attendre 8 heures ? 10 heures ? Ou ce soir ? Un appel à 2 heures du matin signifiait qu'Ashlyn avait des ennuis. Connie décida de rappeler immédiatement, puis se ravisa. Pas question de gâcher cette chance. Mieux valait attendre. Réfléchir.

Connie sortit sur la terrasse. Une nappe brumeuse couvrait l'horizon bas, typique de ce début du mois de juillet. Combien de fois la ville avait-elle dû annuler le feu d'artifice du 4 Juillet ? Ashlyn ! se dit Connie avec espoir. Était-ce possible ? Elle devait aller chercher des muffins et le journal au marché de Sconset, faire une course plaisante, et maintenant elle était obsédée par cet appel au milieu de la nuit.

C'est pourquoi elle ne remarqua l'enveloppe que lorsqu'elle donna un coup de pied dedans, lui faisant dégringoler les marches du porche. Qu'est-ce que c'était ? Elle la ramassa et l'examina. Une enveloppe en papier kraft, fine et légère, sans inscription. Pas particulièrement menaçante, pourtant Connie avait un mauvais pressentiment. Ne l'ouvre pas ! Anthrax ! Bien sûr, c'était ridicule... C'était une matinée placide, brumeuse, sur l'île de Nantucket. Une enveloppe abandonnée sur le porche ? Peut-être un mot de l'association des Amis de Tom Nevers. Souvent, ils la laissaient à l'écart, car elle ne venait que l'été, alors que dans les environs, tous les habitants vivaient sur l'île toute l'année. Mais, cette fois, elle pensa à eux. Un dîner à la fortune du pot ou une vente aux enchères ?

Elle ouvrit l'enveloppe et découvrit à l'intérieur une photographie couleur, 10 × 15, de Meredith dans sa tunique marine et son short blanc, debout sur la terrasse, un verre de vin à la main.

Un frisson lui parcourut l'échine. Elle observa les alentours, sous le choc. Qu'est-ce que ça veut dire ? Qui a déposé ça ici ?

De nouveau, elle examina le cliché. Il avait été pris la veille. Meredith était tournée vers les portes vitrées, le sourire aux lèvres.

Toute la journée, la photographie passa entre leurs mains et quand l'une ou l'autre ne l'observait pas, elle restait sur la table, telle une bombe à retardement.

Meredith pâlit quand Connie la lui montra. Quelqu'un s'était posté dehors pour la photographier, mais où ? D'après Meredith, c'était le type qu'elles avaient vu près des poubelles, dans l'allée derrière le 824 Park Avenue – il avait dû les suivre depuis New York ! –, mais Connie lui fit comprendre que cela n'avait pas de sens. C'était quelqu'un d'autre.

— Le seul moyen de prendre un tel cliché, c'est depuis la plage. Tu as vu quelqu'un sur le sable ?

— Personne.

— Ou alors il a pu être pris depuis la mer. As-tu aperçu un bateau ? Ou un kayak ?

— J'ai vu les phoques. C'est ce qui m'a fait sourire, tu te rappelles ? Harold s'est trouvé un ami.

— L'« ami » d'Harold était peut-être un photographe en combinaison de plongée. Possible, d'après toi ?

— Oh, mon Dieu.

Meredith s'approcha des portes coulissantes, puis battit en retraite.

— Tu sais ce qui me fait peur ? souffla-t-elle.

Connie n'était pas certaine d'avoir envie de le savoir. Elle, toute l'affaire l'effrayait. La photo prise par un inconnu, l'enveloppe déposée sous son porche, un intrus dans sa propriété. Meredith ne pouvait pas rester ici. Elle devait partir. Toute cette histoire lui donnait la chair de poule. Quelqu'un les épiait.

— Qu'est-ce qui te fait peur ?

— Si ce n'était qu'un paparazzi, il n'aurait pas laissé la photo sous le porche. Il l'aurait vendue et ce matin, on aurait lu en première page du *Post* : « La vie est belle, madame Delinn ? »

— Si ce n'est pas un paparazzi, alors qui est-ce ?

— Quelqu'un qui veut me faire savoir qu'il sait où me trouver. L'un des ennemis de Freddy. La mafia russe.

— La mafia russe n'est pas réelle.

— Nous avons eu des investisseurs russes qui ont perdu des milliards ! Un tas de gens veulent la tête de Freddy. Et comme ils ne peuvent pas s'en prendre à lui…

Elle regarda Connie.

— Je te mets en danger.

— Non. Pas du tout.

Ce qui était faux. Elle devait partir. Le cerveau de Connie était en ébullition. Meredith lui avait clairement fait comprendre qu'elle n'avait personne d'autre au monde. Mais Connie avait des amis. Peut-être pourrait-elle l'envoyer discrètement à Bethesda ? Elle vivrait chez le frère de Wolf, Jake, et sa femme, Iris. Iris aimait à se croire indispensable. Armée de son diplôme de psychologie de l'université du Delaware, elle exprimait constamment son inquiétude concernant « l'état mental » de ses compatriotes en général et de Connie en particulier, puisque celle-ci avait récemment perdu son mari et sa fille et que, d'après Iris, elle ne s'en remettait pas. Connie aurait volontiers infligé Meredith à Iris, mais elle ne pouvait se résoudre à infliger Iris à Meredith. Où était Toby ? Mon Dieu, non, cela risquait de s'enflammer de mille manières différentes. De plus, si son amie s'en allait, Connie se retrouverait seule. Or la meilleure chose concernant ces deux derniers jours était que, pour la première fois depuis des années, Connie n'était pas seule.

Elle ouvrit brutalement les portes vitrées, ce qui eut pour effet de faire fuir Meredith à l'autre bout de la pièce, tel un vampire allergique à la lumière du jour. Connie s'avança sur le pont. Les dés étaient jetés. Meredith était ici. Connie avait envie de crier à la face de l'océan et de tous ceux qui s'y cachaient : « Elle est ici ! Meredith Delinn est ici ! » Les gens pouvaient bien penser qu'elle était instable, folle ou simplement stupide, mais, à ce moment-là, elle avait pris sa décision : Meredith restait avec elle.

Meredith avait peur de lire sur la terrasse. Elle avait peur de marcher le long de la plage. Connie, elle, prit place sur une chaise à l'extérieur et scruta les flots. Autour de midi, Harold apparut, seul. Elle l'observa s'ébattre dans les vagues, puis se sentit solitaire. Elle rentra dans la maison et prépara des sandwichs à la dinde.

— Meredith ! À table !

Meredith ne répondit pas.

Connie grimpa à l'étage et frappa à la porte de son amie.

— Entrez !

Meredith était allongée sur son lit, en maillot de bain et paréo, en train de lire.

— Viens sur la terrasse, on va déjeuner.

— Pas question !

Que craignait-elle le plus ? se demanda-t-elle alors. La mafia russe ou le FBI ?

— Personne ne veut te faire de mal. Ils essaient juste de te faire peur.

— Eh bien, ils ont réussi.

— Peut-être, mais ils n'ont pas réussi avec moi. J'ai passé toute la matinée dehors et il ne m'est rien arrivé.

— Quelqu'un sait que je suis ici.

Connie soupira.

— Que veux-tu que je te dise ? Oui, quelqu'un sait que tu es ici. Tu te sentirais peut-être mieux si on appelait la police ?

— On ne peut pas appeler la police. Absolument pas !

— Pourquoi pas ? Tu as peur, tu te sens menacée, tu appelles la police. Ils font un rapport, agitent leurs armes, les types qui nous surveillent comprennent qu'on a appelé les autorités, sont intimidés et nous laissent tranquilles.

— Personne ne doit savoir que je suis ici. Pas même la police. Si cette information s'ébruite, tout le monde va te détester.

— Personne ne va me détester. Et la police ne dira rien.

Mais Meredith avait raison. La police en parlerait aux pompiers qui en parleraient aux gars de Santos Rubbish qui déballeraient tout aux types du *Sconset Gardener*, et bientôt, l'île tout entière saurait que Meredith Delinn se planquait au 1103, Tom Nevers Road.

— D'accord. On n'appellera pas la police. Mais viens déjeuner dehors avec moi, s'il te plaît.

— Non.

Pour le dîner, Connie avait préparé des cheeseburgers et une salade. Pour faire cuire les biftecks sur le grill, Connie était restée sur la terrasse un long moment, dos à l'océan. Un sentiment troublant, elle devait bien l'admettre. Elle ne cessait de regarder derrière elle, mais il n'y avait jamais personne.

À la demande de Meredith, elles dînèrent à l'intérieur. Elles avaient besoin d'un sujet de conversation léger, ce qui laissait peu de possibilités. Leur enfance, le lycée – mais pas Toby. Meredith déterra une nouvelle fois les noms de Wendy Thurber et Nadine Dexter, et, quand Connie eut passé au crible les vestiges archéologiques de son esprit et compris à qui ces noms faisaient référence, Meredith exulta. Wendy et Nadine étaient des amies proches, qui faisaient autrefois partie de leur quotidien, même si elles ne les avaient pas vues depuis trente ans. Que faisaient Wendy et Nadine à présent ? Meredith se souvenait d'une Wendy collante et pathétique, et d'une Nadine aux allures de lesbienne mal dégrossie.

— Oui, moi aussi, déclara Connie.

En réalité, ces événements étaient si lointain et sa mémoire si défaillante qu'elle ne pouvait qu'acquiescer.

À 21 h 30, Meredith déclara qu'elle allait se coucher.

— C'est mon heure, ajouta-t-elle.

Connie se rappelait que Meredith et Freddy s'étaient toujours astreints à se coucher tôt, tels des enfants contraints d'observer des horaires stricts pour aller à l'école le lendemain.

— Freddy n'est pas là, fit remarquer Connie en se servant un troisième verre de vin. Tu peux rester avec moi.

— Tu as peur de rester seule ? Admets-le.

— Je n'ai pas *peur* de rester seule, non. Mais j'aime avoir de la compagnie.

Meredith s'avança vers l'escalier, comme si elle se moquait des désirs de son amie (oui, Connie avait un peu peur, en effet).

— Je me demande comment ça se passe pour lui.

— Qui ?

— Freddy. En prison.

Connie fut tentée de faire une remarque acerbe. Au lieu de quoi, elle répondit :

— Je suis sûre que c'est absolument atroce.

— Moi aussi. Mais « absolument atroce », est-ce pire que ce qu'on peut imaginer ?

— C'est important pour toi ?

Meredith ne répondit pas.

— Tu l'aimes toujours ? demanda Connie.

— Je monte, répondit Meredith, à son grand soulagement.

Elles s'étaient largement écartées des sujets légers.

L'esprit de Connie était focalisé sur l'appel en provenance de Tallahassee. Tout ce qu'elle avait à faire, c'était
rappeler le numéro pour élucider ce mystère, mais elle avait
peur de n'aboutir à rien et de voir ses espoirs anéantis. Plus
le temps passait, plus ses rêves de réconciliations perdu-
raient. Pire encore, si Ashlyn répondait, que pourrait-elle
bien lui dire après deux ans et demi de silence ? Comment
ne pas céder aux larmes et à la panique ? Comment ne
pas craquer ? Ne risquait-elle pas d'aggraver encore la
situation ?

Elle termina son troisième verre de vin, puis acheva celui
de Meredith, comme elle le faisait avec les assiettes du
dîner. À ce moment-là, son angoisse était à son comble. Une
nouvelle fois, elle vérifia son téléphone. Le numéro de Tallahassee était affiché. Le moment était venu.

Après avoir composé le numéro, elle se raidit et retint son
souffle. Une sonnerie, deux, trois... sept, huit... boîte
vocale. Une voix robotisée, qui ne lui donnait aucun indice
sur l'identité de son correspondant, l'invita à laisser un message.

Connie prit une profonde inspiration. Laisser un message ? Tous les dimanches, elle laissait un message sur la
boîte vocale d'Ashlyn, sans jamais obtenir de réponse. En
quoi serait-ce différent cette fois ?

Pourtant, elle ne put résister à la tentation. « Ashlyn, c'est
maman. J'ai vu que tu avais appelé. Si tu veux me joindre, je
suis à Nantucket. Comme tu dois t'en douter. Si tu me rappelles, je te raconterai un truc incroyable. »

Elle marqua une pause. Utiliser Meredith comme appât
n'était guère reluisant, mais elle n'avait rien d'autre à offrir.
« Rappelle-moi, s'il te plaît. » Elle observa l'écran de son
téléphone, où les secondes s'égrenaient, comme si elle espérait que l'appareil allait répondre. « Appelle-moi », dit-elle
encore, puis elle raccrocha.

Jamais elle n'aurait dû laisser de message.

Avait-elle l'air d'avoir bu ? Elle avait légèrement bafouillé
en ajoutant : « Comme tu dois t'en douter. » Ashlyn le
remarquerait-elle ?

Elle se laissa tomber sur le canapé. Oh ! Comme elle se détestait !

Le lendemain matin, Connie ne remarqua le graffiti qu'une fois dans sa voiture, au moment de partir pour Sconset, où elle voulait acheter le journal. Comme c'était le 4 juillet, elle se demanda si Meredith aurait envie d'aller voir le feu d'artifice ce soir-là. Probablement pas. Trop de monde. C'est alors qu'une forme incongrue, de couleur vive, attira son regard. Vert fluo. Hein ? Elle jeta un coup d'œil dans son rétroviseur et appuya brutalement sur la pédale de frein, comme si elle avait voulu éviter un cerf. Les yeux clos, elle s'exhorta au calme. Une migraine lui vrillait les tempes, telle une porte qui claquait dans son crâne. Elle rouvrit les yeux. Oh, mon Dieu ! Enclenchant la marche arrière, elle remonta l'allée à toute allure. Descendue du véhicule, elle examina les dégâts infligés à sa belle maison adorée.

Quelqu'un avait griffonné, à l'aide d'une bombe de laque d'un vert toxique, en lettres énormes, le mot *ESCROC* sur la façade.

Incroyable ! C'était tellement ahurissant qu'elle s'approcha pour toucher la peinture sur les bardeaux gris de la façade. De la peinture fraîche, qui macula le bout de ses doigts de vert. Quand ce crime avait-il donc été commis ? Dans la nuit ? Tôt ce matin ? Connie se sentait agressée. Elle avait l'impression – si elle pouvait dire une telle chose sans paraître mélodramatique – d'avoir été violée. Une personne odieuse et dépravée avait vandalisé sa maison. Violé les limites de sa propriété – avec au moins dix bombes de peinture laquée – et fait des graffitis sur la façade de sa maison.

ESCROC. Meredith allait être anéantie. Mon Dieu, c'était cent fois pire que la photographie. Comment allait-elle lui annoncer la nouvelle ?

Elle s'accorda une minute pour accepter l'évidence : elle se doutait bien que ce genre d'incidents se produirait. La photographie n'était qu'un avertissement : On sait que vous êtes là. Maintenant, on va venir vous chercher. Freddy Delinn avait des ennemis, des gens dangereux qui avaient perdu beaucoup d'argent. L'un d'eux – ou plusieurs d'entre eux – était derrière tout cela.

Connie effleura de nouveau la peinture. Cela allait partir, n'est-ce pas ?

Dans la maison, elle trouva Meredith en chemise de nuit blanche, assise au bout de la table, comme si elle attendait que le banquet fût servi. Un banquet d'humiliation et de chagrin, se dit Connie. Meredith ne lisait ni ne buvait un café. Elle était simplement assise. En train de méditer, peut-être. Quand la porte d'entrée claqua derrière Connie, Meredith sursauta. Et leva les yeux.

— Déjà de retour ? Tu as oublié quelque chose ? Ton portefeuille ?

Connie s'assit à côté de son amie et lui prit la main, dans une tentative sincère de consolation. Elle connaissait Meredith depuis la petite enfance, bien avant d'être capable de nourrir des pensées rationnelles ou de fixer des souvenirs. Jamais elle n'avait imaginé devoir lui dire un jour ce genre de choses.

— Je dois appeler la police.

Meredith serra les mâchoires, et hocha imperceptiblement la tête.

— Quelqu'un a vandalisé la maison.

Connie tenta de déglutir, mais sa bouche était sèche comme de la craie. Elle se sentait desséchée, assoiffée, nauséeuse. Sa maison ! Si Wolf avait été en vie et vu cela...

— Quoi ? dit Meredith.

Ses petites mains étaient glacées.

— De la peinture verte. En grosses lettres.

— Qu'est-ce qui est écrit ?

— Escroc.

Meredith enfouit sa tête dans ses mains.

— Oh, mon Dieu.

Connie lui massa le dos. Son amie était si mince, si frêle. Mais non ! Elle n'était pas fragile, pas plus qu'elle !

— Je vais appeler la police.

— D'accord, répondit Meredith dans un murmure.

Connie croyait qu'ils enverraient un agent dans une voiture banalisée, pour constater les dommages et faire un bref rapport, surtout en cette période de congés, mais le chef de la police en personne s'était déplacé. C'était un homme d'âge mûr, agréable à regarder, aux cheveux bruns coupés court et aux tempes légèrement grisonnantes. Il était impressionnant, avec sa chemise d'uniforme blanche, son pantalon noir impeccablement repassé et sa radio sur la hanche. En descendant du véhicule, il salua Connie chaleureusement sans se soucier du vandalisme.

— Mme Flute ? Je suis Ed Kapenash, chef de la police.

— Enchantée de faire votre connaissance.

Puis il observa la maison.

— Waouh.

— Je sais, souffla Connie.

Le chef eut lui aussi le réflexe de toucher la peinture.

— La bonne nouvelle, c'est que c'est de la peinture à l'eau, ce qui est une chance. En ville, on trouve toutes sortes d'affreuses peintures à l'huile impossibles à enlever. Vous auriez dû recrépir toute la façade pour faire partir ce truc. Bon, je peux vous donner le nom d'un bon spécialiste de nettoyage au Kärcher. Je vais passer quelques coups de fil pour voir s'il est disponible aujourd'hui. En supposant qu'il n'est pas allé à la pêche ou à la plage, comme tout le monde.

— Oh, oui, absolument. Ce serait fantastique.

— Très bien. Votre priorité est de faire disparaître ce graffiti et la mienne est de découvrir qui a fait ça.

— Je dois vous avouer quelque chose, intervint Connie.

— Je vous écoute.

— Meredith Delinn est ici.

— Meredith Delinn ?

— Oui, la femme de…

— Je sais qui c'est. Elle habite ici ?

— C'est mon amie d'enfance. Je la connais depuis toujours.

Le policier sortit un stylo de la poche arrière de son pantalon et commença à prendre des notes. (Qu'écrivait-il ? « MA » pour Meilleures Amies ?)

— Eh bien, dit-il, cela explique certaines choses, n'est-ce pas ? Ça les explique, mais ça ne les excuse pas. Nous allons tout faire pour découvrir qui a fait ça et nous assurer que ça ne se reproduira pas. Je vais commencer par demander à une voiture de faire une ronde toutes les heures cette nuit. Ça vous ennuierait que je parle à Mme Delinn ?

— Euh...

Meredith était encore en chemise de nuit et Connie était de nature soupçonneuse et protectrice. Cet homme était le chef de la police, mais qu'adviendrait-il s'il courait vendre toute l'histoire au *National Enquirer* ?

— Donnez-moi une minute, je vais lui poser la question.

Le chef hocha la tête.

— Je vais appeler mon contact à la société de nettoyage depuis ma voiture. Je vais lui demander de venir dès que possible, ça vous va ?

— Oui. Merci, répondit-elle en essayant de ne pas observer la façade de la maison.

Le vert empoisonné, la taille absurde des lettres, l'horrible mot. On aurait dit un cri jeté sur sa maison. *ESCROC*. Des gens avaient qualifié Richard Nixon d'escroc. John Dillinger était un escroc. Bonnie et Clyde. Mais aucun d'eux n'étaient des escrocs de la trempe de Freddy Delinn.

— Meredith ?

Son amie était allée à l'étage pour enfiler ce que Connie considérait comme sa tenue de femme maudite : chemisier blanc, aujourd'hui un peu froissé, jean et chaussures en daim plates. Pourtant, il faisait déjà bien trop chaud pour porter un jean.

— Le chef de la police est ici. Il a des questions à te poser. Tu es d'accord ?

Meredith hocha la tête.

— Tu n'es pas obligée de lui parler.

— Je vais le faire.

Connie fit entrer le policier dans la maison, et tous trois s'installèrent à la table du dîner.

— Puis-je vous offrir un café ? proposa Connie au chef de la police.

L'homme leva la main.

— Merci, j'ai déjà eu mes trois tasses aujourd'hui.

— Un verre d'eau fraîche peut-être ?

— Tout va bien, merci.

Connie apporta malgré tout une cruche d'eau fraîche et trois verres. Elle se servit elle-même un verre, puis regagna la cuisine pour découper un citron en tranches sur le plan de travail, qu'elle disposa dans un bol. Tous trois étaient assis dans une maison qui hurlait ESCROC, mais ce n'était pas une raison pour ne pas faire preuve de civilité.

— Bien, dit le chef. On a de la chance. J'ai réussi à joindre mon ami de la société de nettoyage. Il m'a dit qu'il serait là avant midi.

— Parfait, déclara Connie. Merci.

Le chef baissa la voix pour s'adresser à Meredith. Il s'adaptait à la situation, ou du moins au visage fermé, d'une pâleur spectrale, de Meredith. Ou alors c'était à cause de la silhouette fluette de son amie – un mètre cinquante-cinq pour quarante-cinq kilos. Meredith s'était toujours plainte de sa frêle stature, qui incitait les gens à lui parler comme à une enfant.

— Savez-vous qui a pu faire une chose pareille ? lui demanda-t-il.

Connie ne put s'empêcher d'intervenir.

— En fait, il s'est passé quelque chose hier.

— Quoi ?

— Quelqu'un a laissé une enveloppe sous le porche. Avec cette photographie à l'intérieur.

Elle fit glisser la photo et l'enveloppe vers le chef de la police.

Il étudia le cliché.

— Donc, vous ne savez pas qui a pris cette photo ?

Connie secoua la tête.

— Elle a seulement été déposée sous le porche. Comme si quelqu'un voulait nous dire qu'il était au courant de la présence de Meredith. Sinistre.

— Sinistre, en effet, approuva le chef. Vous auriez dû nous appeler tout de suite.

Connie ressentit une poussée de triomphe. Meredith baissa les yeux vers la table.

— Nous pensons que le photographe était déguisé en phoque. Le cliché a été pris depuis l'océan, vers 18 heures.

— Et ensuite il a été déposé devant votre porte. Vous l'avez trouvé quand ?

— Hier matin.

— Hier matin. Et vous n'avez pas appelé la police. Et maintenant, votre maison a été vandalisée.

— Je suis désolée, dit Mcredith. J'aurais dû laisser Connie vous appeler. C'est ce qu'elle voulait faire. Mais je ne voulais pas qu'on sache que je séjourne ici.

Le chef poussa un soupir éloquent.

— Pardonnez-moi de vous poser une question indélicate, mais certains des anciens investisseurs de votre mari habitent-ils sur l'île, à votre connaissance ?

Meredith tourna son visage vers le policier. Son expression était vide, ce qui effraya Connie.

— Mary Rose Garth a perdu quarante millions de dollars. Les Crenshaw trente-six millions. Jeremy et Amy Rivers neuf millions deux cent mille. Les LaRussa six millions, comme les Crosby et Alan Futenberg. Christopher Darby-Lett a perdu quatre millions et demi.

Le chef griffonnait sur son calepin.

— Et ces gens vivent à Nantucket ?

— Ils ont une résidence d'été ici. Les Roseman ont perdu quatre millions quatre cent mille, les Mancheski trois millions huit cent mille, Mlle Phinney trois millions et demi. Les Kincaid, les Winslow, les Beckett, les Carlton Smith, Linsley Richardson, les Hasley, les Minatow et les Malcom Brown ont tous perdu deux ou trois millions. Les Vaipaul, les McIntoshe, les Kennedy, les Bright, les Worthington…

Connie but avidement son verre d'eau glacée en s'efforçant de ne pas paraître surprise. Elle n'avait pas idée que tous ces investisseurs se trouvaient sur l'île ! Meredith et elle étaient en plein cœur du territoire ennemi !

Le chef de la police s'en alla une heure plus tard avec une liste de cinquante-deux noms de personnes passant l'été à Nantucket qui avaient perdu plus d'un million de dollars à cause des malversations de Freddy. Il ne pouvait les interroger sans motif valable, mais il était utile de posséder une liste de référence, avait-il dit. Bien sûr, il n'était pas certain que le vandale fût un investisseur. Il existait toutes sortes de cinglés dans le monde. Le chef emporta la photo et l'enveloppe avec lui. Avant de partir, il conseilla aux deux femmes d'essayer de se détendre, tout en restant vigilantes. La maison était équipée d'un système d'alarme, mais Connie n'avait jamais ressenti le besoin de s'en servir. Nantucket – et Tom Nevers en particulier – était si tranquille ! Ce soir, elle le mettrait en marche. L'alarme serait désormais perpétuellement branchée.

— Et je vous enverrai une patrouille. Elle fera une ronde toutes les heures durant la nuit.

— Merci, répondit Connie.

Si seulement il pouvait rester avec elles ! C'était le premier homme à l'aider ainsi, sur le plan pratique, depuis la mort de Wolf. Et il était bel homme. Elle chercha un anneau à son doigt. Bien sûr, il portait une solide alliance en or. Les chefs de police étaient toujours heureux en mariage, avec deux ou trois enfants à la maison. Ainsi allait le monde. Pourtant, Connie était ravie de s'être intéressée à lui. À l'évidence, elle faisait des progrès.

Moins d'une heure plus tard, on frappa à la porte, ce qui eut pour effet de statufier immédiatement les deux femmes. Elles étaient toujours assises à table, devant leur tasse de café et leurs bols remplis de céréales ramollies. Meredith parlait en boucle – essentiellement des investisseurs qui vivaient à Nantucket. Elle n'en connaissait personnellement qu'une poignée. Elle, évidemment, avait entendu parler de Mary Rose Garth (perte nette, quarante millions de dollars). Tout le monde dans la bonne société new-yorkaise connaissait Mary Rose Garth, l'héritière à la maigreur anorexique et à la sexualité lascive. Elle siégeait au conseil d'administration de la Frick Collection avec Meredith.

Jeremy et Amy Rivers (perte nette, neuf millions deux cent mille dollars) étaient des amis de Meredith à Palm Beach.

Meredith raconta à Connie qu'elle avait rencontré Amy Rivers au cours d'une partie de tennis à l'Everglades Club. Amy occupait un poste à hautes responsabilités dans une société de consulting. Elle était allée à Princeton trois ans après Meredith, même si celle-ci ne se souvenait pas d'elle. Elles s'étaient liées d'amitié en plaisantant de leur revers pathétique et de leur admiration commune pour les jambes des joueurs masculins professionnels. Amy était sans cesse en voyage d'affaires – Hong Kong, Tokyo, Dubaï –, mais un jour qu'elle se trouvait à Palm Beach, elle appela Meredith et lui proposa de déjeuner. Elles s'installèrent dans le patio de Chuck&Harold's – un restaurant décontracté et agréable – et, à la fin du repas, Amy se pencha vers elle pour lui confier quelque chose. Meredith était inquiète. Palm Beach était un nid de commérages vicieux. Elle recueillait volontiers les confidences, mais jamais elle ne parlait de sa vie privée à ses amies.

— J'ai de l'argent à investir, lui révéla Amy. Environ neuf millions. Tu penses qu'il y aurait un moyen que j'entre dans le fonds de ton mari ? J'en entendu dire que les bénéfices étaient incroyables.

— Oh, laissa échapper Meredith, un peu déçue.

Elle croyait qu'Amy Rivers l'avait choisie comme amie parce qu'elle voyait en elle une femme au-dessus de la moyenne des mères au foyer de Palm Beach. Même si Meredith n'enseignait plus, elle était extrêmement intelligente et douée. Mais, en réalité, il était clair que depuis le début Amy cherchait un moyen de s'infiltrer dans Delinn Entreprises. Le problème, c'était que Meredith n'avait pas son mot à dire sur les heureux élus. Les gens lui demandaient à longueur de temps si elle pouvait les « mettre en relation » avec Freddy. Même le caissier du supermarché Publix, qui avait hérité un petit pécule de son grand-oncle, lui avait posé la question. Mais quand elle parlait de ces gens à son mari, il lui opposait toujours un refus. Freddy avait un certain nombre de critères secrets qu'il ne voulait pas partager avec elle. Honnêtement, cela lui était bien égal ! Néanmoins, pour certaines personnes, elle acceptait de faire la démarche auprès de son mari. Même si elle se sentait un peu manipulée par Amy Rivers, elle lui promit d'intercéder en sa faveur. Amy plaqua la main sur sa bouche comme si elle venait d'être nommée Miss Amérique.

— Oh, merci ! Merci, merci, merci ! Voici ma carte. Tu me feras savoir sa réponse ?

Quand Meredith parla à son mari d'Amy Rivers, il lui demanda qui c'était.

— Une femme avec qui je joue au tennis à l'Everglades Club. Elle est consultante chez Hackman Marr.

— Hackman Marr ? répéta Freddy, l'air intéressé.

— Oui. Elle a eu son diplôme de Princeton en 1985. J'ai déjeuné avec elle aujourd'hui. Je l'apprécie vraiment beaucoup.

— Désolé, dit Freddy.

— Désolé pour quoi ? Tu veux dire que tu ne la prendras pas ?

— Non.

— Pourquoi pas ?

— On ne prend pas des investisseurs parce qu'on les « apprécie vraiment beaucoup ». On les choisit pour d'autres raisons.

— Quelles autres raisons ? Elle a dit qu'elle avait neuf millions de dollars, ajouta-t-elle en lui tendant la carte de visite d'Amy. Tu pourrais y réfléchir. Pour moi, s'il te plaît ?

— Pour toi ? Très bien, d'accord. Je vais y réfléchir.

Et voilà ! Freddy appela Amy Rivers en personne pour l'inviter à investir, et la jeune femme reconnaissante envoya un énorme bouquet de fleurs à Meredith. Elles étaient devenues de grandes amies, jouaient au tennis régulièrement, se retrouvaient pour déjeuner, se conseillaient des livres, parlaient de leurs enfants. Amy ne mentionnait jamais Delinn Entreprises, Freddy ou son investissement.

Et puis un jour, bien sûr, l'argent s'était envolé. Amy Rivers avait tout perdu.

— Je pourrais te raconter des dizaines d'autres histoires de ce type, confia Meredith.

Connie ne savait pas quoi répondre. Wolf et elle avaient eux aussi fait partie des investisseurs. Elle se disait que toutes ces histoires risquaient d'initier une discussion pénible à propos de leur propre situation – par chance, des coups frappés à la porte constituèrent une diversion bienvenue. D'abord, l'idée d'un visiteur l'effraya – sûrement pas autant que son amie – puis elle se dit qu'il s'agissait sans doute de l'homme de la société de nettoyage, et elle se précipita à la porte pour l'accueillir.

L'homme providentiel s'appelait Danforth Flynn, mais il demanda à Connie de l'appeler Dan. Âgé d'une cinquantaine d'années, il avait le corps élancé d'un coureur chevronné, et affichait un bronzage permanent. De nouveau, Connie se sentit mal à l'aise. C'était la seconde fois de la matinée qu'elle avait affaire à un homme séduisant venu lui prêter main forte.

Dan Flynn observa la façade de la maison et laissa échapper un sifflement.

— Le chef vous a expliqué la situation ? demanda-t-elle.

— Oui.

— Vous pouvez arranger ça ?

Il s'approcha du mur et effleura un bardeau enduit de peinture. Puis il se frotta les doigts.

— Je pense que oui. Ce que je voudrais maintenant, c'est que vous retourniez à l'intérieur et que vous fermiez toutes les fenêtres de ce côté de la maison. Cela va me prendre quelques heures, je pense. Et ça va faire un sacré boucan.

— Pas de problème, répondit Connie.

— Très bien. Je vais m'y mettre. Le réservoir de mon camion contient plusieurs milliers de litres d'eau, mais ce boulot est tellement colossal que je risque d'avoir besoin de votre robinet extérieur pour le remplir. Vous pouvez me dire où il se trouve ?

— Bien sûr. C'est par ici...

Elle l'entraîna sur le côté de la maison et lui montra l'endroit où était enroulé le tuyau d'arrosage. Mais il ne regardait pas la propriété – il regardait fixement l'immensité de l'océan.

— Quelle vue incroyable ! Dans le bon vieux Tom Nevers. J'oublie parfois combien ce lieu est fabuleux.

— Oui. Cette terre appartient à la famille de mon mari depuis les années 1920, mais nous avons fait construire la maison il y a seulement quinze ans. Et puis mon mari est mort en 2009, alors il n'y a plus que moi ici.

— C'est drôle, dit Dan, le regard toujours fixé sur l'horizon, ma femme est morte en 2009. Cancer du sein.

— Cancer du cerveau, répondit-elle.

Un moment, ils restèrent silencieux, puis Connie repensa à son amie Lizbet qui, depuis deux ans et demi, l'encourageait à rejoindre un groupe de soutien où elle pourrait rencontrer des gens qui traversaient les mêmes épreuves.

Elle se tourna vers Dan Flynn et lui sourit.

— Je vais aller m'occuper des fenêtres, déclara-t-elle.

— Parfait.

Connie déboula dans la maison avec un regain d'énergie surprenant.

Elle ferma les fenêtres du premier étage et regarda Dan faire le tour de son camion, ouvrir les portières arrière et en sortir un gros tuyau bleu. Il portait un jean, un T-shirt et des baskets. Il avait les cheveux très courts, légèrement grisonnants, et arborait une barbe de deux jours, comme ce quaterback récemment retraité qu'elle trouvait sexy. Sexy ? Elle n'en revenait pas d'avoir une pensée pareille !

Connie s'inspecta dans le miroir. Elle avait perdu une grande partie de ses taches de rousseur ces deux dernières années – mais avait-elle si piètre allure pour une femme de cinquante ans ? Ses cheveux étaient toujours blond vénitien, plus foncés en hiver et plus clairs en été. Elle avait hérité des bons gènes de sa mère, qui s'était éteinte à soixante-huit ans avec ses cheveux roux naturels. Ses yeux étaient verts, son teint légèrement hâlé, avec quelques taches de rousseur et quelques taches de soleil. Sa peau était fragile : elle n'avait jamais pu lézarder au soleil. Physiquement parlant, elle n'était pas en forme, même si elle restait très mince, à force de sauter des repas. Ses ongles étaient une catastrophe, sans parler de ses sourcils. Elle avait besoin de prendre de nouveau soin d'elle. Et de faire de l'exercice.

Ha ! Tout cela pour un charmant monsieur venant nettoyer sa façade ! Meredith allait en mourir de rire.

Connie gagna le deuxième étage pour fermer les fenêtres. Dan s'était mis au boulot. Le bruit était infernal. On aurait dit que la maison était attaquée par des avions de combat. Elle se dépêcha de fermer les dernières ouvertures. Ce faisant, elle vit Dan Flynn caler le tuyau contre sa hanche, puis maintenir fermement le jet puissant en direction de la façade. Le corps de Dan tremblait sous l'effet de la pression, comme s'il maniait un marteau-piqueur. Tous les muscles de ses bras saillaient. L'ensemble était plutôt phallique.

— Meredith ! cria-t-elle. Viens ici, il faut que tu voies ça !

Pas de réponse. Apparemment, la peinture partait bien. Des flaques vertes se formaient dans la cour, tels des déchets radioactifs.

— Meredith ?

Après avoir tout fermé côté façade, Connie s'attaqua aux autres fenêtres de la maison, par simple mesure de sécurité, même si les pièces risquaient d'être horriblement étouffantes. La maison était équipée d'un système d'air conditionné centralisé, mais comme pour l'alarme, Connie ne s'en servait jamais.

Elle emprunta le couloir jusqu'à la porte de Meredith, dûment fermée. Lui revint alors en mémoire le regard vide de son amie pendant qu'elle récitait les noms des investisseurs. Elle s'était astreinte à mémoriser près de trois mille noms, avait-elle dit, en guise de pénitence. (Voilà comment elle avait occupé ses journées dans son appartement de New York, depuis l'arrestation de Freddy.)

Prise d'un mauvais pressentiment, Connie frappa à la porte.

— Meredith ?

Toujours pas de réponse. Peut-être dormait-elle. Connie voulait vraiment respecter sa vie privée – leur cohabitation ne fonctionnerait qu'à cette condition –, mais si son amie prenait des pilules, se pendait ou se lacérait les poignets avec l'un des rasoirs jetables rangés sous l'évier de la salle de bains ?

— Meredith ?

Rien. Rien d'autre que le vrombissement du Kärcher entre les mains de Dan Flynn.

Elle ouvrit la porte et retint un hoquet : Meredith était assise sur son lit, avec cette même expression perdue, son sac de voyage Louis Vuitton à côté d'elle.

— Mon Dieu ! Tu m'as fait peur. Qu'est-ce que tu fais ?

Elle leva les yeux sur Connie.

— Je dois partir.

— Non !

— Si, dit-elle en se levant.

— Tu ne pars pas !

Connie voulut s'emparer de la poignée du sac de Meredith, mais celle-ci le maintenait fermement. Malgré sa frêle stature, elle était forte. Connie la revoyait sur le terrain de hockey, crosse en mains, les mâchoires férocement serrées sur son protège-dents.

— Je m'en vais. Ta magnifique maison a été défigurée à cause de moi !

— Elle n'est pas défigurée ! Viens voir... Cet homme – Dan Flynn – est en train de réparer les dégâts. La peinture s'en va. Il n'en restera pas la moindre trace.

— Mais c'était là ! ESCROC. Ils me prennent pour lui. Ils pensent que je suis coupable. Que je leur ai volé leur argent. Et c'est ce que j'ai fait, n'est-ce pas ? Parce que j'ai quatre maisons, un yacht, un jet, sept voitures, des bijoux, des vêtements, des antiquités – et d'où vient l'argent qui a servi à payer toutes ces choses ? Alors, techniquement, je les ai volés, n'est-ce pas ?

Elle cligna des yeux. Connie crut que son amie allait se mettre à pleurer, mais derrière ses lunettes, ses yeux étaient secs.

— Pourtant, reprit-elle plus doucement, je n'en avais aucune idée... vraiment aucune idée. Je pensais que Freddy était un génie. Je croyais qu'il maîtrisait le marché, encore et toujours. J'étais tellement...

— Meredith...

— ... stupide ! Tellement aveugle ! Et personne ne me croit ! Mais pourquoi me croiraient-ils ? Je suis une femme intelligente, diplômée d'une prestigieuse université. Comment ai-je fait pour ne pas me rendre compte que quelque chose d'illégal se tramait ?

Elle toisa Connie.

— Même toi, tu as essayé de me le dire.

Effectivement, Connie avait essayé de la prévenir. Mais elle était d'humeur trop généreuse pour le lui rappeler.

— Tu étais aveuglée. Aveuglée par l'amour.

— Et c'est une excuse ? C'est l'excuse que je vais donner au FBI, Connie ? L'amour ?

Connie ne savait pas quoi dire.

— Toi, tu crois à mon innocence ?

— Oui, Meredith. Je sais que tu es innocente.

— Et pourquoi ? Pourquoi es-tu la seule personne de ce pays à croire en mon innocence ?

— Parce que je te connais.

— Je connaissais Freddy. Je croyais le connaître.

Elle leva la tête.

— Je n'aurais jamais dû t'appeler pour te demander de venir me chercher. Je t'ai mise en danger. Regarde ce qui est arrivé à ta maison. Je me noie, Connie, mais je vais me noyer seule. Je ne t'entraînerai pas avec moi.

— Meredith !

Elle avait crié pour couvrir le vacarme du Kärcher.

— Tu restes ici ! Je veux que tu restes ! Je ne veux pas te laisser partir.

Elle ne lui dit pas : tu n'as nulle part où aller, parce que ce n'était pas la vraie raison.

— J'ai besoin que tu restes pour moi, d'accord, pas pour toi. J'ai besoin d'une amie. J'ai besoin de compagnie. Et cette amie, c'est toi. Nous allons laisser le passé derrière nous. Nous allons oublier les paroles douloureuses que nous avons échangées. Il faudra du temps pour cela. Et nous devons trouver un moyen de prouver ton innocence. Le monde doit te voir comme je te vois.

Meredith ne dit mot ni ne fit un mouvement pendant ce qui parut une éternité, puis elle poussa un long soupir. Enfin, elle relâcha le poing qui enserrait son sac et laissa Connie le lui prendre.

— Il faut que tu viennes voir de quoi a l'air le type du nettoyage.

Sur ce, elle entraîna Meredith vers la fenêtre.

MEREDITH

Quelques jours plus tard, Connie revint des bonnes œuvres de l'hôpital avec une perruque noire affublée de deux longues nattes. Avec cette perruque, Meredith ressemblait à Mary Ann dans *Gilligan's Island*.

— Je suis horrible ! dit Meredith.

— Horrible, confirma Connie. Mais c'est une bonne chose. Nous voulons que tu sois terne, anonyme. Et nous devons faire quelque chose pour tes lunettes.

— Mais j'adore mes lunettes ! protesta-t-elle. Je les ai depuis le collège.

— Je sais. Je me rappelle le jour où tu les as eues. Mais, désormais, tu dois t'en passer. Nous n'allons pas rester cloîtrées tout l'été ni craindre à tout moment d'être accostées par des détracteurs. Tu dois te déplacer incognito. La perte des lunettes est un moindre mal. Quand les gens se déguiseront en Meredith Delinn pour Halloween, ils porteront ces mêmes lunettes.

— Des femmes vont se déguiser en *moi* pour Halloween ? demanda Meredith, incrédule.

Connie lui adressa un sourire triste.

— Les lunettes doivent disparaître.

Connie emporta les lunettes de Meredith au Nantucket Eye Center et en commanda une nouvelle paire. Pendant son absence, Meredith se sentit impuissante, comme aveugle. Elle avait affreusement envie de sortir sur la terrasse, mais elle était terrifiée à l'idée de s'aventurer dehors sans Connie. Elle s'allongea sur son lit à l'étage, mais ne pouvait lire sans ses lunettes. Desœuvrée, elle regarda fixement le brouillard rosé de la chambre d'ami.

Son esprit était de retour à Main Line, dans les années 1970, avec son père et Toby.

Les parents de Meredith avaient été éberlués en apprenant qu'elle avait un rendez-vous avec Toby. Pour Chick Martin, la surprise se mêlait à un autre sentiment. De la jalousie ? De la possessivité ? Meredith avait eu peur que son père ne réagît comme Connie. Pourtant, il dépassa ses doutes concernant la féminité naissante de sa fille et endossa le rôle du père protecteur. Quand Toby arriva le soir convenu du rendez-vous, Chick lui demanda :

— Tu n'as jamais eu de problèmes de conduite ?

— Non, monsieur.

— Tu ramèneras Meredith à 23 heures, s'il te plaît.

— Oui, monsieur Martin.

Il fallut quelques mois à Chick pour s'adapter à la nouvelle personnalité de Meredith. Extérieurement, elle était toujours la même – studieuse, obéissante, aimante avec ses deux parents, respectueuse des règles, reconnaissante de tout ce qu'ils faisaient pour elle –, mais quelque chose en elle avait changé. Aux yeux de son père, se disait-elle, elle devait avoir l'air de se concentrer sur Toby. Alors qu'en réalité elle se concentrait sur elle-même – son corps, ses émotions, sa sexualité, sa capacité à aimer quelqu'un d'autre que ses parents.

Waouh ! Dans son souvenir, elle ne s'était jamais sentie aussi vivante que durant l'été de ses seize ans, quand sa romance avec Toby s'enflamma comme un feu de paille. Elle avait envie de lui – telle était l'expression consacrée. Plusieurs fois, ils séchèrent le cinéma pour se rendre au Valley Forge Park et se peloter dans la voiture. Ils se palpaient à travers leurs vêtements, puis les vêtements tombèrent un à un. Un soir, Meredith se retrouva nue, à cheval sur Toby, dont le jean était descendu au niveau des genoux. Mais… il l'arrêta. C'était trop rapide, trop tôt… et elle était trop jeune. Meredith avait pleuré – en partie de frustration sexuelle, en partie de colère et de jalousie. Toby avait couché avec Divinity Michaels et Ravi à Bryn Mawr, et sans doute aussi avec la professeur de français, Mlle Esme (même si elle n'avait jamais eu le courage de lui poser la question) – alors pourquoi pas avec elle ?

— Ce n'est pas la même chose, lui dit-il. Avec toi, c'est spécial. Je ne veux pas précipiter les choses. Je veux que ça dure. En plus, j'ai peur de ton père.

— Tu as peur de mon père ? tempêta-t-elle.

— Il est venu me parler. Il m'a demandé de te respecter. De me conduire en gentleman.

— En gentleman ?

Prise de tremblements, Meredith se recroquevilla contre la portière du passager. Les sièges de vinyle de la Nova étaient froids. Elle tenta de récupérer maladroitement ses sous-vêtements. Elle ne voulait pas d'un gentleman ! Elle voulait Toby !

Meredith partit en campagne pour tenir son père à distance de Toby. Mais Chick demanda à son soupirant de venir l'aider à brûler les tas de feuilles mortes dans le jardin. Après quoi il l'invita à entrer pour regarder Notre Dame mettre une dérouillée à Boston College, puis à manger des friands à la saucisse que la mère de Meredith servait avec une sauce à base de moutarde brune. Pendant les vacances de Noël, Toby fut convié à la fête traditionnelle des Martin, où il y avait tant d'adultes que Meredith ne doutait pas de pouvoir s'éclipser quelque part avec Toby pour folâtrer. Mais il refusa de se laisser entraîner à l'étage.

Le jeune homme fut également invité à la soirée du Nouvel An, que Meredith passait habituellement seule avec ses parents. Ils dînaient toujours au General Wayne Inn, puis allaient voir un film au cinéma à Frazer, avant de rentrer à la maison pour boire une bouteille de Taittinger (Meredith avait bu sa première gorgée de champagne à treize ans) et déguster des truffes en chocolat en regardant l'émission de Dick Clark, en direct de Times Square. Toby participa à toutes les réjouissances – le dîner, le film, le champagne, les chocolats et même la descente de la boule lumineuse sur Times Square qui symbolise le décompte final avant la nouvelle année. À minuit quinze, Chick serra la main de Toby et lui dit :

— Je veux que tu sois parti d'ici une heure. Tu m'as bien compris ?

— Oui, monsieur.

— Je ne redescendrai pas, donc j'ai ta parole ?

— Vous avez ma parole, monsieur.

— Très bien, conclut Chick. N'oublie pas de souhaiter une bonne année à tes parents de notre part.

Après quoi il ferma la porte de la bibliothèque et disparut.

Meredith se rappelait être restée immobile comme une statue sur le canapé de la bibliothèque, retenant son souffle, se disant que c'était une sorte de piège. Mais elle entendit les pas de ses parents dans l'escalier, puis au deuxième étage au-dessus d'eux. Ils allaient se coucher, laissant Toby et Meredith dans le confort douillet de la bibliothèque pour une heure entière.

Toby s'approcha précautionneusement du canapé. Meredith l'attira vers lui.

— Meredith, stop !

— Il nous a pratiquement donné sa permission !

Elle n'avait pas l'intention de se laisser dissuader. C'était la soirée du Nouvel An et elle allait perdre sa virginité – pas sur le siège avant de la Nova de Toby, pas sur la pelouse du Valley Forge Park, mais ici même, dans la maison de ses parents, près de la cheminée.

En douceur.

Au printemps, Toby obtint son diplôme, mais comme ses résultats n'étaient guère brillants, il prit une année supplémentaire pour augmenter ses chances d'être admis à l'université. L'été, Meredith et Toby se rendirent dans la maison de vacances des O'Brien à Cape May, où ils passèrent leurs journées à naviguer et leurs soirées à se balader au bord de la mer en mangeant des hot dogs ou du pop-corn. Ils s'étaient fait prendre en photo dans un photomaton et conservaient les clichés dans la poche arrière de leur jean. Ils s'achetèrent des bracelets tressés blancs assortis.

À l'automne, Toby s'inscrivit à deux cours au Delaware County Community College tout en travaillant comme serveur chez Minella's Diner. Il était très présent dans la vie de Meredith, alors en dernière année de lycée, et malgré leur inquiétude grandissante – était-ce une bonne idée que leur fille entretînt une relation aussi sérieuse durant sa dernière année ? –, ses parents n'avaient aucun motif de se plaindre. Meredith était la meilleure de sa classe au Merion Mercy et terminait toujours à la première ou la deuxième place lors de ses compétitions de plongeon. Elle fit partie des finalistes du National Merit, un programme qui distingue les meilleurs élèves des États-Unis.

Comme il travaillait chez Minella's, Toby venait parfois livrer des pizzas chez les Martin, le soir de la partie de poker hebdomadaire de Chick, et une fois, Chick invita Toby à revenir après son service pour se joindre à eux. Cette soirée renforça les liens entre les deux hommes. À l'évidence, son père appréciait Toby, ou bien il s'en tenait au principe : si tu ne peux pas battre ton ennemi, mieux vaut l'apprivoiser. Chick proposa à Toby de passer le voir à son cabinet, puis l'invita à déjeuner au City Tavern. Il emmena le couple voir des matchs de cricket. Chick, Deidre, Meredith et Toby allèrent admirer les illuminations de Noël des jardins Longwood, assistèrent à un concert du Philadelphia Orchestra à l'Académie de musique, dînèrent chez Bookbinders et prirent un brunch au Green Room de l'Hôtel du Pont.

— Comment vous faites pour supporter tous ces trucs de vieux ? lui demanda un jour Connie.

— Ça nous plaît, rétorqua Meredith.

Elle s'abstint d'avouer à son amie que ce qu'elle désirait le plus au monde, c'était épouser Toby. Elle s'imaginait avec lui et leurs enfants, dans une jolie maison de Main Line, menant une existence semblable à celle de ses parents.

Aujourd'hui encore, Meredith était incapable d'expliquer pourquoi tous ses rêves s'étaient écroulés, car c'était bien ce qui s'était passé.

Toby rompit avec Meredith le soir de la remise des diplômes du lycée. Les O'Brien avaient organisé une immense fête pour Connie. Sous une grande tente se trouvait un buffet avec de l'alcool à volonté pour les adultes, véritable tentation pour les adolescents. Toby buvait du Coca-Cola agrémenté de bourbon Wild Turkey, alors que Meredith se contentait de soda tiède, étant donné que ses parents étaient à l'intendance. Connie sirotait du gin tonic, comme sa mère. Elle avait mis fin à sa romance avec Matt Klein et sortait à présent avec la star de l'équipe de crosse de Radnor, Drew Van Dyke, qui entrerait à l'université Johns Hopkins à l'automne. Connie et Drew s'éclipsèrent de la fête à 22 heures, et Toby voulut les imiter. Et s'ils allaient prendre un bain de minuit dans la piscine de l'Aronimink et faire l'amour sur la colline, derrière le neuvième tee ? Une escapade bien trop dangereuse aux yeux de Meredith. Chick était le président du conseil d'administration du club Aronimink, donc si le couple était surpris, son père serait humilié – un risque que Meredith refusait de prendre. Elle répondit à Toby qu'elle voulait rester à la soirée et danser.

— Tu as quel âge ? Cent ans ?

En effet, les seuls invités encore présents étaient tous des adultes, des amis de Bill et Veronica O'Brien.

— Mes parents dansent. Je préfère rester.

— Je ne veux pas rester ici pour danser avec tes parents. Je commence à en avoir marre de tes parents !

Meredith fut atterrée par cette déclaration. Ses joues s'empourprèrent.

— J'ai dix-neuf ans et tu en as dix-huit. Faisons des trucs de notre âge.

Elle se retourna pour regarder la piste de danse, où ses parents s'amusaient comme des petits fous.

— Tout le monde a l'air de s'éclater !

— Ce n'est pas ce que j'appelle *s'éclater*, rétorqua Toby.

Au même moment, un homme s'approcha de Meredith. Il s'appelait Dustin Leavitt et travaillait avec Bill O'Brien chez Philco. Dustin Leavitt était un séduisant célibataire, grand, attentionné, charmant – un homme ! – qui semblait tout particulièrement apprécier la présence de Meredith. Durant l'hiver, il l'avait vue plonger pour la compétition du Lower Merion – sa nièce concourait dans la discipline du papillon – et elle avait fait sensation. Avec son salto arrière et son saut carpé, elle avait battu le record de la piscine. « Tu es une future star ! » lui avait dit Dustin Leavitt dans les couloirs de l'école après la compétition.

Depuis l'arrivée de cet homme à la soirée, Meredith avait senti son regard sur elle. Même Connie l'avait remarqué.

— Je crois que Dustin Leavitt en pince pour toi, lui avait soufflé son amie.

— Bah ! Tu dis n'importe quoi.

— Je suis sérieuse. Il est canon. Et c'est un homme !

Meredith était consciente qu'il était de quinze ans son aîné. Trente-trois ans. Cela semblait horriblement vieux.

— Salut, Toby ! dit Dustin Leavitt. J'aimerais beaucoup inviter ta petite amie à danser. Si ça ne te dérange pas…

Meredith était persuadée que Toby ne serait pas d'accord, mais il se contenta de hausser les épaules.

— Pas de problème.

— Meredith ? lui dit Dustin en lui tendant la main.

Elle ne savait pas trop quoi faire. La proposition de Dustin la flattait, certes, mais elle ne voulait pas froisser son petit ami. En même temps, elle avait envie de danser et quand Toby buvait il devenait désagréable. Dustin Leavitt l'entraîna sur la piste et ce n'est qu'à la fin de la chanson, alors que tous deux étaient rouges et transpirants, qu'elle s'aperçut que Toby était parti sans elle. Était-il fâché parce qu'elle avait dansé avec Dustin ? Était-ce la raison de son départ ? Mais quand Meredith finit par lui en parler – elle se précipita chez les O'Brien à la première heure le lendemain, sous prétexte de donner un coup de main pour le nettoyage –, il lui dit qu'il se fichait qu'elle ait dansé avec Dustin Leavitt. En fait, ajouta-t-il, cela avait été une sorte de soulagement.

— Qu'est-ce que tu veux dire ?

Ils se trouvaient sous la tente, dans le jardin. Toby empilait les chaises pliantes pendant que Meredith ramassait les serviettes de cocktail froissées sur la pelouse.

— Je pense qu'on devrait rompre.

— Rompre ? Tu me quittes ?

— Je crois que oui.

Il hocha la tête, l'air décidé.

— Oui.

Meredith se laissa tomber dans l'herbe et se mit à san-gloter. Toby s'étendit par terre et se hissa sur un coude. On aurait dit qu'il avait changé au cours de la nuit. À présent, il était froid et distant. Dans quelques jours, il partirait pour Cape May, lui dit-il, pour travailler comme premier matelot sur un voilier. Il serait absent tout l'été, elle le savait. Oui, dit-elle, mais elle était censée lui rendre visite. Tous les week-ends !

— Je sais. Mais je crois que ce serait mieux si j'étais libre.

— Mieux pour qui ?

— Pour moi.

Il ajouta que, s'il aimait beaucoup les parents de Mere-dith, il ne voulait pas devenir comme eux. Pas tout de suite, du moins. Et peut-être même jamais.

— Et puis, continua-t-il, tu vas entrer à Princeton l'automne prochain. Tu auras tellement d'incroyables occa-sions…

— Bon Dieu ! cria-t-elle.

Elle repensa aux histoires à propos de Divinity Michaels, qui s'était enfermé dans les toilettes et avait menacé de boire de l'ammoniaque. À présent, Meredith la comprenait.

— Je te défends de me donner des leçons !

— Très bien.

Son visage affichait une certaine inquiétude, sans doute parce que Meredith avait insulté le nom du Seigneur – ce qu'elle ne faisait jamais – et qu'il avait peur qu'elle se muât en psychopathe, comme ses anciennes petites amies.

— Écoute, Meredith, je suis désolé. Je ne peux pas changer mes sentiments.

Meredith pleura dans sa chambre, elle pleura au télé-phone avec Connie (qui, lui sembla-t-il, paraissait presque se réjouir de cette rupture), elle sauta des repas, inquiétant ses parents. Chick Martin emmena Meredith en Villanova sur un parking pour la préparer à passer son permis de

conduire, mais ces séances se transformaient invariable-
ment en sessions de pleurs, où le père tentait vainement de
consoler sa fille.

— Je ne supporte pas de te voir souffrir comme ça, lui
dit-il un jour. Ta mère et moi nous sentons tellement
impuissants. Tu veux que j'aille parler à Toby ?

— Non.

Son père était capable de faire des miracles, mais il ne
pouvait pas forcer Toby à l'aimer.

Deux jours plus tard, les lunettes de Meredith étaient
prêtes. Dès lors, la transformation était complète. Meredith ajusta sa perruque nattée, puis chaussa ses nouvelles
lunettes sans monture. Les verres semblaient flotter devant
ses yeux et n'offraient pas la même précision que ses chères
lunettes à monture d'écaille.

— C'est parfait, dit Connie. Fais-moi confiance.

En effet, avec sa perruque et ses lunettes, Meredith n'était
plus la même femme. De loin, même Freddy ne l'aurait pas
reconnue.

Samedi matin, Connie lui suggéra d'aller faire des
courses en ville. Meredith déclina son offre. Aller « en ville »
signifiait se mêler à d'autres gens, ce qu'elle ne voulait pour
rien au monde.

— Mais tu n'as pas encore vu la ville.

Je la verrai une autre fois.

— Quand ?

— Quand il y aura moins de monde.

Au milieu de la nuit, se dit-elle, ou au mois de mars.

Connie tenta de la convaincre en lui disant qu'il y aurait
tellement de monde que personne ne la remarquerait. De
plus, Wolf et elle avaient l'habitude de faire leurs courses le
samedi matin.

— Des types me surveillent, là dehors.

— La police a écumé la zone. Ces types ne te surveillent
pas vingt-quatre heures sur vingt-quatre. Ils cherchent à te
faire peur, Meredith. Mais on ne va pas les laisser gagner.

On va continuer à vivre notre vie. Et s'ils t'épient aujour-
d'hui, ils te verront faire des courses en ville.

Meredith n'avait guère d'arguments à lui opposer et avait
désespérément besoin de sortir de la maison. Une fois en
ville, elle se rendit compte que Connie avait raison : la foule
sur Main Street ne faisait nullement attention à elle. Une
nuée de gens allaient et venaient : des parents avec des
enfants dans leur poussette, des couples main dans la main,
des hommes plus âgés en polo rose avec des golden
retrievers en laisse, des femmes en jupe Lilly Pulitzer avec
des sacs des boutiques de vêtements Gypsy et Eye of the
Needle. Autrefois, Meredith était l'une des ces femmes.
Aujourd'hui, évidemment, elle n'avait plus les moyens de
s'offrir la moindre babiole. Mais c'était amusant de se mêler
à la foule. Connie et elle firent un saut au camion de la
ferme des Bartlett, et Meredith s'émerveilla à la vue des
produits bio frais nichés dans les seize cagettes sur la
rampe inclinée du camion. Une mosaïque de couleurs – les
choux pourpres, les courgettes et les concombres verts,
les tomates rouges cultivées en serre chaude, les courges
jaunes. Connie acheta une magnifique laitue tendre et une
brassée de glaïeuls que Meredith se proposa de porter. Elle
se sentait chanceuse de pouvoir tenir des fleurs et acheter
des légumes de la ferme. Les garçons lui manquaient. Que
faisaient-ils ? Elle espérait que Leo était avec Anaïs, à
arpenter la montagne en vélo ou jouer au golf, momentanément libéré de toute angoisse. Le pauvre Freddy avait terminé la première semaine de ses cent cinquante années de
détention. Happé par les barbelés et la désolation pour
l'éternité. Selon elle, l'année prochaine à la même époque,
elle serait elle aussi en prison.

Mais elle ne devait pas se laisser aller à ce genre de
pensées moroses.

Connie la guida dans les rues pavées jusqu'à la librairie
de Nantucket, où elles flânèrent dans les rayons. Meredith
ne s'approcha pas du secteur des essais et documents. Déjà,
des ouvrages sur l'empire diabolique de Delinn étaient
parus. Des livres écrits à la va-vite, sans doute truffés
d'inexactitudes et de spéculations. L'un d'eux contenait

probablement des informations sur le passé de Freddy, ainsi que sur elle. Quel tableau l'auteur brosserait-il d'elle ? Évoquerait-il son enfance idyllique sur Main Line ? Son adoration pour son père ? Parlerait-il de ses excellentes notes, de son salto arrière et de son saut carpé parfaits ? Se demanderait-il comment une fille aussi prometteuse avait fini par partager la vie de Freddy Delinn ?

Meredith s'immergea dans les romans. À ses yeux, la fiction traitait du sens de la vie de façon bien plus dépouillée que la vie elle-même. Elle feuilleta Atwood, Morrison, Kingsolver, Russo. Elle prit un roman de Laura Kasischke qu'elle avait lu dans *Town&Country* quelques mois auparavant. Il y avait aussi un rayon consacré à la littérature classique. Elle pourrait prendre le seul Jane Austen qu'elle n'avait pas lu ou *Feu pâle*, de Nabokov. Elle avait des lacunes. Personne n'était capable de tout lire, mais Meredith pouvait au moins essayer, maintenant qu'elle avait du temps. L'espace d'un instant, en ce samedi matin dans la librairie de Nantucket, sa vie lui sembla agréable, du moins de ce point de vue.

Puis elle leva les yeux. Connie avait acheté le dernier livre de recettes de Barefoot Contessa et l'attendait patiemment en feuilletant des guides de voyage. Meredith devait se décider. Achèterait-elle quelque chose ? Oui, le roman de Kasischke et *Persuasion*, de Jane Austen. Elle remit les autres livres à leur place – elle avait décidé de s'en tenir à des règles strictes, même en ce qui concernait les petits achats –, mais, au moment de passer à la caisse, elle vit Amy Rivers. Amy tenait à la main un exemplaire de *Mayflower*, de Nathaniel Philbrick, et demandait à la femme derrière le comptoir s'il était possible de le faire dédicacer par l'auteur. Sa voix lui était si familière que Meredith paniqua, au point de ne plus oser faire le moindre mouvement. Connie l'attendait toujours – elle avait d'autres courses à faire –, mais Meredith était statufiée. Son déguisement ne suffirait pas. Si Amy Rivers la voyait de près, elle la reconnaîtrait.

Amy Rivers eut sans doute un pressentiment, car elle se tourna vers elle. Meredith baissa aussitôt la tête. Amy avait laissé un message sur le répondeur de son appartement de

Park Avenue, un message hystérique truffé de « putain ! »
acerbes. « Putain, je n'arrive pas à y croire. Freddy était un
putain de menteur, un putain de traître, un putain de
salaud inexcusable. » Après, Amy s'en était prise à elle.
Meredith l'avait trahie, trompée, abandonnée. « Putain !
Dire que je croyais qu'on était des putains d'amies ! » Meredith avait été tentée de la rappeler, de lui remémorer que
c'était elle qui l'avait suppliée de la mettre en relation avec
Freddy. Elle lui avait fait une faveur en donnant sa carte de
visite à Freddy. Comment aurait-elle pu savoir que son mari
avait créé un schéma de Ponzi ? Et qu'elle avait fait tomber
Amy dans un piège ruineux ? Amy elle-même avait déclaré
que les retours sur investissements étaient « incroyables ».
Les choses qui paraissaient incroyables, en général,
l'étaient bel et bien ! Amy était assez intelligente pour le
savoir. N'aurait-elle pas dû faire preuve de prudence ?
Était-ce vraiment la faute de Meredith ?

— Hé ! Ça va ? lui demanda Connie.

Meredith releva la tête. Amy avait disparu.

— Oui, répondit-elle d'une voix blanche.

Puis elle alla régler ses achats.

Cette mésaventure lui avait donné une furieuse envie de
courir se réfugier à Tom Nevers, mais Connie n'était pas de
cet avis. Elles se rendirent dans la boutique de cadeaux
Stephanie, où Connie lut à haute voix les citations rigo-
lotes imprimées sur les serviettes de cocktail. Meredith lui
adressa un sourire factice. Elle avait baissé sa garde à la
librairie et avait failli être frappée en plein cœur. Elle devait
impérativement rester vigilante. Jamais elle ne serait vraiment en sécurité.

Un peu plus loin dans la rue, elles admirèrent dans une
vitrine les immenses et fabuleux chandeliers Ted Muehling.

— Ils doivent valoir au moins huit cents dollars pièce,
commenta Connie.

Meredith jugea inutile de mentionner que, dans son existence précédente, elle se serait engouffrée dans la boutique
et en aurait acheté quatre ou cinq de tailles différentes.
Ensuite, elle les aurait agrémentés de bougies achetées au

Printemps, à Paris, et aurait regardé sa nouvelle acquisition avec adoration une douzaine de fois les jours suivants, avec le sentiment d'exaltation que vous procure un achat coûteux et chic. Mais, avec le temps, les chandeliers ne seraient bientôt plus que quelques bibelots de plus à épousseter pour Louisa, relégués aux oubliettes pour satisfaire sa lubie suivante, aussi éphémère que la première. Quelle vacuité que cette existence, même si elle croyait que cet argent lui appartenait ! À présent, elle n'était pas sûre de pouvoir dépenser encore autant d'argent pour un objet aussi futile qu'un simple chandelier.

Étape suivante : la boutique de chaussures de Vanessa Noel, qui offrait de magnifiques spécimens en daim, serpent, ou cuir verni. Escarpins, mules, sandales, ballerines, il y en avait pour tous les goûts. Connie essaya une paire d'escarpins roses agrémentés de lanières striées nouées à la cheville. Une vraie merveille, qui lui faisait des jambes fabuleuses. Elle était si élancée, si svelte. Meredith ressentit l'aiguillon de la jalousie, mais elle avait l'habitude de ce sentiment quand il était question de l'apparence de son amie.

— Elles sont fantastiques. Tu devrais les prendre.

— J'aimerais bien. Mais à quelle occasion vais-je les porter ?

— Pourquoi pas lors d'un rendez-vous avec Dan Flynn ?

Connie la regarda d'un air choqué, alarmé, peut-être même furieux. Meredith était-elle allée trop loin ? Connie était toujours si dévouée à la mémoire de Wolf. Toutes les nuits, elle dormait sur le canapé avec une couverture, et quand elle lui avait demandé la raison de ce comportement, Connie avait répondu :

— Je ne peux pas dormir dans mon lit sans lui.

Une assertion à ses yeux un peu étrange. Cela faisait tout de même deux ans et demi ! Mais elle n'avait pas fait de commentaires. À présent, elle regrettait ses paroles.

Mais c'est alors que Connie déclara timidement :

— Je les prends.

Pendant que son amie réglait son achat, Meredith prit une paire de talons aiguilles argentés incrustés de pierres bleues. Originales, fabuleuses – et parfaitement assorties à la robe de soie plissée bleue qu'elle avait laissée dans son placard du cap d'Antibes. Des chaussures idéales pour une robe qu'elle ne possédait plus. D'une valeur de quatre cent quatre-vingt-quinze dollars.

Non.

Sur le chemin du retour, elles firent un arrêt chez Nantucket Looms, une parfumerie où Connie acheta son savon fleuri préféré, puis elles firent un saut à l'église catholique Sainte-Marie. Une bâtisse de bardeaux gris – comme toutes les autres bâtisses de l'île – avec une simple statue blanche de la Vierge Marie à l'entrée. La Vierge tendait les mains en avant, comme si elle voulait accorder son pardon à Meredith.

— Je vais allumer un cierge, d'accord ? dit-elle.

Connie hocha la tête et prit place sur un banc.

— Je t'attends ici.

Meredith pénétra dans l'église et inhala une vague odeur d'encens. Une messe funéraire avait été célébrée le matin même. Elle glissa trois dollars dans la fente, un geste qui suffit à l'inquiéter – trois précieux dollars ! Le premier cierge était pour Leo. Leo avait travaillé comme un damné et n'avait gagné que très peu d'argent, comparé aux gens qui bossaient au dix-septième étage, l'étage abhorré. Assurément, le FBI l'avait compris, n'est-pas ? Si Leo avait été impliqué dans le schéma de Ponzi, il serait riche, lui aussi, non ? Comme tous les autres. Pourquoi Freddy aurait-il entraîné Leo dans une procédure illégale ? Autant lui donner un pistolet et le forcer à braquer un magasin !

— Faites que Leo soit en sécurité, pria Meredith.

Le deuxième cierge était pour Carver. Carver était un esprit libre. Comme l'entreprise ne l'intéressait pas, Freddy avait dû le laisser partir. À contrecœur. Carver avait demandé à son père un prêt pour son premier projet de rénovation, mais s'était heurté à un refus. Pas de passe-droit. Donc il était allé dans une banque et avait obtenu un prêt, car on ne pouvait rien refuser à un jeune homme dont le nom de famille était Delinn. Aujourd'hui, Dieu merci, il n'était pas impliqué. Il était charpentier et pouvait assurer un toit à son frère.

— Faites que Carver reste fort, implora Meredith.

Que faire du dernier cierge ? Après une lutte intérieure, elle le destina à Freddy.

Seulement, elle ne parvenait pas à trouver la moindre prière adéquate.

Finalement, elle se signa et quitta l'église. Par cette fin de matinée ensoleillée, elle était prête à rentrer à la maison. Sa perruque commençait à la démanger.

Une fois la voiture garée dans l'allée, Meredith scruta la façade de la maison. La peinture avait disparu, mais le Kärcher avait laissé l'ombre fantomatique des mots effacés. En regardant de près, on distinguait le terme ESCROC, seulement, au lieu des hideuses lettres vertes, il se détachait par la pâleur de l'écriture. Dan était revenu le matin même pour les finitions. Elles l'avaient manqué, mais des flaques révélatrices maculaient la pelouse. Dan avait promis qu'avec le temps les bardeaux retrouveraient leur teinte gris foncé originelle. Dans six mois, les dégâts seraient totalement effacés.

Connie prit les sacs de courses sur la banquette arrière de l'Escalade.

— Dan est passé, dit-elle en jetant un coup d'œil aux gouttelettes sur la pelouse. Je n'arrive pas à croire qu'on l'ait manqué.

Meredith arriva la première à la porte d'entrée. Une carte de visite était fichée dans un coin de la vitre – la carte de visite de Dan ! Au dos, il avait écrit : « Connie, appelez-moi. » Meredith ressentit un frisson d'excitation typiquement adolescent.

— Regarde ! s'écria-t-elle. Il a laissé ça !

Connie lui prit la carte des mains et l'examina avec une expression indéchiffrable.

— Il a sûrement quelque chose à me dire à propos de la maison. Ou de la facture.

Meredith fut prise de panique. La facture. Elle la paierait, bien sûr, mais quel serait son montant ? Quatre cents dollars ? Six cents ?

— Tu vas quand même l'appeler, n'est-ce pas ?

— Pas tout de suite.

Elle n'insista pas. Une fois à l'intérieur, elle arracha les pinces épinglées dans sa tête et ôta sa perruque. Ah ! Ses vrais cheveux, à la teinte d'un blond crayeux, étaient tout emmêlés. Elle tenta de les arranger devant le miroir. Ses lunettes étaient vraiment affreuses. Aucun homme ne lui laisserait de carte de visite, c'était certain. Mais ce n'était pas grave, après tout, c'était même mieux ainsi.

Meredith était impatiente d'aller se baigner. Au-delà du pont ensoleillé, une volée de marches menait à la plage. Le sable doré et frais, les flots bleus. Mais contrairement au centre-ville bondé, la propriété de Connie lui faisait peur.

— Harold est là, dit son amie.

— Où ?

Connie pointa du doigt le large et Meredith vit une tête noire et lisse faire surface, puis disparaître. Oui, un seul phoque.

— Depuis combien de temps est-il là ? demanda-t-elle.

— Je me posais la même question l'autre jour. Je peux seulement dire que c'est le cinquième été.

— Le cinquième ? Vraiment ?

— Wolf l'a vu nager pour la première fois avec ses jumelles. L'été suivant, Wolf était malade, mais il est quand même venu à Nantucket et a passé le plus clair de son temps sur la terrasse, enveloppé dans une couverture. Il ne voyait pas très bien depuis ce point de vue, mais je lui disais chaque fois que j'apercevais Harold. L'été d'après, Wolf était décédé, et nous avons dispersé ses cendres sur la plage. Puis on en vient à l'été dernier. Et maintenant celui-ci. Donc, ça fait cinq.

Connie se tut un moment, puis ajouta :

— C'est drôle, la mort de Wolf a classé les choses en deux catégories : avant et après.

Meredith hocha la tête. Voilà un concept qu'elle comprenait parfaitement : l'avant et l'après.

— Allons déjeuner, proposa Connie.

Connie voulait manger dehors, mais Meredith n'était pas d'accord.

— Ne sois pas ridicule ! plaida son amie.

— Je ne peux pas m'en empêcher. Je me sens exposée.

— Tu es en sécurité. Personne ne te fera de mal.

— Tu n'en sais rien.

Connie tenait deux magnifiques assiettes garnies de nourriture.

— D'accord, je vais déjeuner une dernière fois à l'intérieur. Mais ensuite, je mangerai dehors chaque fois que j'en aurai envie. Je vais m'allonger sur le pont, puis j'irai me baigner.

— Tu ne nages jamais avant le mois d'août. Reconnais-le, tu trouves l'eau trop froide.

— L'eau est trop froide ! Mais j'irai me promener sur la plage, et s'ils veulent me prendre en photo, ainsi soit-il ! Qu'ils aillent au diable ! Voilà ce que tu devrais faire, Meredith, les envoyer au diable. Mentalement. Montre-leur que tu n'as pas peur d'eux.

— Mais j'ai peur d'eux !

Même à l'intérieur, le repas fut délicieux : sandwichs au thon à la sauce tomate maison et laitue de la ferme agrémentée d'une sauce moutarde-mayonnaise. Le tout accompagné de limonade italienne pétillante.

La carte de Dan Flynn était posée à côté de l'assiette de Connie.

— Je suis sûre qu'il veut seulement savoir où envoyer la note.

— Appelle-le et tu verras bien.

Le visage de Connie s'assombrit. Puis elle prit le téléphone. Meredith se leva pour laisser à son amie un peu d'intimité. Connie claqua des doigts et pointa la chaise.

— Reste. Je ne peux pas faire ça seule.

Meredith obéit.

— Allô, Dan ? dit-elle d'une voix claire. Connie Flute, de Tom Nevers ? Oui, c'est fantastique. Je suis tellement soulagée. Vous êtes mon sauveur !

Elle marqua une pause et ses yeux s'arrondirent.

— Oh ? Ce soir, vous voulez dire ? Eh bien, je... j'ai d'autres projets pour ce soir, malheureusement. Que diriez-vous de demain soir ?

Elle mordilla sa lèvre inférieure.

— Très bien, ça me semble parfait. Cela ne vous dérange pas si Meredith se joint à nous ?

Meredith agita les bras et secoua la tête comme une forcenée, à tel point que l'air siffla dans ses oreilles.

— Je ne peux pas la laisser seule ici. En particulier après ce qui lui est arrivé.

Meredith articula en silence :

— Tu y vas ! Moi, je reste ici.

— Très bien, c'est parfait. 19 h 30, Compagny of the Cauldron. Merveilleux. Vous passez nous prendre à 18 heures ? Si tôt, vraiment ? Vous êtes sûr que ça ne vous fait pas faire un gros détour ? Oh, ne mentez pas – ça fait loin ! Nous pourrions nous retrouver au restaurant. Vraiment ? Vous êtes sûr ? Très bien, très bien, d'accord, un verre, c'est une bonne idée. Donc... nous vous attendons à 18 heures. Merci, Dan ! Au revoir !

Elle raccrocha.

— Mais à quoi pensais-tu ? s'écria Meredith.

Connie s'effondra sur sa chaise. Jouant avec les miettes de pain dans son assiette, elle répondit :

— Il m'a invitée à dîner. Au Compagny of the Cauldron. Le restaurant le plus romantique de l'univers.

— Je ne viens pas avec toi, maugréa Meredith.

— Tu dois venir.

— Oh, allez, Connie. Pourquoi ?

Elle se massa le front.

— Je ne suis pas prête à sortir avec un homme. Normalement, j'aurais dû dire à ce type que je ne suis pas prête, mais si tu viens avec nous, alors ce ne sera pas un vrai rendez-vous et tout ira bien.

Les joues de Connie s'étaient empourprées et ses yeux brillaient. Elle appréciait Dan. Pourquoi pas après tout ? Il était séduisant, il avait le même âge qu'elle et avait perdu sa femme. Meredith se doutait que si elle refusait d'y aller,

Connie appellerait Dan pour annuler le dîner. En quoi était-ce différent de l'époque du lycée, où Connie insistait pour que Meredith l'accompagnât trois fois par semaine pour assister aux combats de Matt Klein ? Ou de passer avec Connie en voiture devant la maison de Drew Van Dyke, pour s'assurer que sa voiture était bien dans l'allée, et non garée devant celle de Phoebe Duncan ?

— Nous voilà revenues au lycée, soupira Meredith.

— La vie est ainsi, répondit son amie. C'est toujours le lycée, encore et encore.

Si seulement cela pouvait être vrai, se dit Meredith. Au lycée, personne ne mourait du cancer de la prostate. Au lycée, personne ne mettait en place un schéma de Ponzi de cinquante milliards de dollars. Sans doute fallait-il se réjouir de retrouver cette époque après tout.

— Très bien, concéda-t-elle. Je viendrai.

Pas question de rester seule dans cette maison. Cette idée la pétrifiait.

— Il a eu l'air agacé que tu m'emmènes avec toi ?

— Pas vraiment.

Évidemment ! Les hommes feraient n'importe quoi pour Connie, y compris aller dîner avec la femme du plus grand voleur de l'histoire.

— Et quels sont nos projets pour ce soir ?

— Nos projets ?

— Tu lui as dit que nous avions des projets.

— Eh bien, dit-elle en se levant pour débarrasser la table, je ne pouvais pas lui laisser entendre qu'on restait à la maison ! Tu n'y connais donc rien ?

Leurs « projets » pour samedi soir incluaient un dîner composé d'un soufflé au fromage de chèvre et d'une salade Caesar – un menu que Meredith aurait pu commander chez Pastis et que Connie avait improvisé. Après le repas, Connie invita Meredith dans le bureau de Wolf à l'étage pour admirer les étoiles avec le télescope.

Wolf connaissait toutes les constellations.

Elle positionna le télescope devant la fenêtre.

— Je ne connais que Orion, la Grande Ourse et Cassiopée, dit Connie.

— Je sais reconnaître la Petite Ourse. Et les Pléiades. Et je sais à quoi ressemble la Croix du Sud.

Meredith avait vu la Croix du Sud lors d'un voyage en Australie avec Freddy. Ils avaient séjourné à Broome, une ville côtière du nord-ouest, la plus reculée qu'elle eût jamais visitée. Freddy avait un ami – rencontré durant leurs études de commerce – du nom de Michael Arrow, qui possédait une immense ferme perlière à Broome. Hélas, Michael avait investi dans Delinn Entreprises et aujourd'hui avait perdu la ferme qui était dans sa famille depuis 1870. C'était un type bien, ouvert et charmant. Un véritable ami. Que ressentait Freddy à l'idée d'avoir trahi Michael Arrow ? Sois maudit, Freddy ! pensa-t-elle (pour la millionième et quatrième fois).

Le plus beau souvenir de ce voyage était le cinéma en plein air où Michael les avait emmenés. Assis sur des balancelles, ils avaient regardé le film sous les étoiles. Elle ne se souvenait pas du film, mais des paroles de Michael :

— Vous avez vu cette merveille ? C'est notre Croix du Sud.

Admirerait-elle un jour de nouveau la Croix du Sud ? Freddy, lui, ne la reverrait sûrement jamais.

À travers le télescope, les étoiles semblaient toutes proches, même si ce n'étaient que des points lumineux à des millions de kilomètres de distance.

— Freddy t'a offert une étoile, n'est-ce pas ? demanda Connie.

Meredith hocha la tête sans un mot. Freddy lui avait acheté une étoile qu'il avait baptisée *Silver Girl*, d'après les paroles d'une chanson que son père lui chantait souvent : « *Sail on, Silver Girl, Sail on by. Your time has come to shine, All your dreams are on their way, See how they shine* [1]. » La chanson s'intitulait *Bridge Over Troubled Water*. Chaque fois qu'elle passait à la radio, Chick Martin prenait la main de sa

---

1. « Vogue, Silver Girl, vogue. Le temps est venu pour toi de briller. Tous tes rêves sont à portée de main. Vois comme ils scintillent. »

fille et fredonnait : « *Oh, if you need a friend, I'm sailing right behind* [1]. » Chick Martin lui avait offert l'album pour son anniversaire. Il passait la chanson avant chacune de ses compétitions de plongeon. Père et fille avaient dansé au rythme de cette mélodie dans le salon de leur maison une heure avant la remise du diplôme de Meredith. Ils écoutaient la cassette pendant chacune de leurs leçons de conduite, après que Toby avait abandonné Meredith et quitté la ville pour l'été. Meredith l'avait écoutée en boucle sur son tourne-disque durant les jours sombres et froids qui suivirent le décès de son père, victime d'une rupture d'anévrisme. Elle conservait le vieil album à l'étage, dans sa boîte de carton. Cela avait toujours été son bien le plus précieux. Même si les nouvelles technologies l'avaient rendu inutile, elle ne pouvait s'en défaire.

Meredith avait expliqué à son mari le sens de cette chanson et, quelques années plus tard, quand la Nasa avait autorisé les particuliers à acheter des étoiles, Freddy avait offert à Meredith une étoile baptisée *Silver Girl*.

Waouh ! C'était difficile à croire, pour plus d'une raison.

Meredith s'excusa auprès de Connie et déclara qu'elle allait se coucher.

Connie était tellement émoustillée par son rendez-vous avec Dan Flynn que Meredith se sentit peu à peu gagnée par son enthousiasme. Son amie passa toute la journée au soleil sur la terrasse, après avoir soigneusement appliqué de la crème solaire sur son visage et posé des rondelles de concombre sur ses yeux, telle une star de cinéma. Meredith l'observait depuis le canapé du salon, où elle lisait un livre. Elle mourait d'envie d'être dehors, mais comment se détendre en sachant que quelqu'un pouvait la photographier ? Les impitoyables paparazzi de New York étaient capables de camper devant son immeuble jour et nuit. Mais cette méthode était plus insidieuse – l'appareil photo caché, le mystère, l'œil épiant ses moindres faits et gestes. Qu'un

---

1. « Oh, si tu as besoin d'un ami, je vogue juste derrière toi. »

ennemi fût dehors en train de la surveiller en ce moment n'était pas le plus grave. Le plus terrible, c'était le sentiment de culpabilité aiguë qui la tiraillait. Non, elle n'avait pas le droit de lézarder au soleil de Nantucket.

Elle voulait appeler Dev pour avoir des nouvelles de Julie Schwartz à propos de Leo. Avaient-ils discrédité Deacon Rapp ? Avaient-ils trouvé Mlle Misurelli ? Meredith alluma son portable et retint son souffle en attendant l'arrivée des messages. Puis elle se rendit compte qu'en ce dimanche même Dev, pourtant un acharné du travail, ne serait pas à son bureau. Il était sans doute allé pêcher au bord d'un lac ou se promener à Central Park. Bon sang, même les fédéraux – ces hommes sans nom ni visage – devaient profiter de cette journée estivale.

Meredith avait emprunté une robe de lin blanche à Connie. Trop longue, hélas, mais que faire ? Si seulement sa peau était un peu plus hâlée ! Elle enfila d'abord la robe, se maquilla, puis ajusta sa perruque. Peu importait son apparence, se rappela-t-elle. Elle n'était que tolérée ici. La bonne copine, le faire-valoir.

Connie était absolument éblouissante dans son fourreau de soie verte. On aurait dit une sirène fabuleuse attirant les marins dans ses rets mortels. Elle portait une paire d'escarpins argentés Manolo Blahnik scintillants (autrefois, Meredith en possédait une paire pratiquement identique) et le parfum Champs-Élysées signé Guerlain, qui évoquait les senteurs de la Provence. Oh ! quel parfum ! Meredith faillit supplier son amie d'en vaporiser une bouffée sur elle, mais se retint à temps. Son odeur n'avait pas d'importance.

Un coup frappé à la porte et Dan Flynn se matérialisa dans l'entrée. C'était un homme très séduisant, qui savait se mettre en valeur. Il portait un pantalon blanc savamment chiffonné, des mocassins visiblement coûteux et une chemise Robert Graham aux motifs bleus.

Connie flotta le long du couloir. De son perchoir au-dessus des escaliers, Meredith lut l'ébahissement de Dan dans son regard. Voir ainsi Dan dévorer sa merveilleuse amie des yeux lui procura un frisson d'excitation pour elle.

En les voyant s'étreindre maladroitement, elle réprima un sourire. Puis Dan la remarqua et déclara :

— Et voici mon deuxième rendez-vous. Ne suis-je pas un homme extrêmement chanceux ?

Connie et Meredith grimpèrent dans la jeep couleur framboise de Dan Flynn, dont la capote de tissu noir était baissée.

— C'est parti ! lança Dan. Attention à vos cheveux !

La plaisanterie qui visait la perruque de Meredith la fit rire – surprise ! Et, en effet, elle agrippa sa perruque. Le vent et le soleil giflaient son visage. Dan passa un disque du bluesman Robert Cray. Pour la première fois depuis des mois, l'atmosphère était merveilleusement détendue. Pendant qu'elle se préparait dans la salle de bains de l'étage, Meredith s'était promis de ne pas passer la soirée à se demander ce que faisaient les garçons ou Freddy. Freddy, apparemment, menait sa propre barque et, manifestement, elle n'avait d'autre choix que d'adopter la même stratégie. Ce soir, elle était décidée à montrer le visage d'une invitée charmante, spirituelle et intéressante – et non de la perdante à laquelle Dan Flynn s'attendait sûrement.

— Nous allons commencer par aller prendre un verre, déclara Dan. Champagne !

Oui, Meredith adorait le champagne, même si cet alcool l'affligeait toujours de regrettables maux de tête. Au Galley Restaurant, ils dégustèrent leur coupe sur le sable, étendus sur des banquettes moelleuses et basses, rembourrées d'oreillers de lin couleur crème. Une scène tout droit extraite du sud de la France. Meredith écouta Dan et Connie parler de Nantucket – ce que l'île était aujourd'hui, ce qu'elle était autrefois.

Dan Flynn était né et avait été élevé sur l'île, comme son père et le père de son père avant lui… ce qui remontait à cinq générations. À une époque, sa famille possédait un dixième des terres de l'île, mais elle en avait vendu une partie et donné une autre pour sa préservation. Pêcheur invétéré, Dan était propriétaire de vingt-cinq casiers à homards. En plus de son magasin de nettoyage au Kärcher, il gérait les quatorze propriétés familiales, même si son véritable travail, plaisantait-il, était de connaître tout le monde sur l'île et d'être au courant de tout. Durant la basse saison, il voyageait. Comme les baleiniers des années 1800, Dan Flynn avait vu du pays. Il avait traversé la Chine à moto, sillonné l'Inde en sac à dos, contracté la malaria et passé plusieurs mois de convalescence, avec l'aide de drogues psychédéliques, sur la plage de Goa. Sa femme, ses trois fils et lui avaient exploré le Machu Picchu.

Connie était rayonnante et son bonheur ne semblait ni feint ni poli. Dan était un homme charmant, un gentleman. Quand Meredith voulut lui glisser un billet de vingt dollars pour les boissons, il répondit :

— Gardez ça. Ce soir, c'est moi qui invite.

À l'idée de ne pas avoir à s'inquiéter pour l'argent, Meredith éprouva un soulagement qu'elle aurait trouvé absurde il y a encore un an. Après le Galley, ils firent un saut au club 21 Federal pour s'offrir une autre tournée. Même Meredith, qui ne connaissait rien de Nantucket, avait entendu parler du 21 Federal – un bar branché qui l'obligerait à rester sur ses gardes. Elle risquait de rencontrer des connaissances – même si, heureusement, personne ne la reconnaîtrait. La perruque, les lunettes teintées. Dan avait pour instruction de la présenter comme Meredith Martin.

Dan connaissait tout le monde au 21 Federal, y compris les deux barmen. Il commanda encore du champagne. L'atmosphère était discrète et sophistiquée, la clientèle attrayante et conviviale. Mais c'était dans ce type de lieux élégants et raffinés que le nom de Delinn risquait de circuler. Tous ces gens avaient perdu de l'argent à cause de son mari ou bien connaissaient des victimes de la supercherie. « On va changer de nom de famille, lui avait dit Carver. Tu devrais faire la même chose. » Meredith se demanda si ses fils avaient mis leur menace à exécution. Leo avait-il le droit de modifier son nom de famille pendant l'enquête ? Cette démarche lui faisait peur. En changeant d'identité, ils s'éloigneraient d'elle. Et comment ferait-elle pour les retrouver ?

Elle devait se reprendre. Reste concentrée ! Ne t'égare pas ! Ses voisins de table parlaient de chevaux. Dan et Connie de voile.

— Mon mari adorait la voile, dit son amie. Et mon frère, Toby, est un grand navigateur.

Toby, se dit Meredith. Mon Dieu ! Elle se rappelait encore l'époque où Toby était aux yeux de tous le mauvais garçon.

Elle s'excusa pour se rendre aux toilettes des dames, même si cela l'obligeait à louvoyer entre les tables et risquer d'être reconnue. Elle jeta des coups d'œil furtifs aux convives : aucun visage familier en vue. Puis elle observa la porte des toilettes des dames avec méfiance. Amy Rivers se trouvait peut-être de l'autre côté de cette porte.

Combien de temps supporterait-elle cette angoisse permanente ?

Les sanitaires étaient déserts. Meredith se soulagea avec reconnaissance, se lava les mains, ajusta sa perruque et se regarda brièvement dans l'immense miroir mural. Quelque part, sous ce déguisement, se cachait une femme autrefois capable d'exécuter un salto arrière et un saut carpé parfaits, une femme qui avait lu tous les romans de Jane Austen sauf un, une fille, une épouse et une mère dont les actes avaient toujours été mus par l'amour. Une femme bien, même si personne ne la verrait plus jamais ainsi.

Soit maudit, Freddy Delinn, pensa-t-elle (pour la millionième et cinquième fois). Puis elle reprit ses esprits, car tel était son caractère.

Le Compagny of the Cauldron était, comme Connie l'avait promis, le restaurant le plus romantique au monde. La salle confinée, enchanteresse, douillette, était éclairée uniquement par des bougies, et décorée de fleurs séchées, de pots de cuivre, d'outils de ferme et d'ustensiles de cuisine anciens. Un joueur de harpe emplissait l'atmosphère d'une douce musique. Au cœur de ce tableau idyllique, Meredith pensa que même si tout ce qu'on lui avait raconté sur le paradis était faux, il y avait au moins là-haut un joueur de harpe. Comme Dan connaissait les propriétaires du restaurant, on les installa à une table près de la devanture vitrée, avec vue sur la rue pavée. Connie et Meredith s'assirent côte à côte et Dan en face d'elles. Sur la table étaient disposés un pain rustique et une coupelle de purée de haricots blancs à l'ail. Dan commanda une bouteille de vin, et, dès le départ du sommelier, il prit la main de Connie. Connie et Dan se tenaient la main. Meredith gâchait leur rendez-vous amoureux, pourtant elle ne voulait être nulle part ailleurs.

Une fois les plats servis, la conversation prit un tour plus sérieux. Dan évoqua son épouse et son combat de dix années contre son cancer du sein. Elle se prénommait Nicole et s'était découvert une grosseur à l'âge de quarante ans, alors que son plus jeune fils n'avait que quatre ans. Elle subit un cycle de chimiothérapie, puis une double mastectomie, suivie de cinq années de tamoxifène. Nicole avait tout tenté, même un « régime macrobiotique infect », et alors même qu'elle pensait avoir vaincu la maladie – elle était en grande forme, participait à de longues marches pour la lutte contre le cancer à travers tout le pays –, les médecins constatèrent que son cancer s'était métastasé au niveau du foie. Elle mourut deux mois plus tard.

— Je suis vraiment désolée, dit Connie, les yeux brillants de larmes.

— Les enfants ? demanda Meredith.

— Ça a été un cauchemar pour les enfants. Surtout pour l'aîné. Il a envoyé balader ses études à l'université, a volé mon vieux pick-up et est parti sillonner la Californie. Je n'ai pratiquement aucune nouvelle de lui.

Cela fait de nous trois parents qui n'ont aucun contact avec leurs enfants, se dit Meredith.

Connie prit une profonde inspiration.

— Mon mari est mort d'un cancer de la prostate qui s'est métastasé dans son cerveau. Mais je ne peux pas en parler. J'essaie seulement de survivre chaque jour qui passe.

Dan leva son verre.

— À la survie !

Amen, pensa Meredith.

Tous trois trinquèrent.

La soirée aurait pu se terminer sur les adorables petits chocolats venus avec la note, mais Dan Flynn faisait partie de ces gens qui ne s'arrêtaient jamais. (Freddy se mettait toujours au lit à 22 heures, si possible même à 21 h 30. Le stress ! répétait-il, quand Meredith le suppliait de veiller un peu. Tu ne comprendras jamais !) Dan emmena ses invitées au Club Car, situé un peu plus bas dans la même rue. Du champagne fut encore commandé pour les dames, pendant que Dan sirotait un porto. Au début, Meredith était hésitante – de nouveau, elle examina le vieux wagon Pullman reconverti en bar, en quête d'un visage connu. (Dan leur expliqua que cette voiture Pullman faisait autrefois partie du train qui reliait la ville de Nantucket à Sconset.) Mais Meredith était attirée par le fond du wagon, où un homme jouait au piano, entouré d'un groupe de clients qui chantaient *Sweet Caroline* et *Ob-La-Di Ob-La-Da*. À un moment, Meredith vit Dan caresser le cou de Connie au bar. C'était l'épilogue romantique de leur rendez-vous. Bientôt, ils voudraient tous deux se débarrasser d'elle. Le pianiste se lança dans *I Guess That's Why They Call It the Blues*, et Meredith se mit à chanter à pleins poumons, se remémorant sœur Delphine, qui avait exercé la voix de Meredith pendant quatre ans au chœur madrigal. Et la voilà en train de jouer les chanteuses plutôt éméchées.

Le pianiste se tourna vers elle.

— Vous avez une jolie voix. Comment vous appelez-vous ?

Inventer un nom, vite !

— Mary-Ann, répondit-elle en touchant sa perruque.

— Très bien, Mary-Ann. À vous la prochaine chanson.

Elle choisit *I Will Survive*, de Gloria Gaynor, puisque la survie semblait être devenue le thème de la soirée.

Le thème de l'été.

CONNIE

Lundi matin, Connie se réveilla en se demandant où elle était. Puis rit nerveusement.

Elle était dans son lit.

Dans son propre lit, enfouie sous les draps blancs et frais, la tête enfoncée dans un nuage d'oreillers. La lumière se déversait par les fenêtres et l'océan paraissait si proche qu'elle avait l'impression que les vagues léchaient les pieds de son lit.

Sa tête était lourde, mais pas migraineuse. Sur sa table de nuit se trouvait une carafe remplie d'eau, agrémentée d'une fine rondelle de citron, exactement comme elle l'aimait. Pourtant, elle ne se rappelait pas l'avoir préparée elle-même. Elle jeta un coup d'œil circonspect par-dessus son épaule pour vérifier que l'autre partie du lit était bien vide.

Bien.

Son réveil indiquait 5 h 30. Dieu aimait Nantucket, l'extrême est des États-Unis. Là, le soleil se levait tôt. Connie plaça un deuxième oreiller sous sa tête et ferma les yeux.

Lorsqu'elle se réveilla à 8 heures moins dix, elle s'extasia de nouveau : Mon Dieu ! Je suis dans ma chambre ! Dans mon lit !

Elle avait réussi. Elle avait vaincu ses démons et dormi dans son propre lit. Mais sa fierté fut bientôt balayée par la culpabilité. Elle avait passé la nuit dans son lit, alors que ne pas y dormir était en quelque sorte un tribut à Wolf.

Connie serra un oreiller contre sa poitrine quand les souvenirs de la soirée passée déferlèrent dans son esprit. Elle avait tenu la main de Dan Flynn et ce simple geste – tenir la main d'un homme – lui avait procuré un plaisir diabolique. Toute sa vie, elle avait eu des petits amis. Au lycée comme à l'université, elle en quittait un pour passer au suivant. Elle n'avait pas été seule cinq minutes, se rendit-elle compte, avant la mort de Wolf. Qu'elle eût survécu aussi longtemps sans attention masculine semblait un exploit, un peu comme vivre sans nourriture ou sans livres. Au Club Car, Dan lui avait déposé un baiser dans le cou, éveillant en elle une grande émotion, comme si elle était revenue d'entre les morts. Elle avait évacué son trouble mais le déclic s'était produit : elle revenait à la vie ! Depuis combien de temps n'avait-elle pas pensé à elle en termes physiques ? Avec Dan, elle ne voulait être rien d'autre qu'un corps.

De retour chez elle, une fois Meredith disparue dans sa chambre, Dan et Connie s'étaient retrouvés dans la cuisine, officiellement pour un dernier verre, même si Dan n'avait réclamé que de l'eau. Connie ne se rappelait pas le verre d'eau, seulement le baiser doux, tendre et profond qui l'avait propulsée dans la stratosphère.

Et Dan, en gentleman, s'en était tenu au baiser. Connie avait pleuré, elle s'en souvenait maintenant, quand elle lui avait dit qu'il était le premier homme qu'elle embrassait depuis la mort de Wolf. Elle se disait que le temps des baisers était une époque révolue pour elle. Dan ne partageait pas les mêmes sentiments. Il ne lui avait pas dit qu'elle était la première femme qu'il serrait dans ses bras depuis la mort de Nicole, ce qui signifiait probablement qu'il avait pansé les blessures de son cœur grâce à la tendresse d'autres femmes. Il avait couché avec une femme du cours de yoga de Nicole, le jour où celle-ci lui avait apporté une timbale de riz, ou il s'était autorisé à séduire la nounou de vingt et un ans de ses enfants. Les hommes étaient des créatures différentes. Si Connie était décédée suite à une maladie, Wolf n'aurait pas dormi pendant deux ans et demi dans le canapé. Il se serait remarié à une version de Connie plus jeune, plus jolie et moins expérimentée. Cela, elle en était persuadée.

Connie but un verre d'eau et se glissa hors du lit. Les draps resteraient chiffonnés. Ce désordre lui plaisait. Enfin, sa chambre semblait habitée.

Elle se brossa les dents, se lava le visage, puis inspecta sa peau dans le miroir. Oui, elle était encore jolie. Quelle joie ! Elle avait toujours été jolie, mais, ce matin, elle était reconnaissante pour son apparence. Dan Flynn l'avait embrassée. Il s'était arrêté à un baiser – peut-être parce qu'il ne voulait pas précipiter les choses, ou parce que, aujourd'hui lundi, il avait rendez-vous à Pocomo pour son travail à 8 heures.

Oui, voilà. C'était ce qu'il lui avait dit.

On était *lundi*.

Connie retint sa respiration.

Oh, mon Dieu, oh, mon Dieu, oh, mon Dieu, oh, mon... Elle n'arrivait même pas à le dire.

Sa prise de conscience était si fuyante qu'elle lui échappa, s'insinua dans tout son corps, puis se désagrégea en une grosse flaque puante sur le sol de son esprit.

La veille, elle n'avait pas appelé Ashlyn. C'était dimanche, et elle n'avait pas appelé sa fille.

Connie ouvrit de grands yeux ébahis devant le miroir. Ses cils étaient englués de croûtes de mascara. Elle était allée à un rendez-vous avec un autre homme, l'avait embrassé et avait dormi dans son lit pour la première fois en deux ans et demi. Cela dépassait l'entendement. Incroyable, en effet.

Mais, au-delà de ces événements surprenants, elle avait oublié d'appeler sa fille.

La panique initiale passée, Connie réfléchit. Je me demande si Ashlyn l'a remarqué. Et si oui, est-ce que cela lui a fait quelque chose ?

Connie n'avait pas parlé à sa fille depuis la lecture du testament, dix jours après les funérailles de son époux. Depuis le jour où elles avaient pris connaissance de leur héritage dans le bureau de leur avocat, à Georgetown. Ashlyn avait reçu un portefeuille d'actions et de bons du gouvernement

– que Wolf avait mis plusieurs années à constituer – d'une valeur de six cent à sept cent mille dollars. Elle avait aussi hérité de son père l'Aston Martin bleu marine décapotable. Ashlyn avait réussi à contenir sa colère sourde et son amertume jusqu'à ce qu'elle eût l'argent en main et fût assise au volant de sa nouvelle voiture – puis elle avait quitté la vie de Connie en trombe.

Une partie de la malédiction était due au fait qu'Ashlyn était médecin. Quand on avait diagnostiqué le cancer de la prostate de Wolf, Ashlyn venait d'obtenir son diplôme à la faculté de médecine Johns Hopkins et faisait son stage de cancérologie pédiatrique au Washington Cancer Institute du Washington Hospital Center. Wolf ignorait ses symptômes. Il était débordé de travail et, malgré son immense fierté au regard des accomplissements de sa fille, il détestait aller chez le médecin, préférant laisser son corps guérir de lui-même, peu importait la douleur. Une attitude qui n'avait pas changé en vingt ans de mariage, et qui valait aussi bien pour les maux d'estomac, les infections auriculaires que les rhumes. Les anomalies de la prostate de Wolf s'étaient présentées un peu différemment, puisqu'elles interféraient avec la vie sexuelle du couple. Connie avait été soulagée quand son mari avait pris rendez-vous avec un urologue. Mais, lorsqu'elle apprit que sa prostate présentait des irrégularités, elle s'était alarmée. Cependant, le premier cancérologue qu'ils consultèrent était un homme placide qui leur assura que les radiations régleraient le problème. Pendant un temps, Wolf serait fatigué, incontinent et ne pourrait avoir de relations sexuelles.

Ashlyn avait été informée du diagnostique des médecins et était d'accord avec le traitement initialement prévu. Wolf et elle avaient des conversations privées à propos de sa maladie et tout allait bien. Ashlyn avait besoin d'exhiber son beau diplôme de médecine flambant neuf. Elle en savait mille fois plus que Connie sur les cellules cancéreuses, même si le cancer de la prostate n'avait aucun rapport avec la cancérologie pédiatrique, sa spécialité. Mère et fille ne discutaient pas de la maladie de Wolf, sauf en termes généraux, justement parce qu'il était question de prostate, et que, même si sa fille était médecin, Connie considérait que l'intimité de son mari devait être respectée.

Comme prévu, le cancer fut éradiqué par la radiothérapie. Wolf dut mettre des couches pour adultes pendant douze semaines environ. Quand ils allaient au cinéma, elle emportait une protection de rechange dans son sac à main et la glissait à son mari telle une marchandise de contrebande au moment où il se rendait aux toilettes. Ce fut une période difficile pour Wolf, mais un faible prix à payer pour recouvrer la santé.

Ainsi, peu à peu, la vie reprit son cours normal. Wolf reçut un Institute Honor Award de la part des Architectes ingénieurs associés, pour un bâtiment universitaire qu'il avait dessiné pour la Catholic University, et trois très importantes commandes s'ensuivirent, dont une commande pour les plans et la construction d'un nouveau bâtiment fédéral pour la ville de Washington. Jamais Wolf n'avait été aussi sollicité, mais ce dur labeur et ces accomplissements marqueraient assurément le sommet de sa carrière. Connie et Wolf avaient investi près de trois millions de dollars chez Delinn Entreprises et leur bas de laine augmentait de façon exponentielle – un mois, ils avaient obtenu un retour sur investissement de 29 pour cent ! Ces gains, ajoutés à la récompense, aux commandes et à la guérison de Wolf, renforçaient leur impression de bonne fortune et de bien-être.

La vue de Wolf se détériora au moment de la venue d'Ashlyn avec son amie Bridget, qu'elle souhaitait leur présenter.

Ashlyn et Bridget habitaient toutes deux à Adams Morgan, à moins de trente minutes de leur maison de Bethesda, pourtant elles avaient décidé de venir passer le week-end chez eux. Connie, qui avait cru au départ à une « escapade champêtre » pour les deux femmes laborieuses et stressées, se mit en quatre pour les recevoir. Elle prépara les deux chambres d'invités et disposa un vase de dahlias sur chaque table de nuit. Elle prépara des muffins aux canneberges et une côte de bœuf braisée, accompagnée d'une sauce Stroganoff aux champignons. Elle mit de l'essence dans l'Aston Martin, acheta deux romans encensés par le *Washington Post Book World* et loua une série de nouveautés à la vidéothèque.

Ce que Connie n'avait pas anticipé, c'était la signification de la visite d'Ashlyn et de sa plus proche amie. Non, elle ne devina rien avant de les voir approcher de la maison, sac marin sur l'épaule, main dans la main. Puis s'arrêter au milieu de l'allée pavée menant à la porte d'entrée, se faire face et partager un moment intime, complice – Ashlyn rassurait manifestement Bridget : ses parents étaient des gens ouverts, tolérants, des démocrates convaincus, adeptes du libre-arbitre, pacifistes... Non, elle ne devina rien avant de les voir s'embrasser.

Connie guettait leur arrivée par la fenêtre. Honnêtement, elle avait eu l'impression que son cœur de porcelaine avait été flanqué par terre et brisé en mille morceaux.

Ashlyn et Bridget étaient amantes. Si sa fille avait voulu passer le week-end chez eux, ce n'était pas pour le leur dire, plutôt pour le leur montrer.

Sa colonne vertébrale se raidit. Elle s'essaya à plusieurs sourires avant d'ouvrir la porte d'entrée. Wolf ! Elle devait parler à Wolf d'urgence ! Ses nouveaux contrats lui prenaient un temps fou, et Connie avait beau ne pas s'en plaindre, elle se sentait seule et abandonnée. Elle avait besoin de son mari ici et maintenant. Il aurait dû faire attention. La préparer à cette éventualité. Sa fille, son enfant unique, était lesbienne ? Apparemment oui. Cela dit, pensa Connie, les filles étaient plus enclines à faire des expériences sexuelles, n'est-ce pas ? Hélas, elle n'avait guère le temps de faire des suppositions. Déjà, elle entendait les pas des filles sur les marches du perron. Ashlyn gloussait. Cela ne voulait pas dire que le grand mariage dont elle avait toujours rêvé à Nantucket n'aurait pas lieu. Cela ne voulait pas dire qu'elle n'aurait pas de petits-enfants. Oui, Connie était tolérante. Elle avait suivi des cours sur le féminisme à Villanova. Elle avait lu Audre Lorde, Angela Carter et Simone de Beauvoir. Avait-elle malgré tout le droit de penser que ce n'était pas ce qu'elle voulait ? Non, cela...

– Connie ouvrit la porte et vit Ashlyn et Bridget côte à côte –
cela n'était pas du tout ce qu'elle voulait !

À ses yeux, elle méritait un A+ pour sa gestion héroïque
de la situation. Connie étreignit Bridget et la cajola comme
s'il s'agissait d'un adorable chaton ramené à la maison par
sa fille. Originaire de County Mayo, en Irlande, Bridget
avait un physique délicat – une coupe de cheveux noirs, des
constellations de taches de rousseurs et cet adorable accent,
qui la fit sourire, en dépit des circonstances. C'était une
jeune femme spirituelle et, d'après les dires de sa fille, extrêmement brillante. La belle-fille idéale, si elle lui avait été
présentée par un fils.

Connie servit aux filles des cookies aux céréales et chocolat – les préférés d'Ashlyn – et du thé – l'amante était
irlandaise –, tout en bavassant comme une idiote. Une mère
idiote qui n'avait pas deviné les préférences sexuelles de sa
propre fille. (Avait-elle ignoré les signes ? Au lycée, comme
à la fac de médecine, Ashlyn avait des petits copains. Une
fois, Wolf avait surpris un jeune homme en train de
grimper au treillis de roses qui menait à la chambre
d'Ashlyn en plein milieu de la nuit. Et, comme Wolf l'avait
crié avec fureur à l'époque, le garçon n'était pas venu pour
jouer aux dames !) Connie savait qu'elle était transparente
– du moins aux yeux de sa fille – et fut reconnaissante
qu'Ashlyn lui annonçât que Bridget et elle montaient dans
« leur » chambre pour défaire leurs valises. Cela lui permit
de se réfugier dans le sanctuaire de sa propre chambre et
d'appeler Wolf pour lui apprendre la nouvelle.

Il l'écouta, mais ne fit pas de commentaires.

— Je sais que ça va te paraître totalement illogique,
répondit-il, mais j'ai un mal de tête carabiné. La pression de
mon crâne est atroce, comme si des cors de chasse hurlaient dans ma tête. Est-ce que ça peut attendre mon
retour ?

Le soir même, tous les quatre s'installèrent à la table de
la salle à manger pour savourer le somptueux dîner que
Connie avait préparé. Ashlyn et Bridget parlèrent alors de
leur prochain périple en Europe : d'abord Londres, le pays

de Galles, l'Écosse, puis l'Irlande pour rendre visite à la famille de Bridget.

Ainsi, une autre mère verra ses rêves brisés, se dit Connie.

Mais elle répondit :

— Ça semble super, les filles !

Ashlyn se renfrogna, sans doute en réaction au terme « filles ». Pourquoi les infantiliser ? Pourquoi ne pas faire référence à des « femmes » ou mieux « des personnes » ? Mais Connie trouvait plus facile de penser à elles comme à d'innocentes fillettes : Ashlyn avec ses longs cheveux clairs et lâches, en dehors d'une natte qui encadrait son visage et lui donnait l'air d'une jeune fille de la Renaissance, et Bridget avec son casque de cheveux noirs et brillants et son sourire espiègle. Elles n'étaient pas si différentes de Connie et Meredith au même âge – toujours ensemble, à traîner partout, attentionnées et affectueuses l'une envers l'autre –, si ?

Wolf ne dit pas grand-chose durant le dîner. Sa migraine, se plaignait-il, était intolérable. D'autant qu'il avait déjà pris six cents milligrammes d'Ibuprofène. Il s'excusa et se retira avant le dessert. Les filles s'installèrent dans le canapé et firent des plaisanteries sur la crème chantilly – plaisanteries que Connie fit semblant de ne pas entendre pendant qu'elle nettoyait la cuisine. C'est probablement une phase, se disait-elle. Elle pria le ciel de ne pas être réveillée par des cris d'extase et maudit Wolf de son mutisme. Quand elle gagna leur chambre, son mari était déjà au lit avec la lumière éteinte, une serviette sur les yeux.

— Je n'arrive vraiment pas à y croire, dit Connie.

— Je deviens aveugle, Con. Je ne vois plus rien.

Le lendemain matin, Ashlyn alla trouver son père et lui suggéra d'appeler son médecin généraliste. Mais on était dimanche, donc il fallait aller aux urgences. Wolf refusa. Il reprendrait de l'Ibuprofène et resterait allongé.

— Papa, ta pupille droite est dilatée, dit Ashlyn.

— J'ai seulement besoin de repos. J'ai travaillé comme un fou ces derniers temps.

Toute à sa romance, Ashlyn n'insista pas comme elle l'aurait fait en temps normal. Sur la suggestion de Connie,

Bridget et elle se rendirent à la fête des citrouilles en Aston Martin. Elles pique-niqueraient là-bas.

À 14 heures, Wolf geignait de douleur. À 15 heures, il demanda à Connie d'appeler une ambulance.

Connie passa un short et un T-shirt et coiffa ses cheveux en queue-de-cheval. La maison était silencieuse. Meredith dormait encore. Connie allait acheter le journal. Cette course lui viderait l'esprit. Puis elle déciderait si elle devait appeler sa fille ce matin, ou attendre un peu. Elle pouvait appeler… ou ne pas appeler – peu importait.

On diagnostiqua à Wolf un cancer de la prostate avec métastases au cerveau. Il avait deux tumeurs logées dans le lobe frontal, qui rendaient très juste l'analogie des « cors de chasse » de Wolf. L'une des tumeurs était opérable, l'autre non. La tumeur inopérable se propageait comme un liquide sur une toile cirée. Les médecins pouvaient tenter de la réduire par une chimiothérapie, et s'ils parvenaient à la contenir à un certain stade, ils pourraient essayer d'ôter les deux en même temps.

Durant le week-end, Wolf parut se résigner à sa propre mort.

— Et si je refusais la chimio ? Si je laissais simplement les choses suivre leur cours ?

— Migraines sévères, répondit le médecin, que l'on peut traiter avec des médicaments. Vision brouillée, que l'on peut aussi traiter. Cela dépend de l'agressivité du cancer. Vous pourriez vivre une année, peut-être trois.

Wolf serra la main de sa femme.

— D'accord.

— La chimio ! s'exclama Connie.

— Laissez-moi y réfléchir, dit Wolf.

Connie s'assit au bord du lit défait. Au cours du dîner au Compagny of the Cauldron, Dan Flynn lui avait parlé de la mort de sa femme. L'évolution de sa maladie ressemblait beaucoup à celle de son mari. Le cancer avait disparu puis refait surface – le même cancer – dans un autre endroit.

Nicole avait eu un cancer du sein qui s'était déplacé dans son foie. Wolf avait eu un cancer de la prostate qui s'était insinué dans son cerveau. Cela paraissait si injuste : les médecins vous déclarent « tirés d'affaire », disent que vous l'avez « vaincu », puis par hasard, une cellule renégate voyage dans une région plus hospitalière et décide de se multiplier.

Connie n'avait jamais réussi à raconter l'histoire de Wolf à des personnes qui n'avaient pas traversé la même épreuve. C'était trop insensé.

Wolf avait refusé la chimio.

En partie à cause des trois grands projets sur lesquels il travaillait, dont le nouveau bâtiment fédéral. Ces édifices perdureraient durant des décennies, probablement même des siècles. C'était de l'architecture, il était architecte, et s'il échouait maintenant à cause d'un traitement débilitant, il perdrait le contrôle de son art. Les édifices deviendraient une autre œuvre – l'œuvre d'un autre homme, même s'il se servait de ses plans.

— C'est comme si Picasso confiait sa palette à son assistant ou à un autre artiste – Matisse, disons – et lui demandait de terminer *Guernica*. Tu comprends, n'est-ce pas, Connie ?

Ce qu'elle comprenait, c'était que son mari se prenait pour Picasso. Donc, il était question d'ego.

— Pas d'ego. De legs. Je peux terminer ces trois édifices et achever mon héritage ou suivre ce traitement de chimiothérapie et voir mon œuvre détruite. Et il n'est pas dit que la chimio me sauvera. Elle peut réduire ma tumeur à une taille opérable mais je peux aussi très bien mourir sur la table d'opération.

— Tu dois avoir la foi.

— J'ai foi en mon travail. Je sais que je peux aller jusqu'au bout.

— Et moi ? gémit Connie.

— Je t'aime.

Il l'aimait, mais pas assez pour combattre la maladie. Son travail était plus important. Son legs. Voilà son argument. Mais Connie savait aussi qu'au plus profond de lui il était terrorisé. Wolf n'aimait pas les médecins et n'avait aucune confiance dans le système de soins. Il craignait la chimio, il avait peur qu'on lui rase la tête, qu'on lui ouvre le crâne et qu'on lui évide le cerveau comme un sorbet à l'orange. Mieux valait s'engloutir dans le travail et faire comme si tout allait bien. Atténuer la douleur avec du Percocet puis, plus tard, de la morphine, et espérer que son corps guérirait de lui-même. Connie était mariée à Wolf depuis vingt-cinq ans, mais, en définitive, elle n'avait rien à dire en la matière. C'était son corps, sa maladie, sa décision. Elle avait le choix entre le combattre et le soutenir. Elle décida de l'épauler.

Ashlyn était furieuse. Incrédule et abattue. Elle déboula dans le bureau de son père comme une furie, puis sur les sites de ses chantiers pour lui faire la leçon. Elle lui prit rendez-vous avec son accord pour avoir un deuxième avis, qu'il annula à la dernière minute sous prétexte d'un problème avec son chef de chantier. La tornade Ashlyn se rua alors chez eux et cria après sa mère.

— Tu vas te contenter de rester là à le regarder mourir !

Wolf mourut sept mois plus tard. Il avait achevé deux édifices et le troisième – le spectaculaire bâtiment fédéral – en était à la phase finale.

Connie n'arrivait pas à croire qu'elle avait perdu sa fille unique suite à la mort de son mari, pourtant c'était bien le cas. Ashlyn avait toujours été une enfant entière, difficile. Avec elle, c'était tout ou rien. Elle vous adorait ou vous détestait. Pas de juste milieu. Connie elle-même était une enfant dispersée, désorganisée, rieuse, relaxe. Aucun de ces termes ne s'appliquait à sa fille. Ashlyn n'acceptait pas les compromis, ne faisait guère de concessions. Connie et Wolf avaient un jour rencontré un psychologue scolaire qui s'inquiétait du « souci de perfection » de leur fille. Elle n'avait que huit ans, pourtant, quand elle tenait un crayon, une veine saillait sur son front.

Après la mort de Wolf, la colère d'Ashlyn la consuma entièrement. Ashlyn *devint* sa propre colère. À la période où le dialogue était encore possible, Connie en eut pour son grade.

— Tu ne l'as pas encouragé à se battre, disait-elle. Si on t'avait diagnostiqué une maladie pareille – qui était traitable, à défaut de curable –, tu te serais battue. Tu aurais accepté les essais cliniques, subi dix-sept sessions de chimiothérapie, tu aurais tout fait pour rester en vie !

— Mais tu sais que ton père ne voyait pas les choses de cette façon. Son travail...

— Son travail ? s'étrangla Ashlyn.

Son regard étincelait de manière effrayante et Connie se rappela que sa fille souffrait. Toute sa vie, Ashlyn avait donné la préférence à son père, recherchant son attention et son amour comme si c'était les seuls sentiments qui comptaient à ses yeux. Connie avait souvent été traitée comme l'ennemie, ou du moins comme un obstacle entre père et fille. Elle avait pourtant gardé le cap et finalement, une fois à la fac, Ashlyn était revenue vers elle. Elles avaient partagé d'innombrables déjeuners, séances de shopping et spa (même si ce n'était pas à cœur ouvert, Connie s'en rendait compte à présent, puisque sa fille ne lui avait rien révélé de sa vie intérieure). Ashlyn était restée proche de son père, ce qui était une bonne chose. Connie avait cru que Wolf accepterait le traitement pour le bien de sa fille. Elle espérait qu'Ashlyn sauverait son père.

— Ton père était un homme réfléchi. Il a pris la décision qui lui paraissait juste. Je suis certaine que, dans ton travail, tu as rencontré des patients qui refusaient le traitement ?

— Ces patients n'étaient pas mon père !

Bien sûr.

— J'aimais profondément ton père. Tu le sais. J'ai choisi de respecter sa décision par amour pour lui. Mais tu ne crois pas que c'est dur pour moi aussi ? Tu ne crois pas que ça a été un enfer de le laisser renoncer ?

— Il a choisi son travail. Pas toi. Ni moi.

— Il avait affreusement peur des hôpitaux. Il ne supportait même pas les bandages. Je ne l'imaginais pas branché à quarante machines avec des perfusions partout pour lui injecter du poison. Je ne l'imaginais pas ficelé à une table pendant qu'on lui sciait le crâne pour l'ouvrir !

— Il l'aurait fait s'il nous avait aimées.

— Ce n'est pas vrai. Parce qu'il nous aimait. Il m'aimait et il t'aimait aussi.

— Ouais, eh bien tu sais quelle impression ça me donne ?

Elle était tellement bouleversée que les demi-lunes sous ses yeux étaient d'un rose brillant et ses narines dilatées. Ce teint si diaphane, ces cheveux si clairs, ces yeux si pâles... Ashlyn avait l'apparence délicate d'une fée, si bien que les gens l'imaginaient douce et posée, alors que c'était tout le contraire. Elle avait un tempérament de feu, une force, une détermination et une conviction sans pareilles. Enfant déjà, elle savait exactement ce qu'elle voulait.

— Ça donne l'impression qu'il a laissé tomber à cause de ce que je suis. À cause de Bridget...

— Ma chérie ! Non !

— Il a renoncé à croire en moi. Parce qu'il n'y aura jamais de grand mariage ni de gendre banquier. Parce qu'il n'y aura pas de petits-enfants. Et tu l'as laissé faire.

— Ashlyn, ça suffit ! Ça n'a rien à voir avec ça !

— Depuis vingt-six ans, je fais tout pour vous rendre fiers de moi. Le lycée, la fac de médecine...

— Nous sommes fiers de toi...

— Mais je ne peux pas me changer *moi*. Je ne peux pas changer *ce que je suis*.

Elle avait essayé de faire comprendre à sa fille que la décision de Wolf n'était rien d'autre que cela – sa décision. Un choix terriblement égoïste, oui. Mais il avait voulu vivre et mourir selon ses propres règles. Cela n'avait rien à voir avec Ashlyn ou sa relation avec Bridget. On pouvait l'envisager, comme ces deux événements s'étaient produits en même temps, mais non.

— Mais si !

Ashlyn n'en démordait pas. Elle rageait après sa mère, qui en voulut brusquement à son mari de l'avoir laissée seule pour essuyer les plâtres. Après tout, elle aussi l'avait perdu. Elle aussi souffrait. Elle aurait dû temporiser – ses

vingt-six années de négociations avec sa fille le lui inti-
maient – au lieu de quoi elle s'emporta.

— Tu crois que papa n'a pas voulu se battre parce qu'il a
découvert que tu étais lesbienne ? Tu sais quelle impression
ça me donne, à moi ? Ça ressemble à de la honte !

Ashlyn leva la main sur Connie, qui saisit son bras au vol
et le serra avec force. Après tout, elle était la fille de Veronica O'Brien.

— Fais la paix avec toi-même, Ashlyn, ensuite, tu seras
peut-être capable d'accepter la décision de ton père.

Connie ne regretta pas ses paroles, mais s'en voulut amè-
rement de ce qu'elle lui avait dit par la suite, après les funérailles. Elle s'en voulut aussi de ne pas avoir réagi quand sa
fille avait grimpé dans l'Aston Martin. Elle aurait dû
s'étendre en travers de ses roues. Elle aurait dû lui courir
après.

Connie avait découvert – par le biais de Jake et Iris –
qu'Ashlyn avait pris un poste à l'hôpital de Tallahassee, où
elle avait emménagé avec Bridget. Jake et Iris prétendaient
n'avoir que des nouvelles sporadiques d'Ashlyn et lui
avaient promis de l'avertir si quoi que ce soit d'important se
produisait. Si Connie n'appréciait pas Iris, c'était principa-
lement parce que cette femme en savait plus qu'elle sur sa
propre fille. Toutes les semaines, Connie appelait Ashlyn, et
toutes les semaines, elle tombait sur son répondeur.

L'appel que Connie avait reçu le jour où elle avait trouvé
la photographie de Meredith sur le porche était le signe le
plus encourageant de sa fille depuis sa fuite à bord de
l'Aston Martin.

Elle descendit l'escalier et se prépara à sortir. Avoir
oublié d'appeler Ashlyn la veille pouvait s'avérer une bonne
chose. Comment pouvait-elle lui manquer si elle l'appelait
sans arrêt ? Ashlyn céderait peut-être à la curiosité de savoir
pourquoi elle ne l'appelait plus ? Qui sait, elle s'inquiéterait,
peut-être ?

Connie attendrait quelques jours, puis referait une tentative.

Cette décision prise, Connie se sentit mieux. Enfin, elle se remettait à vivre. Elle avait passé deux mois de juillet et deux mois d'août depuis la disparition de Wolf, mais c'était la première fois qu'elle se sentait réellement en été. Elle irait au marché de Sconset acheter les journaux, du café à la cannelle et des muffins à la pêche. À son retour, Meredith serait réveillée et toutes deux pourraient analyser la soirée de la veille minute par minute.

De plus, c'était une agréable distraction.

Mais, sur le perron, Connie sentit immédiatement que quelque chose n'allait pas. Sa voiture. Elle était toujours garée devant la maison, les vitres étaient intactes, tout comme la carrosserie, du moins de son côté, mais la voiture avait l'air malade. Brisée, avachie.

Elle s'approcha pour l'inspecter de plus près.

— Oh !

Les pneus avaient été crevés.

Lacérés de larges entailles béantes. Puis Connie remarqua un morceau de papier coincé sous l'essuie-glace. Elle le délogea et le déplia pour le lire. Au marqueur noir était écrit « Volleuse. Rentre chez toi. »

Son instinct premier fut de chiffonner la note et la jeter, mais elle servirait de preuve à la police. La police, de nouveau. Oh, sa pauvre voiture. Connie se retourna et examina sa propriété. C'était une belle journée claire et ensoleillée, avec une petite brise qui faisait danser les herbes hautes. Cet endroit était idyllique. Et avant l'arrivée de Meredith, il était sûr. Maintenant, elles étaient toutes les deux en danger.

Volleuse. Rentre chez toi.

Quiconque avait écrit ce mot ne savait pas bien écrire. Donc, soit c'était un enfant, soit un imbécile, soit un étranger.

Ou bien était-ce elle l'imbécile ? D'abord sa maison, maintenant sa voiture. Ce serait quoi ensuite ? Meredith et Connie avaient des cibles peintes sur le dos. Et si c'était l'escalade ? Si elles étaient blessées ? Connie mettait son bien-être en danger pour Meredith. C'était son amie. Elles ne s'étaient pas parlé depuis trois ans – trois longues années de solitude – et, à présent, Connie l'avait retrouvée.

Volleuse. Rentre chez toi. Connie était agitée de pensées contradictoires. Meredith lui avait dit d'horribles choses. Elle avait placé Freddy et ses petites manigances méprisables avant leur amitié de toujours. Son amie faisait l'objet d'une enquête et elle en savait forcément plus qu'elle ne le disait, c'était certain. Mais Meredith n'avait jamais commis aucun vol ni proféré le moindre mensonge de toute sa vie. Elle était la seule élève du lycée à ne pas boire en douce une gorgée de vin pendant la messe, la seule à ne pas tricher sur son régime le Vendredi Saint – pas un seul cracker, pas le moindre gâteau au chocolat chipé dans le sac que sa mère conservait dans le placard de la cuisine. Connie avait vu Meredith grimper les marches de l'église Sainte-Marie l'autre jour et s'était dit : cette femme croit encore en Dieu. Comment fait-elle ? Le défaut flagrant numéro un de Meredith avait toujours été d'être si sacrément parfaite ! Or personne n'aimait les gens parfaits. Retire ce balai de ton cul ! Combien de fois Connie avait-elle eu envie de lui crier cela ? À présent que la perfection de son amie s'effritait, elle l'aimait plus encore. La veille, Meredith avait chanté au bar. C'était vraiment génial, un bon moment, qui avait surpris Connie. Elle revoyait le visage de Meredith pendant qu'elle chantait : brillant de sueur, les lunettes glissant sur son nez.

Volleuse. Rentre chez toi.

En ce qui la concernait, Meredith était chez elle.

Elle regarda de nouveau les pneus tailladés. Elle avait beau savoir pourquoi elles en étaient arrivées là, la situation n'en était pas plus simple pour autant.

Elle retourna à l'intérieur pour réveiller Meredith.

MEREDITH

Le chef Kapenash examina les quatre pneus lacérés, conserva le mot comme preuve et fit à Connie et Meredith de sincères excuses. Il avait demandé à une voiture de police de faire des patrouilles toutes les heures, mais avant minuit, l'agent affecté à cette mission avait dû intervenir dans une fête alcoolisée sur la plage impliquant des mineurs, et après 4 heures, il avait dû mettre fin à une dispute conjugale du côté de Madaket. Donc, le vandalisme s'était produit soit pendant la soirée en ville des deux amies, soit au petit matin.

Peu importait. Meredith avait peur. Des pneus crevés : un geste plutôt violent. Quand elle demanda au policier quel type d'outil avait été utilisé pour ce forfait, il répondit :

— Dans ce cas précis, on dirait un couteau de chasse.

Et puis il y avait le message.

VOLLEUSE. RENTRE CHEZ TOI.

Écrit en majuscules, ce qui ne permettait pas de déterminer s'il s'agissait d'une écriture masculine ou féminine. (Meredith avait discrètement comparé l'écriture de la note à celle de Dan Flynn, au dos de sa carte de visite. Elle aimait bien Dan, et cela semblait réciproque, mais dans ce monde qu'elle savait désormais vil et mystérieux, Dan aurait très bien pu proposer un rendez-vous à Connie pour lui faire du mal à elle. Par chance, les deux écritures ne correspondaient pas.) VOLLEUSE. RENTRE CHEZ TOI. Le seul indice était la faute d'orthographe.

Dan arriva à son tour et changea les quatre pneus. La main d'œuvre était gratuite, mais Meredith proposa de payer les pneus, dont le montant s'élevait à six cents dollars, et pendant qu'elle y était, elle ajouta quatre cents dollars pour le nettoyage de la façade. En tendant les mille dollars à Connie, sa main tremblait.

Son amie regarda l'argent et lui dit :

— Range-moi ça.

— S'il te plaît, Connie. Tu dois me laisser payer.

— Nous sommes toutes les deux dans cette galère.

Ensuite, elle lui avoua que pendant le changement des pneus, Dan l'avait invitée à faire du bateau avec lui jeudi. Ils vogueraient autour du port et vérifieraient les casiers de homards.

— Et tu vas venir avec nous.

— Non, répondit platement Meredith.

— Tu n'as pas le choix !

— Cet homme te veut pour lui tout seul. Hier soir, c'était bien, mais je ne vais pas tenir la chandelle pendant toutes les vacances.

— Enfin, je ne peux pas te laisser seule ici. Pas après ce qui s'est passé ce matin.

— Je suis une grande fille. Je me débrouillerai.

Connie sourit. C'est fou comme une petite romance pouvait transfigurer une personne ! Ses pneus avaient été tailladés avec un couteau de chasse, pourtant son amie flottait sur un petit nuage. Meredith crut que son amie allait insister pour l'emmener avec elle, auquel cas, elle accepterait sa proposition. Meredith adorait le bruit des moteurs de bateau, et l'immensité de l'océan, elle ne risquait pas d'être confrontée à une personne de sa connaissance. De plus, elle avait peur de rester seule dans cette maison. Elle passerait toute la journée enfermée à double tour, cachée tout au fond du placard.

Mais Connie n'insista pas, ce qui tendait à prouver qu'elle était prête à passer la journée seule avec Dan. Le téléphone de la maison sonna juste à ce moment-là, faisant sursauter Meredith. Connie se précipita pour prendre l'appel – c'était peut-être Dan, ou la police, qui avait un suspect. Quelques secondes plus tard, elle réapparut :

— Meredith ? C'est pour toi.

Leo ! pensa Meredith. Carver ! Puis elle se morigéna aussitôt. Elle devait cesser de raisonner comme cela. L'espoir, au final, la briserait.

— Qui est-ce ? demanda-t-elle.

— Un gamin de quinze ans qui dit être ton avocat, répondit Connie.

Meredith prit le téléphone, les nerfs soudain à vif. Bonnes nouvelles ? Mauvaises nouvelles ? Mauvaises nouvelles, trancha-t-elle. C'étaient toujours de mauvaises nouvelles.

— Meredith ? dit la voix.

Dev. Elle s'imagina ses cheveux noirs hirsutes, ses dents de vampire, ses lunettes à monture invisible. Elle n'avait pas fait la connexion auparavant, mais elle se rendait à présent compte qu'elle portait le même genre de lunettes que son avocat. Cela lui allait bien mieux à lui.

— Dev ?

— Salut, dit-il d'un ton doux, presque tendre. Comment ça va ?

— Oh !

Un moment, elle se dit que Dev avait entendu parler des pneus lacérés et voulait lui offrir quelques conseils juridiques – mais c'était impossible.

— Ça peut aller, reprit-elle.

— Écoutez, Burt et moi avons eu une réunion avec les fédéraux. Ils sont convaincus que plus de dix milliards de dollars sont planqués quelque part à l'étranger. Freddy refuse toujours de se mettre à table. Les fédéraux sont prêts à retirer les accusations de complicité qui pourraient peser sur vous, et aussi sur Leo, s'ils obtiennent votre coopération.

Meredith s'affala dans l'un des fauteuils de la salle à manger. De là, elle pouvait admirer le bleu de l'océan. Un bleu sombre, profond, différent des eaux turquoises de Palm Beach ou des flots azurés du Cap d'Antibes.

— Quel genre de coopération ? demanda Meredith en soupirant. Je vous ai déjà dit tout ce que je savais.

— J'ai besoin d'idées sur le lieu où pourrait être dissimulé l'argent.

— Je croyais avoir été claire sur ce point, dit-elle, avant de prendre une profonde inspiration. Je vous ai déjà tout dit !

— Meredith.

— Je n'en sais rien !

Elle se leva et alla se poster à la fenêtre.

— Vous avez été très gentil avec moi à New York, continua-t-elle. Et je vous dois d'être sincère. J'ai dit la vérité aux fédéraux. Maintenant, ils essaient de me faire chanter avec ma liberté et, pire, celle de mes fils, que nous méritons de toute façon, parce que je n'avais pas la moindre idée de ce qui se tramait. Je suis sûre que Julie Schwartz sait que Leo est innocent lui aussi. Je n'étais pas dans les confidences des tractations financières de Freddy. Cela ne m'intéressait pas. Je ne suis pas douée avec les chiffres. J'ai un diplôme de littérature américaine. J'ai lu Hemingway et Frost, d'accord ? J'ai fait ma thèse sur Edith Wharton. Je peux vous donner une explication détaillée de l'emploi du point de vue extérieur dans *L'Âge de l'innocence*, mais je ne sais pas ce qu'est un produit dérivé. Je ne sais même pas exactement ce qu'est un fonds spéculatif.

— Meredith...

— Je n'ai aucune idée de l'endroit où Freddy a planqué l'argent !

Elle criait à présent, mais d'une voix feutrée, pour ne pas alarmer Connie.

— Ils ont des bureaux à Londres, reprit-elle. Vous avez vérifié là-bas ?

— Les fédéraux enquêtent sur les employés de Londres.

— Je n'ai jamais mis les pieds dans ces bureaux. Je ne connais pas un seul employé là-bas. Et ce sont les sales types, n'est-ce pas ?

— Certains des sales types, en effet, confirma Dev.

— Je ne connais même pas leurs noms. Ils ne m'ont jamais été présentés. Je ne pourrais pas les reconnaître. Freddy m'a emmenée trois fois à Londres. La première, nous étions des étudiants en sac à dos. Les deux autres fois,

Freddy est allé travailler pendant que moi, vous savez ce que j'ai fait ? Je suis allée à la Tate Gallery pour voir les Turner et les Constable. Et admirer l'abbaye de Westminster.

— Ce que cherchent les fédéraux, ce sont des mots clés. Des expressions. Des noms de gens. Des mots que Freddy répétait et qui ne semblaient pas avoir de sens. L'un des termes qui est ressorti des fichiers est « Dial ». Vous connaissez le sens de ce mot ?

Meredith laissa échapper un rire amer.

— C'est le nom de la fraternité de Freddy à Princeton.

— Vraiment ?

On aurait dit que Dev venait de trouver une pépite d'or.

— Vraiment, dit Meredith.

Freddy était le roi de la table de billard de Dial. Il avait séduit Meredith avec son œil de lynx – douze boules dans le coin droit. À la confrérie de Princeton, les deux amoureux se saoulaient à la bière et faisaient des raids nocturnes dans les cuisines du club. Freddy lui préparait alors sa spécialité – tourte au poulet frit et à la tomate avec sauce mayonnaise pimentée. Meredith n'avait jamais rien mangé d'aussi bon. À l'époque, Freddy se laissait aller – soirées alcoolisées et grasses matinées. Il avait un look incroyable avec ses cheveux noirs et ses yeux d'un bleu de cristal. Elle lui avait demandé un jour s'il ressemblait plus à sa mère ou à son père. « Je ne ressemble pas à ma mère, avait-il répondu. Et je n'ai jamais connu mon père, alors je ne peux pas te répondre. » D'où venait ce nom, Delinn, au fait ? avait enchaîné Meredith. Parce que cela avait une consonance française. « C'est un nom français. Mais ma mère m'a toujours dit que mon vieux était irlandais. Je n'ai pas grandi dans les mêmes conditions que toi, Meredith. Je n'ai pas de pedigree. Je fais seulement comme si j'étais sorti d'un œuf. »

— Et le mot « Buttons » ?

— C'était notre chien, dit-elle.

Buttons était un cadeau pour ses fils, alors âgés de huit et dix ans. Freddy avait un investisseur qui possédait un chenil, où les chiens gagnaient toujours des prix. Freddy voulait un golden retriever. Meredith avait insisté pour

donner au chiot un nom littéraire – Kafka ou Fitzgerald –
mais Freddy avait décrété que c'était aux enfants de pré-
nommer le chien, et ils avaient opté pour Buttons. Elle
revoyait encore les enfants avec ce chiot couleur caramel
minuscule et incroyablement adorable. Freddy avait pris
des photos avec ce sourire idiot sur le visage. Le soir même,
dans leur lit, il avait confié à sa femme : « On leur offrira
une voiture pour leur seizième anniversaire et une Rolex
pour leur vingt et unième, mais aucun cadeau ne sera plus
beau que celui d'aujourd'hui. »

Et elle devait bien reconnaître qu'il avait raison.

— Ça pourrait être un nom de code ? demanda Dev.

— Je suppose. Freddy adorait ce chien. Il l'emmenait
partout avec lui, le promenait de la maison au bureau.
Parfois un détour par le parc. Moi je l'emmenais à Southampton pour l'été, et Freddy déprimait. Pas sans nous,
attention, mais sans le chien.

— Vraiment ? dit Dev, qui venait apparemment de dénicher une autre pépite d'or.

Meredith secoua la tête. Cette quête était vaine. Bien sûr
qu'il y avait de l'argent caché quelque part. Freddy était trop
malin pour ne pas avoir enterré des millions, et même des
milliards, mais il les avait cachés là où personne ne les trouverait jamais.

— Et que peut bien vouloir dire « champ » ? C'est un mot
qui revient fréquemment.

Oh, mon Dieu. Meredith s'étrangla et déglutit avec peine.
Champ ? Un mot fréquent ? Fréquent à quel point ?
« Champ » était le surnom que Freddy donnait à leur décoratrice d'intérieur, Samantha, parce que son nom de jeune
fille était Champion. (Elle avait toujours cru que ce surnom
était une pique contre le mari de Samantha, Trent Deuce,
que Freddy ne supportait pas.)

— Champ ? répéta Dev. Ça signifie quelque chose pour
vous ?

Meredith marqua une pause.

— Où ce mot apparaît-il ? Je suis curieuse. Dans son
agenda ? Son journal intime ?

— Je ne peux pas vous répondre.

Bien sûr, se dit-elle. L'information était à sens unique.

— Cela vous évoque quelque chose ? insista l'avocat.

Meredith repensa au jour où elle avait surpris son mari la main plaquée dans le dos de Samantha. Elle se rappelait surtout la rapidité avec laquelle il avait ôté sa main en voyant Meredith. L'expression de son visage restait gravée dans son esprit. Qu'était-ce ? De la culpabilité ? De la peur ? En dépit de ce souvenir, qui la mettait toujours mal à l'aise, elle ne voulait pas dénoncer Samantha au FBI. Samantha était son amie, ou du moins l'avait été. De plus, elle était décoratrice d'intérieur. Elle n'avait rien à voir avec les affaires de Freddy ou le schéma de Ponzi.

Pourtant, Dev attendait une réponse. Elle ne voulait pas être la femme décrite par les médias : une femme qui mentait à son avocat. Et il fallait penser à Leo. Leo !

— « Champ » était le surnom que Freddy donnait à notre décoratrice. Samantha Champion Deuce.

— Oh, je vois, répondit Dev.

— C'était une amie de Freddy, mais surtout une de mes excellentes amies. Elle a été notre décoratrice pendant des années.

— Combien d'années ?

— Dix ? Douze ?

— Donc, il y a de nombreuses raisons à la mention de son nom. Des raisons sans rapport avec le commerce frauduleux de Freddy.

— Je vous garantis que Samantha ne savait rien des malversations de mon mari. Elle appelait son entreprise le « magasin de billets ». Comme s'il vendait de la crème glacée ou des vélos.

— Mais maintenant, vous comprenez ce que nous recherchons ? Des termes qui ont une signification particulière. Un indice, un contact, un mot de passe. L'argent peut se trouver n'importe où dans le monde. J'ai parlé à Julie Schwartz...

— Vraiment ?

— Leo prépare une liste de mots, tout comme Carver. Mais ils nous ont dit que nous devrions vous interroger, vous. Ils ont dit que Freddy ne parlait qu'à vous, ne se confiait qu'à vous...

— C'est mon mari. Pourtant il y a une foule de choses que je ne sais pas à son sujet.

Par exemple, Freddy ne lui disait jamais pour qui il votait au moment d'une élection. Elle ne connaissait pas le nom du tailleur londonien qui faisait ses costumes. Ni le mot de passe de son téléphone ou de son ordinateur. Elle savait seulement qu'il y avait un mot de passe. Tout était verrouillé tout le temps, y compris la porte de son bureau à la maison.

— Je comprends, dit Dev.

Comment pourrait-il comprendre ? Dev n'était pas marié. Il n'avait pas dormi pendant trente ans à côté d'une personne qui s'était révélée un total étranger.

— Ça pourrait vous aider, Meredith. Ça pourrait même vous sauver. Vous sauver de la prison. Dans un an ou deux, quand toute cette histoire sera du passé, vous pourrez reprendre une vie normale.

Reprendre une vie normale ? Qu'est-ce que cela voulait dire ? Elle était tentée de parler à Dev des pneus tailladés de Connie, mais elle se retint. Inutile de lui faire pitié, l'image qu'elle avait besoin de véhiculer maintenant était celle d'une femme forte. Elle trouverait la réponse. Elle se sauverait elle-même.

— Je ne pense à rien dans l'immédiat, dit-elle. Vous me prenez au dépourvu. Mais je vais essayer. Je vais... faire une liste.

— S'il vous plaît, dit Dev.

Cette nuit-là, Meredith eut très peur de dormir. Elle ne cessait d'imaginer un homme armé d'un couteau de chasse tapi dans les herbes hautes. Elle se leva, se glissa dans le couloir et jeta un coup d'œil par une des fenêtres qui donnaient sur la cour et la route. La cour était calme, déserte. Les herbes se balançaient doucement. La lune gibbeuse et luisante disparaissait derrière de gros nuages nocturnes, puis réapparaissaient peu après. À 3 h 15, deux phares percèrent les ténèbres. Meredith se raidit. Les phares ralentirent à l'entrée de l'allée de Connie, s'arrêtèrent, puis repartirent. La police sans doute. La voiture de patrouille se gara sur le bas-côté quelques minutes, puis fit demi-tour et s'éloigna.

Meredith allait établir une liste de mots clés, comme Dev le lui avait demandé. Reprendre une vie normale signifiait retrouver la liberté. Leo serait sain et sauf, libre, et tous trois – avec Carver et Anaïs, sa copine du moment – dîne-raient ensemble à la table de chêne de la maison imaginaire de Carver.

Oui, elle trouverait la réponse.

Atkinson : le nom du professeur du cours d'anthropologie qui avait permis à Freddy et Meredith de se rencontrer.

Meredith lui avait laissé le livre d'occasion. Forts de ce lien, ils avaient gravité l'un autour de l'autre le premier jour de classe. Meredith et sa compagne de chambre, une fille originaire de l'Alabama du nom de Gwen Marbury, étaient assises à côté de Freddy et son co-turne, un gamin de Shaker Heights, dans l'Ohio, du nom de Richard Cassel. Tous les quatre devinrent une sorte de joyeuse bande, même s'ils n'étaient ensemble que dans ce cours. Quand Meredith voyait Freddy ailleurs sur le campus, il était géné-ralement accompagné d'une fille canon aux cheveux noirs. Sa petite amie, présumait-elle, une fille de bonne famille. Freddy était bien trop drôle et trop beau pour être libre. Grâce à Gwen, qui s'intéressait beaucoup plus aux réseaux de Princeton qu'à ses études, Meredith apprit que le nom de la fille était Trina Didem, et qu'elle venait d'Istanbul, en Turquie. Trina suivait un double cursus en économie et sciences politiques. Voilà, il sortait avec une fille ravissante, exotique et brillante, destinée à devenir une correspon-dante de CNN dans des pays lointains ou la directrice de Brookings Institution ou encore secrétaire d'État. Plus elle en apprenait sur Trina, plus elle en pinçait pour Freddy, même si elle avait conscience que c'était le béguin d'une première année pour un étudiant particulièrement cool. C'était aussi une manière de cesser de penser à Toby au Col-lege of Charleston, en train de vider des fûts de bière avec d'adorables blondes du Sud. Mais Meredith chérissait ces moments partagés avec Freddy, Richard et Gwen – ils plaisantaient des clics de la langue des tribus khoisanes ou spéculaient sur les avantages de la société matriarcale –, et, à la fin du cours, Meredith reprenait son analyse anthropologique de Trina Didem. Trina attendait Freddy sur les marches de pierre du bâtiment pour fumer leurs cigarettes au clou de girofle. Elle, Trina, arborait un ras-du-cou en cuir par tous les temps, ainsi que de grandes boucles d'oreilles faites de pierres multicolores. Elle portait des jeans délavés et serrés, et ne quittait pas son sac de cuir souple italien. À dire vrai, songeait Meredith, elle avait probablement autant le béguin pour Trina que pour Freddy. Trina était une femme, alors que Meredith n'était qu'une jeune fille en fleur.

Au début du mois de décembre, on frappa à la porte de la classe d'anthropologie. La professeur Atkinson interrompit son cours et alla ouvrir la porte avec une expression perplexe, comme si elle était chez elle et recevait une visite impromptue. Sur le seuil se trouvait Trina Didem. Le professeur Atkinson regarda aussitôt Freddy, se disant peut-être qu'une querelle d'amoureux allait se produire au beau milieu de son exposé sur les nombres de Dunbar. Mais Trina était apparemment en mission officielle. Elle lut une note écrite sur un morceau de papier dans son anglais chantant. Elle cherchait Meredith Martin.

Meredith se leva, en proie à la plus grande confusion. Peut-être que Trina avait entendu parler de son attirance pour Freddy et venait lui parler. Mais, une seconde plus tard, la jeune femme lui expliqua qu'elle était attendue au bureau de la vie étudiante. Meredith rassembla ses affaires et, au moment de partir, Freddy lui prit la main. C'était la première fois qu'il la touchait.

Elle suivit Trina dehors. La présence de la jeune femme turque la déstabilisait tellement qu'elle était incapable de poser les questions évidentes. Pourquoi m'avez-vous fait quitter la classe ? Où allons-nous ? Le chemin qu'elles suivaient semblait plutôt mener au bureau du doyen qu'à celui des étudiants, or ce n'était pas la destination annoncée. Mais Meredith pouvait se tromper – elle était nouvelle sur le campus et le connaissait mal. Trina profita de l'occasion d'être dans l'air froid pour s'allumer une cigarette au clou de girofle. Comme Trina marchait deux pas devant elle, la fumée de cigarette lui revenait en pleine figure. D'une certaine manière, cela ramena Meredith à la réalité.

— Vous êtes la petite amie de Freddy, n'est-ce pas ?

Trina gloussa, puis expira une bouffée de fumée.

— Pas sa petite amie. Freddy est mon tuteur d'anglais.

Elle souffla un nouveau nuage de fumée.

— Et d'économie. Je le paie.

Meredith sentit ses propres poumons s'emplir de la fumée toxique et écœurante – cela lui faisait penser à de la mélasse brûlée, et aux cookies au gingembre de sa grand-mère, qu'elle détestait –, mais elle s'en moquait, tant elle était excitée. Freddy était le *tuteur* de Trina ! Elle le *payait* ! Comme elle était impatiente de le dire à Gwen !

Son exaltation fut de courte durée. Une fois dans le somptueux bureau du doyen, qui était désert, Trina ferma la porte. Meredith se rappelait le tapis d'Orient sous ses pieds et le chant cuivré de l'horloge comtoise. Trina avait éteint sa cigarette, pourtant elle était toujours entourée d'une auréole de fumée. Comme elle se trouvait tout près d'elle, elle remarqua des traces de mascara sur ses paupières.

Que se passe-t-il ? se demandait Meredith. Mais elle n'avait pas le courage de poser la question. C'était forcément quelque chose de grave. Elle se dit furtivement qu'il serait terriblement ironique qu'elle fût renvoyée de la fac le jour où elle apprenait que Freddy était disponible.

— Le doyen est à une réunion en dehors du campus, dit Trina. Comme je suis interne ici, ils m'ont chargée de vous avertir.

M'avertir de quoi ? pensa Meredith. Mais elle ne parvenait pas à parler.

— Votre mère a téléphoné. Votre père a eu une rupture d'anévrisme. Il est mort.

Meredith se mit à hurler. Trina s'approcha d'elle, mais elle la repoussa. Sa réaction hystérique l'avait embarrassée. Elle criait devant Trina, celle qu'elle considérait comme un modèle des femmes de l'Ivy League, qui regroupe les plus prestigieuses universités américaines. Et quelle nouvelle cette fille, entre toutes, venait-elle de lui annoncer ? Son père était mort. Chick Martin, grand adepte de poker et de sandwichs aux aubergines et jambon de parme. Chick Martin, associé chez Saul, Ewing, Remick & Saul, spécialisé dans les règles de l'arbitrage. Chick Martin, qui considérait sa fille comme brillante et talentueuse. Il avait eu une rupture d'anévrisme au bureau. Donc, l'arbitrage l'avait tué. L'arbitrage était vicieux. Il avait des millions de règles et de failles, et pendant que le cerveau de son père tentait de déchiffrer le code qui lui donnerait la clé, il avait déraillé. Il était mort.

Mais non, c'était impossible. Meredith venait de le voir à la maison, pendant les vacances de Thanksgiving. Son père l'avait attendue à la gare de Villanova. Il lui avait proposé de venir la chercher à l'université, mais elle avait insisté pour prendre le train – le New Jersey Transit jusqu'à 30th Street Station, puis le SEPTA jusqu'à Villanova. « C'est ce que font les étudiants, papa ! lui avait dit Meredith. Ils prennent le train ! »

Ses parents l'avaient tous deux couvée pendant les vacances. Sa mère lui avait servi des œufs pochés au lit ; son père lui avait glissé quarante dollars pour la réunion de classe informelle qui avait eu lieu mercredi soir au Barley-corn Inn. Ils l'avaient emmenée au cocktail annuel donné par les Donover vendredi soir et, concession à son récent statut d'adulte, son père lui avait tendu un verre de chablis. Il l'avait présentée à des couples qu'elle connaissait depuis toujours comme si elle était une toute nouvelle personne : ma fille, Meredith, en première année à Princeton !

Chick Martin, son premier et plus grand héros, le seul dont elle aurait jamais besoin, était parti.

Meredith cessa de vociférer assez longtemps pour observer Trina, en se disant combien elle haïssait toute sa personne, haïssait l'odeur des cigarettes au clou de girofle, haïssait la ville d'Istanbul, haïssait la beauté et la sophistication qui masquaient le sadisme requis pour annoncer une telle nouvelle.

— Non, tu te trompes, dit Meredith.

— Je vais te raccompagner à ta chambre pour que tu puisses faire ta valise. Nous avons appelé une voiture pour te ramener chez toi.

Depuis ce jour, le monde n'était plus un lieu sûr. Même si Meredith avait été heureuse dans sa vie, elle n'avait plus jamais été vraiment heureuse. Son père était parti. L'amour de son père était parti. Elle repensa à ses leçons de conduite sur le parking de l'université, à ses paroles. « Je ne supporte pas de te voir souffrir comme ça. » La peine que Toby lui avait infligée était une chose. Cette douleur, aujourd'hui, était tout autre.

Sept cent cinquante personnes assistèrent aux funérailles de Chick Martin – ses associés, ses copains de poker, ses amis, ses voisins, les professeurs de Meredith, tous les gens qu'elle connaissait, apparemment. Connie était venue avec ses parents, mais pas Toby – il commençait ses examens de dernière année au College of Charleston et ne pouvait s'absenter.

Dustin Leavitt vint aux funérailles.

Dustin Leavitt ? Meredith le vit s'avancer vers l'église pendant qu'elle attendait le corbillard devant l'édifice, en compagnie de sa mère et sa grand-mère. Tant de personnes issues de son passé étaient venues à la cérémonie qu'elle avait le plus grand mal à mettre un nom sur chaque visage. Quand elle vit Dustin Leavitt, elle remarqua sa prestance et se dit qu'elle l'avait sûrement rencontré à Princeton – un professeur ? Un étudiant diplômé ? Puis la mémoire lui revint – Dustin Leavitt, le collègue âgé de trente-trois ans de M. O'Brien à Philco, avec qui elle avait dansé à la soirée de remise des diplômes chez Connie. Elle l'avait complètement oublié.

Il lui prit les mains. Une foule de gens lui avait tenu, pressé, serré ses mains glacées. Voilà des jours qu'elle ne faisait plus attention à son apparence et, soudain, elle avait peur de ressembler à un vilain troll au nez rouge et aux cheveux hirsutes. Comme elle n'avait pas de robe noire, elle portait un pull en cachemire à col roulé et une jupe grise à fines rayures. Des collants noirs et d'horribles chaussures plates noires. Bêtement, elle avait mis du mascara, qui coulait à présent telles des traînées de suie sur son visage.

— Salut, dit Meredith en s'efforçant de parler d'une voix normale, comme si elle tombait par hasard sur Dustin Leavitt dans un restaurant et non sur les marches de l'église Saint Thomas de Villanova, à l'occasion de l'enterrement de son père. La situation la mettait affreusement mal à l'aise et son embarras lui faisait honte.

— Je suis désolé pour votre père, Meredith. Tout le monde sait combien il vous aimait.

— Oh !

De nouvelles larmes brûlantes lui piquèrent les yeux. Dustin Leavitt hésita. Meredith savait qu'elle ne lui facilitait pas la tâche, aussi esquissa-t-elle un sourire, avant de lui faire un signe de la main. Il pressa son bras – geste qu'il avait déjà fait lui semblait-il, après la compétition de natation du Lower Merion – puis disparut dans la gueule béante de l'église.

Meredith le revit plus tard, à la réception de l'Aronimink, et aussi à la réunion qui se tint spontanément chez les O'Brien. Sa mère et sa grand-mère étaient rentrées chez elles, mais Meredith ne quittait pas Connie d'une semelle. Veronica et Bill O'Brien, ainsi que d'autres proches, pour la plupart ivres, en partie à cause de l'heure – 18 heures seulement – et de la maigre collation proposée par l'Aronimink, décidèrent que boire des bières et manger des pizzas et des steaks au fromage chez les O'Brien était plus engageant que rentrer chez soi. Meredith n'avait guère de souvenirs des événements de la journée – elle avait pris un cachet à 9 heures du matin pour calmer ses nerfs – et, au moment de gagner la maison des O'Brien, elle était plus ivre que Connie ou Veronica, ce qui voulait tout dire. Enfin, elle croyait comprendre le véritable dessein de l'ivresse – éradiquer toute pensée consciente et délibérée, quand réfléchir s'apparentait à une agonie. Dustin Leavitt l'encouragea dans cette voie de réconfort en lui apportant une grande flûte de champagne frappé.

— Les gens croient que le champagne sied mieux aux célébrations, dit-il. Mais moi, j'aime le boire dans le malheur.

Meredith avait sans doute une repartie spirituelle enfouie sous une pile de souvenirs d'enfance, mais impossible de la déterrer. Elle leva son verre devant le visage séduisant mais incroyablement flou de son partenaire et dit :

— Au malheur !

Ils trinquèrent. Ils burent. La table de la salle à manger était recouverte de cartons de pizza, de sandwichs enveloppés dans du papier aluminium et de sachets de frites. Connie était lovée dans les bras de Drew Van Dyke, qui était venu de Johns Hopkins pour être avec sa petite amie en ce moment difficile. Après tout, le père de sa meilleure amie était mort. Meredith fut brusquement envahie par la confusion. Certes, Connie aimait beaucoup Chick Martin. Comme elles étaient très proches, Connie était comme une fille adoptive pour Chick. Mais Meredith pressentait que, pour Connie et Drew, ces funérailles n'étaient qu'une occasion supplémentaire d'abolir la distance qui les séparait et de faire l'amour. Pourquoi son amie avait-elle quelqu'un pour la réconforter alors qu'elle, Meredith, n'avait personne ?

Toby devrait être à son côté, pensa-t-elle. Il devrait être là pour son père. Pour elle.

Elle se tourna vers Dustin Leavitt.

— Emmène-moi loin d'ici, dit-elle.

— Avec plaisir.

Ils quittèrent les lieux ensemble sans explications ni excuses, et personne ne pipa mot. Meredith bénéficiait sans doute de la liberté accordée aux endeuillés – ou alors personne n'avait remarqué son départ.

Elle suivit son partenaire jusqu'à sa voiture, une berline Peugeot. Il lui ouvrit la portière. Elle s'installa sur le siège passager, ruminant d'avoir mis cette tenue hideuse et, pour aggraver la situation, elle avait remarqué dans la journée un trou à l'un des pieds de son collant, si bien que son gros orteil saillait du tissu. Cela la dérangeait autant qu'un ongle mal coupé ou une dent cassée.

— Tu veux aller dans un endroit en particulier ? demanda Dustin.

Elle haussa les épaules.

— Chez moi, ça te va ? dit-il.

— Bien sûr.

Pendant le trajet, elle regarda le paysage qui défilait par la vitre. La ville de Villanova était toujours la même, pourtant elle lui semblait différente depuis la mort de son père. Ils passèrent devant la gare où, la veille encore, la voiture de Chick Martin était garée sur le parking, comme si elle l'attendait pour rentrer à la maison. Combien de fois avait-elle pris le bus de chez elle à l'école, et vu la Mercedes couleur bronze de son père sur ce parking ? Dustin emprunta une route qui menait à la voie express, déclenchant en Meredith un vent de panique.

— Où habites-tu ?

— Au King of Prussia. Près du centre commercial.

Bien sûr, elle connaissait le centre, mais dans sa naïveté enfantine, elle avait toujours cru que King of Prussia était le centre commercial ! Elle ne s'était jamais imaginée que des gens puissent vivre à cet endroit.

Elle n'avait ni le cœur ni l'énergie de discuter. Elle ne voulait pas interroger Dustin sur sa famille, son travail ou ses loisirs. Encore moins parler d'elle-même.

Il s'arrêta devant un complexe immobilier. Trois immenses immeubles, de vingt ou trente étages, formaient un demi-cercle. Ils pénétrèrent dans le bâtiment du milieu. Au rez-de-chaussée se trouvait un restaurant chinois. Par la baie vitrée, Meredith vit des gens qui n'avaient pas perdu leur père cette semaine-là boire des cocktails bleu électrique dans un bocal à poisson.

Dustin Leavitt sortit ses clés, ouvrit sa boîte aux lettres et en retira une pile de courriers, qu'il feuilleta machinalement. Ce simple geste du quotidien fit courir un frisson glacé dans son dos. Que faisait-elle ici ? Qu'allait-il se passer ensuite ?

Ensuite, ils prirent l'ascenseur. Dustin pressa le bouton du dix-huitième étage, puis sortit. Quel autre choix avait-elle, sinon de le suivre ? Le couloir était tapissé d'une hideuse moquette bordeaux, qui portait encore les traces du passage de l'aspirateur. Une écœurante odeur de cigarette, de litière pour chat et de sauce soja flottait dans l'atmo-sphère. Meredith était dégoûtée. Son ébriété se rappela à elle. Elle avait peur de vomir. Dustin déverrouilla la porte de l'appartement 1804, qui était plongé dans le noir.

— Super, mon coloc n'est pas là.

Son coloc ? C'était elle qui avait une colocataire. Gwen Marbury. Certes, elle ne savait pas trop à quoi s'attendre de la part de Dustin Leavitt. Sans doute à une maison, comme M. O'Brien. Certainement pas en tout cas à un petit appar-tement miteux et un colocataire.

Il ouvrit la porte du réfrigérateur, éclairant ainsi la cui-sine.

— Tu veux une bière ?

— Oui, répondit-elle.

Il lui tendit une bouteille de St. Pauli Girl. Meredith en but une minuscule gorgée, essentiellement pour masquer l'odeur ambiante de la pièce. Dustin ouvrit une bière pour lui, dénoua sa cravate et disparut dans le couloir sombre. Meredith chancelait. Le moment était venu, lui semblait-il, de s'excuser. Mais c'était elle qui lui avait demandé de l'emmener ailleurs, et quand il lui avait proposé d'aller chez lui, elle avait dit oui. À présent, elle était bien loin de chez elle, sans espoir de retour. Elle le suivit dans le couloir.

Après, elle se rappelait seulement s'être retrouvée sur le lit, en train de l'embrasser. Dustin Leavitt la chevauchait et ses mains se débattaient avec son collant. Ses chaussures étaient enlevées et son gros orteil sortait du trou. Meredith n'arrivait pas à savoir si elle devait l'aider ou lui résister. Si seulement elle pouvait être ailleurs ! Comment l'arrêter ? Après tout, c'était elle qui avait voulu en arriver là.

Il tira d'un coup sec sur son collant et inséra un doigt en elle. Cela faisait mal. Elle n'avait été intime avec personne depuis Toby, en juin dernier.

— Serré, commenta-t-il.

Meredith avait très peur de se mettre à vomir. Dustin Leavitt enfila un préservatif. Elle inspira et expira profondément par la bouche, horrifiée à l'idée de dégobiller. Non, elle ne penserait pas aux steaks de fromage accompagnés d'oignons congelés sur la table de la salle à manger des O'Brien. Non, elle ne penserait pas aux crottes de chat dans la litière. Non, elle ne penserait pas à son père, affalé sur son bureau, le sang s'écoulant d'un œil.

Dustin Leavitt la pénétra.

Voilà, pensa Meredith, ce qui arrive quand une fille perd son père. Elle se fait violer après une soirée alcoolisée.

Et ensuite, elle se le reproche.

Meredith resta à la maison pendant les vacances de Noël, à écouter et réécouter *Bridge Over Troubled Water* sur son tourne-disque. « Si tu as besoin d'un ami, je vogue juste derrière toi... » Des proches et des voisins apportèrent un sapin de Noël et préparèrent de bons petits plats que ni Meredith ni sa mère ne touchèrent. Les vacances étaient une grosse boîte vide enveloppée de papier brillant. Rien à l'intérieur. Toby téléphona, mais Meredith refusa de lui parler. Sa mère prit le message.

— Il nous présente ses condoléances. Il a dit qu'il aimait beaucoup Chick et en garderait un souvenir ému.

Condoléances ? Souvenir ému ? Quel genre de lexique était-ce là ? Toby adorait Chick, mais il n'aimait plus Meredith. Elle était furieuse. Elle pensa à le rappeler pour lui dire qu'elle avait couché avec Dustin Leavitt. Cela l'embêterait-il ?

Meredith interrogea Connie à ce sujet quand elles se retrouvèrent chez Benningan's pour boire une bière. Connie se montra évasive et dédaigneuse à propos de son frère.

— Essaie de l'oublier. C'est une cause perdue.

Meredith essaierait de l'oublier. Pour se distraire, elle se plongea dans les études. Dans une rare forme de torture, Princeton organisait les examens juste après Noël. Meredith retourna sur le campus et, même si elle n'était plus que l'ombre d'elle-même, fit un malheur aux examens. A dans toutes les matières.

Freddy l'aborda dès la première semaine du nouveau semestre.

— J'ai appris la nouvelle pour ton père, lui dit-il. Je suis désolé.

Son ton était plus grave que celui de ses congénères. Connie l'avait étreinte et écoutée chez elle, Gwen l'avait serrée dans ses bras et écoutée, mais Meredith voyait bien que ses amies ne la comprenaient pas. Elles éprouvaient de la pitié, pas de l'empathie. Elles la traitaient comme si elle était malade. Et Gwen, qui détestait son propre père, paraissait même un peu envieuse.

Mais quand Freddy lui parla, elle ressentit une émotion plus profonde, plus vraie.

— Merci, dit-elle. Trina te l'a dit ?

— Gwen, en fait. Mais quand Trina a fait irruption dans la classe, j'ai tout de suite compris que c'était une mauvaise nouvelle. Elle est un peu connue comme la Faucheuse ici.

— Ouais.

Si seulement elle pouvait ne plus jamais revoir cette fille ! Dire qu'il y avait quelques semaines encore, elle s'extasiait sur ses vêtements, ses accessoires, ses manières – c'était fou comme les choses pouvaient changer en si peu de temps ! Même son attirance pour Freddy s'était atténuée, en comparaison du véritable amour de sa vie. L'amour solide, inconditionnel, stimulant de son père était parti pour toujours. C'était totalement, absurdement injuste ! Cette semaine-là, Meredith alterna entre mélancolie dévastatrice et colère hystérique, à s'arracher les cheveux.

Meredith et Freddy marchèrent un moment en silence. Elle ne savait pas où son compagnon se rendait, mais elle se dirigeait vers l'est du campus, dans le bâtiment du service de soutien psychologique, où les étudiants pouvaient bénéficier d'un suivi psychologique gratuit. Meredith avait déjà été reçue par une jeune femme du nom d'Élise et avait passé les quarante-cinq minutes de la séance à sangloter.

— Mon frère, David, est mort l'année dernière, déclara Freddy. Il était dans l'armée et a reçu une balle au cours d'un exercice. Une erreur stupide, absurde. Un barje total a vidé son arme à un moment où il n'était pas censé le faire et mon frère est mort.

— Oh, mon Dieu, souffla-t-elle.

Meredith avait entendu des douzaines de récits de morts prématurées dans les semaines suivant le décès de son père, mais elle ne savait jamais quoi répondre. Elle se doutait que ces gens essayaient de créer une sorte de lien privilégié avec elle en partageant leur propre drame, mais elle prenait un plaisir complaisant à croire que sa souffrance était unique – et bien pire que celle d'autrui. Pourtant, l'histoire de Freddy semblait à la fois terrible et tragique. Un frère tué accidentellement lors d'un exercice pour défendre sa patrie ? Tué d'une balle par l'un des siens ? Elle aurait aimé dire les mots justes, mais elle ne les connaissait pas. À la place, elle lui posa une question simple.

— Quel âge avait-il ?

— Vingt-trois ans.

— C'est vraiment très jeune. Vous étiez proches ?

Freddy haussa les épaules.

— Pas vraiment. Mais c'était, tu sais, mon frère.

— Ça a dû être très dur.

Aussitôt, elle se maudit d'avoir prononcé ces paroles. On aurait dit Connie ou Gwen Marbury !

Freddy ne répondit pas, ce dont elle ne pouvait le blâmer, mais il l'accompagna jusqu'au bâtiment du service de santé. Elle pensa à faire un détour pour qu'il ne devinât pas où elle allait, puis se dit finalement que cela n'avait pas d'importance. Leur destination devenue évidente, il déclara :

— Je suis souvent venu ici l'année dernière. Ça m'a aidé. Ça t'aide ?

— Non.

— Ces choses-là prennent du temps.

Il riva son regard au sien et alors seulement, Meredith se rappela qu'il avait pressé sa main juste avant de quitter la salle de cours. Et, à ce moment précis, elle reconnut Freddy, un peu comme la Vierge Marie avait dû reconnaître l'ange Gabriel. Une découverte tout aussi mystique. Freddy n'avait plus rien du mec cool et séduisant pour qui elle avait le béguin. C'était l'homme qui lui avait été envoyé pour la recueillir. Quand Freddy soutint son regard devant le bâtiment froid et déprimant du service de santé, elle pensa : Je suis à toi. Emmène-moi.

— Je reviens te chercher dans une heure ?

— Oui.

Depuis ce jour, ils étaient inséparables.

Durant des années, Meredith avait cru que Freddy lui avait été envoyé par son père. Elle l'avait cru jusqu'en décembre dernier quand, avec le reste du monde, elle avait découvert les crimes de son mari. Même maintenant, lorsqu'elle repensait à sa trahison, l'air lui manquait. Lui, Freddy Delinn, était Dustin Leavitt, le type qui avait violé une étudiante ivre de dix-huit ans qui venait de perdre son père. C'était l'homme au couteau de chasse.

Pas un émissaire de son père-ange gardien, plutôt un envoyé du diable, venu ruiner son existence.

Elle entendit une porte s'ouvrir dans le couloir.

— Meredith, c'est toi ? demanda Connie.

— Oui.

— Tu vas bien ?

Bien ? Elle irait bien si elle cessait de penser, si elle cessait de se replonger dans ses souvenirs. Elle sentit une main sur son épaule. Connie était près d'elle, ses longs cheveux emmêlés encore plus beaux dans son sommeil.

— Meredith ?

— Oui.

Sans un mot, Connie la raccompagna dans sa chambre.

CONNIE

Connie passa toute la matinée à convaincre Meredith de venir avec elle. C'était une magnifique journée – soleil, ciel bleu, brise légère. Le temps ne pouvait être plus clément.

— Rien de ce que tu pourras dire ne me fera changer d'avis ! martela Meredith. Je n'irai pas.

— Je ne veux pas y aller seule, dit Connie en scrutant l'horizon. J'ai peur.

— Ah ! Tu l'admets ! Tu te sens mieux ?

— Non. Je veux que tu viennes. Si tu es là, je me sentirai mieux.

— Comment sauras-tu ce que tu ressens pour cet homme si tu ne passes pas du temps seule avec lui ?

— Je ne suis pas prête à être seule avec lui.

Connie repensa au baiser. Un moment merveilleux, mais qui la rendait finalement encore plus nerveuse.

— Je vais annuler.

— Non, pas question !

— Je lui dirai que je préfère pique-niquer ici, sur la terrasse. Je lui dirai qu'on peut nager ici, sur cette plage, avec Harold.

— Non, répéta son amie.

— Meredith, je ne t'ai encore rien demandé depuis ton arrivée.

— Oh ! Attends ! Tu as vraiment l'intention de jouer cette carte ?

Connie pouvait à peine y croire elle-même.

— Oui, affirma-t-elle.

— Bon, alors, je ne peux pas dire non, n'est-ce pas ? Tu m'as sauvé la vie. Tu m'as recueillie ici. Tu m'héberges en dépit des dommages physiques infligés à ta maison et ta voiture. Je te suis redevable. Donc, je dois venir avec toi à ton rendez-vous amoureux.

Elle campa ses mains sur ses hanches. Malgré sa frêle stature, elle avait de l'aplomb. Connie voyait bien qu'elle essayait de ne pas rire.

— C'est ça, répondit Connie. Merci.

— Je vais mettre ma perruque, grommela son amie.

Pendant que Meredith était à l'étage, on frappa à la porte. Connie courut presque pour aller ouvrir. Elle était tellement plus détendue, maintenant que sa complice avait accepté de l'accompagner. Sa peur et son angoisse se dissipaient et bientôt, elles seraient toutes les deux à bord du bateau de Dan ! Cela allait être génial !

Connie ouvrit la porte à la volée. Dan tenait une brassée de fleurs sauvages, qui provenait, elle le savait, de l'un des camions de ferme garés sur Main Street.

— Pour toi, dit-il en lui tendant le bouquet.

— Merci ! C'est adorable.

Il sourit. Elle était si séduisante avec ses lunettes de soleil perchées sur ses cheveux courts et ébouriffés. Connie se pencha pour l'embrasser. Elle voulait lui donner un baiser rapide, un furtif remerciement pour les fleurs, mais il ferma les yeux et prolongea le baiser. Et même si la sensation lui plaisait, Connie se disait : Non, je ne peux pas. Je ne suis pas prête pour ça.

Elle se recula et déclara :

— Meredith a décidé de venir avec nous aujourd'hui.

— Oh ! Formidable...

— Non, ce n'est pas formidable, intervint Meredith, qui descendait l'escalier, tout en fixant sa perruque à l'aide de pinces à cheveux.

Connie lui jeta un regard d'avertissement. Meredith les accompagnait parce que son amie avait besoin d'elle, ce qu'elle ne pouvait bien évidemment pas avouer à Dan.

C'était une logique de lycéens, elles le savaient toutes les deux, mais devenir adulte ne signifiait pas que les règles avaient changé.

— Je suis un insigne trouble-fête. Mais le fait est que je ne me sentirais pas en sécurité dans la maison toute une journée.

Elle sourit d'un air penaud à Dan.

— Je suis désolée, ajouta-t-elle.

— Ne soyez pas désolée, dit-il. Pas de problème.

— Pas de problème, renchérit Connie, satisfaite de l'excuse.

C'était l'une de ces journées qui vous rendait heureux d'être en vie – même si votre conjoint était mort d'un cancer, même si votre enfant unique niait votre existence, même si votre mari avait perdu cinquante milliards de dollars dans un schéma de Ponzi et que toute l'Amérique vous détestait. À l'arrière de la jeep de Dan, déjà encombré de gilets de sauvetage et de cannes à pêche, Connie chargea la glacière contenant quelques bouteilles de vin et assez de nourriture pour nourrir dix personnes. Puis elle s'installa à côté du conducteur et Meredith s'allongea sur la banquette arrière et ferma les yeux, le visage baigné de soleil. Dan passa la chanson *Heard It in a Love Song* de Marshall Tucker, et tous trois se mirent à chanter à pleins poumons.

Dan se gara sur le parking de Children's Beach, parc verdoyant avec un kiosque, une aire de jeux pour enfants et un stand de crèmes glacées près d'une petite plage. Connie s'efforça de contenir son émotion. Elle n'était pas venue ici depuis qu'Ashlyn était petite. L'été, elle venait tous les jours dans ce parc avec sa fille – Ashlyn glissait sur le toboggan en se plaignant de la chaleur du métal sur ses petites jambes ou jouait sur la balançoire, que Connie avait poussée un millier de fois. À l'époque, une cabane sur la plage servait les meilleurs beignets de toute l'île. Dieu, comme c'était douloureux de repenser à tout cela. Souvent, Connie emmenait sa fille au parc quand Wolf devait naviguer, puis ils se rejoignaient au Yacht Club pour le déjeuner et Connie n'avait qu'une crainte : que sa fille se tînt mal à table.

Dan se mit en action, aussitôt suivi par ses deux invitées. Il prit les cannes à pêche, les serviettes de plage, un jerrican d'essence. Connie saisit une poignée de la glacière et Meredith empoigna l'autre. Meredith observa l'activité de Children's Beach – les mères qui essayaient d'obliger leur petit enfant à manger une cuillérée de beurre de cacahuète ou de gelée, les gamins qui bâtissaient des châteaux de sable, la structure en forme de cône de trente mètres de haut sur la plage, un rêve pour les férus d'escalade – mais elle s'arracha à sa rêverie. Pensait-elle à Leo ? Elle prit trois gilets de sauvetage pendant que Connie s'emparait de son sac de plage.

Le bateau de Dan était amarré le long du quai. Elles descendirent sur la promenade pavée devant le White Elephant Hotel et grimpèrent à bord.

C'était un magnifique bateau – un Boston Whaler Outrage – avec deux moteurs à l'arrière. Connie en tomba immédiatement amoureuse. Des coussins étaient disposés sur les bancs en fer à cheval à l'arrière, ainsi que sur la proue surélevée. Derrière le bimini se trouvaient deux sièges pour manœuvrer le bateau. Toby savait naviguer – une compétence acquise pendant ses camps de vacances à Cape May, puis affûtée au College of Charleston – tout comme Wolf, pourtant Connie n'avait jamais pris réellement goût à ce sport. Naviguer était une tâche difficile, requérant une combinaison savante d'effort physique et de connaissances intellectuelles, ainsi qu'une bonne dose de chance. Elle adorait voguer sur les flots, mais la manière de Dan était bien plus décontractée – tourner une clé et inhaler les fumées toxiques dégagées par le moteur.

Connie aida Dan à rassembler les cordages et les attacher. Dan manœuvra l'embarcation pour la faire sortir du port. Meredith était assise à la proue et faisait des signes aux gens sur d'autres bateaux. Connie se joignit à elle. Meredith était rayonnante. Rayonnante ! Elle se sentait assez bien pour saluer les gens.

— Alors ? Avoue que tu es contente d'être venue ! lui dit Connie.

— Tais-toi, ronchonna Meredith, avant d'orienter son visage vers le soleil, le sourire aux lèvres.

— Où veux-tu aller ? lui demanda le skipper.

Connie était assise à côté de lui derrière les manettes.

— Nulle part ! Partout !

Elle était étourdie de bonheur, même si elle se sentait un peu mal à l'aise dans le rôle de la petite amie. Pourtant, il était très agréable de pouvoir aller où bon leur semblait sans s'inquiéter de la voile principale ou du foc. Jamais elle ne s'était retrouvée ainsi au côté de Wolf sur un bateau. Quand ils naviguaient ensemble, son mari était toujours en mouvement, occupé à vérifier chaque paramètre de la navigation.

Ils quittèrent le port, glissèrent devant les immenses propriétés de Monomoy et les demeures plus impressionnantes encore de Shawkemo Point. Dan pointa quelques maisons aux propriétaires célèbres – tel auteur, tel capitaine d'industrie. L'île paraissait particulièrement verdoyante et accueillante ce jour-là. Les maisons semblaient prêtes pour l'été, avec leurs drapeaux au vent et leurs serviettes de plage étendues sur les balustrades. Meredith contempla l'horizon, une main pour se protéger du soleil, puis se rallongea, les yeux clos.

Ils voguèrent jusqu'à Pocomo Point, où ils croisèrent une flottille de poissons lune aux nageoires blanches. On aurait dit des enfants découvrant les plaisirs simples de l'océan.

— Dès qu'on les aura dépassés, on jettera l'ancre et on ira nager, fit Dan.

Le bateau jeta l'ancre dans un endroit fabuleux, ouvert sur le large. Au nord-ouest, on distinguait le phare de Great Point et, au nord, le magnifique hôtel Wauwinet. En l'absence du ronronnement du moteur, on n'entendait plus que le clapotis des vagues contre le flanc du bateau. Ce silence soudain angoissa Connie.

— Je vais sortir le vin, déclara-t-elle.

— C'est éblouissant ici ! s'extasia Meredith.

— On pourrait nager, et déjeuner ensuite, proposa Dan.

Puis il regarda Meredith.

— Vous savez nager ?

— Oui, je sais nager.

Connie ôta le bouchon d'une bouteille de chardonnay. Son cœur battait la chamade. Elle ne se servait pas assez vite à son goût. Qu'est-ce qui ne tournait pas rond chez elle ?

— Meredith était championne de plongeon au lycée. Elle a fini troisième au championnat fédéral la dernière année.

— Vraiment ? commenta Dan. Eh bien alors, j'ai une surprise pour vous.

Connie remplit son gobelet en carton rouge de chardonnay et en but un tiers d'un coup. Une coulée brûlante glissa dans sa trachée et ses muscles se détendirent automatiquement.

— Du vin ? demanda-t-elle à Dan.

Il était occupé à ranger la glacière et d'autres affaires à l'arrière.

— Je prendrai une bière tout à l'heure.

Les hommes avec leurs bières ! se dit-elle. Wolf était un amateur de vin. C'était l'une des choses élégantes à son propos. Connie but une nouvelle gorgée. Combien existait-il d'hommes comme Wolf ?

— Meredith, du vin ?

— Non, merci.

Dan sortit une planche du coffre du bateau – une longue planche blanche. Un plongeoir.

— Et voilà ! lança-t-il fièrement.

— Oh, mon Dieu ! Meredith, un plongeoir !

Meredith vint les rejoindre à la poupe. Quand elle vit la planche, elle plaqua sa main sur sa bouche.

— Je la gardais pour les enfants, dit Dan. Ils adoraient plonger.

Après avoir fixé la planche, Dan grimpa dessus, enleva son T-shirt, le jeta dans le puits, et effectua ensuite une série de rebonds, pour tester l'élasticité de la planche. Après quoi il s'avança à l'extrémité du plongeoir et exécuta un beau saut de l'ange. Il refit surface et s'essuya les yeux.

— À votre tour ! cria-t-il à Meredith.

Meredith regarda son amie.

— Je n'ai pas plongé depuis des années.

— Tu étais la meilleure à Merion Mercy. Tu détiens tous les records.

Meredith ôta ses pinces à cheveux, puis se débarrassa de sa perruque. Ses cheveux étaient plaqués sur son crâne, aussi les ébouriffa-t-elle.

— Je n'arrive pas à croire que je vais plonger ! Est-ce que je vais encore savoir faire ?

— Ce n'est pas comme le vélo ? demanda Connie.

Elle but une gorgée et un sentiment de bien-être l'enveloppa. Ses bras frissonnaient, sa poitrine rayonnait.

— On verra bien, dit Meredith.

Elle ôta ses vêtements et grimpa sur le plongeoir. Puis elle fit quelques petits sauts. Après quoi elle se positionna au bout de la planche, se concentra, et, telle une gymnaste, prit un, deux, trois appels chorégraphiés, rebondit à une hauteur vertigineuse, replia son corps et fit un plongeon droit parfait. Un mouvement d'une grande beauté. Connie cligna des yeux. Elle avait assisté à toutes les compétitions de son amie au lycée et ce qui la frappait en l'observant était l'effet du temps.

Dan siffla, applaudit et l'acclama. Meredith refit surface, les cheveux lisses et brillants, et regagna aisément l'échelle à la nage.

— Exactement comme le vélo, confirma-t-elle.

— Fais-en un autre. Quelque chose de chouette. Montre-lui vraiment ce que tu sais faire.

Elle se rappelait que Meredith avait dit un jour à un journaliste du *Main Line Times* qu'un simple plongeon avant droit ou renversé était la figure la plus difficile à exécuter car le corps était enclin à se tourner ou se carper. Son corps, disait-elle, réclamait la difficulté.

Meredith grimpa de nouveau sur le plongeoir. Elle effectua un plongeon avant demi-carpé. Sa figure n'était pas aussi groupée qu'à l'époque du lycée, mais c'était à prévoir.

Dan attrapa une serviette et s'assit près de Connie.

— Mince ! Tu as vu ça ?

— Je te l'avais dit, répondit-elle en prenant une lampée de vin.

Son gobelet était presque vide. Un autre verre comme celui-là et elle serait prête à manger.

Meredith reprit position sur la planche, se campa au bout avec un port royal, puis se retourna.

Saut arrière. Son entrée dans l'eau était parfaite, les doigts de pieds tendus, même si sa figure n'avait pas l'envergure d'autrefois. Dieu, Connie se rappelait la façon dont son amie semblait flotter dans les airs, comme si elle volait.

— Encore un autre ! cria-t-elle.

— Je ne sais pas, répondit Meredith.

Mais son amie exécuta alors un salto arrière avec un demi tire-bouchon.

Dan mit ses doigts dans sa bouche et émit un sifflement admiratif.

— C'était trop facile ! lança Connie.

Elle se rappelait Meredith faire des étirements sur les tapis bleus disposés près de la fosse à plongeons. Son amie était capable de poser son visage sur ses genoux, jambes tendues, les bras autour de ses cuisses. Ce simple souvenir lui faisait mal.

Meredith fit un simple plongeon retourné. Puis un renversé. Ensuite, sans prévenir, elle s'avança à l'extrémité du tremplin et exécuta un double saut périlleux et demi avant groupé. Dan gloussa de plaisir et Connie se demanda si elle devait se sentir jalouse. Au lycée, elle-même était une joueuse de hockey agressive, mais cela ne suscitait pas ce type d'admiration. Connie toucha l'épaule de Dan pour lui rappeler qu'elle était toujours là.

— Tu as envie de cette bière maintenant ?

— Tu ne vas pas faire un essai ?

Elle remplit son gobelet – gloup, gloup, gloup – sans vraiment comprendre son commentaire. Meredith fit un nouveau plongeon. Elle leva les yeux juste à temps pour voir les jambes de son amie entrer dans l'eau. La clé d'une entrée réussie était de faire le moins de remous possible.

— Pardon ? dit-elle en remettant la bouteille dans la glacière, non sans oublier de la reboucher.

— Tu ne vas pas tenter un saut du plongeoir ?

— Oh ! Je ne sais pas plonger comme ça.

— Allez ! intervint Meredith. L'eau est délicieuse.

— Allez ! renchérit Dan en se levant et en grimpant à son
tour sur la planche. Tu dois avoir chaud.

Oui, elle avait assez chaud, mais elle n'aimait pas être
pressée ainsi. Et l'eau était toujours trop froide pour se baigner à son goût. Seulement, si elle refusait, elle risquait de
passer pour bêcheuse, exigeante ou pire, vieille. Elle plon-
gerait une fois, se dit-elle, puis dégusterait son vin.

Dan fit un second saut de l'ange et attendit Connie en bar-
botant.

Connie se leva et rebondit sur la planche pour la tester,
comme elle avait vu Meredith et Dan le faire, mais le tremplin était plus souple qu'elle ne l'imaginait – ou ses jambes
moins solides que les leurs – et elle fit des moulinets avec
ses bras comme dans un film burlesque pour éviter la
chute.

— Waouh ! Bien.

Elle se stabilisa et s'avança au bord du plongeoir. Au loin
se profilait le phare de Great Point. Les mouettes volaient
au-dessus de leurs têtes et quelques nuages s'effilochaient
dans le ciel bleu. Elle n'avait pas envie de sauter. Rester là,
sur son promontoire, à contempler l'horizon lui suffisait.
Elle rebondit néanmoins, tendit les bras au-dessus de sa
tête et plongea, frappant l'eau plus tôt et plus durement que
prévu. Sa poitrine, encore habitée du rayonnement léger du
chardonnay, lui donna une sensation de serrement. De l'eau
s'était infiltrée dans son nez et sa gorge la brûlait. Elle
s'essuya les yeux, ajusta son haut de maillot de bain et remit
ses cheveux en place.

— Eh bien voilà ! dit Dan. Beau travail !

Mais Connie avait l'impression d'être maternée.

— L'eau est glacée, dit-elle, même si ce n'était pas vraiment le cas.

Elle voulait remonter sur le bateau, quand Meredith
apparut de nouveau sur la planche.

— Bon, un dernier.

— Quel saut allez-vous faire ? demanda Dan.

Meredith courut jusqu'à l'extrémité de la planche, bondit et exécuta un saut périlleux et demi carpé, mais sa position était un peu lâche, si bien qu'elle entra dans l'eau avec un gros splash. Malgré tout, Connie leva les deux mains à l'intention de son amie : 10 sur 10 ! Meredith secoua la tête.

— J'ai de l'eau dans l'oreille, grommela-t-elle.

Ce n'est qu'en regagnant la poupe à la nage que Connie remarqua le nom du bateau inscrit en minuscules lettres dorées : *Nicky*.

Nicky ? La réalité la frappa de plein fouet : Nicole, l'épouse décédée. Nicky.

Elle ressentit mille tristesses au moment de se hisser sur le bateau.

Des tristesses que seuls un deuxième, puis un troisième verre de vin pouvaient guérir. Dan décapsula une bière, pendant que Meredith buvait un Ice Tea light. Connie n'aimait pas l'idée d'avoir été obligée de se mouiller, même si elle adorait la sensation du soleil qui faisait s'évaporer les gouttelettes sur sa peau.

La perruque de son amie gisait sur le siège près d'elle, tel un animal abandonné. Elle la souleva entre deux doigts.

— Si seulement tu n'étais pas forcée de porter cette chose.

— Allez, donne-la moi, dit Meredith.

— J'aimerais tant que tous ces gens nous laissent tranquilles…

Elle sentait le vin circuler dans son cerveau, l'enivrer.

— Laissez-nous tranquilles ! cria-t-elle soudain.

Un silence étrange s'installa. Meredith secoua de nouveau la tête pour essayer de drainer l'eau de son oreille. Connie espérait que son amie n'avait pas entendu son dernier commentaire, plutôt déplacé.

— Je ne sais pas ce que vous en pensez, dit Dan, mais je suis partant pour le déjeuner.

Déjeuner, oui ! Connie sortit tout ce qu'il y avait dans la glacière avec enthousiasme. Il y avait deux types de sandwichs : pain au froment, poulet, salade, ou pain de seigle, roastbeef, emmenthal et sauce au raifort. Ainsi qu'une salade de pommes de terre qu'elle avait préparée à partir de rien, et une soupe de concombre frais à l'aneth. Ensuite, salade de fruits composée de melon, fraises et myrtilles. Enfin, muffins au chocolat avec glaçage au beurre de caca-huètes.

— Incroyable ! s'exclama Dan en prenant un sandwich de chaque, une bonne portion de pommes de terre et un gobelet de soupe. Tu as fait tout ça toi-même ?

— Meredith plonge, moi je fais la cuisine.

Cela égalisait les scores, espérait-elle. Elle mordit dans un sandwich poulet-salade.

— Ta femme aimait ce bateau ?

Dan hocha la tête.

— Elle l'adorait.

— Tu lui as donné son nom ?

Sa voix paraissait hostile à ses propres oreilles, même si elle ne savait pas pourquoi. Le bateau portait le nom de sa femme, et alors ? C'était son bateau, il l'avait depuis long-temps, depuis plus de dix jours en tout cas, or tous deux se connaissaient à peine. De plus, il n'y avait rien entre eux, en dehors de quelques baisers agréables. Cela dit, n'était-il pas étrange d'emmener une femme que vous aviez embrassée plusieurs fois sur le bateau qui portait le nom de votre défunte épouse ?

— Nous avions un bateau, dit Meredith, fort à propos.

Elle avait prononcé ces mots sans la moindre ironie, comme si personne aux États-Unis n'avait entendu parler du yacht géant de Freddy, *Bebe*, payé sept millions avec l'argent de ses clients.

— Mais il n'avait pas de plongeoir, ajouta-t-elle avec un sourire à l'intention de Dan.

Dans l'après-midi, ils reprirent le chemin du port. Des phoques se prélassaient sur les rochers noirs, ce qui lui fit penser à Harold.

— Vous voulez voir les casiers de homards ? demanda Dan.

— Oh, oui, dit Connie.

Elle avait bu la bouteille de vin à elle seule et grignoté un demi-sandwich, de sorte qu'elle se sentait agréablement partie. Elle avait atteint un stade d'équilibre parfait. Heureuse, légère, indifférente au reste du monde. L'idée d'ouvrir une seconde bouteille la taraudait, pourtant elle la repoussa. Après tout, elle était la seule à boire. Dan avait bu une seule bière et Meredith s'en tenait à sa boisson fruitée. Mais quand Dan appuya sur l'accélérateur et que les chevaux du moteur s'emballèrent, Connie regretta de ne pas avoir un verre à la main. Si elle s'arrêtait de boire maintenant, avec ce soleil, elle risquait de s'assoupir, et si elle se laissait aller à dormir, elle se réveillerait avec un mal de crâne carabiné. Le bateau fusait sur les flots, et quand il fendit la vague créée par l'énorme ferry qui passait à tribord, la poupe se souleva et retomba violemment sur l'océan, éclaboussant de l'eau partout. Meredith se tenait à la proue, droite et altière, telle une vierge sur un baleinier. Elle n'avait pas remis sa perruque en place et ne portait pas ses lunettes. Être trempée ne paraissait pas la gêner du tout.

Assise à côté de Dan, au poste de commande, elle décida de se déplacer vers la poupe pour tenter d'atteindre la glacière. Mais elle était à peine debout que le bateau heurta une énorme vague et la fit tomber sur le pont graveleux, écorchant son genou. La blessure saignait. Elle rampa maladroitement jusqu'aux coussins et s'accrocha à la rambarde de sécurité comme à une bouée de sauvetage. Par chance, Dan n'avait pas remarqué sa chute. Cependant, il risquait de voir le sang sur le pont. Elle examina son genou. Cela faisait mal. Ils croisèrent la route d'un autre puissant yacht et la proue frappa de nouveau les flots avec violence. De grandes giclées d'eau les aspergèrent. Connie n'avait aucune chance d'atteindre la glacière nichée sous le siège, et même si elle parvenait à la dégager de là, les compétences motrices requises pour ouvrir une bouteille de vin dans de telles conditions n'étaient pas à sa portée. Mieux valait attendre la fin de cette course folle.

Leur vitesse était vertigineuse. Connie loucha sur le compteur : cent nœuds. L'équivalent de cent soixante kilomètres heure ? Elle ne s'en souvenait pas. Dan était un cow-boy au volant d'un bateau, alors que Wolf, à la barre, jouait les chefs d'orchestre. Attention, elle ne voulait pas remplacer Wolf. Elle ne cherchait rien d'autre qu'un répit à sa misère. Elle aimait les bateaux à moteur, se répéta-t-elle. À la proue, Meredith semblait totalement insensible à la vitesse. Connie elle aussi devait lâcher prise.

Puis, soudain, Dan rétrograda et le bateau ralentit. De grosses bouées étaient engluées aux eaux étincelantes. Dan manœuvra de façon à se rapprocher des bouées puis coupa le moteur.

— Parfait ! cria-t-il.

Il démêla les cordes et, tel un manieur de lasso expérimenté, enlaça une bouée rayée de vert. Comme il paraissait occupé, Connie s'approcha de la glacière, avec le sentiment d'être un pirate tentant de chaparder un bijou dans le coffre à trésor. Elle dégagea la glacière et avait enfin la bouteille en main quand Dan s'écria :

— Vite ! J'ai besoin d'aide ici !

Il aboyait des ordres, exactement comme Wolf quand il naviguait. Les hommes ! soupira intérieurement Connie. Elle fixa Dan du regard – s'attendait-il vraiment à ce qu'*elle* l'aidât à remonter les casiers à homards ? Impossible, ses mains étaient accaparées par le tire-bouchon.

— De l'aide ! répéta Dan.

Meredith se matérialisa à côté de lui pour tirer sur les cordes. Connie voyait bien qu'il avait aussi besoin d'elle, aussi abandonna-t-elle le vin dans la glacière et se dépêcha-t-elle de les rejoindre. Oh hisse ! Oh hisse ! Elles tirèrent et tirèrent encore. Les muscles des avant-bras de Dan étaient bandés par l'effort et Connie avait le sentiment que Meredith et elle ne contribuaient guère à la remontée des casiers. Enfin, le lourd piège de bois brisa la surface des eaux turquoises et Dan s'écria :

— Reculez !

Il hissa le casier sur le côté du bateau et les deux femmes l'aidèrent à le déplacer sur le pont.

Dan expira et s'essuya le front. Il regarda Connie et pensa à sourire. Cet homme séduisant l'avait embrassée, mais il lui était totalement étranger. Elle était heureuse de la présence de son amie.

— Waouh ! fit Meredith.

Meredith s'agenouilla pour inspecter le contenu du piège, mais Connie ne voulait pas s'approcher davantage. Trente ou quarante homards d'un vert noirâtre grouillaient les uns sur les autres dans une frénésie totale, tels des gamins à un concert de rock. Les coquilles s'entrechoquaient et les antennes passaient entre les lattes de bois. Les homards ressemblaient beaucoup à des cafards, pensa Connie, avec leurs carapaces blindées et leur laideur préhistorique. Pourtant, ces créatures étaient délicieuses. Elle adorait la salade de homard, le homard vapeur craquant au beurre fondu, la bisque de homard...

— Il y en a tellement ! s'exclama Connie avec admiration. Que vas-tu en faire ?

— Eh bien, trois petits chanceux nous serviront de dîner ce soir. Et je vendrai les autres à Bill, de l'East Coast Seafood.

— Je suis triste pour eux, s'apitoya Meredith.

Dan hocha la tête.

— Réponse typiquement féminine. Ma femme aussi était triste pour eux. Elle me suppliait chaque fois de les laisser partir.

Connie se dit qu'elle pourrait apporter son propre témoignage de sympathie pour ces crustacés, mais à dire vrai, leur détresse ne lui faisait aucun effet.

— Tu as besoin d'aide ?

— Non. Mais je vais devoir les bander avant de les mettre dans des glacières. Ensuite, j'irai pêcher quelques minutes. Ça ne vous dérange pas, mesdames, de m'attendre ici ?

— Pas du tout, répondit Connie.

À présent qu'il lui avait pratiquement donné sa permission, elle ouvrit le vin et s'en servit une bonne rasade.

— Tu veux du vin, Meredith ?

— Non, merci.

Restée près du casier, Meredith regarda Dan enfiler de gros gants, puis saisir les homards un par un pour enrouler un épais scotch bleu autour de chacune des pinces. Ensuite, il les déposa entravés dans un congélateur blanc de taille industriel qu'il avait sorti de la cale. Son amie semblait fascinée par son travail. Évidemment, ce n'était pas le genre d'activité qu'on observait sur la Riviera française.

Connie vida son verre jusqu'à la dernière goutte, puis s'allongea au soleil.

En dépit de ses meilleures intentions, elle dut s'assoupir, car, quand elle ouvrit de nouveau les yeux, le casier de homards avait disparu et la glacière repris sa place sous les sièges à la proue. Dan et Meredith tenaient chacun une canne à pêche. À côté de Dan, son amie actionnait le moulinet de sa ligne.

Connie se rassit. Elle avait envie de faire pipi.

Elle entendit Meredith dire :

— Oui, à une époque, dans la piscine de Princeton, je plongeais comme ça pour Freddy, seulement j'étais bien meilleure, parce que j'étais plus jeune et que je m'entraînais beaucoup. Je croyais que Freddy serait impressionné, qu'il me trouverait éminemment talentueuse, athlétique, souple – enfin, même d'un point de vue sexuel, ça aurait dû le mettre dans tous ses états, non ? Mais au lieu d'être impressionné, il… eh bien, je n'ai pas vraiment compris sa réaction. Il n'aimait pas me regarder plonger. Ça le rendait perplexe. Alors j'ai arrêté de le faire. Parfois, les années suivantes, quand je me retrouvais au bord d'une piscine et qu'il y avait un plongeoir, je faisais un double saut périlleux et demi carpé, comme aujourd'hui – c'est beaucoup plus facile qu'on ne le pense ! – et Freddy bouillonnait. Il m'accusait de me donner en spectacle. Mes plongeons représentaient une menace. J'aurais dû voir ça comme un signe à l'époque.

Meredith relança sa ligne. Son moulinet se déroula à toute vitesse.

— Pourquoi n'ai-je pas vu ça comme un signe ?

— Manque de recul ! dit Dan en riant.

— Mon manque de recul valait environ cinquante milliards de dollars.

Connie prit son verre de vin. Il était chaud. Elle le mit de côté et tituba vers l'arrière du bateau pour aller chercher la bouteille.

Dan et Meredith étaient si happés par leur conversation qu'ils n'avaient pas remarqué qu'elle était réveillée. Elle se servit une nouvelle rasade et se demanda si Dan appréciait Meredith, puis décida que non. Depuis l'adolescence, les garçons adoraient parler avec son amie – elle était intelligente, vive, drôle –, mais Connie avait pour elle la beauté, un critère qui prévalait toujours sur l'intelligence.

Même Freddy Delinn, une fois, s'était laissé prendre au piège – oui, il avait tenté de la séduire. Connie avait banni ce souvenir de son esprit. Pour toujours, espérait-elle.

Elle posa son gobelet dans l'un des réceptacles prévus à cet effet, puis grimpa d'un côté et plongea. Splash ! De nouveau, l'eau était arrivée trop vite. Sa poitrine la brûlait et son genou égratigné lui faisait mal. Elle se laissa immerger par les eaux fraîches et urina avec soulagement. Elle avait conscience de la présence de toute une vie marine sous elle – tous ces homards d'abord, puis sans doute une foule d'autres créatures sinistres. Peut-être même des requins dans les profondeurs. Mais la léthargie causée par l'ivresse et la sieste l'incita à flotter sous la surface une minute.

Sept ou huit ans plus tôt, Freddy lui avait apporté un cocktail sur la terrasse de la maison du cap d'Antibes. Wolf était parti faire un jogging et Meredith était retournée dans une boutique d'antiquaire pour revoir un objet qu'elle voulait acheter. Dans son souvenir, cette partie de l'histoire faisait sens. Mais Freddy lui apportant un cocktail – un gin tonic bien frais avec beaucoup de citron – avait été une surprise, parce que son hôte ne buvait pas. Donc, ce geste était un flirt. Connie le sentit immédiatement, rien qu'à l'expression de Freddy quand il lui tendit le verre. Elle s'était toujours sentie mal à l'aise chez les Delinn – à Manhattan, à Palm Beach, en France –, sans doute à cause de tout cet argent. Il était impossible, face à cette opulence, de se sentir à la hauteur. Donc, en manière de compensation, Connie faisait étalage de sa beauté. Le soir où Freddy lui avait apporté le cocktail, elle était déjà habillée pour le dîner. Une longue robe à motifs cachemire orange et rose, avec un large décolleté, qui offrait une vue avantageuse sur sa poitrine. Chez elle, aux États-Unis, elle ne portait cette tenue qu'en privé, pour Wolf. Mais c'était le sud de la France, où toutes les femmes semblaient trouver naturel d'exhiber leurs atouts.

Freddy était encore en robe de chambre. Il jeta un regard appréciateur à son décolleté sans la moindre discrétion, ce qui paraissait plutôt impudent, et lui tendit le cocktail. Elle but une gorgée, puis se pencha sur la balustrade qui surplombait la falaise, avec la Méditerranée à perte de vue.

Après quoi elle se tourna vers lui et, dans une volonté d'entamer une conversation légère, l'interrogea sur ses origines. Delinn, c'était français, n'est-ce pas ? Mais alors, Freddy déclara :

— Tu es une femme extrêmement séduisante, Constance.

Un commentaire qui l'avait laissée sans voix. Elle avait hoché la tête, imperceptiblement. Ce n'était pas le sens de ses paroles en soi – toute sa vie, on lui avait dit qu'elle était belle –, mais sa manière de les prononcer. Il les avait dites avec une intention évidente, comme s'il était prêt à l'emmener dans sa chambre et lui faire l'amour sur-le-champ. Il avait employé son vrai prénom, Constance, ce qui lui donnait un sentiment de sophistication. Puis il se pencha vers elle et l'embrassa, tout en posant effrontément sa main sur son sein, tout juste voilé par la soie fine de sa robe. Un frisson de désir l'envahit aussitôt et un cri s'échappa de sa gorge. Ils s'écartèrent puis se jaugèrent avec férocité durant une seconde brûlante, après quoi Connie quitta la terrasse. Elle avait emporté son cocktail dans la chambre d'amis, s'était assise sur le lit, et avait attendu le retour de son mari.

Aujourd'hui encore, ce qui la frappait à propos de cette brève étreinte, c'était la superbe affichée par Freddy, son autorité, sa façon impérieuse de l'embrasser et de toucher son corps, comme si c'était un dû. Il n'avait eu aucun scrupule à poser la main sur une chose qui ne lui appartenait pas.

Connie sentit des bras l'enlacer et se tortilla, confuse et effrayée. Quelqu'un la tirait vers la surface.

— Quoi ? hoqueta-t-elle en émergeant de l'eau, à bout de souffle.

Dan la tenait d'un bras ferme autour de sa taille.

— Dieu du ciel ! J'ai cru que tu étais en train de te noyer.

— Me noyer ?

— Tu étais dangereusement près de nos lignes.

Depuis le bateau, Meredith leur fit un signe de la main.

— Ça va ?

— Je ne suis pas tombée, se défendit Connie. J'ai plongé.

— Je n'ai vu que les éclaboussures, reconnut-il. Mais tu as bu tellement de vin que je me suis inquiété.

Tellement de vin ?

— Je vais bien, lui assura-t-elle.

Elle s'éloigna à la nage et gagna l'échelle à la poupe. De nouveau, elle lut le nom. Nicky.

Quelle étrange après-midi.

Ils voguèrent ainsi jusqu'à 17 heures. Le soleil déclinait lentement à l'horizon et Connie, bien que surveillée comme une adolescente, termina la seconde bouteille de chardonnay – avec de l'aide cette fois. Pendant qu'ils rejoignaient tranquillement le port, Meredith en accepta un verre. Les deux amies s'installèrent à la proue et Dan passa un disque de Jimmy Buffet. En voyant le dôme doré de l'église unitarienne briller au soleil, Connie décida qu'elle avait passé une bonne journée.

Pendant que Dan nouait les cordages à la bitte d'amarrage, Meredith se tourna vers elle :

— Tu avais raison. Je suis contente d'être venue.

Une fois à terre, ils planifièrent la soirée. Dan les déposerait chez elles et reviendrait à 19 heures pour partager un dîner composé de homards. Connie aimait beaucoup cette idée. Ce qu'elle appréciait, en fait, c'était de se retrouver sur son propre territoire. Elle commença par se servir un grand gin tonic, bien frais et bien citronné – réminiscence du cocktail préparé par Freddy Delinn – qu'elle emporta avec elle dans la douche extérieure. En dessinant la douche, Wolf avait prévu une étagère spéciale pour les cocktails de son épouse, une attention selon elle d'une exquise courtoisie. Après une longue douche, elle s'enveloppa dans une serviette, passa dans la cuisine pour remettre quelques glaçons dans son verre, puis monta s'habiller dans sa chambre. Meredith passa la tête par la porte et dit :

— J'ai vérifié la maison et la voiture. Il ne s'est rien passé en notre absence.

Connie passa une robe de coton blanc et laissa ses cheveux sécher à l'air libre. Puis elle appliqua une crème hydratante sur sa peau – elle avait pris beaucoup de soleil – et un peu de mascara. Sa main tremblait au moment de se maquiller, si bien que le mascara coula. Poussant un juron, elle prit du coton pour réparer les dégâts, puis recommença l'opération.

Au rez-de-chaussée, dans la cuisine, Connie sortit des crackers, le brie, un morceau de bon cheddar et un pot de miel. En voulant planter une fourchette dans les trois pommes de terre en train de cuire, elle se piqua la main. Puis elle alluma le four, même si cela n'était pas très agréable, par cette chaleur. Elle remplissait de nouveau son verre quand Meredith apparut dans la cuisine.

— Tanqueray et tonic ? proposa-t-elle.

— Merci, je vais rester au vin.

D'ailleurs, il restait une bouteille dans la glacière, que personne n'avait vidée. Le pique-nique s'y trouvait toujours, à présent immergé dans trois centimètres d'eau. Elle sortit le Tupperware de salade de pommes de terre et le Thermos de soupe. Comment étaient les sandwichs ? Veronica, la mère de Connie, les aurait immédiatement jetés à la poubelle. Elle ne supportait pas les restes, en particulier sous la forme de sandwichs qui, même bien enveloppés, s'étaient ramollis. Mais Wolf avait été élevé dans une maisonnée plus frugale, avec des parents qui avaient connu la Grande Dépression, de sorte qu'il ne supportait pas le gaspillage. Ainsi, en mémoire de Wolf, Connie rangea les sandwichs dans le réfrigérateur.

— Dommage qu'on n'ait pas de tarte aux myrtilles. On devrait toujours avoir une tarte aux myrtilles pour terminer un dîner au homard, mais je n'ai pas le temps d'aller en acheter une maintenant. Donc, nous aurons des muffins pour le dessert.

Connie ôta le film plastique des gâteaux au glaçage scintillant. Elle se demanda fugitivement de quoi avait l'air son mascara. « Tu es une femme extrêmement séduisante, Constance », lui avait susurré Freddy il y a plusieurs années. Mais aucune femme n'était jolie avec des pâtés de maquillage autour des yeux. La voix de Freddy était grave et théâtrale, comme s'il était né pour être une star de cinéma, au lieu d'un gamin pauvre, originaire du nord de l'État de New York. Le glaçage de ses gâteaux – au beurre de cacahuète – était d'une malheureuse teinte brune. On aurait dit...

Elle devait encore égrener le maïs, mettre de l'eau à bouillir pour le maïs et les homards, préparer la salade, l'assaisonnement et sortir le beurre. Le reste de son cocktail englouti, elle s'en servit un nouveau en pressant les dernières gouttes de citron dedans. Une petite voix lui chuchota : « Vraiment, Connie, un autre verre ? » Elle leva les yeux en pensant que c'était celle de Meredith, mais son amie était près de la baie vitrée, en train d'admirer Harold s'égayer dans les vagues. Meredith s'était lavé les cheveux et avait enfilé un short blanc et une tunique marine. Elle n'avait pas remis cette tenue depuis la découverte de la photographie, ce qui prouvait qu'elle avait surmonté son angoisse, au grand soulagement de Connie. En effet, son amie avait l'air bien. Le soleil l'éclairait telle une statue. C'était le moment de la journée que Wolf préférait. Bizarrement, la pièce se mit à danser autour d'elle... Non ! Elle devait se ressaisir. Faire bouillir de l'eau pour les homards et le maïs, préparer la sauce de la salade, mettre la table. Trouver les pinces et les piques à crustacés. Quel dommage, tout de même, pour la tarte aux myrtilles.

À 19 heures tapantes, on frappa à la porte. Dan faisait partie de ces gens très ponctuels. Wolf aussi, mais Connie le mettait toujours en retard. C'était dans sa nature : ses parents étaient toujours en retard pour tout. « Je serai en retard à mes propres funérailles », disait souvent Veronica. Wolf se mettait alors en colère, et même si elle n'aimait pas y penser, ils finissaient par se quereller. Connie but une gorgée revigorante de son cocktail, même si sa vue se brouillait et que ses talons la déséquilibraient dangereusement. L'eau pour les homards et le maïs bouillait – trop tôt, s'ils voulaient profiter tranquillement de l'apéritif – mais la salade paraissait fraîche et craquante et l'assaisonnement était prêt. Ses doigts sentaient l'ail à présent. Meredith avait dressé la table pour trois personnes.

Dan frappa de nouveau. En se précipitant vers la porte d'entrée, Connie faillit se tordre la cheville. Stupides chaussures.

Sur le seuil se tenait Dan, vêtu d'un jean et d'une chemise blanche, la tenue préférée de Connie pour un homme. Il portait un carton de pâtisserie dans une main et un grand sac contenant les homards dans l'autre.

— Pour le dessert, dit-il en lui tendant le carton.

Connie l'ouvrit. Une tarte aux myrtilles !

— Oh !

Elle regarda Dan en se disant : C'est incroyable ! Cet homme lit dans mes pensées. Cela ne pouvait pas être une simple coïncidence. C'était forcément le destin. Ils étaient en phase. Dan savait qu'un dîner au homard devait se terminer par une tarte aux myrtilles.

— Merci !

Elle recula d'un pas et manqua perdre l'équilibre, heureusement Dan la saisit par le bras.

— Waouh ! Bon sang, ces chaussures. Je ferais mieux de les enlever avant de me rompre le cou. Entre...

Elle se pencha pour l'embrasser, espérant un baiser comme celui du matin même, mais ce fut un baiser de pure forme, sec et bref. Son soupirant semblait moins enchanté que lorsqu'il était venu les chercher pour leur balade en mer. Peut-être n'avait-il pas envie d'être là, se dit Connie. Peut-être n'était-il venu que par obligation, à cause des homards.

Tout en se dirigeant vers la cuisine, elle tenta de comprendre ce qu'elle avait bien pu faire pour refroidir ses ardeurs. Peut-être ne l'appréciait-il pas tant que cela. Elle, en revanche, l'appréciait énormément. Elle aimait sa ponctualité. Elle aimait sa tarte aux myrtilles.

— Tu veux boire quelque chose ?

— Avec plaisir. Tu as de la bière ?

Encore de la bière. Connie n'avait pas pensé à en acheter. Elle fouilla le réfrigérateur et dénicha trois bouteilles de Heineken tout au fond, sans doute achetées par des invités de la maison, ou par Toby, avant son départ pour de bon. Son frère buvait même de la bière après sa première cure de désintoxication, prétendant que ce n'était pas de l'alcool. « Boire de la bière, c'est comme boire du jus de fruit, disait-il. Ou du lait. » Toby était alcoolique, aussi purement et simplement que leur mère, Veronica. Mais, aujourd'hui, il avait dépassé ce stade. Il était sobre. Connie sortit une canette, l'ouvrit, la versa dans un verre et la regarda mousser sur le plan de travail.

Dan était sur la terrasse avec Meredith, en train d'admirer l'océan. Meredith pointa du doigt la tête noire d'Harold. Elle dit quelque chose et Dan se mit à rire. Connie se demanda une nouvelle fois si son invité aimait Meredith. Peut-être formeraient-ils un plus beau couple ? Non, absurde. Connie était heureuse de voir son amie dehors, sur le pont, où elle ne s'était pas aventurée depuis l'incident de la photographie. Sans doute se sentait-elle plus en sécurité avec Dan. Avec un homme.

Connie les rejoignit. Elle tendit son verre à Dan, puis tous trois trinquèrent.

— Merci pour cette journée parfaite ! lança Meredith.

Connie prit une inspiration pour ajouter quelque chose, mais elle ne voyait pas quoi. Donc, elle se contenta de sourire. À la Merion Mercy Academy, il était conseillé de marcher avec un livre en équilibre sur la tête pour adopter la bonne posture. En ce moment même, elle avait justement l'impression d'avoir un livre sur la tête, un livre qui risquait à tout moment de tomber et heurter le sol. Ou bien était-ce sa propre tête qui menaçait d'exploser ?

— Merci d'être venues toutes les deux. La journée n'aurait pas été la même sans vous.

Elle hocha la tête, puis se rendit compte qu'elle avait toujours son gin tonic à la main. Pourtant, elle croyait être passée au vin. Le verre de Meredith était vide. Il fallait le lui remplir. La bouteille !

— Je pense que le meilleur moment a été de vous voir plonger !

Elle acquiesça. Ouais. Grand moment de voir Meredith plonger. Une plongeuse fantastique, une vraie championne. Autrefois.

— C'était vraiment super ! renchérit Meredith. Évidemment, j'étais bien meilleure avant.

— Ouais, quand tu étais plus jeune, dit Connie.

Sa voix lui parut bizarre. Ces paroles étaient-elles sensées ? À présent, Meredith et Dan la regardaient tous les deux.

— J'ai assisté à toutes les compétitions de Meredith. Oui, toutes, sans exception.

Ils la fixaient toujours du regard. D'accord, quoi ? Mieux valait ne pas le savoir. Aller chercher la bouteille de vin, plutôt. En profiter pour jeter le reste de son gin tonic dans l'évier. Connie piocha un cracker et coupa un bon morceau de brie. Manger ! Elle ne fit qu'une bouchée de cet en-cas. Il faut dire qu'elle n'avait rien avalé depuis la moitié de sandwich sur le bateau.

— Tu as besoin d'aide avec les homards ? demanda Dan.

— Non, non, répondit-elle, la bouche encore pleine.

Elle fit un signe de la main signifiant : Je m'en occupe ! Je vais rentrer et tout prendre en main. Vous deux, ne bougez pas.

Les deux casseroles sur la cuisinière bouillaient tellement que leurs couvercles se soulevaient. Le sac de homards se trouvait sur le plan de travail. Elle ne voulait pas cuisiner les homards, comprit-elle. C'était toujours Wolf qui faisait cuire les homards. L'été dernier, c'était Toby. Wolf, Toby, Freddy Delinn. Combien de temps fallait-il les faire bouillir ? Devait-elle faire appel à Dan ou les jeter dans l'eau elle-même ? Elle devait aussi s'occuper du beurre. Meredith et Dan avaient l'air heureux sur la terrasse, tout à leur conversation. Ils profitaient de l'apéritif. Quelle importance qu'elle se retrouvât esclave de sa cuisine ? Quelle importance que Meredith fût une grande plongeuse ? Incroyablement gracieuse ? D'une souplesse érotique ? Qui avait dit ça ? Connie ôta ses chaussures. Ah, quelle bonne idée ! Du vin. Elle s'en servit un verre, puis décida de remplir aussi celui de Meredith. Oui, dès qu'elle aurait préparé le beurre. Elle voulut verser dans l'évier le reste de son gin tonic, mais comme il n'en restait que quelques gouttes, elle les avala.

Puis elle mit le beurre dans la poêle et alluma un feu.

« Je serai en retard à mes propres funérailles », disait toujours sa mère. Veronica était morte d'une cirrhose du foie. Cela n'avait surpris personne. Puis, à son enterrement, il s'était passé quelque chose entre Meredith et Toby, Connie en était certaine.

Toby, Wolf, Freddy Delinn, Dan. Danforth Flynn, c'était un joli nom. Pendant que le beurre fondait, Connie décida de le faire. Elle plongea les homards dans l'eau bouillante. Un, deux, trois. Puis elle sécurisa le couvercle. Un sifflement aigu s'échappa de la cocotte : le hurlement des homards. Mais non, c'était un mythe. Le bruit était celui de l'air s'échappant des coquilles ou quelque chose de ce genre.

Du vin pour Meredith. Le beurre fondait. Et le maïs ? Le maïs ne prendrait que cinq minutes.

Puis Connie pensa brusquement à son téléphone portable. Elle n'avait pas consulté la messagerie depuis ce matin, avant l'arrivée de Dan. Et si Ashlyn avait appelé ?

Se précipitant dans sa chambre, elle s'empara de son téléphone. Danforth Flynn, Freddy Delinn, Wolf, Toby. Aucun appel en absence. Aucun appel manqué d'Ashlyn. Jamais le moindre appel de sa tête de mule de fille. Mais qu'importe ?

En revanche, elle avait un texto non lu, probablement envoyé par son opérateur pour lui faire part d'une facture impayée. Connie tendit le bras pour pouvoir lire l'écran. Le message était de Toby. « Ai vendu le bateau au type de Nantucket. Serai là dans 3 semaines. O.K. ? »

Toby serait sur l'île dans trois semaines ? O.K. ! Et Meredith alors ? Elle ne pouvait pas laisser son frère venir à la fête sans prévenir sa meilleure amie. Elle avait envie de lui écrire : « Tu ne le croiras jamais, mais Meredith Delinn m'a appelée et demandé de lui tendre une bouée de sauvetage, ce que j'ai fait, et devine quoi ? C'est génial ! Excepté les graffitis sur la maison. Et les pneus crevés. » Mais c'était trop long pour un texto, d'autant que Connie ne voyait pas les touches clairement. Quand elle avait fait remplacer les lunettes de son amie, elle aurait dû en commander une paire pour elle-même. Finalement elle envoya le message « O.K. ! » Puis ajouta « LOL ! », son amie Lizbet lui ayant appris que cela équivalait à « Morte de rire ! »

Message envoyé. Connie se dépêcha de regagner la cuisine, elle avait du pain sur la planche !

La cuisine était étouffante. Connie sauva le beurre de la cuisinière. Plongea le maïs dans la seconde casserole d'eau bouillante. Éteignit le feu sous les homards. Transféra la vinaigrette sur la salade verte et la remua. Versa le beurre dans un petit pot en céramique. La sensation de ses pieds nus sur le sol frais était agréable. Ne pas oublier de resservir un verre de vin à Meredith.

Elle n'avait rien perdu, se rappela-t-elle. Ashlyn n'était pas là aujourd'hui, mais elle n'était pas là non plus hier. Plus tard, elle lui enverrait un texto.

— Bien, le dîner est prêt !

Pourquoi faisait-il aussi chaud dans cette cuisine ? Le four était allumé, voilà pourquoi. Mais Connie avait oublié d'enfourner les pommes de terre. Bon sang ! Elles étaient sur le plan de travail, bien en vue. Abattue, elle les regardait sans réagir. LOL ! pensa-t-elle. Mais les larmes lui montèrent aux yeux.

Meredith apparut dans la cuisine.

— Qu'est-ce qu'on peut faire pour t'aider ?

Elle se mit à sangloter.

— Connie, qu'est-ce qui ne va pas ?

Son amie avait l'air sincèrement inquiète. Mais elle ne comprendrait pas. Il était de notoriété publique que

Meredith Delinn avait traversé une crise nationale sans verser la moindre larme.

— J'ai oublié de mettre les pommes de terre au four, gémit-elle.

Connie ne se rappelait que des bribes du dîner. Elle avait laissé Dan la conduire à son siège, puis briser la carapace du homard et en extraire la chair pour elle, comme si elle était une enfant. Elle ne toucha pas à son maïs. Ses épaules s'affaissèrent, comme si ses os avaient fondu, et Meredith lui apporta un sweat-shirt. La conversation était animée entre Meredith et Dan, pourtant le sujet lui échappait. La salade avait l'air si flétrie dans sa vinaigrette qu'elle ne parvint à en prendre qu'une bouchée.

— Mange ! l'implora son amie.

À l'endroit où elle s'attendait à voir son vin se trouvait un verre d'eau agrémenté d'une rondelle de citron. Elle le but avec reconnaissance, se rappelant que Toby et elle employaient le même subterfuge avec leur propre mère, qui parfois se laissait piéger, et parfois renversait son eau avant de réclamer du gin.

Ses paupières se fermaient, sa tête s'alourdissait, comme parfois au cinéma, quand Wolf l'emmenait voir ces films d'auteur interminables et terriblement ennuyeux qu'il aimait tant. Si seulement Dan ou Meredith avait l'idée de passer la tarte aux myrtilles au four, pour la tiédir… Mais c'était impossible. Elle seule pensait à ce genre de détails. Ce soir, hélas, elle était bien trop fatiguée pour s'en charger elle-même.

Ashlyn ne se rendait pas compte de sa cruauté. Elle le comprendrait quand elle aurait des enfants à son tour. Si jamais elle avait des enfants un jour. Ce serait un beau gâchis, mais aussi une bénédiction. Wolf, Toby, Freddy Delinn, Danforth Flynn. La tête de Connie tomba vers son assiette, mais elle se redressa brusquement, soudain consciente et alerte. Elle toisa Meredith. Son amie était-elle au courant du comportement de Freddy au Cap d'Antibes ? Certainement pas. Cet homme ne lui confiait rien du tout.

Connie sentit une pression sous ses aisselles. Puis fut soulevée dans les airs. Elle était dans les bras de Dan. Son odeur l'enveloppa. Elle sentait le tissu de sa chemise contre elle. Du lin. Qui lui repassait ses vêtements, maintenant que sa femme était morte ? Elle flottait, un peu comme elle avait flotté dans l'eau aujourd'hui.

Elle capta quelques mots. « Beaucoup bu. »

Meredith dit :

— Et elle n'a presque rien avalé.

Elle atterrit dans une douceur encore trop nouvelle pour être familière. Son lit, douillet et luxueux, digne d'un hôtel cinq étoiles. Elle sentit un baiser sur sa joue. Un geste féminin. Meredith.

Ses yeux papillonnèrent et s'ouvrirent. Il faisait encore jour. Elle avait envie de dire quelque chose à Meredith, mais était incapable de rester éveillée une seconde de plus.

— Wolf est mort, murmura-t-elle.

Ces mots paraissaient bizarres, confus.

— Je sais, dit Meredith. Je suis désolée.

MEREDITH

À son réveil, le lendemain de la sortie en mer, son corps la faisait souffrir. Surtout son torse : ses muscles intercostaux étaient douloureux et tendus.

Les plongeons.

Meredith se sentait coupable rien que d'y penser, mais la veille, elle avait passé un excellent moment. Était-ce possible, étant donné les circonstances ? Certainement pas. Pourtant si. C'était une journée où Meredith avait été présente à chaque instant. Certes, elle avait pensé à Freddy, mais de façon intentionnelle. Ces pensées ne s'imposaient pas à elle. Les garçons avaient également occupé son esprit, mais la journée avait été si délicieuse à tous points de vue que ses réflexions sur Leo étaient plus optimistes que d'ordinaire. Que faisaient ses fils ? Elle avait décidé qu'ils profitaient du soleil au lieu de perdre leur temps à réfléchir à Deacon Rapp.

Les bons moments avaient commencé avec le plongeoir. Meredith s'était sentie transformée dès qu'elle avait ôté sa perruque et grimpé sur la planche. Elle n'avait pas plongé depuis des années – des décennies ! –, mais, si elle doutait de sa capacité à exécuter un saut périlleux et entrer dans l'eau la tête la première, au fond d'elle, elle s'en savait capable. Ces figures étaient ancrées en elle, telles des chorégraphies qui attendaient de s'exprimer depuis trente ans.

Meredith était censée devenir une championne de plongeon à Princeton. C'était l'une des raisons de son admission

dans la prestigieuse université. L'entraîneur Dempsey avait
une autre nageuse – une étudiante du nom de Caroline
Free, originaire de Californie, qui avait remporté tous les
records possibles de l'Ivy League. Mais Caroline Free allait
bientôt obtenir son diplôme et l'entraîneur Dempsey espérait que Meredith prendrait le relais. Cependant, à la mort
de son père, Meredith perdit tout intérêt pour cette discipline. Incroyable mais vrai, l'une des composantes essen-
tielles de sa vie était brusquement devenue sans objet.
L'entraîneur Dempsey avait compris son choix, mais il la
relança en seconde année. À cette époque, Meredith était
prête. Elle avait pris du poids à cause de la bière et de la
riche alimentation prodiguée par le restaurant universitaire, sans oublier les sandwichs au poulet frit et à la
mayonnaise pimentée que Freddy lui préparait dans la cuisine de sa confrérie. De retour à Villanova pour l'été, elle
était allée à la piscine d'Aronimink pour faire des longueurs, avec un bonnet de bain hideux de sa mère, agrémenté d'une grosse fleur en caoutchouc couleur lavande
au-dessus de l'oreille droite. Les longueurs eurent l'effet
escompté. Meredith retrouva toute sa splendeur et entendait bien conserver son physique. De plus, elle voulait
plonger. Cela lui manquait. Cela faisait partie d'elle.

Quand elle en parla à Freddy, il fit tout pour la persuader
d'abandonner. Appartenir à l'équipe de plongeuses de Princeton serait éprouvant, plaidait-il. Il y aurait des exercices
pratiques tôt le matin, des entraînements l'après-midi, les
compétitions à Princeton et, bien évidemment, des rencontres extérieures – tout un week-end à Penn, Columbia ou
Yale avec les membres de l'équipe de natation à la peau bla-
farde et aux cheveux verts. À coup sûr, Meredith raterait le
bal de Dial – un regard au planning des compétitions de
natation le confirma –, ce qui obligerait Freddy à se trouver
une autre cavalière.

Meredith saisit cette occasion pour lui demander qui il
avait emmené au bal l'année précédente.

— Oh ! Trina.

— Trina ?

Freddy s'attendait sans doute à un interrogatoire en règle sur le sujet. Bien sûr, ils avaient parlé de Trina au début de leur relation, et Freddy avait corroboré la version de Trina – même si justement il avait semblé à Meredith qu'il s'agissait de la confirmation d'une histoire –, à savoir qu'il était le tuteur de la jeune femme et rien de plus. Tels étaient les termes exacts de Freddy : « et rien de plus ». À présent, il lui apprenait qu'il avait emmené Trina au bal de l'année dernière ! En fait, l'interrogatoire était inutile.

— Je ne voyais pas qui d'autre je pouvais inviter et elle est douée pour ce genre de mondanités. Elle présente bien.

Meredith n'était pas censée se soucier autant d'un événement aussi frivole qu'un bal de confrérie, pourtant, elle rêvait de s'y rendre. Ce genre de bal était très glamour, avec des lumières scintillantes, du champagne français et un orchestre de seize personnes jouant du Frank Sinatra. L'idée de manquer la fête et d'imaginer Freddy prendre Trina pour cavalière à sa place scella son choix : elle alla trouver l'entraîneur Dempsey et lui fit part de ses regrets. Il la supplia de reconsidérer sa décision. Princeton avait besoin d'elle, disait-il. Meredith faillit flancher. Elle aimait cette université et cette férocité de battant. Mais Freddy se moqua d'elle et déclara que son entraîneur cherchait à la manipuler. Lui avait bien plus besoin d'elle. Il était en dernière année et voulait passer chaque minute de son temps libre avec elle.

Finalement, Meredith abandonna le plongeon, à la grande joie de sa mère, qui craignait que ce sport ne fût une distraction dans ses études.

Depuis, elle n'avait jamais refait de plongeon dans une structure digne de ce nom. Freddy n'aimait pas la voir plonger. Il était jaloux de son excellence dans un domaine qui ne le concernait en rien. Selon lui, Meredith devait se concentrer sur des sports qu'ils pouvaient pratiquer ensemble – la natation, le jogging, le tennis.

Ainsi, Meredith plaça toute son énergie dans la pratique de ces disciplines. Elle nageait avec son mari dans les Hamptons, à Palm Beach, dans le sud de la France – ce qui signifiait en réalité que la jeune femme faisait des longueurs dans l'océan ou dans d'immenses piscines aux eaux bleu saphir, pendant que Freddy était au téléphone avec ses collègues de Londres. Pendant un temps, ils jouaient régulièrement au tennis, mais après dix ans de mariage, Freddy était bien trop occupé, même pour faire un set avec sa femme. Et Meredith s'était retrouvée à jouer avec des femmes comme Amy Rivers.

Plonger du bateau de Dan lui avait procuré un plaisir infini. Combien de femmes âgées de quarante-neuf ans étaient capables d'exécuter un double saut périlleux et demi ? Le saut périlleux avec un tour et demi la tentait terriblement, mais pas question de se donner en spectacle ni de se blesser. Dan Flynn avait été impressionné par ses plongeons, ce qui était gratifiant, et Connie s'était montrée fière et possessive, comme à l'époque du lycée. « J'ai assisté à toutes les compétitions de Meredith. » C'était amusant de repenser à ces rencontres, surtout dans leur lycée, où Connie occupait toujours la même place sur les gradins, et utilisait une certaine gestuelle pour juger l'entrée dans l'eau de son amie. Un peu trop tard. Un peu trop tôt. Deux mains levées signifiait : Parfait ! 10 ! Un jour, il manquait un juge et après moult tergiversations, Meredith avait convaincu les entraîneurs des deux équipes de permettre à Connie de prendre la place vacante. Sa comparse connaissait toutes les figures par cœur et se montrerait impartiale. Au final, Connie avait été plus sévère avec elle qu'avec les autres concurrentes, même si Meredith avait remporté la compétition.

Plonger de nouveau était un retour à son vrai moi profond, son moi pré-Freddy, mais la journée avait été remplie d'autres joies – le soleil, l'eau, le bateau, le déjeuner. Sans oublier la course folle : la vitesse et la puissance du bateau, les embruns salés sur son visage. Pour la première fois depuis sa déchéance publique, elle s'était sentie à l'abri des menaces du monde extérieur. Converser avec Dan était très agréable et il lui avait même proposé d'aller pêcher avec lui. Oui, certainement, elle ne laisserait échapper aucune occasion. À la fin de l'après-midi, alors qu'elle sirotait un verre de vin avec Connie, baignée des rayons veloutés du soleil et entourée des eaux cristallines et scintillantes, avec la promesse d'un délicieux dîner de homards, elle avait compris que le bonheur était encore possible pour elle. Un bonheur fugace, sans doute, mais réel.

Même le dîner fut enchanteur, du moins au début. Dan était arrivé avec les homards et une tarte aux myrtilles – exauçant ainsi sans le savoir le souhait de Connie – et, sur la terrasse, Meredith l'avait chaleureusement remercié.

Pendant que Connie s'occupait du dîner dans la cuisine, Dan lui avait dit :

— J'espère que vous ne prendrez pas mal mes propos, mais vous n'êtes pas du tout comme je l'avais imaginé.

Cette remarque annonçait une conversation épineuse, mais Meredith avait passé suffisamment de temps avec Dan pour savoir qu'il ne cherchait pas à l'embarrasser. Le plus étrange, pour elle, c'était d'être confrontée à sa propre notoriété. Freddy en avait fait un personnage public. Les gens comme Dan Flynn, le gérant d'une société de nettoyage sur l'île de Nantucket, s'étaient forgé une opinion de « Meredith Delinn » sans même la connaître. Tous les Américains l'avaient fait.

Elle pencha la tête.

— Oh ? Vraiment ? Et que pensiez-vous de moi ? Soyez franc.

— Je pensais que vous étiez un garce mondaine. Une garce mondaine déchue. Je vous croyais matérialiste, capricieuse, autoritaire. Surtout, je croyais que vous seriez amère et égocentrique. Une véritable emmerdeuse.

— Une emmerdeuse, moi ?

— Maintenant, je ne vais pas prétendre que je vous connais. Je veux dire, nous n'avons eu que deux rendez-vous, n'est-ce pas ? Dimanche soir et aujourd'hui.

Meredith jeta un coup d'œil à Connie dans la cuisine.

— Ce n'était pas exactement *nos* rendez-vous…

— Absolument. Mais j'ai appris un petit peu à vous connaître, Meredith. Vous êtes intelligente, intéressante et une sacrée sportive.

— Eh bien, merci.

— Vous êtes une plongeuse accomplie, vous savez lancer une ligne de pêche… Est-ce que le monde sait cela de vous ?

Non, le monde vous voit comme... Quoi ? La femme de Freddy Delinn. Une complice potentielle de ses crimes...

— Je ne suis pas sa complice.

Elle se haïssait d'avoir dit ces mots.

— Je n'ai rien à voir avec ses manigances, pas plus que mes enfants. Mais je dois encore convaincre quelques personnes à ce sujet.

— Je vous crois. Mieux encore. Je sais que vous êtes innocente. Je peux le dire... en découvrant la personne que vous êtes.

— Oh, merci.

Meredith avait dit cela pour mettre fin à la conversation tant qu'elle était encore relativement légère. Mais elle était tentée de lui rappeler qu'il ne la connaissait pas et ne pouvait rien dire de pertinent à son sujet. Elle voulait aussi lui dire que personne ne connaissait réellement personne – non, pas vraiment. S'il y avait bien quelqu'un que Meredith croyait connaître dans ce monde, c'était Freddy Delinn. Or elle s'était trompée.

À peine passés à table, Dan et Meredith comprirent que Connie était ivre. Dan jeta un coup d'œil à Meredith, qui afficha clairement son impuissance. Elle avait vu Connie boire du vin sur le bateau, beaucoup de vin, deux bouteilles entières, moins un verre pour elle. Pourtant, elle n'avait fait aucune remarque. Que pouvait-elle dire ? Connie était adulte et elle aimait le vin. Certaines femmes étaient ainsi : elles buvaient du chardonnay comme de l'eau, sans effet apparent. La mère de Connie, Veronica, abusait du gin et pouvait siroter un verre d'alcool fort à n'importe quelle heure de la journée. Des bouteilles de tonic à moitié vides traînaient dans la cuisine, et des rondelles de citron à différents stades de putréfaction gisaient sur le comptoir ou dans l'évier.

Bien sûr, Connie appréciait elle aussi le gin. (Meredith se disait qu'il devait exister une prédisposition génétique à l'appréciation des baies de genévrier, car quiconque aurait vu Veronica se détruire comme elle l'avait fait n'aurait jamais choisi volontairement de boire du gin.) Meredith avait vu son amie se servir un gin tonic dans la cuisine, mais elle n'était pas intervenue. Après tout, c'était l'heure de l'apéritif. De plus, elle n'était pas en position de la juger ou de la sermonner. Connie lui avait sauvé la vie. Elle l'avait recueillie dans sa maison et lui avait permis de passer une merveilleuse journée. Si Connie voulait boire, Meredith n'avait pas son mot à dire.

Pourtant, à présent, Meredith se sentait négligente. Dan aida Connie à s'asseoir sur sa chaise, où la malheureuse s'effondra. Il arracha la chair du homard pour elle. Meredith dépiauta son propre crustacé en se disant qu'il valait mieux agir normalement et prier pour que le dîner se déroulât sans encombre. Elle posa devant Connie un verre d'eau avec une rondelle de citron, comme elle l'aimait. Puis elle se servit du maïs et de la salade. Que Connie eût réussi à préparer le dîner dans ces conditions l'impressionnait. Meredith pouvait piquer quelques tuyaux à son amie sur la cuisine. Dans un futur proche, elle devrait elle aussi préparer ses repas, or elle n'avait jamais appris à cuisiner. Quelle honte ! Sa mère était pourtant une femme au foyer typique de son époque – saltimbocca de veau, poulet et boulettes le dimanche, et la meilleure salade de thon qu'elle eût jamais goûtée. Meredith savait seulement réchauffer des hot dogs au micro-ondes et faire frire des œufs. Voilà ce qu'elle cuisinait pour Leo et Carver quand ils étaient petits. Puis, comme par magie, du jour au lendemain semblait-il, l'argent avait coulé à flots. De l'argent pour aller chaque soir au restaurant, embaucher une cuisinière pour le petit déjeuner, le déjeuner, le goûter et les parties fines organisées par Meredith.

Mais mieux valait ne pas laisser son esprit s'égarer ainsi. Le dîner fort simple qui les attendait était très appétissant. Avec quelques conseils, elle pourrait un jour en préparer un comme celui-là, n'est-ce pas ?

— Santé ! dit-elle.

Dan trinqua avec elle, et Connie voulut prendre son verre à son tour, mais hésita en se rendant compte qu'il était rempli d'eau. Finalement, elle se résolut à trinquer avec son verre d'eau.

— Ça a l'air délicieux ! commenta Dan.

Il avait pris le ton forcé, faussement enjoué, que l'on emploie avec un infirme.

Connie planta sa fourchette dans sa salade sans entrain.

— Mange ! lui ordonna Meredith en s'attaquant à son homard.

Son visage était agréablement chaud après toute une journée au soleil. Malgré l'absence de conversation, tout semblait bien se passer. Chacun était absorbé par son assiette.

— Bon sang, l'océan m'a sacrément ouvert l'appétit ! dit-elle en jetant un coup d'œil à Connie.

Sa voisine coupa un morceau de homard, le trempa mollement dans le beurre fondu, puis le laissa planté au bout de sa fourchette, pendant que le beurre gouttait sur sa serviette de table.

— Mange, Connie ! répéta Meredith, avec l'impression de s'adresser à un enfant de cinq ans.

Dan mangeait avec voracité, sans doute pour ingérer le maximum de nourriture avant la fin impromptue de ce dîner. Meredith chercha un moyen d'inciter Dan à revenir.

— Alors, que dois-je faire d'autre à Nantucket ?

— Eh bien, vous devez absolument aller à Great Point.

— Comment ?

— Il vous faut un 4×4 – l'Escalade fera l'affaire – et un autocollant de la plage.

— Vous allez parfois à Great Point ?

— Chaque fois que j'en ai l'occasion. La pêche est fabuleuse. En particulier la chasse aux palourdes à Coatue.

— J'adorerais aller à la chasse aux palourdes !

— Je vous emmènerai un jour.

— Ce serait formidable ! N'est-ce pas, Con ? La chasse aux palourdes avec Dan ?

Connie pencha la tête et Meredith crut un instant qu'elle lui donnait son assentiment, mais la tête de son amie s'affaissa dangereusement près de son assiette, puis se redressa brusquement. Elle resta immobile quelques secondes, l'air hagard, les cheveux maculés de sauce de salade.

Bien, elle ne voulait pas jouer les rabat-joie, mais la soirée était terminée.

Elle adressa un regard éloquent à Dan, qui acquiesça. Dan se leva et souleva doucement Connie dans ses bras. Puis il la transporta dans sa chambre et la déposa sur son lit. Connie soupira en s'affaissant sur son matelas. Dan se retira, pendant que Meredith bordait son amie.

Après quoi elle retourna au rez-de-chaussée, où Dan l'attendait devant la porte, prêt à partir.

— Vous ne voulez pas terminer le dîner ?

— Je ferais mieux d'y aller. La journée a été longue.

Difficile de le contredire sur ce point.

— Vous pourriez reprendre la tarte ou bien...

— Non, non, non, régalez-vous, mesdames.

Quelque chose dans sa voix lui faisait craindre de ne plus jamais le revoir. Elle paniqua.

— Je sais que Connie vous aime beaucoup. Seulement elle est... dans une passe difficile. Son chagrin, vous savez... et puis, moi, au milieu de tout ça... Tout ce qui s'est passé depuis mon arrivée. Elle a beaucoup de pression...

Il leva les paumes.

— Je comprends. Je suis passé par là moi aussi.

Oh, non, se dit Meredith, il se dérobe. Quel dommage ! Si seulement il pouvait rester... et s'il devait s'en aller, elle voulait s'assurer de son retour. Pour le bien de Connie, bien sûr, mais aussi pour le sien. Il était devenu une sorte d'ami.

Elle lui ouvrit la porte.

— Eh bien, merci encore. C'est... la meilleure journée que j'ai passée depuis très très longtemps.

Ses paroles ne furent pas sans effet. Dan sourit.

— Je vous en prie, Meredith.

Il s'avança pour l'étreindre, puis ajouta en s'écartant :

— Gardez la tête haute.

Mon Dieu ! Cela ressemblait à un adieu. Dan sortit de la maison et, comme Meredith ne savait pas quoi dire, elle déclara :

— Oui, je le ferai.

Une fois Dan dans sa jeep, elle referma la porte.

Le lendemain matin, ses muscles intercostaux étaient encore plus douloureux. Un Advil lui ferait du bien. C'est alors qu'elle pensa à son amie, qui devait se sentir bien plus mal en point à son réveil. Elle se leva de son lit et gagna le rez-de-chaussée pour voir Connie.

Dan ne donna aucune nouvelle pendant trois jours, puis quatre. Connie faisait comme si cela ne la touchait pas, mais Meredith était persuadée du contraire. Son amie lui demanda à quel point son comportement au cours du dîner avait été humiliant. La dernière chose dont elle se souvenait, c'était d'avoir pris une bouchée de salade.

— Noyée dans la vinaigrette !

Meredith tempéra sa réponse, même si elle ressentait une certaine colère : Dan était une personne de qualité, qui aurait pu leur faire beaucoup de bien, or Connie l'avait fait fuir.

— Rien d'humiliant. Tu étais seulement épuisée.

— J'étais ivre.

— Tu en avais lourd sur la conscience. Émotionnellement parlant.

— C'est vrai. Tu penses que Dan s'en est rendu compte ? Tu crois qu'il me pardonnera cette lamentable soirée d'ivresse ?

— Bien sûr.

Mais le téléphone ne sonnait pas. Toutes deux passaient des journées paisibles. Meredith acquit de l'assurance. Elle s'aventurait sur le pont une bonne demi-heure, faisait de courtes promenades sur la plage avec Connie. Elle prit pour la première fois une douche incroyablement agréable à l'extérieur, se délectant de la caresse de l'eau chaude jusqu'à ce qu'elle fût froide. Le samedi matin, elles se promenèrent en ville, dans l'espoir manifeste de rencontrer Dan par hasard. Meredith elle aussi espérait tomber sur lui à l'improviste. Imaginez cela ! Au lieu de fuir les rencontres, elle en appelait une de ses vœux. Les deux amies flânaient en scrutant attentivement les badauds. En passant devant le club Federal 21, un silence terne, respectueux s'installa, comme si elles étaient en deuil.

Puis Connie dit :

— Je crois que Dan t'apprécie, toi.

— Quoi ?

— Je pense qu'il t'aime bien.

— Connie, je suis la femme la moins désirable du monde entier.

Sa voix se mua alors en un murmure :

— Avant tout, je suis l'épouse de Freddy Delinn. Ensuite, regarde-moi.

Sa perruque miteuse, dénichée dans une friperie, confirmait ses dires.

— Personne ne n'aime, reprit-elle. Personne ne n'aimera plus jamais.

— Je pense que Dan t'aime bien, insista son amie. En tant que personne. Telle que tu es.

— Je crois plutôt que c'est toi qu'il apprécie telle que tu es.

— Alors pourquoi n'appelle-t-il pas ?

Connie avait une réponse à cette question. Dan n'appelait pas parce que son apparence laissait à désirer. Depuis la mort de Wolf, elle se laissait aller. Ses ongles avaient besoin d'une manucure, ses sourcils et son maillot d'une épilation.

— Nous allons prendre rendez-vous dans un salon de beauté !

— Quoi ? Impossible ! Je ne peux pas, rétorqua Meredith.

— Bien sûr que si ! Tu porteras ta perruque.

— Ce n'est pas aussi simple.

— Si, c'est très simple au contraire. Nous sommes allées dans des lieux publics bien plus fréquentés qu'un salon de beauté et tout s'est bien passé.

— Je sais, mais je ne peux pas aller dans un endroit pareil.

Le salon de beauté était pour elle l'équivalent d'un bassin infesté de requins. Cela revenait à traverser un champ de mines sur des échasses un vendredi 13. L'institut Pascal-Blanc avait été parmi les premiers à dénoncer publiquement Meredith. Et quelle honte plus ouverte que la

première page de la section mondaine du *New York Times* ?
Connie avait certainement lu cet article ?

— Au cas où tu ne l'aurais pas encore compris, plaida
Connie, je n'aime pas aller quelque part sans toi.

— Je vais devoir te supplier d'être indulgente, cette fois.
Je ne peux pas aller dans un salon de beauté.

— Il faut que tu te remettes en selle !

— Tu as lu l'article ?

— Oui. Et tu sais ce que j'ai pensé en le lisant ? Je me suis
dit : Meredith Martin est la meilleure cliente que ce salon
ait jamais eue. C'est toi le perdant, Pascal Blanc.

— Je t'assure que je suis la perdante dans cette histoire.
Mes cheveux sont aussi gris que la mère Whistler[1] et le
salon est allé jusqu'à témoigner de sa très grande supério-
rité morale en m'interdisant son accès pour le bien de ses
autres clients, que ma simple vue aurait offusqués.

— Tu ne veux pas te faire teindre les cheveux ?

Bon sang ! La réponse était oui ! Depuis ses quarante ans,
elle se rendait toutes les six semaines chez le coiffeur pour
redonner à ses cheveux la couleur naturelle de sa jeunesse
– blond doux. C'était – elle le savait – incroyablement super-
ficiel de sa part, même si cela avait davantage trait à son
intériorité, surtout en ce moment. La véritable Meredith
Martin était blonde. Une jeune fille de dix-huit ans brillante
et talentueuse, à l'avenir merveilleusement prometteur.

— Je ne peux pas me faire teindre les cheveux. Si je vais
au salon, il faudra que j'enlève ma perruque.

— Alors accompagne-moi. Et garde ta perruque. Manucure et pédicure. Offertes par la maison.

— Ce n'est pas une question d'argent, Con.

Quoique si, en plus du reste. À Palm Beach, Meredith
avait l'habitude de faire une manucure et une pédicure
chaque semaine pour un montant de cent vingt-cinq
dollars. Avec le pourboire de cinquante dollars, cela faisait
cent soixante-quinze dollars pour ses ongles, plus cent

---

1. L'auteur fait référence au tableau de James McNeill Whistler,
connu sous le nom de *Whistler's Mother*, qui représente la mère du
peintre, dans des tons gris-blanc.

dollars de massage hebdomadaire, et deux cent cinquante dollars de coiffeur toutes les six semaines. Tout cet argent sans même battre des cils. Cette attitude lui faisait honte aujourd'hui.

— Ce n'est pas une question d'argent, parce que tu es mon invitée. Manucure et pédicure. S'il te plaît ? Ce n'est pas drôle d'aller seule dans un institut de beauté.

— Je ne peux pas. Les femmes soupçonnées par le FBI ne vont pas se faire belles. Les femmes dont les enfants font l'objet d'une enquête ne s'offrent pas de manucures. Les femmes dont les maris sont condamnés à cent cinquante ans de prison ne vont pas dans un salon de beauté.

— Je comprends ce que tu ressens. Mais il ne faut pas en faire toute une histoire. Ce n'est qu'une manucure et une pédicure. Un petit traitement pour que tu te sentes plus jolie. Pour te changer les idées. Je peux y aller seule, mais j'aimerais vraiment que tu m'accompagnes. Personne ne te fera de mal, je te le promets.

Connie prit rendez-vous pour vendredi après-midi. Dans la voiture, Meredith crut qu'elle allait faire de l'hyperventilation. Elle s'exhorta à respirer selon la méthode Lamaze. Cela l'avait aidée autant pendant ses accouchements que pour ses crises d'angoisse suite aux révélations concernant Freddy. Connie lui jeta un bref coup d'œil.

— Tu veux qu'on annule et qu'on rentre à la maison ?

— Non, répondit-elle courageusement. On y va.

À présent, cela lui apparaissait comme un obstacle qu'elle devait à tout prix franchir. Un test, d'une certaine manière. Et Meredith ne peut pas échouer, se rappela-t-elle.

Le salon RJ Miller était accueillant et sobre. Une mélodie de jazz emplissait l'atmosphère et des effluves de produits pour cheveux et d'acétone se mêlaient à l'odeur du cappuccino. L'endroit débordait d'activité, ce qui assurément jouait en sa faveur. Les clientes alignées dans les larges fauteuils étaient toutes glamour – à l'instar des femmes de Palm Beach ou de Southampton. Bronzées et botoxées. Elles portaient des jupes Lilly Pulitzer et des sandales Jack

Rogers. Ce genre de femmes lui était familier – c'était son propre genre, ses gênes, son espèce –, pourtant elle ne reconnut pas une âme. Et personne ne se tourna pour regarder cette cliente avec son horrible perruque et ses lunettes informes. Aussi excitante qu'une bibliothécaire ! En revanche, plusieurs femmes levèrent les yeux sur Connie, qui captait toute l'attention.

Connie se présenta à la réceptionniste, qui arborait une cascade de boucles dorées. Elle présenta Meredith comme « Mary-Ann Martin ». La réceptionniste les regarda à peine – juste un bref coup d'œil, sans doute parce qu'elle ne comprenait pas pourquoi Meredith ne s'occupait pas de ces atroces cheveux. Ce fut un soulagement d'être ainsi ignorée, pourtant elle ne put s'empêcher de repenser à l'institut Pascal-Blanc, à l'époque où le fonds de son mari avait des retours sur investissement de près de 30 pour cent. Quand Meredith pénétrait dans l'établissement, toute la salle l'applaudissait. Elle était suffisamment lucide pour savoir que la flagornerie n'avait rien à voir avec elle et tout à voir avec son argent, malgré tout, elle croyait que le personnel du salon l'appréciait. C'était une vraie personne, en dépit de ses millions. Pourtant, pas une des clientes avec qui elle avait sympathisé n'avait pris sa défense. En fait, elle avait été choquée de découvrir qu'elle ne s'était pas fait une seule véritable amie en trente années de vie commune avec Freddy. Pas une seule véritable relation humaine qui aurait pu l'aider à encaisser le choc sismique provoqué par Freddy. Absolument personne ne lui avait tendu la main – excepté Connie.

— Par ici, déclara la réceptionniste.

La femme aux cheveux bouclés les conduisit dans la salle de spa et leur indiqua les pédiluves. Meredith s'apprêtait à grimper sur le fauteuil quand elle se rendit compte qu'elle n'avait pas choisi la couleur de son vernis. Elle opta pour un pourpre foncé nommé Paris à Minuit.

Meredith avait vu plusieurs fois Paris à minuit – chaque fois que Freddy et elle prenaient l'avion pour se rendre au cap d'Antibes, ils atterrissaient à Paris, puis prenaient la route du Sud dans une Triumph Spitfire qui les attendait dans un garage à Orly. Souvent, elle écumait les boutiques de la capitale – elle allait au Printemps pour acheter des bougies et des nappes en lin et chez Hermé pour acheter des boîtes de macarons colorées.

Son existence n'était qu'une odieuse litanie d'actes consuméristes. Comment avait-elle fait pour ne pas s'en rendre compte ?

La jeune femme préposée aux ongles apparut. Elle s'appelait Gabriella. Elle demanda à Meredith – qu'elle prénomma « Marion » – si elle voulait un cappuccino. Meredith rassembla tout son courage pour dire oui.

Gabriella avait une pointe d'accent – d'Europe de l'Est ou de Russie peut-être. Meredith connaissait les histoires de toutes les filles qui travaillaient à l'institut Pascal-Blanc. Son esthéticienne habituelle, Maria José, avait un fils du nom de Victor qui fréquentait l'école publique de Brooklyn. Une fois, elle était allée voir le gamin au spectacle musical de son lycée. Il jouait M. Applegate dans *Damn Yankees*. Elle y était allée parce qu'elle aimait beaucoup Maria José et voulait lui apporter son soutien, mais Maria José était tellement extatique à l'idée que Meredith Delinn fît le déplacement jusqu'à Red Hook pour voir son fils que Meredith avait éclipsé la performance de Victor et fini par se sentir coupable. Quand elle avait expliqué son sentiment à Freddy, il avait rétorqué :

— Eh oui, je sais. C'est dur d'être Mme Delinn.

Ici, chez RJ Miller, elle ne parla pas à Gabriella. Cachée derrière un exemplaire de *Vogue* – un magazine rempli de jolies babioles qu'elle n'avait plus les moyens de s'offrir –, elle s'efforçait de savourer ce moment de détente. Malgré tout, elle surveillait les allées et venues du salon par-dessus son magazine. Chaque fois qu'une femme pénétrait dans le salon et que le carillon tintait, elle sursautait de frayeur. Une fois, elle leva brusquement le pied et Gabriella dit :

— Oh, non ! Je vous ai fait mal ?

— Non, non, dit Meredith.

Elle ferma les yeux et se renfonça dans son siège, à l'écoute des bruissements de la lotion que la jeune femme

appliquait sur ses plantes de pied tout en les frottant vigou-
reusement.

— Mmm...

En théorie, c'était sublime, excepté qu'elle n'arrivait pas
à se relaxer. En réalité, elle avait hâte de sortir de cet enfer.
Quand la jeune femme en arriva aux étapes finales de la
pédicure, elle se pencha en avant comme si elle assistait à
une course de chevaux approchant de la ligne d'arrivée.
Gabriella l'aida à glisser ses pieds dans des tongs en mousse
ridiculement fines et inséra délicatement le séparateur
d'orteils en carton dur entre ses doigts de pied. Ensuite, elle
appliqua deux couches de Paris à Minuit sur ses ongles,
puis un vernis incolore brillant. Terminé !

Meredith bondit presque de son fauteuil.

— Vous êtes pressée ? lui demanda Gabriella avec éton-
nement.

Elle regarda Connie, dont le regard était brouillé, comme
celui d'une lycéenne qui aurait fumé trop d'herbe.

— Non, répondit-elle d'un air coupable.

La jeune femme invita alors Meredith – en l'appelant de
nouveau « Marion », ce qu'elle ne corrigea pas – à s'installer à la table de manucure. La table avait tout d'un piège.
Pas de magazines derrière lesquels se cacher. Impossible
d'échapper au facc-à-face. Gabriella commença à s'occuper
de ses mains tout en essayant d'engager la conversation.

— J'aime votre anneau, dit-elle en désignant le diamant
de Meredith.

Au moment de leur mariage, Freddy était pauvre, trop
pauvre pour lui acheter une bague de fiançailles. Il avait
donc été enchanté de l'énorme diamant d'Annabeth Martin.
En quelques occasions, au début de leur relation, elle avait
entendu Freddy dire aux gens qu'il l'avait acheté pour elle,
ou le leur avait laissé croire.

— Merci. Il appartenait à ma grand-mère.

— Vous êtes mariée ?

— Oui. Non, enfin, si, mais nous sommes séparés.

Gabriella avait enregistré l'information sans sourciller.
Elle ne leva même pas les yeux. Peut-être ne comprenait-
elle pas le terme « séparé ». En tout cas, elle ne pouvait

comprendre le type de séparation que Meredith vivait en ce moment.

— Alors vous vivez sur l'île ? Ou bien vous êtes de passage ?

— De passage.

— D'où venez-vous ? Où habitez-vous ?

Que dire ? Elle botta en touche.

— New York.

Le visage de la jeune femme s'éclaira.

— C'est vrai ? La ville de New York ? Nous avons beaucoup de clients qui viennent de New York.

— Pas la ville, répliqua vivement Meredith. J'habite au nord de l'État de New York.

La jeune femme hocha la tête en repoussant les cuticules de Meredith. Depuis les événements avec Freddy, Meredith avait repris sa mauvaise habitude enfantine de se ronger les ongles. Sa grand-mère lui badigeonnait les ongles de poivre de Cayenne pour lui faire perdre cette manie. Aujourd'hui, cette pratique serait sans doute considérée comme de la maltraitance.

— Le nord de l'État ? s'étonna Gabriella. Où exactement ?

Meredith n'avait aucune envie de lui répondre. Après tout, cette fille s'en moquait. Le nord de l'État n'avait pas le caractère mythique de la ville de New York. C'étaient comme deux nations différentes. Mais elle avait posé une question sincère, qui requérait une réponse quelconque. Elle trouva une nouvelle esquive.

— Utica.

C'était la ville où Freddy avait grandi, mais sa famille n'avait pas assez d'argent pour y vivre correctement. Il avait été élevé dans les bas-fonds de la ville, pour ainsi dire.

— Vraiment ? s'exclama la fille avec un accent prononcé.

Sa voix avait tellement porté que les bruissements du salon s'étaient momentanément tus.

— Mon petit ami, il vient d'Utica ! Peut-être que vous le connaissez ? Il s'appelle Ethan Proctor.

Elle avait prononcé son nom avec beaucoup de soin, comme si elle s'était entraînée des heures pour l'énoncer correctement.

— Non, désolée, rétorqua Meredith. Je ne connais pas Ethan Proctor.

— Mais lui aussi vient d'Utica, oui ?

— Oui.

Gabriella était en train de transformer ses ongles rognés et fendillés en de jolies demi-lunes bien lisses. Ses mains avaient grand besoin de ce traitement, mais Meredith devait absolument reporter la conversation sur son interlocutrice, sans quoi elle allait avoir des ennuis.

La jeune femme se pencha vers elle et baissa la voix, caricature parfaite des ragots de salon de beauté.

— Bien sûr, vous savez qui vivait à Utica, il y a longtemps ?

Non, pensa Meredith. Non !

— Qui ? murmura-t-elle d'une voix blanche.

— Freddy Delinn.

Son nez se mit à la piquer, menaçant de la faire éternuer. Quelle imbécile idiote d'avoir choisi Utica au lieu d'inventer un nom de ville ! Pluto, État de New York. Pourquoi ne pas avoir dit Pluto ?

— Vous voyez de qui je parle ? Freddy Delinn ? Le monstre psychopathe, le type qui a volé l'argent de tout le monde ?

Meredith hocha la tête. Le monstre psychopathe s'était blotti contre elle tous les soirs dans leur lit à 21 h 30, avait acheté aux enfants un chiot golden retriever, avait posé sa main dans le dos de Samantha, puis l'avait retirée précipitamment, comme si elle ne s'était jamais trouvée là. C'était le garçon qui l'avait gentiment accompagnée au service de soutien psychologique de la fac, puis lui avait proposé de revenir la chercher une heure plus tard. Il lui avait demandé de ne pas s'engager dans l'équipe de natation de Princeton pour pouvoir l'accompagner au bal de sa confrérie. C'était le maître des sandwichs au poulet frit et à la mayonnaise pimentée, le roi de la table de billard. Quand était-il devenu un monstre psychopathe ? En 1991 ou 1992, d'après le FBI.

Donc quand les enfants avaient six et huit ans et que Meredith était enfin libérée de la cuisine. Plus besoin de préparer des sandwichs au fromage. Ils pouvaient sortir pour
dîner – chez Rinaldo, Mezzaluna ou Rosa Mexicano – tous
les soirs ! Le monstre psychopathe qui avait volé l'argent de
tout le monde. Meredith trouvait pénible d'entendre
Gabriella, l'esthéticienne bulgare ou croate, qualifier son
mari de monstre psychopathe, même si c'était sûrement la
vérité.

— Et vous, Gabriella, d'où venez-vous ?

La jeune femme ne répondit pas. Elle ne l'avait sans
doute pas entendue, car la voix de Meredith s'était muée en
un croassement étranglé. Peut-être n'avait-elle même rien
dit du tout. Seulement pensé ces mots, dans une volonté
désespérée de changer de sujet. Hélas, elle n'avait pas réussi
à les énoncer.

— Il y a une fille ? Ici à Nantucket ? Comme moi, aussi de
Minsk ?

Minsk, pensa Meredith. Biélorusse.

— Elle fait le ménage dans les maisons. Elle a demandé
à son patron, le propriétaire de la maison où elle travaille,
si elle pouvait investir son argent chez Freddy Delinn, parce
que l'homme le connaissait et il a dit : « D'accord, bien
sûr. » Il lui a posé la question. Et M. Delinn a accepté. Alors
mon amie a investi toutes ses économies – cent trente-sept
mille dollars – chez Freddy Delinn et, maintenant, elle n'a
plus rien du tout.

Meredith hocha la tête, puis la secoua. Le hochement
signifiait qu'elle prenait acte de cette histoire, la dénéga-
tion signifiait... C'est une horrible, déplorable, atroce tra-
gédie, causée par mon mari. Cet argent, les économies de
toute une vie, ces cent trente-sept mille dollars, sont peut-
être ceux que j'ai dépensés au Printemps pour acheter des
bougies moulées à la main ou dans la Spitfire sur la route
d'Antibes. Mais ce que vous devez comprendre, Gabriella,
c'est que même si je me sens coupable d'avoir dépensé cet
argent en futilités inexcusables, je ne savais pas d'où il provenait.

Elle pensait que Freddy l'avait gagné honnêtement.

Gabriella, peut-être alertée par le langage du corps de sa cliente, ou par les phéromones qu'elle dégageait et qui hurlaient PEUR, lui demanda :
— Vous connaissiez Freddy Delinn ?
— Non.
Ce déni lui était venu facilement et automatiquement, comme s'il avait été prononcé par le disciple Pierre. Meredith tenta de se convaincre qu'elle ne mentait pas. Elle ne connaissait pas Freddy. Elle ne l'avait jamais connu.

Meredith se retrouva assise à côté de Connie devant les sèches-ongles. Son amie paraissait toujours un peu étourdie, à tel point qu'elle se demanda si elle n'était pas éméchée. Avait-elle bu avant de partir ? Apparemment pas, mais encore une fois, Meredith avait tendance à se montrer négligente. Elle devrait faire le vœu de prêter plus d'attention aux autres, elle qui n'aurait jamais pu imaginer avoir de nouveau une amie. À partir de maintenant, elle s'intéresserait de près à Connie, promis.
— N'est-ce pas merveilleux ? dit Connie avec béatitude.
Elle n'était pas ivre, simplement l'atmosphère paisible, sereine, revigorante du salon imprégnait tout son être et la mettait en extase.
— Mes ongles sont mieux, déclara Meredith, ce qui était une évidence.
Pas question de parler à Connie de sa conversation avec Gabriella. Jamais elle n'aurait dû prononcer le nom d'Utica. Tout était sa faute. Freddy était devenu si célèbre que les détails de sa vie étaient connus de tous. L'histoire de la femme de ménage qui avait perdu toutes ses économies lui avait ouvert les tripes – voilà maintenant qu'elle avait en permanence cette sensation, qu'on lui avait ouvert les entrailles – même si elle trouvait cette relation entre un propriétaire de résidence secondaire et sa femme de ménage plutôt mystérieuse. Quel genre d'hommes faisait appel à Delinn Entreprises pour le compte de son employée de maison ? Était-ce du même ordre que lorsqu'elle avait assisté à la pièce du fils de son esthéticienne ? Une démonstration d'intérêt, une façon de se prouver à lui-même qu'il

n'y avait pas de différence de classes entre lui et sa femme de ménage – tous deux pouvaient investir auprès de Freddy Delinn ?

— Je dois encore me faire épiler, dit Connie.

— Oh.

Elle mourait d'envie de s'en aller.

— Ce ne sera pas long, ajouta son amie.

Meredith décida que le plus sûr serait d'attendre Connie dans la voiture. Mais sa comparse n'était pas de cet avis, loin de là.

— Enfin ! Tu n'es pas un chien ! Attends-moi tranquillement ici en lisant *Cosmo*. J'en ai pour une minute.

— Je me sens plus en sécurité dans la voiture.

— Très bien, concéda Connie. Tu vas prendre rendez-vous avec le coiffeur ?

Oui, pensa Meredith. Mais finalement non. La visite d'aujourd'hui s'était plutôt bien passée, en dépit de la jeune femme qui avait traité Freddy de monstre psychopathe devant elle et de la tragique histoire de la femme de ménage qu'elle n'avait eu d'autre choix que d'écouter.

Pouvait-elle se faire couper les cheveux ?

La vanité l'emporta sur la peur : elle prit rendez-vous avec le coiffeur. La réceptionniste aux boucles anglaises lui demanda :

— Vous voulez une coupe et une couleur ?

— Oui, répondit-elle en touchant sa perruque.

La jeune femme l'observa longuement. Elle s'était certainement aperçue que Meredith portait une perruque, pourtant elle entra les données dans l'ordinateur sans sourciller, puis lui tendit une petite carte. Jeudi, 16 heures.

Connie disparut dans la salle d'épilation. Meredith donna à Gabriella une petite enveloppe de papier kraft contenant vingt dollars. Cela, se rassura-t-elle, était l'argent qu'elle avait honnêtement gagné il y avait plusieurs années, pas l'argent volé à cette femme de ménage par son mari.

Meredith quitta le salon. En descendant l'escalier, elle examina ses pieds. Minuit à Paris était une couleur détonante. Cela faisait des mois qu'elle ne s'était pas sentie aussi bien.

Elle examina le parking, en quête de la voiture de Connie. Souvent, elle se surprenait à chercher l'une de ses anciennes voitures – le Range Rover noir pour aller à Southampton ou la Jaguar décapotable de Palm Beach, une voiture qui ressemblait beaucoup à une chaussure de femme. Ces voitures ne lui manquaient pas du tout. Freddy y pensait-il ? Sûrement pas. Comble de l'ironie, son mari n'était pas très matérialiste. Seul l'intéressait l'argent et, surtout, le pouvoir que la richesse lui conférait. S'acheter un Range Rover à soixante-dix mille dollars satisfaisait son orgueil, alors que le véhicule ne l'intéressait pas particulièrement.

Meredith était tellement perdue dans ses pensées – si elle expliquait cela à Connie ou Dan, la comprendraient-ils ? – qu'elle dut s'arrêter au beau milieu du parking pour réfléchir. Ah oui ! Une Escalade verte. Elle repéra la voiture, mais s'arrêta en voyant une femme attacher une bicyclette Schwinn bleu turquoise dans le parc à vélos en fumant une cigarette. Cette silhouette lui était familière.

La femme se retourna, ôta la cigarette de sa bouche et exhala un nuage de fumée dans la direction de Meredith.

Amy Rivers.

Meredith se mit à trembler. Elle recula de quelques pas en se disant qu'Amy Rivers ne l'avait peut-être pas vue, même si, l'espace d'une seconde, elle avait senti leur reconnaissance mutuelle. Tournant les talons, elle grimpa l'escalier au pas de course pour regagner le salon. Dans sa hâte, l'une de ses tongs en mousse s'échappa. Elle se moquait d'avoir un pied nu. En retrouvant l'espace agréable et frais de l'institut, elle n'avait qu'une idée en tête : retrouver Connie. Y avait-il une autre sortie ? La porte de devant. Elle pouvait sortir par cette porte et Connie ferait le tour du bâtiment pour la récupérer.

La réceptionniste remarqua sa présence et lui dit :

— Oh ! Vous avez oublié vos chaussures ?

En effet, elle avait bel et bien oublié ses chaussures, un fait qui allait la ralentir. Gabriella alla chercher ses mules plates en daim, celles-là même que Meredith portait pour rendre visite à son mari en prison – des chaussures désormais officiellement porte-malheur. Soudain, elle entendit le carillon de la porte d'entrée. Elle était si nerveuse qu'elle craignît de faire pipi là, sur le sol du salon de beauté.

Une voix lança :

— Meredith ?

Elle se dit aussitôt : NE TE RETOURNE PAS.

Mais quarante-neuf années de réflexes pavloviens eurent raison d'elle et elle se retourna automatiquement pour se retrouver nez à nez avec Amy Rivers.

Amy portait un polo bleu clair, un short blanc et ses baskets Tretorn. Ses cheveux étaient attachés en queue-de-cheval et sa peau bronzée. Chose étrange, cette femme lui était familière. Mais comment une personne aussi familière – elles avaient déjeuné ensemble un nombre incalculable de fois et disputé d'innombrables parties de tennis – pouvait-elle être une telle menace ? Autrefois, elles étaient amies. Mais le monde ne fonctionnait pas ainsi. Ce n'était pas le croque-mitaine dans le placard qu'il fallait craindre. Les proches pouvaient s'avérer bien plus nuisibles.

— Jolie perruque, déclara Amy en avançant la main pour toucher le postiche – ou peut-être l'arracher.

Mais Meredith se recula vivement. Sans un mot. À côté d'elle, Gabriella tenait ses chaussures. Très lentement, comme si un pistolet était pointé sur sa tempe, elle prit ses mules. Le regard d'Amy alla des pieds de Meredith à Gabriella.

— Vous lui avez fait une pédicure ? demanda-t-elle, visiblement ahurie.

— Oui, répondit la jeune femme avec un léger accent russe.

— Vous savez qui est cette femme ?

Déconcertée, Gabriella haussa les épaules.

— Marion ?

— Ha ! s'exclama Amy, comme pour dénoncer la crédulité de la jeune femme.

Puis, se tournant vers Meredith, elle lança :

— Tu as eu mon dernier message ?

Meredith hocha la tête

— Ton mari m'a volé tout mon argent. Plus de neuf millions de dollars ! Et je fais partie des chanceux, parce que j'ai encore un emploi et que Jeremy n'est pas au chômage, mais nous avons dû vendre la maison de Palm Beach et retirer Madison de Hotchkiss.

— Je suis désolée, souffla Meredith.

— Comme je te l'ai dit, je ne suis pas des plus à plaindre. Mais, honnêtement, je me demande comment tu peux vivre comme un être humain normal... passer les vacances d'été à Nantucket, te faire faire une pédicure... alors que vous avez ruiné tant de vies ! Des gens ont été brisés par votre faute, Meredith, et pas seulement brisés. Notre voisin de Palm Beach, Kirby Delarest, s'est fait sauter la cervelle. Il avait trois petites filles.

Meredith ferma les yeux. Elle connaissait Kirby Delarest. C'était un investisseur de son mari. Freddy et lui avaient des accointances, à défaut d'être amis, puisque Freddy n'avait aucun ami. Kirby était passé à la maison en plusieurs occasions. Un midi, tous deux avaient fait griller des steaks au barbecue près de la piscine, puis avaient partagé une bouteille de vin rare et cher, achetée par Kirby dans une vente aux enchères, tout en fumant des Cohibas. Cette attitude lui avait semblé étrange car Freddy ne buvait jamais, encore moins au beau milieu de la journée, mais ce jour-là il s'était montré très expansif et avait déclaré qu'il faisait la fête. Que fêtaient-ils ? avait alors demandé Meredith. À cause des cigares, elle s'était imaginé que la femme de Kirby, Janine, attendait un autre enfant. Avait-il quelque chose à lui annoncer ? Freddy avait alors pris sa femme dans ses bras et l'avait fait valser en disant :

— Danse avec moi, jeune dame. Aime-moi. Tu es mon ticket de loterie gagnant. Mon porte-bonheur.

Cet enthousiasme l'avait rendue curieuse, peut-être même un peu soupçonneuse, mais elle avait décidé de savourer le moment présent. Sans poser de questions. Kirby et son mari se félicitaient sans doute d'une bonne affaire, d'un nouveau contrat, d'un pari payant, de retours sur investissements incroyables. Leur voisin était un homme grand et maigre, aux cheveux blonds et à l'accent difficilement identifiable. Européen, se dit-elle. Hollandais peut-être. Pourtant, quand elle lui posa la question, il affirma être originaire de Menasha, dans le Wisconsin, ce qui expliquait sa nature affable et son apparence scandinave, tout comme son affinité avec Freddy. Fred adorait les gens du Midwest. Il disait que c'étaient les gens les plus honnêtes du monde.

Elle n'était pas au courant du suicide de Kirby – qui aurait pu l'en informer ? Samantha s'était chargée de la décoration de Kirby et Janine Delarest. C'étaient Freddy et Meredith qui les avaient présentés. Samantha était-elle au courant du drame ?

Gabriella et la réceptionniste l'observaient toujours. Soudain, Meredith s'aperçut que le salon était totalement silencieux, en dehors de la voix de Billie Holliday.

— Je suis désolée. Je n'en avais aucune idée.

— Aucune idée ? reprit Amy.

Elle s'avança d'un pas, de sorte que Meredith sentit l'odeur de tabac qui flottait autour d'elle. Jamais elle n'avait vu Amy fumer, mais c'était peut-être une habitude induite par le stress, à cause de Freddy.

— Non, vraiment. Aucune idée. Je ne savais pas du tout ce qui se passait.

— Et tu espères que je vais te croire ? Tout le monde sait que Freddy et toi étiez de mèche. Tout le monde savait que vous viviez une sorte de *love story* malsaine.

Une « *love story* malsaine » ? Meredith ne savait pas quoi répondre à cela.

— Et ton fils ? ragea Amy.

Meredith redressa aussitôt la tête.

— Non ! lâcha-t-elle.

Elle voulait dire par là : Je te défends de dire du mal de Leo !

— Il y a des centaines de preuves rassemblées contre lui. Quelqu'un dans ma boîte connaît sa petite avocate, qui avoue elle-même que c'est une cause perdue. Ton fils va passer le reste de sa vie en prison.

— Non !

Elle ferma les yeux et secoua la tête.

Non, il n'y avait pas des centaines de preuves contre lui. Impossible. Julie Schwartz était une superstar. Jamais elle n'aurait dit quoi que ce soit contre Leo, contre son client. Leo ! Si jamais il existait autant de preuves contre lui, Dev l'aurait su.

— Si, dit Amy. Parfaitement. Mes sources sont fiables. Ta famille va être exterminée, Meredith. Comme des cafards.

Elle ouvrit la bouche pour parler – et dire quoi ? Tu te trompes. Laisse-moi tranquille. Ou encore : je suis désolée –, mais la réceptionniste profita de son silence pour intervenir.

— Vous êtes prête pour le shampoing, madame Rivers ? Nous devons commencer si vous ne voulez pas perdre votre tour.

Amy éclata de rire.

— Vous ne savez toujours pas qui est cette femme ?

La réceptionniste parut décontenancée. Gabriella répondit d'une voix faible :

— Marion ?

— C'est Meredith Delinn.

Ce soir-là, Meredith regagna sa chambre sans dîner. Connie protesta. Elle avait fait mariner des pavés de saumon qui étaient prêts à passer au gril, comme les épis de maïs de la ferme Bartlett.

— Tu dois manger quelque chose. Je vais te préparer un dîner de vainqueur.

Le dîner de vainqueur était le problème. La merveilleuse existence que Connie avait permis à Meredith de partager était le problème. Amy Rivers avait raison. Comment pouvait-elle continuer à jouir d'une vie de privilégiée alors que tant de gens avaient tout perdu ? Kirby Delarest – l'adorable type du Midwest dont les filles portaient toujours de jolies tenues Bonpoint assorties au club Everglades – s'était fait sauter la cervelle. Parfois, elle trouvait du réconfort dans l'idée que Freddy n'avait tué ni violé personne. Mais, à présent, le sang de Kirby Delarest était sur ses mains. Au travers du regard d'Amy, les crimes de Freddy paraissaient plus répréhensibles – comme si Meredith avait ouvert la porte d'une cave et découvert treize mille cadavres entassés les uns sur les autres.

Elle ne pouvait pas partager un dîner de vainqueur.

— Je ne peux rien avaler.

— Allez ! Tu as juste passé un mauvais moment, répondit Connie.

Un mauvais moment ? Un mauvais moment, c'était quand elle récoltait un A– à son examen de français ou que sa cuisinière préparait du poulet *à la king* avec des champignons en boîte pour le dîner. C'était être enfermée dans son appartement un jour de pluie avec ses garçons, qui se tiraient les cheveux, arrachaient les pages de leurs cahiers de coloriage et refusaient de faire la sieste. Ce qui s'était passé dans le salon de beauté avec Amy Rivers, Meredith ne l'oublierait jamais. Amy l'avait forcée à se regarder dans le miroir et y voir la vérité : elle était hideuse. Elle pouvait toujours essayer de se cacher, dès que les gens découvraient son identité, ils étaient tous du même avis : Meredith était un être humain ignominieux, responsable de la ruine et du désespoir de milliers de personnes. Responsable de la déperdition de l'économie de la nation. Gabriella, en entendant le nom de Meredith Delinn, avait pâli, puis dit :

— Mais vous m'avez dit que vous ne connaissiez pas Freddy Delinn ! Et maintenant, il est votre mari ?

— Elle ment tout le temps ! hurla Amy. Mensonges ! Mensonges ! Mensonges !

La réceptionniste s'était reculée lentement de Meredith, comme si elle avait une tarentule posée sur l'épaule.

— Annulez mon rendez-vous avec le coiffeur, s'il vous plaît, murmura Meredith d'une voix atone.

La réceptionniste hocha la tête. Son visage affichait un soulagement évident. Elle frappa les touches du clavier avec fureur pour effacer le nom de Mary-Ann Martin.

Quand elle se dirigea vers la porte, Amy déclara :

— Profite bien de tes vacances à Nantucket, Meredith. Mais tu paieras un jour. Les autres investisseurs réclament ta tête. Toi et ton fils allez finir exactement comme Freddy, à moisir en prison, là où est votre place.

Meredith se recroquevilla dans l'intérieur étouffant de la voiture de Connie comme un chien – un chien qui finirait par succomber s'il restait trop longtemps dans ce four métallique. Pourtant, elle ne fit pas le moindre mouvement pour ouvrir la fenêtre ou allumer l'air conditionné. Peu lui importait que son cerveau se mît à bouillir. Peu lui importait de mourir.

Toi et ton fils allez moisir en prison, là où est votre place.

Amy avait raison : dans une certaine mesure, c'était sa faute. Au moins, elle était responsable des pertes d'Amy. Elle avait supplié Freddy de prendre Amy comme cliente. Pour moi, s'il te plaît ? Et son mari avait répondu : pour toi ? Très bien, d'accord. Mais Meredith ne savait rien. Ils pouvaient lui ouvrir le crâne, en arracher son cerveau et le disséquer dans les moindres détails, ils verraient bien qu'elle disait vrai. Au tout début de l'affaire, elle avait proposé de se soumettre au détecteur de mensonges, mais Burt lui avait rétorqué que chez certaines personnes ce test ne fonctionnait pas. Meredith ne comprenait pas.

— Pour les menteurs pathologiques, par exemple. Ils sont tellement convaincus de dire la vérité que neuf sur dix trompent la machine.

La traitait-il de menteuse pathologique ? Non, non, insistait-il. Seulement, aucun détecteur de mensonges ne clamerait son innocence.

Or il y avait certains faits dont elle s'était rendue coupable. Sa lâcheté. Elle avait vécu une existence de soumission. Et n'avait jamais demandé à son mari d'où venait tout cet argent. Ou plutôt, à une époque, elle lui avait posé la question, mais il ne lui avait pas donné de réponse claire ou pas de réponse du tout, et elle s'en était contentée. Elle n'avait pas non plus forcé la porte de son bureau à la maison, sous le couvert de l'obscurité, pour passer ses dossiers au peigne fin, comme l'exigeait le bon sens.

Eleanor Charmes, la mère d'Alexander, l'ami de Leo à Saint Bernard, avait fait circuler à l'école la rumeur que le business de Freddy était vérolé. Meredith avait subtilement interprété cette trahison d'Eleanor comme une malveillance pour ne pas avoir été invitée à la soirée de charité de la Frick Collection ou au bal costumé du Met.

Phyllis Rossi avait forcé son mari à retirer vingt-cinq millions de dollars de Delinn Entreprises parce qu'elle avait discuté avec Freddy au Flagler Museum de Palm Beach et avait trouvé ses réponses très évasives. Meredith avait rayé Phyllis des membres du club Everglades.

Et puis, il y avait aussi le tort causé à Connie.

Meredith était coupable pour tout cela. Coupable, oui, coupable ! Mais Leo – Leo était innocent. N'est-ce pas ? Oh, mon Dieu, mon Dieu ! Des centaines de preuves. De quelles sources fiables Amy parlait-elle ? Qu'est-ce que cela voulait dire ? Quand Amy avait prononcé le nom de Leo, elle avait eu envie de montrer les dents et de grogner. Ne dis pas de mensonges à propos de mon fils ! avait-elle envie de hurler.

La vision de Meredith commençait à se brouiller. Elle allait s'évanouir, mais elle s'en moquait.

Connie sortit du salon en courant. Quand elle ouvrit la portière, de l'air frais s'engouffra dans l'habitacle.

— Doux Jésus ! Que s'est-il passé ?

Meredith lui raconta toute la scène, ne lui épargnant aucun détail.

— C'est la femme dont tu m'as parlé ? Celle de Palm Beach ?

— Oui. Je savais qu'elle était sur l'île. Je l'ai vue à la librairie, mais je ne pensais pas qu'elle me reconnaîtrait.

— Ces choses qu'elle a dites sur Leo... Elles ne sont pas vraies, n'est-ce pas ?

— Non, elles ne sont pas vraies, murmura Meredith.

Elles ne pouvaient pas être vraies, impossible.

— J'ai bien envie de retourner là-bas et de lui lacérer le visage !

Le regard de Meredith erra par la vitre. Elles se trouvaient sur Milestone Road, en route pour Tom Nevers. Autour d'elles, des arbres et encore des arbres. Des gens à bicyclettes. Des gens normaux.

— La perruque ne sert à rien. Elle m'a reconnue immédiatement.

— Parce que vous étiez amies. Je peux te poser une question ? Tu penses que c'est elle qui a pris la photo ? Vandalisé la maison ? Taillladé les pneus ?

Cette idée lui avait traversé l'esprit. Certes, Amy devait être assez en colère, mais les graffitis à la bombe lui paraissaient particulièrement juvéniles et indignes d'elle. Quand elle cherchait à décrire Amy, le premier mot qui lui venait à l'esprit était « débordée ». Amy courait sans cesse d'un rendez-vous à un autre. Ses journées étaient de véritables parcours du combattant. Lorsqu'elle déjeunait avec Meredith, elle partait toujours dix minutes plus tôt et était déjà en retard de cinq minutes pour son activité suivante. Voir son ancienne amie sur un vélo l'avait laissée sans voix. À Palm Beach, Amy garait son Audi noire sur le parking du club Everglades en faisant crisser ses pneus. Dans l'esprit de Meredith, Amy Rivers était trop occupée pour planifier et exécuter de tels plans de vandalisme. N'avait-elle pas mieux à faire ?

Peut-être que non.

Elle n'aurait certainement pas mal orthographié « voleuse ». À moins de vouloir tromper la police.

— Possible ?

— Je ne sais pas, répondit-elle.

Dans sa chambre, Meredith composa le numéro de Dev au cabinet juridique, tout en récitant un *Je vous salue Marie*. Il était 18 heures, un vendredi soir. Avait-elle des chances de le trouver à son poste ? Elle tomba sur la messagerie de la firme, ce qui signifiait que la misérable réceptionniste était partie en week-end. Probablement déjà à bord du Hampton Jitney. Meredith entra le poste de Dev, qui décrocha aussitôt.

— C'est Meredith.

— Bonsoir, Meredith...

Elle lui raconta alors ce qu'elle avait appris de la bouche d'Amy Rivers. Ce n'était pas vrai, n'est-ce pas ? Il n'y avait pas des centaines de preuves contre Leo ?

Dev resta silencieux un moment, donnant à Meredith la sensation de faire une chute libre.

— Je ne suis pas l'avocat de Leo, répondit-il enfin. Honnêtement, je ne sais pas quelles preuves ont pu être rassemblées contre lui. Il y a des soupçons, Meredith. Je veux dire, nous le savons, n'est-ce pas ? Sinon, il n'y aurait pas d'enquête. Mais pour l'instant, en l'état actuel des choses, ils n'ont rien d'assez solide pour aller devant un tribunal – sinon, ils l'auraient déjà inculpé. Or ce n'est pas le cas. Julie traque cette Misurelli, la secrétaire. Elle a dit qu'elle prendrait l'avion elle-même pour Padua s'il le fallait. Leo est entre de bonnes mains, Meredith. Julie a un esprit juridique phénoménal. Vous ne pouvez rien faire, si ce n'est vous dire que Leo n'a pas été inculpé et qu'il est entre de bonnes mains.

Elle l'entendit déglutir.

— D'accord ?

— D'accord, répondit-elle.

Dev lui promit de la rappeler après le week-end, mais que si elle avait besoin de lui dans l'intervalle, elle avait son numéro de portable.

Elle lui dit au revoir et raccrocha. Profonde expiration : Pas d'inculpation. Entre de bonnes mains. Esprit juridique phénoménal. Amy Rivers mentait. Ta famille va être exterminée. Comme des cafards.

Mon Dieu, pensa Meredith.

Plus tard, Connie fit griller le saumon, dont le fumet flotta jusqu'à elle par les portes vitrées grandes ouvertes, faisant gargouiller son estomac. Elle devrait descendre rejoindre son amie, au lieu de faire l'enfant. Sans elle, Connie risquait de boire trop. Peut-être qu'elle était obsédée par Dan, qui n'appelait toujours pas, et s'apitoyait sur son sort en pensant à Wolf et Ashlyn.

Meredith devait descendre au salon, mais en était incapable.

Un peu plus tard, elle entendit des bruits de pas dans le couloir. Un morceau de papier se glissa sous sa porte.

Il disait : « Votre dîner, madame. »

En ouvrant la porte, et malgré son sentiment pressant de ne devoir plus s'alimenter que de pain sec et d'eau, elle souleva la magnifique assiette – un pavé de saumon rosé vernissé d'une sauce à la moutarde, des asperges grillées et un épi de maïs doré de la ferme Bartlett, beurré et salé –, s'assit sur son lit et dévora son festin.

Au dos du morceau de papier, Meredith écrivit : « C'était délicieux. Merci. » Elle avait envie d'ajouter : « Je t'aime », mais les deux amies n'avaient pas réglé tous les contentieux qui planaient encore entre elles. Bientôt, peut-être. Meredith laissa le mot dans le couloir, puis referma la porte et s'allongea sur le lit. Il faisait encore jour dehors et son livre l'attendait, mais elle était incapable de lire. Elle s'était enfermée car elle avait besoin de réfléchir.

Des centaines de preuves. L'œil du tigre. Entre de bonnes mains. Pas d'inculpation. Prendre l'avion pour Padua. Passer le reste de ses jours en prison.

Love story malsaine. Une autre expression qui gênait Meredith.

Pour être parfaitement honnête, d'une certaine manière, le début de son histoire d'amour avec Freddy coïncidait avec la fin de sa relation avec Toby. Meredith avait passé son premier semestre à chercher les « incroyables occasions » promises par Toby. Toby avait forcément raison. Princeton serait tellement époustouflant qu'elle oublierait en un rien de temps ce gamin du nom de Toby O'Brien. Or la personne sur qui elle avait reporté toute son attention était Freddy. Puis son père était mort, Toby n'était pas venu aux funérailles, Dustin Leavitt avait abusé d'elle. Après cet épisode, Meredith était retournée à Princeton avec le sentiment de n'avoir jamais été aussi seule de toute sa vie. Or Freddy était là. Il était la réponse. Il était une piscine dans laquelle elle avait plongé.

Freddy devint président de Dial en dernière année, pendant que Meredith s'installait dans une chambre avec Gwen Marbury et les jumeaux Hope et Faith Gleeburgen, des nouveaux chrétiens associés à Meredith et Gwen parce qu'il n'y avait guère d'autre choix pour l'un et l'autre duo. Les Gleeburgen semblaient tout à fait charmants. Cela dit, Meredith n'en savait rien car elle passait toutes ses nuits avec Freddy.

Gwen était sa seule amie mais, malheureusement, leur amitié ne dura pas. Gwen était sortie un moment avec Richard Cassel, dans l'espoir de rester proche de Meredith et Freddy. Peut-être rêvait-elle de devenir aussi proche de Richard que Meredith de Freddy, mais tous deux n'allaient pas ensemble et finirent par rompre. Plus tard, Richard confia à Freddy : « Une fille peut quitter sa campagne, mais elle reste une fille de la campagne. » Un odieux commentaire. Hélas, Richard était ainsi : un indécrottable snob.

Après l'obtention de son diplôme, Freddy reçut une offre de travail du cabinet Prudential Securities, à Manhattan. L'idée d'être séparée de Freddy lui était insupportable. L'imaginer à Manhattan, entouré de toutes ces femmes de pouvoir dans leur tailleur cintré, avec qui il boirait des cocktails au South Street Seaport après le boulot, la mettait à l'agonie. Il couverait une autre femme de son regard bleu limpide. Une femme qui rayonnerait, tomberait à ses pieds et accéderait à ses moindres désirs. Ces pensées la rendaient physiquement malade. Au printemps de sa deuxième année, elle se mit à vomir après presque chaque repas. Freddy la croyait boulimique – mais non, insistait-elle, elle était seulement malade à l'idée de le perdre. Ils allèrent consulter ensemble un conseiller du service de soutien psychologique, comme un couple marié. Le conseiller pensait qu'une séparation serait une bonne chose pour le couple, en particulier pour Meredith.

— Si ça continue, vous risquez de vous perdre vous-même, plaida-t-il. Freddy vous a littéralement absorbée.

— Ce sont des conneries ! se défendit Freddy. On n'a pas besoin de séparation.

S'il était venu avec une idée en tête, les paroles du conseiller l'avaient clairement fait changer d'avis.

— Alors pourquoi tu t'en vas ? demanda Meredith.

Eh bien, il avait des prêts à rembourser, beaucoup de prêts, chose dont Meredith, née avec une petite cuillère en argent dans la bouche, ne pouvait comprendre. Le poste chez Prudential payait bien. Il ne pouvait pas refuser cette offre.

— Bien, conclut Meredith. Alors je vais abandonner la fac et te suivre à Manhattan.

— Ah ! Vous voyez à quel point ce comportement est autodestructeur ? lui avait dit le thérapeute.

La solution prit la forme d'une bourse interne, offerte à Freddy par le directeur du département d'économie, qui écrivait un nouveau manuel et avait besoin d'un assistant de recherche. À Princeton, Freddy était considéré comme un surdoué en la matière. Il comprenait le fonctionnement de la finance, les fluctuations des marchés. Il suivait la Bourse depuis l'âge de douze ans, disait-il. À Dial, il avait été élu « future légende de Wall Street ».

À présent, Meredith clignait des yeux. Assise au bord de son lit, elle regardait le soleil plonger dans l'océan. *Future légende de Wall Street*. Cette prédiction s'était réalisée, pas vrai ?

Durant l'été entre sa deuxième et sa troisième année, Meredith persuada Freddy de faire un tour d'Europe en sac à dos. Ils prirent l'Eurail, dormirent dans des hôtels bon marché et des pensions. Meredith avait planifié leur itinéraire – Madrid, Barcelone, Paris, Venise, Florence, Vienne, Salzbourg, Munich, Amsterdam, Londres – ainsi que la visite de chacune de ces villes. Elle voulait voir les églises, les musées d'art et tous les lieux à connotation littéraire – comme la maison d'Anne Frank à Amsterdam ou la librairie Shakespeare&Compagny à Paris. Elle expliqua à son mari l'importance des fresques de Giotto et la différence entre le gothique et le roman. Freddy prenait des notes sur un calepin, tel un journaliste. Au début, Meredith croyait qu'il se moquait d'elle, mais lorsqu'ils se retrouvaient dans leurs lits jumeaux le soir, il lui réaffirmait la sincérité de son intérêt. C'était elle qui avait lu Yeats et pris des cours d'histoire de l'art. Elle qui parlait français. Lui n'était qu'un gamin inculte né dans une maison aux murs fins comme du papier du nord de l'État de New York, et qui s'accrochait désespérément à elle.

Avant de partir, il lui avait dit qu'il n'avait pas d'argent pour un tel voyage. Toutes ses économies – soit un chèque de cent dollars de sa mère, une indemnité de mille dollars en liquide du département d'économie et une indemnité pour la présidence du club Dial de mille dollars – avaient servi à rembourser en partie ses prêts. Pas de problème, elle avait assez d'argent pour deux. Ainsi, comme il l'avait annoncé, Freddy n'avait presque pas d'argent. Pourtant, il dépensa le peu qui lui restait dans un club de Barcelone. Ni l'un ni l'autre n'aimait aller dans ce genre d'endroit, mais un groupe d'étudiants catalans rencontré sur les Ramblas les avaient entraînés dans l'aventure. Dans la boîte, dès qu'on leur apporta la note exorbitante de seize dollars pour deux bières, Meredith lui suggéra de partir. Freddy tenait à rester. Les étudiants avaient pris une table près de la piste de danse et commandé plusieurs bouteilles de Cava. Le couple dansa maladroitement sur de la musique house, puis retourna à la table, où ils conversèrent en anglais avec les Catalans. Conditionné par ses années de tutorat, Freddy corrigeait systématiquement leurs fautes. Sous l'effet de l'alcool, Meredith devint plus combattive et insista pour partir, mais Freddy n'était pas d'accord. L'une des étudiantes aux cheveux noirs de jais ressemblait à Trina. Elle proposa à Freddy de danser. Après un coup d'œil à Meredith, il refusa, mais elle se sentit obligée de dire :

— Ne sois pas stupide, Fred. Va danser avec elle.

Pendant que Freddy dansait avec l'Espagnole, Meredith s'excusa pour se rendre dans les toilettes des dames – où tout le monde sniffait de la cocaïne ou se l'injectait dans la cheville – et vomir. Agenouillée par terre, le visage proche du carrelage crasseux des toilettes à l'odeur pestilentielle, elle décida qu'elle n'était jamais tombée aussi bas – en dehors de l'heure passée avec Dustin Leavitt dans son appartement. Elle n'aurait jamais imaginé ressentir une telle déchéance avec Freddy et pourtant, c'était le cas, d'autant plus qu'il allait la quitter pour la fille espagnole. Il l'épouserait et vivrait heureux dans la campagne catalane, où il aiderait son beau-père à gérer l'oliveraie. Elle se força à se relever uniquement parce qu'une fille donnait des coups de pieds dans la porte en hurlant des insultes en alle-mand. Près de leur table, Freddy l'attendait, debout. Ils par-taient, lui dit-il. Quel soulagement !

Une fois dehors, néanmoins, Freddy lui apprit qu'il avait payé la note de trois cents dollars et que, cette fois, il était totalement à sec.

Meredith n'avait pas l'habitude de se mettre en colère contre lui. Bouleversée, frustrée, jalouse, oui, mais pas furieuse. Comment exprimer ce qu'elle ressentait à cet ins-tant précis ?

— Pourquoi as-tu payé la note ? Ils te l'ont demandé ?

Il haussa les épaules.

— Non, je voulais le faire.

— Mais maintenant, tu n'as plus d'argent.

Il afficha une expression morne.

— Je sais.

Elle pensa alors : Je n'arrive pas à le croire, Freddy. Quelle irresponsabilité !

Puis elle se dit ensuite : Il a voulu impressionner cette fille qui ressemble à Trina.

Enfin, se radoucissant, car Freddy trouvait toujours grâce à ses yeux, elle décida qu'il avait agi ainsi parce qu'il était naturellement généreux et qu'il voulait rendre ces étrangers heureux.

À l'époque, l'idée ne lui était pas venue (alors qu'elle lui paraissait évidente aujourd'hui) qu'il recherchait l'admira-tion de ces étudiants, qu'il voulait les contrôler. Et sortir de là la tête haute, tel un grand homme.

Quand Meredith fut en dernière année, Freddy quitta Princeton. Il était resté une année supplémentaire pour l'attendre, mais il ne pouvait en prendre deux. Le cabinet Prudential était revenu à la charge avec une nouvelle offre et un meilleur salaire. Apparemment, leur dire non et tra-vailler avec un célèbre économiste avait augmenté sa valeur et il n'était pas question de les rabrouer une seconde fois. Ses emprunts le rappelaient à l'ordre.

Meredith n'était pas enchantée de cette nouvelle, pourtant elle accepta son départ. Après tout, ce n'était qu'une année. Elle survivrait.

Elle planifia tous ses cours les lundis, mardis et mercredis, de sorte que dès le mercredi soir, elle pouvait prendre le train pour New York. Dans le package offert par sa nouvelle firme, Freddy jouissait d'un appartement sur East 71st Street. L'appartement était bien au-dessus de ses moyens. Un autre trader de Prudential le lui avait laissé gratuitement pendant l'année qu'il passerait dans une banque suisse, à Zürich.

Meredith hoqueta. Ce trader était resté à Zurich. Il était devenu un gros bonnet dans une banque suisse. Une banque où Freddy aurait pu planquer son argent. Quel établissement était-ce ? Elle lui avait posé la question, mais Freddy avait-il répondu ? Elle devait absolument s'en souvenir pour pouvoir le dire à Dev. Et comment s'appelait ce trader ? Thorlo était le premier nom qui lui vint aussitôt à l'esprit, mais ce n'était pas cela. Ortho ? Non. Meredith avait vécu une grande partie de sa dernière année de fac parmi les affaires de cet homme. Elle se rappelait que sa mère danoise avait rempli l'appartement de meubles modernes et élégants. En particulier, un grand pin de Norfolk dont elle avait la responsabilité de l'arrosage. Un fauteuil à bascule en bois blond et lisse. La statue folklorique d'un petit homme coiffé d'un chapeau alpin rigolo avec des cheveux en coton gris. Le nom de la statue était Otto – était-ce ce nom qui avait marqué son esprit ? Mais alors, quel était celui du trader ? Elle se tritura les méninges. Ce nom pouvait peut-être la sauver. Thorlo. Ortho. Elle avait vécu dans l'appartement de cet homme, tout de même ! Tous les dimanches matin, elle coupait du céleri avec ses couteaux spéciaux et aiguisés et l'ajoutait dans deux Bloody Mary, un pour Freddy, un pour elle. À l'époque, ils sortaient tous les week-ends. Dans les bars, les clubs. Une fois, Freddy était tellement ivre qu'il avait grimpé sur le bar et roulé des hanches au rythme de *I Love the Nightlife*. Cette dernière année d'université fut joyeuse et animée, même si les études n'avaient rien à voir là-dedans. Seule comptait sa vie à New York avec Freddy. La moitié du temps, ils se plaisaient à faire des activités d'adultes. Tous les dimanches, Meredith préparait des Bloody Mary, ils mangeaient des bagels et du saumon de chez H&H, lisaient le *Times*. Et le reste du temps, ils s'enivraient au Mill, sur la 85e Rue. Meredith organisait des « réceptions » pour les types de Dial qui avaient obtenu leur diplôme en même temps que Freddy et vivaient désormais à Manhattan avec leurs différentes petites amies. Elle leur servait des cocktails de crevettes, des bâtons de fromage et des feuilletés de saucisse à la moutarde brune épicée, exactement comme sa propre mère.

Richard Cassel était venu avec sa petite amie Astrid, qui travaillait en tant qu'assistante éditoriale chez Harper's Bazaar. Astrid était apparue dans une robe portefeuille Diane von Furstenberg, l'un des premiers modèles, juchée sur une paire de talons Oleg Cassini. Son insécurité familière revint la hanter, elle qui portait une jupe kaki et un cardigan torsadé. Astrid, comme Trina, avait une sophistication que Meredith craignait ne jamais pouvoir afficher. Pour couronner le tout, le soir où Richard et Astrid étaient venus à l'appartement était celui que Richard avait choisi pour faire sa demande en mariage. Richard cachait une bague de fiançailles de chez Tiffany's dans la poche de sa veste et comptait l'offrir à Astrid après leur dîner au Lutèce. Ce scénario correspondait si parfaitement à la demande de ses rêves qu'elle était rongée par une violente jalousie. (Coda de l'histoire, Richard et Astrid s'étaient mariés, avaient eu cinq enfants, dont le deuxième né avec une paralysie cérébrale, puis Richard avait fini par rompre leur union, engagé de longue date dans une aventure amoureuse avec une personnalité mondaine malheureuse en mariage, qu'il avait fini par épouser, avant de divorcer presque aussitôt.)

L'engagement avait quelque chose d'incroyablement romantique, selon Meredith, qui ne se traduisait pas forcément par le mariage.

Au cours de cette année, Freddy et elle avaient passé de folles nuits de sexe sur les draps blancs et impeccables du lit danois. Meredith avait dormi dans les draps du trader, mais elle était incapable de se rappeler son nom.

Thorlo. Non, c'était la marque des chaussettes épaisses qu'ils portaient pendant leurs randonnées dans les Alpes. Ses idées devenaient confuses.

La nuit avait pris une teinte pourpre. Meredith entendit des bruits d'eau dans les canalisations. Connie faisait la vaisselle. L'assiette et les couverts sales de Meredith traînaient sur la commode. Elle les descendrait le lendemain matin et les laverait elle-même. Après s'être brossé les dents, elle enfila sa chemise de nuit, puis écouta le bruissement des vagues. Réfléchir était si épuisant qu'Amy Rivers ne lui semblait plus qu'un lointain souvenir. Oui, Amy Rivers était maintenant à mille lieues de ses préoccupations.

Meredith avait obtenu son diplôme avec les honneurs, mais ne fit pas partie de la prestigieuse confrérie Phi Beta Kappa comme elle l'espérait. Elle avait pris l'habitude d'étudier dans le train entre Princeton et New York, ainsi que toute la journée du jeudi et du vendredi, pendant que Freddy était au bureau. Mais elle n'avait pas eu à sa disposition les précieuses ressources de la Firestone Library, et parfois elle ne montrait guère d'ardeur à l'ouvrage, préférant de loin prendre du bon temps à Manhattan avec Freddy. Néanmoins, sa mère, rayonnante de fierté, avait passé une annonce dans le *Main Line Times* et dans le journal du club d'Aronimink pour l'obtention du diplôme de sa fille. Puis elle avait emmené Meredith dîner au Nassau Inn et lui avait offert un rang de perles et un chèque de cinq mille dollars. Une semaine après son diplôme, Meredith apprit qu'elle était retenue pour un programme d'enseignement qui plaçait les jeunes diplômés des meilleures universités américaines dans des écoles au système scolaire défaillant et que deux postes étaient à pourvoir, l'un à Appalachia, à Brownsville, dans le Texas, l'autre à New York. Bien entendu, elle irait à New York ! Si elle n'avait pas obtenu de poste dans la Pomme, elle aurait abandonné l'idée d'enseigner l'anglais, même si c'était son rêve.

Par chance, elle n'avait pas à s'inquiéter. Elle avait son diplôme et un poste à New York ! Elle allait vivre avec Freddy !

De nouveau, Meredith entendit des petits pas dans le couloir. Connie soupira en lisant son mot. Un autre morceau de papier apparut ensuite sous la porte. Après le départ de Connie, elle le lut : « Votre dessert, madame. Faites de beaux rêves. » En ouvrant la porte, elle découvrit un carré crémeux posé sur un biscuit croustillant. Un *cheese cake* ? Elle emporta le dessert avec elle dans le lit, se nicha sous la couverture d'été, et en prit une bouchée. Une vraie tarte au citron des Keys ! Ce dessert acidulé ramena Meredith à Palm Beach avec Amy Rivers, mais non, elle ne se laisserait pas entraîner dans cette voie. Rester concentrée, trouver la réponse. Comment s'appelait ce trader ?

Meredith désirait ardemment que Freddy la demandât en mariage. Cela l'obsédait. Pourquoi ? Elle se posait la question aujourd'hui. Pourquoi, pourquoi, pourquoi ? Qu'est-ce qui rendait Freddy si irrésistible à ses yeux ? Ses yeux bleus ? Son esprit vif ? Son assurance naturelle, en dépit de ses origines modestes ? Ses aptitudes brillantes en économie ? Son succès fulgurant dans le monde de la finance ? Sa générosité innée ? Son désir ardent d'être l'homme de la situation, celui qui résout tous les problèmes, qui rend les gens heureux ? Sa façon de l'étreindre, de la toucher, de lui parler ? Oui, elle était sur la bonne voie. C'était cette façon qu'il avait de la considérer comme un trésor délicat, plus précieux encore que les joyaux de la Couronne qu'ils avaient admirés ensemble dans la Tour de Londres. Freddy lui était entièrement dévoué. Il ne l'abandonnerait pas comme l'avait fait Toby. Il ne prendrait pas la mer au coucher du soleil pour voguer vers sa liberté. Il ne succomberait pas aux charmes d'une femme différente chaque soir. Son désir était exclusif. Il voulait Meredith et ce sentiment la bouleversait.

Puis, alors même que Meredith avait trouvé auprès de Freddy la sécurité et l'apaisement, Prudential l'avait envoyé deux semaines à Hong Kong. Le cabinet lui laissa même entendre qu'il était question de l'établir là-bas de façon permanente. Cette nouvelle la fit paniquer. Elle venait juste d'emménager avec lui, contre l'avis de sa mère. (Sa mère n'aimait pas « l'idée » de les voir vivre ensemble.) Meredith devait commencer son travail d'enseignante en septembre. Que ferait-elle si Freddy partait pour Hong Kong ?

Elle aussi emménagerait à Hong Kong.

Elle voulut l'accompagner pendant ce séjour – avec l'argent de son diplôme –, mais Freddy était contre. Non, c'était du boulot. Il devait y aller seul. Les petites amies n'étaient pas les bienvenues.

— Comment tu le sais ? Tu as posé la question ?

— Je le sais, c'est tout.

Meredith avait passé deux semaines misérables dans la ville étouffante et sale pendant que Freddy était à Hong Kong. Connie l'avait appelée pour l'inviter à Nantucket. Elle venait juste de rencontrer un homme du nom de Wolf Flute, dont la famille possédait un cottage sur la plage. L'endroit était simple, mais possédait quatre chambres. Meredith pouvait rester une semaine, ou plus.

Non, elle n'irait pas.

Seule dans l'appartement, elle commandait des plats chinois, lisait des livres dans le rocking-chair de bois blond (*Le Choix de Sophie*, *Goodbye, Columbus*) et se languissait de Freddy. Il téléphona trois fois, mais la liaison était mauvaise. Elle ne saisit que quelques bribes : « Victoria Peak », « Hollywood Road », « l'hôtel Peninsula ». L'excitation de Freddy était perceptible dans sa voix. L'un des associés l'avait emmené sur un coup de tête dans une autre île pour dîner dans un délicieux restaurant de fruits de mer. Ils avaient choisi un poisson dans l'aquarium et vingt minutes plus tard, le poisson était grillé et assaisonné sous leurs yeux. Freddy n'était jamais allé dans une ville comme Hong Kong. En fait, avant de rencontrer Meredith, il n'était jamais allé nulle part.

Meredith le détestait, décida-t-elle. Il allait la quitter, exactement comme Toby, mais elle ne le laisserait pas faire. Elle allait prendre les devants. Quand le téléphone sonna de nouveau, elle ne répondit pas. La sonnerie se tut. Puis résonna de nouveau. Elle sourit d'un air vengeur, mais ne décrocha pas. Puis elle quitta l'appartement pour la première fois depuis des jours. Elle irait se promener au parc et manger un plat de moules-frites dans un restaurant belge. Quand elle franchit la porte de chez elle, le téléphone sonnait toujours.

Cette balade la calma. Mais de retour dans l'appartement, la fureur la submergea de nouveau. Elle hurla après la statue prénommée Otto, et la menaça d'un couteau danois tranchant. Elle écrivit « Salaud » au savon sur le miroir de la salle de bains. Freddy trouverait son message à son retour, mais elle ne serait pas là pour observer sa réaction. Finalement, elle allait rendre visite à Connie sur l'île de Nantucket. Connie lui avait parlé d'une fête appelée Madequecham Jam, avec des centaines de personnes qui dansaient sur la plage ! Tout ce qu'il lui fallait, c'était un bikini.

Meredith fit ses valises. Elle prendrait le bus de Chinatown jusqu'à Boston, puis un second bus de Boston à Hyannis, et enfin deux heures de ferry jusqu'à Nantucket. Un long voyage, bien plus long qu'elle ne l'imaginait. Cette simple idée l'épuisait, mais, au moins, elle ne restait pas dans l'appartement à attendre le retour de Freddy.

Elle s'apprêtait à partir pour la station de bus quand on frappa à sa porte. À travers l'œil-de-bœuf, elle vit un coursier de Western Union avec un télégramme.

— Meredith Martin ?

Ouvrant la porte, elle prit le télégramme d'une main tremblante. C'était la première fois qu'elle en recevait un. Les seules personnes qu'elle connaissait à avoir reçu un télégramme étaient les mères de soldats morts au Vietnam. Alors quelle était la nouvelle ? Freddy était mort ? Il avait été renversé par un bus en traversant la rue ? Ou bien était-ce Freddy qui l'informait qu'il ne reviendrait pas ? Il s'installait définitivement à Hong Kong et lui demandait de lui envoyer ses affaires. Peut-être avait-il voulu le lui dire par téléphone, mais elle n'avait pas répondu.

Peu importait le contenu du télégramme, c'était forcément une mauvaise nouvelle.

Elle pensa à laisser le message derrière elle dans l'appartement. Mais qui avait la force d'abandonner une telle enveloppe – un télégramme qui criait à l'urgence – sans l'ouvrir ?

Elle la décacheta devant la porte.

MEREDITH STOP NE PEUX PAS VIVRE SANS TOI STOP
VEUX-TU M'ÉPOUSER STOP
FREDDY

Après l'avoir lu et relu, le cœur gros, prêt à s'envoler comme un ballon, elle cria et bondit de joie. Elle riait, pleurait et se disait : Si seulement quelqu'un pouvait me voir en ce moment ! Mais non, c'était mieux ainsi. Il l'avait prise au dépourvu, choquée, arrachée à son désespoir, sauvée de son séjour à Nantucket et, sans doute, d'une irréparable bêtise.

C'était la bonne décision. La seule décision possible. Non, en fait, il n'y avait pas de décision à prendre. La réponse était oui.

Un seul obstacle se dressa sur la route de Freddy et Meredith avant leur union, un obstacle sous la forme du mariage précipité de Connie, qui eut lieu en décembre, quand Connie apprit qu'elle était enceinte.

Meredith était demoiselle d'honneur. Elle portait une robe de cocktail de velours cramoisi, de hauts escarpins rouges et sa bague de fiançailles en diamant héritée d'Annabeth Martin. Freddy et elle vivaient toujours dans l'appartement du trader. Elle avait entamé sa première année d'enseignement à Gompers. Toby serait au mariage, évidemment, mais elle était prête à le revoir.

Malheureusement, Freddy ne put venir. Le travail le réclamait. Il était en bas de l'échelle chez Prudential – il n'avait pas le choix.

Ainsi, Meredith affronta Toby seule. Toby était revenu tout bronzé d'une balade en mer dans un lieu incroyablement glamour – Ibiza ou Monaco – et avait pris pour cavalière une fille de son équipage. Son nom était Pamela. Elle était plus grande et plus costaude que Meredith et avait des mains rouges et calleuses. Meredith la trouvait envahissante : elle avait proposé à Connie de l'aider pour la traîne et le bouquet alors qu'elle ne la connaissait que depuis la veille.

Connie avait répondu :

— Oh, ne t'inquiète pas. J'ai Meredith pour m'aider.

Pamela était plutôt jolie et sympathique, mais Meredith ne comprenait pas le choix de Toby. Pendant les festivités, Toby se montra particulièrement attentif envers sa sœur, sa mère et Pamela. Durant la cérémonie et la première partie de la réception, il ignora totalement Meredith. Elle, en revanche, ne le quittait pas des yeux. Il était dans une forme éblouissante, comme toujours, et débordait d'une énergie insolente. Le smoking lui donnait un port princier. La cravate de soie verte qu'il avait choisie accentuait la couleur émeraude de son regard. Intérieurement, Meredith le maudissait. Maudit soit son teint lumineux et son air triomphant ! Il fit tourbillonner Pamela sur la piste de danse, puis porta un toast charmant et drôle en l'honneur des jeunes mariés. Il était clair que la liberté lui allait à merveille.

Le groupe se mit à jouer *The Best of Times*, de Styx, qui était la chanson de Meredith et Toby. Elle comprit alors qu'elle n'avait que deux solutions : soit aller au bar pour s'enfiler un autre *fuzzy navel* – Schnaps à la pêche et jus d'orange –, soit se réfugier dans les toilettes pour dames et pleurer.

Toby l'intercepta sur le chemin des toilettes.

— Viens danser avec moi, lui dit-il.

— Tu ne m'as pas adressé la parole de toute la soirée !

— Je sais. Je suis désolé. Viens danser.

Elle repensa alors à la soirée de leur rupture. Elle faillit lui dire : « Je croyais que tu n'aimais pas danser. » Au lieu de quoi, elle se laissa guider par son cavalier sur la piste de danse. Le naturel avec lequel elle se fondait et virevoltait dans ses bras lui paraissait inapproprié. Freddy, pensait-elle. Je suis fiancée à Freddy.

Toby fredonna à son oreille. Ils avaient l'habitude d'écouter cette chanson dans la Nova de Toby quand ils faisaient l'amour. Il y avait bien longtemps. Mais pas si longtemps : cinq ans.

— C'est drôle qu'ils jouent cette chanson, commenta Meredith.

— J'ai fait une demande spéciale.

Elle se recula vivement. Toby avait expressément demandé cette chanson au groupe ?

— Et Pamela ?

— C'est juste une amie. Et ça n'a pas l'air de la déranger.

Meredith chercha la jeune femme du regard. Au bar, Pamela était en grande conversation avec le frère de Wolf.

— Je ne comprends pas. Tu sais que je suis fiancée ? Et que je vais me marier en juin ?

— Je sais. Je l'ai appris. Mais je pensais…

— Tu pensais quoi ?

— Je devais trouver un moyen de briser la glace.

— Briser la glace ? Quand j'entends cette chanson, Toby, j'ai mal…

— Je sais. Moi aussi j'ai mal…

— Pourquoi as-tu mal, toi ? C'est toi qui as rompu !

— Retrouve-moi plus tard, murmura Toby. S'il te plaît, Meredith ? Retrouve-moi au Wayne Hotel.

Elle le regarda d'un air incrédule.

— Tu plaisantes ?

— Au bar. Pour parler ?

— Parler de quoi ?

Mais il ne répondit pas et resserra son étreinte. Il fredonnait de nouveau.

— *Les meilleurs moments sont ceux que je passe seul avec toi…*

Meredith mourait d'envie de quitter la piste comme une furie. Mais il était impensable de faire une scène au mariage de Connie ! Ce mariage avait déjà un parfum de scandale. Donc elle acheva sa danse avec Toby. L'horrible vérité, c'était qu'elle avait encore des sentiments pour lui.

L'horrible vérité, c'était qu'être dans ses bras était électrisant. Mais irait-elle le rejoindre au Wayne Hotel ? Elle hésitait. Une seconde, deux secondes, dix secondes. Puis elle se dit : Pas question ! Je n'irai pas. À la chanson suivante, elle regagna son siège et le frère de Wolf, Jake, l'invita à danser. Meredith regarda Toby et Pamela descendre des *shots* de tequila cul sec au bar.

Je dois rentrer à New York, pensa-t-elle. Je dois retrouver Freddy.

Freddy et Meredith se marièrent au mois de juin suivant à Saint Thomas de Villanova, l'église même où avaient été célébrées les funérailles de Chick Martin. Cent cinquante personnes étaient présentes, pourtant la nef semblait vide en comparaison de la foule qui s'était déplacée pour rendre un dernier hommage à son père.

Connie était sa demoiselle d'honneur, même si Ashlyn était née en avril et qu'elle l'allaitait encore. Richard Cassel fit office de témoin. Bill et Veronica O'Brien étaient présents, mais Toby avait décliné l'invitation. Il lui avait fallu du courage pour inviter Toby, mais après ce qui s'était passé au mariage de Connie, elle voulait qu'il la vît épouser un autre homme. Assurément, elle n'était pas la seule future mariée à nourrir de tels sentiments. Toby envoya un mot : « Je vogue vers les petites Antilles. Je vous souhaite beaucoup de bonheur ! » Meredith était déçue, mais elle comprit qu'il ne serait jamais venu, même s'il habitait au coin de la rue.

Annabeth Martin, en fauteuil roulant, passa la majeure partie de la soirée avec la mère de Meredith. Toutes deux rayonnaient de bonheur. Tout se passait comme prévu : Meredith se mariait juste à la sortie de l'université, comme sa mère, à un homme qui allait devenir quelqu'un.

La mère de Freddy assista à la cérémonie, mais ne resta pas à la réception. Elle affirmait devoir repartir pour Utica le soir même car elle travaillait le lendemain matin.

— Travailler ? Un dimanche ?

— Au supermarché, précisa Freddy.

Meredith avait rencontré sa future belle-mère le matin même. Une femme corpulente, dont la peau avait la pâleur laiteuse d'un œuf mal cuit. Ses yeux étaient d'un bleu cristallin, mais il leur manquait le pigment cobalt intense du regard de Freddy. Dans l'ensemble, Meredith trouvait à cette femme l'air ravagé et terne, comme si les efforts déployés pour tenir jusqu'à ce moment de sa vie l'avaient pratiquement tuée. Elle se montrait exagérément déférente envers Meredith et ne cessait de répéter combien elle appréciait d'avoir été invitée.

— Évidemment, dit Meredith. Vous êtes la mère du marié.

— Vous prendrez soin de lui, dit Mme Delinn – c'était une affirmation, non une question –, vous l'aimerez. Il vous fera croire qu'il peut s'en sortir sans amour, mais c'est faux. Il a besoin d'amour.

Meredith marcha seule jusqu'à l'autel. Son père lui manquait. L'aile gauche de la nef était silencieuse. Tout le monde la regardait avec admiration. Elle leur était reconnaissante de leur présence, mais la seule personne qui comptait à ses yeux était l'homme près de l'autel, un homme au regard étincelant et au visage brillant de promesses. Quand elle ne fut plus qu'à quelques mètres de l'autel, il la rejoignit, la prit par le bras et lui fit faire les derniers pas à son côté. Au début, la foule parut déconcertée, puis des « Ah » de ravissement s'élevèrent.

Freddy se pencha vers la future mariée et murmura :

— Tu avais l'air solitaire.

— Oui, souffla-t-elle, mais plus maintenant.

— Plus jamais, approuva Freddy.

Meredith reposa son assiette à dessert. La douleur enroulée dans son cœur était indescriptible.

Elle était épuisée, et, par bien des aspects, vaincue. Pourtant, elle était toujours la même Meredith Martin, aussi glissa-t-elle hors de son lit et retourna-t-elle dans la salle de bains pour se brosser les dents une seconde fois.

Au moment de s'endormir, des images de la danse de son mariage flottèrent dans son esprit. Freddy et elle avaient pris des cours à Manhattan et leurs mouvements étaient synchronisés. Ce fut une grande soirée – à un moment, tous les invités étaient sur la piste. Même Annabeth Martin dans son fauteuil roulant ! Même Wolf avec la minuscule Ashlyn. À un autre moment, Meredith se retrouva au milieu du cercle des amis de Freddy – ses anciens camarades de Dial, ses collègues de Prudential – et à présent qu'elle revoyait ce tableau dans sa tête un visage lui était inconnu. Le visage d'un homme grand et maigre, aux cheveux blonds, de type scandinave. Meredith se tourna vers Gwen Marbury – tout en se disant que Gwen n'était pas à son mariage – et lui demanda :

— Qui est ce type ?

— Ce type ? répondit Gwen. C'est Thad Orlo.

Elle se réveilla en sursaut et ouvrit les yeux en grand. *Thad Orlo !*

Meredith se leva à l'aube et se demanda à quelle heure elle pouvait raisonnablement espérer trouver Dev à son poste. 8 heures ? 7 heures ? Elle ne voulait pas passer pour une cliente lunatique qui l'appelait aux aurores. Mais elle devait absolument lui parler de Thad Orlo ! Voilà un détail important. Le nom d'un banquier suisse. Prenant une grande inspiration, elle se demanda si son angoisse était liée à la certitude que cette information serait utile ou à la crainte qu'elle fût sans intérêt. Elle devait trouver la réponse.

Les autres investisseurs réclament ta tête. Ta famille va être exterminée.

Comme des cafards.

Elle devait trouver la clé qui libérerait Leo.

Allumant son portable, elle vérifia avec une anxiété prévisible si elle avait reçu un appel dans la nuit. Amy Rivers avait son numéro. Pourquoi ne laisserait-elle pas un message haineux pour développer les horreurs de la veille ? Mais la boîte vocale était vide, de sorte que Meredith ne lut rien d'autre que l'heure sur l'écran. 6 h 09. Incapable d'attendre une minute de plus, elle composa le numéro de Dev, qui répondit à la première sonnerie.

— Allô ?

Sa voix était bizarre – comment pouvait-il en être autrement alors qu'elle le réveillait sûrement au beau milieu de sa nuit ?

— Dev, c'est Meredith.

— Bonjour, Meredith, dit-il, comme s'il était à bout de souffle.

— Je vous réveille ?

— Non, je cours. À Riverside Park.

Riverside Park se trouvait à Manhattan, la ville même où elle avait passé la plus grande partie de sa vie adulte, pourtant elle n'y était pas allée depuis au moins vingt ans, depuis que l'un de ses fils allait au jardin d'enfants de ce parc avec son petit camarade de classe. Meredith se plaisait à imaginer Dev en train de courir sur les voies longeant l'Hudson. Elle l'imaginait libéré des chaînes de son bureau.

— Je suis désolée de vous suivre à la trace.

— Tout va bien ?

— Je vous appelle parce que j'ai pensé à quelque chose qui pourrait vous aider.

— Ah oui ?

— Il y a un million d'années... je veux dire en 1982 ou 1983...

Dev se mit à rire. Meredith n'était même pas sûre que son avocat était né à cette époque !

— J'étais en quatrième année à Princeton et Freddy vivait à New York, où il travaillait pour Prudential Securities.

— Quel département ?

— Oh, mon Dieu ! Aucune idée !

Même si elle aimait passionnément Freddy à l'époque, elle ne cherchait pas à connaître les détails de son activité. Cela ne l'intéressait pas. Cela ne l'avait jamais intéressée, comme Freddy ne s'était jamais penché sur les romans de Faulkner.

— Bourse ? Produits dérivés ? Vous n'avez donc pas ce genre d'informations dans vos bases de données ?

— Moi non. La SEC peut-être, cela dit.

— On vivait dans l'appartement d'un type du nom de Thad Orlo.

Elle marqua une pause. Les pas de Dev martelant l'asphalte résonnaient dans le téléphone, ainsi qu'une sirène, un klaxon, les aboiements d'un chien.

— Ce nom est-il ressorti lors de l'enquête ? demanda-t-elle.

— Je ne suis pas censé vous le dire, dit Dev. Mais non, je ne le pense pas.

— Cet Orlo travaillait pour Prudential, mais il a passé un an en Suisse, dans une banque, peut-être affiliée à Prudential. Enfin, je ne l'ai jamais rencontré parce que, au moment où on était à New York, il vivait en Suisse – voilà le tableau général. Les années suivantes, j'ai plusieurs fois interrogé Freddy à son sujet. Freddy m'a dit que Thad Orlo était resté dans la banque suisse, mais quand je lui ai demandé de quelle banque il s'agissait, il m'a répondu qu'il ne s'en souvenait pas. En fait, il ne voulait pas me le dire, parce qu'il y a une chose qu'il faut savoir à propos de Freddy, c'est qu'il retient tout. Et puis une autre fois – cela, Meredith venait juste se s'en souvenir –, j'ai demandé à Freddy ce que Thad Orlo était devenu. Oui, parce que vous savez, nous avons vécu dans son appartement, avec ses meubles et toutes ses affaires, à tel point que chaque fois que je voyais une pièce de mobilier danois, je pensais à lui. Eh bien, au début, Freddy a prétendu ne pas savoir de qui je parlais, ce qui était absurde. Et puis, il a enfin reconnu se souvenir de lui, mais il m'a reproché ma façon paranoïaque de vouloir tout savoir sur Thad Orlo. Je me rappelle avoir fini par laisser tomber en disant : « Je suis désolée. Je posais une simple question ! »

Dev expirait bruyamment. Était-il estomaqué par l'importance de cette information ? Peut-être qu'il se demandait pourquoi elle n'avait pas attendu qu'il fût au bureau, mais plus elle y réfléchissait, plus elle était convaincue de tenir une piste.

— Oui, reprit-elle. Il était hargneux et sur la défensive chaque fois que j'abordais le sujet. Vous devriez vérifier. Vous devriez retrouver Thad Orlo.

— Mais vous ne savez pas dans quelle banque il travaillait ?

— Non. Freddy le savait sûrement, même s'il affirmait le contraire.

— Mais Freddy ne dit rien. Pas un mot.

— Toujours pas ?

Elle ne voulait pas avoir de nouvelles de lui. Pourtant elle avait posé la question.

— Toujours pas.

— Mais vous pouvez quand même le retrouver ?

Meredith s'imaginait que la SEC disposait d'énormes bases de données remplies de noms, avec des milliers de connections entre eux. De nos jours, il était impossible de rester anonyme, n'est-ce pas ?

— Vous pouvez le chercher sur Google ?

— Je le ferai à la première heure lundi matin. Vous avez d'autres infos à propos de ce type ?

— Sa mère est danoise, répondit Meredith, avant de se demander si c'était un fait avéré ou une simple supposition. Enfin je crois.

— Où se trouvait l'appartement ?

— Sur la 71e Rue.

Cela dit, elle était incapable de se rappeler si le bâtiment se trouvait entre Lexington et la 3e Avenue ou entre la 3e Avenue et la 2e Avenue. Et le numéro de la rue lui échappait complètement. Elle avait habité cet appartement pendant trois ans, pourtant l'adresse ne lui revenait pas. Maintenant qu'elle avait pris de l'âge, ces trous de mémoire n'étaient pas rares. Les détails précis de son passé s'évaporaient.

— Très bien, conclut Dev. Je vérifierai tout ce que vous m'avez dit.

— Et vous le direz aux fédéraux ?

— Je le dirai aux fédéraux.

— Vous leur direz que je vous aide ? Vous direz à Julie Schwartz et à Leo que je vous aide.

— Oui, Meredith.

Elle n'aurait su dire si son manque de souffle était dû à sa course, à la beauté de l'Hudson dans la lumière du matin, ou à son exaspération.

— Je dirai à tout le monde que vous nous aidez.

CONNIE

Connie était persuadée que Dan allait appeler. Hélas, elle lui avait fait une piètre impression lors du dîner. Totalement ivre ! Et, étant donné son expérience avec sa mère, elle savait parfaitement que ce n'était pas beau à voir. Mais Dan n'avait donné aucune nouvelle depuis près de trois semaines. Leur relation progressait puis boum ! s'était brutalement terminée. Connie n'était pas douée pour gérer le rejet. Cela ne correspondait pas à son état d'esprit général, comme le disait sa belle-sœur Iris.

Ashlyn n'avait pas non plus donné de signes de vie, malgré le texto que Connie lui avait envoyé. « S'il te plaît, appelle-moi. Maman. » Elle avait repris son habitude de lui laisser un message chaque dimanche. Un geste inutile, sans doute, aussi inutile qu'une prière : elle parlait à une personne qui ne l'écoutait pas.

Seul Toby lui donna des nouvelles. Il envoya un texto : « Je serai là le 5 ou le 6 août. O.K. ? »

Comme Connie ne comprenait pas très bien le message de son frère, elle fit défiler les anciens textos de son téléphone et tomba sur celui qui parlait du bateau de son frère vendu à un type de Nantucket et annonçait sa venue dans trois semaines. « O.K. ? » Ce à quoi elle avait répondu : « O.K. ! LOL ! »

LOL ? Bon sang ! Il n'y avait vraiment pas de quoi rire. Elle devait absolument informer Toby de la présence de Meredith. Et annoncer à Meredith la venue imminente de son frère. Lequel des deux serait le plus bouleversé ? Pour l'instant, mieux valait garder cette information secrète. Elle craignait en effet qu'en apprenant la présence de Meredith Toby changeât d'avis. Or elle avait désespérément besoin de la présence de son frère. De même, si elle révélait à Meredith l'arrivée de Toby, son amie risquait de faire ses valises et de déguerpir. Ou pire encore, Meredith nourrirait de fous espoirs et, à la dernière minute, Toby appellerait pour leur annoncer que finalement il ne vendait pas le bateau et voguait vers le Venezuela pour aller prendre un café avec une fille prénommée Evelina.

Connie lut le message une seconde fois. Le 5 ou le 6 août ? Eh bien, elles n'avaient rien de prévu. Elles n'avaient jamais rien de prévu. Elle répondit « O.K. ». Mais laissa tomber le "LOL" cette fois.

Connie décida de tendre une embuscade à Dan au Shop&Shop. Il lui avait dit en passant que, quand l'île devenait surpeuplée en août, il allait au supermarché en milieu de semaine, à 6 heures du matin.

Elle ne s'attendait pas à tomber sur lui à la première tentative. Le « milieu de la semaine » pouvait correspondre à mardi, mercredi ou jeudi. Et « 6 heures du matin » pouvait signifier 6 h 30 ou 7 heures. Mais, quand Connie se gara sur le parking du supermarché à 6 h 10 le mercredi matin – ô miracle ! –, la Jeep rose framboise était là. Un frisson nerveux la parcourut et une sensation de connivence irrationnelle l'envahit. La simple présence de Dan à l'heure annoncée semblait un bon présage. Elle se mit à marmonner pour elle-même : Calme-toi. Mais dépêche-toi ! Tu dois l'aborder avant son départ. Votre complicité est une évidence, mais seulement pour toi. Il se dira que c'est une simple coïncidence. Tout le monde fait ses courses. Il t'a donné le meilleur moment pour les faire, alors pourquoi n'en aurais-tu pas profité ?

Connie prit un chariot et s'empara nerveusement de sa liste. Cette démarche était légitime. Elle avait même invité Meredith à se joindre à elle la veille au soir :

— Hé ! Je vais au supermarché très tôt demain matin. Si tu veux venir...

Bien sûr, son amie avait refusé. Elle disait non à toute sortie depuis que cette femme l'avait accostée chez RJ Miller.

— Meredith, tu ne peux pas passer le reste de l'été dans la maison, l'avait-elle gentiment gourmandée. On est en août maintenant, c'est la meilleure période.

— Non, désolée, je ne me sens pas en sécurité.

— Mais il n'y a aucune raison. Les vandalismes ont cessé. Tu as laissé cette femme te dire ce qu'elle avait sur le cœur. Et c'est tout ce qu'elle voulait. Déballer son sac. Elle ne te fera aucun mal. Elle ne va pas te lapider.

Pourtant, Meredith n'avait pas bougé le petit doigt. Une sacrée entêtée ! Connie ne l'avait pas oublié.

L'intérieur du supermarché était particulièrement frais et, au rayon des produits laitiers, on se serait cru, dans un congélateur. Mais Connie était en mission. D'abord, trouver Dan, puis s'occuper des courses. Seulement, si elle tombait sur lui au milieu du magasin avec un Caddie vide, ses intentions seraient évidentes.

Sans réfléchir, elle jeta un filet de citron dans son chariot. Puis elle parcourut les allées une à une. Elle vit une femme blonde avec deux petits garçons en pyjama... un homme en costume-cravate – un témoin de Jéhovah peut-être ? Un homme qui se rendait à un enterrement ? – puis tomba sur Dan, à l'allure particulièrement appétissante en short kaki, T-shirt blanc et tongs, devant le rayon des céréales bio. Il ne l'avait pas vue. Vite ! Battre en retraite ! Fuir ! Mais c'était sa chance. Elle s'était levée aux aurores pour prendre une douche et se laver les cheveux. Parfumée, fraîche, le regard brillant, elle était à son avantage dans sa jolie robe rose à dos nu.

Elle poussa son chariot vers lui.

— Dan ?

Il se tourna. L'expression de son visage reflétait... des sentiments complexes. Plusieurs expressions en une seule. Il avait l'air surpris, heureux, inquiet, perplexe, piégé.

— Connie, salut !

— Salut ! dit-elle en prenant un air enjoué, en dépit du manque d'enthousiasme de son interlocuteur. Eh bien, j'ai retenu ton conseil pour l'heure des courses et tu avais raison : le magasin est vide, propre et vient d'être réapprovisionné.

— Tu vois ? Je te l'avais dit.

Il prit une boîte de céréales sur l'étagère et la posa dans son Caddie. Connie observa ses autres achats – tacos, bœuf haché, tomates, crackers, café, avocats, six paquets de pâtes, céleri, prunes, deux bouteilles de jus de fruits. Venait-elle de le surprendre en train de faire des courses pour une fête à laquelle elle n'était pas invitée ? Elle se rappela alors qu'il avait des adolescents à la maison.

— Alors ? dit-elle. Qu'est-ce que tu deviens ?

Maintenant, c'était au tour de Dan d'inspecter le contenu de son chariot, où ne se trouvait qu'un filet de citron solitaire.

Si seulement elle avait pris autre chose que cette marchandise symbolique !

Bien sûr, quand Dan posa les yeux dessus, son visage parlait pour lui – des citrons pour le gin. Elle était tellement ivre ! Elle avait commencé à boire sur le bateau d'une manière totalement asociale, beaucoup trop vite, puis avait continué à la maison, jusqu'à piquer du nez dans sa salade. Et qu'avait-elle placé dans son Caddie pour souligner son état d'alcoolique ? Un filet de citrons. Connie crut qu'elle allait mourir de honte sur-le-champ.

— Oh, tu sais… La routine.

La routine : la non-réponse absolue. Une gifle. Connie ferait mieux de déguerpir. Elle devait accepter que cette relation, cette amitié, quelle que fût sa nature, était étouffée dans l'œuf. Pourtant, elle ne parvenait pas à s'y résoudre.

— Tu es sorti en mer ?

— Tous les jeudis et dimanches. Je dois surveiller mes casiers à homards.

Les homards qu'elle n'avait pas mangés, les homards qu'elle avait à peine goûtés.

— Mmm… Et Galley ? Tu es allé à Galley ?

Il ne répondit pas à cette question. Qu'est-ce que cela signifiait ? Qu'il n'y était pas allé ? Ou qu'il y était allé avec une autre femme ?

— Comment vas-tu ? Comment va Meredith ?

Cette question à propos de Meredith ne la surprit pas. Dan appréciait beaucoup Meredith. C'était bien ce qu'elle pensait ! Mais c'était sa faute. Elle avait traîné Meredith à leurs deux rendez-vous et pendant le second, Meredith et Dan s'étaient retrouvés complices face à une alcoolique.

— Ça va. Meredith va bien.

Mensonge. Rien que des mensonges. Elles étaient toutes les deux en train de se noyer et avaient besoin d'un homme pour les sauver.

— On se demandait quand tu allais appeler.

Voilà, bonne idée, se dit-elle, d'utiliser le pronom « on ». Impliquer Meredith aussi. Pauvre Meredith, qui refusait de sortir de la maison. Connie lui avait même suggéré d'aller à la messe pour allumer un cierge pour Leo, sans succès.

— Pourquoi je n'ai pas appelé ? Eh bien, vous semblez très occupées toutes les deux.

— Oui, nous sommes très occupées. Par le désespoir, le chagrin et la solitude. Voilà pourquoi tu nous manques. Tu nous distrayais. Je n'avais pas vu Meredith sourire depuis…

— Tant mieux alors.

— Et je t'aime bien.

Cela avait tout l'air d'un aveu audacieux, mais c'était positif – le mur de la conversation superficielle était brisé. Elle allait pouvoir lui dire ce qu'elle avait sur le cœur.

— Je pensais que tu appellerais et qu'on sortirait de nouveau ensemble.

— C'est ce que tu veux ?

— Oui.

Dan hocha la tête d'un air pensif.

— Je pense que tu es une femme magnifique, Connie. Je sais que tu viens de perdre ton mari et je comprends l'épreuve douloureuse que tu traverses…

— Il y a aussi ma fille, l'interrompit-elle. Ma fille ne me parle plus. Nous avons eu une dispute après la mort de Wolf.

Connie n'en revenait pas de déballer son sac devant le rayon céréales du supermarché.

— Je pense que si ma fille ne m'avait pas abandonnée, je me sentirais mieux.

— Je comprends ça aussi.

— Vraiment ?

— Mon fils Joe est parti voir du pays quelques semaines après le décès de Nicole – il a volé mon camion – et depuis, je n'ai eu de ses nouvelles qu'une seule fois : un e-mail où il me demandait de l'argent. Je lui en ai envoyé, malgré ma colère à propos de sa demande et de son exil. Parce que c'est mon fils.

Connie hocha la tête.

— Je t'ai parlé de Joe pendant notre dîner au Cauldron.

Vraiment ? pensa Connie.

— Tu ne t'en souviens pas, n'est-ce pas ? Peut-être parce que tu buvais. Enfin, nous avons bu tous les trois ce soir-là. Mais ta façon de boire, si je peux me permettre de te dire ça, ressemble à une forme de défense. Tu as peur de moi, ou de l'intimité, ou de la pensée de l'intimité. Tu as peur de sortir de nouveau avec un homme, de parler avec un homme... C'est pour ça que tu as emmené Meredith à nos deux rendez-vous. J'ai compris, Connie : tu n'es pas prête. Et je ne suis pas prêt pour quelqu'un qui n'est pas prêt. Est-ce que ça a un sens ?

Beautiful Day passait en musique de fond. Avant de ne plus en avoir le courage, elle lui dit :

— Tu veux aller quelque part ? Prendre un café, peut-être, ou faire une promenade sur la plage ?

Dan sortit son téléphone de la poche arrière de son jean et consulta l'heure.

— Je dois être en ville à 8 heures.

Connie lui laissa le temps de réfléchir.

— D'accord, juste le temps de terminer mes courses. Et d'aller faire une balade sur la plage. Une courte balade.

Ils se rendirent à Monomoy, une plage de gros sable, à l'atmosphère chargée d'embruns, de poissons et d'algues, que le soleil du petit matin éclairait d'une douce luisance.

Avec la vue sur le petit port rempli de bateaux, Connie n'aurait pu rêver endroit plus charmant pour une balade. Elle avait le paysage, elle avait l'homme, ne restait plus qu'à trouver les mots. Pour une fois, c'était à elle de faire le premier pas. Toute sa vie, elle avait été poursuivie par les garçons, les adolescents, les hommes. Épouse adorée de Wolf Flute durant plus de la moitié de sa vie, qui était-elle aujourd'hui, sans Wolf à son côté ? C'était comme s'il avait emmené Connie avec lui.

Elle n'était la femme de personne.

Et était dangereusement près de n'être la mère de personne.

Les pieds de Connie émirent un bruit spongieux en s'enfonçant dans le sable mouillé et dense du rivage. La façon dont Dan avait dit « une courte balade » l'avait ramenée à la raison. Déjà, elle songeait à tourner les talons pour ne pas importuner cet homme plus longtemps. Mais l'histoire de son fils – qui lui avait volé son pick-up, était parti voir du pays et lui avait demandé de l'argent par e-mail – l'intriguait.

— Parle-moi de Joe.

Elle était embarrassée que Dan, apparemment, lui eût déjà parlé de son fils et qu'elle n'en eût aucun souvenir.

— Ouh là ! On entre dans le vif du sujet comme ça, sans préambule ?

— Je suis désolée, mais l'heure tourne et j'ai vraiment envie d'en savoir plus.

— Joe, soupira Dan. Joe, Joe, Joe…

Dan contempla l'océan, ce qui donna à Connie tout le loisir de l'étudier. Son compagnon était si beau que cela la mettait mal à l'aise. Elle aimait ses cheveux courts, légèrement grisonnants. Ses yeux bleu-noisette. Sa barbe naissante. Sa pomme d'Adam. Sa silhouette souple et tendue de joggeur. À l'évidence, Dan prenait soin de son corps, et continuerait de l'entretenir, ce qui, à leur âge, était attirant.

— Le simple fait de prononcer le nom de mon gamin me rend nerveux, admit-il.

Connie connaissait ce sentiment. Bon sang oui ! Chaque fois qu'elle pensait ou prononçait le nom « Ashlyn », sa tension artérielle augmentait. Chaque fois que quelqu'un d'autre disait son prénom – Iris par exemple –, elle avait l'impression qu'un pistolet était pressé sur sa tempe. Elle était impatiente d'entendre une autre personne lui décrire ce phénomène.

— Joe porte le prénom de son grand-père maternel. Donc, dès le départ, on avait le sentiment qu'il lui appartenait, à elle. Et seulement à elle.

Dan se tut, ramassa une pierre plate et d'un jet précis, la fit ricocher une douzaine de fois sur l'eau. Il sourit à Connie.

— Je suis un excellent lanceur de pierres.

— En effet, je vois ça.

Connie eut l'impression qu'il essayait de l'impressionner, ce qui était plutôt bon signe.

— Enfin, si on croit à ce genre de trucs…, reprit-il. Est-ce qu'un enfant peut être plus attaché à l'un de ses parents juste à cause de son prénom ? Je ne suis pas sûr d'y croire, enfin, je ne sais pas. Mes trois fils étaient totalement dingues de leur mère. Dans une certaine mesure, je le comprenais. C'était leur mère, après tout, une mère très protectrice. Elle était nutritionniste de profession et travaillait dans les cantines des écoles publiques, parfois aussi dans des établissements privés. En particulier, elle s'assurait qu'il y avait des fruits à vendre lors de chaque compétition de football américain au club du lycée Boosters. Ça peut paraître ridicule, mais ça a fonctionné. Désormais, par ces agréables après-midi d'automne, au snack-bar où l'on vendait traditionnellement des hot dogs et des Doritos, on trouvait aussi un saladier rempli de belles pommes rouges. Elle avait réussi à obtenir le financement pour un presse-agrumes et l'un des retraités de la communauté préparait les jus frais.

Dan secoua la tête.

— Les gamins adoraient ça. Les parents aussi. Nicole a même fait l'objet d'un article dans le journal. Une héroïne locale.

Connie sourit.

— Donc, tes fils l'adoraient, même quand elle les obligeait à manger des épinards ?

— Pour elle, ils avalaient des épinards, du chou, et même des gombos, bon sang ! J'essayais de leur glisser de la réglisse et des barres chocolatées, mais ils ne mangeaient jamais de friandises. « Maman va paniquer », disaient-ils. Je leur proposais des frites et des menus McDonald. Un jour, Donovan, le deuxième de la fratrie, m'a dit : « Non, merci, c'est plein de graisses saturées ! » Nicole leur avait fait un lavage de cerveau. Ils étaient ses... disciples, et pas seulement à propos de la nourriture. À propos de tout. Quel que soit le domaine, je ne pouvais pas lutter. J'avais un travail avec des horaires flexibles, donc je m'arrangeais pour ne jamais rater un seul de leurs matchs, mais quand l'un d'eux marquait un panier au basket et remportait la compétition, la seule question qu'il posait était : « Est-ce que maman a vu ça ? » Parfois ça me rendait dingue, mais quand j'en parlais à Nicole, elle m'accusait de vouloir rentrer dans une compétition parentale, ce qui n'était bon pour personne.

— Et puis elle est tombée malade...

— Oui, elle est tombée malade. Ça a été un enfer. Nous n'avons dit aux enfants que le strict nécessaire, mais ils se sont encore plus accrochés à elle. Pendant le premier combat, au moment où nous avons cru la perdre – là, Dan se tut pour prendre une profonde inspiration –, j'ai pensé que les garçons avaient senti que la maladie pouvait l'emporter et qu'ils lui donnaient tout leur amour tant qu'ils avaient encore une mère à chérir.

Oh, mon Dieu, comme c'est triste, se dit Connie, dont la vue se brouillait de larmes.

— Je veux dire, Charlie n'avait que quatre ans quand le cancer de Nicole a été diagnostiqué, donc ses premiers souvenirs sont liés à l'angoisse de perdre sa mère.

— En effet.

— Il est clair que nos trois petits gars étaient très attachés à Nicole, mais c'était encore plus fort chez Joe. Tous devaient lutter pour accepter la maladie de Nicole.

Mais les problèmes avec Joe ont débuté quand le cancer de Nicole a réapparu dans le foie. Le pronostic était terrible. Nicole était, eh bien, elle était en putain de phase terminale, et elle le savait. Joe, Donovan le savaient, et Charlie l'avait sûrement compris aussi. Nicole a tenté tous les traitements holistiques et alternatifs. Mais la douleur du cancer du foie fut un choc. Elle a alors obtenu de son médecin une ordonnance de…

— Marijuana, termina Connie.

— Marijuana, oui, dit Dan en écho. Et je ne vais pas te mentir. J'ai été surpris que Nicole envisage cette solution. Même après le diagnostic de son cancer du foie, je la trouvais dans la position du chien tête en bas et la voyais ingurgiter ces jus d'herbe de blé répugnants et que sais-je encore. Mais, pour la douleur, elle fumait de l'herbe. Du cannabis pur, à doses médicalement contrôlées. Donc, durant son dernier mois avec nous, elle était tout le temps en train de planer.

Il s'éclaircit la gorge.

— Ça ne me dérangeait pas plus que ça. Mais c'est devenu un vrai problème quand Joe s'est mis à fumer avec elle.

— Quoi ?

— Oui, elle lui avait donné la permission. Pire, elle l'y encourageait.

— Elle l'encourageait ? répéta Connie, incrédule.

— Elle se sentait terriblement seule. Avoir Joe auprès d'elle dans son fumoir adoucissait sa solitude. Tant pis s'il n'avait que dix-sept ans et était en dernière année de lycée. Tant pis si fumer de la dope était illégal dans son cas. Ils communiquaient à un « niveau supérieur » – c'était leur plaisanterie habituelle. Elle faisait comme si c'était sans importance, comme si c'était merveilleux. Mais, pour moi, ce n'était pas sans importance, et certainement pas merveilleux !

— Bien sûr, je peux l'imaginer.

— Cette histoire nous a entraînés dans des conversations destructrices à la fin de la vie de Nicole. Elle s'inquiétait tellement pour les enfants. Cela l'obsédait. « Et moi alors ? je lui ai demandé. Moi, ton mari depuis vingt ans ? » « Tu te remarieras, répondait-elle. Tu trouveras une autre femme. Mais les garçons n'auront jamais d'autre mère. »

Dan regarda Connie.

— Tu ne peux pas savoir à quel point j'ai souffert. D'être ainsi mis à l'écart. Les garçons étaient sa chair et son sang, moi non. Je n'étais qu'un étranger, et parfois il me semble que j'ai toujours été un étranger pour elle.

Dan ramassa une pierre et la fit ricocher sur les flots. Elle rebondit tel un haricot dans une poêle chaude.

— Les mourants peuvent être sacrément moralisateurs. À un certain moment, Nicole est arrivée à un stade où elle avait l'impression de pouvoir dire tout ce qu'elle voulait, même si c'était blessant, parce qu'elle allait...

— Mourir.

— Mourir, oui.

Nicole était morte, continua Dan. (Connie se focalisa sur le ton de sa voix. Il avait prononcé ces mots comme s'il n'arrivait toujours pas à y croire, ce qui correspondait exactement à son ressenti pour Wolf.) Donovan et Charlie accusèrent le coup, mais Joe ne s'en remit pas. Il continua à fumer de la dope dans la maison, devant ses frères, alors que Charlie n'avait que douze ans. Joe avait « hérité » de la réserve de Nicole. Dan passa toute la maison au peigne fin, mais ne parvint pas à mettre la main dessus. Il y eut des disputes. Dan était furieux à cause de la marijuana. Joe en voulait à son père de s'être disputé avec sa mère pour de l'herbe.

— Elle était mourante et toi, tu lui criais après ! avait fulminé Joe.

— Ce qu'elle a fait était irresponsable. Te laisser fumer !

— La marijuana était pour la douleur.

— Sa douleur à elle. Pas la tienne.

Joe avait continué à fumer – même si, piètre consolation, il ne le faisait plus devant ses frères. Il avait été accepté au Boston College, mais, après la mort de Nicole, il avait décidé de prendre une année sabbatique. Il avait parlé d'aller en Californie et de travailler sur une campagne de légalisation de la marijuana. Dan lui avait répondu qu'il était hors de question que l'argent des Flynn servît de sub-sides à une odyssée californienne en faveur de la drogue. Si Joe voulait partir, c'était son choix, mais il financerait son voyage par ses propres moyens.

Résultat, Joe avait volé le pick-up de son père pendant que Dan était en mer. Il avait embarqué sur le ferry et, quand enfin son père s'aperçut de sa fuite, Joe avait déjà traversé la moitié de l'État de New York. Dan aurait pu le dénoncer et le faire arrêter, mais il savait que son fils était sous l'empire de la marijuana, et, malgré sa colère et sa peine, il ne voulait pas envoyer son enfant en prison.

— Et voilà, conclut Dan. Il est parti. Il est en Californie et il ne m'a contacté que pour me réclamer de l'argent. Une seule fois. Par e-mail. Je me suis dit que, s'il avait eu le courage de m'appeler pour me demander de l'argent, pourquoi pas, mais je ne répondrais pas à son putain d'e-mail ! Et puis au final, bien sûr, je lui ai donné ce qu'il voulait.

— Est-ce qu'il est en contact avec ses frères ? demanda Connie.

— Possible, mais ils ne m'ont rien dit. Dans notre maison, il est Celui-dont-on-ne-doit-pas-prononcer-le-nom.

— Mais s'il revenait, tu lui ouvrirais les bras ?

— Sans la moindre hésitation.

Ils avaient fait demi-tour quand Dan avait parlé de la prescription de marijuana à Nicole, et étaient presque revenus à leur point de départ. Connie avait peur de lui demander l'heure. Si seulement cette promenade pouvait durer éternellement !

— Tu te sens mieux, de me l'avoir dit ?

— Tu sais quoi ? Oui. Tu es sûrement la seule personne à qui j'ai raconté cette histoire comme ça – du début à la fin. C'est le problème, quand on a grandi dans un lieu comme Nantucket et qu'on y vit toujours. Les gens croient déjà tout savoir sur vous parce qu'ils étaient présents quand les événements se sont produits. La plupart pensent que Joe est un junkie qui a volé mon pick-up et s'est enfui en Californie pour mener une existence encore plus libertaire que sa mère. Mais ces gens me dérangent, parce qu'ils ne comprennent pas que ce n'était pas entièrement la faute de

Joe. Moi aussi je suis à blâmer, tout comme Nicole, même si personne ne veut la blâmer maintenant qu'elle est morte. Je n'ai pas réussi à prendre assez de recul à l'époque pour analyser la situation clairement.

Il émit un rire amer.

— Voilà le problème de la vie insulaire.

— J'imagine, dit Connie.

— Alors, parle-moi un peu de ta fille.

— Une histoire douloureuse pour aujourd'hui suffit, tu ne crois pas ? Enfin, je veux bien t'en parler, mais je ne voudrais pas te mettre en retard pour ton travail.

— Le travail peut attendre.

Il semblait sincère, pourtant cette réponse inhabituelle fit naître en Connie un sentiment étrange. Wolf était l'homme le plus merveilleux de la terre, mais ces mots – « Le travail peut attendre » – n'auraient jamais franchi ses lèvres. Cela dit, si Wolf était là pour se défendre, il plaiderait que gérer une entreprise de nettoyage et un élevage de homards n'était pas la même chose qu'être un architecte de renom.

Connie concéda silencieusement cet argument à son défunt mari tout en savourant le plaisir de passer avant le travail de Dan.

— Je te raconterai toute l'histoire une autre fois.

— Non, non, maintenant, s'il te plaît. Sinon, je vais avoir l'impression d'avoir échoué. De ne pas t'avoir emmenée au septième ciel.

Connie se figea, sous le choc. Avait-il vraiment prononcé ces paroles ? L'emmener au septième ciel ? L'idée d'être associée à l'orgasme sexuel lui paraissait totalement incongrue. Mais, ne voulant pas attirer l'attention sur ce fait, elle se mit à rire.

— Je suis désolé, dit Dan. Ma dernière remarque était totalement inappropriée.

— Tu m'as prise de court, c'est certain. Mais j'aime ça.

— Ça me fait plaisir que tu aimes ça, répondit Dan en lui prenant la main.

Ils se trouvaient encore à une centaine de mètres de l'endroit où ils avaient laissé leurs chaussures, et se tenaient par la main. À peine une heure auparavant, Connie avait cru se faire rabrouer devant le rayon céréales du super-marché et à présent, ils se tenaient par la main ! Et Dan avait plaisanté sur l'idée de l'envoyer au septième ciel. Elle n'était pas certaine de pouvoir être assez concentrée pour analyser la situation.

— Très bien. Tu m'as bien dit que Joe portait le nom de son grand-père maternel et que tu avais l'impression qu'il appartenait à ta femme ? Eh bien, dans mon cas…

Là, son esprit s'égara. Elle était sur le point de rouvrir une page de sa vie émotionnelle qu'elle avait décidé de refermer il y a plusieurs décennies. Pourquoi faire machine arrière ? Eh bien, d'un côté, Dan s'était montré extrêmement honnête, et elle voulait lui rendre la pareille. Mais, d'un autre côté, était-elle capable de la même sincérité ?

— Je suis tombée enceinte d'Ashlyn par accident. Wolf et moi étions ensemble depuis six mois quand il m'a invitée à passer une semaine à Nantucket, qui s'est transformée en deux semaines. Je suis presque certaine qu'Ashlyn a été conçue à l'arrière d'un pick-up pendant la Madequecham Jam.

— Pas possible ! Tu étais à la Madequecham Jam ? De quelle année parles-tu ?

— 1982.

— Ça alors ! J'y étais ! Sûr, j'étais là aussi ! Tu ne trouves pas ça bizarre ?

Bizarre, en effet. Pourtant, maintenant que Connie y réfléchissait, ce n'était pas si surprenant. Le monde entier semblait être présent à cette fête. Il y avait des centaines de filles en bikini et Ray-Ban Wayfarer et de types torse nu en shorts de surf. Ils passaient des tubes de Journey, Springsteen et Asia. Il y avait des filets de volley-ball, des jeux de lancer de fers à cheval et des tonneaux de bière dans des baignoires remplies de glace. On pouvait manger des grillades, des hamburgers et des hot dogs. Des chiens attrapaient des Frisbees au vol et galopaient après des balles de tennis. Dans l'eau avaient lieu des combats : perché sur les épaules de votre coéquipier, vous deviez faire chuter votre adversaire. Wolf et Connie participaient souvent à ce jeu et gagnaient haut la main, étant donné la grande taille de Wolf et la silhouette menue de sa partenaire. La fête commençait le matin et se terminait tard dans la nuit – avec des feux de camp, des types qui grattaient leur guitare et des jeunes qui chantaient en buvant de la bière, tout cela dans un nuage de miasmes et de fumée de marijuana. Les couples s'éclipsaient pour faire l'amour dans les dunes. Wolf et Connie avaient voulu faire de même, mais il y avait du monde dans les dunes, aussi s'étaient-ils réfugiés à l'arrière du pick-up d'un copain de Wolf. Connie ne se rappelait pas leur partie de jambes en l'air, en revanche, certains détails de cette nuit lui revenaient – les étoiles en particulier, les constellations lumineuses que Wolf lui montrait du doigt : le Cygne, la Lyre, le Dragon. Elle avait eu l'impression d'être un point minuscule dans l'univers, un tout petit point comparé à l'océan et au ciel, pourtant elle était amoureuse de Wolf Flute, ce qui donnait un sens à sa présence dans ce monde. C'étaient les pensées d'une fille ivre. Elle n'avait aucune idée qu'elle concevait un enfant, pourtant, en y repensant, cela s'était sûrement produit cette nuit-là. Elle prenait la pilule, mais sans grande rigueur, et elle avait oublié sa plaquette chez ses parents à Villanova.

La gravité des événements de cette soirée ne lui apparut qu'un mois plus tard, pendant le week-end du Labor Day. Elle était de retour à Nantucket avec Wolf, sauf que, cette fois, toute la famille Flute passait le week-end au cottage, comme le voulait la tradition. La famille considérait en effet que ce dernier week-end de l'été était le plus important de l'année et que la dernière famille à quitter l'île à la fin de la saison gagnait quelque prix inestimable et intangible. (Les Flute s'attardaient souvent jusqu'au mardi ou mercredi après le week-end du Labor Day. Enfant, Wolf manquait systématiquement la rentrée des classes et il s'était inscrit à l'université de Brown avec quinze jours de retard.) Dans la maison cohabitaient le frère de Wolf, Jake, les parents et les grands-parents de Wolf. Les activités incluaient la voile, le badminton, un festin de homards un jour et une bisque préparée à partir des coquilles des crustacés le lendemain. (C'était une maisonnée de Yankee : pas de gaspillage !) Les

Flute étaient des gens sportifs, chaleureux, amateurs de voile, mais pas des buveurs. Seule la grand-mère s'autorisait un petit verre de cherry de temps à autre. Le reste de la famille buvait de l'eau glacée ou du thé glacé sans sucre. Wolf et Connie suivirent leur exemple. Donc, Connie ne voyait aucune raison à ses maux d'estomac et son épuisement chronique. Pourtant, lors du premier repas composé de homards, puis du second, elle dut gagner précipitamment la salle de bains – un espace pas plus grand que la salle d'eau d'un bateau que les sept devaient se partager – et vomit. Les moments où sa présence n'était pas requise pour manger, faire du bateau ou aller à la plage, Connie s'écroulait sur le petit lit de la petite chambre d'amis du troisième étage – conçue à l'origine pour une gouvernante ou une nourrice – et dormait du sommeil du juste.

Une après-midi, alors que le week-end touchait à sa fin, Wolf lui frotta doucement le dos pour la réveiller.

— Tu es malade ? Ma mère t'a entendue avoir des haut-le-cœur dans la salle de bains. Pourquoi ne m'as-tu rien dit ?

Connie enfouit sa tête sous l'oreiller de plumes. Elle n'avait rien dit parce qu'elle ne voulait pas ruiner les vacances de la famille de Wolf ou afficher ses faiblesses (le fait que Mme Flute l'eût entendue avoir des haut-le-cœur la mortifiait). Elle n'avait rien dit parce que, tout au fond d'elle, elle connaissait la vérité : elle n'était pas malade.

— Je ne suis pas malade.

— Non ?

— Je suis enceinte.

Wolf n'avait pas réagi à la nouvelle, à son grand soulagement. Elle aurait été incapable de supporter sa colère, son désespoir, comme sa joie. Cette situation ne lui inspirait aucune idée, si ce n'est qu'elle n'avait que ce qu'elle méritait. Elle couchait avec des garçons depuis Matt Klein, au lycée, et n'avait jamais été très rigoureuse dans la prise de la pilule. Elle espérait que les garçons et les hommes seraient vigilants pour deux, et quand elle découvrait que ce n'était pas le cas, c'était toujours au plus fort de leurs ébats – trop tard : elle prenait le risque. C'était un miracle qu'elle ne fût pas tombée enceinte avant.

Quand Wolf reprit enfin la parole – cela lui prit si long-temps que Connie s'était presque rendormie –, il ne trouva rien d'autre à dire que :

— Waouh ! D'accord. Waouh !

Ce terme « Waouh » la perturbait. Elle n'avait aucune intention de garder ce bébé. Elle n'avait que vingt-deux ans et Wolf vingt-sept. Wolf avait un job d'architecte dans un cabinet de Washington et vivait dans un petit appartement de Dupont Circle, alors que Connie habitait encore chez ses parents. Avant, elle louait un appartement à Villanova, mais l'un des petits amis ivres de sa colocataire avait donné un coup de poing dans le mur de plâtre, leur faisant perdre leur dépôt de garantie. Après cela, ses parents avaient insisté pour qu'elle revînt chez eux et économisât assez d'argent pour prouver qu'elle était capable de vivre seule. Elle tra-vaillait comme serveuse au club Aronimink et avait servi ses parents ivres, ainsi que les amis ivres de ses parents, une situation suffisamment déprimante pour lui faire monter les larmes aux yeux. Elle était incapable d'avoir son propre appartement et avait bien du mal à assumer son petit boulot, alors un bébé ?

— Je ne voulais pas de bébé, disait maintenant Connie à Dan. Je n'étais qu'une gamine. D'abord, je devais profiter de la vie, en profiter à fond ! Faire le tour de l'Europe, comme Meredith. Au mariage de Meredith, je voulais être une demoiselle d'honneur époustouflante dans ma robe. Et apprendre à mieux me connaître, m'améliorer. J'avais un diplôme de sociologie de l'université de Villanova, mais res-tait à prouver à tous ceux qui me disaient qu'un tel diplôme ne servait à rien qu'ils avaient tort. Surtout, je ne voulais pas d'enfant.

— Et ton mari ?

— Mon petit ami ? Lui a décidé qu'il désirait cet enfant.

Wolf était aussi déterminé à garder le bébé que Connie à s'en défaire. Élevé dans la religion protestante, Wolf fit aus-sitôt appel à la foi catholique de Connie. N'avait-elle pas été élevée dans la croyance du caractère sacré de la vie ? Si, bien sûr. Mais tout le monde faisait des erreurs et Connie s'était déjà persuadée que cet avortement serait son plus grave péché. Elle avait sa propre échelle de valeur en ce qui concernait Dieu : comme elle avait mené jusqu'ici une vie saine – sa vie sexuelle prémaritale mise à part –, si elle commettait un unique péché mortel, elle dédierait le reste de sa vie à faire le bien et s'en sortirait indemne. Elle obtiendrait son diplôme de travailleuse sociale et œuvrerait avec ardeur dans les rues terrifiantes du nord de Philadelphie, combattant avec acharnement le problème des sans-abri et des filles-mères.

— Je refuse que tu tues une créature de Dieu, avait déclaré Wolf, péremptoire.

Connie n'en revenait pas de l'entendre défendre une position morale aussi rigide.

— C'est un embryon !

— Un embryon qui deviendra une personne. Un garçon ou une fille. Un homme ou une femme. Notre enfant. Notre premier enfant, la prochaine génération de ma famille... L'avenir des Flute est juste là, avait-il dit en posant ses mains sur son abdomen.

À ce moment-là, elle avait compris l'ampleur du problème. Wolf était sous l'influence du week-end familial. De ses parents et ses grands-parents. Il voulait apporter sa contribution dans la perpétuation de la dynastie, de la lignée familiale.

Connie avait secoué la tête et détourné le regard.

Pendant une semaine, ils n'avaient pris aucune décision. Puis une autre semaine s'était écoulée. Connie était retournée à Villanova et avait repris son travail de serveuse à Aronimink, un travail devenu plus difficile, étant donné son état. L'odeur des œufs – inévitable à l'heure du brunch – lui donnait la nausée et elle ne pouvait plus se joindre au personnel dans leurs beuveries nocturnes tardives. Enfin, si, elle pouvait y participer, se disait-elle, puisqu'elle ne garderait pas le bébé. Mais elle ne le fit pas.

Wolf et elle parlaient tous les soirs au téléphone. Il lui disait qu'il l'aimait. Et qu'il voulait l'épouser.

— Je savais que si j'avortais, je perdrais Wolf. Or je ne voulais pas le perdre. J'étais désespérément amoureuse de lui. Je voulais l'épouser. Mais l'épouser dans les règles, et passer du temps avec lui avant d'avoir des enfants. Je lui opposais cet argument, mais Wolf n'en démordait pas. Il voulait le bébé. C'était une telle certitude pour lui que j'ai fini pas me sentir suffisamment en confiance pour me ranger à son avis. Il m'a promis que tout se passerait bien. Que tout se déroulerait merveilleusement bien.

Connie et Wolf s'étaient mariés à Noël, à Villanova, à la faveur d'une petite cérémonie. Meredith, demoiselle d'honneur, portait une robe de cocktail rouge. Freddy n'avait pas pu venir à cause de son travail. Toby était apparu avec une fille de dix-neuf ans, membre de son équipage, mais le temps d'une chanson, il avait dansé avec Meredith, et la fille – Connie avait oublié son nom – s'était jetée à la tête du frère de Wolf, Jake. Au final, le mariage avait été une réussite. Connie portait une robe d'une délicate teinte ivoire – d'après Veronica, une couleur plus claire aurait constitué une faute de goût –, mais regardait malgré tout avec envie les flûtes de champagne, ainsi que la taille de guêpe de Meredith, regrettant d'être enceinte.

Connie et Dan se trouvaient maintenant au pied des marches de la promenade publique. Ils se tenaient toujours la main, et bien qu'il fût sans doute bien plus de 8 heures, Dan ne semblait guère pressé. C'était sans doute le luxe ultime : être auprès d'une personne heureuse de vous écouter. Soudain, Connie se dit que ressasser ainsi le passé allait peut-être l'amener quelque part. Et même si ce n'était pas le cas, elle se sentait bien ici avec lui.

— Quand le bébé est né, continua-t-elle, il y a eu des complications. Ashlyn s'est retournée durant le travail et sa jambe s'est coincée. Je hurlais de douleur, comme on me l'avait promis. Je ne me rappelle que mes cris, pas la douleur. À un moment, mon utérus s'est rompu et je suis allée au bloc opératoire. Quand ce genre de choses arrivait au Moyen Âge, la mère et l'enfant mouraient. Mais j'étais au Washington Hospital Center. Les médecins étaient des pros. Ils ont pratiqué une césarienne, sorti Ashlyn et stoppé l'hémorragie interne.

— Mon Dieu, Connie ! s'exclama Dan en lui pressant la main, faisant courir dans ses doigts un pur frisson d'extase.

Juste après, elle s'en voulut de susciter la compassion de son compagnon avec une histoire aussi dramatique. Pourtant, c'était la stricte vérité. Elle avait survécu.

— J'étais convaincue que les complications de l'accouchement étaient ma punition.

— Ta punition pour quoi ? Tu n'as pas mis fin à ta grossesse.

— Une punition, je ne sais pas… pour être moi, peut-être, pour toutes mes transgressions. Pour avoir voulu me débarrasser du bébé.

— Oh, allez ! Tu ne peux pas croire une chose pareille.

— Je le pensais à l'époque. Ashlyn et moi avons eu une relation difficile dès le départ. Depuis sa naissance. Depuis sa conception.

Dan rit.

— Tu es aussi folle que moi !

— Je sais.

Pourtant, à mesure que sa fille grandissait, Connie retenait son souffle, dans la crainte perpétuelle d'une catastrophe. Et, en effet, Ashlyn lui disait souvent un mot cruel, coupant, négatif. Si elle n'était pas heureuse, Connie en était aussitôt blâmée, ce qu'elle acceptait sans mot dire. Elle s'était toujours sentie coupable de ne pas avoir désiré Ashlyn.

— Wolf adorait sa fille, expliqua-t-elle. Elle était sa joie et sa fierté. Et, aux yeux d'Ashlyn, il ne pouvait jamais mal agir.

— Ça me rappelle ma propre histoire, en un sens. Nos enfants étaient plus proches de nos conjoints respectifs. Mais cela ne veut pas dire que nous avons échoué, Connie.

Pourtant, elle avait bel et bien échoué. Elle s'était donnée à cent pour cent, mais parfois avec répugnance. Ashlyn était une enfant brillante, extraordinaire, mais, émotionnellement, elle était de pierre. Aujourd'hui, elle gardait le silence.

Connie décida d'arrêter là son récit. Pas question d'en dire plus. Mais Dan était curieux.

— Alors pourquoi cette querelle ? Que s'est-il passé ?

Elle n'avait pas envie de le lui dire.

Cependant, c'était une occasion unique d'en parler. Connie commença par lui relater des événements simples : le lycée, la faculté de médecine. Ashlyn excellait sur tous les fronts. Ils formaient une famille heureuse. Même quand le cancer de la prostate de Wolf fut diagnostiqué, ils restèrent unis. Puis Ashlyn emmena Bridget en week-end chez eux. La découverte de l'orientation sexuelle de sa fille convergea avec celle de la tumeur au cerveau de Wolf. Son mari refusa le traitement à cause de ses chantiers. Ashlyn crut que c'était une marque de rejet. Elle aurait dû en vouloir à son père, au lieu de quoi elle reporta toute sa fureur contre sa mère, sans doute parce qu'il n'y avait plus qu'elle.

— Et puis aux funérailles...

Connie ferma les yeux. Allait-elle lui avouer ce qui s'était passé ? Elle prit une grande goulée d'air marin et fangeux.

— ... Je me montrais aussi affable que possible concernant la relation d'Ashlyn et Bridget. Enfin, on ne peut pas dire que je m'en réjouissais, mais j'étais contente de savoir Ashlyn heureuse. J'étais contente qu'elle ait quelqu'un, qu'elle ne soit pas seule.

Pourtant, se disait-elle, elle aurait dû faire preuve de plus d'enthousiasme à leur égard. Ashlyn et Bridget étaient toutes deux assises au premier rang de l'église épiscopale de Saint Barnabas, main dans la main. Ce geste l'avait gênée. Wolf était décédé, Connie vivait le moment le plus douloureux de sa vie, l'église était remplie de proches, de parents, ainsi que d'une foule d'inconnus, et sa fille tenait la main d'une autre femme au premier rang. Connie lui avait jeté des regards réprobateurs, comme son propre père le jour où elle était entrée dans le centre commercial King of Prussia avec la main fourrée dans le Levis de Drew Van Dyke. Elle mourait d'envie de se pencher vers sa fille et de lui murmurer : « Fais attention. Le révérend Joel nous regarde. Ta grand-tante Bette nous regarde. » Mais contrairement à son propre père, qui aurait pu faire une scène devant tout le monde, elle avait tenu sa langue. Sur ce point, elle était fière d'elle.

Durant la réception chez Jake et Iris à Silver Spring, Ashlyn et Bridget s'étaient éclipsées. Connie les avait vues quitter la pièce, toujours main dans la main, mais elle était coincée avec une partenaire de bridge d'Iris qui venait juste de perdre son propre mari d'un emphysème. Ce n'est que plus tard, en se rendant à la salle de bains, qu'elle tomba sur les deux filles. Connie était allée au deuxième étage pour échapper aux conversations gênantes des proches endeuillés alignés devant les toilettes pour dames du premier. Ashlyn et Bridget se trouvaient devant la porte de l'une des chambres d'invités. Bridget tenait le visage de sa bien-aimée – Ashlyn – entre ses mains et l'embrassait.

Connie s'était repassé cette scène maintes fois dans son esprit, rêvant d'une issue différente. En voyant les deux filles s'embrasser – à pleine bouche et langoureusement enlacées –, elle s'était écriée :

— Au nom du Ciel, Ashlyn ! Arrête ! Arrête ça tout de suite !

Ashlyn s'était tournée vers sa mère avec sur le visage une expression d'humiliation, de colère et de défiance. Puis elle avait dévalé les escaliers en trombe et s'était enfuie de la maison, Bridget dans son sillage.

Plus tard, Connie avait tenté de s'excuser. Elle avait appelé sa fille, mais n'avait eu que son répondeur. Essayer à l'hôpital était une bonne idée, mais il lui fallut plusieurs jours pour trouver ce courage. Elle se disait que plus le temps passait entre son éclat et sa conversation avec sa fille, mieux c'était. Malheureusement, quand elle joignit enfin l'hôpital, on l'informa que le Dr Flute avait donné sa démission.

Ce n'était que dans le cabinet d'avocat où la succession de Wolf fut réglée qu'elle apprit que Bridget avait obtenu un poste prestigieux dans un grand hôpital universitaire, et qu'Ashlyn l'avait suivie. Ashlyn avait refusé de lui donner le nom de l'hôpital. En fait, elle ne lui avait jamais parlé directement, excepté pour lui rire au nez quand Connie lui avait présenté ses excuses.

— Je ne pensais pas à mal en disant ces mots, avait-elle plaidé.

Elle s'était convaincue que Bill O'Brien aurait eu la même réaction s'il avait trouvé Connie en train d'embrasser son petit copain en haut de l'escalier pendant une réception de funérailles. (Qu'aurait-il dit ? Elle tentait de se l'imaginer. D'imaginer n'importe quel parent dans sa situation. « Qu'est-ce que vous faites là ? Ce n'est ni l'endroit ni le moment ! ») Mais la vérité visqueuse et délétère, c'était que le lieu et le moment n'avaient guère de rapport avec la réaction de Connie. Voir sa fille embrasser une autre femme l'avait décontenancée. Cela l'avait… dégoûtée. Cela faisait-il d'elle une mauvaise personne ? N'était-ce pas, dans une certaine mesure, compréhensible ?

— Vous m'avez prise de court, toutes les deux, avait-elle continué. Je ne m'attendais pas à vous trouver là. Et j'étais tellement perturbée ce jour-là. Ashlyn, je suis désolée.

Ashlyn avait éclaté d'un rire sarcastique au nez de sa mère, puis s'était engouffrée dans l'Aston Martin tant chérie par son père et avait démarré en trombe.

— C'est la dernière fois que je l'ai vue, souffla-t-elle à Dan. J'ai découvert qu'elle était médecin à Tallahassee. Elle travaille dans une clinique communautaire, je suppose. Sa carrière est secondaire par rapport à celle de Bridget. Peut-être que c'est pour ça qu'elle ne veut pas me parler. Peut-être qu'elle a honte de ses choix. En plus, elle était en colère avant les funérailles. Elle me tient pour responsable de la mort de Wolf.

Dan passa le bras autour de ses épaules et la serra contre lui, mais les larmes attendues ne vinrent pas. C'était Dan qui avait raison : en racontant son histoire à une personne presque entièrement étrangère à la situation, elle avait réussi à prendre un peu de recul. Elle était capable de se représenter comme quelqu'un qui avait traversé cette épreuve. Ce récit paraissait-il terrible à Dan ? « Au nom du Ciel, Ashlyn ! » Des paroles qu'elle avait dites une douzaine de fois à sa fille par le passé, dans des moments de colère ou de frustration extrême – quand Ashlyn avait renversé du vernis à ongle sur le tapis persan, outrageusement dépassé l'heure du couvre-feu ou laissé sa chambre dans un désordre innommable. Sa réaction s'apparentait-elle à un rejet de la sexualité d'Ashlyn ? Une manifestation d'intolérance ? Dan pensait-il qu'elle était bigote ? Connie elle-même avait le plus grand mal à interpréter son comportement – sans doute parce que le ton de sa voix masquait une émotion qu'elle était incapable de nommer. De la colère ? De l'embarras ? Du dégoût ? Certainement pas. Enfin, si, peut-être un petit peu. Aujourd'hui, elle était punie. Punie de ne pas s'être réjouie de l'amour de sa fille pour une autre femme.

Elle avait compris la leçon. À présent, elle donnerait tout – sa maison, son argent, son bras droit – simplement pour entendre le son de la voix d'Ashlyn.

Dan s'éclaircit la gorge.

— Quelle terrible épreuve.

— La plus dure que j'aie jamais traversée, avoua Connie. Elle eut un petit rire.

— Enfin, c'est toi qui l'as voulu !

— Je ne sais pas quoi dire, si ce n'est que je comprends ce que tu ressens. Du moins, j'en ai une idée.

Ils s'assirent en silence quelques instants. L'esprit de Connie réfléchissait à toute allure. L'heure tournait, or elle ne se sentait pas capable de reprendre sa voiture et rentrer chez elle après avoir partagé de telles confidences avec cet homme. Par cette belle journée chaude et ensoleillée, elle rêvait d'eau, d'ombre, d'un bain de mer. Pourtant, elle resterait à griller au soleil au côté de Dan aussi longtemps qu'il le faudrait.

— Tu vas manquer ton travail, dit-elle.

— Aucune importance, répondit-il en la tirant par la main. Viens, je t'emmène déjeuner.

Il était 9 h 30 – un peu tôt pour le déjeuner – même si Connie était levée depuis 5 heures du matin, si bien qu'elle était déjà au milieu de sa journée. Elle abandonna sa voiture sur le parking de Monomoy et grimpa dans la jeep de Dan. Son corps tremblait, à la fois de chaleur et de soulagement. Elle lui avait fait le plus douloureux des aveux et il voulait toujours d'elle.

— Je ferais mieux de rapporter d'abord ces provisions à la maison. On va faire un saut chez moi, si ça ne te dérange pas.

— Pas de problème.

Ils empruntèrent Milestone Road, puis Sheep Commons Lane, et se garèrent enfin dans une allée circulaire. La maison de Dan avait un toit de bardeaux gris, comme la sienne, ainsi qu'une jolie cheminée de briques, un porche et une charmante balançoire. Un vélo d'enfant était posé contre la balustrade. Connie observa le jardin luxuriant et le banc de pierre niché au cœur des fougères.

— Je me dépêche, déclara Dan en s'emparant des sacs de provisions.

— D'accord, répondit Connie.

Dans sa tête, elle chantonnait : « Il veut être avec moi ! » Si elle avait su ce matin à l'aube que son expédition au supermarché prendrait ce tour, elle n'aurait jamais paniqué. Si seulement elle avait su cela ces dernières semaines, alors qu'elle se morfondait chez elle ! Elle avait hâte de tout raconter à Meredith. Puis elle se rendit compte que son amie était seule dans la maison depuis des heures et n'avait aucune idée de l'endroit où elle se trouvait. Devait-elle l'appeler ? Elle fouilla son sac, mais son téléphone ne s'y trouvait pas. Il était en charge dans la cuisine.

Meredith allait bien, se dit Connie. Ce n'était pas une enfant, après tout.

Dan réapparut.

— Heureusement que tu n'es pas entrée. Mon fils Donovan est en sous-vêtements sur le canapé, en train de regarder *Pimp my Ride*, cette émission de customisation de voiture. Mieux valait que tu ne voies pas ça !

Dan prit Polpis Road en direction de Sconset, effectuant plusieurs détours pour traverser les terres appartenant à sa famille, qui possédait de grands terrains à Squam et Quidnet. La fiducie familiale comportait quatorze maisons, et Dan était responsable des locations et de l'entretien. Il lui parla des tribus indiennes Wampanoag qui peuplaient Nantucket au XVIIe siècle, bien avant l'arrivée des Starbucks.

— Et les Flynn ? demanda-t-elle.

— Ils sont arrivés en 1805. Nous sommes des retarda-
taires.

Ils arrivèrent à Summer House un peu avant midi. Dan
avait carte blanche dans ce restaurant doté d'une piscine,
car il se chargeait chaque année du grand nettoyage de
printemps. Connie et lui s'installèrent dans des chaises
longues au soleil et un serveur vint prendre la commande
des boissons. Dan choisit une bière et proposa à Connie de
prendre du vin, si elle le désirait. Évidemment, elle en avait
envie, mais non, elle ne prendrait pas de vin. Aussi opta-
t-elle pour un thé glacé.

Dan la ramena chez elle à 14 h 30. Il avait annulé tous ses
rendez-vous de la matinée, mais sa mission de 15 heures ne
pouvait être reportée. Connie était étourdie de bonheur. Ils
avaient tant ri près de la piscine du restaurant ! Après avoir
longuement parlé, ils avaient fini par faire une sieste. Puis,
sans cérémonie, Dan l'avait jetée dans la piscine – robe de
coton comprise –, ce que Connie avait trouvé drôle et charmant à la fois, signe qu'elle était réellement folle de lui, car
quelle femme de cinquante ans trouve amusant de se
retrouver tout habillée dans une piscine ? (Sans parler de
l'état de ses cheveux savamment coiffés.) Tout en séchant,
ils avaient dégusté des sandwichs de crabe avec des frites,
et une crème brûlée pour le dessert. Puis Connie s'était dit
qu'il était fort plaisant de sortir dans le monde, parmi
d'autres gens. Enfin, elle pensa à Meredith et se sentit coupable, aussi quand Dan lui annonça qu'il devait la ramener
chez elle, elle était tout à fait d'accord.

— Mais, si tu es libre, je t'invite à dîner ce soir. Et après,
j'aimerais que tu restes pour la nuit.

Connie hocha la tête.

— Oui, murmura-t-elle.

C'était un signe de maturité – ou bien de vieillesse ? – de
l'avertir aussi clairement de ses intentions. Cela éliminait
toutes tergiversations et suppositions. Tous deux avaient
déjà été mariés. Dan avait sans doute eu des petites amies

depuis la mort de Nicole. Il savait comment s'y prendre, ce dont elle lui était reconnaissante.

Une fois devant chez elle, elle le salua de la main tout en le regardant s'éloigner en voiture.

Bien qu'elle n'eût pas absorbé une goutte d'alcool, elle se sentait ivre.

À l'intérieur, elle trouva Meredith sur le canapé, en train de lire un roman de Jane Austen. Son amie portait un maillot de bain et une tunique. Ses lunettes de soleil étaient perchées sur son crâne pendant qu'elle lisait avec ses lunettes de vue. Pourtant, Connie savait que son amie n'avait pas mis les pieds dehors. Certes, elle était plus brave qu'au début de son séjour, mais jamais elle ne se serait aventurée sur la terrasse alors qu'elle était seule à la maison.

— Bonjour ! claironna Connie.

Meredith ne leva pas les yeux. Un sentiment aigre coula dans son estomac.

— Meredith ?

Pas un mouvement. Pas un hochement de tête ni un tremblement de jambe. Connie attendit un moment et vit Meredith tourner la page. Son amie pouvait se montrer totalement autiste quand il s'agissait de livres. Soudain, Connie se rappela que Meredith lui avait laissé trente dollars et un morceau de papier avec le titre de deux romans sur le comptoir de la cuisine, et qu'elle lui avait promis de courir chez Bookswork aujourd'hui pour les lui acheter. Même si Meredith tenait beaucoup à ces ouvrages, elle avait bien trop peur d'y aller elle-même. Ces livres comptaient beaucoup pour elle. Était-ce la raison de sa contrariété ? Parce qu'elle avait oublié d'acheter ses livres ? Très bien, d'accord, elle irait dès maintenant. Mais, dans la cuisine – l'argent et la liste étaient toujours sur le comptoir –, elle se rendit compte qu'elle avait laissé sa voiture à Monomoy. Zut. Eh bien, Dan et elle y remédieraient ce soir. Connie prendrait sa voiture après le dîner pour aller chez Dan. Parfait.

— Meredith, est-ce que ça va ?

Enfin, son amie leva la tête.

— Tu es partie à 6 heures du matin en me disant que tu allais faire des courses.

— Je sais. Je suis désolée.

— J'étais inquiète. J'ai paniqué. Et puis j'étais énervée, quand j'ai compris aux alentours de midi que tu devais avoir d'autres plans et que tu m'avais menti. Je me trompe ?

— Je n'avais pas d'autres plans. Je suis bien allée au supermarché.

Connie parlait lentement pour avoir le temps de choisir ses mots avec soin. Elle aurait dû se douter que Meredith réagirait mal. Après tout, elle s'était retrouvée seule dans la maison pendant presque neuf heures.

— Je suis tombée sur Dan. Dans le magasin.

Meredith se tourna vers elle à la mention de Dan, mais son visage ne trahissait pas ses pensées. À cet instant, Connie se rappela pourquoi elles ne s'étaient pas adressé la parole pendant trois ans. Meredith était incroyable quand elle était en désaccord avec quelqu'un. Connie repensa à leur dispute au téléphone. Oh, oui, elles étaient totalement en désaccord.

— Un coup de bol, précisa Connie, comme si elle voulait insister sur ce point. On a parlé un moment, on est allés se promener sur la plage, et puis on a déjeuné à Summer House, et enfin il m'a ramenée à la maison.

Meredith renifla, pourtant elle ne pleurait pas. Elle ne pleurait jamais.

— Meredith ? Dis quelque chose.

— Apparemment, tu as passé une agréable journée.

Connie s'assit devant la table basse. Elle décida qu'elle n'allait pas mentir à son interlocutrice pour lui faire plaisir.

— Oui, c'était une journée très agréable. On a parlé d'Ashlyn, et du fils de Dan. On a fait une balade en voiture dans l'île et puis on a fini au restaurant Summer House. Là-bas, on peut déjeuner au bord de la piscine, les rosiers sont en fleurs et on peut admirer l'océan. On a mangé des sandwichs au crabe et des frites à tomber par terre. Dan m'a jetée dans la piscine.

— Combien de verres de vin tu as bus ?

Connie se tut. Ce n'était pas très gentil. Mais elle ne mordrait pas à l'hameçon. Au moins, elle avait appris deux ou trois choses de sa querelle avec sa meilleure amie. Meredith se sentait mal et voulait la faire culpabiliser.

— Tu m'en veux ? Tu m'en veux parce que je suis sortie avec Dan ?

Meredith ne répondit pas.

— Tu as des sentiments pour lui ?

Cette idée ne lui avait pas traversé l'esprit jusque-là. Seule l'inquiétait la possibilité que Dan eût des sentiments pour Meredith.

— Non, je ne ressens rien de particulier pour Dan. En dehors du fait que c'est un homme charmant. Et, à ma grande surprise, je me suis beaucoup amusée quand on a fait du bateau tous ensemble. Le fait que vous soyez sortis tous les deux et ayez pris du bon temps sans moi m'agace un peu, c'est vrai. Surtout parce que je ne savais pas où tu étais. Maintenant, j'ai compris. Tu es adulte. C'est ta maison. Je vis ici parce que tu as l'esprit ouvert et le cœur généreux et compatissant. Tu peux aller et venir comme bon te semble et voir qui tu veux, c'est normal. Et je peux rester ici, seule, à m'apitoyer sur mon sort et flipper comme une perdue.

— Oh, Meredith.

De nouveau, elles étaient de retour au lycée. Rien ne changeait jamais. Connie aurait pu être sur la défensive – oui, c'était sa maison, oui elle avait le droit d'agir spontanément sans en référer à son amie et oui, Meredith habitait ici du fait de sa générosité –, pourtant, en la voyant assise là, abattue, elle la comprenait.

— Désolée d'avoir à te dire ça, mais je sors avec Dan ce soir. Pour le dîner.

— Seule ?

Elle hocha la tête.

— Où ?

— Au Ships Inn. Et, Meredith ?

— Quoi ?

— Je vais passer la nuit chez lui. Il me l'a proposé et j'ai accepté.

Meredith se replongea dans son livre. C'était préférable à la voir outrée ou se faire traiter de traînée. Connie se mit à réfléchir. J'irai en vélo à Monomoy, décida-t-elle. Je récupérerai ma voiture, j'irai chez Bookworks et je lui achèterai ses livres. Elle les aura pour la soirée. Et je ferai des courses ! Je lui préparerai un délicieux dîner.

Connie observa son amie, qui cachait à présent son visage derrière son livre – même si elle ne pleurait pas, ne pleurait jamais – et se demanda comment elle allait arranger la situation.

MEREDITH

À 9 heures, Meredith comprit enfin que Connie n'était pas allée faire les courses, ou pas seulement. Au début, elle supposa que Connie avait fait d'autres emplettes. À la ferme ou chez le caviste. Ou alors elle était retournée chez Vanessa Noel pour acheter une paire de chaussures, ou chez Erica Wilson ou David Chase pour dénicher une nouvelle robe, un jean blanc ou un joli haut. En toute logique, Connie préférait faire les boutiques sans elle. Meredith ne pouvait rien s'offrir – et refusait de quitter la maison de toute façon.

À midi, Connie n'était toujours pas revenue. Très bien, se dit Meredith, elle avait fait toutes ses emplettes, puis était sûrement allée au port (peu probable) ou au Whaling Museum (par une si belle journée ?). Elle avait composé le numéro de portable de Connie depuis la maison, mais une sonnerie avait retenti simultanément, lui embrouillant les idées jusqu'à ce qu'elle comprît que le portable de Connie se trouvait là, dans la cuisine. Voilà pourquoi son amie n'avait pas appelé ! Une idée qui ne la réconfortait guère.

À 13 h 30, Meredith fut envahie par le doute, puis par la peur. Le doute d'abord. Et si Connie avait une autre amie ou un groupe d'amis qu'elle retrouvait en secret ? Cette simple supposition lui faisait de la peine. Pourtant, au bout de quelques minutes, elle rejeta cette théorie. Connie n'avait jamais mentionné de connaissances à Nantucket. Et si elle avait des amis sur l'île, elle les aurait contactés avant de venir. Ne restait donc plus que la peur : la peur que Connie fût victime d'une malveillance qui lui était destinée, à elle. Amy Rivers avait fait sortir sa voiture de la route, un inconnu l'avait abordée sur le parking du Shop&Shop et agressée. Elle était à l'hôpital ou bien avait été kidnappée et se trouvait, en ce moment même, ligotée sur un tabouret Stephen Swift dans une cuisine.

Dès que la pièce de mobilier danois se matérialisa dans son esprit, elle sut que ce scénario était ridicule. Connie n'avait pas été victime d'un enlèvement. Alors où était-elle ?

Quand enfin Connie rentra à la maison à 14 h 30 et lui raconta qu'elle était tombée sur Dan au supermarché et avait passé la journée avec lui, Meredith était furieuse. Voilà, elle venait de passer huit heures à s'inquiéter pendant que son amie prenait du bon temps. C'était Connie qui l'avait traînée à chacun de ses rendez-vous avec Dan – dont une journée entière en mer – si bien qu'en plus de bien s'amuser Meredith s'était habituée à l'idée de ces sorties à trois. Ainsi, cette brutale réaffirmation de leur situation de couple fut un choc.

À présent, Connie l'avait abandonnée pour aller à son rendez-vous amoureux, vêtue d'une robe rose et orange Herve Leger fabuleuse – que peu de femmes, même vingt ans plus jeunes, auraient pu enfiler –, et chaussée de sa nouvelle paire d'escarpins Vanessa Noel. Elle lui avait aussi acheté les livres qu'elle convoitait chez Bookworks – Connie était allée en vélo à Monomoy pour récupérer sa voiture et se rendre ensuite à la librairie. C'était la culpabilité qui l'avait poussée à faire ce déplacement. Son amie lui avait aussi préparé une salade composée : œufs durs, bacon, bleu, avocat et crevettes grillées. Avant de partir, Connie avait verrouillé toutes les portes et branché l'alarme. Puis elle avait étreint Meredith, et quand la jeep de Dan s'était arrêtée devant le porche, elle s'était éclipsée.

Meredith était pleine de ressentiments, essentiellement parce qu'elle ne pouvait rien lui reprocher.

Seule, se dit Meredith. Je suis seule.

Le téléphone de la maison sonna, la faisant sursauter. Connie et elle avaient regardé trop de films d'horreur quand elles étaient adolescentes. Son esprit imaginait déjà un rodeur autour de la maison. Elle se força à lire l'identificateur d'appel – si c'était Connie ou l'un de ses fils ? – et vit qu'il s'agissait du cabinet d'avocat.

Elle décrocha le téléphone.

— Meredith ! Enfin !

— Bonjour, Dev.

— Je viens d'appeler trois fois sur votre portable et je vous ai envoyé un texto. Vous l'avez lu ?

— Non, je…

— Vous devez laisser votre téléphone allumé, Meredith, gronda Dev. À quoi ça sert sinon ?

Était-il utile de lui expliquer qu'en l'éteignant elle se préservait de vingt-trois heures d'angoisse, à attendre les appels des uns et des autres ?

— Dieu merci, vous m'avez donné ce numéro. Parce que la situation a évolué.

— Comment ça ?

Elle s'assit au bord du canapé. Impossible de s'installer confortablement pour avoir cette conversation.

— Eh bien, j'ai de bonnes et de mauvaises nouvelles.

Meredith serra les poings.

— Continuez.

— Les bonnes nouvelles viennent de Julie Schwartz. Les fédéraux ont déterminé que ce Deacon Rapp, le trader soi-disant honnête qui accusait Leo, faisait en réalité partie intégrante du schéma de Ponzi !

— Vous plaisantez !

— Il essayait de faire porter le chapeau à Leo à sa place, ce qui est logique, étant donné que Leo est la chair et le sang de Freddy. Mais, après examen des prétendues preuves, les fédéraux l'ont épinglé. Ils ont une liste de griefs à son encontre longue comme le bras et, son témoignage n'étant plus valide, plus rien n'implique Leo dans la fraude financière. L'ordinateur de Leo ne recèle rien de compromettant et ils n'ont trouvé aucune communication entre le bureau de votre fils et les démons du dix-septième étage.

— Dieu merci !

— Encore mieux, ils ont retrouvé cette femme, la soi-disant secrétaire du dix-septième étage, Édith Misurelli. Ils l'ont arrêtée à son arrivée à JFK en provenance de Rome et l'ont emmenée aussitôt dans leurs bureaux pour l'inter-roger. Elle a déclaré tout de go que Leo Delinn s'était vu refuser l'accès du dix-septième étage par... devinez qui ?

Meredith tremblait.

— Qui ?

— Votre mari. Freddy a interdit à Leo d'entrer dans les bureaux où il réalisait ses méfaits. D'après Mlle Misurelli, Leo n'a jamais mis une seule fois les pieds à cet étage.

— Oh, mon Dieu ! s'exclama-t-elle, en proie à un tel sou-lagement qu'elle eut l'impression qu'une vague glacée venait d'éteindre le brasier qui la consumait.

— Alors Leo est tiré d'affaire ?

— À moins que d'autres éléments n'apparaissent, oui. Les fédéraux en ont terminé avec Leo. Ils enquêtent sur ce Deacon Rapp, qui a mis en lieu sûr trente et un millions de dollars ! Il était de mèche avec son oncle, qui a déposé l'argent dans quatre banques du Queens.

— Alors je peux parler à Leo ? Je peux l'appeler ? demanda-t-elle avec fièvre.

— Maintenant, les mauvaises nouvelles... Leo n'est plus sur la sellette, ce qui a déchaîné la colère des investisseurs et de leurs avocats. Pourquoi ? Parce qu'ils veulent la tête d'un autre Delinn. Alors sur qui vont-ils se concentrer désormais ?

— Sur moi.

— Sur vous.

Meredith se leva. Les autres investisseurs réclament ta tête. Les paroles d'Amy Rivers hantaient son esprit. Elle se dirigea vers la bibliothèque et contempla la collection de baromètres de Wolf Flute. Oh ! Les heures que Meredith avait passées à collectionner des objets, au lieu de s'inquiéter de sa propre liberté.

Mais Leo est libre ! chantonna-t-elle dans sa tête. Leo est libre ! Elle s'autorisa à faire glisser de ses épaules la montagne de soucis qui pesait dessus – un sentiment grisant, mais pas aussi libérateur que le doute infime et sournois qui aiguillonnait son cœur au sujet de Leo. Jamais elle n'avait cru son fils impliqué dans un schéma de Ponzi, mais elle avait craint, tout au fond d'elle, qu'il eût été au courant de toute l'affaire et que sa loyauté envers son père l'eût empêché de le dénoncer.

Cette mystérieuse femme, une secrétaire de Freddy dont Meredith ne soupçonnait même pas l'existence, avait fourni la seule réponse acceptable : Freddy avait interdit à Leo l'accès du dix-septième étage.

À la lumière de ces nouvelles informations, pourquoi s'inquiéterait-elle de son propre sort ? N'avait-elle pas dit qu'elle était prête à se sacrifier pour la liberté de son fils ?

— Ça nous amène au point épineux, continua Dev.

— Les quinze millions…, dit-elle d'une voix lasse.

Allaient-ils encore discuter de ce sujet ?

— … Vous allez m'interroger sur les quinze millions de dollars.

— Avez-vous la moindre idée de l'endroit où ils se trouvent ? N'importe quel indice ?

— Non.

— Vous êtes sûre ?

— Je vous l'ai déjà dit cent fois.

— Très bien. Alors, il ne vous reste plus qu'à réfléchir à des lieux où cet argent pourrait être, des villes où les fédéraux pourraient concentrer leurs recherches. Mais vous ne devez pas appeler Leo ni Carver, tant que vous n'êtes pas blanchie. C'est impératif, encore plus maintenant, d'accord ?

Il marqua une pause.

— Hé ! Mais la bonne nouvelle, c'est que Leo est tiré d'affaire ! Libre !

Meredith ferma les yeux. Elle avait refusé de prononcer ces paroles avant, mais elle pouvait le faire à présent.

— Oui, c'est vrai. C'est une bonne nouvelle.

Meredith raccrocha le téléphone. Leo était libre. Ce soir, ils fêteraient l'événement en toute intimité dans la maison de Carver, peut-être juste Carver, Leo et Anaïs autour d'un dîner, avec de la musique, et ils s'autoriseraient enfin à rire, pour la première fois depuis des mois.

Elle se servit un verre de vin. La terrasse l'attirait comme un aimant, mais sortir lui faisait bien trop peur. Leo était libre, mais elle était toujours en danger, peut-être encore plus qu'avant. Si seulement Connie était là ! Meredith jeta un regard de biais aux portes vitrées. La tête noire et lisse d'Harold émergeait du glacis verdâtre des vagues, puis disparaissait.

Un seul phoque.

Ses nouveaux romans l'attendaient sur la table. Elle pouvait s'offrir le plaisir d'en ouvrir un, mais ce serait une perte de temps. Car les récentes informations se bousculaient dans sa tête.

Les fédéraux croyaient la connaître. Tout comme les investisseurs et les médias américains : Meredith Delinn, l'épouse du géant de la finance Frederick Xavier Delinn, la mère de deux garçons privilégiés, la mondaine. Ils croyaient qu'elle siégeait dans les conseils d'administration, organisait des galas de charité, courait les boutiques. Certes, elle s'était consacrée à toutes ces activités, mais elle avait accompli bien d'autres choses. Des choses méritoires.

Meredith avait enseigné l'anglais au lycée Samuel Gompers, dans le Bronx, pendant cinq ans. Un travail pénible, épuisant, frustrant – elle défiait n'importe quel agent fédéral ou employé de la SEC de s'y frotter. Elle avait forcé des dizaines d'élèves à lire. Quelques-uns avaient même appris à lire avec elle. Elle leur avait jeté en pâture *Frankie Addams* [1], de Carson McCullers. Pour certains, ce livre faisait l'effet d'un sac sur la tête : ils ne voyaient rien du tout. Mais pour d'autres, c'était un portail lumineux qui leur ouvrait la voie de la littérature. Chaque jour, Meredith

---

1. Ce roman, écrit en 1946 par la romancière américaine, a pour titre anglais *The Member of the Wedding*.

lisait un poème à sa classe. Parfois personne ne l'écoutait : ils étaient bien trop occupés à parler du dernier match de basket des Knicks de New York ou de la nouvelle Corvette d'Hector Alvarez, le champion de base-ball, ou encore à s'embrasser. Parfois, ils étaient capables de commentaires comme :

— On n'en a rien à foutre de votre brouette rouge et de vos poulets blancs [1] !

Mais il arrivait aussi que, en lisant des poèmes de Gwendolyn Brooks ou Nikki Giovanni, Meredith obtînt l'attention d'une partie de la classe. En entendant le poème *A Boy Died in My Alley* [2], l'un d'eux réagit aussitôt :

— Hé, mec ! C'est comme Lippy Magee qui s'est fait planter derrière le dispensaire.

Ce à quoi Meredith répondit :

— Bien, tout le monde prend un stylo.

Elle gagnait une bouchée de pain, prenait le métro tous les jours de la semaine, et rentrait chez elle épuisée, alors que Freddy était souvent encore au bureau. Lorsqu'elle tomba enceinte, prendre le train pour gagner le nord de la ville l'épuisait et l'inquiétait, et remonter les quatre étages de son immeuble avec ses sacs de provisions de chez D'Agostino's achevait de l'éreinter. Elle pensa à démissionner quand Freddy lui annonça qu'il quittait Prudential pour créer son propre cabinet d'investissements. Pourquoi travailler si dur et faire gagner de l'argent à une grosse corporation alors qu'il pouvait faire la même chose pour lui-même ?

Meredith garda son poste au lycée Gompers une année supplémentaire, puis encore une autre. Le couple avait besoin de son assurance maladie. Freddy peinait à faire décoller son affaire. Meredith tomba de nouveau enceinte. Ils n'avaient pas assez d'espace pour accueillir un autre enfant ni les moyens de déménager.

---

1. L'élève fait référence à *The Red Wheelbarrow* (« La brouette rouge »), un poème écrit en 1923 par l'Américain William Carlos Williams.

2. Littéralement « Un garçon est mort dans mon allée ».

Un soir, pendant que Leo – âgé de dix-huit mois – hurlait dans son berceau et que Freddy était occupé avec un quelconque investisseur – qui au final ne ferait pas affaire avec lui –, Meredith s'allongea dans la baignoire avec son ventre incroyablement enflé et se mit à pleurer. Les paroles de son père lui revinrent en mémoire : « Brillante et talentueuse. Cette gosse ne peut pas échouer. » Mentait-il ? Car s'il disait la vérité, que faisait-elle ici ?

Meredith finit son verre de vin et observa la magnifique salade composée. Parviendrait-elle à avaler quelque chose ?

Il faisait de plus en plus sombre, mais si elle allumait la lumière, elle avait le sentiment angoissant que la personne qui l'épiait la verrait manger seule dans la pièce illuminée. Elle piocha quelques feuilles de salade dans l'obscurité – non pas parce qu'elle avait faim, mais parce que Connie l'avait préparée spécialement pour elle. Connie était une merveilleuse cuisinière, une merveilleuse amie, une femme formidable. Il y a plusieurs années, Meredith lui avait dit d'horribles choses, pourtant son amie n'y avait pas fait allusion une seule fois. Pourvu qu'elle s'amuse ce soir avec Dan, se dit-elle. Sans doute étaient-ils en train de dîner. Si Meredith avait une vraie raison d'avoir peur, elle pourrait toujours appeler son amie sur son portable. Pas trop tard, bien sûr.

À cette époque, Leo et Carver allaient à la crèche, ce qui dérangeait Freddy. Malheureusement, ils n'avaient pas de quoi embaucher une nounou. Ils emménagèrent dans un appartement doté de deux chambres sur East 82nd Street, mais toujours dans un immeuble sans ascenseur. Freddy avait l'habitude de quitter l'appartement avant le réveil des garçons et de rentrer après leur coucher. Il perdait du poids. Meredith le suppliait de boire un milkshake pour le déjeuner, elle le suppliait de voir un médecin, mais Freddy ne faisait que travailler, encore et toujours. Son travail l'obnubilait. Faire fructifier sa société. Attirer de nouveaux clients. Comment séduire de nouveaux investisseurs ? Il bûchait le week-end. À la maison, Meredith se retrouvait en charge de tout. Impossible de s'en sortir seule. Elle ne pouvait pas s'occuper de deux enfants, tenir une maison, corriger trente copies et préparer ses cours. Carver montrait des signes d'anxiété. Il pleurait quand elle le laissait le matin à la crèche, il sanglotait encore quand elle revenait le chercher.

Puis Meredith tomba une troisième fois enceinte.

Elle attendit Freddy à l'appartement, le test de grossesse à la main, qu'elle agitait comme un éventail. Un éventail qui révélait que leur existence ne tournait pas rond. Elle voulait une vie plus facile, une vie différente. Son métier était trop pénible. Le jour même, elle avait surpris deux filles en train de se battre dans les toilettes, l'une d'elles avait une lame de rasoir cachée au creux de sa lèvre inférieure. Le plus gênant, c'était qu'elle avait su comment arrêter la fille et où chercher la lame de rasoir. Comment savait-elle de telles choses ?

Elle voulait quitter Gompers à la fin de l'année. Les navettes en métro lui faisaient horreur. Laisser ses fils à la crèche lui faisait horreur. Carver s'accrochait à sa chemise, agrippait ses lunettes. Les employés de la crèche étaient forcés de l'arracher à elle. Et maintenant, elle allait avoir un autre bébé.

Freddy baissa les yeux. Elle avait beau l'aimer, ce n'était pas la vie qu'elle espérait.

— J'emmène les enfants, déclara-t-elle. Je vais chez ma mère.

Son annonce était terriblement cliché, mais ce qui ne l'était pas, c'était l'idée de se retrouver dans la maison de son enfance, la grande demeure coloniale blanche de Villanova, avec l'immense cour luxueuse, où les garçons pourraient sauter par-dessus le système d'arrosage automatique et faire de la balançoire. Sa mère l'aiderait. Et elle inscrirait les garçons à Tarleton.

Freddy, se rappelait-elle, paraissait effondré. Puis il avait souri.

— Un autre bébé ?

— Oui, un autre bébé.

Elle sourit elle aussi, malgré elle. Puis se durcit.

— Je le pense, Freddy. Je m'en vais. À moins que les choses ne changent, je rentre chez moi.

— Tu n'iras nulle part. Tu vas rester ici et je vais arranger les choses. Je vais m'occuper de tout.

La SEC et les fédéraux estimaient que Freddy se servait du schéma de Ponzi depuis au moins dix ans, mais, en réfléchissant au passé, elle était presque certaine que tout avait commencé l'année suivant sa menace de partir. En effet, Freddy avait tenu parole : tout s'était arrangé. Au lieu de prendre chaque matin les transports en commun pour gagner le Bronx, Meredith restait désormais à la maison avec ses fils. Elle emmenait Leo suivre des cours d'été dans une école maternelle catholique, allait boire un chocolat chaud avec Carver chez E.A.T., puis rentrait pour jouer aux Lego, regarder la série *1, Rue Sésame* et faire la sieste. Une fois, par une journée étouffante, Meredith descendit les escaliers de son immeuble en tongs et rata une marche. Elle dégringola jusqu'en bas. Une chute rude, mais sans gravité. Elle décida alors de renoncer à son expédition dans les espaces frais du Muséum d'histoire naturelle. Mais de retour dans l'appartement, elle découvrit du sang.

Comme elle n'était enceinte que depuis douze semaines, peu de gens étaient au courant de sa grossesse : sa mère, Connie, le principal de Gompers, qui voulait savoir pourquoi elle ne revenait pas. Pourtant, la fausse couche lui causa une terrible peine. Elle était persuadée que le bébé était une fille, qu'elle aurait prénommée Annabeth Carson, comme sa grand-mère et Mlle McCullers, la romancière.

Freddy accepta sans sourciller la fausse couche, et quand Meredith lui reprocha son insensibilité, il répondit :

— On ne peut pas être tous les deux des cas désespérés. Il faut penser aux garçons. Nous aurons un autre enfant, ma douce. Ne t'inquiète pas. Nous aurons notre petite fille.

Il l'avait enlacée, lui avait murmuré des paroles rassurantes, puis son téléphone avait sonné, et il s'était aussitôt remis en mode boulot.

C'était à l'automne, se rappelait-elle, que l'argent avait commencé à couler à flots. Ils retirèrent Leo de l'école maternelle catholique et l'inscrivirent à Saint Bernard. Freddy n'était pas très souvent à la maison, mais quand il était là, il était heureux. Apparemment, le meilleur moyen pour attirer de nouveaux clients était de leur dire qu'ils ne pouvaient pas investir dans Delinn Entreprises. La société était en effet à la recherche d'un type d'investisseur très particulier. De nombreuses personnes furent rejetées. Désormais, les clients tambourinaient à sa porte. Il reprit le poids qu'il avait perdu, plus neuf kilos supplémentaires. Tous les jours, il commandait son déjeuner : sandwichs Reuben [1], bisque de homard, omelette au fromage de chèvre et saumon fumé. Le soir, il organisait des dîners de travail dans des restaurants chics – Gallagher ou Smith&Wollensky. Il n'avait pas le temps de faire de l'exercice. Ses premiers cheveux blancs apparurent à vingt-neuf ans. Meredith voulait les arracher, mais il l'en avait empêchée. Il voulait avoir l'air plus vieux, disait-il. Il voulait avoir l'air grave.

Après le Nouvel An, ils emménagèrent dans un appartement avec trois chambres et une grande cuisine dans East Sixties. Un immeuble avec portier. Ils achetèrent une voiture qui avait son propre garage. L'été, ils louèrent une maison à Southampton pendant deux semaines.

En septembre, Carver rejoignit Leo à Saint Bernard. Meredith tenta de retomber enceinte, sans succès. Elle soupçonnait le sperme de Freddy d'être trop stressé pour pouvoir faire son office. Son mari lui donna carte blanche pour engager une cuisinière et une nounou, même s'ils dînaient en ville tous les soirs. Avec deux enfants à l'école et une nounou philippine à la maison, Meredith était libre de retourner travailler. Gompers, comme tout autre établissement public, semblait soudain hors de question, et, avant de s'en rendre compte, le simple fait de travailler était devenu tout aussi hors de question. Freddy lui annonça que les affaires étaient bonnes et ils s'offrirent un week-end en amoureux à Palm Beach, laissant les enfants à Cecilia. Palm

---

1. Sandwich Reuben : viande, chou blanc et emmenthal.

Beach leur plut tellement que Freddy se mit en quête d'une propriété. À acheter.

La vie de Meredith était consumée par ses innombrables obligations : les enfants, leurs besoins, leurs activités sportives, leur école. Et un appartement – le penthouse du 824 Park Avenue – qu'ils venaient d'acheter, ainsi qu'une maison à Palm Beach, l'ancienne résidence des Pulitzer. Freddy l'avait obtenue à une vente aux enchères « pour une bouchée de pain ». (Pour témoigner son ignorance concernant les affaires de son mari, elle n'a jamais su le prix de la maison des Pulitzer.) La Frick Collection demanda à Meredith de faire partie de son conseil d'administration et elle entra également au Parent Action Commitee de l'école des garçons, ce qui lui permit de rencontrer d'autres personnes importantes et débordées qui semblaient toutes vouloir être ailleurs. Freddy et elle devaient assister à diverses mondanités – galas de charité, dîners, réceptions, concerts symphoniques, opéras. Meredith n'avait pas le temps de travailler. Être Mme Delinn était bien trop prenant.

Alors que la maison était toujours plongée dans le noir, Meredith entreprit de laver la vaisselle. Elle avait été contrainte d'allumer la petite lampe au-dessus de l'évier pour ne pas risquer de casser un verre. Sur un plateau se trouvait un petit gâteau enveloppé de cellophane. Un seul. Un gâteau parfum vanille et glaçage framboise sans doute acheté au marché de Sconset. Connie est un ange, se dit Meredith. Ou alors son amie se sentait beaucoup plus coupable de l'abandonner qu'elle ne l'imaginait.

Meredith dégusta le gâteau debout, devant le comptoir, en se demandant à quel moment elle avait compris qu'ils étaient vraiment… riches. Sans doute dans un moment paisible – une après-midi, après un déjeuner au Cirque, avec Astrid Cassel ou Mary Rose Garth et ses semblables, elle s'était peut-être arrêtée chez Bergdorf pour acheter, qui sait ?, un cardigan Channel d'un rose poudreux à deux mille dollars, et n'avait pas gardé le reçu. Ou bien c'était lors d'un événement plus magistral, tel que leur premier voyage à Paris avec Freddy depuis leur tour d'Europe en sac à dos. Il avait réservé une suite au Crillon et ils avaient dîné au Taillevent et au Jules Verne, ce restaurant perché tout en haut de la tour Eiffel (Meredith aurait pu se passer de la tour Eiffel, mais pas Freddy). Le point culminant de ce séjour ne fut pas l'hôtel (malgré leurs rires en repensant à l'hôtel miteux du quartier louche où ils avaient dormi lors de leur première visite dans la capitale française) ou le dîner (cela les changeait de la baguette et du camembert qu'ils dégustaient assis par terre, sur le sol de leur petite chambre d'hôtel), mais la visite organisée par Freddy au musée d'Orsay. Lorsqu'il lui annonça cette visite privée, Meredith crut qu'ils bénéficieraient d'un guide de langue anglaise rien que pour eux. Mais en réalité, à 18 h 30, une demi-heure après la fermeture du musée au public, ils entrèrent par une porte discrète et furent accueillis par le conservateur du musée en personne, suivi d'un serveur avec une bouteille de Krug millésimé. Le conservateur fit faire une visite privée du musée à Freddy et Meredith, avec une emphase toute spéciale pour Pissarro, le peintre préféré de Meredith, depuis qu'elle avait assisté à l'une de ses expositions avec son père au Museum of Art de Philadelphie, à l'âge de quinze ans.

Le champagne, le musée rien que pour eux, le conservateur érudit avec son accent anglais élégant. Oui, ce jour-là, Meredith comprit qu'ils étaient riches.

Meredith vérifia la porte de derrière : verrouillée. La porte d'entrée : verrouillée. L'alarme : activée. Les fenêtres étaient closes et l'air conditionné en marche. Et si elle allumait la télévision ? D'autres voix dans la pièce apaiseraient sans doute son angoisse. Mais Connie ne mettait jamais la télévision en route et Meredith ne le ferait pas non plus. Elle risquait de tomber par inadvertance sur des informations désagréables ou sur « Frederick Xavier Delinn : l'histoire vraie » !

Elle gagna l'étage.

Malgré ses efforts, elle se sentait dans la peau d'une héroïne de film d'horreur, sur le point d'être assassinée dans une chambre sombre. Comment évacuer ces angoisses et se détendre ? Pourtant, elle était en sécurité. Aucun dommage n'avait été causé à la maison ou la voiture depuis des semaines. Le mois d'août s'était installé. D'après elle, Amy Rivers était partie. Oui, Meredith était en sécurité. Les portes verrouillées. L'alarme activée.

Elle avait besoin de sommeil. Ou plutôt d'une pilule pour dormir. Un somnifère. Connie en avait, c'était une certitude. Comment les trouver sans allumer la lumière ? Cela dit, la lumière de la chambre de Connie ne posait pas de problème. La personne qui l'épiait dehors croirait que son amie était à la maison. Meredith pressa l'interrupteur. Les flacons de pilules étaient toujours à l'endroit où elle les avait repérés. Les étiquettes indiquaient : Ambien, Lunesta, Ativan, Prozac, Seraquil, Zoloft. Apparemment, Connie avait dévalisé le rayon somnifères et anxiolytiques de la pharmacie. Elle opta pour l'Ambien : deux pilules. Et aussi deux cachets d'Ativan, pour le cas où elle en aurait vraiment besoin plus tard. Elle avala aussitôt les Ambien avec un verre d'eau.

C'était du vol. Dieu, comme elle détestait ce mot ! Il fallait faire les choses bien. Elle avouerait à Connie qu'elle avait pris deux Ambien, ainsi il ne s'agirait plus que d'un simple emprunt. Elle se promit aussi de parler des Ativan à Connie, tout en sachant pertinemment qu'elle ne le ferait pas. À moins que son amie ne comptât les cachets, elle ne le saurait jamais. Et puis il ne s'agissait que de deux Ativan, un emprunt totalement inoffensif.

C'était bien ainsi que fonctionnait le vol, n'est-ce pas, Freddy ? Tu « empruntes » un petit quelque chose, pour que personne ne s'en rende compte. Tu crées des retours sur investissements de 22, 23, 25 pour cent, et tout le monde est content. Cela pouvait continuer ainsi indéfiniment. Tu serais mort avant d'être démasqué.

Meredith agissait comme une voleuse : elle remit les flacons exactement à leur place, puis les souleva un à un pour vérifier s'il y avait une différence de poids notable.

En retournant à pas de loups dans le couloir, elle entendit un bruit sourd – *boum, boum, boum* – puis un grincement. Elle se figea. Un nouveau grincement, plus long cette fois.

Le sang battait à ses tempes. Des bouffées de panique l'envahirent et elle eut peur de vomir son dîner – avec les cachets qu'elle venait d'avaler. Elle retint sa respiration. Ou elle imaginait des choses, ou Connie était rentrée, ou la police faisait une ronde autour de la maison. (La police maintenait-elle sa surveillance ? Elle aurait dû demander à Connie de les appeler.)

Un autre bruit sourd, parfaitement distinct cette fois, acheva de l'affoler. Bien, je fais quoi maintenant ? se demanda-t-elle. Son instinct lui soufflait de rester sans bouger, comme lors de sa rencontre avec Amy Rivers à la librairie. Elle ferma les yeux et demeura aussi silencieuse et immobile qu'un animal dans les bois, qui espérait que le prédateur passerait son chemin.

De nouveau, un choc étouffé, puis un grincement. Le bruit venait de l'extérieur. Des gens se trouvaient là, dehors, près de cette maison isolée, aux confins de Tom Nevers. Une partie d'elle mourait d'envie de jeter un coup d'œil par la fenêtre pour découvrir ce qui se passait. C'était peut-être la police, sinon, c'était une chose qu'il serait bon de raconter à la police. Mais Meredith avait peur d'être repérée.

Le couloir était un lieu sûr, se dit-elle. Pas de fenêtre et un tapis de velours. Elle s'allongea sur le sol. Un oreiller aurait été le bienvenu, mais pas question de remettre les pieds dans la chambre de Connie pour en prendre un. Ils venaient pour elle. Ne l'avait-elle mérité ? Trois jours avant la révélation du schéma de Ponzi de Delinn Entreprises, Meredith avait transféré quinze millions de dollars des fonds secrets de la compagnie sur leur propre compte commun. Dans sa déposition, elle avait été très claire : Freddy lui avait demandé d'effectuer un transfert et elle l'avait fait, point final. Cela ne l'avait pas du tout alertée – jusqu'à cette après-midi où, de retour de la banque, elle avait vu Freddy s'enfiler un Macallan 1926. À cet instant, elle comprit que les quinze millions n'étaient pas dédiés à une maison à Aspen (Carver la réclamait à Freddy car il était fou de snowboard) ou à une œuvre de Roy Lichtenstein (Samantha était en négociations pour en obtenir une). Les quinze millions étaient un barrage contre l'inondation. Mais le temps d'en prendre conscience, l'argent avait déjà été transféré. Meredith avait agi sur la demande de son mari, ce qui faisait d'elle une complice involontaire. Et maintenant, les investisseurs réclamaient sa tête. Et elle risquait d'être jetée en prison.

Mais son premier crime avait été de menacer Freddy de le quitter. Et de lui prendre ses enfants. Elle avait remis en question sa virilité, elle lui avait fait clairement comprendre que la vie qu'il lui offrait n'était pas suffisante. Elle ne voulait pas travailler, elle voulait rester à la maison. Ses enfants ne devraient pas aller à la crèche, mais avoir une nounou. Le métro n'était pas pour elle, les taxis lui convenaient davantage. Ce n'était pas ce qu'elle avait dit, pourtant c'était ce que Freddy avait entendu – et il avait fini par trouver un moyen de satisfaire toutes ses exigences.

Meredith se réveilla aux premières lueurs rosées de l'aube. Son corps était tout endolori après cette nuit par terre. Pourtant, elle avait survécu jusqu'au petit matin.

Maintenant, elle se sentait capable de se déplacer dans la maison. La terreur de la nuit s'était dissipée, même si une angoisse sourde l'habitait toujours. Oui, elle avait survécu, mais elle n'était pas en sécurité. Il s'était passé quelque chose dans la nuit, elle en était certaine, même si cela pouvait être le fruit de son imagination. Non, ce n'était pas de l'affabulation ! Et si tel était le cas, quel soulagement !

Prudemment, elle descendit l'escalier. Au moins, elle n'avait pas interrompu le dîner romantique de Connie et Dan.

Le rez-de-chaussée était lumineux et rien n'avait changé. Le cœur battant, elle jeta un coup d'œil par la baie vitrée. Tout semblait normal, non ? Tout, sauf une trace noire, visqueuse, qui maculait le pont, et qui lui paraissait de très mauvais augure. Elle se sentait vaseuse et avait les jambes en coton. D'abord, de l'eau, puis un café. C'était toujours

Connie qui préparait le café, et en effet, la machine était prête.

Une trace noire et visqueuse sur le pont. De l'huile ? Non, elle pressentait que c'était autre chose. Bien pire.

Tout cela ne lui disait rien de bon. Mieux valait appeler la police. Et lui dire quoi ? Qu'elle avait entendu des bruits ? Qu'il y avait une trace suspecte sur la terrasse ?

« Avez-vous inspecté les alentours ? » lui demanderait l'agent de police. Et Meredith répondrait : « Non, j'ai trop peur. »

Meredith prit son portable et le ralluma. Trois messages. Tous provenaient de Dev, qui avait essayé de la joindre la veille. Donc, rien de neuf. Elle se versa un verre d'eau glacée, qu'elle but en entier. Le café était en train de passer. Le soleil inondait cette pièce exactement comme Wolf Flute l'avait prévu.

Meredith s'avança vers la porte d'entrée. Non ! Cette porte était bien trop effrayante. Elle ne pouvait s'empêcher de penser au pire, à savoir une bombe sur le palier. On avait traîné et laissé un objet lourd sur le porche, cela, elle en était sûre. Livraison spéciale pour Meredith Delinn !

Appelle la police ! Nantucket n'était pas coutumière des crimes (du moins avant son arrivée). La police serait heureuse d'avoir une affaire à traiter en ce jeudi matin.

« Avez-vous inspecté les alentours ? »

Cette porte était terrifiante. Si elle l'ouvrait, la bombe exploserait. Une horrible explosion ou bien une fumée létale ou encore une fuite radioactive.

Meredith se posta devant la fenêtre du salon, d'où l'on pouvait voir de biais une partie du porche. Et oui, Meredith distingua une forme noire. Oh, mon Dieu ! À présent, elle tremblait de tout son être en s'approchant de la porte d'entrée, qu'elle comptait entrouvrir – un tout petit peu –, pas pour voir toute la scène, juste pour confirmer ses horribles soupçons.

La porte était fermée par trois verrous et l'alarme devait être désactivée. Ce qui nécessitait un code – l'anniversaire d'Ashlyn, le 040283 –, une date que Meredith connaissait depuis près de trente ans, mais qu'elle peinait à se rappeler à l'instant présent. Elle débrancha l'alarme. Voilà, la maison était déverrouillée. Elle se campa derrière la porte et l'ouvrit dans un chuintement, avant de jeter un regard – les yeux presque clos – sur le pas de la porte. Inutile d'en voir davantage. Des nageoires, des moustaches, un horrible sourire sanglant et béant.

Harold gisait sur le porche, la gorge tranchée.

Meredith claqua la porte et la verrouilla. Elle était en hyperventilation. Bien pire qu'une bombe ! Avec son portable, elle appela la police et donna l'adresse de la maison.

— J'ai trouvé un phoque mort sur mon porche !

— Sur votre porche ? répéta la standardiste.

— Un phoque.

— Un phoque mort ? Vraiment ? Sur votre porche ?

— Vous pouvez envoyer quelqu'un, s'il vous plaît ? supplia-t-elle.

Puis elle ajouta à contrecœur :

— Je suis Meredith Delinn.

La standardiste ne connaissait peut-être pas son nom. Mais si, bien sûr ! Tout le monde en Amérique connaissait son nom.

— Oui, madame Delinn, dit la fille du standard, on vous envoie une voiture immédiatement.

Meredith glissa sur le sol et comprit que son erreur n'avait pas été de menacer Freddy de le quitter. Son erreur avait été de ne pas le quitter.

II.

CONNIE

Connie conduisit elle-même jusqu'au port en se disant qu'elle avait encore quinze minutes de paix avant le bouleversement de ses vacances d'été. Quand elle avait dit à Dan ce qu'elle avait fait – ou plus précisément, ce qu'elle n'avait pas fait –, il lui avait répondu : « Ne t'inquiète pas pour ça. Après tout ce que nous avons traversé, ça ne peut pas être si grave, n'est-ce pas ? »

Mais peut-être n'avait-il prononcé ces mots que pour la rassurer.

Dans le port, à 11 heures du matin, par cette magnifique journée, s'affairaient des familles chargées de glacières, de cannes à pêche et de râteaux à coquillage, prêtes à embarquer sur des bateaux à moteur pour aller à Coatue ou Great Point. Comme ces gens avaient l'air joyeux et décontractés ! Connie était malade d'angoisse. Malade ! Elle avait suivi son instinct, et maintenant elle n'avait plus qu'à prier.

11 heures au port, avait dit Toby. Mais il n'était nulle part en vue. Typique. Les gènes de Veronica. Je serai en retard à mes propres funérailles.

Connie avança sur le quai, examinant les bateaux un à un, le cœur battant, l'estomac aigre, comme si elle avait mangé une douzaine de citrons au petit déjeuner. Puis elle le vit – épaules carrées, jambes arquées. Une démarche inimitable. Le soleil formait un halo doré au-dessus de sa tête.

Toby !

Il portait un polo vert, un short kaki, des lunettes d'avia-teur, et il était pieds nus dans ses chaussures (Toby possé-dait-il des chaussettes ?). Son teint était bronzé. (Toby et Connie se ressemblaient par bien des facettes, mais sa peau à elle était parsemée de taches de rousseur, alors que celle de son frère avait toujours été de la couleur du bronze, telle la statue d'un dieu.) Il avait les cheveux couleur sable et n'avait pas changé. Par le passé, Connie l'avait vu tantôt décharné et famélique, tantôt bouffi et rondouillard. Toby poussa un cri, la prit dans ses bras et la souleva pour la faire tournoyer. Quand il était sobre, son frère avait tout d'un gros bébé saint-bernard, bourré d'énergie et incroyable-ment affectueux. À l'en croire, il était sobre depuis près de deux ans.

— Tu vois que ce n'était pas du bluff ! Je suis là !

— Salut, petit frère !

Il la reposa par terre et l'embrassa. Comme il sentait bon ! Pas la menthe, heureusement, comme lorsqu'il voulait mas-quer son ébriété.

— Le temps est fabuleux.

Il hissa sur son épaule le sac de toile qu'il possédait depuis toujours – toute sa vie d'adulte, en fait –, bleu ciel, avec son monogramme. Ce sac avait fait le tour du monde avec lui.

— Il fait atrocement chaud dans le Maryland, grommela Toby. Pas un souffle de vent de tout l'été ! J'ai pris ça pour un signe. Ce type, Roy Weedon, me propose de m'acheter mon bateau depuis des années, alors quand j'ai reçu une offre de l'Académie navale, là je me suis dit : il est temps de vendre !

— Je n'arrive pas à croire qu'il ne t'appartient plus, commenta-t-elle tristement.

Toby avait économisé pendant dix ans pour acheter *L'Hirondelle*, le voilier le plus raffiné et le plus délicat du monde. D'une élégance classique. La Jackie O, la Audrey Hepburn des voiliers. Toby avait dirigé l'agence de voiliers numéro un de l'État du Maryland, ce qui lui donnait la liberté et l'argent nécessaires pour voguer d'île en île dans les Caraïbes durant tout l'hiver.

— Je n'arrive pas à croire que tu l'aies vendu. Tu sais que tu ne pourras jamais le récupérer, n'est-ce pas ? Tu sais que tu ne trouveras jamais un autre bateau comme celui-ci ?

— Je sais tout ça. Mais je ne peux plus être à la merci des vents ou de l'économie. Plus maintenant, Connie. Et l'offre de l'Académie navale était difficile à refuser. Les premiers navigateurs universitaires du pays vont bientôt être sous ma tutelle.

C'était vrai. Quand ils s'étaient parlé au téléphone la veille, Toby lui avait avoué que le business de l'affrètement de bateaux lui avait longtemps convenu parce qu'il le laissait libre de faire d'autres choses – à commencer par boire et courir après les femmes des autres. Mais il avait besoin d'un métier plus stable, plus sérieux. Il devait penser à son fils, Michael. Il avait besoin d'une assurance, d'un plan de retraite. De grandir, en fin de compte.

— Tu veux le voir une dernière fois ? lui demanda Toby.

— Ça ne te fera pas trop de peine ?

— Je suis en paix avec moi-même. Viens, il est juste là.

Toute diversion retardant leur retour à la maison était la bienvenue. Elle suivit Toby le long du quai et le vit – *L'Hirondelle* : cinquante-deux mètres de bois vernis, de cordages, de toile et de nickel. À bord, un type attachait les voiles. Il paraissait bien trop jeune pour être le nouveau propriétaire.

— C'est le type de Nantucket ? demanda Connie.

Toby éclata de rire.

— Tu es drôle, tu sais, petite sœur.

Ils regagnèrent la voiture à grands pas. Sans doute ne la trouverait-il pas drôle très longtemps.

— Alors, comment vas-tu ?

Le trajet jusqu'à Tom Nevers ne prendrait que treize ou quatorze minutes, il fallait donc faire vite.

— Tu es sobre ? reprit-elle.

— Évidemment.

— Évidemment ? Qu'est-ce que ça veut dire ?

— Bon sang, Connie. Tu commences déjà à vouloir me materner ? On ne peut pas la jouer cool ?

— Non. On ne peut pas la jouer cool.

Pas question de se laisser amadouer par son charme et son cabotinage enfantins, qui fonctionnaient à merveille sur tout le monde. Wolf, qui avait pourtant vu Toby dans un état d'alcoolémie et de dépression extrêmes, avait toujours eu son beau-frère en adoration. Tous deux pouvaient se raconter des histoires de marins pendant des heures, et, quand Toby venait à Nantucket, ils faisaient des régates en mer. C'était le summum de l'été de Wolf – pourchasser Toby dans le port – avant de siroter une bière fraîche sur la promenade pavée et discuter voiles et bords.

— D'accord, soupira Toby. Je suis sobre depuis vingt-deux mois. Mais je ne considère pas que ce soit gagné. Une fois, j'ai replongé.

Il laissa son regard errer par la vitre.

— La combinaison diabolique du Treaty of Paris et de Marlowe Jones.

— Ah !

Le Treaty of Paris était un restaurant d'Annapolis où Toby trouvait souvent refuge. Marlowe Jones était la femme esseulée d'un procureur de la République de Minneapolis. Une combinaison diabolique, en effet.

— Mais, comme je te l'ai dit, c'est de l'histoire ancienne. Il y a presque deux ans, j'ai mis fin à ma relation avec l'alcool. J'ai hérité de la maladie. Par chance, ce n'est pas ton cas.

Connie était agitée par un mélange d'émotions contradictoires. Elle était honteuse en repensant à son état d'ivresse pendant leur sortie en mer avec Dan. Surtout, elle avait compris qu'elle n'était pas immunisée. Elle devait se surveiller. Une partie d'elle regrettait bêtement l'ancien Toby, le Toby drôle, le pochard d'autrefois. Deux ans plus tôt, lors du service funéraire dédié à Wolf, il avait fait la tournée des bars et avait fini par rentrer chez Connie en taxi, dans un état d'ébriété absolument lamentable. Puis il avait continué à boire du vin avec Connie jusqu'au lever du soleil. Jake et Iris les avaient retrouvés ivres morts sur la terrasse, dans une belle imitation de leurs parents. « Toby ne te fait pas du bien, avait déclaré Iris, avec son diplôme de psychologie. Vous ne vous faites pas de bien l'un à l'autre. »

— Tu as une copine ? demanda Connie. En dehors de Marlowe Jones ?

— Je ne sors pas avec Marlowe Jones.

— Elle est toujours mariée à Bart ?

— Toujours mariée à Bart, oui. C'est l'un des pires mariages que je connaisse, pourtant il refuse de s'éteindre.

— Comme pour papa et maman, murmura Connie.

— Exactement.

— Et il n'y a personne d'autre ?

— Non. Personne en particulier.

Peut-être aurait-il mieux valu qu'il fréquentât quelqu'un, se dit Connie. Mais la vie amoureuse de Toby était impossible à suivre. De nombreuses femmes évoluaient autour de lui, mais rarement plus de quelques semaines. Toby avait été marié deux fois. Sa première femme, Shelden, faisait partie de l'équipage du *Cascade*, le bateau qu'il commandait avant l'*Excelsior*. Shelden avait de l'argent de famille, dont une grande partie finançait le style de vie dispendieux de Toby – les beuveries et les festins dans des lieux comme Portofino, Ios et Monaco. Il n'était pas difficile de savoir pourquoi Shelden l'avait quitté, à cette époque, Toby était totalement incontrôlable et irresponsable, et Shelden finançait les excès de sa conduite. Il allait dans les bars branchés, payait des tournées à tout le monde et ramenait sur l'*Excelsior* une quinzaine de personnes prêtes à faire la bringue jusqu'au petit matin.

Plusieurs années après, alors qu'il travaillait à Norfolk, en Virginie, Toby rencontra Rosalie, une passionnée de l'océan et mère célibataire de deux jeunes enfants. Toby était tel le héros romantique venu du large pour la sauver – même si ce sauvetage avait consisté à la mettre enceinte, l'épouser, puis lui rendre l'existence si infernale et se révéler un père et un beau-père si médiocres que la malheureuse avait fini par retourner vivre à la Nouvelle-Orléans auprès de sa famille. Le fils de Toby, Michael, avait aujourd'hui dix ans. Rosalie s'était remariée avec l'entraîneur de l'équipe de football américain de la Nouvelle-Orléans, les Saints, un type que Toby appréciait et admirait. « C'est un gars responsable, plaisantait-il. Tellement responsable qu'il pourrait être mon père ! »

Toby se rendait régulièrement à la Nouvelle-Orléans, où la famille recomposée – Rosalie et l'entraîneur avaient eu d'autres enfants ensemble – allait à la JazzFest et faisait des croisières sur le Mississippi.

— Comment va Michael ? demanda Connie.

— Il va bien.

Il ouvrit son portable pour lui montrer une photo de son fils. Elle y jeta un coup d'œil rapide : Michael avec une casquette de base-ball.

— Il joue dans la Little League de football américain et va suivre le programme d'entraînement Pop Warner à l'automne. Il commence comme quarterback. Ce gosse a un don pour le sport. Très agile.

— Il tient de sa tante alors.

Elle vit Toby scruter la photographie.

— Tu aimerais le voir plus souvent ? demanda Connie.

— Hein ? Ouais, répondit-il en refermant son téléphone. Bien sûr. J'ai proposé de le faire venir à Annapolis deux semaines, mais il va en camp de vacances.

— Il aurait quand même pu venir un peu chez toi. Tu as posé la question à Rosalie ?

— Bien sûr, mais elle a répondu qu'il devait aller au camp.

Connie secoua la tête en se demandant : Pourquoi tu ne te bats pas pour ton fils ?

— Michael va bien. Il est heureux. Nous sommes heureux tous les deux. On se parle sur Skype.

— Skype ?

— Connie, tout va bien, je t'assure.

En effet, Toby semblait en forme. En grandissant, Toby avait toujours semblé plus doué qu'elle, du moins était-ce son ressenti par rapport à ses parents. Toby était le fils aux cheveux dorés, l'athlète accompli. Il avait montré sa valeur en tant que navigateur pendant les étés à Cape May, mais il excellait aussi au football américain, au base-ball, à la crosse. À Radnor, il était le capitaine des équipes de ces trois disciplines. Il se montrait toujours doux et généreux avec sa sœur, sans doute parce qu'il se rendait compte qu'elle n'avait pas sa chance. Certes, elle était intelligente, mais pas autant que son frère, qui était le chouchou des professeurs. Connie était belle, mais comme c'était une fille, cet avantage n'avait pas le même effet positif que pour Toby. La beauté de Connie l'obligea à aller à Merion Mercy, une école catholique de filles, au lieu de l'école publique drôle, cosmopolite et ouverte où Toby avait été inscrit. À cause de sa beauté, des nuées de garçons rôdaient autour de chez elle, ce que ses parents désapprouvaient.

Quand Toby commença à boire au lycée – de la bière dans des fêtes improvisées en plein air ou du gin volé dans le bar de leurs parents, qu'il sirotait dans la voiture, sur la route de South Street –, tout le monde considéra son attitude déviante comme un rite de passage. Alors que, quand Connie buvait, elle était punie pendant des semaines et vertement réprimandée à cause des dommages qu'elle causait à la « réputation » de sa mère, entre autres personnes.

Globalement, Connie avait grandi avec un sentiment de jalousie à l'encontre de son frère, qu'elle vénérait et détestait à la fois, et surtout qu'elle maudissait parce qu'elle n'avait pas eu la chance d'être *lui*.

Je dois le lui dire maintenant, pensait Connie. Mais Toby l'interrogea le premier.

— Comment vas-tu, Connie ? La situation s'arrange ?

La situation s'arrangeait-elle ? Connie n'aimait pas la formulation de cette question, qui sous-entendait que, pour elle, la situation était plutôt désastreuse et ne pouvait que s'améliorer. Certes, elle déprimait à cause de Wolf et d'Ashlyn. Mais elle récusait l'accusation de son frère : sa vie n'avait pas besoin d'amélioration car, en tant qu'adulte, elle avait été heureuse. Elle avait eu un mariage magnifique, une maison splendide, un mari renommé, une fille brillante.

— Ça va mieux.

Au moins, elle pouvait lui répondre cela avec sincérité.

— Tu vois quelqu'un ?

— Plus ou moins.

Elle avait peur que, si elle répondait que oui, elle avait un petit ami, sa bulle de bonheur n'éclatât et que Dan Flynn ne s'évanouît dans les airs.

À cause de l'incident avec Harold, son rendez-vous amoureux avec Dan s'était bizarrement terminé. Mais, à présent, son cœur s'accélérait rien que d'y songer – le dîner avec Dan, qui lui tenait la main. Dan au lit, qui la ramenait à la vie. Toby l'observait attentivement.

— Plus ou moins ? Qu'est-ce que ça veut dire ?

Ils grimpèrent dans la voiture de Connie et Toby jeta son sac de toile sur la banquette arrière.

— Ça veut dire oui, je vois quelqu'un, mais je ne sais pas encore où ça va nous mener, d'accord ?

— D'accord. Désolé, ne sois pas susceptible comme ça avec moi.

— Oh, mon Dieu.

Elle inséra la clé de contact mais ne démarra pas la voiture.

— Écoute, je dois te dire quelque chose.

Toby haussa les sourcils. Il avait ce regard, si familier, si condescendant, qui signifiait que ce qu'elle avait à lui dire ne pouvait pas être aussi dramatique. Sûrement une histoire de fille idiote dont elle faisait tout un plat inutilement. Réaction typique des membres féminins de la famille. Une reine du drame, comme leur mère.

Eh bien, nous verrons bien, se dit Connie. Nous verrons bien sa réaction.

— Meredith est à la maison.

Oui ! Elle l'avait bien eu. Ses yeux s'étaient arrondis sous l'effet de la surprise. L'expression de son visage changea du tout au tout. Pourtant, elle sentait bien qu'il avait du mal à la croire.

— Tu te fiches de moi !

— Pas du tout.

— Meredith Martin ?

— Meredith Delinn, oui.

Toby secoua la tête, comme s'il essayait de faire sortir de l'eau de ses oreilles.

— Elle...

Par la vitre du côté passager, Toby regarda la grille scintillante du parking du port.

— Waouh !

— Oui, je suis désolée. J'avais peur de t'en parler. Peur que tu ne viennes pas.

— Depuis combien de temps est-elle là ?

— Depuis le début de l'été.

— Non ! Tu te fiches de moi !

— Non, je t'assure.

— Donc… enfin, son mari est en prison. Alors que fabrique Meredith ?

— Elle essaie de s'en sortir. Les fédéraux enquêtent sur elle, je crois. Elle parle sans arrêt à ses avocats. Mais tu sais… c'est toujours Meredith.

— Alors tu es en train de me dire qu'elle n'était pas au courant du trafic de son mari.

— Exactement.

— Je n'ai jamais rencontré ce type.

— J'imagine que c'était voulu.

— Mais je peux te dire que c'était un connard de première classe. Un putain de crack de Wall Street avide de fric. Le financier typique.

— Freddy était tout sauf un mec typique.

Mais comme Connie ne voulait pas avoir l'air de défendre Freddy Delinn, elle changea de sujet.

— Alors ça ne te dérange pas de la revoir ?

— Est-ce que ça ne me dérange pas de revoir Meredith ? Bien sûr que non !

Le visage de Toby s'empourpra.

— La dernière fois que tu l'as vue, c'était… ?

— À l'enterrement de maman. Et ça s'est mal terminé. Tu es sûre qu'elle est d'accord pour me voir ?

Lasse, Connie posa son front sur le volant, puis elle mit le contact. Elle avait besoin de l'air conditionné.

— Elle n'est pas au courant.

Toby la regarda sans comprendre.

— Là, tu te fiches de moi.

— Pas du tout.

Connie fit marche arrière sur le parking en se disant que toute cette situation était un véritable sac de nœuds.

— Je te préviens, elle va avoir le tournis. J'espère que tu es prête.

— Ne te flatte pas trop, Toby.

— Je suis sérieux.

— Après ce que nous avons traversé cet été, ton arrivée constitue un choc tout à fait mineur...

Dieu, pourvu qu'elle ait raison !

— ... Désolée d'éreinter ton ego.

Connie profita de leur trajet sur Milestone Road pour raconter à Toby les points forts de l'été. Le mur vandalisé, les pneus crevés, Harold, leur phoque adoré, égorgé.

— Tu aurais dû m'appeler, Connie. Je serais venu plus tôt.

— On a réussi à se débrouiller.

— Ça sonne comme un mensonge.

— Un demi-mensonge, reconnut Connie.

Elle se gara dans l'allée.

— On y est, souffla-t-elle pendant que Toby examinait la façade de la maison. On distinguait encore une faible trace du mot Escroc sur les bardeaux, mais quelques semaines de soleil et de vent sablonneux avaient fait leur effet. Dan s'était servi de son Kärcher pour débarrasser le porche des derniers vestiges de sang et de fluides corporels d'Harold. Tous les signes extérieurs de terreur avaient été balayés.

Toby ajusta ses lunettes de soleil et se passa la main dans les cheveux, puis, avec une profonde inspiration, il attrapa son vieux de sac de toile bleu sur la banquette arrière. Comment se sentait-il ? Avait-il des frissons ? Connie pensait que Toby tenterait de masquer sa nervosité par une conversation légère – la maison est super –, mais il était aussi silencieux qu'un moine.

Quand ils entrèrent dans la maison, Meredith, assise en bout de table, se leva. Elle portait un short blanc, un haut noir et était pieds nus. Ses cheveux étaient coiffés en queue-de-cheval. Elle ne portait pas de maquillage, mais avait le teint bronzé. En dehors de ses cheveux gris, on aurait dit une fille de seize ans, un minuscule elfe aux yeux bleus.

En voyant Toby, ses yeux s'étrécirent. Connie avait envie de lui dire : « Désolée, il est bien réel. » Meredith regarda son amie, puis de nouveau Toby. Connie la connaissait depuis l'âge de quatre ans, pourtant elle était incapable de deviner ses sentiments à l'instant présent.

— Regarde ce que j'ai trouvé sur le port ! déclara Connie d'un air faussement désinvolte.

Toby laissa tomber son sac de marin et s'avança vers Meredith.

Meredith fixa froidement son amie du regard.

— Est-ce que j'ai l'air d'une femme avide de nouvelles surprises ?

Toby s'arrêta net.

Connie ouvrit la bouche.

Meredith leva les yeux au ciel et laissa échapper un cri.

— Waouhhhh !

Puis elle fit face à Toby.

— Bonjour, dit-elle.

Il sourit nerveusement.

— Bonjour, Meredith.

Elle fit un petit pas en avant, il lui ouvrit les bras et ils s'étreignirent. Une brève étreinte, mais Connie la crut sincère. Se connaître depuis près de cinquante ans n'était pas sans incidence. Connie les voulait tous les deux à ses côtés et, par un étonnant hasard, en vertu de sa négligence et de son incohérence, elle avait réussi à les réunir dans la même pièce.

Pour cela, elle était fière d'elle.

MEREDITH

Meredith éprouvait les mêmes sentiments que lors du mariage de Connie. Et des funérailles de Veronica. Être aussi proche de Toby lui était insupportable. Être loin de lui était insupportable. Un véritable déchirement.

— Combien de temps vas-tu rester ? lui demanda-t-il.

— Je ne sais pas.

Elle était tellement furieuse contre Connie qu'elle avait envie de la menacer de partir dans la minute – mais où diable irait-elle ?

— Quelqu'un veut déjeuner ?

Il avait l'air en forme, ce qui ne fit que la vexer davantage. Elle ne parvenait pas à trouver son équilibre dans ce chaos d'émotions. Elle avait déjà tant de problèmes à régler, et voilà que Toby faisait son entrée. Toby, ici, en personne. Polo vert et short kaki. Mêmes cheveux, même visage en plus vieux, avec quelques rides et taches de soleil, mais toujours un magnifique spécimen humain. Étaient-ils toujours les mêmes aujourd'hui ? Étaient-ils encore ces enfants qui s'étaient embrassés contre un arbre sur Robinhood Road ? Ces jeunes gens qui avaient fait l'amour dans la bibliothèque de la famille Martin ? Il y avait deux réponses à cette question. Oui et non.

— Je meurs de faim, dit Toby.

— Meredith ?

— Non merci.

Elle pouvait à peine respirer, encore moins manger.

— Je vais monter et m'allonger un peu.

— Je ne voudrais pas te faire fuir, dit Toby.

— Tu ne me…

Que voulait-elle dire au juste ? Tu ne me fais pas fuir. Tu n'as pas le pouvoir de me faire fuir. Tu n'as même aucun pouvoir sur moi.

Elle avait la tête qui tournait à présent.

— Nous avons eu quelques moments difficiles, Connie a dû t'en parler. Je suis épuisée.

— Reste ici avec nous, insista Connie.

Son amie était déjà dans la cuisine en train de faire griller des tranches de pain et de couper un citron pour le thé glacé.

— Même si tu ne manges rien, reprit-elle, viens t'asseoir avec nous dehors.

— Profitez donc de votre déjeuner tranquillement, répondit Meredith. Vous devez être contents de vous retrouver, entre frère et sœur.

— Meredith, je t'en prie, insista Connie.

Toby posa fermement les mains sur ses épaules. Meredith ferma les yeux et tenta de ne pas réfléchir.

— Viens sur la terrasse avec nous, souffla-t-il. S'il te plaît.

Tous trois s'installèrent autour de la table à l'extérieur. Connie et Toby dégustaient des sandwichs dignes de la couverture du magazine *Bon Appétit !* L'estomac de Meredith gargouillait, mais elle résisterait à sa grève de la faim. Dos à l'océan, elle sirotait son thé. Elle ne supportait plus de contempler les flots. L'image d'Harold, gorge tranchée, noyé dans son sang visqueux et épais comme du pétrole, s'imposa à elle.

— Voilà… je suis là parce que j'ai vendu mon bateau.

Meredith hocha la tête.

— Je l'avais depuis près de vingt ans, alors ça n'a pas été facile. Mais je me suis dit qu'au final ce n'est qu'un objet.

Ce n'est qu'un objet. Cela, Meredith le comprenait parfaitement ! Elle avait perdu tellement d'objets : le Range Rover, le mobile Calder, la robe Dior. Ces objets lui manquaient-ils ? Pas une seconde.

— C'est difficile de t'imaginer sans ton bateau, dit Connie.

Meredith hocha de nouveau la tête. Chaque fois qu'elle avait pensé à Toby, ces dernières années, elle se le représentait sur le pont d'un voilier, bout à la main, visage au vent. Toutes ses possessions terrestres se trouvaient dans ce même sac marin de toile bleu qui lui servait de bagage aujourd'hui. Le fameux sac que ses parents lui avaient offert après son diplôme d'études secondaires. Meredith était assise juste à côté de lui quand il avait reçu ce cadeau. À l'époque, personne ne se doutait que ce sac deviendrait un symbole de la vie de Toby : il voulait emporter toute sa vie dedans, afin d'être libre de partir à tout instant, de voyager, de rencontrer d'autres personnes. Sans engagement.

Enfin si, tout de même un engagement, n'est-ce pas ?

— Parle-moi de ton fils, dit Meredith.

— Michael a dix ans maintenant. Il vit à la Nouvelle-Orléans avec sa mère et son nouveau mari.

— Dix ans, c'est le meilleur âge, commenta Meredith.

Tout son être souffrait : son passé, son présent, son futur. Parce que, soudain, des souvenirs de Leo et Carver à l'âge de dix ans affluèrent dans son esprit. Leo avait demandé à ses parents une paire de Ray Ban et Freddy l'avait obligé à gagner les cent trente-neuf dollars nécessaires en effectuant de petits travaux pour le père Morrissey, à l'église. Meredith était allée voir son fils à l'église et l'avait trouvé à genoux, en train de frotter des traces de cire sur le parquet. Instinctivement, elle s'était agenouillée à côté de lui pour l'aider, mais Leo s'était insurgé : « Non, maman, c'est *mon* travail. »

À contrecœur, elle s'était relevée et l'avait laissé faire.

Carver avait débuté le surf à cet âge. Il portait un collier de cuir avec un pendentif en coquillage blanc et un short noir qui lui arrivait aux genoux. Meredith le revoyait distinctement : son jeune dos bronzé, les muscles saillants de la peau lisse et claire d'un garçon, un enfant dont la voix n'avait pas encore mué, un enfant qui l'appelait toujours maman. « Maman ! Regarde-moi ! »

— Quel âge ont tes fils maintenant ? demanda Toby.

— Leo a vingt-six ans et Carver vingt-quatre. Ils vivent dans le Connecticut. Leo a une petite amie, Anaïs.

Toby hocha la tête. Son T-shirt faisait ressortir le vert de ses yeux.

« Maman ! Regarde-moi ! »

— Leo travaillait pour Freddy et les fédéraux ont enquêté sur lui pendant des mois. Mais mon avocat m'a annoncé il y a quelques jours qu'aucune charge n'était retenue contre lui.

— Ce sont de bonnes nouvelles !

— Oui, d'excellentes nouvelles, renchérit Connie. Leo est mon filleul, n'oublie pas, Toby.

— Je suis sûr que tu as fait du bon boulot en tant que guide spirituel pour traverser cette crise, dit Toby.

— Cette histoire me désespérait, dit Meredith. Les enfants passent toujours en premier, n'est-ce pas ?

— Oui, je sais, dit Toby.

— Cela dit, moi, je fais toujours l'objet d'une enquête.

Elle leur adressa un faible sourire.

— Alors profitez de ma présence tant qu'il en est encore temps, car il se peut que je sois jetée en prison à tout moment.

— Meredith ! s'indigna Connie.

— Je ne veux pas m'apitoyer sur mon sort. Nous avons passé un bel été, étant donné les circonstances.

— Excepté le phoque mort, intervint Toby.

— Harold, précisa Meredith. Notre cher Harold, ils l'ont assassiné.

— Et n'oublie pas les pneus tailladés et la peinture sur la façade, ajouta Connie. Meredith a passé la première partie de l'été terrée dans la maison.

— Waouh ! On dirait qu'il s'est passé un tas de choses ici. Et pas des plus drôles.

Meredith se leva. Chaque fois qu'elle ouvrait la bouche, elle repensait à ce qu'il s'était produit aux funérailles de Veronica. Cela la rendait nauséeuse.

— Je monte dans ma chambre faire une sieste, déclara-t-elle.

— Je t'en prie, reste avec nous.

— Je ne peux pas.

Puis, se rendant compte que sa réponse était un peu tranchante, elle reprit :

— J'ai du mal à garder les yeux ouverts.

— D'accord, si tu insistes, dit Connie en prenant la main de son amie.

Connie se montrait particulièrement douce. Sans doute avait-elle eu peur de sa réaction. Meredith était-elle en colère ? Elle avait du mal à faire le tri dans ses émotions. Le temps lui éclaircirait les idées.

Elle monta dans sa chambre, puis ouvrit en grand les portes fenêtres de son balcon Roméo et Juliette. Les murmures des voix de Toby et Connie lui parvenaient. Que disait-ils ? Elle avait envie de le savoir. Elle fit un pas sur le balcon baigné de soleil et prêta l'oreille.

Connie disait :

— Eh bien, tu n'es pas venu à l'enterrement de Chick…

— … je me suis toujours senti mal à cause de ça. Je n'étais qu'un gamin à l'époque.

Meredith regagna son lit. Les souvenirs de Toby avec son père se bousculèrent dans sa mémoire. L'espace d'un moment, elle les avait tous les deux. Elle en avait perdu un, puis l'autre, et d'un coup, son enfance s'était terminée. Elle repensa à Toby et son père dans la cour, en train de ratisser les feuilles mortes. Toby et son père devant un match de football américain dans leur tanière. La petite « conversation » que son père avait eue avec son petit ami de l'époque. « Respecte ma fille. Sois un gentleman. » Elle repensa au jour où Chick avait invité Toby à s'asseoir à la table de poker et à l'exaltation de Toby à l'idée d'être ainsi accepté parmi les grands. Ce fut son rite de passage à l'âge adulte. Elle revoyait Toby et son père se servir ensemble de la viande rôtie au brunch de l'Hôtel du Pont. Elle repensa à la remise des diplômes du Merion Mercy. Elle était montée sur le podium pour faire son discours en tant que deuxième de la promotion, et en promenant son regard sur l'assemblée, elle avait vu Veronica et Bill O'Brien, Toby, et ses parents assis au même rang. Ce jour-là, elle avait rêvé du jour de son mariage. Son inévitable mariage avec Toby.

Mais, moins de vingt-quatre heures plus tard, Toby avait fait son sac, lui avait annoncé qu'il passait à autre chose et la laissait derrière lui. Elle se rappelait les leçons de conduite sur le parking poussiéreux de Villanova. L'odeur de l'asphalte chaude et de l'herbe coupée, les cris des rares étudiants restés en ville pour l'été, l'idée insupportable que Toby était à la plage et que la voile, l'océan et sa liberté comptaient plus qu'elle à ses yeux. Chick Martin avait dit : « Je ne supporte pas de te voir souffrir comme ça », puis, à court de mots, il avait passé la chanson de Simon & Garfunkel, encore et encore. *Sail on Silver Girl, Sail on by*.

Meredith se mit en position assise. Impossible de dormir. Elle alla chercher son unique carton dans le placard et l'ouvrit. Au-dessus trônaient les photographies. Sur la première, elle était au bal de Dial avec Freddy. Ils avaient l'air de deux enfants. Freddy pesait dans les soixante-quatorze kilos et ses cheveux noirs et bouclés chatouillaient le col de sa chemise. Il y avait aussi une photo de leur mariage. Là, les cheveux de son mari étaient coupés court, à la manière des banquiers. C'était l'époque de son premier costume Brooks Brothers, une pure extravagance. Pour leur mariage, il avait loué un smoking. Quand les fédéraux avaient investi leur penthouse le 1er juillet, ils avaient trouvé six smokings et quatorze vestes de costume dans le dressing de Freddy.

Meredith aurait pu passer toute la journée à regarder ces photos, mais elle cherchait autre chose. Sous les livres de poche et les annuaires scolaires des enfants, elle dénicha son album de Simon & Garfunkel. Elle prit la pochette de l'album et lut le mot écrit par son père : « À ma fille, Meredith, pour son seizième anniversaire. Tu es et tu seras toujours ma Silver Girl. Ton père qui t'aime. 24 octobre 1977. »

À l'époque, elle avait déjà entièrement planifié dans sa tête son mariage avec Toby. Sa première danse avec son mari serait sur *The Best of Times* et elle virevolterait avec son père sur *Bridge Over Troubled Water*.

Meredith toisa le placard presque vide. Elle était incapable de se rappeler l'air sur lequel elle avait dansé avec

Freddy à leur mariage. Freddy ne s'intéressait guère à la musique. Seulement à l'argent.

Pourtant, plusieurs années plus tard, il lui avait acheté une étoile qu'il avait baptisée Silver Girl, comme la chanson. Cela l'avait beaucoup perturbée, parce que Freddy ne connaissait pas son père et ne l'avait jamais entendu la jouer pour elle. Ce nom, cette mélodie, cette histoire lui appartenaient à elle. Freddy n'était qu'un simple spectateur, or, en achetant cette étoile, il s'était approprié ce nom si cher à son cœur. Il lui avait volé ce nom pour le lui restituer sous une autre forme.

Meredith fourragea dans le fond du carton, où elle dégota une enveloppe de papier kraft contenant d'importants documents. Elle n'avait emporté que des papiers pérennes : les certificats de naissance des enfants, son certificat de mariage, son diplôme de Princeton et – allez savoir pourquoi – le certificat de son étoile. Elle déplia le document. Le papier couleur crème à l'apparence officielle avait pour en-tête : « Nasa ».

C'était son cadeau pour son quarante-cinquième anniversaire. Freddy avait réservé une suite au Daniel. Il avait invité trente personnes – uniquement des New-Yorkais –, Samantha et Trent Deuce, Richard Cassel et sa petite amie (jeune), Mary Rose Garth et son nouveau petit ami (encore plus jeune), leurs voisins préférés et quelques personnes que Meredith et Freddy ne connaissaient pas si bien que cela, sans doute pour remplir la salle. Tout le monde s'était extasié sur le raffinement du dîner et la finesse des vins, mais Meredith s'était contentée d'un verre et demi de vin et Freddy n'avait bu que de l'eau minérale. Pourtant, il s'était montré plus démonstratif que d'ordinaire, endossant l'habit d'un maître de cérémonie scrupuleux et empressé. Un événement allait se produire après le repas, Meredith l'avait bien compris, et cela avait trait à son cadeau d'anniversaire. La curiosité la dévorait. Pour ses quarante ans, Freddy avait fait venir Jimmy Buffet, qui avait chanté en son honneur sur la plage de Saint-Barth'. Cette année, elle s'attendait à un événement du même genre – Elton John ou

Tony Bennett. Ils avaient tout ce qu'ils désiraient, aussi l'achat d'un présent constituait-il un véritable défi. Que pouvait-il bien lui offrir d'unique et d'original qu'elle n'aurait pu s'acheter elle-même ?

Juste après que Meredith eut soufflé ses bougies, Freddy fit tinter sa cuillère contre son verre.

— Votre attention s'il vous plaît !

Toute l'assemblée se tut.

— C'est l'anniversaire de Meredith aujourd'hui, dit-il d'un air malicieux, ce qui généra quelques gloussements parmi les invités.

Meredith avait réfléchi à ce qu'elle désirait vraiment. Elle voulait le bonheur et le succès de ses enfants. Elle voulait passer du temps avec son mari. Elle se rappelait avoir regardé cet homme aux boucles poivre et sel, aux yeux bleus perçants, au costume élégant, et avoir pensé : Je ne vois jamais cet homme. Je ne passe jamais de temps seule avec lui. À cet instant, son vœu le plus cher était de faire disparaître tous les invités de la pièce.

Mais ce n'est pas du tout ce qu'il se passa. Un des serveurs s'était avancé vers son mari d'une démarche cérémonieuse avec un plateau d'argent sur lequel reposait une enveloppe. Freddy avait pris l'enveloppe et l'avait ouverte avec la nervosité d'un présentateur de la cérémonie des Oscars. Puis il avait solennellement annoncé qu'il avait acheté à son épouse, Meredith Delinn, une étoile de la galaxie de Bode. Une étoile qu'il avait baptisée Silver Girl, d'après une chanson que le père de Meredith lui chantait quand elle était enfant.

Enfantillages, avait pensé Meredith.

Une étoile ?

Où était la galaxie de Bode ?

— Donc, quand vous contemplerez le ciel, vous saurez que l'une de ces étoiles appartient à Meredith.

Il l'avait embrassée et lui avait donné un certificat de la Nasa, sous les applaudissements nourris de l'assemblée. Une nuée de serveurs étaient alors apparus avec des plateaux chargés de chocolats truffés en forme d'étoile et de bouteilles de porto de l'année de naissance de Meredith.

Meredith avait rendu son baiser à son mari et l'avait remercié.

— Qu'en penses-tu ? Je peux te jurer que tu es la seule femme de l'Upper East Side à posséder sa propre étoile.

Elle avait conservé ce morceau de papier, pourtant elle ne l'avait jamais examiné de près. L'étoile et surtout son nom lui avaient toujours inspiré des sentiments ambivalents. Surtout, elle était embarrassée par la grandiloquence de ce geste devant tous ces gens, dont certains étaient de parfaits étrangers. Combien d'argent son mari avait-il dépensé pour cette étoile ? Cent mille dollars ? Plus ? N'était-ce pas un peu comme jeter de l'argent par la fenêtre, étant donné que Meredith ne verrait jamais ce fameux présent ? Freddy ne venait-il pas tout bonnement de lui annoncer que, puisqu'il pouvait s'offrir n'importe quel objet sur cette terre, il avait été obligé de se tourner vers les cieux pour lui faire une surprise ?

Tout cela la dérangeait, mais, le pire, c'était le comportement de son mari. Ces simagrées, cette façon de se donner en spectacle. En certaines occasion – comme celle-ci –, Freddy se comportait comme un véritable charlatan : il parcourait la ville avec son chariot rempli de potions magiques, se proclamait capable de guérir telle ou telle maladie, piégeait les innocents habitants avec ses boniments, puis disparaissait avec leur argent, leur laissant une poignée de placebos et de fioles d'eau sucrée.

Meredith étudia le certificat. Il n'y avait aucun sceau dessus, aucune inscription gaufrée. Elle ne s'était pas posé la question à l'époque où elle l'avait reçu, pourtant il lui semblait évident aujourd'hui que ce papier n'avait rien d'un document officiel de la Nasa – plutôt un simple papier imprimé par Freddy sur sa propre imprimante. De colère, elle secoua la feuille. Comment avait-elle pu être aussi aveugle ? Elle n'avait pas du tout examiné le certificat. Comme tout ce que Freddy lui avait raconté, elle l'avait cru sur parole.

À présent, il lui était douloureusement évident qu'il s'agissait d'un faux. Si seulement elle l'avait regardé, si seulement elle avait ouvert les yeux, elle l'aurait compris tout de suite. Freddy l'avait imprimé lui-même – Sois maudit, Freddy ! (Pour la millionième et sixième fois.) Pourtant, cela pouvait constituer une preuve importante. Meredith alluma aussitôt son portable et appela Dev.

— Je pense avoir trouvé, cette fois, dit-elle. Vérifiez le nom Silver Girl.

Puis elle se reprit.

— C'est peut-être le nom d'une étoile enregistrée à la Nasa.

— Hein ?

— Freddy m'a dit qu'il m'avait acheté une étoile. Mais, en y réfléchissant, je pense qu'il mentait.

Bien sûr qu'il mentait ! Le certificat avait été imprimé sur un papier couleur ivoire, celui-là même que son mari utilisait dans son bureau à la maison.

— De quand est-il daté ?

— 2006. Vous avez trouvé Thad Orlo ?

— Je ne suis pas autorisé à vous le dire.

— Pas autorisé à me le dire ? C'est moi qui vous ai fourni cette information !

— Nous pensons approcher du but.

Meredith nota qu'il s'incluait dans ce « nous » désignant les fédéraux.

— Eh bien, utilisez le nom Silver Girl et faites des recoupements avec les données que vous avez déjà. Ou que les fédéraux ont déjà.

— Le certificat comporte-t-il d'autres informations ? Un numéro par exemple ? Les fédéraux cherchent des numéros de compte. Si possible neuf chiffres.

— Oui, il y a un nombre.

Dans le coin en haut à droite était inscrit un nombre, de l'écriture manuscrite de Freddy – dix caractères et non neuf, dont trois lettres. De la main de Freddy ! À l'aide d'un stylo-feutre. Voilà ! Il s'agissait d'un véritable indice, cette stupide étoile, son prétendu cadeau d'anniversaire ! Freddy avait caché l'information là, sous son nez, et la lui avait confiée en se disant sûrement qu'elle n'y verrait que du feu. Bon sang, Meredith était totalement incapable de voir

l'évidence. Lamentable ! Elle lut la série de chiffres à son
avocat.

— 0, 0, 0, 4, H, P, N, 6, 9, 9.

— Ces chiffres vous évoquent quelque chose ?

— Rien du tout.

— C'est probablement seulement un numéro de compte
bancaire. Peut-être qu'il y a un 0 en trop. Ou que l'un des
chiffres est faux. Merci, Meredith. C'est une bonne piste.

— Mais vous n'en êtes pas sûr. Les fédéraux vont devoir
vérifier, n'est-ce pas ? Seulement, est-ce que vous pouvez
leur dire que je fais tout pour les aider ?

— Oh, Meredith. Nous savons tous que vous faites de
votre mieux.

CONNIE

Meredith et Toby étaient chez elle depuis vingt-quatre heures… Était-ce bizarre ?

Oui.

Au déjeuner, la discussion avait été tendue. Meredith avait tenu dix à douze minutes avant d'aller se réfugier dans sa chambre.

Alors Toby avait dit :

— Peut-être que je devrais m'en aller ? J'ai un billet sans date de retour pour Washington. Je peux partir quand je veux.

— Pas question ! Tu ne bouges pas d'ici. Je ne t'ai pas vu depuis une éternité. Je veux que tu restes.

— D'accord, répondit-il sans conviction.

— Ça va lui passer.

— Tu crois ?

Quand Meredith redescendit à 17 heures, elle paraissait encore plus renfrognée qu'à midi.

— Tout va bien ? lui demanda Connie.

Meredith tourna vers elle un visage froid.

— Bien ?

— Je suis désolée, dit Connie. Je ne voulais pas te piéger. Honnêtement, je ne pensais pas qu'il allait montrer le bout de son nez. Tu sais à quel point il est versatile !

— Ça, oui, je le sais.

Au même moment, Toby se matérialisa de nulle part.
— Qui est versatile ? demanda-t-il.

Il fallait trouver une solution pour le dîner. Connie n'avait pas envie de cuisiner et Meredith ne voulait pas sortir. Dan avait appelé pour lui dire qu'il passait la soirée avec ses fils, mais qu'il viendrait les chercher le lendemain matin pour les emmener à Great Point. Connie annonça la nouvelle à Meredith, qui parlait d'aller à Great Point depuis des semaines. Pourtant, son amie se contenta de froncer les sourcils et de répondre :
— Entendu.

Ils décidèrent de commander une pizza saucisses et oignons, exactement comme celle qu'ils mangeaient au lycée. En fermant les yeux, Connie revoyait leur repaire chez Padrino's, Matt Klein et elle d'un côté de la table, Toby et Meredith de l'autre, avec un pichet de bière Birch et quatre verres de plastique brun. Le jukebox passait *You're Still the One*, d'Orleans.

Connie prépara rapidement une salade et quand la pizza arriva, ils s'installèrent pour dîner. Mais la conversation était guindée. Meredith était ailleurs, perdue dans ses pensées. Ce dîner était tout le contraire de l'ambiance chaleureuse de leur repas chez Padrino's.

Sans se décourager, Connie leur suggéra d'aller regarder un film au salon. Logique, non ? Combien de films avaient-ils regardé tous les trois dans le sous-sol des O'Brien ? Des centaines ! Toby était partant et Meredith accepta à contrecœur. Connie s'installa dans le fauteuil, Toby sur le canapé, et Meredith observa la place libre sur le canapé à côté de Toby d'un air contrarié.

Toby tapota la banquette :
— Viens t'asseoir ici.
— Je serai très bien par terre, rétorqua-t-elle en s'asseyant en tailleur sur le tapis Claire Murray, le dos droit, le menton relevé. Une attitude héritée d'Annabeth Martin, ou bien de tous ces plongeons.
— Tu ne seras pas bien là ! pesta Connie.
— Je suis parfaitement bien, s'entêta son amie.

Ils délibérèrent sur le choix du film, ce qui revenait à dire que Connie et Toby choisiraient le DVD et que Meredith se rangerait à leur avis.

Quand ils optèrent pour *Les Évadés*, elle déclara : « Bien. » Puis Toby s'écria à la dernière minute :

— Oh, non ! J'ai une meilleure idée ! Si on mettait *Animal House* ?

Très lentement, Meredith tourna vers lui un regard incendiaire.

— Tu plaisantes, n'est-ce pas ?

— Allez ! Tu n'as pas oublié, hein ?

— Non, répondit-elle froidement. Je n'ai pas oublié.

Puis, avec une lenteur délibérée, telle une délicate fumée, elle se leva et quitta la pièce.

— Bonne nuit, dit-elle depuis les escaliers. Je vais me coucher.

Connie attendit d'avoir entendu le cliquetis de sa porte de chambre pour se tourner vers son frère.

— Je n'ose te poser la question…

— Premier rendez-vous.

— Quoi ? Tu veux la torturer, c'est ça ?

— Non, pas du tout. Je pensais que ce serait amusant.

— Ouais, elle était morte de rire.

— Alors, qu'est-ce qui s'est passé entre vous ? demanda Toby.

— Dis-moi plutôt ce qui s'est passé entre *vous* ! riposta Connie.

— C'est compliqué.

Connie secoua la tête.

— Je sais que vous avez eu une grosse dispute, toutes les deux, insista-t-il. J'ai bien vu qu'elle n'était pas venue à l'enterrement de Wolf, mais tu ne m'as jamais raconté ce qui s'était passé. Et j'étais trop éméché pour le demander.

— Oh, tu sais, de l'eau a coulé sous les ponts depuis…

— Allez ! Dis-moi tout.

— Eh bien…

Elle n'avait raconté leur querelle à personne, excepté à Wolf. Ashlyn, Iris et son amie Lizbeth étaient au courant d'une brouille, mais Connie n'avait donné aucun détail. Ce n'étaient pas leurs affaires, d'autant que sa rupture avec Meredith avait été extrêmement douloureuse. Mais désormais, les sujets tabous la rendaient malade. Si elle avait expliqué à Dan ce qui s'était passé avec Ashlyn aux funérailles de Wolf, elle pouvait relater à Toby son coup de téléphone avec Meredith.

— Quelques mois avant sa mort, commença Connie, Wolf travaillait toujours, mais les médecins n'avaient plus aucun espoir, sa santé ne s'améliorerait pas. Alors il s'est mis en tête de passer au peigne fin toute notre comptabilité.

Wolf avait étudié les documents financiers et les rapports de comptes pendant tout un dimanche après-midi, ce qui avait rendu Connie morose, elle s'en souvenait très bien. C'était une belle journée de septembre et elle voulait faire une promenade avec Wolf tant que son mari était encore capable de marcher, mais il était vissé à la paperasserie qui recouvrait entièrement la table du salon. Le couple devrait profiter de cette belle journée, c'était trop bête ! Gene, leur comptable, était là pour s'inquiéter de leurs finances, non ? Wolf avait cessé de lire depuis longtemps – cet effort lui brûlait les yeux – et, même sur ses chantiers, un assistant lui lisait les mesures des plans. Alors que pouvait-il bien comprendre à ces colonnes de chiffres ? Pourtant, il était déterminé à y mettre de l'ordre. Connie était donc allée se balader seule, et était revenue avec les yeux rougis par le froid et la goutte au nez.

— Wolf m'a demandé de m'asseoir et m'a présenté une pile de relevés de Delinn Entreprises, imprimés sur une imprimante matricielle. C'était la première fois que je jetais un œil à ces documents.

Cet épisode était encore très vivace dans son esprit. Elle avait alors dit à son mari en plaisantant :

— Bon sang, Wolf, on devrait les donner à un musée.

— Nous allons récupérer notre argent demain, avait répondu Wolf platement.

— Quoi ?

— Sortir du business de Freddy. Gene l'adore, mais il est incapable d'expliquer comment il procède, et, depuis le temps que je connais Freddy, il n'a jamais été capable de me donner une explication sensée à ces investissements.

— C'est de la magie noire ! avait répondu Connie d'un ton léger.

Telle était en effet la réponse que Freddy donnait à tous ceux qui l'interrogeaient sur la formule de ces retours sur investissements faramineux, même quand le marché était au plus bas.

— De la magie noire, en effet, avait renchéri Wolf. Moi, je suis sûr qu'il viole la loi.

— Freddy ?

— Oui, Freddy. J'aime beaucoup l'homme, je l'ai toujours apprécié. Dieu sait combien il est généreux. Et j'adore Meredith et les enfants, mais il y a un lièvre dans ce montage financier. Je ne sais pas ce qu'il trafique, mais la SEC finira par le démasquer, et nous n'allons pas attendre ce moment fatidique. Nous reprenons notre argent dès demain.

— Demain ? Vraiment ? Tu ne veux vraiment pas en parler à Gene d'abord… ?

— Connie…

Wolf avait posé sa main sur la sienne et s'était efforcé de la regarder dans les yeux. Mais son regard était fuyant, comme souvent ces derniers temps. Il n'arrivait pas à concentrer son attention sur un point fixe. Ses yeux s'étaient remplis de larmes brûlantes, qui n'étaient en rien dues à l'ambroisie. Elle le perdait. La liquidation de leur compte chez Delinn Entreprises était une nouvelle étape préalable à son décès.

— Nous soldons ce compte demain.

— D'accord, avait concédé Connie, malgré son scepticisme.

Les gains étaient mirobolants et ils avaient été chanceux de pouvoir investir chez Delinn Entreprises, quand tant d'autres étaient déboutés. Mais elle avait soutenu Wolf pour des décisions bien plus radicales que celle-ci. Et elle le soutiendrait cette fois encore.

— Tu ne crois pas que Freddy va être en colère ?

— En colère ?

Wolf avait paru amusé par cette idée.

— Nous n'avons que trois millions sur ce compte. C'est une goutte d'eau dans l'océan de Delinn Entreprises. Freddy ne le remarquera même pas.

Malheureusement, dit-elle à Toby, Freddy l'avait remarqué. Il avait laissé des messages au bureau de Wolf, et quand il avait compris que Wolf était tout le temps sur le site, il l'avait traqué sur son portable.

Mais Connie n'avait découvert tout cela que plusieurs jours après, quand, dans un état de frustration extrême, Freddy avait appelé à la maison. C'était elle qui avait décroché.

— Retirer votre argent ? avait-il fulminé. Pourquoi diable faire une chose pareille ?

Il paraissait livide, ce qui avait rendu Connie perplexe. Il ne s'agissait que de trois millions de dollars. Quelle importance pour lui ?

— Nous avons si peu d'argent investi chez toi. Comparé à tes autres clients, je veux dire. Nous ne te manquerons pas.

— Vous ne me manquerez pas ? Sais-tu à quel point je suis fier de dire aux gens que l'architecte de Washington Wolf Flute est l'un de mes clients ? J'ai des centaines de clients à Hollywood – j'ai l'argent de Clooney et de la famille Belushi –, mais je suis plus honoré de mentionner le nom de Wolf que de n'importe qui d'autre.

— Vraiment ?

Cette réponse l'avait prise au dépourvu. Freddy voulait en somme se servir de Wolf pour attirer dans sa société d'autres architectes ou d'autres figures proéminentes de Washington ? Était-ce possible ? Si oui, Wolf devait-il se sentir flatté ou mal à l'aise ?

— Alors j'ai raccroché en promettant à Freddy que Wolf l'appellerait pour s'expliquer. Mais mon mari m'a déclaré qu'il ne comptait pas s'expliquer. Nous vivions dans un pays libre, plaidait-il, et il soldait son compte chez Delinn Entreprises, point final. Je n'ai pas eu d'autre choix que de jouer la carte de l'amitié avec Meredith. Wolf m'a dit que si je m'inquiétais de la réaction de Meredith, je n'avais qu'à l'appeler.

— Et alors ?

— Alors je l'ai appelée.

Meredith avait répondu à la première sonnerie, comme si elle tournait en rond dans l'appartement en attendant son appel.

— Meredith ?

— Constance.

— Tu es au courant ?

— Je crois que oui, mais je n'en croyais pas mes oreilles.

Connie avait soupiré. Elle avait espéré que son amie lui rendrait la tâche plus facile. Qu'elle accepterait la situation et ferait tout pour calmer le jeu avec Freddy.

— Wolf veut vraiment solder notre compte.

— C'est ce que Freddy m'a dit. Mais pourquoi ?

— Eh bien…

Elle avait hésité. Devait-elle lui dire la vérité ? Certainement pas.

— … je ne sais pas exactement.

— Tu me mens, Connie.

— Je ne mens pas. Wolf a ses raisons, mais je ne suis pas sûre de les comprendre.

— Wolf est malade, plaida Meredith.

Cette remarque la hérissa.

— Oui, je sais.

— Il a un cancer du cerveau.

— Et alors ? Ça ne veut pas dire qu'il est stupide.

— Il fait une erreur stupide, d'après Freddy.

— Bien sûr que Freddy pense ça. C'est son entreprise. Il veut nous garder comme clients. Il a été parfaitement clair sur ce point.

— Alors, quel est le problème ? Les bénéfices ne sont pas assez importants ?

— Bien sûr que si. Wolf trouve même qu'ils sont trop importants.

— Qu'est-ce que ça veut dire ?

— Notre comptable ne peut pas expliquer comment Freddy procède. Personne ne le peut.

— Bien entendu ! Sinon, tout le monde ferait la même chose. Freddy est un génie, Connie.

À ce moment-là, Connie aurait pu répondre à la place de son amie. Ses paroles étaient tellement prévisibles !

— Freddy était déjà un crack en économie à Princeton. Il comprend le marché comme personne. Tu sais combien de gens lui ont demandé d'investir dans sa boîte et ont été refoulés ?

— Wolf trouve que ça sent le soufre, admit Connie.

— Ça sent le soufre ? Es-tu en train d'accuser mon mari de malveillance ?

— Je ne sais pas, avait-elle répondu d'un ton d'excuse.

Elle avait repris d'une voix qui la suppliait de ne pas laisser le désaccord de leurs maris porter atteinte à leur amitié :

— Wolf est inquiet, voilà tout.

— Parce qu'il pense que Freddy viole la loi, compléta Meredith.

— Je te l'ai dit, je ne sais pas.

— Tu sais que Freddy travaille dans une industrie extrêmement réglementée ?

Connie ouvrit la bouche pour répondre, mais son amie la devança.

— Dieu, je ne supporte pas les gens qui traitent mon mari d'escroc ! Il est incroyablement doué dans son travail, plus doué que n'importe qui, et ça fait de lui un escroc ?

— Tout ce que je dis, c'est que Wolf veut récupérer notre argent.

La voix de Connie s'était durcie. Elle ne s'était jamais dressée contre Freddy face à Meredith, mais elle voyait bien qu'elle risquait de perdre la partie. Si Meredith voulait à tout prix défendre son mari, alors parfait ! Connie défendrait le sien. Elle repensa aux batailles d'eau, quand elle était perchée sur les épaules de Wolf pendant la Madequecham Jam. Ne s'était-elle pas montrée impitoyable ? N'avaient-ils pas remporté tous leurs combats ?

— Nous voulons notre argent et nous voulons un chèque demain matin !

— Un chèque demain matin ? Alors c'est ta décision ? Vous en avez fini avec Freddy ?

— Nous en avons fini avec Delinn Entreprises, oui.

Elle avait prononcé ces paroles pour faire la distinction entre les affaires et leur amitié. La situation était encore plus gênante du fait que Wolf et elle étaient censés aller en vacances au cap d'Antibes avec Meredith et Freddy deux semaines plus tard.

Meredith posa la question la première.

— Et la France alors ?

Ce voyage en France serait vraisemblablement son dernier périple avec son mari, aussi Connie l'attendait-elle avec impatience. Mais comment pourraient-ils s'y rendre à présent ?

— Nous n'irons pas en France.

Là, Meredith resta sans voix.

— Je ne vois pas comment… maintenant.

Voilà ce qu'elle pensait vraiment : Comment veux-tu qu'on s'asseye tous les quatre autour d'une table pour manger du pâté et boire du vin alors que vous avez fait un tel tapage pour nous empêcher de solder notre compte ? Comment pourrions-nous accepter l'hospitalité d'un homme que nous avons pratiquement traité d'escroc ?

La voix de Meredith était étrangement calme. Peut-être que si elles s'étaient toutes les deux mises à hurler, elles auraient réussi à résoudre le problème autrement ? Mais Meredith poussa un soupir résigné et déclara :

— Très bien, Connie, si c'est comme ça que tu le prends. Mais tu fais une grossière erreur.

Connie, totalement incrédule à l'idée que son amie d'enfance, cette femme qu'elle connaissait depuis quarante ans et qu'elle considérait comme sa sœur, pût laisser l'argent asphyxier leur amitié, répondit :

— En fait, je ne pense pas, non.

— Je vais dire à Freddy que vous voulez un chèque demain.

— Merci, dit Connie.

Ce furent leurs derniers mots.

— Et c'est tout ? demanda Toby.

— C'est tout. Des semaines, des mois se sont écoulés, sans aucune nouvelle de sa part. J'espérais sans cesse qu'elle appellerait pour s'excuser.

— Mais toi, tu ne l'as pas appelée pour t'excuser.

— De quoi devrais-je m'excuser, *moi* ?

À la mort de Wolf, Meredith avait envoyé des fleurs et un chèque de dix mille dollars à l'American Cancer Society en l'honneur de Wolf. Connie lui avait écrit pour la remercier. Elle espérait alors pouvoir réparer les dégâts, mais elle n'avait plus entendu parler de son amie. Connie savait que c'était à cause de Freddy.

Ensuite, les allégations de Wolf s'étaient avérées : Freddy avait été arrêté et le schéma de Ponzi révélé.

— On a eu de la chance de se sortir de ce guêpier à temps. Si Wolf n'avait pas récupéré notre argent, on aurait été obligés de vendre la maison de Nantucket. Et peut-être aussi celle de Bethesda. Il ne me resterait plus rien.

Exactement comme Meredith aujourd'hui.

Le jour suivant était un dimanche, aussi, dès son réveil, Connie appela Ashlyn.

Elle tomba aussitôt sur la boîte vocale.

— Bonjour chérie, c'est moi. Je suis toujours à Nantucket et devine quoi ? Oncle Toby est venu me rendre visite !

Elle marqua une pause, comme si elle attendait la réponse de sa fille. D'après elle, Toby et Ashlyn étaient régulièrement en contact. Mais, même si elle voulait désespérément avoir de ses nouvelles, elle n'osait interroger son frère.

— Enfin, appelle-moi dès que tu auras mon message. Je t'aime, Ashlyn. C'est maman.

Connie prépara ses affaires pour Great Point comme si elle s'apprêtait à partir pour Paris. Elle portait un maillot de bain et une robe de coton blanc qu'elle remettait pour la première fois depuis l'été de la maladie de Wolf. Même avec sa vue défaillante, son mari lui avait dit :

— Tu as l'air d'un ange dans cette robe blanche, mon amour.

Ce seul commentaire l'avait empêchée de mettre cette robe pour une autre personne. Mais, à présent, elle voyait bien combien c'était absurde. Cette robe coûteuse lui allait à merveille. Elle fourra dans sa valise un livre, une crème solaire, des serviettes et un sweat-shirt. Dans son sac pour la nuit, sa brosse à dents, sa lotion pour le visage, sa brosse à cheveux et sa chemise de nuit.

Elle bourra la glacière de nourriture, ajouta un Thermos de thé glacé, mais pas de vin. Tout irait bien. Bien sûr, elle pouvait emporter une bouteille de vin blanc et décider de ne pas la boire – mais qui espérait-elle tromper ? S'il y avait du vin à portée de main, elle ne résisterait pas à la tentation.

Un coup de Klaxon mit fin à ses réflexions.

Dan !

— Dan, je te présente mon frère, Toby. Toby, voici Dan. Dan Flynn.

— Dan, l'homme de la situation ! lança gaiement Toby en lui serrant la main.

— Enchanté, répondit Dan avec un sourire. Connie et toi vous ressemblez beaucoup.

— Vraiment ? s'étonna Connie.

À l'instant même, elle sut que tout se passerait bien. Dan tomberait sous le charme de son frère, comme tous les gens qui le côtoyaient. Tous sans exception. Dan et Toby étaient de la même trempe : des hommes d'extérieur. Ni l'un ni l'autre ne s'intéressait à l'argent, au prestige ou à l'héritage qu'ils laisseraient. Tout ce qui leur importait, c'était leur liberté. La liberté de mener l'existence de leur choix. En fait, ils allaient parfaitement ensemble !

Dan embrassa Meredith sur la joue.

— J'aime la façon dont vous avez arrangé vos cheveux, lui dit-il.

Meredith portait une casquette de base-ball rouge portant le sigle d'une fraternité universitaire. Une vieille casquette d'Ashlyn, abandonnée depuis longtemps sur l'étagère poussiéreuse du placard de l'entrée. Au début, Connie avait été choquée de la voir porter cette casquette, puis elle s'était dit : Oh, peu importe après tout ! Plus de tabous. De plus, Meredith semblait étonnamment joyeuse ce matin-là.

— Merci, répondit-elle.

— Je veux dire sans la perruque.

— Attends une minute, intervint Toby. Tu portes une perruque d'habitude ?

— Je me déplace incognito. Mais pas aujourd'hui.

Dan toucha l'épaule de Meredith.

— Vous n'avez pas besoin de déguisement aujourd'hui.

— Great Point ! dit Toby en se frottant les mains.

— Allons-y ! renchérit Dan.

Ils traversèrent la ville de Sconset, firent halte au super-marché pour acheter des sandwichs, des paquets de chips, des bretzels et des marshmallows. Connie avait préparé une salade de fruits, une salade de pommes de terre, du coleslaw, et Dan avait dit qu'ils achèteraient le reste.

Comme la capote de la jeep était relevée, le soleil se déversait sur les quatre passagers de la voiture qui fila sur Polpis Road, dépassa le phare de Sankaty, le terrain de golf, l'ovale bleu et lisse de l'étang de Sesachacha, jusqu'à l'embranchement de Wauwinet. À partir de là, la route s'enfonçait dans des terres rurales battues par les vents, où dominaient d'immenses champs avec quelques fermes éparses. Avant d'atteindre le portail de l'auberge de Wauwinet, ils traversèrent un bois d'arbres verts et feuillus. Dan arrêta la jeep et descendit du véhicule pour dégonfler légèrement les pneus.

— Je peux t'aider ? demanda Toby.

— Avec plaisir.

Dan confia à Toby la jauge de pression des pneus.

Sur le siège passager, Connie se tourna pour sourire à Meredith, assise juste derrière elle.

— Ça va ?

— Super.

Comme le visage de Meredith était caché derrière de grosses lunettes noires, Connie ne sut s'il s'agissait d'un vrai « super » ou d'un « super » sarcastique.

Elle prêta l'oreille au filet d'air qui s'échappait des pneus avec un sifflement ténu. On aurait dit un double rendez-vous. La présence de Toby rééquilibrait les parties. Son dernier double rendez-vous avec Meredith – Wolf et Freddy – s'était déroulé dans le sud de la France. Freddy avait prévu une excursion dans la ville pittoresque d'Annecy dans une Renault de 1956. Le chauffeur portait une casquette d'un bleu militaire et ne parlait que le français. C'était Meredith qui communiquait avec lui. Elle se rappelait avoir envié à son amie ses compétences linguistiques et s'être énervée après elle-même pour avoir fait quatre années de latin inutiles. Les quatre complices avaient déjeuné dans un restaurant étoilé surplombant le lac. Un lieu où Meredith et Freddy venaient régulièrement. Ils connaissaient le propriétaire, un homme distingué, au teint olivâtre, toujours vêtu d'un costume impeccable. L'homme lui rappelait Oscar de la Renta. Il avait fait un baisemain à Connie et avait apporté aux deux dames un verre de champagne rosé. Krug. Le déjeuner avait dû coûter cinq cents euros au bas mot, même si l'addition n'était jamais arrivée sur la table. C'était toujours ainsi avec Meredith et Freddy – vous viviez de fabuleuses expériences qui semblaient se produire comme par magie. Bien sûr, Freddy avait réglé le déjeuner d'une manière ou d'une autre. La note avait dû s'élever à plus de mille euros car ils avaient bu au moins deux bouteilles de Krug. Au menu : homard, salade de mangue, pousses de salade et artichauts marinés, autant de légumes provenant d'une ferme locale. Puis un poisson poché en sauce, accompagné de ces fameuses pommes de terre braisées à l'huile d'olive. Ensuite, un plateau de fromage avec des figues et de minuscules grappes de raisin et pour finir, des expressos avec des truffes en chocolat. Un déjeuner inoubliable ! Freddy, Connie s'en souvenait très bien, n'avait bu que de l'eau minérale. Maître incontesté de l'assemblée, il présidait la table et passait la commande, pendant que Meredith, Connie et Wolf s'enivraient de champagne. Il était évident aujourd'hui que c'était une manière pour lui de garder le contrôle sur eux. Et cette excursion à Annecy n'avait-elle pas eu lieu le jour même où

Freddy l'avait embrassée sur la terrasse ? Oui, elle se rappelait son regard admiratif posé sur elle. Son désir. Et, honnêtement, elle s'en était délectée.

Il l'avait embrassée, il l'avait même touchée.

Connie faillit se tourner vers son amie pour lui demander
le nom de ce restaurant – c'était le genre de souvenir qu'on
aimait conserver –, mais se ravisa. Le propriétaire était certainement un investisseur, et le restaurant n'existait sûrement plus. Une nouvelle victime de Delinn Entreprises.

Tu es une femme extrêmement séduisante, Constance.

Le garde sortit de la maison forestière pour vérifier leur
autocollant de plage. C'était un vieux gentleman aux cheveux gris coupés court et à la posture sévère. Un ancien
militaire, à n'en pas douter. Un lieutenant à la retraite peut-
être. Il était parfait pour le poste : un homme capable de
tenir les indésirables à bonne distance des hectares de
terres protégées de Great Point. Son visage s'éclaira
lorsqu'il vit Dan.

— Salut, jeune Flynn ! Comment ça va en cette belle
journée ?

Les deux hommes échangèrent une poignée de main.

— Ça va, dit Dan.

Il jeta un coup d'œil à Toby, puis à la jeep.

— Je suis venu avec quelques amis du...

Attention ! pensa Connie.

— ... Maryland.

Toby, jamais en reste d'une nouvelle rencontre, tendit la
main au vieux renard.

— Toby O'Brien.

— Bud Attatash, répondit-il avant de passer en revue les
occupants de la jeep.

Ne nous présente pas ! l'implora Connie en silence.

— Alors, mesdames ? Prêtes pour l'aventure ? demanda
Bud.

Connie lui répondit d'un signe de la main. Elle ne voyait
pas ce que faisait Meredith.

— Comment ça va par ici en ce moment ? lui demanda
Dan.

Remonte dans la voiture ! Je t'en prie, allons-nous en ! le supplia silencieusement Connie.

Puis elle se rappela que le travail de Dan consistait à connaître tout le monde sur l'île et à tout savoir. À l'évidence, il éprouvait le besoin de discuter le bout de gras avec Bud Attatash.

— Bah, c'est le mois d'août et les phoques sont finalement partis. Ils remontent la côte.

— L'air va sentir bien meilleur !

— C'est bien vrai, renchérit le gardien.

Il se gratta la nuque. Son col était raide comme du carton.

— Hé ! Tu as entendu parler d'un phoque mort sur la côte sud ? Assassiné, paraît-il. Déposé en colis spécial pour la femme Delinn.

Toby se racla la gorge, ce qui lui valut un coup d'œil de la part de Bud.

— Ouais, j'en ai entendu parler. Sale histoire.

Les paumes de Connie la piquaient. Le soleil brûlait ses épaules nues. Elle avait peur de se tourner vers Meredith. Toby, lui, paraissait accablé. S'il avait eu trois bières dans le nez, il aurait flanqué son poing dans la gueule de Bud Attatash.

— Sale histoire, tu l'as dit. Massacrer une malheureuse bête comme ça.

— C'est de la violence gratuite.

Remonte dans la voiture, Dan !

Connie s'éclaircit la gorge. Lisant dans ses pensées, Toby se coula sur le siège arrière, à côté de Meredith.

Dan recula d'un pas mais semblait incapable de prendre réellement congé.

— Ils n'attraperont jamais les types qui ont fait ça. Cette femme a bien trop d'ennemis, commenta le vieil homme.

— C'est un peu plus compliqué que ça, Bud. Et si tu ne me crois pas, appelle le chef pour lui en parler.

Même Dan semblait agacé à présent, et Connie ressentit une pointe d'irritation. Pourquoi n'avait-il pas évité ce sujet de conversation ? Bon sang !

— Bien, on va y aller maintenant.

— Une pauvre et innocente créature de la mer, termina Bud.

Ils s'engagèrent sur la piste sablonneuse, laissant Bud Attatash dans leur sillage. L'homme en uniforme kaki les suivit longtemps du regard.

— Désolé, dit Dan.

Personne ne parlait. Connie observa Meredith dans le rétroviseur latéral. Sous le rebord de sa casquette et derrière les verres géants de ses lunettes de soleil, son expression demeurait indéchiffrable.

— Bud est inoffensif, déclara Dan. Je le connais depuis une éternité.

Toujours le silence. Connie alluma la radio, mais tomba sur des publicités irritantes, au volume fort et au son crachotant. Elle enfonça alors le CD en pensant que ce serait un groupe du genre des Beatles, mais la musique qui emplit l'habitacle était encore pire que la radio. Dan fit aussitôt ressortir le CD, d'un geste si autoritaire que Connie s'en voulut d'avoir touché à sa radio sans lui demander la permission.

— Désolé. J'ai prêté ma voiture à Donovan. C'est sa musique.

Connie commençait à se dire que le karma positif de cette journée menaçait de fondre comme neige au soleil.

La jeep rebondissait gaiement sur les bosses. Toby poussait des cris joyeux tandis que Meredith s'accrochait férocement à la poignée de la portière. Ils dépassèrent les dernières maisons de vacances et continuèrent leur chemin jusqu'aux sables purs de Great Point.

Soudain, le silence n'était plus dû aux commentaires gênants de Bud Attatash, mais à la déférence imposée par la beauté spectaculaire du paysage. Le sable était d'un blanc crémeux. La végétation consistait en buissons bas – myrique et *rosa rugosa* au parfum sirupeux. L'océan d'un bleu profond s'étendait à perte de vue et les vagues ondulaient sur le rivage, plus douces qu'à Tom Nevers. Au loin se dressait le phare de Great Point. Le plus époustouflant était la pureté du paysage sous leurs yeux. Quelques hommes surfaient le long du rivage. Des crabes se précipitaient sur le sable, fuyant les mouettes et les pêcheurs d'huîtres.

Pourquoi Connie n'était-elle jamais venue dans ce lieu enchanteur ? Sans doute, se dit-elle, parce que la famille Flute ne venait jamais ici. Great Point ne faisait pas partie de leurs excursions habituelles. Mme Flute, la mère de Wolf, affirmait qu'elle ne supportait pas de voir des véhicules sur la plage, mais Wolf avait dit à Connie qu'à dire vrai, ses parents – des Yankees près de leurs sous – refusaient de gaspiller de l'argent pour jouir d'une plage. (À l'époque, le droit d'entrée était de soixante-quinze dollars ; aujourd'hui, c'était pratiquement le double.)

Eh bien, se dit-elle, ils rataient quelque chose. L'endroit était un véritable trésor naturel.

Dan suivit la piste jusqu'à l'extrémité de la plage.

— Là ! dit-il. On peut voir le contre-courant.

Toby se dressa sur son siège.

— Bon sang ! Incroyable !

Connie distingua une démarcation sur les eaux, un roulement indiquant le contre-courant. C'était la fin de l'île, ou bien son commencement. Le phare se trouvait juste derrière eux.

— On peut grimper dans le phare ? demanda Meredith.

Sa voix semblait normale. Elle avait apparemment mis leur rencontre inopportune avec Bud Attatash sur le compte de la malchance. Plus que tout, Connie voulait voir Meredith heureuse.

— Oui, on peut grimper ? renchérit Connie.

— Certainement.

Dan gara la jeep du côté du port. Des voiliers s'égrenaient sur la ligne d'horizon.

Tous les quatre arpentèrent le sable chaud en direction du phare. Ils pénétrèrent dans l'antichambre équipée de deux bancs de bois, mais la porte du phare lui-même était hermétiquement fermée.

— On ne sait jamais si la porte est fermée à clé ou pas, dit Dan en tournant la poignée.

— C'est fermé, constata Connie avec déception.

— Oui, mais j'ai une clé, dit Dan d'un ton malicieux.

— Vraiment ? s'étonna Meredith.

Dan sortit une clé de la poche de son pantalon. Elle avait la couleur d'un vieux penny.

— Je détiens cette clé depuis mes dix-huit ans. À l'époque, le garde-forestier du coin s'appelait Elton Vicar. Et je suis sorti avec sa petite-fille, Dove Vicar.

— Dove, comme la colombe ? demanda Connie.

— Dove a volé cette clé à son grand-père et me l'a donnée. J'ai été assez malin pour la conserver tout ce temps. Parce que je savais qu'elle me servirait un jour.

— Tu es sûr qu'elle fonctionne encore ?

Connie se demandait comment une clé vieille de trente ans pouvait avoir une quelconque utilité.

Dan tenta de la glissa dans le trou de la serrure. Il dut forcer un peu pour insérer la clé dans le mécanisme, mais quand il réussit enfin à la faire tourner, la porte s'ouvrit comme par enchantement.

— Ils n'ont jamais changé la serrure ! Cela aurait créé trop de problèmes. Et puis il n'y avait aucune raison de le faire.

— Alors ne sommes-nous pas en train de faire quelque chose d'illégal ? s'inquiéta Meredith.

— Relax, dit Dan. Le crime a été commis il y a une éternité, par Dove Vicar, qui porte aujourd'hui le nom de son mari et vit quelque part au Nouveau-Mexique.

— Mais ce n'est pas une effraction ? insista Meredith, l'air nerveux.

— Nous avons la clé ! s'esclaffa Dan en pénétrant dans le sanctuaire.

C'était la première fois que Connie pénétrait dans un phare, mais cela ne correspondait pas du tout à ses attentes. Le lieu était sombre et humide, le sol en sable dur. L'odeur rappelait celle d'une cave. Au milieu de la pièce se déroulait un escalier de fer en colimaçon. Dan grimpa les marches, suivi de Connie, qui se disait qu'elle sortait avec le seul homme de Nantucket à posséder la clé du phare de Great Point. Meredith leur emboîta le pas et Toby ferma la marche. L'ascension était délicate dans la pénombre, les marches n'étant éclairées que par la lumière ténue et poussiéreuse provenant du plafond.

Une fois en haut de l'escalier, ils découvrirent une petite pièce dotée de fenêtres et d'une boîte qui reflétait la lumière produite par des panneaux solaires.

Tony était impressionné.

— En quelle année a-t-il été construit ?

— À l'origine, en 1785, répondit Dan. Reconstruit en 1986.

Un étroit balconnet faisait le tour complet du phare. Connie et Meredith sortirent et s'amusèrent à le parcourir. De ce promontoire, Connie pouvait contempler Nantucket au sud et la baie de Cape Cod au nord. L'île se déroulait sous leurs yeux telle une couverture : maisons, arbres, étangs, dunes de sable et routes poussiéreuses. Connie venait à Nantucket depuis vingt ans, mais, aujourd'hui, c'était sûrement la première fois qu'elle la voyait vraiment.

Dan installa les chaises pliantes sur la plage et étendit les couvertures.

— C'est vraiment un endroit fabuleux, tu ne trouves pas, Meredith ?

— Mmm, grommela son amie.

Dan décapsula une canette de bière.

— Quelqu'un veut à boire ?

— Toby, j'ai apporté du thé glacé, dit Connie.

Son frère leva la main.

— Merci, rien pour le moment.

— Et toi Meredith ?

— Non, merci.

— Connie ? Je te sers un verre de vin ?

— Je n'ai apporté que du thé glacé.

— Vraiment ? Pas de vin ? s'étonna Dan.

— Non.

Elle coiffa le chapeau de paille à larges bords qu'elle avait acheté pour se protéger du soleil, et qu'elle n'avait encore jamais osé porter. Il était temps de prendre soin d'elle. Porter un chapeau, et laisser le chardonnay à la maison.

— Je prendrai un thé glacé.

— Très bien, dit Dan, visiblement surpris.

— Meredith, tu veux aller faire une balade ? demanda Toby.

Meredith se tourna vers son amie.

— Connie, tu veux aller te balader ?

— Non, pas tout de suite. Allez-y tous les deux.

Meredith ne bougea pas d'un pouce.

— Je préfère t'attendre.

Toby déclara, d'une voix très adulte, très sérieuse, que Connie ne lui connaissait pas :

— Meredith, viens faire une promenade avec moi, *s'il te plaît*.

Pour toute réponse, elle s'assit, raide comme une pierre.

— Non, martela-t-elle.

Cette journée allait-elle s'avérer un désastre complet ? se demanda Connie.

Jetant l'éponge, Toby s'éloigna en silence. Connie le regarda partir. Puis, quelques secondes plus tard, Meredith se leva. Dieu merci, se dit alors Connie. Mais son amie partit dans la direction opposée.

Dan s'installa sur une chaise à côté d'elle et posa un exemplaire de *The Kite Runner* sur ses genoux.

— Alors ? J'ose poser la question ? Qu'est-ce qu'il y a entre eux ?

— Oh ! Je n'en ai aucune idée.

— Vraiment ?

Quand Connie se tourna vers Dan, elle comprit avec effroi qu'elle le connaissait à peine. Comment faisait-on pour apprendre à connaître quelqu'un ? Cela prenait du temps. Des jours, des semaines, des mois... À l'idée des efforts nécessaires pour entrer dans l'univers de cet homme, elle se sentit brusquement épuisée. Pourquoi n'avait-elle pas simplement apporté le vin ? Tout était tellement plus simple avec du vin.

— Meredith et Toby sont sortis ensemble au lycée, dit Connie...

— Ah, fit Dan, comme si cela expliquait tout.

Mais comment pourrait-il comprendre ?

— Ils étaient follement amoureux. À tel point que
c'était… irritant.

Son compagnon se mit à rire.

— Irritant ?

— Eh bien, tu sais… mon frère et ma meilleure amie…

— Tu t'es sentie mise à l'écart ?

— Un peu, oui. Au début, cette relation me dérangeait
vraiment. J'ai failli y mettre un terme. J'avais le pouvoir de
le faire, je pense, surtout du côté de Meredith. Mais je me
suis habituée à l'idée. Et puis j'avais des petits amis, moi
aussi. J'avais toujours un petit ami…

— Ça ne me surprend pas.

— Alors on sortait souvent à deux couples. On allait au
cinéma, aux bals de Radnor, le lycée de Toby, on faisait du
roller, dit Connie en riant.

C'était amusant de repenser à cette époque où Meredith,
Toby, Matt Klein et elle patinaient sous les boules disco
tournoyantes qui éclairaient la patinoire de lumières multicolores. Ils glissaient au son de Queen, du groupe de rock
Lynyrd Skynyrd, ou encore de Earth, Wind and Fire.
Connie et Meredith patinaient en arrière – elles avaient
passé des heures à s'entraîner dans le sous-sol de Meredith – pendant que Toby et Matt les tenaient par les
hanches. Toutes deux avaient des plumes tressées dans les
cheveux. Un petit peigne était toujours niché dans la poche
arrière de leur jean griffé. Entre deux glisses, les quatre
complices s'asseyaient à l'une des tables en plastique du
snack-bar pour boire des *suicides* – un cocktail à base de
rhum, de grenadine et de lait – accompagnés de mauvais
nachos.

— Mais je ne sais pas, mes petits amis, c'étaient juste des
garçons pour passer le temps. Pour Meredith et Toby,
c'était différent. Ils étaient amoureux. Ils étaient si sûrs
d'eux, si…

— Irritants !

— Pourtant, au moment où je croyais qu'ils allaient finir
par se marier et avoir cinq enfants, Toby a rompu avec elle.

— Il s'est passé quelque chose ?

— Il avait dix-neuf ans et il allait partir pour l'université... Il voulait sa liberté. Meredith était dévastée. Ce qui m'a beaucoup surprise. Elle est toujours si forte, tu sais, si distante et... inaccessible en un sens. Comme si rien ne pouvait l'affecter. Mais, après sa rupture avec Toby, elle s'est écroulée. Elle pleurait tout le temps et se reposait beaucoup sur ses parents. Elle était très proche de son père... Je me rappelle que, juste après, j'ai essayé de lui faire oublier Toby et je m'en suis mordu les doigts.

Dan se pencha en avant.

— Vraiment ? Que s'est-il passé ?

— J'étais invitée à une soirée à Villanova et j'ai convaincu Meredith de m'accompagner. J'ai dû la supplier, mais elle a fini par accepter et, une fois là-bas, elle a commencé à boire ce punch rouge. Kool-Aid et alcool de grain.

— Ah d'accord !

— Ensuite, je me rappelle que tout le monde sautait et dansait sur les Ramones, pendant que Meredith était avachie sur le canapé. Évanouie. Ivre morte.

Ce que Connie ne lui avoua pas, c'était qu'elle avait vraiment cru, l'espace d'une seconde atroce, que son amie était morte. Elle avait hurlé jusqu'à ce que quelqu'un éteignît la musique. Puis l'un des invités, qui prétendait être étudiant en médecine, avait déclaré que Meredith respirait et avait un pouls. La musique avait repris et Connie dut se débrouiller pour sortir Meredith de là.

— Le problème, c'est qu'on était venues à pied.

Les deux années précédentes, Toby les avait trimballées partout. Connie avait raté son permis de conduire trois fois et Meredith apprenait encore à conduire avec son père – malheureusement, elle passait plus de temps à pleurer qu'à conduire.

— Donc, mes options étaient soit d'appeler mes parents pour qu'ils viennent nous chercher, soit d'appeler ceux de Meredith, soit d'essayer de rentrer par nos propres moyens.

— Et alors... ?

Alors les parents de Connie étaient eux-mêmes tout le temps éméchés et ne pouvaient donc pas venir à leur secours. Quant aux parents de son amie, ils étaient tellement persuadés que leur fille adorée allait décrocher la Lune que Connie ne voulait pas avoir à les informer que Meredith était un être humain, une fille de dix-huit ans au cœur brisé avec des pulsions autodestructrices. Bien sûr, impossible d'appeler Toby.

— Alors je l'ai portée jusque chez elle. Sur mon dos.

Dan poussa un cri admiratif.

— Tu me fais marcher !

Oui, cela paraissait dingue – tous ceux à qui elle racontait cette histoire n'en revenaient pas –, mais l'aventure n'avait pas été aussi drôle, sur le moment. Ce fut une nuit mémorable, un épisode pénible, douloureux et poignant dans l'apprentissage de la maturité pour les deux jeunes filles. Connie avait réussi à hisser son amie sur son dos et à lui soulever les jambes. Et Meredith à enrouler ses bras autour du cou de son amie, laissant retomber le poids de sa tête sur l'épaule de sa sauveuse. Combien de fois s'étaient-elles arrêtées pour permettre à Meredith de vomir ? Combien de cris, de sanglots cette nuit-là à cause de Toby, pendant que Connie pensait : Pourquoi as-tu besoin de Toby puisque je suis là ? Elle frottait le dos de sa complice de toujours en lui disant : « Je sais, oui je sais, ça fait mal. »

Connie savait où les Martin conservaient leur clé de secours et connaissait le code de l'alarme de la maison. Elle avait monté Meredith dans sa chambre sans même réveiller Chick ou Deidre. Après quoi elle remplit le gobelet de la salle de bains d'eau et posa trois Excedrin sur la table de nuit de sa complice – table sur laquelle trônait une photo de Toby et Meredith au bal de Radnor. Après avoir plaqué la photo sur le chevet, Connie murmura bonne nuit à la silhouette endormie et lui assura que tout se passerait bien.

L'épilogue de cette histoire, qui aujourd'hui encore la laissait perplexe, lui était parvenu en janvier suivant, sous la forme d'une lettre de Princeton.

Devine ? Tu avais raison. Tout va bien se passer ! J'ai rencontré un mec génial. Son nom est Freddy.

Meredith revint de sa balade avec une poignée de coquillages qu'elle aligna le long du bord de sa serviette comme une adolescente prépubère.

Elle adressa à Dan un sourire enfantin.

— C'est charmant ici. Merci de nous y avoir emmenés.

— Je vous en prie, Meredith.

La situation s'améliorait, finalement, se dit Connie.

Son frère réapparut un peu plus tard avec une brassée de petit bois qu'il laissa tomber bruyamment à quelques pas de Meredith.

— Pour le feu, dit-il laconiquement. Plus tard.

— Super ! dit Connie.

Toby taquina l'épaule de Meredith de son gros orteil.

— Tu as raté une belle balade.

— Non, pas du tout. J'ai fait une agréable promenade. De l'autre côté.

Toby la regarda un moment, puis secoua la tête.

Connie ferma les yeux. La situation ne s'améliorait pas du tout ! Très bien, se dit-elle, vous n'êtes pas obligés de retomber amoureux, tous les deux, personne ne vous le demande, mais vous ne pourriez pas être amis ? Et si vous ne pouvez pas être amis, vous ne pourriez pas au moins faire preuve de civilité ?

— Je vais nager, déclara Meredith en se levant.

— Moi aussi, renchérit Toby.

Meredith fit volte-face.

— Ça suffit, Toby !

Il éclata de rire.

— L'océan est assez grand pour nous deux.

— Non. Je ne crois pas.

Meredith s'immergea et, une fois l'eau au niveau de ses hanches, plongea sous les flots. L'eau était son élément naturel. On aurait dit un marsouin. Toby plongea dans son sillage.

Oh ! Toby ! pensa alors Connie. Tu ne peux donc pas la laisser tranquille ?

Non, son frère nagea jusqu'à Meredith et fit claquer sa bretelle de maillot de bain une pièce. En représailles, elle fit gicler de l'eau dans la figure de son assaillant en disant :

— Trouve de nouvelles ruses.

— Qu'est-ce que tu as contre mes vieilles ruses ?

— À ton avis ? Tu veux vraiment que je réponde à cette question ?

Mais si Connie ne se trompait pas, la voix de son amie s'était légèrement détendue, ce qui suffisait à son frère pour tenter de rentrer dans ses bonnes grâces. Meredith rejoignit le rivage à la nage, suivie de près par Toby, qui ne semblait pas près d'abandonner la partie.

— Ils s'amusent bien, on dirait !

Dan se leva pour les rejoindre, et Connie lui emboîta le pas, même si elle détestait être obligée d'aller dans l'eau. Mais ici, l'eau était peu profonde et chaude. Elle se laissa flotter sur le dos, le visage baigné de soleil. Dan la fit s'enfoncer un peu en enroulant ses bras autour d'elle, puis il entonna une chanson de James Taylor d'une voix magnifique – il était assez bon pour être un vrai chanteur. Connie se délectait du bourdonnement harmonieux dans ses oreilles. À la fin de la chanson, elle lui dit :

— Tu es l'homme qui a la clé.

— La clé de quoi ?

Du phare, idiot ! faillit-elle dire. Au lieu de quoi, elle murmura :

— La clé de mon cœur.

Cette réponse parut le ravir.

— Je l'ai maintenant ?

Elle hocha la tête. Puis se sentit aussitôt coupable. Wolf ! C'était Wolf qui détenait la clé de son cœur ! Il était stupide de croire qu'elle pût aimer un autre homme avec la même intensité.

Déboussolée, elle regagna vivement la plage à la nage.

Après le déjeuner, Meredith se roula en boule sous sa couverture et s'endormit. Toby se pencha en avant sur sa chaise et contempla les voiliers qui voguaient au loin. Pensait-il à *L'Hirondelle* ? Bien entendu. Il représentait bien plus qu'un bateau pour lui. Il était son foyer, son ancre. En le regardant – elle aurait voulu lui dire quelque chose, mais quoi ? –, elle le surprit en train d'observer Meredith. Il regarda son amie pendant de longues secondes.

Oh, mon Dieu !

Dan s'arracha à sa chaise.

— Je vais pêcher. Qui m'accompagne ? Connie ?

— Je passe mon tour.

Toby bondit sur ses pieds.

— J'adorerais me joindre à vous.

Connie regarda son amoureux et son frère s'éloigner sur la plage avec leur canne à pêche. La respiration de son amie était audible : elle dormait profondément. De quoi rêvait-elle ? De ses fils ? De Freddy ? De son avocat ou de la femme en colère au salon de beauté ? Rêvait-elle de Toby et, si oui, Toby avait-il dix-huit ou cinquante et un ans ? Ses paupières se faisaient lourdes. Dan fredonnait au loin, la brise soulevait le bord de son chapeau de paille. Elle se demanda alors si les phoques allaient au paradis et décida que la réponse était oui.

Elle se réveilla en entendant Toby crier à propos d'un poisson.

Dan jubilait :

— En plein dans le mille !

Connie plissa les yeux pour observer les deux petites silhouettes. Meredith dormait toujours. Elle décida de rejoindre les pêcheurs et d'être impressionnée. Les rayures noires sur les écailles lui étaient familières. Un bar rayé. Un gros.

— Waouh ! C'est une vraie beauté ! s'exclama Dan.

— L'océan a toujours été généreux avec moi, pérorait son frère.

— Nous allons le manger ? demanda-t-elle à Dan.

J'ai apporté mon couteau spécial, une bouteille d'huile d'olive et mon sel Lawry's. Je savais qu'on attraperait quelque chose. On va le faire griller sur la plage.

Connie sourit et embrassa son frère sur la joue.

— Mon chasseur-cueilleur ! Meredith ne va pas en revenir !

Ils jouèrent à lancer des fers à cheval, et Dan gagna haut la main. Au wiffleball, Connie frappa la balle si fort qu'elle survola toutes les têtes et disparut dans les herbes hautes. Malgré leurs efforts, la balle demeura introuvable. Leur partie se termina prématurément, mais Dan était impressionné par ce coup de force, à la grande joie de Connie.

— Tu aurais dû la voir jouer au hockey, commenta Toby. C'était une tueuse.

Connie et Dan partirent en balade et s'arrêtèrent pour s'embrasser. Un baiser si langoureux et passionné que Connie crut qu'ils allaient... Il n'y avait personne, mais Dan mit fin à leur batifolage.

— Si Bud vient faire un tour par ici, il n'appréciera pas.

— Bud pourrait venir jusqu'ici ?

— Oh, oui ! répondit-il en lui mordillant l'oreille.

Le soleil déclinait. De retour à leur campement, Toby creusa un trou à l'aide d'une pelle dénichée à l'arrière de la jeep. Il empila le petit bois dedans et se servit de l'emballage papier des sandwichs pour démarrer le feu. Voilà un homme doué pour la survie : deux mariages avortés, une bataille d'une vie contre l'alcool, un fils qu'il voyait peu. Connie avait enterré un mari et perdu une fille. Dan avait enterré une épouse et perdu un fils. Meredith... surmontait des difficultés que Connie avait du mal à imaginer. Pourtant, en dépit de cette fondrière de souffrances collectives, tous les quatre se rassemblèrent autour de la chaleur naissante du feu et se réchauffèrent.

Dieu, comme les êtres humains sont résistants, pensa Connie. Oui, nous sommes résistants.

Dan leva les filets du poisson, pendant que Connie disposait le fromage et les crackers sur une assiette. Toby et Meredith étaient assis côte à côte sur une couverture, sans se toucher ni parler, mais ils coexistaient tout de même plus sereinement. Ou bien était-ce le fruit de son imagination ?

Encore une fois, ils étaient revenus à l'époque du lycée.

Un ronronnement attira leur attention. Un pick-up vert se dirigeait vers eux. Malgré cette magnifique journée, très peu de gens s'étaient aventurés sur cette plage – un couple de pêcheurs à pied, une poignée de familles dans des jeep de location qui s'étaient approchées de leur emplacement, puis avaient rebroussé chemin, sans doute par peur de se montrer intrusifs. Mais ce véhicule roula jusqu'à leur campement, puis s'arrêta brutalement, faisant gicler du sable sur la couverture de Toby et Meredith. Le flanc de la voiture portait la mention : « Gardiens de la Réserve ». Un homme coiffé d'une casquette verte passa la tête par la vitre. Bud Attatash.

— Tout va bien ? demanda le garde forestier en descendant de son véhicule.

Les mains dans les poches, il avait l'air assez mal à l'aise. Visiblement, il n'était pas venu parler du beau temps. Était-il fâché à cause des grillades ? Ou du feu ? Dan avait obtenu un permis pour faire du feu. Le document se trouvait dans la boîte à gants de la jeep. Allait-il les houspiller pour avoir ouvert une bière ?

— Tu rentres chez toi ? demanda Dan.

Il leur avait expliqué que, en tant que garde forestier, Bud Attatash passait l'été dans un cottage situé un peu plus loin sur Great Point.

— Ouais, dit Bud. Je voulais juste faire un tour par ici pour vous voir.

— On fait cuire ce bar rayé. Il est légal : plus de trente-six centimètres.

— Ils sont gros cet été, confirma Bud.

Puis il s'éclaircit la gorge.

— Écoutez, après votre départ tout à l'heure, j'ai repensé à ce que tu as dit à propos de ce phoque mort sur la plage sud... Que c'était plus compliqué que ça en avait l'air... Alors j'ai appelé le chef Kapenash et il m'a tout expliqué. Il a dit que tu étais mêlé à tout ça, Dan.

Puis il regarda non pas Dan, mais Meredith, dont le visage était devenu d'une pâleur spectrale.

— Alors je me suis rendu compte que j'avais dit des choses inappropriées.

Il hocha la tête à l'intention de Meredith.

— Êtes-vous madame Delinn ?

Meredith resta muette. Toby intervint :

— S'il vous plaît, monsieur, si vous vouliez bien…

— Eh bien, madame Delinn, je voulais seulement m'excuser pour mes paroles abruptes de tout à l'heure. Et aussi pour avoir eu l'air de m'intéresser plus au sort de ce phoque mort qu'à votre bien-être. Ce qu'ont fait ces types est inexcusable. Pas de doute que vous avez eu assez de coups durs dans votre vie privée sans avoir en plus à supporter ces hooligans.

Meredith plissa les lèvres.

— C'est vrai, vous avez raison, répondit Toby. Elle a eu sa part de coups durs.

— Donc, si quelqu'un essaie encore de vous chercher des noises, vous m'appelez, d'accord ?

Son regard erra au-dessus des flots sombres jusqu'aux lumières scintillantes de la ville.

— Nantucket est censé être un havre de paix, ajouta-t-il pensivement.

Dan s'avança pour serrer la main du garde.

— Merci, Bud, merci d'avoir fait tout ce chemin pour nous le dire. Tu n'étais pas obligé.

— Oh, je sais, je sais. Mais je ne voudrais pas que vous vous fassiez de fausses idées sur moi. Je ne suis pas sans cœur. Ni vindicatif.

— Eh bien, merci encore. Passe une bonne soirée.

Bud Attatash fit un signe à Meredith, puis à Connie, après quoi il regagna son véhicule et s'éloigna dans l'obscurité.

— Ça alors, murmura Meredith. C'est une première.

Ils mangèrent le poisson avec des tranches de tomates crues achetées à la ferme Bartlett. Puis chacun ficha un marshmallow au bout d'un bâton et le fit rôtir au-dessus du feu. Meredith se leva pour retourner se baigner et Toby voulut la suivre, mais elle leva la main et lui dit :

— N'y pense même pas.

Toby se laissa retomber sur sa serviette en plaisantant :

— C'est sûr, elle me veut.

Connie s'assit sur les genoux de Dan et écouta les bruits d'éclaboussures produites par la nage de son amie. Dan l'embrassa.

— Il est temps de rentrer, dit-il.

Oui ! pensa-t-elle.

Dan et elle s'employèrent à ranger le campement. Meredith émergea de l'océan en claquant des dents et Connie lui tendit une serviette sèche. Puis elle ramassa les poubelles et rangea les denrées dans les glacières. Elle plia les couvertures et les chaises pendant que Dan étouffait le feu. Toby se chargea des cannes à pêche et Meredith des fers à cheval. Une mouette se posa pour picorer les restes de poisson. Connie repêcha la batte en plastique dans le sable et la fourra à l'arrière de la jeep. La balle était toujours perdue, nichée dans les herbes hautes tel un œuf de tortue, souvenir de l'une de ses petites victoires de la journée.

Les journées filaient à toute allure. Connie passait presque toutes ses nuits dans la maison de Dan. Elle y laissa sa brosse à dents et acheta du lait pour son café (Dan, grand adepte de la vie saine, ne buvait que du lait écrémé). Elle avait rencontré ses deux fils cadets – Donovan et Charlie –, qui n'avaient pas trouvé grand-chose à lui dire, en dehors de « bonjour ». Dan lui rapporta les commentaires amusants qu'ils avaient faits après son départ.

Donovan, seize ans : « Cool que tu t'envoies en l'air régulièrement, papa. Je peux t'emprunter ta jeep ? »

Charlie, le plus jeune : « Plutôt mignonne pour une vieille. »

— Une vieille ! protesta Connie.

— Il veut dire : plus vieille que lui, tempéra Dan. N'oublie pas qu'il a quatorze ans.

Les jours où Dan travaillait, Meredith, Toby et Connie se baladaient sur la plage ou s'installaient sur la terrasse pour lire leur bouquin ou discuter du repas du soir. Dans ces moments-là, Toby se comportait en adulte. Mais de plus en plus souvent, il retrouvait son comportement d'adolescent : il ébouriffait les cheveux de Meredith, jetait des cailloux sur la porte de la douche extérieure quand elle était dedans, ou lui piquait ses lunettes, l'obligeant à courir maladroitement après lui.

— Regarde-toi ! plaisantait-il alors. Tu me cours après !

Connie dit à Dan :

— Je ne sais pas si ça va marcher.

Toby lui demanda s'il pouvait rester une semaine supplémentaire.

— Une autre semaine ? Ou plus ?

— Je ne commence à l'Académie navale qu'après le Labor Day.

— Ce qui veut dire ? Tu vas rester jusqu'au Labor Day ?

— Une semaine pour commencer. Peut-être plus, si tu es d'accord.

— Bien sûr, je suis d'accord. Je me demande seulement ce qui me vaut l'honneur de ta présence prolongée.

Ce qu'elle voulait dire par là, c'était qu'il restait pour Meredith.

— On est à Nantucket, répondit son frère. Pourquoi voudrais-je être ailleurs ?

MEREDITH

Le matin du 23 août, Meredith fut réveillée par la sonnerie du téléphone. Était-ce bien le téléphone ? Plausible, mais l'appareil se trouvait dans la chambre de Connie, loin, très loin de la sienne, et Meredith était enferrée dans une lourde et étouffante somnolence. Connie allait répondre. Pourtant, la sonnerie persistait. Pourquoi ? Elle fit un douloureux effort pour lever la tête. Avec les portes-fenêtres du balconnet fermées – malgré la présence de Toby de l'autre côté du couloir, elle avait peur de les laisser ouvertes –, sa chambre était une véritable étuve. Impossible de faire un mouvement. Impossible de répondre au téléphone.

Un peu plus tard, la sonnerie reprit de plus belle. Meredith s'éveilla en sursaut. Connie allait forcément répondre. Puis elle se rappela enfin que son amie n'était pas à la maison.

Meredith s'extirpa de son lit et se traîna dans le couloir. Toby ne l'avait sûrement pas entendue car il dormait généralement d'un sommeil de plomb. Elle se plaisait à croire que c'était chez lui le signe d'une conscience claire. Freddy, lui, bondissait du lit au moindre bruit.

Connie n'avait pas de répondeur, aussi le téléphone sonnait-il sans relâche.

C'est sûrement Connie, se dit-elle. Elle m'appelle de chez Dan pour me parler d'un projet pour la journée – un pique-nique à Smith Point ou une excursion à Tuckernuck avec le bateau de Dan.

Son cœur s'emballa. Elle était tombée amoureuse de Nantucket – malheureusement, dans quelques semaines, elle devrait partir, et elle s'efforçait de ne pas penser à ce qu'elle ferait alors, ni où elle pourrait bien aller.

L'écran affichait : NUMÉRO INCONNU. Une alarme se déclencha dans son cerveau, au moment même où elle décrochait le combiné et disait bonjour.

— Meredith ? dit une voix de femme.

— Oui ?

Ce n'était pas la voix de Connie, pourtant son interlocutrice semblait la connaître.

Oh, mon Dieu, Ashlyn ! pensa aussitôt Meredith.

— Je suis Rae Riley-Moore. Du *New York Times*.

Meredith était confuse. Ce n'était pas Ashlyn, c'était une inconnue. Une femme qui voulait lui vendre quelque chose ? Le journal ? La voix semblait familière car c'était la technique habituelle des télémarketeurs. Ils vous parlaient comme si vous étiez de vieux amis. Meredith prit le combiné entre deux doigts, s'apprêtant à le laisser tomber comme une patate chaude.

— Je suis désolée de vous déranger chez vous, reprit Rae Riley-Moore.

Chez vous. Ce n'était pas sa maison. S'il s'agissait d'un télémarketeur, elle ne l'aurait pas appelée Meredith. Elle aurait demandé Connie.

En dépit du silence de Meredith, la femme ne se décourageait pas.

— Et de si bonne heure. J'espère que je ne vous ai pas réveillée.

Meredith déglutit. Elle jeta un coup d'œil dans le couloir, sur la porte close de Toby. Il devait dormir profondément, pourtant il lui avait dit quelques jours auparavant :

— Si tu as besoin de venir dans cette pièce, peu importe la raison, n'hésite pas à entrer. Je suis là pour toi, Meredith. Si tu as besoin de quoi que ce soit.

En son for intérieur, elle avait répondu : Là pour moi ? Ha !

— Excusez-moi, que puis-je faire pour vous ?

— Je vous appelle au sujet des informations de ce matin. Concernant votre mari...

Sans réfléchir, Meredith répondit :

— Il est mort ?

Soudain, le monde arrêta sa course. Autour d'elle, il n'y avait plus de chambre, plus d'ancien petit ami, plus d'île fabuleuse, plus de schéma de Ponzi de cinquante milliards de dollars. Elle flottait dans un néant cotonneux, attendant une réponse de l'objet qui s'avérait être le téléphone dans sa main.

— Non, il n'est pas mort. Ni blessé.

Le monde se remit à tourner, même si Meredith se sentait encore un peu désorientée. Ce n'était pas Ashlyn. Ce n'était pas non plus un télémarketeur désireux de lui vendre un abonnement. Cela avait trait à Freddy. Elle s'assit sur le dessus de lit blanc et doux de la maîtresse de maison. Là, sur la table de nuit, le radioréveil indiquait 7 h 16. Évidemment, elle savait ce que cela signifiait. Quand le téléphone sonnait à une heure aussi indue, c'était forcément pour une terrible et douloureuse raison.

— Alors quoi ? Que se passe-t-il ?

— Les enquêteurs fédéraux ont découvert une liaison entre votre mari et Mlle Samantha Deuce. Votre architecte d'intérieur ?

Décoratrice, corrigea-t-elle mentalement aussitôt. Samantha n'était pas diplômée en architecture d'intérieur.

— Et à 2 heures, ce matin, Mlle Deuce a fait une déclaration à la presse confirmant cette liaison. Elle a dit que votre mari et elle étaient ensemble depuis six ans et demi.

Meredith eut un haut-le-cœur.

Oh, mon Dieu ! Alors c'est vrai ! pensa-t-elle. C'est vrai, c'est vrai, Samantha et Freddy ! Samantha l'a avoué, c'est vrai ! Raccroche ! s'ordonna-t-elle.

Mais elle ne parvint pas à s'y résoudre.

— C'est un scoop pour vous ? demanda Rae.

Était-ce un scoop ? Oui. Et non.

— Oui, murmura-t-elle.

Ses lèvres étaient humectées de salive.

— Je suis désolée, déclara la journaliste.

À son crédit, elle avait l'air sincèrement navrée.

— ... Je ne pensais pas... Je croyais que vous étiez au courant.

— Eh bien, maintenant je suppose qu'il est clair...

Elle s'éclaircit la gorge.

— ... Je suppose qu'il est clair... que je ne savais absolument rien de ce que Freddy tramait derrière les portes closes.

— D'accord, dit la journaliste. Donc il est juste de dire que vous êtes choquée et blessée.

Choquée. Pouvait-elle honnêtement utiliser le terme « choquée » ? Blessée, oui. Rien de tout cela n'avait de sens.

— Vous êtes en train de me dire que Samantha a avoué ? Vous êtes en train de me dire qu'elle a affirmé être avec mon mari depuis *six ans et demi* ?

— Depuis l'été 2004.

L'été 2004. Meredith fouilla sa mémoire. Le cap d'Antibes ? Non, Sam n'était jamais venue avec eux en France, même si elle y avait fait allusion, n'est-ce pas ? Southampton ? Oui, Samantha venait tout le temps dans leur propriété de Southampton – Trent et elle avaient une maison à Bridgehampton. En fait, la décoratrice était tout le temps dans les parages. Elle avait décoré trois des quatre demeures des Delinn, des cuillères à thé aux rouleaux de papier toilette. Elle était leur goûteuse, leur styliste. Meredith et elle allaient souvent faire les boutiques ensemble. Samantha choisissait des vêtements pour elle et lui conseillait des tenues pour Freddy. Elle avait insisté pour mettre des objets du champion des Yankees et des tirelires anciennes dans son bureau.

Meredith les avait vus ensemble dans le sanctuaire de son mari. Elle avait vu la main de Freddy au creux des reins de Samantha. Mais elle avait fermé les yeux en se disant : Non, pas Freddy. Jamais.

— Est-ce qu'ils étaient... amoureux ? demanda Meredith.

Comment pouvait-elle poser cette question à une parfaite étrangère ? Parce qu'elle avait besoin d'une réponse. De nouveau, elle fit appel à sa mémoire : Samantha était-elle venue lors de la mise en examen ? Non. Au moment de la condamnation ? Impossible de le savoir, puisqu'elle-même n'était pas présente. Depuis la déchéance publique de Freddy, elle n'avait eu aucune nouvelle de la décoratrice – pas un appel, pas un e-mail –, excepté une facture pour un petit objet d'art livré après l'emprisonnement de Freddy. Meredith avait confié la facture à ses avocats. Elle n'avait pas les moyens de la payer. L'objet d'art était pour le bureau de Freddy. Une photographie d'une ville d'Asie que Meredith n'avait pas reconnue.

— Malacca, lui avait dit Freddy, quand elle lui avait rendu visite à son bureau quelques semaines avant le raz-de-marée.

La photographie était accrochée au-dessus de sa table de travail, piquant sa curiosité.

— La capitale culturelle de la Malaisie, avait spécifié son mari.

La facture s'élevait à mille deux cents dollars.

Mille deux cents dollars pour la photographie d'une ville que nous n'avons jamais vue, pensa Meredith.

Elle s'était dit qu'une note manuscrite avait peut-être été ajoutée à la facture, une expression de sympathie ou d'inquiétude. Mais non.

— A-t-elle dit qu'ils étaient amoureux ? répéta-t-elle, avec plus de force. Mlle Deuce... Samantha. Est-ce qu'elle l'a dit ?

Dans le couloir, la porte de la chambre de Toby s'ouvrit, et Toby apparut sur le seuil. Debout, en caleçon et T-shirt, il l'observait.

Meredith leva le doigt pour l'intimer au silence. Elle voulait entendre la réponse.

— Elle a dit qu'elle écrivait un livre, dit Rae Riley-Moore.

Meredith raccrocha. Toby et elle se rejoignirent au milieu du couloir.

— J'ai de mauvaises nouvelles, dit-il.

Les mauvaises nouvelles, c'était que Toby avait été réveillé par un brouhaha venant du dehors. Des camionnettes de journalistes s'étaient agglutinées le long de la route en bordure de la propriété de Connie.

— Je suppose qu'ils sont là pour toi ?

— Oh, mon Dieu.

Meredith ne se serait pas sentie plus exposée si elle avait été surprise au sortir de la douche. Comment avaient-ils découvert sa cachette ? La standardiste de la police peut-être. Ou une personne du salon de beauté. Ou bien ils avaient été tuyautés par la personne qui cherchait à la terroriser.

— Tu sais pourquoi ils sont là ?

Elle regarda par la fenêtre.

— Oh, mon Dieu. Je ne peux pas le croire. Je ne peux pas le croire.

— Il s'est passé quelque chose ? insista Toby. Qui était-ce, au téléphone ?

— Une journaliste du *New York Times*.

Toby la regardait fixement en silence.

— Freddy avait une liaison avec notre décoratrice, Samantha. Depuis six ans et demi.

Telles furent ses propres paroles, pourtant elle n'arrivait pas à les croire. Elle pouvait concevoir que c'était la vérité, mais elle n'y croyait pas.

Toby la prit dans ses bras. Elle ferma les yeux, s'enivrant de son odeur ensommeillée. Si elle se montrait d'une honnêteté brutale avec elle-même, elle admettrait qu'elle attendait cela depuis des jours. Elle l'avait repoussé, rudoyé à la moindre occasion – par bien des aspects, il était toujours un infernal adolescent, il n'avait jamais vraiment grandi –, mais, à dire la vérité, elle mourait d'envie de retrouver une petite partie de leur relation d'antan. Hélas, aujourd'hui, avec ces nouvelles, le seul homme qui occupait ses pensées était Freddy. Était-elle encore amoureuse de lui ? Était-ce possible ? Si c'était impossible, pourquoi se sentait-elle aussi mal ?

— Ce type est un salaud, Meredith.

Exact. C'était tellement prévisible. Cet homme avait trompé tout le monde, pourquoi pas elle ? Cet homme était un menteur patenté. Pourquoi ne lui aurait-il pas menti ? Mmm, impossible à expliquer.

Elle croyait que Freddy l'adorait. La vénérait.

L'idée même de s'être trompée à ce sujet – de s'être trompée du tout au tout – la rendait malade, nauséeuse. Elle s'écarta de Toby et se plia en deux, la tête sur les genoux. En position de plongeon.

Voilà, pensa-t-elle, c'est le moment où je me désagrège, où je me dissous. Je m'écroule par terre et je pleure toutes les larmes de mon corps.

Mais non. Elle prit une profonde inspiration et se redressa.

— Que faire des journalistes ? Comment les obliger à partir ?

— On appelle la police ?

— Est-ce qu'ils font quelque chose d'illégal ?

— S'ils mettent un pied dans la propriété, oui.

— Mais ils ne le feront pas, n'est-ce pas ?

— Tu devrais appeler la police... Ou alors... tu leur donnes ce qu'ils attendent. Une déclaration.

Bien sûr. Une déclaration. Ils voulaient l'entendre décrier Freddy, le traiter de salaud, de menteur, d'escroc. Elle observa le visage de Toby avec incrédulité, même si ce n'était pas le visage de son ancien petit ami qu'elle voyait, mais celui de son mari. Tout comme Freddy avait été incapable autrefois de lui donner certaines choses, Toby ne pourrait jamais lui donner la réponse à cette question cruciale... Pourquoi ?

Pourquoi ? Oui, pourquoi ? Avait-elle mal agi ? Samantha Deuce valait-elle mieux qu'elle d'une manière ou d'une autre ? Meredith lui avait pourtant tout donné. Tout.

— Je vais quand même appeler la police, dit Toby. Et il faut prévenir Connie. Elle voudrait être au courant que les barbares sont à sa porte. D'accord ?

Elle acquiesça. Pendant que Toby passait son appel, Meredith se réfugia dans la salle de bains, où elle vomit dans les toilettes jusqu'à se sentir complètement vidée.

Toby lui apporta un mazagran de café qu'elle ne parvint même pas à regarder, encore moins à boire, et lui tendit son portable. Connie était en ligne.

— Allô ?

— Oh, ma chérie, je suis désolée.

Meredith se trouvait dans la cuisine. Elle se trouvait dans une grande pièce lumineuse et ensoleillée avec une meute de loups à ses trousses.

— C'est une belle journée, dit-elle à Connie. Dan et toi devriez en profiter. Évitez de revenir à la maison tant que nous n'avons pas trouvé un moyen de nous débarrasser de ces journalistes.

— Dan a appelé Ed Kapenash. Ils envoient quelqu'un pour disperser la foule.

— J'espère que ça marchera.

— Est-ce que je peux faire quelque chose pour toi ?

Me ramener à hier, pensa Meredith.

— Non, répondit-elle.

C'était à elle de régler cette situation.

— Tu n'as même pas l'air en colère. Tu n'es pas en colère, Meredith ?

En colère, réfléchit-elle.

— Tu ne vas pas le laisser s'en tirer comme ça, n'est-ce pas ?

— Je ne lui pardonne rien, tu sais, Connie.

La voix de son amie semblait chargée de reproches. Elle ne voulait pas se battre. Elle ne voulait rien ressentir. Juste réfléchir. Juste comprendre.

— Je te rappelle plus tard, d'accord ?

— D'accord… Je t'aime, tu sais ?

Meredith avait attendu tout l'été pour entendre ces mots. Elle espérait qu'ils étaient sincères, et non le fruit de la pitié.

— Je t'aime aussi.

Elle réussit à se rafraîchir le visage et changer de vête-ments. Après avoir passé une confortable jupe blanche et un T-shirt rose de coton doux, elle se lava les dents et se brossa les cheveux. Mais ces actions toutes simples avaient quelque chose de conclusif, comme si elle les accomplissait pour la dernière fois.

Comment continuer à présent ?

Toby frappa à la porte et passa la tête dans la chambre.

— Alors, comment ça va ?

Elle voulait rester seule. Mais elle était terrifiée à l'idée de rester seule.

— Ils sont toujours là ?

— Oui, mais la police ne va pas tarder. Je vais sortir pour les attendre. Ça va aller ?

Ça va aller ? répéta-t-elle pour elle-même.

Meredith s'efforçait de rester calme et rationnelle. Contrairement au 8 décembre fatidique, quand elle avait dû affronter un cataclysme aux proportions que son esprit peinait à endiguer, la situation actuelle était d'une simplicité déconcertante. Aujourd'hui, il s'agissait d'un homme qui trompait sa femme. Elle, Meredith, jouait le rôle de l'épouse trahie.

Pour le moment, elle ne ressentait encore aucune douleur, comme pétrifiée par le choc. Pourquoi ce choc ? Elle avait surpris Freddy et Samantha dans le bureau. La main de Freddy dans le dos de Samantha. Elle les avait vus ensemble, mais son cerveau avait nié l'évidence, l'avait chassée tel un pistil de pissenlit emporté par le vent. Et pourquoi ? Nier les faits, n'était-ce pas les rendre irréels ? Ce qu'elle ignorait ne pouvait la blesser. Était-ce vrai aussi pour les crimes odieux de Freddy ? Avait-elle refusé de voir l'évidence ?

Toby était au rez-de-chaussée. Meredith se faufila dans le couloir et gagna la chambre de la maîtresse de maison. Elle ouvrit la porte de la salle de bains. Les pilules étaient toujours là. Six flacons ambrés alignés comme des petits soldats. Elle vérifia chacune des étiquettes, comme si elle avait oublié le nom des médicaments, leur ordonnancement ou leur poids. Connie n'y avait pas touché.

Meredith voulait l'Ativan. Oui, l'idée lui traversa l'esprit d'avaler tout le contenu du flacon et de mettre fin à ses

jours ici même, dans la chambre de Connie. Si les allégations de Samantha s'avéraient, si Freddy et elle avaient été
amants – ce seul mot lui donnait envie de vomir –, alors
quel autre choix s'offrait à elle, si ce n'était en finir avec
l'existence ?

Elle prit trois Ativan, sachant qu'elle en avait déjà deux
dans un pot de sa salle de bains. Si elle prenait ces trois-là,
plus les deux dans sa chambre, ce serait trop ? Peut-être.
Mieux valait garder les deux de secours et prendre ces
trois-là tout de suite. La suite était simple : la perte de
conscience, plus profonde que le sommeil, moins abyssale
que la mort. C'était ce qu'elle voulait : se perdre, incons-
ciente, intouchable, inaccessible.

De retour dans sa chambre, elle ferma la porte, vérifia
que les portes-fenêtres étaient bien verrouillées, grimpa
dans son lit et enfouit son visage dans les douces couvertures roses. Quel dommage, se dit-elle. Une si belle
journée...

Ils avaient rencontré Samantha au moment de l'achat du
penthouse du 824 Park Avenue. On aurait dit que la décoratrice était livrée avec l'immeuble. Elle avait la responsabilité de trois autres appartements, si bien que sa présence
était aussi naturelle que celle de Giancarlo, le portier. Meredith et Freddy tombaient sans cesse sur elle dans l'ascenseur. Soit elle portait de gros catalogues ou des échantillons
de tissu, soit elle était accompagnée de plâtriers ou de
peintres. Un jour, elle transportait un joli vase chinois bleu
et blanc, un autre jour, un chandelier de verre Murano
exquis.

Finalement, Freddy lui dit :

— Peut-être devrions-nous demander à cette femme de
décorer notre appartement.

— Quelle femme ?

— La blonde qu'on croise sans arrêt dans l'immeuble. Ce
que je veux dire, c'est que notre appartement en aurait bien
besoin.

En quelle année était-ce ? 1997 ? 1998 ? Meredith s'était
efforcée de ne pas se vexer du commentaire de son mari.

Elle avait « décoré » le penthouse comme tous leurs autres appartements, à savoir de façon éclectique. Son but était de recréer l'atmosphère de l'appartement type d'un film de Woody Allen – des cascades de livres entassés sur les étagères, quelques œuvres d'art, une brassée de photos de famille, de vieux meubles élimés en cuir, en daim ou en chintz, la plupart hérités de sa mère ou de sa grand-mère. Meredith adorait le service à thé en argent sur la table en demi-lune, à côté d'un dictionnaire Oxford vieux de cent ans, déniché dans l'arrière-salle de la librairie Strand. Elle aimait ce kaléidoscope d'objets qui reflétaient sa vie intellectuelle et le large éventail de ses goûts. Mais il était vrai que, comparé aux appartements des gens que les Delinn fréquentaient désormais, leur penthouse avait l'air bohème et encombré. Chaotique. Inachevé. Meredith ne connaissait rien aux traitements de fenêtres, de tissus, de tapis, aux combinaisons idéales de textures et de couleurs, ni à l'agencement des œuvres d'art. Quand Freddy lui suggéra d'embaucher une décoratrice, elle comprit combien ses efforts d'aménagement étaient pathétiques. Personne n'avait autant de livres en lambeaux sur leurs étagères, de photographies de leurs enfants – et soudain, cet étalage lui paraissait indécent.

De plus, maintenant qu'ils étaient propriétaires de ce penthouse, ils disposaient de pièces entières dont Meredith ne savait que faire. Dans la pièce qui servait de bureau à Freddy se trouvait seulement une bibliothèque en noyer dont les étagères étaient vides, en dehors de leurs diplômes de Princeton encadrés.

— On dirait le cabinet d'un dentiste, avait fait remarquer Freddy.

Ainsi, Meredith fit l'effort de se présenter à cette femme qui traînait tout le temps dans les parages, la décoratrice dont le nom (Meredith l'avait découvert par une indiscrétion) était Samantha Deuce. Elle l'approcha un jour de pluie où la jeune femme se tenait sous la marquise de l'entrée de l'immeuble, à attendre que Giancarlo lui hélât un taxi. Elle se présenta – Meredith Delinn, le penthouse – et lui demanda si elle accepterait de monter un jour voir l'appartement pour discuter de sa décoration.

Samantha avait pris une expression mélancolique – pas à cent pour cent sincère, selon elle – et répondu :

— J'aimerais beaucoup. Mais je suis tellement débordée que je ne peux, en toute conscience, accepter un nouveau projet.

Aussitôt, Meredith avait fait machine arrière, dit que, bien sûr, elle comprenait, puis s'était réfugiée – rejetée et traumatisée – dans l'immeuble.

Ce soir-là, au dîner, elle avait expliqué à Freddy que Samantha, la décoratrice omniprésente, avait refusé son offre.

— Elle a refusé ? s'était indigné Freddy. Qui peut refuser un travail pareil ? Tu as été claire, Meredith ? Tu lui as bien fait comprendre qu'il s'agissait de redécorer *tout le penthouse* ?

— J'ai été claire. Et elle aussi. Elle n'a pas le temps pour un autre projet.

Pourtant, une lueur dans le regard de cette femme l'avait intriguée. Son expression lui semblait trop préparée, comme si elle s'attendait à la requête de Meredith, comme si elle savait sur Meredith quelque chose qu'elle-même ignorait. Samantha avait-elle entendu des rumeurs déplaisantes à propos des Delinn ? Si oui, de quoi s'agissait-il ? Qu'ils étaient des nouveaux riches ? Des parvenus ? Qu'ils n'avaient aucun goût ? Meredith et Freddy ne connaissaient personne dans l'immeuble à l'époque : donc personne n'avait pu parler d'eux derrière leur dos.

— Je vais lui parler, déclara Freddy.

La décision de son mari avait été un soulagement. Meredith avait l'habitude que son mari prît les choses en main. Et personne ne lui disait jamais non. Ainsi, deux semaines plus tard, Samantha se tenait dans leur salon et caressait gentiment le dossier du canapé de sa grand-mère, comme s'il s'agissait d'un parent âgé à qui elle allait bientôt trouver un autre foyer. (Ce qui était vrai, en un sens : Samantha avait relégué presque tous ses meubles d'abord à la cave, puis, quand il était devenu évident que ces vieilleries ne serviraient plus, au dépôt-vente.)

— Oh, je suis ravie que vous ayez finalement décidé de venir jeter un coup d'œil à l'appartement, avait dit Meredith.

— Votre mari m'a convaincue, avait répondu Samantha.

Il a réussi à parler directement à votre conscience ? avait-elle pensé.

Aujourd'hui, il était clair que c'était le cas.

Samantha Champion Deuce était une blonde provocante, de près d'un mètre quatre-vingts. Larges épaules, poitrine généreuse, regard noisette et bouche immense. Elle arborait des rouges à lèvres aux teintes brillantes : rouge pompier, fuchsia, corail. Ce n'était pas une beauté à proprement parler, mais elle avait d'innombrables atouts. C'était une femme captivante, à la forte personnalité, à la voix râpeuse et sexy, comme Anne Bancroft et Demi Moore. Une fois que vous aviez entendu cette voix, vous ne pouviez plus vous en passer. Quand elle disait : « Cet objet est fabuleux, Meredith, vous devriez l'acheter », Meredith se laissait fléchir. Ou alors elle déambulait dans une pièce et déclarait : « Nous allons tout refaire de cette façon. » Et la pièce était entièrement redécorée selon ses vues. Jamais elle ne demandait son opinion à sa cliente. Les rares fois où Meredith montrait sa désapprobation, Samantha se tournait vers elle en disant : « Vous voulez dire que vous ne l'aimez pas ? » comme si cela heurtait son amour-propre, et qu'il était inimaginable de ne pas se ranger à son avis.

— Mmm…, tergiversait-elle alors, comme si elle ne savait plus quoi dire.

Samantha évoluait dans l'existence avec une extrême assurance. Elle était si sûre d'elle que Meredith ne pouvait s'empêcher d'étudier ses manières : son sourire diabolique, sa manie de jurer pour créer des effets à la fois détonants et élégants (« Putain de Scalamandré, je l'adore ! »), ou encore sa façon de briller en présence de tous les hommes, de Freddy Delinn au plâtrier guatémaltèque (« José, tu es une bête et un Dieu. Je pourrais te manger. »).

En faisant mieux connaissance avec elle, Meredith apprit que Samantha avait été élevée avec quatre frères aînés à Dobbs Ferry, dans l'État de New York. Sa famille était issue de la bonne bourgeoisie. Ses quatre frères étaient les meilleurs athlètes de leur lycée que la ville eût jamais connu. Tous bénéficiaient de bourses d'athlétisme. Samantha elle-même avait joué au basket-ball durant toute sa scolarité à Colby College. Elle avait épousé son béguin de l'université, le séduisant, brillant et totalement craquant Trent Deuce. Tous deux avaient vécu sur Great Jones Street jusqu'à la naissance de leur premier enfant, après quoi ils avaient emménagé à Ridgewood, dans le New Jersey. Trent avait travaillé pour Goldman Sachs, puis il avait été renvoyé après le 11 Septembre. Ensuite, il avait bossé pour un copain qui avait monté une petite boîte de courtage – en fait, les détails de la carrière professionnelle de Trent lui avaient été rapportés de façon vague, même si Freddy avait rassemblé assez d'informations pour en conclure que Trent Deuce était un loser qui ferait aussi bien de vendre des voitures d'occasion à Secaucus. (Freddy parlait rarement en mal des gens, aussi l'entendre dénigrer Trent Deuce était-il déconcertant. À présent, le mépris de Freddy pour cet homme semblait parfaitement logique.)

À un moment de la carrière dispersée de son mari, Samantha Deuce avait été forcée de reprendre son travail. Elle avait décoré la maison d'une amie à Ridgewood. (Là, il serait bon de préciser que les Delinn n'avaient jamais été invités chez Samantha à Ridgewood, ce dont Meredith lui était reconnaissante. Qui à Manhattan avait envie de se rendre dans la banlieue de Jersey ? Personne. Dans son esprit, Ridgewood représentait l'enfer de la classe moyenne.) Après son premier succès en matière de décoration, Samantha avait décoré l'appartement de la mère d'une amie à Manhattan, une femme incroyablement, prodigieusement riche, qui avait des millions d'amis et aimait organiser de luxueuses réceptions. Ce projet avait lancé la carrière de Samantha. Au moment où Meredith l'avait rencontrée, la décoratrice était déjà elle-même une femme du monde.

Enfin pas tout à fait.

Il existait une subtile distinction de classes entre Samantha et les Delinn – toujours. En apparence, Samantha donnait au couple des instructions, qu'il prenait en compte. Mais le fait était qu'elle travaillait pour eux.

Les souvenirs du champion de base-ball, les tirelires anciennes en forme de cochon. Une certaine cravate Hermès couleur lavande, la préférée de Freddy, avait aussi été choisie par Samantha. Même la palette rose et mandarine de la maison de Palm Beach – pas du tout du goût de Meredith – avait été défendue par Freddy. Rose et Mandarine ? Enfin ! Samantha avait dû s'inspirer de pantalons de golf Lily Pulitzer !

C'est elle l'experte, affirmait Freddy. Samantha avait un talent qui faisait l'admiration de son mari. Un savoir, une perspective. Lui était un homme riche. Meredith et Freddy étaient un couple riche. Samantha était celle qui leur montrait comment être riche. Comment dépenser leur argent. Presque toutes les extravagances de Meredith, Samantha Deuce les avait réalisées.

Six ans et demi. L'été 2004. Fred et Samantha étaient-ils amoureux ? Réfléchis Meredith ! Rappelle-toi !

Elle se rappelait Samantha à Southampton, en train de décorer la maison en blanc et ivoire, en dépit de ses protestations : elle avait deux adolescents à la maison et les jeunes devaient se sentir libres de mettre du sable dans le salon et de s'asseoir sur les canapés avec leur maillot de bain humides. Mais la demeure de Southampton avait finalement été soumise aux spécifications de la décoratrice et était désormais toute de blanc et d'ivoire, y compris le grand piano blanc, que Meredith trouvait vulgaire. (« Tu trouves pas qu'un grand piano de cette couleur rappelle du mauvais Elton John ? » avait-elle objecté à Samantha, dont les yeux s'étaient écarquillés. « Tu veux dire que tu ne l'aimes pas ? »)

Fred et Meredith allaient souvent dîner avec Trent et Samantha chez Nick et Toni's. Inévitablement, son mari prenait place près de la décoratrice d'un côté de la table, et Meredith et Trent s'installaient en face d'eux. Meredith peinait à discuter avec Trent. Chaque fois, elle regrettait de ne pas avoir lu la page des sports de l'*USA Today* avant de sortir avec le couple, pour avoir un minimum de repartie. Puis Samantha vint de plus en plus souvent seule à ces dîners, affirmant que Trent était retenu en ville par le travail ou qu'il était resté à la maison pour garder les enfants, qu'il ne les voyait presque jamais durant la semaine. Ainsi, ils se mirent à sortir seulement tous les trois – Meredith, Freddy et Samantha. Freddy disait en plaisantant : « Je sors avec ma femme et ma petite amie. » Une remarque à ses yeux innocente et charmante, qui la faisait rire. Parfois, elle se sentait menacée par des beautés sombres et exotiques – des femmes du genre de Trina ou de la jolie étudiante catalane –, mais elle était tellement convaincue de la dévotion de son mari que ses inquiétudes s'étaient peu à peu dissipées, puis évanouies définitivement.

C'était en 2004 que Freddy avait commencé à prendre de nouveau soin de lui. Comme tout le monde, il s'était d'abord astreint à manger moins de féculents pendant un moment, mais ce régime était trop pénible. Surtout, il était incapable de résister à la focaccia, ce pain cuit au four originaire d'Italie, ou aux raviolis au beurre truffé de chez Rinaldo's. Il s'était mis à faire de l'exercice dans la salle de gym de leur immeuble. La première fois qu'il avait annoncé à Meredith qu'il descendait faire du sport, elle s'était exclamée :

— Tu vas faire *quoi* ?

Freddy n'avait jamais été un athlète, encore moins un adepte des salles de gym. Son tennis était correct et il ne nageait pas si mal, en revanche il n'avait pas le temps de jouer au golf. Même taper la balle de crosse avec ses fils ne l'attirait pas. Meredith le voyait donc mal soulever des poids. Cela lui paraissait aussi incongru que de danser le hip-hop avec des gamins de Harlem à Central Park. Pourtant, il s'exerçait avec une sorte d'appétit de vengeance. Il avait même engagé un entraîneur personnel du nom de Tom. Certains jours, il passait plus de temps avec Tom qu'avec son épouse. Peu à peu, il avait perdu du poids et développé ses muscles. Sa nouvelle silhouette l'avait obligé à se faire faire une nouvelle série de costumes sur mesure lors de son séjour suivant à Londres. Il s'était même laissé pousser les cheveux, qui grisonnaient de plus en plus. Plus poivre que sel en définitive. Sa barbe avait aussi pris une teinte grise, et il lui arrivait parfois de ne pas se raser pendant deux ou trois jours. Cela lui donnait un petit air sexy qui faisait peur à Meredith. Les femmes de son bureau risquaient de le trouver attirant !

— Tu es fâché avec ton rasoir ? lui avait-elle dit un jour pour plaisanter.

Il avait répondu qu'il avait envie de changer d'allure. Et avait adopté le bouc.

Samantha adorait ce bouc, Meredith s'en souvenait parfaitement. Elle le caressait comme s'il s'agissait d'un chat, ce que Meredith trouvait drôle. Toutes deux s'amusaient à le taquiner.

— Il est en pleine crise de la quarantaine, disait Meredith.

— Ça pourrait être pire, rétorquait Samantha.

Quand Samantha était dans le périmètre, Freddy était plus détendu, plus jovial. Il prenait même parfois un verre de vin et veillait un peu après 21 h 30. Un soir, tous les trois étaient allés danser dans une boîte de nuit. Samantha avait immédiatement été happée par la foule. Quand ils l'avaient retrouvée, elle dansait au beau milieu d'un groupe de superbes femmes bulgares, que Meredith avait déjà vues en ville – derrière le comptoir d'une boutique de vêtements chic ou dans une galerie d'art. Elles étaient accompagnées de leurs petits amis musclés. Tous avaient délaissé la piste pour aller boire des *shots* au bar. Freddy s'était joint au groupe et avait généreusement offert une tournée de *shots*, avant de tenter de convaincre Samantha de quitter le club avec Meredith et lui. Pas question, elle ne partirait pas.

Allons-y, Freddy, avait dit Meredith à son mari. Elle peut rester. De toute façon, elle rentre à Bridgehampton ce soir.

Mais Freddy n'était pas d'accord pour la laisser. Il l'avait prise à part et ils s'étaient disputés. Meredith n'avait pas entendu leur échange, mais elle avait vu son mari saisir le bras de Samantha et Samantha le repousser. Maintenant,

bien sûr, elle comprenait qu'elle avait assisté à une querelle d'amoureux. Freddy ne voulait pas laisser sa dulcinée
avec cette bande de jeunes femmes sexy. Ces hédonistes
d'Europe de l'Est. Elle risquait de prendre de la drogue, de
participer à une partouze ou de trouver un amant plus
jeune et plus sulfureux. Mais, à l'époque, Meredith s'était
seulement félicitée de ne pas avoir eu de fille. L'inquiétude
de son mari pour leur décoratrice lui semblait un témoignage de son paternalisme, même si Samantha n'avait que
sept ans de moins qu'elle et neuf de moins que Freddy.

Finalement, ils avaient laissé la jeune femme au club.
Freddy fulminait.

Allons, Fred, l'avait rassuré Meredith. C'est une grande
fille. Elle peut prendre soin d'elle.

Quelle idiote !

Était-ce pendant l'été 2004 que le surnom était né ? À un
moment, Freddy s'était mis à appeler Samantha « Champ »,
forme abrégée de son nom de jeune fille « Champion ».
Meredith avait remarqué l'emploi soudain de ce surnom et
s'était interrogée : Pourquoi ce surnom *maintenant* ? Pourtant, elle n'avait jamais posé la question. Samantha faisait
partie de leur existence. Les appartements achevés, elle
devint leur conseillère en style de vie. Elle était partout – à
la maison, dans les bureaux de Fred, au téléphone. Meredith avait supposé que le surnom était le fruit d'une conversation entre Freddy et Samantha.

« Champ », ça signifie quelque chose pour vous ?

Quand se retrouvaient-ils ? Et où ? Six ans et demi. On
pouvait logiquement penser qu'ils avaient dû se voir en tête
à tête des centaines de fois, n'est-ce pas ? Pourtant, dans
l'esprit de Meredith, Freddy avait passé toutes ses nuits à
côté d'elle. Il se couchait à 21 h 30, s'endormait à 22 heures,
se réveillait à 5 heures du matin, travaillait dans son bureau
à la maison jusqu'à 6 h 30, heure à laquelle il partait pour
son bureau en ville. Freddy découchait-il parfois ? Eh bien,
oui, quand il voyageait. Il allait souvent à Londres, où il
avait des bureaux et où il faisait couper ses costumes.
Samantha l'avait-elle rejoint à Londres ? Certainement, oui.
Elle avait sûrement présenté à Freddy le tailleur dont il ne

voulait pas révéler le nom. L'homme pensait sans doute que Samantha était l'épouse de Freddy. Parfois, Meredith restait à Palm Beach quand son mari devait rentrer à New York. Cela se produisait souvent – en particulier ces dernières années. Allait-il la retrouver ? Sûrement. Bien entendu, la réponse était oui. Où se voyaient-ils ? (Pourquoi voulait-elle tant le savoir ? Pourquoi se torturer avec des détails ? Quelle importance maintenant ?) À l'hôtel ? Si oui, lequel ? À Ridgewood ? Certainement pas. Dans leur appartement ? Avaient-ils fait l'amour dans le lit conjugal ?

Se donnaient-ils rendez-vous sur le yacht *Bebe* ? Combien de fois Freddy avait-il dû se rendre sur le yacht pour « régler » tel ou tel problème avec *Bebe* ? Le bateau voguait en Méditerranée alors que Meredith se trouvait à Newport ou aux Bermudes. Mais *Bebe* avait un équipage et un capitaine. Si Freddy était monté à bord avec Samantha, certaines personnes étaient forcément au courant.

Donc, des gens le savaient. Billy, le capitaine. Et Cameron, son second. Ils étaient ses complices.

Samantha disait souvent qu'elle adorerait voir leur maison du cap d'Antibes, mais ce n'était peut-être qu'un écran de fumée. Peut-être connaissait-elle déjà très bien les lieux !

Quand Meredith s'éveilla de sa stupeur – quelqu'un l'appelait depuis un profond fossé, ou bien elle était dans un abyme et quelqu'un l'appelait d'en haut –, elle revit dans un flash la photographie que Samantha avait choisie pour le bureau de son mari. Une photographie de Malacca, en Malaisie, d'après les informations glanées. D'après ce qu'elle savait, Freddy n'était jamais allé en Malaisie. Il n'avait même jamais mis les pieds en Asie, en dehors de son séjour à Hong Kong, avant son embauche définitive. Ou bien Meredith se trompait-elle ? Freddy et Samantha étaient-ils allés ensemble dans cette ville, Malacca, en Malaisie ? La photographie était accrochée juste au-dessus du bureau de son mari. Quel cadre avait-il remplacé ? Meredith se creusait les méninges. Une autre photographie.

Toby la secouait doucement par l'épaule. La pièce était sombre. Un filet de lumière filtrait du couloir derrière lui, où elle distingua la silhouette de Connie.

— Quelle heure est-il ? demanda-t-elle d'une voix pâteuse.

— 21 heures. Tu as dormi toute la journée.

Quel soulagement ! C'était le soir. Meredith allait pouvoir se rendormir. Elle ferma les yeux. Mais l'obscurité la terrifiait. Elle planait et risquait de disparaître dans le néant. Elle ouvrit les yeux.

— Toby ? murmura-t-elle.

— Oui ?

Elle avait envie de lui poser une question, mais c'était inutile. Elle connaissait déjà la réponse. L'enterrement de Veronica avait eu lieu en juillet 2004. Comme Meredith se trouvait à Long Island, Freddy avait organisé son voyage : un hélicoptère pour l'emmener à New York, puis une voiture privée pour la conduire à Villanova. Pourquoi ne venait-il pas avec elle ? Il avait répondu : « Je n'ai jamais rencontré cette femme, Meredith. Profites-en pour passer un peu de temps avec Connie. Rejoins-la. Je reste ici pour garder le fort. »

Garder le fort ?

— Laisse tomber, dit-elle à Toby.

Elle sentit le regard de Toby s'attarder sur elle, puis il quitta la pièce et ferma la porte.

Le lendemain matin, Meredith se réveilla avec une soif terrible. Elle se glissa au rez-de-chaussée et se servit un grand verre d'eau glacée. En buvant goulument, elle se rappela combien il était parfois merveilleux de boire un simple verre d'eau, comme en ce moment.

Connie apparut dans la cuisine, flottant tel un fantôme ou un ange dans sa chemise de nuit blanche. Sans doute Dan était-il à l'étage.

Connie la serra contre elle.

— Oh, je suis désolée.

Elle recula, des larmes perlaient à ses yeux.

— Je suis tellement, tellement désolée.

Meredith hocha la tête. Ce simple geste la faisait souffrir. Tout la faisait souffrir. Elle n'aurait jamais cru pouvoir souffrir encore, après ce qu'elle avait enduré, pourtant c'était douloureux. Une douleur différente. Dieu, elle n'arrivait pas à le croire : c'était pire !

— Tu as dormi près de vingt-quatre heures.

Meredith soupira.

— Je t'ai pris trois Ativan.

Connie l'étreignit de nouveau.

— Oh, chérie.

— Je crois que tu ferais mieux de cacher le reste des pilules. Il m'est venu à l'esprit de les prendre toutes.

— D'accord, dit-elle. D'accord.

— Je pensais que tu serais en colère. Je me suis glissée dans ta salle de bains le premier jour de mon séjour ici. Je t'ai pris cinq Ativan en tout et deux Ambien. Je les ai volés.

— Je me fiche des cachets. C'est toi qui comptes.

— Je ne sais pas quoi faire.

— Qu'est-ce que tu veux ?

Meredith s'écarta et regarda son amie.

— Je veux parler à Fred.

— Oh, chérie, tu plaisantes ?

— Pas du tout. C'est ce que je veux. Je ne veux pas lire leur histoire d'amour dans un bouquin. Je veux l'entendre de la bouche de mon mari. Je veux sa confession. Je veux la vérité.

— Qu'est-ce qui te fait croire qu'il te dira la vérité ?

Hélas, elle n'avait pas de réponse à cette question.

Un peu plus tard, Toby et Dan descendirent tous les deux. Connie prépara du café. Miraculeusement, le café sentait bon. Meredith en était revenue à se réjouir des moindres bienfaits de l'existence : de l'eau fraîche, un café chaud avec de la crème onctueuse et beaucoup de sucre.

Dan et Toby s'inquiétaient du problème auquel il fallait faire face dans l'immédiat.

— Les journalistes sont toujours là, dit Toby. En fait, on dirait qu'ils se sont multipliés dans la nuit.

Dan regarda Meredith d'un air gêné.

— J'ai appelé Ed Kapenash hier matin et à midi, les journalistes avaient déguerpi. Nous aurions dû vous faire sortir de là plus tôt. Mais maintenant, ils sont de retour. Je pourrais rappeler Eddie, mais...

— Ou on pourrait essayer avec Bud Attatash, proposa Toby. À mon avis, c'est le genre de type à posséder un fusil et à être capable de s'en servir.

— Ce n'est pas la peine, dit Meredith, embarrassée que Dan eût demandé une faveur personnelle au chef de la police pour lui venir en aide.

Elle s'assit à table avec son café. Il y a trois mois, elle était seule au monde. Aujourd'hui, elle avait des amis. Elle avait une équipe. Elle ajouta cela à la liste des bienfaits de son existence.

— Je vais déguster ce café et, ensuite, je vais passer quelques coups de fil.

— Moi, je vais préparer du pain perdu, déclara Connie.

À l'étage, dans l'intimité de sa chambre – les portes-fenêtres du balcon étaient toujours fermées –, Meredith composa le numéro du cabinet de Dev, tout en récitant silencieusement un *Je vous salue Marie*.

La réceptionniste décrocha et Meredith se présenta.

— Meredith Delinn pour Devon Kasper.

À sa grande surprise, la jeune femme répondit :

— Bien sûr, madame Delinn, laissez-moi l'appeler pour vous.

Dev prit la communication.

— Nom de Dieu, Meredith !

— Je sais.

— Grâce au nom que vous m'avez donné, les fédéraux ont fait le reste. Tout était là. Son agenda, ses rendez-vous...

— Stop ! l'interrompit-elle. Je ne savais pas qu'il avait une liaison.

— Quoi ?

— Je savais que « Champ » était Samantha. C'était le surnom qu'il lui donnait. Mais je ne savais pas qu'ils couchaient ensemble.

— Meredith...

— Devon... Je ne savais pas que mon mari et Samantha Deuce avaient une liaison.

Un silence s'installa. Puis Dev reprit :

— Très bien, je vous crois.

— Merci, dit-elle avec un soupir. Il y a des journalistes partout sur la pelouse.

— Bien. Vous devriez faire une déclaration.

— Pas question.

— Meredith, dit doucement l'avocat, ça pourrait vous aider.

— Le fait que mon mari me trompait, qu'il n'honorait pas ses vœux *depuis six ans et demi* pourrait m'aider ? On voit bien que vous ne connaissez rien au cœur humain.

Fort à propos, Dev changea de tactique.

— L'information sur l'étoile était judicieuse.

— Vous avez trouvé le compte en banque ? Vous avez trouvé Thad Orlo ?

— Les fédéraux planchent toujours dessus. Je ne peux pas vous dire ce qu'ils ont découvert.

— Même si l'information vient de moi au départ ?

— En effet.

Dev marqua une pause.

— Vous pensez que cette femme, Champion, était au courant des malversations de Freddy ?

— Il faut lui poser la question à elle.

Que ressentirait-elle s'il s'avérait que Samantha était au courant du schéma de Ponzi ? Meredith se sentirait-elle trahie ? Freddy avait-il partagé son plus grand secret avec sa maîtresse, mais pas avec son épouse ? Cette ignorance était-elle une forme de cadeau ? Oui, mais voilà, c'était Meredith qui avait tout perdu. Samantha était toujours libre de ses faits et gestes. Elle continuait à gérer son affaire, à emmener ses enfants au football américain et à la danse, à se prélasser dans son intérieur douillet avec son fabuleux mari, à fréquenter ses voisins et ses amis. Samantha Deuce ne faisait pas l'objet d'une enquête, sa maison n'avait pas été vandalisée, personne ne la traquait. Peut-être allait-elle devenir l'ennemie maintenant, après sa confession. Sans doute n'avait-elle pas eu le choix. Le FBI avait dû trouver des preuves en béton armé. Des enregistrements téléphoniques ou des vidéos. Ou alors, son amour incommensurable pour Freddy l'avait poussée à tout dire. Ou encore, c'était le contrat de huit millions de dollars pour son futur livre qui l'avait décidée.

— J'ai autre chose à vous dire, dit Meredith. Il y a une photographie encadrée au-dessus du bureau de Freddy. C'est une scène de rue dans une ville asiatique. Freddy m'a dit que c'était la ville de Malacca. En Malaisie. Malacca est la capitale culturelle de la Malaisie.

— Et c'est intéressant parce que... ?

— Parce que, à ma connaissance, Freddy n'est jamais allé à Malacca. Ni en Malaisie. C'est Samantha qui a acheté cette photo pour son bureau. La facture est arrivée après son emprisonnement : mille deux cents dollars. Freddy l'a accrochée juste au-dessus de lui.

À cet instant, la mémoire lui revint. La scène de rue de Malacca avait remplacé une photo granuleuse de Freddy et son frère, David : tous deux étaient torse nu, en short, debout devant une Pontiac GTO que David avait retapée. C'était l'unique photo des deux frères ensemble, et Freddy l'avait remplacée par une vue de Malacca ?

— Cette photographie a une signification secrète pour Freddy, j'en suis persuadée.

— Ça pourrait être une ville où Freddy et cette femme se retrouvaient pour leurs rendez-vous romantiques ?

— Contentez-vous de trouver cette photo.

— D'accord, je vais le faire. En général, vos instincts sont bons.

— Et Dev ?

— Oui.

Il restait une dernière chose. La chose la plus importante. Vitale. Mais lui poser la question n'était pas simple.

— Je dois parler à Fred.

— Fred, répéta Dev, impassible.

— Je dois lui parler. À propos de ça et d'autres choses. Je peux l'appeler ou je suis obligée de faire le déplacement jusqu'à Butner ?

— Aller à Butner serait une perte de temps.

Une partie d'elle fut soulagée de cette réponse. L'idée de quitter Nantucket lui était déjà très pénible. Elle s'imaginait mal traverser la Caroline du Nord dans la chaleur brutale du mois d'août et encore moins subir la poussière, la crasse et l'indignité de rendre visite au détenu le plus célèbre de la prison. Des journalistes la suivraient partout comme des vautours autour d'une proie facile.

— Vraiment ? Une perte de temps ?

— Son comportement n'a pas changé. Il ne veut parler à personne. Pas même au prêtre. On ne sait pas exactement s'il ne peut pas parler ou refuse d'ouvrir la bouche.

— Peut-être acceptera-t-il de me parler, à moi ? Non ?

— Peut-être. Mais vous prenez un gros risque.

— Je peux l'appeler ? demanda Meredith. Il a droit à un coup de téléphone par semaine.

Meredith déglutit.

— A-t-il… ? A-t-il pris d'autres appels ?

Elle voulait savoir s'il avait parlé à Samantha.

— Non. Aucun appel. Il n'a parlé à personne.

— Pouvez-vous m'aider à programmer cet appel ?

Dev soupira. C'était le soupir d'un homme bien plus âgé. Meredith le vieillissait.

— Je peux essayer… Vous voulez que je tente le coup ? Vraiment, Meredith ?

— Oui.

— D'accord. Je contacterai la prison et je verrai ce que je peux faire.

— Merci, souffla-t-elle. C'est important pour moi.

— Faites une déclaration, Meredith. Sauvez votre peau.

Elle avait passé tout l'été à se demander comment sauver sa peau et à présent qu'elle en avait l'occasion, elle s'en fichait. Sois maudit, Freddy ! pensa-t-elle (pour la millionième et septième fois). Peu lui importait de vivre ou de mourir. Peu lui importait d'être traînée en prison. Comme Freddy, elle se replierait sur elle-même, tel un origami de scarabée. Elle ne dirait plus le moindre mot jusqu'à la fin de ses jours.

Était-ce ce que voulait Fred ? Voulait-il les détruire tous les deux en même temps ? Lui avait-il demandé de virer quinze millions de dollars pour l'envoyer derrière les barreaux ?

Sauver sa peau ? Pourquoi ?

Brillante et talentueuse. Cette enfant a conquis mon cœur.

Maman, regarde-moi !

Vogue, Silver Girl, vogue. Le temps est venu pour toi de briller. Tous tes rêves sont à portée de main.

Meredith s'assit sur son lit et se fit violence pour écrire une déclaration. Elle s'imaginait marcher à pas décidés jusqu'au bout de l'allée pour faire face à la horde de journalistes déchaînés. Ce serait le scoop le plus juteux depuis la course poursuite d'OJ dans sa voiture blanche. Elle se voyait déjà sur tous les téléviseurs américains avec ses cheveux gris.

Non, impossible.

Pourtant, elle se força à l'écrire.

J'ai été informée que mon mari, Fred Delinn, qui purge une peine de prison de cent cinquante ans pour ses crimes financiers, entretenait une liaison avec notre décoratrice, Samantha Champion Deuce, depuis plus de six ans. Cette nouvelle a été un terrible choc. Je n'avais aucune connaissance de cette liaison et j'en ignore toujours les détails. Sachez que j'éprouve une profonde douleur, comme toute épouse qui découvre l'infidélité de son mari. Les malversations financières de mon mari sont du domaine public. Son infidélité, en revanche, est une affaire privée, et je vous demande de la respecter comme telle. Merci.

Meredith relut sa déclaration. C'était... minimaliste, presque froid. Mais cela ne surprendrait personne, n'est-ce pas ? Elle avait là l'occasion de dire qu'elle ne savait rien des crimes de Freddy. Devait-elle ajouter une ligne ? « À l'évidence, mon mari avait beaucoup de secrets pour moi. »

Non, cela sonnait trop comme une confession. « Je ne savais rien du schéma de Ponzi de Freddy ni de sa liaison. Je ne savais pas que Freddy volait l'argent du monde entier ni qu'il vivait une romance avec Samantha Deuce, notre meilleure amie. »

« Je ne connaissais pas Freddy. »

Bon Dieu !

Elle emporta la déclaration à la cuisine, où Connie, Dan et Toby s'étaient rassemblés autour de la table, pour terminer leurs assiettes de pain perdu doré à la cannelle.

— Le *Post* va se régaler avec ça aujourd'hui, disait Connie.

Puis elle aperçut Meredith et se tut.

Meredith agita la feuille de papier devant eux.

— J'ai écrit une déclaration.

— Lis-la, dit son amie.

— Je ne peux pas. Tiens.

Connie parcourut le texte, puis le passa à son frère. Toby le lut à son tour, puis le fit passer à Dan. Quand tous trois eurent terminé leur lecture, elle demanda :

— Alors ?

— Tu es trop gentille, commenta Connie.

— Ce type est un salaud, renchérit Toby, dont le visage avait viré au rouge – résultat de la colère ou du soleil, qui sait ? Pourquoi ne te ranges-tu pas à l'avis du reste de l'Amérique et ne le traites-tu pas de salaud ? Si tu ne te montres pas plus dure avec lui, les gens vont croire que tu es sa complice.

— C'est ce que tu penses, toi ?

— Non...

— J'ai tenu ma langue parce que c'est ainsi que j'ai été élevée. Je ne ressens pas le besoin de déverser ma bile dans le journal du soir. Je ne veux pas que les détails de mon mariage circulent sur Internet. Je ne veux même pas faire cette déclaration. Je trouve cela grossier.

— C'est parce que tu es une putain de snob refoulée de Main Line, dit Toby. Exactement comme tes parents. Et ta grand-mère.

— Eh bien, il est vrai que mes parents n'ont jamais lavé leur linge sale en public. Ils ne s'envoyaient pas le service en porcelaine chinois à la figure. Mais pour ta gouverne, je ne suis pas *refoulée*. Tu sais mieux que personne que je ne suis pas refoulée ! Seulement, je ne répands pas mon affection et mon amour tout autour de moi comme tu as apparemment passé ta vie à le faire. Tout comme mon mari, d'ailleurs.

— Hé ! Bon… intervint Connie en posant la main sur le bras de Meredith.

Toby baissa la voix.

— Je pense juste que tu devrais avoir l'air en colère.

— Contre qui ? Tu sais ce que j'ai pensé quand j'ai rencontré Freddy Delinn ? Je me suis dit : voilà un mec solide, un roc. Ce type ne va pas me plaquer pour partir en voilier dans les Seychelles. C'est toi, Toby, qui m'as poussée à considérer Freddy comme un pari sûr.

— Oh, mon Dieu ! lâcha Dan.

— Mais je ne t'ai jamais menti, Meredith. Tu dois m'accorder ça. J'étais insensible à dix-neuf ans. Je l'étais peut-être même encore plus quand je t'ai revue quelques années plus tard. Je sais que je t'ai blessée et j'en suis désolé. Mais je ne t'ai jamais menti.

Meredith toisa Toby, puis Connie et Dan.

— Vous avez raison, dit-elle. Il a raison.

— La déclaration est ce qu'elle est, dit Connie. C'est une déclaration. Élégante et discrète, digne d'Annabeth Martin.

Connie jeta un regard tranchant à son frère avant d'ajouter :

— Et c'est une bonne chose. Alors, tu vas la lire maintenant ?

— Je ne peux pas.

— Comment ça ?

— Je veux que toi, tu la lises.

— Moi ? s'étonna Connie.

— S'il te plaît. Sois ma porte-parole. Moi, je suis incapable de la lire.

Une étrange expression se peignit sur les traits de son amie. Au lycée, chaque fois que Meredith était malade, Connie sautait sur l'occasion de faire la lecture du matin à la chapelle. Elle avait été malade de jalousie quand Meredith avait prononcé son discours de seconde de la classe à la remise des diplômes. Environ 90 pour cent des Américains ont peur de s'exprimer en public – mais pas Connie.

— Moi ? Ta porte-parole ?

— S'il te plaît.

Ce serait mille fois mieux de voir sa merveilleuse amie aux cheveux roux lire sa déclaration avec sa sérénité légendaire. L'Amérique adorerait Connie. Les gens se diraient que Meredith avait au moins une personne qui croyait en elle. Surtout, elle n'aurait pas à le faire elle-même.

— D'accord, dit Connie en se levant.

— Tu ne vas pas y aller comme ça ? s'effraya Dan.

Connie portait encore sa chemise de nuit transparente sous sa robe de chambre.

— Non, dit-elle. Je vais m'habiller.

Quelques minutes plus tard, Connie redescendit vêtue d'une chemise de lin vert sur un pantalon de lin blanc, et chaussée de sandales plates. On aurait dit une publicité pour Eileen Fisher. Sa feuille à la main, elle se dirigea droit vers les journalistes, prête à donner la conférence de presse la plus insolite de sa vie. Les flashes crépitèrent aussitôt. Meredith referma la porte d'entrée derrière elle.

Meredith mourait d'envie d'épier son amie depuis la fenêtre, mais elle craignait d'être photographiée. Aussi prit-elle place en compagnie de Toby et Dan à la table ovale de la salle à manger pour patienter. Les gens de tout le pays allaient entendre ses mots à travers la bouche de Connie.

Pour commencer, Ashlyn verrait sa mère à la télévision. Connie y avait-elle pensé ? Leo et Carver aussi. Tout comme Gwen Marbury, Amy Rivers, Lizbet, l'amie de Connie, l'ex-femme de Toby à la Nouvelle-Orléans, Dustin Leavitt, Trina Didem, Giancarlo, le portier, Julius Erving. Tous les Américains verraient la rediffusion. Samantha aussi, sans doute. Et peut-être même Freddy, depuis sa prison.

Qu'en penserait-il ?

Peu après, Connie rentra dans la maison. Les journalistes, loin de se disperser, criaient après elle. Que lui voulaient-ils ?

Connie avait les joues roses et le souffle court, comme si elle venait de terminer une course de vitesse. Elle transpirait.

— Comment ça s'est passé ? demanda Dan.

— Tu veux un verre d'eau, Connie ? proposa Toby.

Elle hocha la tête.

— Oui, s'il te plaît.

Tous trois gagnèrent la cuisine, où Toby versa à sa sœur un verre d'eau glacée agrémenté d'une rondelle de citron.

— Qu'est-ce qu'ils crient ? demanda Meredith.

— Des questions, répondit Connie. Ils ont des questions.

Ils ont des questions ? pensa-t-elle.

— En premier lieu, ils veulent savoir si tu as l'intention de divorcer.

— De divorcer ?

— De le quitter.

— De le quitter ? répéta Meredith, ahurie.

Elle ne comprenait pas. Ou bien était-ce les journalistes qui ne comprenaient pas ? Son mari était écroué pour cent cinquante ans. Il ne sortirait jamais de prison. Les gens croyaient-ils qu'elle allait déménager en Caroline du Nord, lui rendre visite tous les week-ends, faire pression sur le gouverneur et prier et espérer pendant dix ou douze ans qu'on lui octroyât un droit de visite conjugale ? Meredith et Freddy feraient l'amour entre quatre murs de béton humides ? Peut-être était-ce la vision qu'elle s'était forgée de l'avenir. Mais non, absolument pas. Le présent était tellement bouleversant qu'elle était incapable d'imaginer le moindre avenir, avec ou sans Freddy.

Le divorce ?

Elle ne savait pas.

Fervente catholique, elle croyait aux sacrements du mariage, aux vœux – jusqu'à ce que la mort nous sépare. Ses parents étaient restés mariés, tout comme ses grands-parents. Freddy et elle ne vivraient plus jamais maritalement, alors quel intérêt de divorcer ?

Les regards de Meredith et Toby se rivèrent l'un à l'autre à travers la cuisine.

L'intérêt de divorcer était de pouvoir demander l'annulation du mariage et d'être libre de se remarier. De tout recommencer.

Cette simple idée était épuisante.

— Je ne peux pas répondre à ces questions. Je ne sais pas ce que je vais faire.

Connie la serra si fort dans ses bras qu'elle chancela.

— Ça va aller, lui dit-elle. Je crois que la déclaration a fait son effet ou fera son effet, dès que les journalistes comprendront que c'est tout ce qu'ils obtiendront.

— Alors tu n'as rien dit d'autre ? Tu n'as pas répondu à ma place ?

— C'était dur, mais je suis restée debout sans rien dire avec un sourire plaqué sur le visage.

— On devrait voir ce que ça donne à la télé, suggéra Toby.

Connie approuva aussitôt l'idée, ce que Meredith ne pouvait lui reprocher, même si elle n'avait aucune envie de voir la déclaration diffusée à la télévision. Elle préférait s'enfermer dans une chambre sombre avec trois Ativan. Elle voulait parler à Freddy. Sa gorge la faisait souffrir tant ce besoin était pressant.

Dis-moi tout, Fred. Dis-moi qui tu étais réellement.

Toby, Dan et Connie se rendirent dans le salon et allumèrent le téléviseur. Meredith s'attarda dans le couloir, peu désireuse de se joindre à eux, pas plus que de se cacher à l'étage. Elle se trouvait dangereusement près de la porte d'entrée. Un journaliste risquait de l'apercevoir à travers les stores. Finalement, elle pénétra dans le salon, où la voix de Connie prononçait ses mots : « Sachez que j'éprouve une profonde douleur... »

À l'écran, Connie avait l'air naturelle, calme et sûre d'elle. La chaîne était CNN. Un bandeau en bas de l'écran disait : « La porte-parole de Meredith Delinn, Constance Flute, réagit à l'annonce de la liaison entre Freddy Delinn et la décoratrice du couple, Samantha Deuce. »

En arrière-plan, on voyait la maison de Connie.

Une autre légende apparut : « Meredith Delinn trouve refuge sur l'île de Nantucket. »

Ils parlaient d'elle, de sa vie. Sa meilleure amie prononçait sa déclaration. Ils montraient la maison – l'endroit même où ils étaient en train de regarder la télévision. Une situation franchement flippante. Et qui donnait à réfléchir.

— J'ai une mine affreuse, maugréa Connie.

— Ce n'est pas à propos de toi, Con, rétorqua Toby.

— Tu es super, dit Dan.

Meredith devait remercier son amie pour avoir affronté les journalistes à sa place, mais elle ne trouvait pas les mots.

Puis le téléphone sonna.

Toby répondit.

— Qui est à l'appareil ?

Meredith se mit à trembler. Elle serra le tissu doux de sa jupe.

— C'est ton avocat, lui dit Toby en lui tendant le combiné.

Meredith prit la communication à l'étage, dans sa chambre. Respirer, se rappela-t-elle. Respirer. La tête lui tournait : la caféine battait à ses tempes comme des coups de marteau. Ses entrailles étaient nouées. Mais maintenant, avec Dev, tout irait mieux. Elle s'allongea sur son lit.

— Deux choses, annonça Dev, qui semblait plus survolté que tout à l'heure.

Le café lui était peut-être monté à la tête, à lui aussi.

— J'ai vu votre déclaration à la télé.

— Déjà ?

— Nous avons une télé qui diffuse les informations en boucle vingt-quatre heures sur vingt-quatre au bureau. Tout le monde a ça de nos jours.

— Et… ?

— Vous auriez pu en dire plus. Et vous auriez pu le dire vous-même.

Meredith hocha la tête, même si son avocat ne pouvait pas la voir.

— Je ne pouvais pas…

— Parce que vous savez ce que les gens vont en penser ?
Ou plutôt pensent déjà ?

— Quoi ?

— Que vous avez engagé quelqu'un pour parler à votre
place. Un porte-parole.

— Je n'ai pas engagé Connie ! C'est mon amie. Je n'avais
pas le courage d'y aller moi-même. Elle s'est proposée de le
faire.

— Je vous donne juste ma perception de la situation. Ce
que les gens vont en penser.

— Je me moque de ce qu'ils pensent.

— Ce n'est pas vrai, Meredith.

Il a raison, pensa-t-elle, ce n'est pas vrai.

Prenant pitié d'elle, il ajouta :

— Mais c'est mieux que rien. Vous avez *communiqué* au
moins. C'est ce qui compte.

— La seconde chose ? demanda Meredith.

La caféine perdait déjà de son effet. Elle se sentit brutalement épuisée.

— J'ai parlé au directeur de Butner.

Ses entrailles se contractèrent de nouveau. Elle posa la
main sur son abdomen.

— Il va voir ce qu'il peut faire. Pour votre coup de fil.

Dan, qui devait aller travailler, leur proposa de venir
manger des steaks le soir même chez lui.

— Pas ce soir, vieux, dit Toby.

Meredith garda le silence. Elle gâchait l'ambiance,
comme Dan l'avait sûrement imaginé.

— Peut-être, répondit Connie. On s'appelle plus tard.

— Vous devriez y aller, tous les deux, intervint Meredith.

Dan partirait bientôt camper trois jours avec ses fils dans
le New Hampshire et, à son retour, il ne resterait plus
qu'une semaine avant le Labor Day. La fin était proche. Et
rien de ce qu'elle ferait ne l'empêcherait.

Connie, Meredith et Toby se réfugièrent sur le pont. Il faisait si chaud que Meredith avait envie de se baigner. Mais,
bizarrement, elle avait peur, si elle tentait de nager, de se

noyer. Ses membres lui semblaient cotonneux, impuissants. Elle était telle une coquille vide. Une vessie remplie
de l'air chaud et nauséabond de l'angoisse.

— Tu devrais divorcer, dit soudain Toby.

— Laisse tomber, gronda Connie.

Puis, quelques secondes plus tard, elle reprit :

— Tu devrais vraiment divorcer. Je paierai les frais.

Meredith laissa échapper un rire triste et bref. Elle n'avait
pas pensé au coût du divorce.

Toby nageait. Meredith flottait entre conscience et
inconscience. Un instant, elle se sentait molle, l'instant
d'après survoltée. Les Ativan prenaient leur revanche. Toby
était devenu Harold. Harold avait été brutalement massacré
par sa faute. Comme si elle était maudite. Alors pourquoi
ne pas la blâmer de tous les maux de la planète ? La marée
noire du Golfe, les effusions de sang au Moyen-Orient.
Pourquoi, mais pourquoi Samantha avait-elle parlé ? Tout
le monde allait la haïr maintenant elle aussi, et sa vie serait
ruinée. Elle devait vraiment aimer Freddy, et l'aimait sûrement encore pour le laisser détruire son existence de cette
manière. Ses enfants étaient encore jeunes, l'un d'eux
n'avait que dix ans. Son business péricliterait, à moins que
l'infidélité n'augmentât la cote d'une décoratrice ? Qui sait ?
Samantha écrivait un livre. Meredith aussi pouvait écrire
un livre, devrait en écrire un même ! Mais pour dire quoi ?
Je ne faisais pas attention. Je menais une existence aveugle.
Je prenais toutes les paroles de Freddy pour paroles d'Évan-
gile. Je n'ai jamais percé à jour les mensonges ni le menteur.
Je ne savais pas quoi chercher.

— À quoi penses-tu ? lui demanda Connie.

— À rien.

Le téléphone sonna de nouveau, faisant bondir Meredith
de sa chaise. Bien sûr, elle ferait mieux de ne pas répondre,
mais elle attendait désespérément l'appel de Dev, avec des
nouvelles du directeur de la prison. L'écran affichait :
Numéro inconnu. Impossible de s'en empêcher : elle
décrocha.

Une voix de femme déclara :

— Meredith ?

Soudain, elle eut l'impression que les mains de quelqu'un lui enserraient le cou. Comme si une balle de golf était enfoncée dans sa gorge – ou l'une de ces grosses sucettes que les garçons achetaient souvent dans la confiserie de Southampton.

— C'est Samantha…, dit la femme, même si elle le savait déjà.

— Non.

— Meredith, s'il te plaît.

S'il te plaît, quoi ? Que lui voulait-elle ? Espérait-elle créer un lien avec elle, maintenant qu'elle avait confessé être la maîtresse de Freddy ? Pensait-elle qu'elles deviendraient des épouses-sœurs et joueraient à la famille recomposée, comme Toby paraissait content de le faire ? Meredith, un ersatz de tante pour les enfants de Samantha peut-être ? Meredith et Samantha joignant leurs forces pour faire appel de la sentence de Freddy ?

— Non, répéta Meredith.

Puis elle raccrocha.

Le téléphone sonna de nouveau, une heure et six minutes plus tard. Meredith avait une conscience aiguë du temps qui passait. Elle imaginait Samantha caresser le bouc de son mari. Freddy l'avait fait pousser pour sa maîtresse, avait commencé à faire de la gym pour sa maîtresse. Tout était pour Samantha.

Leur liaison avait sûrement débuté au moment des funérailles de Veronica. Ou peu après. Parce que Freddy avait senti quelque chose, parce que Meredith était revenue l'esprit confus et distrait. Lorsqu'il lui avait demandé comment cela s'était passé, elle avait répondu : « Oh, bien. »

Alors que c'était tout le contraire. Elle avait été émotionnellement bouleversée, pourtant elle avait tenu bon, elle était restée fidèle à son mari. Contrairement à lui. Lui avait franchi le pas. Il avait appelé Samantha ou bien une étincelle s'était allumée entre eux. Meredith comprenait parfaitement cela. Parce qu'elle avait ressenti la même chose pour Toby pendant les funérailles. Mais quand on était mariés, on ne laissait pas briller, grandir ces étincelles. On les apaisait, on les étouffait.

Meredith crut qu'elle allait de nouveau vomir. L'indicateur d'appel donnait le nom du cabinet de son avocat.

— Allô ?

— Meredith, dit Dev.

— Oui.

— Écoutez, j'ai des nouvelles du tonnerre. Asseyez-vous et bouclez votre ceinture.

Meredith n'aimait pas beaucoup le ton de sa voix. Pas du tout même.

— Qu'y a-t-il ? demanda-t-elle avec méfiance.

— Écoutez ça : il y avait quatre numéros de comptes dans la banque suisse où Thad Orlo travaillait récemment et tous semblent liés à Delinn Entreprises. Chaque compte comporte les mêmes numéros que ceux du faux certificat de la Nasa, mais chaque fois dans un ordre différent. Ces comptes étaient tous « gérés » par Thad Orlo et contenaient un peu plus d'un milliard de dollars.

Meredith gardait le silence. Elle se haïssait de le penser, mais à dire la vérité, elle se moquait à présent de Thad Orlo ou des comptes cachés. Malgré tout, elle trouva la force de demander :

— À qui appartenaient ces comptes ?

— Les quatre étaient au nom d'un certain Kirby Delarest.

La surprise la laissa sans voix.

— Attendez, ce n'est pas tout…

— Mais vous savez qui est Kirby Delarest, n'est-ce pas ? intervint Meredith. Il habitait près de chez nous à Palm Beach. C'était un investisseur.

— Pas un investisseur, répondit Dev. C'était l'homme de main de Freddy. Il était responsable des transferts et de la planque de l'argent.

— Il est mort.

Amy Rivers se rappela à son esprit, la faisant grimacer de dégoût.

— Il s'est suicidé.

— Oui, il s'est suicidé parce qu'il était mouillé jusqu'au cou. Parce qu'il a eu peur d'être pris. Mais, Meredith...

Là, Dev marqua une pause. Elle l'imaginait très bien rejeter ses cheveux en arrière ou ajuster ses lunettes.

— Il n'investissait pas seulement avec Thad Orlo. Il *était* Thad Orlo.

— Quoi ?

— Kirby Delarest et Thad Orlo sont une seule et même personne. Deux passeports – un Américain, Kirby Delarest, et un Danois, Thad Orlo. Thad Orlo avait un appartement en Suisse où il travaillait pour une banque suisse et gérait quatre comptes d'un total de quatre milliards de dollars. Kirby Delarest, de Palm Beach, en Floride, possédait trois complexes immobiliers à West Palm, ainsi qu'un restaurant P.F. Chang et deux centres commerciaux. Sa véritable activité, néanmoins, était en Europe. Il dissimulait l'argent des clients de Freddy et le gardait au chaud. Quatre milliards de dollars ! Vous arrivez à y croire ?

Meredith se souvint de respirer. Elle vit Connie grimper les marches depuis la plage en se séchant les cheveux avec une serviette et pria qu'elle ne vînt pas lui proposer un sandwich à la dinde pour le déjeuner. Il lui fallait du temps pour digérer la nouvelle. Elle se sentait déchirée entre deux mondes. Ce monde, Nantucket, avec l'océan, la douche extérieure et le déjeuner sur la terrasse. Et le monde de la finance internationale, des doubles identités et des mensonges. Kirby Delarest était Thad Orlo. Cet homme blond, efflanqué, avec cet accent prononcé, qu'il affirmait avoir hérité du Wisconsin. Meredith avait toujours su que cette réponse n'était pas convaincante, mais elle ne l'avait pas questionné. Que disait sans cesse Freddy ? Les gens du Midwest sont les plus honnêtes de la terre. Ha ! Kirby Delarest était de mèche avec Freddy. Ses filles portaient toujours ces magnifiques robes Bonpoint assorties. Meredith se rappelait cette fameuse après-midi où elle avait découvert Freddy et Kirby près de la piscine, et la bouteille de Petrus, vidée par deux hommes qui se félicitaient de voler le monde entier au nez et à la barbe de tous. Kirby Delarest avait préféré se tirer une balle dans la tête plutôt que d'affronter le destin de son comparse.

Ses yeux la brûlaient, comme si elle était en plein désert. Les numéros de comptes étaient tous des variations de la fausse étoile de la Nasa. Des comptes de Silver Girl. Cela l'impliquait-elle encore davantage ? Pitié, non, supplia-t-elle en silence.

— Alors ils ont trouvé l'argent ? Quatre milliards ? C'est beaucoup d'argent.

— Non, non. L'argent a été retiré en octobre dernier. Tout, jusqu'au dernier centime – parti, envolé. Transféré, certainement en liquide, dans un autre endroit.

— Quel jour en octobre ? demanda Meredith, qui pressentait qu'elle connaissait déjà la réponse.

— Le 17 octobre.

Elle ferma les yeux. Au même moment, Connie toqua à la vitre. Elle rouvrit les yeux et vit son amie articuler silencieusement : Ça va ?

— C'est…, hésita-t-elle.

— Quoi ?

— Vous êtes sûr que c'est le 17 ? Le 17 octobre ?

— Oui, pourquoi ? Qu'y a-t-il le 17 octobre ?

— L'anniversaire de Samantha Deuce.

— Ah ! Je vois. Bien, bien. Ça pourrait être une coïncidence. Mais ça m'étonnerait. Je vous rappelle.

— Attendez ! Je voulais savoir… Vous avez eu des nouvelles du directeur de la prison ? De Butner ? Pour parler à Fred ?

— Fred ? répéta Dev, comme s'il ne savait pas à quoi elle faisait référence. Oh, non. Je n'ai pas eu de nouvelles.

— J'ai vraiment besoin de…

— Je vous tiens au courant. Dès que j'ai des nouvelles.

Sur ces mots, il raccrocha.

Meredith se laissa tomber sur une chaise. Des images se bousculaient dans son esprit. Kirby Delarest et sa femme Janine, ses trois petites filles blondes, aussi précieuses et parfaites que les von Trapp. La cervelle de Kirby Delarest éclaboussant les murs du garage. Otto, la sculpture folklorique de l'appartement de Manhattan de Thad Orlo, avec ses cheveux de coton blanc et un morceau de fil de fer entortillé en guise de lunettes. Le pin de Norfolk, qu'elle arrosait scrupuleusement, terrifiée à l'idée de le voir mourir et perdre ses aiguilles sous sa responsabilité. Jamais elle n'avait rencontré Thad Orlo, alors qu'elle avait vécu parmi ses affaires. Les couteaux modernes, le fauteuil à bascule de bois blond. Elle croyait le connaître.

Le téléphone sonna à 18 h 10.

— Les nouvelles du soir, se dit Meredith. L'Amérique regardait les informations.

Connie vérifia le numéro d'appel.

— Numéro inconnu. Je réponds ?

— Je vais répondre, déclara Toby, qui venait de descendre l'escalier, vêtu de propre.

Meredith n'avait pas trouvé la force de raconter à Connie la double identité de Kirby Delarest/Thad Orlo, en partie parce que cette histoire était tellement bizarre que même elle avait du mal à y croire. Pourtant, c'était bien la vérité. Freddy n'avait pas agi seul. Il avait des hommes de main, comme les appelait Dev, des gens qui l'aidaient à creuser une tombe financière massive – et il était logique que Meredith connût certains d'entre eux. Kirby Delarest était Thad Orlo. À présent, tous les faits étranges qui entouraient cet homme faisaient sens. Meredith avait vu juste pour Thad Orlo comme pour la fausse étoile de la Nasa. Malheureusement, c'était ce qui l'inquiétait. D'une certaine façon, les quatre milliards de dollars étaient reliés à elle. Freddy avait-il caché l'argent là pour elle ? Il l'avait déplacé le 17 octobre – jour de l'anniversaire de Samantha –, mais pourquoi cette date ? Était-ce une coïncidence ? Ou bien l'argent était-il destiné à Samantha ?

Elle avait peur de réfléchir plus avant.

Elle n'avait rien dit à Connie et Toby non plus parce qu'elle voulait préserver la maisonnée des fumées nocives de cette histoire maladive. Cette maison était son unique havre de paix. Cela dit, elle ne pouvait empêcher le téléphone de sonner.

— Je réponds ! déclara Connie en décrochant le combiné. Allô ?

Meredith observa le visage de son amie, tentant de savoir si l'interlocuteur se classait parmi les amis ou les ennemis. Connie avait l'air surprise. Sa bouche forma un petit « oh » et ses yeux s'embuèrent de larmes. Des larmes de joie ? De tristesse ? De colère ? Un peu de chaque ? Impossible de le deviner.

Elle lui tendit le téléphone.

— C'est pour toi, murmura-t-elle.

Elle cligna des yeux et des larmes coulèrent sur son beau visage bronzé. Meredith prit le combiné et Connie s'éloigna à dessein.

— Allô ? dit Meredith avec méfiance.

— Maman ?

Oh, mon Dieu. Elle faillit lâcher le combiné. Carver !

Que lui avait-il dit ? Et elle ? Après coup, elle ne se rappelait que de bribes de leur conversation.

— J'ai vu les infos, maman.

— Ah ?

— C'est dingue, maman. Je n'en reviens pas.

Elle n'avait aucune envie d'aborder ce sujet. Son fils l'appelait ! Son bébé, son enfant chéri !

— Comment vas-tu ? Que fais-tu ? Comment va ton frère ? Est-ce que vous tenez le coup ? Vous allez bien ?

Elle aurait cru que rien n'était plus puissant que sa douleur présente, pourtant, ses émotions présentes étaient bien plus puissantes. Oui, son amour pour ses fils était plus puissant.

Mais Carver ne voulait pas changer de sujet.

— Il t'a trompée, maman. Tu comprends maintenant ? S'il te plaît, dis-moi que tu vois clair dans son jeu. C'est vraiment une personne… vide, creuse, qui se nourrit de mensonges et de tout ce qu'il vole aux autres. Tu comprends, n'est-ce pas ?

— Oui, je comprends, dit-elle, alors qu'elle n'en pensait pas un mot.

Elle ne comprenait pas du tout.

— J'ai besoin de lui parler, reprit-elle.

— À qui ?

— À ton père.

— Non ! cria Carver. Oublie-le, quitte-le, divorce, raye-le de ton existence. Saisis ta chance.

— D'accord. Oui, tu as raison, tu as entièrement raison. Comment vas-tu ? Comment allez-vous ?

La voix de son fils s'adoucit.

— Mais il t'aimait, maman. C'est ce qui me tue dans toute cette histoire. Il t'aimait vraiment. Il te vénérait, comme une reine ou une déesse. Leo est d'accord avec moi. Il le sait, lui aussi.

Leo ! pensa-t-elle. Elle voulait parler à Leo. Un gamin si droit, si responsable, en train de frotter le sol de l'église à mains nues, refusant son aide. Une fois, Meredith avait fait le trajet jusqu'à Choate au milieu de la semaine pour assister à un match de crosse de Leo. Elle avait foncé en Jaguar, dépassant la limite autorisée, pour faire la surprise à Leo et arriver à temps pour le voir marquer le but de la victoire. Elle avait été là pour le féliciter, après quoi elle avait emmené Carver, Leo et deux de leurs coéquipiers manger une pizza chez Carini's. Elle était rentrée avant le retour de Freddy du bureau, mais dès qu'il avait mis le pied dans l'appartement, elle lui avait raconté son périple. Le but marqué par Leo, la surprise de leur fils en la voyant, le baiser qu'il lui avait envoyé à travers la vitre de la voiture au moment où elle passait le portail, les yeux de ses copains.

Freddy avait souri bizarrement.

— Tu es une mère fantastique, Meredith, avait-il dit, l'esprit visiblement ailleurs.

— Tout va bien ? Leo va bien ?

Carver soupira.

— On va bien, maman.

Qu'est-ce que ça voulait dire ? Allaient-ils vraiment bien ? Elle se les imaginait tous les deux dans une grande maison victorienne poussiéreuse et voulait en savoir plus sur la maison : avaient-ils refait les sols ou repeint les murs ?

— On t'aime, dit Carver. Mais je t'appelle pour m'assurer que tu prendras les bonnes décisions. Remplis les papiers du divorce. S'il te plaît. Promets-le moi.

Elle avait envie de lui faire cette promesse, mais elle en était incapable. Personne ne la comprenait. Elle était absolument seule. La voix de Carver lui signifiait que la fin de la conversation approchait, ce qui la mit dans un état de panique indescriptible, tant il y avait à dire encore. Tant à apprendre. Il allait raccrocher, or elle n'avait même pas son numéro ! De nouveau, il serait perdu pour elle, comme Freddy, comme son père.

— Attends ! Ton numéro ! Je peux t'appeler ?

De nouveau, un soupir. Carver était passé maître dans l'art du soupir. Comme un parent déçu.

— Julie Schwartz veut que Leo attende un peu. Que l'horizon se dégage un peu plus. Il faut laisser passer encore un peu de temps. Ça vaut aussi pour moi. Je n'aurais pas dû t'appeler, mais je devais le faire. Je devais te parler.

— Je sais. Merci.

— Tu m'as bien entendu, maman, n'est-ce pas ?

— Oui.

— Je t'aime, maman. Leo t'aime aussi.

Après quoi il raccrocha.

— Je t'aime aussi ! Je t'aime aussi ! lança Meredith.

Elle se rendit soudain compte qu'elle parlait à une ligne coupée et que d'autres personnes se trouvaient dans la pièce : Toby, qui l'observait, et Connie, qui regardait Toby l'observer.

CONNIE

Elle aurait dû aller dîner chez Dan. Quand elle l'avait appelé pour l'informer qu'elle restait à la maison, il lui avait répondu qu'il sortirait seul. Connie l'imaginait manger chez A.K. Diamonds, où il était connu comme le loup blanc, où ses anciens béguins seraient présents, où la jolie réceptionniste du salon de beauté serait peut-être assise sur le tabouret à côté du sien. Comme elle aurait aimé sortir avec lui ! Mais c'était impossible. Avec son visage sur tous les écrans de télévision, impossible de mettre le nez dehors. En consultant son téléphone portable, elle se rendit compte qu'elle avait manqué des appels d'Iris et Lizbet. Ses amies l'avaient vue sur CNN. Elle ne pouvait aller nulle part.

— N'oublie pas, lui dit Dan, je pars pour le New Hampshire vendredi.

Connie avait hésité. Dan emmenait Donovan et Charlie en camping sauvage pendant trois jours dans les White Mountains. Il ne pourrait même pas la joindre.

— Je dois rester, avait-elle répondu à regret.

Il espérait sûrement être invité chez elle, mais cela aussi était impossible. Ils avaient tous les nerfs trop à vifs dans cette maison.

— Demain, promis.

Mais à présent, elle regrettait sa décision. Meredith venait de raccrocher le téléphone.

— C'était Carver.

Connie eut le plus grand mal à hocher la tête. C'était elle qui avait répondu au téléphone, elle qui avait entendu Carver dire : « Salut, tante Connie ? C'est Carver. Maman est là ? » Une vague d'émotion avait déferlé sur elle, une émotion qu'elle n'avait pu identifier sur le moment, mais qui s'avérait à présent être de l'envie pure, dans sa forme la plus insidieuse et la plus intense. Le fils de Meredith l'avait appelée. Il avait écouté les informations et avait aussitôt voulu entendre la voix de sa mère. Il lui avait dit qu'il l'aimait. Connie se sentait à la fois déchirée et découragée. Elle pouvait consulter son portable, mais même si son visage avait fait la une de tous les journaux, il n'y aurait aucun message d'Ashlyn.

Meredith semblait avoir l'esprit un peu plus léger depuis l'appel de Carver, même si elle avait aussitôt reconnu que son fils ne lui avait presque rien raconté sur lui. Où habitait-il ? Quel travail faisait-il ? Avait-il encore des amis ? Sortait-il avec une fille ? Elle n'en savait rien du tout.

— Il m'a juste appelée pour être sûr que j'allais divorcer.

— Et que lui as-tu répondu ? demanda Connie.

Toby attendait la réponse avec anxiété. Meredith gardait le silence.

— Mon offre tient toujours. Si tu veux divorcer, je prendrai les frais en charge.

Meredith ne disait mot. À l'évidence, la magie de l'appel téléphonique se dissipait peu à peu et la dure réalité reprenait ses droits.

— Il m'a dit qu'il m'aimait, murmura-t-elle.

— Bien sûr qu'il t'aime, dit Toby. C'est ton fils.

La sonnerie du téléphone retentit de nouveau, juste avant le coucher du soleil, à 19 h 30. Le soleil se couchait à 19 h 30 ? Mon Dieu, l'été s'achevait. Le temps leur manquait. Dan partait camper le surlendemain et, à son retour, ils n'auraient plus qu'une semaine à passer ensemble. L'année précédente, Connie avait été soulagée par la fin de l'été. Le ciel bleu, la plage et les sourires forcés avaient été une épreuve pour elle. L'été dernier, elle était incapable de regarder l'océan sans penser aux cendres de Wolf. Comme les choses avaient changé en une année ! Elle devrait s'en réjouir.

Toby s'était rué sur le téléphone pour lire l'identificateur d'appel.

— Numéro inconnu. Je réponds ?

— Non, répondit Connie en même temps que Meredith disait : Vas-y.

Et comme l'avis de Meredith prenait toujours le pas sur le sien, Toby s'exécuta.

— Allô ?

Après un moment, il se tourna vers Meredith et dit :

— Puis-je savoir qui est à l'appareil ?

Une pause.

— Je ne lui passerai pas le téléphone tant que je ne saurai pas qui vous êtes.

Puis il dit à Meredith :

— C'est elle.

— Samantha ?

Il acquiesça.

— Non !

Toby raccrocha.

Je vous avais dit de ne pas répondre, pensa Connie. Mais son pouls s'accéléra. Elle se détestait d'avoir à le reconnaître, mais tous ces drames étaient excitants.

— Attends une minute ! Samantha ?

— Samantha Deuce, confirma Toby.

Meredith secoua lentement la tête.

— Tu n'as pas l'air surprise, commenta Connie.

— Elle a déjà appelé.

— Vraiment ?

— J'ai décroché et quand j'ai découvert que c'était elle, j'ai dit « Non » et j'ai raccroché.

— Eh bien ! Cette femme a un sacré culot.

— Ouais, on peut le dire.

Connie disposa des crackers et du pâté sur la table, mais personne n'y toucha. L'obscurité grandissait dans la pièce, pourtant personne n'osait allumer les lumières, trop brutales, ou peut-être trop optimistes. Connie alluma finalement quelques bougies, comme si une tempête avait coupé l'électricité. Dommage qu'il ne pleuve pas, se dit-elle. Un orage aurait bien convenu à l'ambiance de la maisonnée.

Connie voulait du vin. Si ces événements s'étaient produits il y a trois semaines, elle en serait déjà à son troisième verre. Et Dan n'était pas là, alors… Elle s'en versa un.

— Meredith, tu veux du vin ?

— Est-ce que je veux du vin ? Oui. Mais je ne devrais pas. Non, merci.

Connie non plus ne devrait pas en boire, mais tant pis. Elle en prit une gorgée en se disant : Délivre-moi ! Mais le goût lui parut aigre. Comme un mal de tête. Le vin termina dans l'évier. Puis elle se versa un verre d'eau avec du citron. Il fallait vraiment faire quelque chose pour le dîner. Meredith était dans le fauteuil, repliée sur elle-même tel un oiseau blessé, et Toby allongé dans le canapé, en gardien attentif. Il était amoureux d'elle. Ça se voyait comme le nez au milieu de la figure.

Meredith ne divorcerait pas. Freddy avait commis les pires atrocités, à la fois dans la sphère publique et privée, pourtant, elle l'aimait toujours. N'importe quelle autre femme l'aurait traîné dans la boue. Pas Meredith.

Le dîner. Il fallait dîner ! Un repas simple – sandwichs, salade, œufs brouillés ou au plat. Mais elle n'avait pas faim.

— Meredith, tu as faim ?

— Je ne mangerai plus jamais.

À cet instant, le portable de Toby sonna.

— C'est Michael ! dit-il en se mettant debout d'un bond, avant de grimper l'escalier quatre à quatre pour regagner sa chambre.

— Je n'arrive pas à croire que Samantha ait appelé ici deux fois, dit Meredith.

— Je suis sûre qu'elle voulait te parler.

— En effet.

Durant quelques instants, elles écoutèrent le tic-tac de l'horloge sur le manteau de cheminée. La voix de Toby leur parvenait par bribes.

« Salut, mon pote ! »

Tout le monde parlait à son enfant ce soir, sauf elle.

Meredith aussi dut entendre la voix de Toby, car elle déclara :

— Quel bonheur de parler à Carver. C'était magique d'entendre le son de sa voix, de l'entendre me dire « maman », tu sais ? Il m'a dit qu'il m'aimait ! Je ne peux pas le voir, je ne peux pas le toucher, mais au moins je sais qu'il est vivant. Et qu'il pense à moi.

Soudain, Connie était au bord des larmes. Cette souffrance, comprit-elle, devrait être celle de Meredith. Une souffrance tranchante, incisive.

— Tu crois que Samantha était la seule ?

— Quoi ?

— Eh bien, on sait que Freddy aime faire les choses en grand.

— Que veux-tu dire ? Qu'il a pu avoir d'autres maîtresses ?

— Sûrement. Enfin, tu sais comment est Freddy.

— Non, répondit Meredith d'une voix de glace. Comment est Freddy ?

— Enfin, c'est un charmeur, un séducteur. Parfois même plus que ça.

— Il t'a déjà fait des avances ? demanda Meredith en s'asseyant dans son fauteuil, le dos raide, le menton relevé comme si une ficelle s'étirait du haut de son crâne au plafond.

Avec sa frêle stature, on aurait dit la marionnette d'un ventriloque.

— Il l'a fait, n'est-ce pas ? insista-t-elle.

— Oui.

Connie n'en revenait pas d'avoir dit une chose pareille. Plus de sujets tabous, d'accord. Mais cet aveu ? Ça suffit ! Connie, arrête ! Tais-toi ! Mais quelque chose en elle la poussait dans cette voie. Elle ne savait pas quoi. Un besoin pressant de lui dire la vérité.

— Il m'a fait des avances au cap d'Antibes. Il m'a dit que j'étais une magnifique jeune femme, et il m'a embrassée.

— Il t'a embrassée.

— Et puis il… il m'a touché les seins.

Meredith fit un bref hochement de tête.

— Je vois. Où était Wolf ?

— En train de faire du jogging.

— Et moi ?

— Tu faisais les boutiques.

— Donc, vous étiez tous les deux seuls dans la maison. Vous avez couché ensemble ?

— Non, Meredith, je n'ai pas couché avec lui !

— Et c'était… quand ? En quelle année ?

Connie se tritura les méninges. Elle n'arrivait pas à réfléchir.

— C'était l'année où on est allés dans ce restaurant à Annecy. Tu te rappelles ce déjeuner ?

— Oui. Alors… c'était en 2003. C'est ça ?

— Je ne sais pas. Peut-être.

— Avant Samantha, donc.

Meredith claqua ses mains sur ses cuisses.

— Donc, il y en a sûrement eu d'autres. Des douzaines, peut-être, ou des centaines…

— Meredith…

— Pourquoi ? demanda Meredith en déglutissant. Pourquoi ne me l'as-tu pas dit, bon sang ?

Mon Dieu, quelle était la réponse à cette question ? Freddy lui avait fait des avances. Connie s'était défilée. En définitive, il n'y avait pas grand-chose à dire. Peut-être avait-elle gardé le secret parce qu'il s'agissait d'un moment intime entre Freddy et elle. Il lui avait fait un compliment qui l'avait flattée. Elle s'était sentie désirée et n'avait pas voulu ruiner cet instant en l'avilissant. Peut-être n'avait-elle pas voulu gâcher leurs vacances au cap d'Antibes en faisant une montagne de presque rien. Elle avait eu peur, sans doute, de ne pas trouver les mots pour dire la vérité à sa meilleure amie sans paraître responsable. Ce n'était pas sa faute. Tout de même, elle portait cette robe fabuleuse, au décolleté plongeant. Mais une femme avait le droit de s'habiller comme bon lui semblait, non ? Ce n'était pas une invitation à un comportement inapproprié de la part des hommes.

— Je ne sais pas pourquoi je ne te l'ai pas dit. Cela ne m'a pas semblé si grave sur le moment.

— Mon mari t'a embrassée et t'a touché les seins, tu t'en souviens encore après toutes ces années, mais ça ne t'a pas semblé si grave sur le moment ?

— C'était gênant, bien sûr. Mais je me suis raisonnée. Dans ma tête, j'ai minimisé les faits. Sûrement parce que j'étais embarrassée.

Meredith la dévisageait. Elle disposait de tout un arsenal de regards froids, pour ne pas dire effrayants.

— Je n'arrive pas à le croire.

— Meredith, je suis désolée…

— Tu es ma meilleure amie. Et après toi, ma plus proche amie était Samantha.

— Je n'ai pas couché avec Freddy ! Je ne l'ai pas encouragé ni n'ai cherché à attirer son attention. Je n'ai rien fait de mal.

— Tu ne me l'as pas dit !

Soudain, on aurait dit une question typique d'un magazine féminin : si le mari de votre meilleure amie vous fait des avances, devez-vous le lui dire ? Certainement, la réponse était non. Ou bien était-ce oui ? Peut-être qu'elle aurait dû tout dire à Meredith. Une chose était sûre : jamais elle n'aurait dû le lui avouer ce soir. Son aveu était mû par la méchanceté. Par la volonté de blesser son amie, alors qu'elle souffrait déjà énormément. La pauvre n'avait pas besoin de nouvelles surprises ! Alors pourquoi ? Connie connaissait la réponse : parce qu'elle était jalouse de l'appel de Carver. Maintenant, la situation était pire. Si elle avait vraiment eu l'intention de conserver ce secret, elle l'aurait emporté dans la tombe.

— Je suis désolée. J'aurais dû te le dire, j'imagine.

— Tu imagines ? Tu imagines !

La voix de Meredith était devenue criarde.

Connie se leva. Il lui fallait un verre de vin. Tant pis s'il avait un goût de vinaigre. Elle prit un verre dans la cuisine et ouvrit le réfrigérateur.

— C'est ça ! Sers-toi du vin. Ça va tout arranger.

Connie claqua la porte du réfrigérateur, puis jeta son verre de vin dans l'évier, qui se brisa avec fracas. Le bruit les figea toutes les deux. Connie était dans une colère noire, inimaginable, pourtant Meredith devait être plus furieuse encore, si c'était possible. Y avait-il assez de place dans cette maison pour autant de malheurs ? Elle regarda le verre brisé et en ramassa un morceau dans l'évier d'émail.

Wolf, pensa-t-elle. Ashlyn. Disparus. Tous les deux.

Dan ! J'aurais dû partir avec Dan.

— Bien, puisque nous y sommes…, dit-elle froidement.

— Quoi ? cracha Meredith.

— Puisque nous y sommes, je ne suis pas la seule à avoir fait des erreurs. Je ne suis pas la seule à m'être trompée.

— De quoi tu parles ?

Meredith se tenait debout, mains sur les hanches, ses cheveux gris rejetés en arrière, ses lunettes à monture d'écaille fichée sur le bout de son nez. Des lunettes qu'elle avait eues au collège. Connie se rappelait le jour où elle était apparue avec ces lunettes en cours d'histoire américaine, à la cantine et à la bibliothèque, où elle les faisait passer fièrement à une cour d'admiratrices. Connie avait été la première à essayer les lunettes, qui transformaient la cafétéria en une masse colorée et floue. Aussitôt, Connie avait vomi. Pourtant, elle avait été jalouse des lunettes de son amie, jalouse de Meredith, depuis l'enfance. Pratiquement toute sa vie.

— Je parle des choses que tu as dites sur Wolf. Ces choses horribles. Tu as insinué qu'on reprenait notre argent parce que Wolf avait un cancer du cerveau et ne savait plus ce qu'il faisait.

— Toi, tu as foncièrement qualifié Freddy d'escroc.

— Meredith… c'était un escroc.

Meredith remonta ses lunettes sur son nez.

— Tu as raison. C'était un escroc.

Elle regardait Connie, comme si elle attendait quelque chose. Puis elle reprit :

— Ce que j'ai dit à propos de Wolf était impardonnable. Je suis désolée. Je ne sais pas comment j'ai pu me montrer si détestable.

— Et tu n'es pas venue à l'enterrement de Wolf. Tu savais que j'avais besoin de toi.

— Je voulais venir pourtant. J'étais sur le pas de la porte, je portais mon tailleur couleur charbon, je m'en souviens. Et puis Freddy m'a convaincue de ne pas y aller.

Elle mordilla sa lèvre inférieure.

— Je ne sais pas comment il a fait, mais il a réussi à me persuader de rester. Tu connais Freddy.

— Oui, il peut te demander n'importe quoi, tu t'exécutes.

— C'est pour cette raison que j'ai des problèmes avec le FBI. Freddy m'a demandé de transférer quinze millions de dollars du compte de la société à notre compte personnel trois jours avant l'implosion. Et je l'ai fait. J'ai cru qu'il voulait acheter une maison à Aspen.

Elle se mit à rire.

— Je pensais aller à Aspen, mais en fait je vais aller en prison !

Alors voilà pourquoi elle était soupçonnée de complicité, pensa Connie, qui n'avait pas eu le courage de lui poser la question de but en blanc. Un autre tabou se brisait.

— Tu étais censée me rendre visite à Nantucket en 1982, mais tu as renoncé parce que Freddy t'a envoyé un télégramme. Il te demandait en mariage, tu t'en souviens ? Et je t'ai dit : « Formidable, on va pouvoir fêter l'événement ensemble ! » mais tu ne voulais le fêter qu'avec Freddy.

— C'était il y a trente ans.

— Exactement. Il te retient en otage depuis trente ans.

— Je ne comprends toujours pas pourquoi tu ne m'as pas dit ce qui s'était passé en France. Notre amitié ne signifie donc rien pour toi ?

— Attends une minute ! Nous avons toutes les deux malmené notre amitié. Pas seulement moi. Je ne t'ai pas parlé de Freddy parce que, à l'époque, ma raison m'a conseillé d'oublier l'incident. Je suis désolée d'avoir mis ça sur le tapis aujourd'hui.

— Pas autant que moi.

— Je ne suis pas Samantha Deuce ! Tu en veux à Samantha, pas à moi.

À ce moment-là, Toby descendit l'escalier.

— Qu'est-ce qui se passe ? Quelqu'un a cassé un verre ?

— Connie.

Toby se tourna vers sa sœur. Connie pouvait parler, mais Toby ne l'écouterait pas. Elle était dans sa maison – où, avait-elle envie de préciser, Meredith et Toby n'étaient que des invités –, mais elle n'avait pas voix au chapitre.

— Je vais me coucher, déclara-t-elle.

Elle fourragea dans le garde-manger, dégota un petit pain aux herbes et oignons et croqua dedans comme s'il s'agissait d'une pomme.

— Non, vous deux, vous restez ici, dit Meredith. Moi, je vais me coucher.

Les vieilles habitudes ont la peau dure, pensa Connie. Il était tout juste 21 h 30.

Connie passa la nuit dans le canapé du salon. Après s'être habituée à dormir dans un vrai lit, le canapé lui parut aussi inconfortable qu'une planche posée sur des tréteaux. À son réveil, elle eut l'impression d'avoir fait une chute d'un immeuble de dix étages. Son haleine sentait l'oignon et les herbes. Elle avait oublié de se servir un verre d'eau et ses lèvres étaient gercées. Il lui fallait un baume à lèvres. Et une brosse à dents.

Elle se leva avec précaution. Pas question de faire quoi que ce soit avant d'avoir accompli ces petits gestes du quotidien.

De l'eau. Du baume à lèvres. Du dentifrice.

Après avoir nettoyé l'évier de la cuisine – en ôtant précautionneusement les bris de verre –, elle se prépara un pot de café. Tout allait bien. Son cœur saignait, mais il fonctionnait.

Son portable était en charge sur le plan de travail. Incapable de s'en empêcher, elle vérifia les appels en absence. Elle pensait à Dan, mais surtout, elle pensait à Ashlyn. Rien de neuf. Toujours deux messages d'Iris et Lizbet, qu'elle n'avait pas encore écoutés.

La machine à café gargouilla. Connie prit un mug, le remplit à moitié de lait, qu'elle fit réchauffer au micro-ondes, puis versa le café, et enfin ajouta du sucre à son breuvage. La première fois qu'elle avait bu du café, c'était avec Meredith et Annabeth Martin, dans le charmant atelier de dessin de sa maison de Wynnewood. Connie et Meredith portaient toutes deux de jolies robes longues. Celle de Connie affichait un imprimé vichy rouge et blanc avec un liseré brodé de fraises. Elle se rappelait avoir pensé : « Du café ? » C'était une boisson d'adultes. Pourtant, Annabeth leur avait servi du café, et non de la limonade ou du jus de fruits. La grand-mère avait versé de la crème à l'aide d'un adorable pichet d'argent puis proposé aux filles des morceaux de sucre, nichés dans un sucrier d'argent tels des cubes de glace cristallins. Quand le café de Connie avait débordé dans sa sous-tasse, Annabeth avait objecté : « Voyons, Constance. »

Par la suite, Connie était rentrée à la maison et avait dit à sa mère qu'Annabeth leur avait servi du café. Veronica avait alors déclaré : « Cette femme essaie de retarder votre croissance. »

Ces souvenirs la firent sourire. Puis elle eut l'impression d'avoir un poids terrible sur ses épaules. Meredith et elle étaient connectées depuis leur plus tendre enfance. Elle ne voulait pas se fâcher avec sa meilleure amie. Elle ne voulait pas perdre un autre être cher.

Elle emporta son café sur la terrasse. Quelques nuages mouchetaient l'horizon, mais le reste du ciel était d'un bleu éclatant. Nantucket était l'un de ces lieux d'une beauté à vous briser le cœur, car vous ne pouviez pas la conserver. Les saisons se succédaient, le temps changeait, et vous deviez partir, retourner dans la ville ou la banlieue, retrouver l'école, le travail, la vraie vie.

Connie but son café. *Je ne peux pas perdre un autre être cher*, se répéta-t-elle.

Elle se tourna et vit Meredith sur le seuil, une tasse de café à la main. Dans sa courte chemise de nuit, on eût dit une poupée. Ses cheveux s'étaient éclaircis.

— Tes cheveux sont plus clairs, lui dit-elle sans réfléchir.

— Tu dis ça uniquement parce que je suis en colère !

— Je le dis parce que c'est vrai. Ils sont plus blonds.

Meredith s'assit sur la chaise à côté d'elle et prit sa main.

— Je suis désolée.

— Moi aussi.

Meredith plissa les yeux en contemplant l'horizon. Son visage était bronzé et quelques taches de rousseurs piquetaient son nez.

— Je serais morte sans toi, souffla-t-elle.

Connie pressa sa main.

— Chuuuut.

Plus tard dans la matinée, le téléphone sonna.

— Bon sang, je suis sûr que ce satané téléphone a plus sonné en deux jours qu'en deux mois, grogna Toby.

Connie lui jeta un regard d'avertissement. Meredith était en train de s'habiller dans sa chambre. Les journalistes ayant disparu, toutes deux comptaient se rendre au supermarché puis, si tout se passait bien, à la librairie de Nantucket pour faire le plein de nouveaux romans. Dan avait appelé : il emmenait Connie dîner chez Pearl ce soir, donc Meredith et Toby se retrouveraient en tête à tête à la maison.

L'identificateur d'appel affichait le numéro du cabinet juridique. Connie décrocha. Le gamin de quinze ans qui tenait lieu d'avocat à son amie demanda à parler à Meredith.

— Juste un instant, je vous prie.

Comme Meredith descendait l'escalier, Connie l'interpella :

— Ton avocat en ligne !

— Dommage qu'on ne soit pas parties une minute plus tôt, maugréa son amie.

— Je vais me laver les dents vite fait et dès que tu as terminé, on y va ?

— D'accord, dit Meredith, sa perruque à la main.

On en était revenus à la perruque.

Sois maudit, Freddy, pensa Connie.

Elle grimpa lentement les marches, dans l'espoir de grappiller quelques mots de la conversation. Toby, lui, se trouvait en plein milieu de la pièce, décidé à ne pas en perdre une miette, sans le moindre scrupule.

Connie entendit Meredith dire « Allô ? ». Puis après une pause : « Ça va. Quelles sont les nouvelles ? »

Elle ralentit le pas, mais parvenue en haut de l'escalier, elle n'entendait presque plus rien.

MEREDITH

Il refusait de lui parler.

— J'ai interrogé tout le personnel du système carcéral de Butner, expliqua Dev. Et tout le monde m'a fait la même réponse : Fred Delinn ne prendra pas votre appel. Et ils ne peuvent pas le forcer. Ils ne peuvent même pas l'obliger à vous écouter pendant que vous parlez.

Ses joues étaient brusquement devenues brûlantes. Elle était terriblement embarrassée. Humiliée. Elle agonisait, mourait de l'intérieur.

— Pourquoi ne veut-il pas me parler ? articula-t-elle avec peine.

— Personne ne le sait, Meredith. Ce type est un sociopathe. Sa santé mentale s'est détériorée depuis qu'il est en prison. Tout le monde à Butner est au courant de ce qui s'est passé avec Mlle Deuce. Ils comprennent pourquoi vous voulez cet entretien. Mlle Briggs, la secrétaire du directeur, a personnellement insisté pour que Fred communique avec vous par Skype, du moins soit forcé d'écouter ce que aviez à lui dire, mais sa proposition a été rejetée. Elle va à l'encontre des droits du détenu. Ils peuvent l'obliger à aller à la cantine, à sortir dans la cour tous les jours entre 9 et 10 heures, à prendre ses médicaments. Mais personne ne peut le contraindre à s'exprimer, encore moins à vous parler à vous.

Respire ! s'ordonna-t-elle. Toby se trouvait dans la même pièce qu'elle, elle en avait vaguement conscience, mais où

au juste ? Son genou droit tremblait contre le pied de la
table.

— Je devrais aller là-bas et parler à Freddy en personne.

— Il ne voudra pas vous voir. Et là non plus, ils n'y pour-
ront rien. Vous feriez le déplacement inutilement, Meredith. C'est une idée romantique, comme dans les films.
Vous allez à la prison, il vous voit, un déclic se produit et il
vous donne toutes les explications et les excuses que vous
attendez. Cela n'arrivera pas. Il est malade, Meredith. Il
n'est plus l'homme que vous avez connu.

Cette idée la désespérait, pourtant elle savait que c'était la
vérité.

— Alors vous me dites que je ne peux pas y aller ?

— Je vous dis que vous ne devriez pas y aller. Parce qu'il
refusera de vous voir. Vous pouvez faire le trajet jusqu'à la
prison étouffante et désolée de Butner, vous pouvez subir
le tourbillon médiatique, vous pouvez rencontrer Nancy
Briggs et Cal Green, le directeur, mais ils vous diront la
même chose que moi : il ne veut pas vous voir. Il ne veut pas
vous parler.

— Mais je ne vais pas lui crier après ! Je ne vais pas le
frapper ! Je ne suis pas une de ces épouses folles furieuses
et jalouses venue régler ses comptes. Je veux seulement des
réponses.

— Vous ne les obtiendrez pas.

Elle n'en croyait pas ses oreilles. Elle pensait que la
prison aurait été réticente à l'idée qu'elle parle à son mari.
Mais, d'après son avocat, c'était tout le contraire ! Eux sou-
haitaient lui faciliter la tâche, et Freddy leur mettait des
bâtons dans les roues. C'était pire que tout. Il avait volé
l'argent du monde entier, menti à la SEC et mis à mal l'économie de tout le pays. Il l'avait trompée pendant six ans et
demi avec la femme qu'elle considérait comme leur plus
proche amie. Il lui avait menti des dizaines de milliers de
fois – soit. Mais ce silence implacable, ce renfermement
obstiné, elle ne pouvait le lui pardonner. Il lui devait une
conversation. Il lui devait la vérité – si pénible fût-elle. Mais
la vérité resterait scellée à Butner. Scellée dans les replis
noirs et visqueux de l'esprit dérangé de Freddy.

— Bien ! conclut Meredith en raccrochant rageusement le téléphone.

Elle était furieuse. Furieuse ! Elle allait faire une déclaration tonitruante pour vilipender cet homme ! Elle piétinerait Freddy et cette garce de Samantha Deuce. (Elle imaginait déjà le prochain gros titre du *Post* : NAUFRAGE DE SAMANTHA CHAMPION, LA MENTEUSE AUX DEUX VISAGES.) Oui, elle remplirait les papiers du divorce et serait soutenue par trois cents millions d'Américains. Ils la soutiendraient. Bientôt, elle retrouverait sa position dans la société et ses droits.

En se tournant, elle vit Toby. L'expression étrange de son visage fit disparaître sa colère comme une bulle de savon qui éclate.

— Il ne me parlera pas. Il refuse. Et ils ne peuvent pas le forcer.

Toby hocha lentement la tête. Meredith pensait qu'il saisirait cette occasion de dire : « C'est un salaud et un rat, Meredith. Une merde. Quelle preuve te faut-il encore ? » Au lieu de quoi, il répondit doucement :

— Peut-être qu'il va changer d'avis.

Elle esquissa un faible sourire et quitta la maison pour rejoindre Connie dans l'Escalade. En route pour le supermarché ! Meredith pensait porter sa perruque, mais, soudain, cela lui parut totalement absurde. À quoi bon ? La perruque était censée la protéger, or elle venait de subir l'humiliation suprême. Plus rien ne pouvait l'affecter. Le postiche était désormais sans importance. Elle l'abandonna sur les marches. À son retour, elle le jetterait à la poubelle.

Toby s'était montré gentil au sujet de Freddy parce qu'il pouvait se le permettre. Il savait, comme elle, que Freddy ne changerait jamais d'avis.

Ce soir-là, avant de partir rejoindre Dan, Connie prépara un dîner spécialement pour Meredith et Toby. Pâtes à la chair de crabe, courgettes poêlées avec une crème au citron et à l'estragon, salade composée de tomates, bleu, basilic, pignons de pin et bacon grillé, le tout accompagné de petits pains maison beurrés.

Incroyable, se dit Meredith. Connie s'était douchée, habillée, pomponnée et avait réussi à préparer ce festin. Elle était fabuleuse.

— Je me sens coupable, dit Meredith, tu aurais dû partager ce repas avec Dan.

— Je le lui ai proposé, répondit son amie, mais il a insisté pour sortir.

Sans nous, pensa Meredith.

— Et je voulais cuisiner pour toi.

Parce qu'elle a pitié de moi, continua-t-elle en son for intérieur. Encore.

Pourtant, cette idée était en un sens réconfortante. À présent, elle n'avait plus rien à perdre, plus d'inquiétudes, plus de désirs.

La table de la terrasse était dressée avec une nappe en tissu et des bougies. La brise océane distillait une pointe de fraîcheur.

L'automne s'annonçait.

Connie s'enveloppa dans un pashmina.

— Bon appétit ! Je me sauve. Je reviendrai demain matin. Le bateau de Dan part à midi.

— C'est adorable, merci.

— Et il y a un dessert dans le frigo.

— Amuse-toi bien ! dit Toby en poussant gentiment sa sœur vers la porte.

Après son départ, Meredith eut le sentiment que Connie était le parent, et Toby et elle les adolescents en plein rencard. Cette soirée était censée être romantique – les bougies, le délicieux repas, l'océan déroulé sous leurs yeux comme dans un spectacle de Broadway. Elle aurait pu se faire belle, mais elle n'avait pas changé de vêtements depuis le matin et portait toujours un vieux T-shirt de Choate de Carver et son short de sport bleu marine. Elle pouvait très bien dormir avec ces fringues et les garder le lendemain. Son apparence lui était égale. Même ses cheveux n'avaient aucune importance.

Trente années de mariage, et il refusait de lui parler. Tant de dîners chez Rinaldo's, assise en face de Freddy, comme elle était assise aujourd'hui face à Toby, tant de dîners où elle parlait de sa journée et Freddy acquiesçait sans poser de questions. Puis, quand elle l'interrogeait sur son travail, il se passait la main dans les cheveux et vérifiait son Black-Berry avec angoisse, comme si une réponse toute faite allait s'afficher sur l'écran, puis évoquait le stress et l'imprévisibilité. Meredith n'avait aucune idée des faux documents imprimés sur une vieille imprimante matricielle ni des heures de déjeuner passées avec Samantha Deuce à l'hôtel Stanhope. Freddy prétendait nourrir pour elle un respect et une admiration sans bornes, mais, en réalité, il devait se dire qu'elle était aveugle, stupide et naïve. Comme sa propre mère en somme, Mme Delinn, qui avait travaillé dur toute sa vie pour son fils et lui avait donné tout son amour.

Il vous fera croire qu'il peut s'en sortir sans cela, mais c'est faux. Il a besoin d'amour.

Et Meredith avait été trop heureuse de prendre en charge le bien-être et le confort de Freddy Delinn. Il était un homme riche, mais c'était elle qui lui massait le dos, lui embrassait les paupières et le défendait bec et ongles contre tous ceux qui le disaient corrompu.

Une nuit, au début du mois de décembre, Freddy s'était réveillé en pleine nuit, tout tremblant. Il avait les yeux grands ouverts. Elle avait caressé ses cheveux argentés et lui avait dit :

— Quoi ? Qu'est-ce qui se passe ?

Il ne parlait pas, malgré ses yeux ronds. Dormait-il ?

Puis il murmura :

— David.

David ? Qui était David ? Puis elle s'était rappelée que c'était le prénom de son frère disparu.

— Tout va bien, l'avait-elle rassuré. Je suis là.

Alors il s'était tourné vers elle en disant :

— Tu ne me quitteras jamais, Meredith, n'est-ce pas ? Promets-le moi. Quoi qu'il arrive ?

— Quoi qu'il arrive, je te le promets.

Les yeux de Freddy s'étaient refermés, mais l'activité maniaque de son cerveau était perceptible au mouvement frénétique de ses paupières. Meredith était restée éveillée aussi longtemps que possible en se demandant pourquoi il avait rêvé de David.

Aujourd'hui, elle le soupçonnait de n'avoir jamais rêvé de son frère décédé. Sans doute pensait-il à l'argent, à la SEC, à une enquête pernicieuse, à la peur d'être pris, découvert, inculpé, incarcéré. Il n'avait invoqué le prénom de son frère que pour brouiller les pistes. Même à moitié inconscient, il était capable de lui mentir.

Quoi qu'il arrive…, avait promis Meredith, sans se douter le moins du monde du sens de ce *quoi*.

— Je crois que je ne pourrai rien avaler, dit Meredith.

Son convive tenait patiemment ses couverts au-dessus de son assiette. À ces mots, sa mine se renfrogna.

— Ce type est la pire vermine qui existe sur terre. Il ne te mérite pas.

Entendre ces mots dans la bouche de Toby était déstabilisant. Il fut une époque où Freddy avait prononcé les mêmes paroles à son endroit, quand Meredith lui avait raconté que Toby l'avait laissée tomber le soir de la remise des diplômes du lycée. « Tu es bien mieux sans lui. Il ne te méritait pas. »

Toby enfourna une pleine fourchetée de pâtes et mâcha tristement, si une telle chose était possible.

— Tu as plus de chance que Freddy, dit-elle. Tu m'as eue à ma meilleure période. Seize, dix-sept, dix-huit ans. C'était la meilleure Meredith, et elle était à toi.

Il avala sa bouchée et l'observa.

— Tu es la meilleure en ce moment même.

Il pointa du doigt la manche effilochée de son vieux T-shirt.

— La meilleure Meredith que j'aie jamais connue.

Meredith replongea dans ses souvenirs. L'enterrement de Veronica O'Brien… Elle était arrivée à l'église avec près d'une heure d'avance et la seule personne présente était Toby. Seul, assis au dernier rang. Quand Meredith lui toucha doucement sur l'épaule, il se retourna, et ils se regardèrent sans mot dire – que pouvait-elle lui dire ? Elle ne l'avait pas vu depuis presque vingt ans, pourtant la simple vue de son visage lui faisait trembler les genoux. Il s'était levé et l'avait serrée fort dans ses bras. Cela pouvait s'apparenter à une étreinte de condoléance. Après tout, sa mère venait de mourir. L'indomptable Veronica O'Brien n'était plus de ce monde.

Meredith avait chuchoté contre sa poitrine :

— Je suis désolée, Toby.

Il avait resserré son étreinte et la température de son corps était montée en flèche. Sans doute était-ce le fruit de son imagination. Bien sûr que c'était son imagination ! Elle était mariée, mariée au riche et puissant Freddy Delinn. Son mari lui avait donné tout ce que son cœur désirait, alors que pourrait-elle bien vouloir de Toby aujourd'hui ? Hélas, le cœur humain, elle le savait maintenant, ne prêtait guère attention aux règles. Elle avait senti la tension de ses bras autour d'elle, son corps pressé contre le sien, son souffle dans ses cheveux.

— Meredith… Ma Meredith.

Après, elle se rappelait seulement que Toby l'entraînait hors de l'église, en direction d'un espace ombragé sous un arbre majestueux où sa voiture était garée. Il avait ouvert la porte du côté passager, l'invitant à monter.

Elle avait fixé des yeux le pare-brise du pick-up qui semblait avoir cent ans et, quand Toby s'était installé derrière le volant, elle lui avait demandé :

— Où allons-nous ?

— Je veux te montrer quelque chose. Je veux te faire l'amour.

— Toby !

— Tu as ressenti la même chose que moi à l'instant ? Dis-moi la vérité.

— Oui.

— Tu l'as ressenti, hein ? Regarde-moi, je tremble comme une feuille.

Oui, Meredith tremblait elle aussi. Elle s'était forcée à penser à Freddy, qui lui avait loué un hélicoptère et une voiture pour venir jusqu'ici, mais qui ne lui avait pas donné ce qu'il y avait de plus précieux – un peu de son temps. Il n'était pas venu avec elle.

— C'est complètement dingue, avait-elle faiblement protesté.

— J'aurais dû insister au mariage de Connie. Je savais que j'avais fait une erreur avec toi.

— Tu m'as brisé le cœur ! Je pensais que nous allions nous marier !

— Je veux t'emmener quelque part.

— Mais l'enterrement...

— Nous avons le temps.

Sur ces mots, il avait démarré et quitté la cour de l'église.

— On devrait faire demi-tour.

— Dis-moi ce que tu veux.

— Je ne peux pas.

— Alors tu me veux, moi ?

Elle frémissait d'excitation, mais ce n'était pas seulement d'ordre sexuel. Une partie d'elle avait rêvé de cet instant – Toby qui la suppliait de revenir – depuis ses dix-huit ans.

Après avoir traversé la ville de Villanova, il s'était garé devant la maison des O'Brien dans un crissement de pneus. Tous deux étaient sortis du véhicule. C'était une journée chaude. Meredith portait une robe de dentelle noire Colette Dinnigan, bien trop élégante pour Main Line, qui lui collait à la peau et la gênait à présent. Toby l'avait emmenée dans le garage des O'Brien, qui avait la même odeur que vingt-cinq ans plus tôt – un mélange d'herbe coupée et de gasoil émanant de la tondeuse à gazon de Bill O'Brien. Une balle de tennis pendait au bout d'une ficelle à l'une des fenêtres. Elle avait été placée là quand Veronica avait encastré sa Cutlass Supreme dans le mur du fond, après avoir absorbé un trop grand nombre de gin fizz au club Aronimink. Une fois qu'ils furent enfermés dans la pénombre fraîche du garage, Toby prit le visage de Meredith entre ses mains et l'embrassa.

Oh et quel baiser ! Un baiser interminable, insatiable. Il y avait une éternité qu'il ne l'avait pas embrassée ainsi et elle ne pourrait jamais en être rassasiée. Freddy l'aimait, mais, aux yeux de son mari, des centaines de choses étaient plus importantes : l'argent, l'argent, l'argent, son travail, sa réputation, ses clients, son profil dans *Forbes*, son apparence, son yacht, ses appartements, l'heure inéluctable de son coucher – autant d'éléments primordiaux pour lui, dont le baiser ne faisait pas partie.

— Viens avec moi en haut, lui avait-il murmuré à l'oreille. Dans ma chambre.

Elle avait alors repensé à Toby et elle dans la Nova. Les meilleurs moments sont ceux que je passe seul avec toi. Elle avait beau invoquer l'image de Freddy, elle n'arrivait pas à distinguer son visage. Donc, elle allait suivre Toby dans sa chambre. Elle l'aurait une dernière fois rien que pour elle.

Ils s'étaient précipités dans la maison et avaient grimpé l'escalier quatre à quatre. Cette scène lui était si familière que son cerveau lui jouait des tours. Sa journée avait débuté à Southampton en 2004 et se poursuivait à Villanova en 1978. La chambre de Toby n'avait absolument pas changé – pourquoi Veronica ne l'avait-elle pas transformée en salle de gym ou en bureau, comme n'importe quelle autre chambre d'étudiant désertée ? Il y avait toujours la lampe à lave de Toby, son poster de Jimmy Page, son lit à eau. Les Manolo de Meredith s'étaient prises dans le tapis à poils longs. Elle avait trébuché, Toby l'avait rattrapée, et tous deux avaient dégringolé sur le lit à eau, ce qui l'avait brutalement ramenée au présent. Elle regardait fixement le plafond où se voyaient encore les marques des scotchs qui tenaient autrefois le poster de Farrah Fawcett.

Il l'embrassait de nouveau.

— Arrête, Toby, je ne peux pas.

— Quoi ? Pourquoi ?

Elle avait roulé sur le côté, créant une vague sur le matelas. Et plongé dans ses yeux verts.

— Je suis mariée, Toby.

— S'il te plaît, Meredith. S'il te plaît ?

On aurait dit qu'il allait se mettre à pleurer. Elle avait avancé sa main pour recueillir la première larme sur son pouce.

— Je suis navrée, Toby, je ne peux pas.

Il l'avait observée quelques secondes, comme s'il se demandait si elle bluffait. Mais elle s'était hissée hors du lit et avait rajusté sa robe.

— Alors c'est tout ?

— On devrait y retourner. C'est l'enterrement de ta mère.

— C'est l'homme qui tu aimes ? Ou son argent ?

Meredith le regardait en silence.

— Ce sont les maisons ? La propriété en France ? Le bateau de luxe ? Je l'ai vu une fois, tu sais, en Méditerranée. À Saint-Tropez.

— Toby, laisse tomber.

— Est-ce qu'il te fait rire ?

— Non, avait-elle répondu avec sincérité. Mais tu n'es pas très drôle non plus en ce moment. Retournons à l'église.

— Je n'arrive pas à croire que tu me fasses ça.

Là, elle avait explosé.

— Que suis-je censée faire ? Faire l'amour avec toi, laisser mes sentiments remonter à la surface, et puis te regarder partir demain pour… où ? Où Toby ?

— L'Espagne. Jeudi.

— Tu vois ?

— Tu ne viendrais pas avec moi, même si je te le demandais. Parce que tu es mariée à l'argent.

Elle avait secoué la tête.

— Je ne viendrais pas avec toi parce que tu ne me le demanderais pas.

Sur le trajet du retour à l'église, Toby avait pleuré en silence, et Meredith s'était sentie affreusement mal. Il venait juste de perdre sa mère. Mais elle était aussi en colère – pour un tas d'autres raisons.

Connie et Wolf montaient les marches de l'église. Connie avait fait signe à son frère de se dépêcher. Ils devaient suivre le cercueil à l'intérieur. Elle avait aussi invité Meredith à venir, mais celle-ci avait décliné son offre. Après tout, elle ne faisait pas partie de la famille. Connie avait étudié son amie attentivement.

— Où êtes-vous allés tous les deux ?

Meredith l'avait embrassée sur la joue.

— Je dois partir juste après le service. Désolée, Con. Je ne peux pas rester pour…

— Tu ne peux pas rester ?

— Je dois rentrer.

Toby était apparu à ce moment précis derrière elle.

— Oui, elle doit repartir.

À présent, elle souriait tristement à Toby.

— Aux funérailles de ta mère…

— Tu as pris la bonne décision. À l'époque…

— Oui, je suppose que oui.

Meredith lui tendit la main. Il la saisit et la porta à sa bouche. Ils se levèrent et se firent face. Mon Dieu, qu'est-ce que je suis en train de faire ? pensa Meredith. Et en un flash, tout lui revint : son désir puissant, irrépressible pour cet homme. Toby la comprenait-il ? Ressentait-il le même élan ? Il la souleva en la prenant par les hanches et la pressa contre lui. Son corps était plus puissant que celui de Freddy. Meredith se sentait légère comme une plume, pas plus substantielle qu'un souhait ou un espoir. Toby l'embrassa, de sa bouche chaude, douce, suave. Un baiser tendre, puis féroce. Elle voulait de la férocité.

Elle avait voulu embrasser Freddy avant qu'il fût emmené par les agents du FBI en décembre dernier, mais quand elle lui avait pris le bras, il lui avait jeté un regard à la fois confus et affolé.

Toby mêla ses mains aux cheveux de Meredith. De nouveau, ils étaient sur Robinhood Road. Encore et encore. Une histoire tellement ancienne qu'elle était nouvelle. Elle sentait son désir dur contre sa jambe, une réaction qui l'avait troublée à l'âge de quinze ans et qui, honnêtement, la bouleversait encore aujourd'hui. Allait-elle finalement faire de nouveau l'amour avec Toby O'Brien ? Ses mains caressèrent son dos, s'insinuèrent sous son T-shirt, détachèrent son soutien-gorge. Meredith repensa à Freddy avec sa main dans le dos de Samantha. Était-elle habitée par la peur ? Le besoin de châtiment ? Si tel était le cas, elle devait s'arrêter immédiatement. Mais ce n'était pas sa volonté. Elle rayonnait de joie et de bonheur. Le désir l'avait embrasée avec une telle fulgurance que c'en était presque douloureux. Un peu comme si elle expérimentait un éveil sexuel dans un nouveau corps. Un sentiment électrisant né d'une situation inappropriée. Stop ! se dit-elle. Mais elle n'avait aucune intention de s'arrêter. Toby semblait prêt à déchirer son T-shirt pour assouvir son désir.

Elle lui échappa brusquement et s'enfuit dans la maison.

— Meredith ? appela Toby, croyant qu'elle le fuyait.

— Viens ! cria-t-elle.

Ils firent l'amour sur le lit de Toby, dans les draps froissés et imprégnés de son odeur. Une étreinte urgente, rapide et désespérée. Après, Meredith resta allongée, haletante. L'intérieur de son coude lui faisait mal, là où Toby l'avait maintenue. Il avait caressé ses cheveux grisonnants, son corps vieilli, pourtant quelque chose en elle évoquait la fontaine de jouvence – comme cet été à Nantucket. Meredith avait l'impression d'avoir dix-sept ans. Elle agrippa la main de Toby – l'idée d'être touchée aussi tendrement la troublait –, la porta à sa bouche et l'embrassa, avant de la mordre.

— Aïe !

— Je meurs de faim, dit-elle en riant.

Cette nuit-là, elle eut peur de rêver de Freddy et de Samantha à la prison de Butner – mais en fait elle rêva de leur chien, Buttons. Dans son songe, Buttons appartenait à Toby. Il se tenait à la proue de son bateau et dévorait un bar rayé. Meredith lui criait après – Non ! Buttons ! S'il te plaît. Non, tu vas être malade ! Toby portait l'uniforme blanc des cadets de la navale, avec boutons de cuivre et casquette. Il voulut reprendre le poisson à Buttons, mais le chien se défendit comme un enragé et accula Toby contre la balustrade, avant de le faire tomber à la renverse dans l'océan. Meredith se précipita pour sonder la surface des flots, mais ne vit aucun signe de lui, en dehors de sa casquette qui flottait tel un morceau de bois mort. Il avait disparu.

Elle se réveilla d'un bond. Allongé sur le flanc, Toby la contemplait. L'odeur de l'assiette préparée par Connie – pannacotta et baies – que Toby lui avait apportée la veille au lit lui chatouillait encore les narines. Elle avait laissé l'assiette vide sur la table de nuit et s'était couchée sans se laver les dents. À présent, elle se sentait idiote et irresponsable. Son coude lui faisait toujours mal et elle ressentait encore un engourdissement entre les jambes.

Freddy l'avait-il un jour regardée de cette manière ? Cette question la tiraillait. Elle voulait désespérément croire que oui, mais il était peut-être temps d'admettre que Freddy n'adorait personne d'autre que lui-même. Et Samantha peut-être. Elle espérait presque le croire amoureux de Samantha, car cela le rendait un peu plus humain.

— J'ai rêvé que je te perdais, souffla-t-elle.

— Je suis là.

Plus tard, Meredith s'aventura nue dans le couloir pour regagner sa chambre, puis sortit sur son balcon shakespearien quelques secondes, défiant presque les paparazzi de la prendre en photo.

Tu es la meilleure Meredith que j'aie jamais connue.

Cette pensée la fit rire. Elle pouvait faire tellement mieux !

Après s'être glissée dans une robe de chambre, elle trottina jusqu'à la douche extérieure. Elle y resta aussi longtemps que l'y autorisait sa conscience, puis remonta à l'étage pour s'habiller. Toby était profondément endormi dans son lit et ronflait. Meredith referma doucement la porte.

Retranchée dans sa chambre, elle sortit son carton du placard. Dans cette boîte se trouvait un calepin à spirale avec des notes sur le jour où Trina Didem avait interrompu le cours d'anthropologie pour lui annoncer que son père était mort. Meredith avait conservé ce calepin tout ce temps.

Il contenait une foule de pages blanches. Meredith s'allongea en travers de son lit comme elle avait l'habitude de le faire au collège. Elle voulait écrire une longue lettre pour obtenir les réponses dont elle avait tant besoin, mais les deux seuls mots qui lui venaient à l'esprit et dont elle traçait les lettres en capitales grasses étaient AVEUGLÉMENT et AMOUR.

Tels étaient ses crimes.

CONNIE

Dan serait absent trois jours. Quatre, en réalité, puisqu'il revenait lundi avec le dernier bateau et qu'elle ne le verrait donc que mardi. En lui disant au revoir, Connie avait ressenti un sentiment maladif d'exaspération, qu'elle avait essayé de dissimuler.

C'est Dan qui déclara :

— Tu ne peux pas imaginer à quel point tu vas me manquer.

— Et ce n'est que trois jours ! renchérit Connie.

Ce qu'elle voulait dire, c'était que, dans une semaine, elle devrait retourner dans le Maryland.

Mais Dan était excité à l'idée d'aller camper avec ses fils. Connie avait jeté un coup d'œil à leur équipement : tente trois saisons, réchaud portatif, sacs de couchage, matelas gonflables, cannes à pêche et boîte de mouches, lampes de poche, piles, portions de nouilles *ramen*, beurre de cacahuète et flocons d'avoine.

— On va pêcher des poissons et les faire frire. On grimpera dans les collines et on se baignera dans les chutes d'eau. On va survivre !

Connie fit semblant de partager son enthousiasme. Tout à la vie sauvage, il n'aurait guère de temps pour penser à elle.

Après l'avoir embrassé dans l'allée – pour que les garçons ne les voient pas –, elle grimpa dans sa voiture et s'en alla.

Il lui fallait une activité pour s'occuper l'esprit. Mais quoi ? Soudain, elle eut une idée : elle allait apprendre à cuisiner à Meredith.

— Tu veux m'apprendre à cuisiner ? À moi ?

— Je vais t'apprendre les bases. Comme ça, quand tu...

— Quand je vivrai seule...

— ... tu pourras te nourrir.

— À peu de frais, plaisanta Meredith.

— Exactement.

Connie sourit, mal à l'aise. Elle mourait d'envie de demander à sa comparse quels étaient ses plans à l'approche du Labor Day, mais elle ne voulait pas susciter davantage d'angoisse chez elle. Car qu'allait-elle faire ? Où irait-elle ? Dans le Connecticut, pour être près de ses fils ? Avant les derniers développements avec Freddy, elle avait eu peur de voir Meredith s'installer en Caroline du Nord, dans les environs de la prison. Dieu merci, cette idée n'était plus au goût du jour. Meredith devait absolument couper le cordon – selon les termes de Dan – et vivre sa vie sans l'emprise de cet homme. En fait, en refusant de lui parler, Freddy faisait une faveur à Meredith. Il lui donnait une chance de se libérer de lui. Oui, Freddy agissait dans son intérêt – ou alors il était trop lâche pour répondre de ses actes.

— Tu peux rester ici, tu sais.

La maison était équipée du chauffage. Connie avait elle-même envisagé la possibilité de rester à Nantucket. Pourquoi retourner à Bethesda ? On lui avait proposé d'intégrer le conseil d'administration qui siégeait dans le bâtiment fédéral conçu par son défunt mari – donc elle pouvait envisager une existence remplie de réunions dans les murs qui, pour Wolf, comptaient plus que sa propre vie. Après tout, à Bethesda, elle avait sa vie, ses amis, ses supermarchés, son service UPS. La maison où Ashlyn avait grandi, une maison qu'elle conserverait, au cas où sa fille reviendrait. Insensé ? Probablement.

— Je ne peux pas rester ici, dit Meredith. Je me suis suffisamment imposée.

— Tu sais bien que tu ne devrais pas dire ça.

— J'ai tellement de problèmes à régler. Je n'ai encore rien décidé. Et il reste un risque que...

Connie leva une main. Elle ne supporterait pas d'entendre Meredith prononcer ces paroles. Se tournant vers le plan de travail, elle déclara :

— La première chose que je vais t'apprendre, c'est à découper un oignon.

Elles émincèrent l'oignon, l'échalote, l'ail, puis firent revenir le tout dans la poêle avec du beurre. Connie apprit à son élève à remuer la préparation à l'aide d'une cuillère en bois. Elles ajoutèrent du vin blanc et firent réduire la préparation. Puis de la moutarde de Dijon, de la crème fraîche épaisse, du sel, du poivre, et enfin une poignée d'herbes aromatiques.

— Voilà ! s'exclama Connie. Nous venons de faire une sauce à la moutarde et aux herbes. Tu peux ajouter des saucisses grillées et la servir avec des pâtes. Ou substituer la moutarde au jus de citron et ajouter des crevettes.

Meredith prenait activement des notes. C'était si élémentaire ! Pourquoi prendre des notes ? Mais son amie avait toujours été une élève appliquée.

Connie fit pocher des blancs de poulet dans de l'eau, du vin blanc et des feuilles de céleri. Une fois le poulet refroidi, elle le coupa en lamelles.

— Tu n'as même pas besoin d'un robot ménager.

— Tant mieux ! Parce que je ne peux pas m'en offrir un.

— Tu pourrais en acheter un pas cher sur eBay ?

— Et avec quel ordinateur irai-je sur eBay ? Quelle carte de crédit utiliserai-je ?

Elle sourit.

— Je plaisante, ne t'inquiète pas. J'ai encore un peu d'argent. Pas beaucoup, mais c'est déjà ça. Il faut juste que je trouve le courage d'entrer dans une bibliothèque publique et de demander à utiliser Internet.

— Exact. Tu es une citoyenne libre. Tu as le droit d'agir normalement et personne, *personne*, Meredith, ne peut t'en empêcher.

Ensuite, elles préparèrent des œufs. Les œufs ne coûtaient pas cher. Connie battit trois œufs avec un peu de lait, du sel et du poivre. Puis elle jeta un morceau de beurre dans la poêle.

— Des œufs brouillés ! annonça-t-elle. À petit feu, en tournant doucement. Tu peux ajouter n'importe quel fromage. J'aime le cheddar ou le gruyère.

— Tu crois que mon avenir inclura le gruyère ?

— Du cheddar alors.

— Le fromage du peuple, plaisanta Meredith. Tu crois que le gouvernement me laissera manger du cheddar ? S'il ne m'inculpe pas, peut-être que j'y aurai droit.

Connie éteignit le feu sous les œufs. Ils étaient riches et onctueux. Elle ajouta une pincée de thym frais, dont l'arôme l'enveloppa.

— C'est merveilleux, Connie, ce que tu fais pour moi.

— Non, Meredith, c'est toi qui fais de merveilleuses choses pour moi.

Elles dégustèrent les œufs brouillés à même la poêle, puis se lancèrent dans la préparation d'une quiche. Connie se servit d'une pâte toute faite – Meredith n'était pas prête à faire sa propre pâte à tarte – et réalisa un mélange basique de crème et de lait, avec sel et poivre.

— Tu peux ensuite ajouter n'importe quoi. Du bacon, des saucisses, du jambon, de la viande hachée, du fromage, des poireaux, de la ciboulette, des oignons sauvages ramassés au bord de la route, des tomates, des courgettes, des champignons, comme tu veux. Ensuite, tu verses la préparation dans le moule et tu la fais cuire à deux cents degrés pendant quarante minutes.

Meredith buvait ses paroles et notait tout. Connie ajouta de l'emmenthal et des tomates coupées en dés, puis des petits morceaux de salami et de la ciboulette. Elle mit la quiche au four. Ce serait leur repas de ce midi.

Dan n'était parti que depuis une heure. Connie n'était pas certaine de survivre aux trois prochains jours.

— Maintenant, je vais t'apprendre la leçon la plus importante de toutes.

— Qu'est ce que c'est ? demanda Meredith, d'un air sincèrement intéressé.

Connie se demanda alors comment son amie pouvait être si concentrée – presque heureuse – quand elle était condamnée à lire les aventures amoureuses de Freddy dans un livre écrit par Samantha Deuce.

À ce moment-là, Toby entra dans la cuisine :

— Ça sent bon ici !

Il embrassa Meredith sur la nuque et l'enlaça par la taille. Meredith baissa aussitôt le regard. Bon sang, qu'est-ce que cela voulait dire ?

— Il s'est passé quelque chose hier soir ? demanda-t-elle.

Meredith donna un coup de coude dans les côtes de Toby.

— Connie était sur le point de m'enseigner la leçon la plus importante de toutes.

— Le dîner d'hier était délicieux, dit Toby. Enfin, quand on a fini par manger, ajouta-t-il avec espièglerie.

Connie jeta un regard torve à son frère, qui garda une expression de marbre, avant de lui faire un grand sourire. Meredith se tourna et embrassa Toby comme à l'époque du lycée, et Connie faillit s'étrangler. Ce serait tellement plus simple si Dan était là !

— Sors de la cuisine, Toby. Je t'appellerai quand ce sera prêt.

— Mais je veux savoir de quelle mystérieuse leçon tu parlais ? C'est la recette de quoi ?

Elle avait l'impression d'être sur le point de leur délivrer un grand secret. Quelle était la leçon la plus importante ? Était-ce l'amour ? Le pardon ? L'honnêteté ? La persévérance ?

— La vinaigrette ! s'exclama-t-elle en agitant son fouet.

Tous trois déjeunèrent d'une quiche et d'une salade parfaitement assaisonnée. Après le repas, Meredith et Toby déclarèrent vouloir faire une balade à vélo – sans doute pour être tous les deux –, mais, si Connie se retrouvait seule dans la maison avec ses pensées, elle allait devenir folle. Aussi se joignit-elle à eux.

Ils pédalèrent jusqu'à Sconset. Les roses grimpantes en étaient à leur seconde floraison et paraissaient encore plus belles et plus épanouies en cette fin d'été. Puis ils décidèrent de poursuivre sur Polpis Road. Cela ajoutait quatorze kilomètres aux trois qu'ils venaient de parcourir. Le cœur de Connie battait à tout rompre et ses jambes souffraient d'élancements, pourtant elle sentit l'euphorie la gagner alors qu'elle filait dans l'air frais, dopée par les endomorphines. Le temps était idéal : vingt et un degrés, peu d'humidité et un soleil velouté. L'automne approchait. Peut-être était-ce cette pensée qui l'incita à proposer à ses deux comparses de pousser jusqu'à Nantucket au lieu de rentrer à Tom Nevers.

— Aller jusqu'en ville ? demanda Toby avec perplexité. Tu es sûre ?

— On pourra manger une glace.

Après les trois derniers kilomètres qui les séparaient du centre-ville, Connie était complètement lessivée. Elle s'écroula sur un tabouret au comptoir de la pharmacie de Nantucket. Meredith et Toby prirent place à côté d'elle et tous trois commandèrent des chocolats frappés. La pharmacie était pleine de monde, essentiellement des gens venus chercher des prescriptions de médicaments et des mères à l'air harassé avec des enfants récalcitrants en mal de glaces au chocolat. Pourtant, personne ne semblait faire attention à eux et, fait inhabituel, Meredith ne paraissait pas du tout s'inquiéter de son entourage. Son amie intervint même auprès d'une petite fille dont la boule de glace à la menthe menaçait d'échouer sur ses genoux et sa robe de soleil brodée à la main. La petite d'environ six ans arborait un carré de cheveux blonds parfait. En fait, c'était le portrait craché de Meredith à six ans !

— Laisse-moi te donner un coup de main, lui dit Meredith en remettant la boule en place dans son cornet à l'aide d'une cuillère.

— Merci, répondit poliment la mère.

Meredith sourit et murmura à Connie :

— Elle me rappelle une petite fille de Palm Beach.

Sur ces mots, son expression s'assombrit, comme si ses démons venaient de nouveau la hanter.

Mieux vaut déguerpir d'ici tant que tout se passe bien, se dit alors Connie.

Elle se leva de son tabouret – ce simple mouvement la faisait souffrir – et déclara :

— Je n'arriverai jamais à rentrer à la maison en vélo. On va appeler un taxi.

— Dieu merci, Lance Armstrong ! s'exclama Toby.

Ils appelèrent un taxi capable de transporter les vélos et prirent le chemin du retour en silence.

Il était 18 heures. À la maison, ils décidèrent de prendre leur douche dehors, et Meredith demanda à passer en dernier.

— Pour pouvoir rester aussi longtemps que tu le veux ! plaisanta Connie.

— Tu es trop bonne avec moi !

— Qui était la petite fille de Palm Beach ?

— C'est une longue histoire.

Connie rêvait d'un verre de vin – oh, oui ! – bien mérité après ses vingt kilomètres de vélo, le départ de Dan et l'extase entre Meredith et Toby. Pourtant, elle y renonça. Elle prépara des pâtes qu'elle servit avec la sauce moutarde-crème-échalotes concoctée avec Meredith quelques heures plus tôt, une salade assaisonnée d'une vinaigrette, et les derniers petits pains Parker House. Un bon dîner, qu'ils dégustèrent sur la terrasse. Après quoi, ils firent la vaisselle, puis Toby proposa aux filles de regarder un film. Meredith était partante, mais Connie déclara qu'elle était épuisée et préférait lire dans sa chambre.

— Mais je crois que je ne vais pas lire bien longtemps, dit-elle. Je suis vannée.

— C'était une bonne journée, répondit Meredith.

— Le dîner était succulent, ajouta Toby.

Une fois dans l'intimité de sa chambre, Connie se dit : Bon, j'ai survécu à cette première journée sans Dan. Mais comment tenir trois jours entiers ? Et surtout comment, comment, *comment* s'astreindre à quitter l'île ?

Elle l'aimait.

Elle s'assit au bord du lit. D'accord, une minute. Elle n'était pas prête à aimer un autre homme que Wolf Flute. Donc, elle n'était pas amoureuse de Danforth Flynn. Pourtant, au nom du ciel, son cœur se serrait à l'idée de passer trois jours sans lui ! Sur sa table de nuit se trouvait un radio réveil. En l'allumant, elle eut une idée.

Non, c'était une impulsion stupide. Tellement cliché ! Mais avant de pouvoir s'en empêcher, Connie composait le numéro de la radio sur son portable. Après toutes ces heures passées à l'écouter, elle le connaissait par cœur.

Au début, la ligne était sans cesse occupée. Pas étonnant ! Delilah avait des millions d'auditeurs, qui voulaient tous envoyer une chanson à leurs proches, leurs amoureux. Connie pressa le bouton bis.

Au seizième essai, quelqu'un répondit. Pas Delilah, mais un assistant.

— Racontez-moi votre histoire, lui dit l'assistant, qui avait l'air aussi jeune que l'avocat de Meredith.

Cet étudiant se faisait-il un peu d'argent de poche en filtrant les appels de Delilah ?

Mon histoire ? se dit-elle. Mon histoire prendrait toute la nuit.

— Mon mari est mort il y a deux ans d'un cancer du cerveau, dit-elle, et je n'ai jamais imaginé pouvoir aimer quelqu'un à nouveau.

Là, Connie s'approcha de sa table de toilette. Elle pointa le doigt sur son reflet dans le miroir et pensa : Toi, Constance Flute, tu es faite pour Delilah.

— Mais cet été, continua-t-elle, j'ai rencontré un homme merveilleux prénommé Dan, et ma vie a changé. J'ai changé. Dan est parti pour le week-end, faire du camping avec ses fils, et j'aimerais lui dédier une chanson pour qu'il sache que je pense à lui.

— À quelle chanson pensez-vous ?

— *Something in the Way She Moves*, de James Taylor.

C'était la chanson que Dan avait fredonnée à son oreille à Great Point.

— Bon choix, je vais vous faire passer à l'antenne.

Le lendemain, Connie apprit à Meredith comment concocter une soupe à la crème à partir de rien.

— Quand je t'aurai montré les bases, tu pourras la préparer avec n'importe quel légume : brocolis, asperges, carottes, tomates, champignons…

— D'accord. Mais qu'est-ce qui va m'empêcher d'ouvrir une brique de soupe Campbell à un dollar quarante-cinq à la place ?

— Tu comprendras quand tu l'auras goûtée. D'abord, tu fais blondir un oignon dans quatre cuillérées à café de beurre, dit-elle en tournant l'oignon dans la poêle dans le beurre frémissant.

Connie s'était tellement amusée avec la radio que, maintenant, elle pensait à la télévision, à la chaîne Food Network, à sa propre émission de cuisine !

— Ensuite, tu ajoutes trois cuillérées à café de farine et tu laisses mijoter une minute. Faire cuire un peu la farine élimine l'amidon.

Si Toby pouvait aller à l'Académie navale, pourquoi Connie ne pourrait-elle pas passer sur Food Network ?

— Après, les légumes : aujourd'hui, quatre courges émincées.

Connie avait prononcé cette phrase haut et fort, pour la caméra imaginaire, avant de jeter les courges coupées en lamelles dans la poêle. Meredith ne se rendit pas compte des simagrées de son amie. Penchée sur son calepin, elle notait scrupuleusement chaque étape de la recette. Préparerait-elle ses propres soupes ? Ou bien opterait-elle pour la brique Campbell ?

— Ajoutez six tasses de bouillon de poulet, un verre de vin et une cuillérée à café de thym frais. Couvrez et laissez mijoter pendant vingt minutes.

Connie régla la minuterie, puis se tourna vers Meredith, incapable de se taire plus longtemps.

— J'ai participé à l'émission de Delilah hier soir.

— Quoi ?

— J'ai appelé Delilah pour dédier une chanson à Dan.

— Non ?

— Si. Je suis passée à la radio.

— Pourquoi tu ne nous l'as pas dit ? Oh, mon Dieu, j'aurais tout donné pour entendre ça ! Quelle chanson as-tu demandée ?

— *Something in the Way She Moves*, de James Taylor.

Une ombre passa sur le visage de Meredith.

— N'y pense même pas ! s'écria Connie.

Meredith détourna le regard. Connie remua d'un air absent les courges dans la casserole.

— D'accord, tu y penses, soupira-t-elle. Quelle chanson voudrais-tu dédier à Freddy ?

— Je ne sais pas... *I Will Survive* ?

Meredith s'approcha des portes vitrées.

— Je vais m'allonger au soleil, dit-elle. Tu sais, il ne reste plus que neuf jours...

— Neuf jours...

Un compte à rebours s'enclencha dans sa tête, comme celui d'une bombe à retardement.

Une fois les courges cuites et refroidies à température ambiante, Connie alla chercher Meredith dehors.

— Il est temps de terminer la soupe.

Elle versa le contenu tiède dans le robot et le mit en marche. La mixture se transforma en un liquide lisse et doré. Connie la reversa ensuite dans la casserole et y ajouta du sel, du poivre et un verre de crème épaisse. Elle en donna ensuite une cuillérée à Meredith, pour lui faire goûter la préparation, avant de la tester elle-même.

Sublime. Frais, doux, avec un délicieux goût de courge. Voilà pourquoi Meredith ne pourrait opter pour la soupe en brique.

— Tu dois me promettre d'essayer seule. Avec de bons produits.

— J'essaierai. Mais je ne peux rien te promettre. Comment pourrais-je faire la moindre promesse aujourd'hui ?

Ce soir-là, ils mangèrent la soupe avec une baguette chaude et craquante, dont les fissures dégoulinaient de beurre chaud, et une salade verte assaisonnée de la vinaigrette préparée par Meredith, en guise d'examen final. La sauce avait exactement le même goût que celle de Connie, à sa grande satisfaction. Ils trinquèrent avec leurs verres d'eau. Les leçons de cuisine avaient été un succès. Meredith était une élève douée, heureusement, car Dan serait bientôt de retour et Connie aurait d'autres chats à fouetter.

Au milieu de la nuit, Connie fut réveillée par un bruit. Au début, elle crut que c'était la radio, car elle s'était endormie en écoutant Delilah. Mais le bruit provenant du rez-de-chaussée évoquait des coups frappés à la porte.

Le vandale ! se dit-elle avec effroi. Il ne s'était rien passé depuis des semaines, depuis l'arrivée de Toby, mais en ce moment, oui, quelqu'un se trouvait dehors. Connie se glissa hors de son lit, en simple T-shirt et culotte. Il lui fallait un short.

— Toby ! cria-t-elle.

Son frère avait un sommeil de plomb. Elle allait devoir lui jeter un verre d'eau glacée à la figure pour le réveiller.

Mais, dans le couloir, elle se retrouva nez à nez avec Toby et Meredith en haut de l'escalier.

— Il y a quelqu'un dehors, murmura-t-elle.

— Je vais m'en occuper.

— On dirait que quelqu'un cherche à s'introduire ici, souffla Meredith. Et si c'était Samantha ? Si elle venait me confronter ?

— C'est possible ? demanda Connie.

Bien sûr, c'était possible, mais était-ce probable ? On aurait dit qu'une personne frappait à la porte, puis secouait la poignée, essayant d'entrer. Le FBI avait-il décidé de venir la chercher finalement ?

Toby alluma la lumière. Connie jeta un coup d'œil à l'horloge du rez-de-chaussée. 23 h 05.

— Qui est-ce ? demanda Toby d'une voix forte.

Connie et Meredith descendirent les marches prudemment une par une.

Une voix étouffée répondit :

— Cestachalin.

— C'est Ashlyn ! s'écria Connie.

Toby déverrouilla la porte et Connie s'entendit crier :

— Attends ! Attends !

Car ils devaient d'abord taper le code de sécurité, la date d'anniversaire d'Ashlyn, que Connie composa automatiquement, en tremblant de tout son être, comme si elle était prise d'une forte fièvre. Ashlyn ! se répétait-elle inlassablement. Ashlyn !

Puis ils ouvrirent la porte et Connie vit sa petite fille, là, sur le seuil de sa maison.

Connie hésitait entre les pleurs et les rires. Elle faisait les deux en même temps. Des sanglots hystériques, incontrôlables… Mais quelle importance, n'est-ce pas ? Elle avait sa fille, sa très chère fille, dans ses bras. Les yeux de Toby brillaient et Meredith – eh bien, Connie n'attendait aucune larme de sa part. Meredith souriait et hochait la tête. Elle avait les idées assez claires pour faire entrer Ashlyn, prendre les bagages dans le coffre et payer le taxi. Tout le monde passa dans la cuisine, Connie s'assit et encouragea Ashlyn à faire de même, sauf qu'elle ne se résignait pas à lâcher sa main. Pas question.

— Ashlyn, tu as faim ? demanda Meredith. Tu aimerais un bol de soupe aux courges ? Elle est faite maison !

Ashlyn regarda Meredith, puis Toby, puis Connie, et éclata en sanglots.

— Chérie, qu'est-ce qui ne va pas ?

Elle se rendit soudain compte qu'une chose horrible avait dû se produire. Ashlyn n'avait pas surgi du néant juste pour lui faire plaisir.

— Bridget et moi…, dit-elle en essayant de ne pas suffoquer, Bridget et moi… on a…

— Rompu ? termina Connie.

Ashlyn hocha la tête.

— Pour de bon cette fois ! gémit-elle.

Elle vacilla et laissa sa tête tomber sur la table.

— Oh, non. Oh, ma chérie.

Connie ne savait pas très bien comment réagir. Elle caressa le haut de son crâne, ses cheveux si pâles.

— Oh, chérie, je suis désolée.

Enfin, Ashlyn releva la tête. Son nez rouge coulait.

— Nous avons déjà rompu une fois cet été...

— Le jour où tu m'as appelée ? demanda Connie.

— Oui.

— Mais... ?

— Mais ensuite on s'est remises ensemble et je ne me sentais pas capable de t'en parler. À cause de ce qui s'est passé à l'enterrement.

— Ashlyn, je suis vraiment désolée de ce qui s'est passé aux funérailles.

— J'aime tellement Bridget. En plus, c'était ma meilleure amie.

Tous regardaient Ashlyn pleurer sans mot dire et Connie pensa : Je ferais n'importe quoi pour qu'elle se sente mieux. Mais que faire ? Personne ne pouvait rien faire pour elle.

— Que s'est-il passé ?

— Je voulais un bébé.

Instinctivement, Connie émit un hoquet. Elle serrait les lèvres.

— Mais pas Bridget. Je le voulais vraiment et elle pas du tout. Il y a deux mois, quand elle a découvert que je suis allée dans un centre de dons et que je me suis inscrite sur la liste d'insémination artificielle, elle m'a dit qu'elle me quittait. Elle a déménagé. Notre séparation a duré deux jours et demi, puis je suis allée la trouver et je lui ai dit que je ne supportais pas d'être séparée d'elle et que j'abandonnais l'idée d'avoir un enfant.

— Elle ne veut pas d'enfants maintenant ? Ou pas du tout ?

— Pas du tout. Jamais. Elle est en bonne voie de devenir le meilleur chirurgien cardiaque de sexe féminin de Floride. Et elle rêve de devenir un jour le meilleur chirurgien cardiaque, homme ou femme, de tous les États-Unis. Elle dit qu'elle était elle-même trop enfant pour être capable d'en élever un un jour. Elle se trouve aussi trop égoïste, trop ambitieuse.

— Mais beaucoup d'hommes sont comme ça, dit Connie. Si tu es d'accord pour rester à la maison…

— Cela ne lui suffirait pas, dit Ashlyn en se remettant à pleurer.

Connie pressa la main de sa fille en se disant : C'est la main de mon enfant. C'est tout ce que je désirais.

Meredith posa un bol de soupe chaude avec un morceau de pain et un verre d'eau devant elle. Toby s'éclaircit la gorge.

— Alors quand avez-vous rompu ?

Ashlyn essuya ses yeux rouges. Ses cheveux étaient coiffés en un chignon lâche. On aurait dit qu'elle n'avait pas vu le soleil de tout l'été. Mais c'était, assurément, la plus belle créature sur laquelle Connie eût jamais posé les yeux.

— Je suis enceinte, déclara Ashlyn. C'est pour avril.

Toby bondit de son siège sous le coup de la surprise.

— Oh, Ashlyn, c'est merveilleux ! s'exclama Meredith.

Connie pensa aussitôt : Wolf ! Wolf ! Tu as entendu ça ?

Ashlyn sanglotait toujours.

— Et j'ai cru qu'en apprenant l'existence d'un bébé, un vrai bébé, Bridget changerait d'avis, renifla-t-elle.

Meredith lui apporta une boîte de Kleenex. Ashlyn se moucha bruyamment.

— Mais je me trompais, dit-elle en chiffonnant le mouchoir dans sa main. Et me voilà, ajouta-t-elle en posant sur Connie son regard bleu trouble. J'ai été une fille horrible, et je sais que je ne mérite pas une seconde chance, mais je suis venue ici parce que je n'ai nulle part ailleurs où aller.

— Ça me rappelle quelque chose, dit Meredith en posant les mains sur les épaules de Toby.

L'esprit de Connie s'échauffait : Quelle est finalement la leçon la plus importante de toutes ? La persévérance ? L'honnêteté ? Le pardon ? L'amour ?

Wolf, Ashlyn, Toby, Meredith, Dan. Ashlyn, Ashlyn, Ashlyn – la fille de Connie et Wolf, leur enfant chérie, conçue à l'arrière d'un pick-up il y a tant d'années, à seulement quelques kilomètres de là, sous un ciel étoilé. Ashlyn allait avoir un bébé. Ashlyn était tellement en colère – mutique, bouillonnante –, mais elle était revenue à elle parce que Connie n'avait jamais cessé de l'aimer, pas même une seconde. Ashlyn le découvrirait bientôt elle-même : les parents ne cessaient jamais d'aimer leurs enfants, jamais, pour aucune raison.

L'amour, donc, décida Connie.

La leçon la plus importante était l'amour.

MEREDITH

Meredith avait l'impression qu'ils venaient tous d'obtenir leur diplôme universitaire et avaient décidé de la prochaine étape. Tous, sauf elle.

En l'espace de seize ou dix-sept heures, l'existence de Connie s'était transformée aussi drastiquement (ou presque) que celle de Meredith en décembre dernier – en mille fois mieux. Connie rentrerait à Bethesda le jeudi suivant le Labor Day. Voilà le plan. La différence à présent, c'était qu'Ashlyn allait mettre sa maison de Tallahassee en vente et retourner à Bethesda, pour emménager chez Connie. Ashlyn vivrait désormais avec sa mère. Après la naissance du bébé, Connie s'en occuperait quand sa fille reprendrait son travail. Ashlyn avait postulé à un poste de cancérologue pédiatrique au Washington Hospital Center. Si elle n'obtenait pas cette place, elle chercherait ailleurs.

— Il y a beaucoup de bons hôpitaux à Washington, dit Connie à Meredith et Toby. Et réfléchis : l'été prochain, quand nous serons tous réunis, nous aurons un bébé !

L'été prochain, quand nous serons tous réunis... Ces mots étaient un baume pour le cœur de Meredith. Elle serait de nouveau invitée. Cela atténuait la douleur de son prochain départ, sans pour autant éclaircir son horizon brumeux, à savoir qu'elle n'avait aucune idée de ce qu'elle ferait ni de l'endroit où elle serait ces dix prochains mois.

Toby retournerait à Annapolis. Toute une classe de jeunes cadets l'attendait.

— Maintenant, je regrette d'avoir vendu mon bateau, dit Toby. Je regrette de ne pas pouvoir voguer autour du monde avec toi.

Voguer autour du monde avec Toby : c'était tentant, Meredith devait bien l'admettre.

— Je te connais, répondit-elle. Tu as besoin de ta liberté.

— J'aimerais partager cette liberté avec toi. T'en donner une petite bouffée. C'est l'air le plus excitant sur terre.

Hélas, la liberté de Meredith était entre les mains fermes des agents fédéraux.

Tous s'étaient assis sur la terrasse et profitaient de la douceur du soleil : Connie, Ashlyn, Toby, Meredith. Sur la table, une cruche de thé glacé (déthéiné pour Ashlyn) et un ramequin de cerises Bing. Ashlyn était nauséeuse. Toutes les demi-heures environ, elle se ruait dans la salle de bains pour vomir.

— Je n'en reviens pas d'être aussi mal fichue, gémit-elle.

— Je pourrais t'en raconter de belles, dit Connie. À propos de toi.

Meredith plissa les yeux en contemplant l'océan. Elle décida de prononcer les mots que tous avaient à l'esprit.

— Je ne veux pas partir.

— Tu n'es pas obligée de partir, répondit Connie. Tu n'es pas obligée de quitter cette île.

Le téléphone sonna à l'intérieur. Le téléphone, toujours le téléphone. Les épaules de Meredith se raidirent.

— Peut-être que c'est Dan.

— Pas avant trente-deux heures, répondit Connie.

— J'y vais, déclara Toby.

Il se hissa de sa chaise, disparut dans la maison, et revint une minute plus tard.

— Meredith, c'est pour toi.

— Évidemment, soupira Connie.

— C'est Dev ? demanda Meredith.

— Je ne crois pas.

Leo, Carver, Freddy ? Freddy, Freddy, Freddy ? C'était officiel : Meredith détestait le téléphone. Le téléphone la terrifiait.

C'était Ed Kapenash, le chef de la police. Il lui demandait de venir au commissariat au plus vite.

— Je pense que nous tenons notre homme. Et notre femme.

Meredith et Connie se rendirent ensemble au commissariat. Car si Meredith était la cible des vandales, la propriété appartenait à Connie. Elle seule pouvait porter plainte.

— D'après toi, c'est qui ? Quelqu'un qui te connaît ? L'un de tes amis de Palm Beach par exemple ?

— Je ne sais pas.

Elle se sentait gagnée par la somnolence. Il faisait une chaleur étouffante dehors. Elle aurait préféré être sur la terrasse, piquer une tête dans l'océan, refaire une vinaigrette, recevoir un appel de Freddy. Tout, sauf aller au commissariat pour affronter son terroriste personnel.

— Tout au bout du couloir, dit la réceptionniste, non sans avoir jeté à Meredith un regard appuyé.

À coup sûr, c'était le genre de femme capable de se déguiser en « Meredith Delinn » pour Halloween.

— Première porte à gauche, ajouta-t-elle.

Connie ouvrit la marche, suivie de Meredith. La première porte sur la gauche ne portait aucune mention.

— Celle-là ? demanda Connie.

— C'est ce que cette charmante dame a dit.

Connie frappa à la porte, qui s'ouvrit sur Ed Kapenash.

— Entrez, leur dit le chef de la police en les introduisant dans une pièce aux allures de salle de classe.

Pour tout mobilier, une table longue, dix chaises pliantes et un tableau vert recouvert de poussière de craie jaune. Deux personnes étaient déjà assises à la table, un couple à l'apparence misérable. Un homme costaud, avec un cou de taureau, des cheveux bruns coupés ras, un anneau doré à l'oreille et un T-shirt qui faisait office de publicité pour une bière russe. Son visage lui semblait familier et ce T-shirt lui disait quelque chose. Soudain gagnée par la peur, Meredith se mit à trembler comme une feuille. La femme, âgée de trente-cinq ans environ, avait les cheveux teints en noir corbeau et coupés très court. Elle portait un short en jean et un chemisier jaune sans manches. Sa joue était bleuie par un hématome. Leur présence à cette table semblait totalement incongrue, comme s'ils étaient sur le point de dîner.

— Mikhail Vetsilyn et Dmitria Sorchev, déclara le chef. Arrêtés sur Milestone Road pour excès de vitesse à 2 heures ce matin. Ils ont dit qu'ils allaient à Tom Nevers pour rendre visite à une vieille amie. Le van puait la marijuana. L'agent de service, le sergent Dickson, leur a demandé de sortir du véhicule. Puis il a procédé à une fouille en règle et il a trouvé douze litres de gasoil et quatorze bombes de peinture vert fluo vides. Il a appelé des renforts et ils ont trouvé ceci, ajouta-t-il en brandissant un sac plastique contenant un poignard courbe maculé de sang et de poils séchés.

Meredith baissa les yeux sur ses genoux.

— Ils ont avoué ? demanda Connie.

— Oui, ils ont avoué. Deux actes de vandalisme pour elle, et le massacre illégal d'un animal marin pour lui. Dieu sait ce qu'ils comptaient faire avec le gasoil.

— Brûler la baraque ! grogna l'homme.

— Hé ! dit le chef d'un ton sec comme un coup de fouet.

Alarmée, Meredith leva les yeux. Le chef jouait parfaitement son rôle.

— Je suis ravi de vous boucler pour tentative d'incendie criminel.

Puis, se tournant vers Connie :

— Je suppose que vous voulez porter plainte ?

— Brûler la baraque ? répéta-t-elle. C'est mon mari qui a construit cette maison ! Dieu, oui, je veux porter plainte !

— Attendez, intervint Meredith. Qui sont-ils ?

Elle baissa la voix, tentant de se convaincre qu'ils ne l'entendraient pas, et que, s'ils l'entendaient, ils ne lui en voudraient pas de ses propos.

— Ce sont des Russes ? Des assassins envoyés par la mafia russe ? Ces deux paumés qui semblent tout droit échappés du goulag ?

— Ils sont de Biélorussie. Minsk.

Minsk. Meredith observa la femme. Comme moi, de Minsk aussi.

— Vous êtes femme de ménage ? Vous nettoyez des maisons ?

La jeune femme hocha la tête.

Bon, voilà.

— Avez-vous confié toutes vos économies à votre employeur pour qu'il les investisse dans Delinn Entreprises ? Cent trente-sept mille dollars ?

La fille redressa brusquement la tête.

— Oui, comment vous savez ?

— J'ai rencontré une de vos amies.

Connie lui jeta un regard circonspect.

— Au salon de beauté.

— Ahhh, dit son amie.

Meredith étudia l'homme. Elle l'avait déjà vu quelque part.

Brûler la baraque… Cette voix, elle la connaissait. Soudain, la mémoire lui revint : l'employé du ferry à qui elle avait acheté des cafés ! Il avait dû la reconnaître et suivre l'Escalade de Connie jusqu'à Tom Nevers.

— On peut laisser tomber les charges de vandalisme, dit le chef, mais ils seront de toute façon inculpés pour le massacre illégal d'un phoque et la détention de marijuana.

— Abandonnez les charges pour vandalisme, souffla Meredith.

— Quoi ? s'écria Connie.

— Elle a perdu toutes ses économies.

— Et alors ? C'est *ma* maison. *Ma* voiture.

— Mesdames, aimeriez-vous discuter de tout cela dans le couloir ?

— Non, répondit Meredith.

Elle sourit à son amie, puis murmura :

— Elle a perdu beaucoup d'argent, Con. Elle a tout perdu.

Connie secoua la tête, peu convaincue.

— Et puis dis-toi que s'ils n'avaient pas barbouillé ta façade de peinture verte, tu n'aurais jamais rencontré Dan.

— Oh, je t'en prie !

— En fait, tu devrais même les remercier.

Connie roula des yeux et se tourna vers le chef.

— Très bien, on laisse tomber. Vous les punirez pour avoir tué Harold, n'est-ce pas ? Et vous vous assurerez qu'aucun d'eux ne recommencera ?

— C'est notre boulot.

Meredith et Connie se levèrent, prêtes à partir. Meredith s'approcha de la femme, Dmitria Sorchev, et lui dit :

— Je veux que vous sachiez que je suis désolée. Désolée pour votre argent. Vos économies.

La jeune femme retroussa les lèvres, découvrant ses dents grisâtres.

— Freddy Delinn ira cramer en enfer !

Meredith soupira et jeta un coup d'œil à sa comparse par-dessus ses lunettes. Connie souriait. Elle aimait déjà plus cette pauvre fille.

— Merci de nous avoir appelées, dit-elle au chef.

— Je suis content qu'on ait réglé cette affaire, répondit-il en escortant les deux femmes dans le couloir. J'aurai des documents à vous faire signer, probablement demain.

Connie et Meredith lui serrèrent la main. Heureusement, la secrétaire était partie déjeuner. Un commentaire désobligeant leur suffisait. Meredith fut heureuse de retrouver le soleil.

— Je crois que je vais accepter ton offre, dit-elle à Connie en grimpant dans l'Escalade.

Environ huit semaines plus tôt, Meredith était sortie en courant d'une allée sombre et avait plongé pour la première fois dans ce véhicule, non sans être prise dans le flash d'un paparazzi.

— Je vais rester à Nantucket cet hiver.

— Excellente décision ! s'écria Connie en démarrant le moteur.

À peine Meredith s'était-elle installée dans sa chaise longue sur la terrasse, près de Toby et Ashlyn, que le téléphone se mit à sonner.

— Réponds, lui dit Connie. Je voudrais leur raconter ce qui s'est passé avec Boris et Natasha.

— Ah ? Il s'est passé quelque chose ici ? plaisanta Meredith, qui n'avait aucune envie de répondre au téléphone.

— Non, juste sieste et vomissements pour moi, répondit Ashlyn, pourtant plus enjouée que la veille.

La sonnerie résonnait toujours.

Leo, Carver, Freddy. Freddy, Freddy, Freddy ! Sois maudit, Freddy ! pensa-t-elle (pour la millionième et neuvième fois). Cette pauvre fille, ses dents grises, ses économies. Elle aurait aussi bien pu verser de l'essence sur le tas de billets et craquer l'allumette elle-même.

Meredith traîna tellement des pieds que le téléphone finit par se taire. Expiration. Soulagement. Puis, de nouveau, la sonnerie infernale. Ce qui était pire : son interlocuteur ne lâcherait pas prise.

Peut-être que ce n'était pas pour elle, qui sait ? Peut-être que c'était Bridget.

Meredith consulta l'écran d'affichage : le cabinet d'avocat.

Elle prit le combiné, récitant un *Je vous salue Marie* dans sa tête. À présent qu'elle était décidée à rester à Nantucket, le pire serait qu'on vînt la chercher maintenant.

Pitié, ne venez pas me chercher !

— Allô ?

— Meredith ?

— Dev ?

— Dieu merci, vous avez répondu ! Je viens d'essayer, mais personne n'a décroché.

— Je viens juste de rentrer.

— On a trouvé l'argent ! s'écria Dev d'un air triomphant, euphorique, presque hâbleur. Et vous aviez raison ! Il était planqué dans une banque en Malaisie – presque quatre milliards de dollars au nom de Samantha Champion. Cet argent a été transféré de son compte numéroté à quatre chiffres en Suisse le jour de l'anniversaire de Mlle Champion, en octobre.

— Quatre milliards de dollars, répéta Meredith.

Pour Samantha, le jour de son anniversaire, soit une semaine tout juste avant le sien.

— Le mot Champ apparaissait sur tous les papiers confidentiels de Freddy et ainsi, grâce à vous, les fédéraux ont épinglé Mlle Deuce. Quand ils l'ont interrogée, elle leur a révélé sa liaison avec Freddy. À mon avis, elle s'est dit que si elle avouait la partie sexuelle de l'affaire, elle ne serait pas impliquée dans la fraude financière. Mais les informations que vous nous avez données nous ont vraiment aidés.

— Super, dit-elle d'une voix atone.

D'un côté, l'argent ne l'intéressait plus. De l'autre, elle n'arrivait pas à croire que Freddy eût transféré quatre milliards de dollars à Samantha le jour de son anniversaire, laissant Meredith sans rien.

— Et nous avons trouvé huit milliards de dollars sur d'autres comptes, dans la même banque, au nom de David Delinn.

David Delinn.

— Son frère ?

— Oui, son frère.

— Mais son frère est mort, n'est-ce pas ?

Mon Dieu, et si Freddy mentait depuis le début ? Depuis leur première promenade, leur première conversation ?

— Son frère a été tué d'une balle perdue lors d'un exercice à Fort Huachuca, à l'âge de dix-neuf ans. Freddy déposait de l'argent sur ce compte depuis des décennies. Il était enregistré comme fiduciaire. L'argent a été transféré en 1982, puis, apparemment, déplacé de nouveau. Il a tissé une toile presque impossible à démêler.

Meredith ferma les yeux. Cette toile de mensonges impliquait David, Samantha, Kirby Delarest et Thad Orlo, mais pas elle. Pas elle. Ils le savaient, n'est-ce pas ? Pas elle.

— Donc, on a récupéré en tout douze milliards de dollars, dit Dev, essentiellement grâce à vous. Ça va permettre de rembourser en partie les investisseurs.

— Bien.

Meredith se demandait si Amy Rivers allait récupérer son argent. Ou la pauvre fille de Minsk, qui en aurait bien besoin pour payer ses frais d'avocat.

— Le FBI va faire une déclaration à 17 heures aujourd'hui. Et il mentionnera que les informations fournies par Meredith Delinn ont été cruciales à l'enquête.

— Alors mes ennuis sont terminés ? Je peux appeler mes enfants ?

— La SEC va devoir déblayer les décombres de cette histoire pendant des années. Mais, pour le moment, les fédéraux sont persuadés que vous n'aviez aucune connaissance du schéma de Ponzi. Ils croient ce que vous avez dit dans votre déposition : Freddy vous a demandé de transférer quinze millions de dollars et vous l'avez fait. Vous étiez son pion, mais ce n'est pas un crime. Alors oui, vous pouvez appeler vos enfants.

— Merci, murmura Meredith, émue.

Elle prit une profonde inspiration. Elle allait retrouver ses enfants ! Leo ! Carver ! Dès qu'elle raccrocherait, elle appellerait Carver sur son portable. Le téléphone sonnerait dans la poche de son bleu de travail. Elle imaginait son fils perché sur une échelle appuyée contre une somptueuse maison ancienne qu'il était en train de restaurer. Après lui avoir tout raconté, elle demanderait à parler à Leo. Carver crierait : « Hé ! Leo, c'est maman ! » et lui ferait glisser le portable. Peu après, Leo dirait gaiement : « Salut, maman ! »

Durant les derniers jours de l'été, les ruines du royaume de Freddy Delinn s'étalèrent en première page de tous les journaux du pays. Tous les articles mentionnaient que Meredith Delinn avait aidé les enquêteurs fédéraux à localiser l'argent caché.

Dennis Stamm, à la tête de l'équipe d'investigation de la SEC, était cité : « Nous n'aurions jamais retrouvé cet argent sans les informations cruciales fournies par Mme Delinn. Elle a fait preuve d'un grand civisme dans ses efforts pour craquer le code et rendre leur argent aux investisseurs de Delinn Entreprises. »

Meredith s'attendait à voir les journalistes revenir à la charge, mais non. Peut-être qu'Ed Kapenash était un chef de police efficace et avait finalement trouvé le moyen de protéger la plus célèbre résidente de l'île, ou bien le *Post* ne s'intéressait-il qu'aux histoires sanglantes ? Les bonnes élèves ne faisaient jamais les gros titres.

Il n'était pas question pour Meredith de perdre ses derniers jours de vacances à regarder les bulletins d'information diffusés en boucle à la télévision sur les redistributions d'argent, et, par chance, elle n'était pas forcée de le faire. Toby et elle allèrent faire du kayak dans les criques de Monomoy, où régnait un silence enchanteur, seulement troublé par le clapot de leurs rames et les cris des mouettes. À la maison, ils trouvèrent Connie en train de frotter les pieds d'une Ashlyn en pleurs sur le canapé.

— Tout va bien avec le bébé ? demanda discrètement Meredith à Connie peu après.

— Oui, tout va bien pour le bébé. Bridget lui manque.

Meredith savait parfaitement combien il était douloureux d'attendre une chose qui ne viendrait jamais – dans son cas, un appel de Butner.

— Oui, dit-elle, j'imagine.

Le lendemain, ils réussirent à faire sortir Ashlyn de la maison. Dan emmena toute la troupe faire une excursion à Smith's Point, où Toby et Dan attrapèrent huit poissons bleus non comestibles – donc ils finirent par un dîner de tacos au poisson sur la terrasse de Millie's, au coucher du soleil.

Le lendemain matin, Meredith, Toby, Connie et Dan se rendirent en vélo à la ferme Bartlett, empruntant une route qui traversait de stupéfiants champs de fleurs. À perte de vue, des gueule-de-loup, des zinnias, des soucis et des lys, une palette de couleurs chatoyantes que Meredith n'avait pas vue depuis les Pissaro admirés lors de sa visite privée au musée d'Orsay.

Meredith arrêta son vélo et prit un grande goulée d'air. Une enivrante bouffée de liberté.

Pour leur dernière après-midi, Meredith et Connie passèrent la journée en ville. Meredith choisit deux romans, qu'elle lirait après ceux qui l'attendaient déjà dans sa chambre, et Connie acheta une couverture pour bébé blanche, avec le nom Nantucket brodé en fil bleu marine sur le bord. Puis Connie rentra dans un magasin spécialisé en matériel de cuisine et Meredith en profita pour allumer des cierges à l'église.

L'intérieur lui sembla plus lumineux que la dernière fois. Une lueur douce filtrait par les vitraux. Meredith glissa dix dollars dans la fente, une petite fortune, mais malgré tous les événements passés, elle avait encore la foi.

D'abord, elle alluma un cierge pour Connie, Toby, et Dan. Ensuite, deux cierges pour Leo et Carver. Puis un pour Ashlyn et le bébé qu'elle portait. Enfin, elle alluma un cierge pour son père et sa mère. Il ne lui en restait plus qu'un. Elle pouvait le dédier à Dev, ou Amy Rivers, ou encore Samantha. Ou bien pourquoi pas à elle-même ? De toutes les personnes qu'elle connaissait, elle était celle qui en avait le plus besoin. Une chose était certaine : elle n'allumerait pas de cierge pour Freddy.

La mèche s'enflamma et elle pensa : Pour Dev, qui avait été si bon pour elle.

Puis elle franchit les lourdes portes du vestibule, mais ne put se résoudre à quitter l'église. Rebroussant chemin, elle fouilla son sac à main pour dénicher un dernier dollar et allumer une dernière bougie – pour Freddy.

Parce qu'elle était ainsi. Elle ne pouvait pas l'abandonner. Quoi qu'il arrive.

Dehors, Connie l'attendait sur un banc baigné de soleil.

— Ça s'est bien passé ? lui demanda son amie.

— J'ai allumé des cierges.

Pas question de lui avouer qu'elle en avait consacré un à Freddy – mais qui croyait-elle tromper ? Connie le savait déjà.

— Je t'ai acheté un petit cadeau, dit Connie en lui tendant un grand sac blanc à la poignée en corde provenant de Nantucket Gourmet. Désolée, il n'est pas emballé.

Meredith jeta un coup d'œil à l'intérieur et vit un robot ménager Cuisinart.

— Bien sûr, tu peux te servir de celui qui est dans ma cuisine. Mais celui-là est à toi. Un cadeau pour ton diplôme.

Meredith était si bouleversée par la perfection du présent qu'elle ferma les yeux. Elle repensa aux cruelles semaines qui avaient suivi sa rupture avec Toby. Connie l'avait traînée à une soirée à Villanova, et Meredith s'était saoulée, à tel point que sa complice avait dû la ramener chez elle en la portant sur son dos. Cet été était à l'image de cette fameuse soirée, mais en cinquante milliards de fois pire. (C'était le seul grand nombre auquel Meredith réussissait à penser.) Cet été, Connie l'avait de nouveau portée sur son dos. Elle l'avait emmenée en lieu sûr.

— Je n'ai pas allumé de bougie pour moi là-dedans, dit-elle en désignant l'église du menton. Parce que je me suis rendu compte que je n'en avais pas besoin.

Connie posa sa main sur la sienne.

— Ne dis rien, Meredith, tu vas me faire pleurer.

— Parce que toi, Constance, tu es ma lumière.

Connie renifla. Des larmes coulaient sous ses lunettes de soleil. Meredith se força à se lever, puis elles traversèrent ensemble la rue pavée jusqu'à la voiture de Connie.

Les vacances se terminaient toujours de la même manière. On voyait la fin se profiler longtemps à l'avance, mais il restait toujours une dernière chose (un dîner au Languedoc) puis une autre (une glace au Juice Bar), et encore une autre (une balade sur les quais pour voir les yachts) et encore une (une heure sur le pont avec Toby, à contempler les étoiles, en sachant que, finalement, aucun d'elle ne brillait pour vous) et une autre (faire l'amour avec un sentiment doux-amer) et encore une autre (regarder le soleil se lever sur le balcon Roméo et Juliette) et encore une (un saut au marché de Sconset pour acheter du café parfumé et des muffins à la pêche, même si, l'automne approchant, ils avaient remplacé les pêches par des canneberges) et une chose encore...

La fin des vacances, finalement, n'arrivait jamais.

Encore une dernière chose : Toby et Meredith étaient assis par terre, dans la chambre de Meredith, et fourrageaient dans son carton. Au rez-de-chaussée, Connie et Ashlyn faisaient leurs bagages et Dan les aidait en chargeant la voiture, car elles prenaient le bateau de midi pour Hyannis. Dan emmènerait Toby à l'aéroport à 11 heures. Son sac de toile bleu ciel plein à craquer l'attendait en haut des marches. Meredith était déchirée entre l'envie d'en finir – partez tous ! – et l'envie de profiter de chaque seconde restante.

D'abord, elle avait sorti de son carton ses photographies, qu'elle avait posées face contre terre – trop douloureux. Ensuite, les annuaires des garçons et ses livres de poche préférés – *Goodbye, Columbus* et *Le Cœur est un chasseur solitaire*. Enfin, son album *Bridge Over Troubled Water*. Et son cahier d'anthropologie. Elle feuilleta le cahier, souriant à la vue de son écriture de jeune fille. Il y avait là tant de connaissances, toutes totalement oubliées.

Toby étudia l'album de Simon & Garfunkel. Il sortit le disque de sa pochette et lut la dédicace de son père.

— Waouh ! Pas étonnant que tu le gardes si précieusement.

Reste avec moi, avait-elle envie de lui dire. Reste avec moi cet hiver.

Ironie du sort, Toby était libre de le faire autrefois, mais à présent il avait un boulot stable. Et bien sûr, il avait son fils. Toby avait promis d'emmener Michael à Nantucket pour Thanksgiving, avec Ashlyn et Connie. Dan serait de la partie lui aussi.

— Et quand tu comprendras que tu ne peux pas vivre sans moi, lui avait dit Toby la veille, tu me rejoindras à Annapolis. Ce n'est pas Park Avenue, ni Palm Beach, mais on pourra y mener une vie honnête.

— Le nombre de Dunbar, lut Meredith sur son cahier d'anthropologie. Il est écrit ici que les êtres humains ne peuvent avoir des relations sociales stables qu'avec un maximum de cent cinquante personnes. Cent cinquante est le nombre de Dunbar.

— Des relations sociales stables ?

— Mon nombre de Dunbar personnel est quatre, plaisanta Meredith. Les bons jours, sept. Toi, Connie, Dan, Ashlyn, Leo, Carver et...

Le téléphone sonna dans la maison.

Ashlyn s'écria :

— Je réponds !

Sans doute espérait-elle entendre la voix de Bridget.

Quelques secondes plus tard, la jeune fille apparut sur le seuil de sa chambre.

— Meredith ?

Évidemment ! Meredith regarda Toby, qui l'aida à se mettre sur pied. Sur le pas de la porte, Ashlyn lui tendit le téléphone, l'air profondément déçue.

— Merci, dit Meredith. Allô ?

— Meredith ?

C'était Dev, qui paraissait tout excité. Une autre découverte insidieuse ? Encore plus d'argent ? Caché chez les djihadistes peut-être, au Moyen-Orient ?

— Bonjour Dev, dit-elle à sa septième relation sociale stable.

— Vous savez cette femme, Nancy Briggs ? À la prison ? À Butner ?

— Oui ?

— Eh bien, elle a réussi. Elle et le prêtre. Ou bien elle à travers le prêtre. C'est sûrement ça, en fait, parce que je vois mal la secrétaire du directeur avoir le moindre contact avec des prisonniers. Mais elle a convaincu le prêtre, qui à son tour a convaincu Freddy. Il est d'accord pour prendre votre appel.

— Il est d'accord pour prendre mon appel.

— Il va prendre votre appel, confirma Dev, avant de marquer une pause. C'est bien ce que vous vouliez, non ? C'est bien ce que vous m'avez demandé ?

— En effet.

Toby pressa sa main, puis quitta la pièce. Il savait que Meredith avait besoin d'être seule pour régler certaines choses.

Freddy prendrait son appel. Qu'est-ce que ça voulait dire ? Ça voulait dire qu'il s'assiérait dans une salle, et que quelqu'un lui tiendrait le téléphone, ou bien qu'il le tiendrait lui-même, et que Meredith pourrait parler. Elle pourrait poser sa liste de quatre-vingt-quatre questions, comme si elle faisait passer à son mari un test. Où ? Quand ? Comment ? Pourquoi ?

Pourquoi ? Pourquoi ? Pourquoi ?

Jamais elle n'obtiendrait les réponses qu'elle attendait. Freddy ne lui dirait pas la vérité ou bien lui dirait une vérité qu'elle ne croirait pas. Il n'y avait pas de vérité avec Freddy. Le nombre de Dunbar personnel de Freddy était zéro.

— Oh, Dev…

— Ne dites rien… Vous avez changé d'avis.

— Je n'en reviens pas. Je suis désolée.

— Vous ne voulez plus parler à Freddy.

— C'est exact. En fait, à partir de maintenant, je ne veux plus aucune nouvelle de Freddy. Sauf, bien sûr, s'il meurt. Vous pouvez m'appeler s'il est mort.

Meredith joua avec l'alliance de sa grand-mère toujours à son doigt. Elle l'avait autrefois donnée à Freddy pour qu'il la lui offrît – une étrange transaction en soi –, mais, aujourd'hui, elle voulait la faire disparaître de son doigt.

— D'accord, Meredith. Vous êtes sûre ? Vous voulez que je rappelle les gens de Butner et que je leur dise de laisser tomber ?

Était-ce bien ce qu'elle voulait ? Elle imaginait un employé de la prison annoncer à Fred : Vous savez quoi ? Votre femme ne veut plus vous parler. Que penserait Freddy ? Bah, elle s'en fichait ! Elle devait se sauver elle-même. Elle devait nager vers le rivage.

— J'en suis sûre.

— Bien.

Après une pause, il ajouta :

— Vous faites le bon choix.

— Merci, Dev, répondit-elle, avant de raccrocher.

Au rez-de-chaussée, Ashlyn, Connie, Dan et Toby parlaient de prendre une photo avant de partir. Qui avait un appareil photo ? Voilà, encore une toute dernière chose. Et Meredith en était reconnaissante.

Elle dévala l'escalier pour les rejoindre.

Épilogue

L'automne à Nantucket était d'une beauté et d'une sérénité sans pareilles. Meredith put se baigner jusqu'au 25 septembre. Elle avait espéré la compagnie d'un autre phoque – un frère d'Harold, peut-être, ou bien un fils ou un amoureux –, mais non, pas de phoque.

Dan Flynn, dont le véritable job était de connaître tout le monde et de tout savoir sur l'île, trouva à Meredith une vieille jeep pour deux mille dollars.

— Cette guimbarde risque de laisser des traînées de sable sur Milestone Road, mais, au moins, vous pourrez aller et venir à votre guise.

Meredith aimait cette jeep mille fois plus que ses anciennes voitures de luxe. Grâce à elle, elle se sentait plus jeune, plus sauvage, plus libre. Plus proche de la personne qu'elle était autrefois. Elle prenait des taxis depuis l'âge de vingt-huit ans. Puis Freddy avait acheté une Volvo, rapidement délaissée pour une BMW, et ainsi de suite.

Comme la jeep avait déjà un autocollant de plage, Meredith empaqueta son pique-nique – une salade de poulet qu'elle avait préparée elle-même, une belle poire juteuse et un pain au blé complet provenant du marché de Sconset – et prit la route de Great Point par une magnifique aprèsmidi. Sur Wauwinet Road, les feuillages des arbres avaient pris une teinte orange brûlé et jaune brillant. Meredith voulait internaliser ces couleurs, tout comme celles des fleurs des champs de la ferme Bartlett. Elle voulait en conserver la beauté, même si elle la savait éphémère. Le temps passerait, les feuilles tomberaient, les enfants grandiraient. Ces pensées lui donnaient une indicible sensation de solitude.

Mais là, devant la maison forestière, se trouvait Bud Attatash. Il scruta Meredith et la jeep déglinguée d'un air soupçonneux. Puis, quand il la reconnut, un sourire éclaira son visage.

Meredith s'arrêta à sa hauteur.

— Bonjour, monsieur Attatash !

— Bud, je vous en prie. Vous me donnez l'impression que j'ai un million d'années.

Elle lui sourit. Il examina sa voiture.

— Vous êtes sûre d'arriver jusque là-bas ?

— Si vous ne me voyez pas revenir avant le coucher du soleil, vous viendrez me chercher ?

— Pour sûr ! dit-il en s'éclaircissant la gorge. Le jeune Flynn m'a dit que vous restiez sur l'île cet hiver et que vous cherchiez un boulot. Un emploi discret ?

— C'est exact.

Oui, elle avait besoin d'un travail – pour l'argent, bien sûr, mais aussi pour avoir une raison de sortir de la maison.

— Eh bien, ma femme cherche une personne pour ranger les livres à l'Atheneum après la fermeture. Elle a eu toute l'aide nécessaire cet été, mais maintenant, tous les étudiants sont retournés en cours.

— Vraiment ? Ça me plairait beaucoup.

— Ce n'est pas payé une fortune.

Meredith rougit.

— Oh, je n'ai pas besoin d'une fortune.

Ainsi, Meredith travaillait désormais du jeudi au samedi, de 17 heures à 21 heures, à l'Atheneum, la bibliothèque publique. Elle rangeait les livres à leur place sur les étagères. Seule, la plupart du temps. L'unique autre personne qu'elle croisait dans ce bâtiment historique était le concierge salvadorien.

Louisa, la femme de ménage et cuisinière de Meredith, était originaire du Salvador. Certains flashes de son passé la prenaient ainsi par surprise.

Un jour, elle lut une série de poèmes de Gwendolyn Brooks avant de les ranger. Mon Dieu, pensa-t-elle.

Dans ce travail, elle aimait tout. Le silence des lieux, l'odeur de musée poussiéreux, le Grand Hall à l'étage, avec ses livres sur l'histoire des baleines et ses vieux ouvrages de cuisine. Elle adorait manipuler des livres, les remettre à leur place, dans leur sanctuaire attitré. Quand son chariot était peu chargé, elle s'asseyait et lisait un chapitre ou deux de romans qu'elle avait lus il y a si longtemps qu'ils lui paraissaient nouveaux. Elle passait parfois la tête dans la section des livres pour enfants, un espace serein, décoré d'un immense tapis coloré et de chaises pelucheuses en forme d'animaux de zoo. Des camions de bois attendaient sagement dans leur garage et plusieurs livres d'images étaient restés ouverts. Les enfants lisaient toujours *Goodnight Moon* et le livre préféré de Carver, *Lyle Lyle Crocodile*.

Aurait-elle des petits-enfants un jour ? Ses petits-enfants ne connaîtraient jamais Freddy.

Ce genre d'idées hantait son esprit.

Meredith parlait à Leo et Carver plusieurs fois par semaine. Elle demanda à Leo s'il voulait la bague en diamant d'Annabeth Martin et son fils accepta. Il projetait de demander Anaïs en mariage au printemps. La maison dans laquelle Meredith les imaginait avait été vendue avec une belle plus-value, et les garçons avaient fait une offre pour l'achat d'une maison victorienne délabrée à Saratoga Springs. Ils avaient promis de venir voir Meredith à Nantucket pour Thanksgiving.

Meredith acheta une courge à la ferme Bartlett et prépara une soupe, avec l'aide de Connie au téléphone. Elle mit le surplus au congélateur. Tous les lundis, elle retrouvait Dan chez A.K. Diamonds. Il lui présenta ses amis proches, des gens qui, loin d'être intéressés par les détails scabreux de son histoire, se demandaient surtout comment elle pouvait apprécier de conduire une jeep aussi déglinguée.

Le monde lui ouvrait de nouveau progressivement ses portes. Des missives lui parvinrent du bureau de Dev, de la part de gens qui s'étaient vu restituer une partie de leur investissement. Dev lui transférait des lettres qu'elle mettait parfois une semaine à ouvrir, tant il lui était pénible de recevoir des éloges de ces gens qui avaient perdu tant d'argent. L'une d'elles provenait d'une femme âgée de Sioux City, dans l'Iowa, qui avait reçu un chèque d'un montant de deux cent cinquante mille dollars, soit 60 pour cent seulement de sa mise de départ. Pourtant, la femme lui faisait part de sa gratitude et terminait son courrier en lui disant de garder la tête haute. « Vous avez fait le bon choix », concluait-elle.

Quel bon choix avait-elle fait ? se demandait Meredith.

Une autre provenait de Michael Arrow, de Broome, en Australie, qui lui annonçait que le gouvernement lui avait promis de lui rendre un million trois cent mille dollars. Ce ne serait pas suffisant pour racheter la ferme perlière de sa famille, mais, grâce au taux de change favorable, ce serait largement assez pour acquérir une maison de vacances dans le Sud – à Geraldton ou a Margaret River. Le ton était cordial et à la fin Michael Arrow invitait Meredith à lui rendre visite en Australie, « quand elle voulait ».

Elle replia la lettre, déconcertée.

Meredith parlait à Toby au téléphone. Ainsi qu'à Connie. Et à Dev. Avec son avocat, elle évoqua l'idée de reprendre son nom de jeune fille : Meredith Martin. Une procédure bien plus simple qu'elle ne l'imaginait – cinquante dollars, une série de documents à signer dans un bureau de la mairie et cinq minutes devant un juge sympathique. Une fois débarrassée du nom Delinn comme d'une peau malade, Meredith crut qu'elle se sentirait mieux.

En fait, non. Elle se sentait exactement la même. Même si elle avait décidé de ne pas communiquer avec Freddy, il lui arrivait parfois de lui parler dans sa tête.

J'ai abandonné ton nom. Comme un ballon qui s'envole.

Certains soirs, Meredith se sentait désespérément seule. La tristesse se coulait alors en elle comme un virus. Il la rendait malade, s'en allait, la rendait de nouveau malade. Les nuits de grand froid, elle allumait un feu et essayait de lire – elle aurait toujours de la lecture – mais elle aurait aimé avoir de la compagnie. Sois maudit, Freddy, pensa-t-elle (pour la millionième et dixième fois). Un soir de grande déprime, elle chercha les pilules de Connie dans sa salle de bains, mais son amie les avait toutes emportées.

Meredith avait parfois l'impression d'attendre quelque chose. La mort de Freddy peut-être ? Assassiné par la mafia russe ? Ou bien ferait-il le boulot lui-même en avalant de la mort-aux-rats ou se tranchant les veines avec une lame de rasoir ? Les employés de la prison trouveraient alors un morceau de papier sur son lit avec une seule lettre dessus. La lettre M.

Et puis, une après-midi, on frappa à la porte. Meredith, qui lisait un livre de Penelope Lively sur le canapé, face à la cheminée, se redressa vivement.

Dois-je appeler le 911 ? Ou le portable d'Ed Kapenash ?

À pas de loups, elle s'approcha de la porte d'entrée. Le soleil, haut dans le ciel limpide, auréolait le porche d'une douce lumière automnale.

Un colis.

Qui éveilla aussitôt ses soupçons. Une bombe ? Un panier de serpents ? Un seau d'ordures ? Sortant sur le perron, elle lut l'étiquette, sans cependant toucher au paquet.

Il provenait de Toby. C'est alors qu'elle s'aperçut qu'on était le 23 octobre, la veille de son anniversaire.

Elle emporta le colis à l'intérieur. Bien sûr, elle était censée le garder pour le lendemain, mais sa vie manquait cruellement de ce genre de petites surprises, aussi l'ouvrit-elle sur-le-champ.

Un tourne-disque. Un tourne-disques en Bakélite d'un bleu brillant avec une platine de caoutchouc noir et un cordon serpentant derrière. Il était équipé d'un bouton marche/arrêt en plastique blanc et d'un volume allant de un à dix.

Elle le brancha. Allait-il fonctionner ? Meredith courut à l'étage chercher son vieil album de Simon & Garfunkel, qui jusqu'ici n'avait pas plus d'utilité qu'une liasse de billets confédérés. Regagnant le salon en trombe, elle posa le disque sur la platine. Quand elle plaça le bouton sur marche, un voyant rouge s'alluma et elle posa délicatement le bras sur le premier sillon.

La mélodie emplit la maison, avec un son craquelé et piqueté qui la ramena aussitôt en enfance. Elle mit le volume à fond et fut surprise par la puissance de la musique qui éclata dans la pièce. Meredith se recroquevilla contre le magnifique comptoir de la cuisine de Connie. Tandis que les paroles s'égrenaient, elle ressentit un serrement dans sa poitrine, sa tête, son visage.

> *Sail on Silvergirl,*
> *Sail on by*
> *Your time has come to shine*
> *All your dreams are on their way* [1].

Ses yeux la brûlaient, son nez la piquait et soudain, ses joues se mouillèrent de larmes.

Incroyable. Elle avait l'impression d'être en train de s'observer. Regardez ! Meredith pleure ! Puis elle se laissa aller. Elle sanglota, pleura et hoqueta sans plus pouvoir s'arrêter. Elle ôta ses lunettes et les posa sur le comptoir. Peu importait l'ampleur de son chagrin, personne n'était là pour y assister. Elle pensa au ventre rebondi d'Ashlyn, elle pensa à ces larmes qu'elle retenait depuis si longtemps, une éternité.

> *See how they shine*
> *Oh, if you need a friend, I'm sailing right behind*
> *Like a bridge over troubled water*
> *I will ease your mind* [2].

---

1. *Vogue, Silver Girl,*
   Vogue
   Le temps est venu pour toi de briller
   Tous tes rêves sont à portée de main.
2. *Vois comme ils scintillent*
   Oh, si tu as besoin d'un ami, je vogue juste derrière toi
   Tel un pont jeté sur des eaux troubles
   J'apaiserai ton esprit.

Meredith Martin Delinn pleurait. Ses larmes venaient d'un autre temps, d'un autre lieu. Elles venaient du début de cette histoire – du petit pain au homard délaissé, des parties de poker hebdomadaires, des leçons de conduite sur le parking de Villanova. Meredith pleurait parce que son père lui manquait. Une douleur qui ne la quitterait jamais.

Demain, ce serait son cinquantième anniversaire.

Quand la chanson fut finie, Meredith fit la seule chose dont elle était capable. Elle souleva le bras du tourne-disque et repassa la chanson.

Remerciements

Certains livres sont plus durs que d'autres. Celui-là a été particulièrement difficile. Je vais commencer par remercier mon éditeur, Reagen Arthur, pour ses conseils avisés dans la relecture de ce roman. Ainsi que l'équipe brillante et compatissante d'Inkwell Management, dirigée par deux hommes que j'affectionne particulièrement : Michael Carlisle et David Forrer. Merci aussi à Lauren Smythe et Kristen Palmer, aux avis inestimables.

Je n'aurais pas écrit un mot sans ma nounou, Stephanie McGrath, qui s'est occupée de mes trois enfants et a empli notre maisonnée de son radieux sourire. Merci aussi à Anne et Whitney Gifford de m'avoir prêté leur maison des Bahamas, mon refuge, à ma mère, Sally Hilderbrand, qui m'a permis de revenir à la maison et d'y vivre comme une adolescente renfrognée le temps de relire ce roman. Merci à Anne Fitzgerald et Laurie Richards de me rendre toujours jolie.

Pour avoir illuminé ma vie de mille et une façons, merci à Rebecca Bartlett, Elizabeth et Beau Almodobar, Richard Congdon, Wendy Hudson et Randy « Manskills » Hudson, Shelly et Roy Weedon, Evelyn (!), et Matthew MacEachern, Jill et Paul Surprenant (je n'aurais pas pu faire la Little League sans vous), Wendy Rouillard et Illya Kagan, Mark Eithne et Michela Yelle, Jennifer et Norman Frazee, John Bartlett, Rocky Fox (qui remplace sans cesse ma carte Gold), et Heidi et Fred Holdgate (la piscine est mon havre de bonheur). À mes très chers, que je ne vois pas assez : Margie et Chuck Marino, Debbie Bennett (33 !), Manda et West Riggs, David Rattner et Andrew Law, John et Nancy Swayne, Tal et Jonnie Smith (qui m'a appris qu'un dîner au homard devait toujours se terminer par une tarte aux mûres),

Fred et Isabel Shabel, Tim et Mary Schoette, Bob et Mindy Rich (Heureux 70e, Bubba !), Catherine Ashby et Sean et Milena Lennon (Freo forever !).

Entre autres choses, ce livre est à propos de feu mon père, Robert H. Hilderbrand Jr. J'aimerais remercier les membres de ma famille qui gardent ses rires et son souvenir en vie : ma belle-mère, Judith Hilderbrand Thurman, mes frères Eric Hilderbrand et Douglas Hilderbrand, mon demi-frère Randall Osteen et ma meilleure amie au monde, dont l'énergie et la joie débordantes et sa foi en moi m'aident à avancer, ma demi-sœur, Heather Osteen Thorpe. Un gros câlin à Duane Thurman qui commande le navire et nous maintient sur la bonne voie.

Enfin, j'aimerais remercier mon mari, Chip Cunningham, qui a su gérer avec adresse et compassion le versant stressé de l'auteur que personne ne voit, ainsi que mes trois enfants, les êtres les plus cool de l'univers : Maxwell, Dawson et Shelby.

CET OUVRAGE A ÉTÉ COMPOSÉ
PAR FACOMPO À LISIEUX
ET ACHEVÉ D'IMPRIMER AU CANADA
PAR TC TRANSCONTINENTAL
POUR LE COMPTE DES ÉDITIONS JEAN-CLAUDE LATTÈS
17, RUE JACOB – 75006 PARIS
EN MAI 2012

Imprimé au Canada

Dépôt légal : juin 2012
N° d'édition : 01